악녀 카루나가 작아졌어요

문이경 장편소설

III

동아

악녀 카루나가 작아졌어요 III

초판 1쇄 인쇄일 | 2020년 03월 23일
초판 1쇄 발행일 | 2020년 03월 30일

지은이 | 문이경
펴낸이 | 박성면
펴낸곳 | (주)동아

출판등록 | 제406-2007-000071호
주소 | 경기도 파주시 문발로 115, 세종출판벤처타운 201-A호
전화 | (031)8071-5201
팩스 | (031)8071-5204
E-mail | bear6370@hanmail.net

정가 | 12,000원

ISBN 979-11-6302-323-4 (04810)
979-11-6302-304-3 (set)

ZERO NOVEL

악녀 카루나가 작아졌어요

문이경 장편소설

III

동아

목　　차

chapter 7
노을의 티타임 (2)

시녀들이 루린토프를 둘러쌌다. 카루나는 뒤로 물러나 시녀들이 루린토프를 몰아붙이는 걸 지켜보다 루린토프가 울먹이기 시작하자 다시 앞으로 나섰다.

"다들 진정하세요. 루린토프 영애에게 말할 기회를 주셔야 하지 않겠어요? 루린토프 영애, 우린 깊은 인연으로 엮여 있는데, 아직 기억하고 있는지 모르겠네요. 설마 잊은 건 아니겠지요?"

카루나가 손을 뻗어, 루린토프의 어깨를 두드렸다.

'본래의 몸이라면 좋았을걸.'

오랜만에 원래 몸이 아쉬웠다. 키가 크다면 좀 더 위협적인 제스처를 취할 수 있을 텐데.

"꺄악!"

고맙게도 루린토프는 이 정도만으로도 깜짝 놀라 주었다. 멋대로 휘청이더니 결국 엉덩방아를 찧고 넘어졌다.

한 발 다가간 카루나는 원했던 대로, 손으로 루린토프의 턱을 잡고 얼굴을 치켜들었다. 루린토프는 고개를 돌리려 했지만 카루나는 놔주지 않았다.

"말해요. 마카레나 백작 영애는 어디에 있나요?"

"……모, 몰라요."

"지금 영애는 누굴 두려워해야 하는지 헷갈린 것 같군요. 루린토프 영애, 여기는 백합궁이에요. 가장 두려워해야 할 이는 황후 폐하랍니다. 당신과 같은 시녀 후보에 불과한 마카레나 백작 영애가 아니라."

카루나는 루린토프의 턱을 꽉 움켜쥐었다. 꽤 아픈지 루린토프가 고운 얼굴을 있는 대로 찡그렸다. 도움을 구하려는 듯 눈을 굴려 주변을 바라보았지만, 주변에 빙 둘러선 시녀들은 누구도 카루나를 말리지 않았다.

"화, 황태자 전하의 궁에 잠시 갔다 온다고 했어요. 잠깐…… 아주 잠깐만, 전하의 얼굴만 보고 오겠다고……!"

루린토프가 더듬더듬, 입을 열었다.

"아아."

카루나는 탄식했다.

'자신을 피해 도망치는 황태자를 쫓느라 티타임 따위는 아예 잊어버린 거겠지. 아직도 황태자궁에 있는 건 아닐지 모르겠네.'

한숨이 절로 나왔다. 때마침 황후를 살피고 오라 보냈던 시녀 두 명이 도착했다. 급히 걸어 왔는지 거친 숨을 몰아쉬었다.

황후의 옆에 클레이엔은 없었다. 티타임 장소는 바뀌지 않았다. 후원의 정자, 이곳이 맞았다. 황후는 헝클어진 머리를 정돈하고 있었는데, 곧 이곳으로 오실 거다.

두 시녀가 번갈아 가며 말했다. 다른 시녀들의 얼굴이 흙색으로 변했다.

"어쩌면 좋지?"

"준비가 하나도 안 되어 있다잖아."

"맙소사, 어쩌다 이런 일이 생겨 버린 거야."

시녀들은 루린토프만큼이나 울상이 되었다. 그 소란 속에서 카루나는 홀로 고요했다.

'어쩌면 좋을까?'

클레이엔은 여전히 나타나지 않았다. 그녀가 티타임 준비를 어느 정도 해 놓았는지 알 길이 없었다. 설령 모두 준비해 놓았다 한들 당사자가 없으니 이용할 수 없었다.

어제는 루린토프가 티타임을 준비했다. 루린토프는 이틀이 지난 뒤에야 다시 자신의 순번이 돌아오니 오늘은 마음 놓고 아무 준비도 안 했을 터였다.

물론 카루나는 내일의 티타임 준비를 미리 해 놓았다. 차게 식혀 먹는 푸딩, 어느 정도 찬 곳에 숙성시켰다 먹으면 좋은 과일 과자를 준비했다. 모두 황후가 좋아하는 것이었다. 지금 당장 가져와 세팅해도 충분했다. 하지만 굳이 그럴 필요성을 못 느꼈다.

'내가 이 상황을 해결한다고 나에 대한 황후의 태도가 달라질까?'

아무리 생각해도 '아니오.'였다.

슬슬 카루나는 황후의 생각이 가닥 잡히기 시작했다. 오늘의 티타임으로 그 생각이 분명해질 것 같았다. 이 티타임을 클레이엔이 망친다면, 어떤 모습을 보일까.

'그래도 클레이엔에게 잘했다고 웃어 줄까?'

카루나는 궁금했다. 그래서 가만히 있으려 했건만.

"바이켈드 공작 영애, 도와주세요."

누군가 카루나를 붙들었다.

"……에르케 영애?"

카루나는 제 손을 붙잡은 사람을 바라보았다.

짐승의 소리든 사람의 웃음소리든, 무엇이든 흉내를 잘 내는 시녀. 황제파도 귀족파도 아닌 소수의 중립파 중 하나, 안톡 백작가의 셋째 딸 에르케였다.

"바이켈드 영애, 영애는 이 상황을 해결할 방법을 알고 있죠?"

"왜 그렇게 생각하시나요?"

"영애의 얼굴을 봤거든요. 조금도 당황하지 않았어요. 마음의 여유가 있는 사람의 표정이었지요."

"잘못 보신 것 같네요."

카루나가 손을 밀치자 에르케는 아예 카루나 앞에 무릎을 꿇고 앉아 눈높이를 맞추었다. 붉은빛이 감도는 눈이 카루나와 눈을 마주쳤다.

"부탁드려요, 영애. 남의 일이라 생각하지 말고 도와주지 않겠어요?"

카루나는 문득 라크안의 붉은 눈이 생각났다.

'매사 너무, 계산적으로만 생각하지 마. 아무도 널 해치지 못해. 내가 그렇게 만들 거야. 그러니까 넌, 그냥 네가 하고 싶은 대로 해. 마카레나 백작가보단 바이켈드 공작가가 좀 더 든든할 거다. 꼬맹아.'

황궁으로 떠나기 전날 밤. 라크안은 잠들기 전에 카루나에게 이렇게 말했다. 그가 왜 마카레나 백작가를 언급한 건지는 아직 의문이었다. 굳이 두 가문을 비교해서 바이켈드 공작가가 더 세니 괜찮을 거라고 말하다니. 잠결에 잠꼬대를 하는 건가 싶어 흘려 넘겼다.

그런데 지금, 그 말이 생각났다.

"……마카레나 백작 영애의 잘못으로 일어난 일이에요. 왜 에르케 영애께서 이렇게 나서시는 건가요?"

"마카레나 백작 영애가 잘못한 거지만, 결국 이번 일로 피해를 입는 건 다른 분들이라서 그래요."

에르케가 조금 전 황후의 동태를 살피러 다녀온 두 시녀를 가리켰다.

"론넬 후작 부인께서 저 두 분과 함께 식사를 하다가 쓰러지셨어요."

"아……."

"누구의 잘못도 아니지만, 그렇다 해도 오랫동안 함께 지낸 친구를 멀리 떠나보내야 하는 황후 폐하의 마음은 그걸 받아들이기 쉽지 않으셨겠지요. 그 일 때문에 저 두 분이 마음고생을 많이 했어요."

"그렇군요."

"저 두 분은 곧 혼인하실 분들입니다. 이번 일로 또 황후 폐하의 심기가 어지러워지신다면, 분명 저 두 분의 결혼식에도 영향이 미칠지 몰라요."

"황후 폐하께선 자신의 감정에 따라 움직이시는 분인가요?"

카루나가 고개를 갸웃 흔들며 물었다. 황후가 감정에 휘둘리는 사람이라고 돌려 욕하는 것처럼 들릴 수도 있는 말이었다.

"그건 아니에요."

에르케는 당연히 고개를 내저었다.

"하지만 조심해서 나쁠 건 없지요."

그러면서도 끝까지 그렇게 생각할 수 있는 여지를 주었다. 꽤 훌륭한 말솜씨였다.

"우리는 황후 폐하의 시녀입니다. 황후 폐하의 아랫사람들이지요. 그분의 마음을 살피는 게 우리의 역할입니다."

황후가 자신의 감정에 따라 공과 사를 구분하지 못할까 봐 걱정된다는 소리였다.

'흐음? 황후의 시녀들은 그저 다 황후의 예쁜 인형이라 생각했는데. 아니었네.'

클레이엔인 척할 때에 백합궁의 시녀들을 모두 조사해 파악해 놓긴 했다. 그래서 당연히 에르케에 대해서도 알고 있었다.

성실히 황후를 보좌하나 도드라지는 특이점이 없는 귀족 여인. 언젠가 무난히, 황후가 연결해 주는 어느 귀족 가문의 영식과 혼인하여, 사교계에서 황후의 팔다리가 되어 줄 황후의 시녀.

에르케에 대한 감상은 딱 그 정도였다. 그나마 남과 다른 점이 있다면 소리를 흉내 내 따라 할 줄 아는 재주를 가졌다는 정도? 그렇게만 생각했건만. 어쩌면 에르케는 이 정도로만 평가 내릴 여인이 아닐지도 모른다는 생각이 들었다.

'재미있네.'

백합궁에 와서 처음으로, 흥미가 생기는 사람을 발견했다. 카루나의 녹색 눈이 반짝 빛났다.

"기꺼이 제 티타임을 하루 앞당겨 보죠."

카루나는 에르케에게 손을 내밀었다. 에르케는 카루나의 손을 살짝 쥐고 몸을 일으켰다.

"곧 황후 폐하께서 오실 겁니다. 그 전에 준비하려면 모두의 도움이 필요해요. 당연히 도와주실 거죠?"

"물론. 최선을 다할게요."

에르케가 모두를 대신해 힘차게 답했다.

"좋아요, 그럼 다들 제 말대로 움직여 주세요. 당장, 어서!"

카루나는 곧바로 시녀들에게 할 일을 지시했다. 하루 일찍, 카루나가 준비한 티타임이 열렸다.

잠자리 날개처럼 얇은 휘장을 곳곳에 둘렀다. 바람이 불 때마다 휘장이 날리며 백합꽃 위에서 너울너울 춤추었다. 미리 준비해 둔 다과와 차, 사기 찻잔이 날라져 왔다.

막 모든 준비가 끝나 하인과 하녀들을 서둘러 내보냈을 때였다. 황후가 두 명의 시녀와 함께 후원에 나타났다.

"오늘 이곳에서 모이기로 한 게 참 좋은 결정이었던 것 같네요."

황후가 은은한 미소를 지으며 정자에 올라섰다. 시녀들은 떨리는 마음을 숨기며 웃어 보였다. 마지막까지 바삐 뛰어다녔던 시녀들은 동료의 등 뒤에 숨어 거친 숨소리를 숨겼다.

"오늘의 주인공은 어디를 가셨나. 이렇게 아름답게 준비를 해 놓고 말이야."

황후가 시녀들을 둘러보며 클레이엔을 찾았다. 카루나는 아무 말도 하지 않고 그런 황후를 바라보았다.

"저기, 사실은……."

에르케가 한 발 앞으로 나섰다. 최대한 황후의 마음이 상하지 않도록 티타임 준비 순번이 바뀌었다고 말할 참이었다. 그때였다.

"저를 찾으시었나요. 황후 폐하."

조금 전 황후가 걸어 들어왔던 그 길 어귀에서 화사한 목소리가 들렸다. 시녀들의 눈이 그쪽으로 향했다.

"그래요. 내, 영애를 찾고 있었답니다."

사정을 모르는 황후만이 부드럽게 웃으며 목소리의 주인공을 반겼다.

"송구합니다. 마지막으로 내놓을 이것을 제가 직접 챙기느라요."

클레이엔이 거기에 서 있었다. 양손으로 들어도 버거워 보이는 커다란 크리스털 그릇을 들고 있었다. 한 걸음, 한 걸음 걸어오는 모습이 더없이 힘겨워 보였다. 시녀들은 멍하니 클레이엔을 바라보았다. 어이가 없어서. 혹은 눈으로 보고도 믿기지 않아서.

"혼자서 애를 쓰다니. 뭣들 하나요, 다들. 어서 돕지 않고."

황후가 멀거니 서 있는 시녀들을 채근했다. 정자 입구에 선 시녀 둘이 얼결에 내려가 클레이엔에게 다가갔다.

클레이엔은 기다렸다는 듯 두 시녀에게 크리스털 그릇을 떠맡기고는 황후에게 사뿐히 걸어왔다. 살짝 무릎을 굽혀 인사를 하다, 고개를 들어 애교스럽게 웃어 보이기까지 했다.

“제가 준비한 약소한 자리에 황후 폐하를 모실 수 있어서 더없이 영광입니다.”

그녀의 말이 끝나기도 전에, 시녀들의 얼굴이 죄다 구겨졌다.

‘누구 때문에 두 팔을 걷어붙이고 바삐 움직여야 했는데.’

‘우리가 뛰어다닐 동안에도 나타나지 않았으면서, 어쩜 저렇게 천연덕스러울 수 있지?’

‘해도 너무한 거 아냐?’

몸이 약한 시녀들은 화를 이기지 못하고 가쁜 숨을 내쉬어야 했다. 시녀들은 카루나를 바라보았다. 자신들도 자신들이지만, 무엇보다 억울하고 화가 날 사람은 카루나일 테니까.

두 시녀가 테이블의 한가운데에 크리스털 그릇을 올려놓았다. 그릇 안에는 화채가 들어 있었다. 얼음과 오색 빛깔의 과일들이 섞여 어우러져 있었다. 그 하나만 보자면 더없이 아름다웠다. 먹기 위해 손을 대기 아쉬울 정도였다. 하지만 꾸며진 정자 전체에 두고 보자면 이질적이었다.

카루나가 준비한 그릇은 사기잔과 사기그릇이었다. 그 안에 든 건 찻잎을 넣은 푸딩과 과일로 만든 과자였다. 찻잎은 달달한 푸딩과 과자에 어울리는, 쌉싸름한 향이 나는 것이었다.

알록달록 새콤달콤한 화채는 그 어느 것에도 어울리지 않았다. 빛을 받아 번쩍번쩍 빛나는 크리스털 그릇 역시 마찬가지였다.

자신이 아는 걸 황후라고 모를까. 카루나는 황후를 바라보았다. 황후는 무슨 생각을 하는지 도통 얼굴에 드러나질 않았다.

“준비하느라 고생이 많았을 것 같군요. 하나하나 더없이 마음에 들어요.”

황후가 제 앞에 놓인 사기 찻잔을 손가락 끝으로 쓸며 말했다. 입가에 옅은 웃음을 드리우고 클레이엔을 칭찬하고 있으나, 바닷물을 담은 듯한 푸른 눈은 고요했다.

"혼자 준비하기에 넉넉했습니다. 그런 말씀은 마셔요."

클레이엔이 수줍은 듯 얼굴을 붉히며 답했다. 주변 시녀들의 얼굴은 떫은 과일을 씹은 것같이 되었다. 카루나에게 도움을 요청했던 에르케의 얼굴이 가장 엉망이었다.

"저……."

에르케가 앞으로 나서려 했다. 표정만 봐도 무슨 말을 하고 싶어 하는지 알 수 있었다.

'피곤하게 사네. 오지랖이 넓어.'

카루나는 살짝 손을 들어 그녀를 말렸다.

'그러지 마세요.'

가만히 있으라는 의미로 손가락을 까닥였다.

"……."

에르케가 눈을 크게 떴다.

'정말로 괜찮겠어요? 당신이 한 모든 일이 마카레나 백작 영애의 것이 되어 버린다고요.'

'그러든 말든 상관하지 마세요.'

카루나는 에르케를 향해 빙긋 웃어 보였다. 에르케는 다시 뒤로 물러났으나 안색이 영 어두워졌다.

황후는 클레이엔의 부축을 받으며 가장 상석에 앉았다. 클레이엔은 황후의 옆자리를 차지했다. 시녀 후보인 루린토프와 카루나는 가장 끝자리였다.

"오늘 준비한 차는 무슨 차인가요?"

에르케가 클레이엔에게 물었다. 지금 이 자리를 준비한 게 클레이엔이 아니라 카루나라는 사실을 어떻게든 밝히고 싶은 듯했다.

'에헤이, 가만히 있으래도.'

카루나는 속으로 혀를 찼다.

찻주전자를 들어 황후의 찻잔을 채우려던 클레이엔이 잠시 멈칫, 했다.

"나도 궁금하군요."

황후가 거들었다.

"아, 그게……."

찻주전자를 든 클레이엔의 손이 가느다랗게 떨렸다. 클레이엔을 바라보는 다른 시녀들의 시선이 매서웠다. 아름답게 꾸며진 티타임에는 어울리지 않는 눈빛들이었다. 루린토프마저 불안해하며 카루나와 클레이엔의 눈치를 살폈다.

카루나는 고개를 돌려 정자 밖에 활짝 핀 백합을 쳐다보았다.

"……비밀입니다."

"비밀이라고요?"

"네, 에르케 영애. 오늘 티타임의 소소한 즐거움을 드리고자 합니다."

"즐거움?"

"네, 황후 폐하. 부디 알아맞혀 주시겠어요? 제가 무슨 차를 준비했는지요."

클레이엔은 금세 평소의 자신감을 되찾았다.

"다른 분들께서도 맞혀 주세요."

자신을 탐탁잖은 눈으로 바라보는 시녀들을 둘러보는 여유까지 보였다.

"그거 재미있겠군요. 어떤 차를 준비했기에 영애가 이토록 자신감이 넘치는지 궁금하기까지 하네요."

황후가 웃으며 찻잔을 내밀었다. 에르케는 아랫입술을 깨물고 고개를 푹 숙였다. 황후가 곁눈질로 그런 자신을 보았다는 걸 알지 못했다.

클레이엔은 의기양양하게 황후의 잔에 차를 따랐다. 테이블 주위를 요정처럼 가볍게 거닐며 다른 시녀들의 찻잔도 가득 채웠다. 마지막으로 카루나에게 와서는.

"부디 마음껏 들어요. 내가 준비한 티타임을 즐겨 주세요."

이렇게 말하기까지 했다.

주변에 앉은 다른 시녀가 기막혀하며 클레이엔을 쳐다보았다. 클레이엔은 고작 그런 시선에 꿈쩍도 하지 않았다.

"다들 표정이 왜 그러신가요? 웃으세요, 황후 폐하께서 함께하시는 귀한 티타임이잖아요."

클레이엔이 방긋 웃으며 시녀들을 둘러보았다.

"직접, 준비하신 티타임인 거죠?"

카루나는 찻잔을 들어 올리며 클레이엔에게 물었다.

"어머나, 당연하지 않나요. 제가 직접 준비한걸요."

"그렇군요."

카루나는 조용히 미소 지었다. 정말로 남이 준비한 티타임에 초대를 받은 것처럼 태연했다.

'뭐지? 왜 이렇게 멀쩡한 거야?'

클레이엔은 미심쩍은 눈으로 카루나를 바라보았다.

'나 몰래 무언가 준비를 한 건가? 설마 과자에 독을 섞거나 한 건 아니겠지? 아니야, 그럴 리 없어. 내가 이럴 줄 어떻게 알고 그랬겠어.'

애써 마음을 다잡으며 클레이엔은 다시 활짝 웃었다.

"어서 내 옆으로 돌아와요, 영애."

황후가 클레이엔을 불러들였다. 클레이엔은 일말의 불안감을 안은 채 황후의 옆자리로 돌아가 다소곳이 앉았다.

긴 테이블에 나누어 앉은 황후와 시녀들은 준비된 차와 다과를 들었다. 차는 독특했다. 쌉싸름한 향이 났다. 입 안에 머금자 톡톡 튀는 느낌이 들었다. 달콤한 과자와 푸딩을 먹고 차를 마시면 입 안이 다시 상쾌해졌다. 덕분에 시녀들은 마음껏 과자와 푸딩을 즐길 수 있었다.

클레이엔은 시녀들이 과자와 푸딩을 먹어도 별 탈이 없자 내심 안도했다.

'독을 탄 것도 아니라면…… 도대체 왜 저렇게 가만히 있는 거야.'

안도 이면에는 카루나에 대한 괘씸함이 깔렸다.

"이게 무슨 차일까. 처음 먹어 보는 것 같기도 하고, 하지만 이 향을 어디서 맡아 본 것 같은데."

황후는 찻잔을 기울이며 골똘히 생각에 잠겼다. 근처에 앉은 시녀들 몇몇도 황후와 함께 고민했다.

"과연 영애가 자신 있어 할 만하네요. 도대체 무슨 차인가요?"

"정말로 비밀이랍니다. 부디, 티타임이 끝나기 전까지 알아맞혀 주세요."

황후가 물어도 클레이엔은 생글생글 웃으며 답을 피했다.

'어떻게 하지.'

겉은 태연해 보였지만, 클레이엔의 속은 까맣게 썩어 들어가고 있었다.

'설마 이렇게 이상한 차를 준비해 놓았을 줄이야. 나쁜 계집애. 일부러 이런 차를 구해서 날 괴롭히다니.'

클레이엔은 그저 카루나를 원망했다.

'본인이 직접 말하게 하면 되겠지.'

클레이엔이 목소리를 높여 카루나를 불렀다.

"어떤가요, 바이켈드 공작 영애. 이 차가 어떤 차인 것 같나요?"

"저에게 물으시는 건가요?"

"네, 그래요. 한번 말해 봐요. 무슨 차인 것 같은지."

"잘 모르겠네요. 너무 독특해서 한 번 마시면 절대 잊지 못할 것 같은데."

"……모, 르겠다고요?"

되묻는 클레이엔의 표정이 요상했다. 카루나는 그 얼굴을 감상하며 쿠키를 들어 입에 넣었다.

'이제 슬슬 올라올 때가 되었는데.'

카루나는 속으로 시간을 가늠하며 쿠키를 씹었다.

"정말 모르겠어요?"

클레이엔은 어떻게 해서든 카루나에게서 답을 구하려 애썼다. 하지만 카루나는 손을 들어 제 입을 가리키며 고개를 저었다. 쿠키를 먹고 있으니 말 좀 그만 걸라는 뜻이었다. 클레이엔의 얼굴이 또 구겨졌다.

그때였다.

"어머?"

"어머나! 이게 뭐지?"

사방에서 탄성이 터져 나왔다. 카루나가 기다렸던 순간이었다.

"찻잔 속에 그림이 나타나고 있어요. ……맙소사, 이건 바이켈드 공작 가문의 문장이 아닌가요?"

에르케가 두 손으로 찻잔을 들어 올리며 카루나를 바라보았다. 카루나는 기꺼이 그녀에게 웃어 보였다.

'그러게 괜한 짓 하지 말라니까요. 난 절대 손해 보는 장사는 하지 않으니까.'

카루나는 고개를 돌려 클레이엔을 보았다. 그녀는 사색이 된 채 카루나를 노려보고 있었다. 카루나는 싱긋, 웃어 주었다.

황후는 아무 표정 없이 찻잔 속을 들여다보고 있었다. 요란 떠는 시녀들과 다르게 차분하기 그지없었지만, 카루나는 의심하지 않았다. 분명 황후의 찻잔 속에도 똑같이 나타났으리라. 새하얀 사기 찻잔 위에 그려진 바이켈드 공작 가문의 문장이.

황궁에 들어오기 전, 카루나는 황궁 안에서 일어날 수 있을 법한 상황들을 철저히 준비했다. 이번 티타임에 내놓은 찻잔과 그릇은 그중 하나였다.

자신이 수작을 부리면 부렸지 남이 제게 걸어오는 수작에 당하고 싶은 마음은 조금도 없었다. 독을 염려하여 식기를 은으로 만들었고 더불어 열기가 전달되면 숨겨진 그림이 나타나는 도자기 찻잔을 준비했다. 이웃 나라의 장인을 수배해 특별히 만든 것이었다.

클레이엔 대신 오늘의 티타임을 준비하게 됐을 때. 카루나는 내일 쓰려 준비한 식기를 치우고 이 특별한 식기를 꺼내 오도록 했다.

'날 이용해 먹을 생각이었나 본데. 10년은 일러, 진짜 클레이엔 아가씨.'

흥. 카루나는 속으로 코웃음을 쳤다.

"이, 이건, 이건……."

클레이엔이 주춤거리며 뒤로 물러섰다. 황후는 여전히 평온했다.

"이게 어떻게 된 일인지, 설명을 들어야 되겠군요."

황후의 목소리는 얼굴 표정만큼이나 차분했다. 시녀들은 평정심을 유지하는 황후를 존경의 눈빛으로 바라보았다.

'처음부터 다 알고 있었으면서, 설명은 무슨.'

오직 카루나만 떨떠름하게 황후를 쳐다보았다.

'다른 시녀들이라면 지켜봐 온 것이 있으니 내 편을 들어주겠지만. 황후는 아니겠지. 황후는 의심이 많아. 게다가 나를 고깝게 보고 있고. 그러니 내가 무슨 말을 해도 곧이곧대로 듣지 않을 거야.'

최악의 상황은 황후가 바이켈드 공작가를 견제하기 위해 이 상황을 이용하는 것이다.

카루나에게 화를 내면 된다. 어째서 클레이엔을 모함하는 거냐고 한마디를 더해도 좋았다. 그러면서 클레이엔을 애틋하게 감싸면, 모두가 황후의 뜻을 알아차릴 것이다. 카루나로서는 최대한 피하고 싶은 상황이었다.

'가능성은 낮지만…… 조심해서 나쁠 건 없지.'

카루나는 에르케를 바라보았다.

'아까부터 나서지 못해서 안달 났던데, 그럼 어디 한번 나서 보든지.'

에르케와 눈이 마주쳤다.

"아!"

에르케가 가볍게 소리 질렀다. 그제야 지금이 자신이 나설 때임을 깨달은 것이었다.

"폐하, 제게 이 상황을 설명하고 다른 시녀들을 대신해 죄를 청할 기회를 주시겠습니까?"

에르케가 황후의 앞으로 나서 한쪽 무릎을 꿇고 고개를 숙였다.

"에르케, 나의 충실한 조언자, 이번에도 그대가 내게 도움이 되었으면 좋겠군요. 좋아요, 그대가 한번 말해 보도록 해요."

"믿어 주셔서 감사합니다. 부디 그 믿음에 믿음을 더할 수 있기를 바랍니다. 황후 폐하, 감히 고백하건데, 저는 이 자리의 증인입니다."

마른침을 삼키며 에르케는 목을 가다듬었다. 황후 앞에서 흥분하여 말을 급히 내뱉는 것이 부끄러운지, 얼굴이 붉어졌다.

"저는 이르게 이곳에 도착했습니다. 도통 마카레나 영애로부터 연락이 오지 않아 걱정이 되어서 준비가 잘 되어 가고 있나 확인하고 싶었거든요. 그런데 와 보니 아무런 준비도 되어 있지 않았습니다."

"아무런?"

"네. 전혀, 아무것도."

에르케가 단호하게 말했다. 클레이엔이 아랫입술을 깨물며 에르케를 노려보았다

"저와 다른 시녀들은 당황하였지요. 황후 폐하를 모시는 자리인데, 정해진 시간은 촉박하게 다가오고, 티타임을 준비해야 할 마카레나 영애는 도통 나타나지 않았으니까요."

에르케의 말에 여러 시녀들이 고개를 끄덕였다.

"궁의 하녀 중 누구도 마카레나 영애에게 티타임 준비를 지시받지 않았다고 말했고요."

"저, 저도 그 자리에 저도 있었어요. 황후 폐하, 에르케 영애의 말은 사실입니다."

"저도 텅 빈 이곳을 보고 당황했습니다."

에르케와 눈이 마주친 시녀 몇 명이 용기를 내어 증언했다.

"그, 그건……."

클레이엔이 나서서 변명하려 했다.

"잠깐. 일단 이야기를 마저 듣고 싶군요."

"하지만, 화, 황후 폐하! 부디 제 이야기도 들어 주세요."

"에르케의 말을 듣고 난 뒤 듣도록 하지요."

황후는 부드럽지만 단호하게 클레이엔을 말렸다. 클레이엔의 얼굴이 발갛게 달아올랐다.

"때마침 저기 앉아 있는 바이켈드 공작 영애가 내일의 티타임을 위해 준비한 것을 오늘 미리 쓸 수 있도록 허락해 주었습니다."

에르케가 카루나에게 고개 숙여 인사했다.

"저는 바이켈드 공작 영애의 배려에 감사하며, 황후 폐하께 사실대로 말씀드릴 것을 약속했습니다."

카루나는 피식, 웃었다.

'딱히 그런 약속 들은 적 없는 거 같은데.'

뭐 자신에게 이로운 상황이니, 굳이 지적하지 않고 가만히 있었다. 에르케는 목이 마른지, 물을 한 모금 삼킨 뒤 말을 이었다.

"물론, 자신의 의무를 다하지 못한 마카레나 백작 영애가 황후 폐하께 용서를 빌 거라 생각했기에 그 이후에 말씀드리고자 기다리고 있었습니다. 그런데."

클레이엔을 바라보는 에르케의 눈빛이 매서워졌다. 클레이엔은 조금도 눠우친 기색이 없었다. 에르케는 그런 클레이엔의 모습에 더욱 분노하였다.

"뒤늦게 온 마카레나 백작 영애는 마치 이 자리를 처음부터 자신이 모두 다 준비한 것처럼 말하더군요. 마카레나 백작 영애의 손길이 닿은 건 오직 저 그릇 하나뿐입니다."

에르케는 클레이엔이 들고 온 크리스털 접시를 가리켰다.

오늘의 티타임에서 가장 이질적인 요소를 하나 고르라고 한다면, 모두가 그것을 가리킬 터였다. 찬란하게 빛나는 크리스털 접시. 무늬가 없는 도자기 찻잔과 은그릇으로 꾸며진 탁자 위에서, 그것은 혼자 반짝이고 있었다.

"황후 폐하, 부디 폐하를 속인 저희에게 벌을 내려 주세요. 하지만 저희를 위해, 또 황후 폐하의 일정에 차질을 빚지 않으려 자신의 것을 내어 준 바이켈드 공작 영애의 마음은 부디 헤아려 주셨으면 합니다."

에르케가 깊이 고개를 숙였다. 후우. 황후가 작게 숨을 내쉬었다. 찰랑, 황후의 찻잔 속 찻물이 출렁였다.

"마카레나 백작 영애, 하고 싶은 말이 있다면 해도 좋아요."

"폐하, 저는…… 너무 억울해요. 저는 그저…… 에르케 영애의 말처럼, 황후 폐하의 하루를 망가뜨리고 싶지 않았어요. 제가 거짓말쟁이가 되는 한이 있더라도요."

클레이엔이 기다렸다는 듯 황후에게 매달렸다.

"폐하께서는 일정이 조금도 어긋나는 걸 싫어하시죠. 그러니 오늘 제가 티타임을 준비해야 하지만, 사정이 잘못돼서 내일 것을 끌어 왔다고 하면, 그건 황후 폐하의 계획과 다른 일이 되어 버리는 것이 되니까. 저는, 거짓말쟁이 오명을 뒤집어쓰게 되더라도, 황후 폐하께서 마음이 불편해지시는 것을 막고 싶었어요."

"마카레나 영애, 그게 지금 할 말인가요? 대체 무슨 소리를 하는 거예요! 그럼 제가 제 명예를 지키기 위해 황후 폐하께 충성을 다하지 않았다는 말인가요?"

듣다 못한 에르케가 클레이엔에게 따졌다.

"왜 그렇게 들으시는 거죠? 찔리는 점이라도 있으신가 봐요?"

"이보세요, 마카레나 영애!"

"그만, 그만."

결국, 황후가 나서서 말려야 했다. 카루나는 자신을 대신해 나서는 에르케를 유심히 바라보았다.

'불의를 못 참는 성품인 걸까. 아니면 안톡 백작가가 중립을 지키기는 해도 은연중에 황제파를 편들고 싶어 하는 걸까.'

어느 쪽이든 자신에게, 그리고 나아가 라크안에게 큰 도움이 될지 모른다. 카루나는 그리 생각하며 안톡 백작가를 마음에 담았다.

"그보다 나는 이것에 대한 설명을 듣고 싶은데."

주변이 조용해지자, 황후는 빈 찻잔을 들어 올렸다. 찻잔의 바닥에 나타난 바이켈드 공작 가문의 문장이 희미했다. 찻잔이 식으니 문장도 다시 모습을 감추는 것이었다.

"그것에 대해서는 제가 말씀드려도 될까요. 황후 폐하."

"말해 보세요."

"감사합니다, 황후 폐하."

카루나는 찻잔을 들고 자리에서 일어났다.

"에르케 영애의 말처럼 이 찻잔은 제가 내일의 티타임을 위해 준비한 것이었습니다. 부득이 오늘, 이르게 사용하여 모든 분을 놀라게 만들었네요. 이 점에 대해 사과드립니다."

"그건 영애가 사과할 문제가 아닙니다."

에르케가 카루나를 말렸다.

"만일 제 주관으로 티타임이 진행되었다면 시간을 들여 충분히 설명해 드릴 수 있었을 텐데. 그럴 기회를 얻지 못했네요."

카루나가 아쉽다는 듯 한숨을 내쉬었다.

"황후 폐하께서 기회를 주셔서 이제라도 말씀드리고자 합니다. 여기엔 백합의 줄기와 잎을 새겨 넣었고."

카루나는 우선 찻잔의 받침을 들어 주변에 내보였다. 하얀 도자기 위에 음각으로 폭이 좁은 잎사귀가 새겨져 있었다.

"이 찻잔은 백합의 꽃잎을 형상화해 만든 것입니다."

이어 빈 찻잔을 두 손으로 잡고 높이 들어 올렸다.

"어머나, 그러고 보니 정말 백합이네요."

"그러게요. 왜 몰랐을까요."

"알아챌 정신이 없었지요. 마카레나 백작 영애 때문에."

시녀들이 새삼 자신의 찻잔을 돌려 보며 소곤댔다.

"찻잔에 차를 따르고 난 뒤, 찻잔이 뜨거워지면 바이켈드 공작 가문의 문장이 드러납니다. 동방의 비술을 가진 장인을 어렵게 모셔서 만들었지요."

"어머, 어디서 그런 장인을 알아낸 건가요?"

"그 장인은 아직도 이 제국에 있나요? 할 수 있다면 나도 새로운 찻잔 세트를 주문해 보고 싶네요."

"저도요. 이렇게 신비로운 찻잔이 있다니."

시녀들은 앞다투어 카루나에게 찻잔을 만든 장인에 대한 정보를 물었다. 카루나는 그저 웃음으로만 응대했다. 이들에게 쉽게 가르쳐 줄 생각도, 장인을 연결해 줄 마음도 없었다.

'클레이엔인 척할 때 이 방법을 써먹지 않아서 다행이야.'

클레이엔의 대역을 하던 시절, 우연히 이러한 기술을 가진 장인이 있다는 말을 들었다. 남들은 그저 우스갯소리로 듣고 넘겼지만, 카루나는 바로 장인을 수소문해 찾아냈다. 그리고 그에게 주문한 마카레나 백작가의 문양을 새긴 찻잔이 완성되기 전, 살해당했다.

생각만 해도 칼에 찔렸던 곳이 서늘해졌다. 카루나는 우아하게 찻잔을 내려놓고 배 위에 두 손을 모았다. 아무 상처도 없는 그곳이 아팠다.

'그렇게 일찍 날 버릴 줄 몰랐지. 그런 것도 모르고 난, 끝까지 황후의 마음을 얻어 보겠다며 그런 거나 준비하고 있었어.'

카루나는 백합궁에 오기 전, 장인을 찾아갔다. 자신이 클레이엔일 때 주문한 찻잔을 깨부수고 새로운 찻잔을 주문했다.

이 또한 카루나가 클레이엔으로 살던 10년의 삶 속에서 얻은 것 중 하나였다. 진짜 클레이엔 따위는 알지 못하는 가짜 클레이엔의 고민과 노력의 흔적.

"차받침과 찻잔은 백합궁, 그러니까 황후 폐하를 상징합니다. 뜨거운 찻물은 황후 폐하의 은혜와 총애를 뜻하지요. 황후 폐하의 은혜를 받은 뒤에야, 찻잔 안에서 바이켈드 공작 가문의 문양이 나타나지요."

카루나는 눈을 내리깔고 살포시 웃었다.

"이 잔에 담긴 의미를 부디, 알아주세요."

"……."

황후는 아무 말도 없었다. 다만, 표정이 복잡해 보였다.

'뭐야.'

감동을 받았다거나 감격스러운 표정을 짓는 것까지는 바라지 않았지만. 그래도 황후가 놀란다거나 당황해하지 않을까, 기대했건만.

'하다못해 비꼬는 말이라도 한마디 할 줄 알았는데. 이상하다. 왜 저렇게 조용한 거지? 못 알아들은 건 아닐 텐데.'

황후의 표정은 분명, 찻잔의 의미를 알고 있는 사람의 것이었다.

바이켈드 공작 가문은 절대 황태자의 앞길에 해를 끼치지 않을 거다. 제국을 물려받을 후계자를 낳은 황후의 권위를 높이 받들어 주겠다.

카루나는 찻잔을 통해 황후에게 이런 메시지를 보냈다. 황제와 황실의 권위를 넘볼 수 있을 정도로 큰 힘을 가진 귀족이라면 당연히 해야 하는 적당한 처세였다.

본래대로라면 이미 라크안과 황후 사이에는 이런 사인이 여러 번 오갔어야 했다.

'하지만 한 번도 안 그랬겠지.'

카루나는 감히 확신했다. 라크안은 이런 쪽으로는 관심이 없었다. 그렇다고 공작 부인이 있어 사교계에서 활동하며 둘 사이를 부드럽게 연결해 준 것도 아니고. 그래서 카루나가 뒤늦게라도 바이켈드 공작의 약혼녀로서 나선 것이었다.

'감히 내가 준비한 걸 가로채려는 클레이엔한테 창피도 주고, 황후와 바이켈드 가문 사이를 부드럽게도 만들고.'

그런데 황후의 반응이 영 뜨뜻미지근했다. 클레이엔은 어느새 우는 흉내를 그만두고 황후의 눈치를 보았다. 황후가 딱히 화를 내는 것 같지 않자, 거기서 자신감을 얻었는지 다시 얼굴이 환해졌다.

'내가 예전에 금테를 두른 백합을 보냈을 때도 저런 반응이었을까.'

카루나는 클레이엔인 척할 때 황후의 마음을 돌리려 애썼던 노력들을 떠올렸다.

그러고 보면 정말 꾸준하게 공을 들였다. 황태자비가 되기 위해서.

마지막으로 바친 건 금테를 두른 백합이었다. 그것 또한 이 찻잔처럼 메시지에 공을 들인 선물이었다. 직접 전달한 게 아니어서 황후의 반응을 보진 못했지만.

"폐하."

보다 못한 에르케가 황후를 불렀다.

"아, 이런. 그래요."

황후는 잠에서 깨어난 듯 고개를 들며 찻잔에서 눈을 뗐다.

"이야기는 모두 잘 들었어요. 내가 오기 전에 그런 일이 있었군요. 내가 보기엔 모두 각자의 위치에서 날 위해 애써 준 것 같은데. 그 마음 씀씀이가 너무 어여뻐서, 화를 내려야 낼 수가 없네요."

시녀들은 화를 내지 않는 황후를 보며 안심해야 할지, 아쉬워해야 할지 갈피를 잡지 못했다.

"일어나요, 그대의 마음은 내가 잘 알고 있으니."

황후가 클레이엔에게 손을 내밀었다.

"황후 폐하……."

클레이엔이 자못 감격한 표정으로 황후의 손을 잡고 일어섰다. 에르케는 눈을 크게 뜨고 황후를 바라보았다. 억울한 마음이 얼굴에 고스란히 드러났다. 황후는 그녀를 위로하듯 눈길을 보낸 후 마지막으로 카루나를 보았다.

괜히 분란을 일으켰다고 트집이나 잡히지 않을는지. 카루나는 그런 걱정이나 하며 별 기대 없이 황후를 바라보았다. 그런데 황후가 자신의 앞에 놓인 찻잔을 가리켰다.

"이걸 내게 선물로 주겠어요?"

뜻밖의 말이었으나 카루나는 애초부터 그럴 마음을 먹었다는 듯 대답했다.

"물론입니다. 애초부터 황후 폐하께 바치려 마음먹고 준비한 것들입니다. 자리를 파한 후 모든 식기들을 정리하여 바치겠습니다."

"이 마음을 기억해 두지요."

황후는 만족스러워하며, 제 앞에 놓인 찻잔을 들고 자리에서 일어섰다. 주변 시녀들이 다들 앞다퉈 자신이 들겠다고 청하였으나 황후는 고개를 내저었다.

"정성스러운 마음을 받았으니, 내 손에 두어야지. 그렇지 않나요?"

황후가 카루나를 바라보며 미소 지었다. 백합궁에 들어온 후, 황후가 처음으로 카루나에게 호감을 보인 순간이었다.

"부디, 다른 사람의 손을 타지 않고 오직 황후 폐하께만 닿길 바랄 따름입니다."

카루나는 웃으며 공손히 대답했다. 황후의 옆에 선 클레이엔의 눈이 황후가 든 찻잔에서 떨어지지 않았다.

그 순간. 조금 전까지 카루나가 들고 있던 찻잔 받침의 그림자가 일렁였다. 그림자는 팔랑이며 식탁 위를 스쳐 카루나의 옷소매로 들어가려 했다. 하지만 막 카루나의 손목에 닿으려 할 때.

파지직- 작게 스파크가 일었다.

"읏."

카루나는 따끔한 느낌에 손목을 움켜쥐었다. 또각. 드레스 안쪽에 감춘 브로치에서 부서지는 소리가 났다. 하지만 카루나는 손목을 살펴보느라 정신이 팔려, 눈치채지 못했다.

손목은 멀쩡했다. 벌이나 벌레에 물린 건가 싶었지만, 아무 상처도 없었다. 그래서 카루나는 잠시 따끔했던 그 느낌을 바로 잊었다.

카루나의 손목에 닿으려다 실패한 그림자는 카루나의 드레스 자락에 대롱대롱 매달렸다. 그리고 이내 드레스 자락이 만들어 내는 진짜 그림자 속으로 스르륵- 사라졌다.

* * *

카루나가 백합궁으로 떠난 후. 라크안은 역시나 불면증에 시달렸다. 이전에 먹던 수면제가 바닥났지만, 리센에게 다시 만들어 달라고 할 수 없었다. 낮에 잠깐씩 선잠을 자는 게 고작이었다.

라크안의 얼굴은 갈수록 마르고 날카로워졌다. 곁에 서 있기만 해도 한기가 느껴질 정도였다.

"리센 님께 도움을 받는 게 어떨까요?"

보다 못한 하녀장이 청했다.

"됐어."

라크안은 고개를 저었다.

지난번, 리센이 늑대로 변신한 이후로 둘 사이는 데면데면해졌다. 라크안은 그렇게 되지 않으려 노력했지만, 리센이 대놓고 라크안을 피했다. 한 사람의 노력만으로 둘 사이의 관계가 유지될 순 없었다.

"하지만, 도련님!"

"놔둬, 리센에게 찾아가지마. 아직은 버틸 만하니까."

라크안은 하인이 건네는 재킷을 입으며 말했다. 목소리는 약간 쉬어 있었다.

"그나저나 기사단장은 도착했나?"

"아직 도착하지 않으셨습니다."

"오면 알려 줘. 집무실에 있을 테니."

"업무를 보실 참이신가요? 도련님, 그보다는 잠시라도 눈을 붙이시는 게……."

"어차피 못 자는데 눈만 감고 있어서 뭐 해."

라크안은 손을 내저었다. 하녀장이 자신을 걱정하는 것마저 거추장스럽게 느껴졌다. 주변 사람들이 숨 쉬는 소리만 들어도 짜증이 났다. 잠을 못 자서 그런 건지, 카루나가 곁에 없어서 그런 건지. 종잡을 수 없었다.

라크안은 망토를 건네받아 어깨에 두르고 집무실로 갔다. 집무실은 텅 비어 있었다. 소파에 누워 포도를 따 먹던 리센도, 후춧가루를 들고 뛰어 들어오는 카루나도 없었다. 라크안은 의자에 앉아 아직 서명하지 않은 서류 더미에 손을 얹었다.

"……."

몸 앞으로 끌어당겨 읽고 서명하면 되는데. 할 마음이 들지 않았다.

"젠장."

라크안은 혀를 차며 서류 더미를 더 옆으로 밀었다. 대신 책상의 가장 아래 서랍을 열었다. 납작한 나무 상자가 들어 있었다. 음각으로 무늬를 새기고 금을 입힌 고급품이었다.

열쇠 구멍이 여러 군데 나 있었다. 한 곳에 열쇠를 꽂고 정해진 각도만큼 돌리지 않으면 불타는 마법이 걸려 있는 물건이었다. 라크안은 잉크병 목에 걸려 있는 작은 열쇠로 보관함을 열었다.

안에는 몇 장의 서류가 들어 있었다. 라크안은 그것들을 한 장 한 장

꺼내 책상 위에 늘어놓았다. 수십 번, 어쩌면 수백 번 들여다본 것들이었다. 톡톡, 손가락으로 서류 위를 두드리며, 라크안은 느리게 눈을 감았다 떴다. 얼마 전 일이 흐린 안개처럼 눈앞을 가리었다.

바이켈드 공작저로 황후의 친서가 날아온 지 며칠 되지 않는 날, 저녁이었다. 카루나는 머리가 아프다며 저녁 식사를 하러 내려오지 않았다. 라크안은 혼자 대충 식사를 때우고, 2층으로 올라갔다.

"카루나 아가씨를 보러 가시는 건가요?"

"아, 뭐."

지나다 묻는 말에 대답을 얼버무리며 손을 내저었다. 그러다가 카루나의 방이 아니라 초상화의 방으로 들어갔다. 역대 공작 부부들의 초상화가 걸려 있는 방이었다.

라크안은 성의 없이 초상화들을 훑어보다가 전대 공작 부부의 초상화 앞에 멈춰 섰다.

전대 공작, 어머니는 은으로 장식한 화려한 의자에 앉아 있었다. 아버지는 뒤에 서서 의자 위에 손을 올려놓았다. 어머니가 그 손을 잡고 있었다. 두 사람은 은은히 웃고 있었다. 정면을 바라보고 있으나 서로를 보는 듯했다.

이제는 초상화로만 만날 수 있는 부모님을 한동안 바라보고는 옆에 걸려 있는 자신의 초상화를 보았다.

그림 속 라크안은 홀로 서 있었다. 머리카락만큼이나 검은 제복을 걸치고, 허리춤에 칼을 차고, 어깨에 검은 망토를 두른 채로. 수도에 올라와 정식으로 작위를 승작받은 후 그린 것이었다.

초상화 속 라크안은 무표정했다. 붉은 눈이 싸늘하게 정면을 바라보고 있었다. 외롭고 거칠고, 고독해 보였다. 화려하게 금칠을 하였으나 그림은 어쩐지 어둑어둑했다. 부모님의 초상화와 정반대였다.

'내가 이랬었나?'

라크안은 제 입가를 매만졌다. 그림에서 느껴지는 것만큼 딱딱하지도 차갑지도 않았다.

그림 속의 라크안은 반려를 찾다 지쳐 자포자기 상태로 수도에 올라왔던 시절의 그였다. 붉은 눈에는 어떤 열정도, 의욕도 담겨 있지 않았다.

부모님의 초상화와 라크안의 초상화는 같은 화가의 작품이었다.

'공작 각하께서 혼인을 하시어 부부의 초상화를 그릴 때까지 제가 살아 있기를 바랄 따름입니다. 그때에는 지금과 다른 모습이시겠지요.'

화가는 완성된 초상화를 바치며 이리 말했다.

초상화는 썩 마음에 들었다. 부모님 대부터 인연이 있는 자이기에 초상화 값을 후하게 치르려 했다. 하지만 화가는 제 그림이 만족스럽지 않다며 원래 받기로 한 값의 절반만 받고 물러났다. 정 자신의 그림이 마음에 든다면 부부의 초상화를 그릴 때 다시 불러 달라 말할 뿐이었다.

이제야 화가의 그 말이 이해가 될 것도 같았다.

라크안은 창문 유리에 비친 자신을 보았다. 카루나 덕분에 속이 터질 것 같다가도 기뻤다. 짜증이 나지만 행복했다. 걱정되어서 미칠 것 같지만 또 한편으로는 믿음직스러웠다.

그렇게 온갖 감정을 마음껏 누린 얼굴은 초상화 속 얼굴과 같지만 다른 얼굴이 되었다. 좀 더 생기 있고, 부드러워져 있었다. 매일 밤잠을 푹 자서 그런지 얼굴색이 좋기도 좋았다.

라크안은 그 좋아진 얼굴로 픽, 웃으며 창밖을 바라보았다.

"아무튼 가만히 있지를 못하지."

그를 바꾼 사람이 거기 있었다. 밤 고양이처럼 살금살금 저택을 빠져나가는 뒷모습이 얼마나 사랑스럽고, 또 짜증이 나는지. 라크안의 입가에 웃음이 고였다.

카루나는 까만 로브를 푹 뒤집어쓰고 있었다. 뒤따르는 세나 또한 보였다. 평민들이 입는 품이 낙낙한 셔츠와 낡고 통 큰 바지 차림. 거기에 두건으로 머리를 싸매고, 칼 한 자루를 들고 있었는데, 어슬렁어슬렁 걷는 폼이 딱 뒷골목 삼류 용병이었다.

"꼬맹이면 몰라도 세나까지 피곤하다고 식사를 굶는 건 말도 안 되지."

나름 속이려고 머리를 굴린 것 같았으나, 결과적으로는 실패였다. 둘 다 저녁 식사를 하지 않겠다는 전갈을 받았을 때부터 무슨 짓을 꾸미고 있다는 걸 눈치챘으니까.

카루나와 세나가 문 밖으로 나가 길 저편으로 사라졌을 때, 라크안은 창문을 열고 뛰어내렸다. 사뿐히 바닥에 착지해서는 발소리를 내지 않고 달렸다. 후문 또한 훌쩍 뛰어넘어 두 명이 사라진 방향으로 달려갔다. 마차를 잡아타는 두 사람의 모습이 보였다.

라크안은 골목에 몸을 숨기고, 마차가 움직이기 시작하자 뒤쫓았다. 혹시나 들킬까 싶어 도로 옆 건물로 뛰어올랐다. 고양이가 선반에 오르듯 가볍게 지붕 위로 올라, 지붕과 지붕 사이를 건너뛰었다.

마차는 한참을 달리더니 수도 외곽의 어느 거리에 내렸다. 대개 이런 상황에서는 으슥한 뒷골목이나 인적이 드문 곳으로 가기 마련이건만. 카루나는 왁자지껄한 상점 거리로 향했다. 때문에 라크안은 좀 더 은밀히 움직여야 했다.

카루나는 사람들로 가득한 거리를 걸었다. 세나는 카루나가 사람들에게 치이지 않도록 어깨와 등으로 사람들을 막아섰다. 둘은 조그만 잡화점으로 들어갔다. 라크안은 그 주변을 둘러보다가 상점의 뒤쪽 골목으로 뛰어내렸다.

상점 건물 바로 뒤에 허물어져 가는 폐상점이 있었다. 물약과 연고를 파는 곳인 듯했다. 라크안은 안을 들여다보았다. 가운데 커다란 솥이 있는 게 특이했다. 선반은 죄다 쓰러져 있었다. 약병 또한 깨져서 바닥에 어지럽게 널린 채였다. 안쪽을 좀 더 들여다보니 바닥 한가운데 천에 싸인 무언가가 보였다.

사람의 형상 같기도 하고, 허수아비 인형 같기도 했다. 라크안은 혹시나 싶어 냄새를 깊이 들이마셨다. 사람의 살 냄새나 시체 썩는 냄새는 나지 않았다. 다만 등골이 싸하게 당겨 왔다. 무언가 기분이 안 좋았다.

'느낌이 안 좋은데.'

묘하게 신경 쓰였다. 라크안은 좀 더 안을 들여다보고자 했다. 그때, 앞에서 소리가 들렸다.

"나는 이전에 찾아왔던 사라옌 아가씨의 대리인이랍니다."

익숙한 목소리였다.

라크안의 귀가 절로 쫑긋 움직였다. 잡화점 건물 뒤쪽엔 작은 창문이 달려 있었다. 환기를 위해서인지 열려 있었는데, 폐상점의 지붕에서 내려다보면 안쪽이 잘 보였다. 달그락거리는 소리나 사람들의 목소리도 희미하게나마 들렸다. 보통 사람이라면 못 듣고 흘려 버릴 소리였으나, 라크안은 바로 옆에서 듣는 것처럼 들을 수 있었다.

창문 안쪽에서 익숙한 모습이 나타났다. 로브를 뒤집어쓴 카루나였다. 세나도 바로 뒤에 서 있었다. 나무 탁자를 사이에 두고, 건너편에는 한 노인이 자리했다. 노인은 커다란 앞치마를 쓰고, 알이 작은 안경을 코끝에 걸치고 있었다. 잡화점의 주인이었다.

그들은 설마 밖에서 누가 자신들을 보고 있으리라고는 전혀 생각지도 못했다. 세나는 감각이 예민했으나 라크안이 마음먹고 기척을 죽이니, 알아채지 못했다.

노인은 안경을 추켜세워 올리며 카루나를 내려다보았다. 후드 속 얼굴을 확인하려는 것이었다. 카루나는 뒤로 물러섰다.

"나에 대해 의심하지 말아요. 날 의심하는 건 곧 사라옌 아가씨를 의심하는 거니까요."

사라엔 아가씨가 누구일까. 굳이 고민하지 않아도 답이 나왔다. 라크안은 피식, 웃으며 카루나를 보았다.

"이웃 나라에서 악마에 홀린 도공이라고 의심을 받고 이곳으로 도망쳐 왔을 때, 빈털터리인 당신을 찾아와 이렇게 번듯한 가게를 세워 주고 노후를 보장해 준 사람이 누구지요? 바로 사라엔 아가씨예요. 설마 아가씨의 은혜를 다 잊은 건 아니겠지요?"

어쩜 저렇게 작고 가녀린 몸에서 저런 말이 술술 나올 수 있을까. 봐도 신기한 일이었다. 라크안은 제가 올라서 있는 폐상점의 으스스한 느낌에 신경을 곤두세웠던 것을 잊었다.

대신 푹신한 러그 위에 앉은 사람처럼 긴장을 풀고 지붕 위에 누워 버렸다. 그러고는 연극을 관람하듯 잡화점을 내려다보았다. 물론 카루나가 조금이라도 위험에 처한다면 바로 뛰어 내려갈 준비는 되어 있었다.

카루나는 계속 사라엔이라는 사람을 대신해서 왔다고 주장했다. 그러니 예전에 주문했던 물건을 내놓으라고 말했다. 노인은 미심쩍은 듯 머뭇거렸다. 하지만 결국 카루나의 말을 믿고 물건을 내왔다.

창고에서 노인이 들고 온 건 커다란 상자였다. 버거운 듯 버둥거리니 세나가 번쩍 들어 탁자 위에 올렸다. 상자 안에는 하얀 천에 싸인 찻잔과 받침 세트가 들어 있었다. 카루나는 아무렇지 않게 찻잔을 하나 슥 들어 올리더니, 난로 옆으로 갔다.

난로 위에는 주전자가 얹어져 있었다. 카루나는 그 주전자를 들어 찻잔에 물을 따랐다. 하얀 김이 올라오는 찻잔 안을 한참 들여다보았다. 이내 만족스러운 듯 웃더니, 그대로 찻잔을 잡고 있던 손을 활짝 폈다.

쨍그랑! 찻잔이 바닥에 떨어지며 산산 조각났다.

"아가씨, 위험합니다!"

세나가 기겁하며 카루나를 번쩍 들어 뒤로 물러섰다. 혹여나 파편이 카루나에게 튈까 봐 염려한 듯했다.

"이럴 수가, 나의 역작을!"

노인은 오히려 깨진 찻잔으로 달려와 그 앞에 무릎을 꿇고 엎드렸다. 손이 베는 것도 아랑곳하지 않고 찻잔 조각들을 끌어모았다. 그사이 카루나는 탁자 앞으로 가서 나무 상자를 엎어 버렸다.

아까와는 비교도 안 될 정도로 큰 소리가 났다. 상자에 든 찻잔과 받침이 바닥에 떨어지며 모두 부서졌다. 잡화점 바닥은 금세 도자기 파편으로 난리가 났다.

"어, 어째서 이러는 겁니까. 사라옌 아가씨의 대리인이라면서, 어떻게 나의 작품들을!"

"이제는 더 이상 필요가 없으니까요."

카루나는 파편을 줍느라 정신없는 노인에게 다가갔다.

"주인 없는 물건을 그냥 놔둬서 뭐 하겠어요? 천대받으며 싼값에 팔려 여기저기 남의 손을 타다가 이 물건의 가치를 몰라주는 사람 손에서 아무렇게나 쓰이겠죠."

"그, 그건 안 돼! 차라리 내 손으로 깨트리면 깨트렸지, 그런 꼴은 두고 볼 수 없습니다!"

"그렇죠? 그래서 깨트린 거예요. 그러니까 미련 버리고 어서 사라옌 아가씨의 다음 주문을 받으세요. 귀한 손에 상처 나게 뭐하는 거예요."

카루나는 속상하다는 듯 말하며 노인의 손에서 파편들을 털어 내고, 노인을 일으켜 세웠다.

"이번엔 진짜 귀한 분을 위해 주문하는 거예요. 이 제국의 황후 폐하께서 쓰실 물건을 말이에요."

"황후? 황후 폐하가 나의 작품을?"

노인이 번쩍 고개를 들어 카루나를 바라보았다. 어두운 색의 눈이 어떤 진득한 감정을 가득 담고 번들거렸다. 뛰어난 기술을 가지고 있으나 평생 천시되었던 장인이었다. 제국에서 최고로 높은 존재가 자신의 작품을 쓸 거란 말에, 그동안 인정받지 못했던 것에 대한 울분이 터져 나오는 듯했다.

카루나는 정신 나간 사람처럼 중얼거리는 노인을 잘 달래 탁자로 이끌었다. 세나가 품에서 두둑한 가죽 주머니를 꺼내 노인에게 건넸다. 노인은 주머니 안에 그득 든 금화를 확인하고는 손을 덜덜 떨었다.

"저번엔 은화를 주셨었는데……."

공손했던 목소리가 더욱 공손해졌다.

"그땐 당신이 정말 이런 물건을 만들어 낼 수 있는지 확신하지 못했으니까요. 하지만 오늘은 내가 직접 두 눈으로 똑똑히 지켜봤으니, 정당한 대가를 치르는 겁니다. 다른 누구도 아닌 황후 폐하께서 쓰실 물건이니까 이 정도 가격은 당연한 거지요."

카루나의 말에 노인은 감격하며, 기필코 깨진 것들보다 더 아름다운 것을 만들어 내고야 말겠다고 고개를 조아렸다. 카루나는 노인에게 찻잔의 모양을 백합 모양으로 만들어 달라는 등 자잘한 주문을 넣었다.

라크안은 턱을 괴고 그런 카루나를 지켜보았다. 무서울 정도로 야무지고 꼼꼼한 모습이 보면 볼수록 누군가를 생각나게 해서, 차마 눈을 뗄 수 없었다.

카루나는 용건을 마치자 머뭇거리지 않고 돌아섰다. 라크안은 지붕 위에서 그런 카루나를 바라보며 생각했다.

'그동안 몰랐던 게 말도 안…….'

"공작 각하. 공작 각하?"

누군가 라크안을 불렀다. 목소리가 쩌렁쩌렁해서 머리가 찡-하게 울렸다. 라크안은 눈살을 찌푸리며 눈을 떴다.

"……!"

그리고 깜짝 놀라 잠깐 굳었다. 바로 눈앞에 사람 얼굴이 하나 훅 다가와 있었다. 같은 사람 얼굴이어도 카루나였다면 이렇게 기분 나쁘지 않았을 텐데. 아니, 오히려 행복했을 텐데. 불행히도 라크안의 눈앞에 있는 건 철십자 기사단장의 얼굴이었다.

기사단장은 콧김을 씨익씨익 내뿜으며 눈을 부리부리하게 뜨고 있었다.

"뭐 하는 짓이지?"

라크안은 기사단장의 얼굴을 밀어내며 차갑게 말했다. 굳은 얼굴은 왕년의 라크안이 생각날 정도로 싸늘했다.

"공작 각하, 황궁으로 가실, 시간입니다."

라크안의 손에 얼굴이 뭉개진 기사단장이 우물우물 대답했다. 기사단장이 말할 때마다 그 두툼한 입술이 손바닥에 닿았다. 라크안은 진저리치며 손을 털었다.

'잠깐 서류를 본다는 게…… 잠들었던 건가?'

눈이 뻑뻑하게 아려 와서 잠깐 눈을 감고 있었건만, 그대로 깜빡 잠들어 버린 듯했다.

"곧 나갈 테니 대기하고 있게."

라크안은 손을 내저으며 기사단장을 물렸다.

"명을 따르겠습니다."

기사단장이 문을 닫고 나갔다. 벽에 걸린 시계를 확인하니 그리, 오래 잠든 건 아닌 듯했다. 라크안은 작게 한숨을 내쉬며 책상 위에 어지럽게 널브러져 있는 서류들을 정리했다.

서류는 다양했다. 그동안 클레이엔에 대해 조사해 왔던 자료. 카루나에 대한 문서. 카루나가 쓴 계약서. 그리고 마탑의 마법사 우리겐 길튼의 연구에 대한 조사.

라크안은 그 마지막 서류를 쉽게 집어 들지 못했다. 권세 높은 마카레나 백작 영애, 클레이엔에 대해 조사하는 것보다 우리겐 길튼을 조사하는 게 더 어려웠다.

마탑의 하급 마법사에 불과한 우리겐 길튼은 무슨 연구로 돈과 시간을 허비했을까. 당사자는 마법에 묶여 그에 관해서는 한 마디도 못 하는 상태가 되었다. 마카레나 백작이, 아니, 루시온이 미리 손을 쓴 덕에 우리겐 길튼의 연구 자료는 사라졌다.

우리겐은 마탑의 동료 마법사들이 자신의 위대한 연구를 이해하지 못한다고 생각해 마탑의 마법사들과 친하게 지내지 않았다. 마법사 중에는 마탑에 우리겐 길튼이라는 마법사 있는지도 모르는 사람도 있었다.

우리겐은 후원을 받기 위해 애썼다. 귀족들의 모임을 찾아다니며 '시간을 되돌리는 마법의 약' 일명 '회귀 물약'을 만들겠다고 말하고 다녔다. 하지만 그게 농담인지 진담인지 구분할 증거가 없었다.

마탑 근처의 작은 빵가게가 아니었더라면, 라크안 또한 그저 정신 나간 마법사의 우스갯소리로만 생각하고 흘려 넘겼으리라.

빵집 주인은 종종 우리겐에게 유통 기한이 지난 빵을 나누어 주었다고 했다. 그는 우리겐이 빵을 얻어먹으며 늘어놓았던 마법 연구의 내용을 잘 기억하고 있었다. 찾아올 때마다 똑같은 말을 해 대니, 귀에 못이 박히도록 들어 그 내용을 달달 외울 정도였다나.

그의 진술 덕분에 라크안은 우리겐의 연구에 대해 확실히 알 수 있게 되었다. 우리겐은 정말로 회귀 물약을 만들려고 했다. 라크안은 빵집 주인의 진술서를 손가락으로 톡톡, 두드렸다.

회귀 물약을 연구하고 있던 마탑의 마법사 우리겐 길튼.

우리겐을 후원한 클레이엔.

클레이엔의 공백기 동안 우리겐의 입을 막고, 우리겐의 자료를 빼돌린 루시온.

사라진 우리겐을 찾으려 애쓰던 마카레나 백작가.

모든 게 하나로 연결되었다. 그동안 몰랐던 게 말이 안 될 만큼 선명히.

이걸 보다 깜빡 잠이 들었는데, 꿈속에서 카루나가 나왔다. 꿈속에서 만난 카루나는 얄궂게도 로브로 얼굴을 가린 상태였다.

벌써 카루나를 못 만난 지 며칠이나 되었던가. 날짜를 세던 라크안은 피식, 웃으며 고개를 설레설레 저었다. 그리고 꿈속에서처럼 창문에 비친 자신을 바라보았다.

불쌍하기 이를 데 없는 사내가 멀거니 서 있었다. 며칠째 밤에 잠을 못 이루고, 낮에 가끔 이렇게 선잠을 자며 버티고 있는 사내였다. 눈 밑은 시커멓고 얼굴은 창백했다.

그동안 카루나 덕분에 말랑말랑해졌던 얼굴은 다시 딱딱하게 굳었다. 그리고 살이 내려 말랐다. 무표정한 얼굴에 냉기가 흘렀다. 꿈속에서 봤던 그 혈색 좋은 얼굴과는 너무도 비교되는 얼굴이었다.

라크안은 한 손으로 제 얼굴을 쥐어뜯을 듯 감쌌다. 다른 한 손으로는 카루나가 자필로 쓴 계약서를 움켜잡았다. 와그작. 종이가 손안에서 잔인하게 구겨졌다.

* * *

라크안은 기사단장과 함께 황궁으로 향했다.

"요즘 들어 부단장이 잘 보이지 않는군요. 숲으로 돌아간 겁니까?"

"저택에 처박혀 있지."

"그렇군요. 뭔가 기분 탓인지 저택이 조용한 느낌입니다."

기사단장이 허허, 웃으며 말했다. 라크안은 딱히 부인하지 않았다. 그의 말처럼 요즘 바이켈드 공작저는 정말로 조용했으니까. 조용하다 못해 숨이 막힐 지경이라고 하소연하는 사람들도 있었다.

리센이 조용해서 그렇기도 하지만 가장 큰 원인은 카루나였다.

고작 1년도 안 되는 기간이었건만. 바이켈드 공작저의 사람들은 카루나와 함께하는 일상에 익숙해져 있었다. 카루나가 없는 저택은 끔찍할 정도로 고요했다.

하녀장은 텅 빈 카루나의 방에 들러 괜히 침대보를 들추곤 했다. 부엌에선 카루나가 좋아하던 과자를 구워 식당에 산더미처럼 쌓아 놓았다. 라크안이 단 걸 안 좋아한다는 걸 알면서 굳이 시위하듯 매끼마다 단 걸 올렸다. 하녀들은 카루나의 드레스를 손질하며 한숨을 내쉬었다. 기사들은 먼지가 내려앉은 포도주 통 더미를 손으로 쓸어내리며 영웅의 귀환을 기다렸다.

라크안은 그들을 탓하지 못했다. 당장 라크안부터 다시 불면증에 시달리고 있었다. 고작 카루나가 없을 뿐인데. 너무 많은 게 달라져 버렸다. 하지만 일과를 멈출 순 없는 노릇이다. 라크안은 기사단장과 함께 국정회의에 참석했다.

국정 회의는 언제나 시장판을 방불케 했다. 고귀한 귀족들이 모여 중요한 나랏일을 논의하건만. 우아함 따위는 눈을 씻고 찾아보려야 찾아볼 수 없었다. 귀족파와 황제파로 갈라진 귀족들의 지루한 견제와 말다툼, 그 속에서 국가의 주요한 안건들이 처리되고 수정되었다.

라크안은 무표정한 얼굴로 그 난장판을 지켜보았다. 턱을 괴고, 반대편의 상석을 바라보았다. 작년부터 비어 있는 자리였다.

본래대로라면 마카레나 백작이 앉아 있어야 했다. 하지만 마카레나 백작은 좀처럼 이런 시끄러운 자리에 모습을 드러내지 않았다. 때문에 저 자리는 항상 공석이었다.

라크안은 빈 의자 앞에 놓인 마카레나 백작 가문의 문장을 바라보았다. 마카레나 백작 가문의 문장을 보노라면, 마카레나 백작보다는 클레이엔이 먼저 생각났다.

지난 수년간 라크안은 국정회의와 사교계, 양쪽에서 마카레나 백작 가문을 상대해야 했다.

마카레나 백작은 빈 의자 뒤에서 휘하의 귀족들을 움직였다. 그와 달리 클레이엔은 적극적으로 나섰다. 클레이엔은 사사건건 라크안의 심기를 거스르며 약을 올렸다.

찌릿하게 자신을 노려보던 그 매서운 녹색 눈이라니. 클레이엔을 볼 때마다 오랜만에 살아 있는 것 같은 느낌이 들었다. 널브러져 있던 온몸에 전기가 흘렀다.

클레이엔이 사라지자 거짓말처럼 라크안의 흥미도 가셨다. 대신 바이켈드 공작저에 가히, 클레이엔급의 재해가 나타났다. 단번에 라크안을 사로잡은 태풍의 이름은 카루나였다. 반짝이는 녹색 눈이 더없이 매력적인.

카루나가 라크안의 눈에 띄고 몇 달 뒤, 클레이엔이 돌아왔다. 귀족들은 황제파니 귀족파니 할 것 없이 두 사람이 맞붙을 거라 기대했다. 하지만 클레이엔은 예전처럼 라크안과 대립하지 않았다. 그리고 라크안은, 예전처럼 클레이엔에게 흥미를 느끼지 못했다.

톡톡. 라크안은 손가락으로 책상을 가볍게 두드렸다. 잠시 자신을 사로잡았던, '이전의 클레이엔'에 대한 생각은 잠시 미뤄 두고. 난장판인 국정 회의에 집중했다. 계속 잠든 사자로 있으려고 국정 회의에 참석한 게 아니니.

라크안은 제 앞에 놓인 서류를 들여다보았다. 그리고 패를 들어 발언권을 얻고, 중요한 안건에 대한 자신의 의견을 밝혔다. 기다렸다는 듯 황제파의 지지와 귀족파의 반론이 쏟아졌다. 하지만 하나도 흥미롭지 않았다.

라크안을 자극하는 건 신랄하게 자신을 쏘아붙이는 여인의 생기 가득한 녹색 눈뿐이었다. 오직 그뿐이었다.

회의가 끝난 뒤, 라크안은 제게 다가오려는 주변 귀족들을 물렸다. 저를 찾는 기사단장을 피해 기둥 뒤로 몸을 숨겼다. 별 이유는 없었다.

하늘이 맑아서. 나뭇잎이 너무 푸르러서. 그 쨍한 녹색이 눈에 밟혀서.

그래서였다. 라크안은 홀로 황궁 안쪽으로 걸어 들어갔다. 그를 막는 사람은 아무도 없었다. 대신 길 안내를 하고자, 시종이 한 명 뒤따랐다. 라크안은 내키는 대로 황궁 안을 걸었다.

바이켈드 공작의 앞길을 막아서는 자는 아무도 없었다. 설령 부름을 받지도 않고 황제에게 간다 해도 황제는 두 팔을 벌려 맞이해 주리라. 황태자는 두말할 나위도 없었다.

이 황궁에서 바이켈드 공작을 반기지 않는 장소는 딱 한 곳뿐이었다. 황후의 궁인 백합궁. 황후가 부르지 않으니 라크안 또한 갈 이유가 없었다. 그래서 백합궁에는 몇 번 찾아가지 않았다. 의례적인 행사가 있을 때나 황태자와 함께 찾을 뿐이었다.

그곳을, 라크안이 제 발로 걸어서 갔다. 백합을 닮은 듯 흰 궁은 멀리에서도 금방 눈에 띄었다.

"각하, 지금 황후 폐하께 가서 알현을 요청드릴까요."

뒤따라오던 시종이 물었다. 라크안은 잠시 고민하다 고개를 저었다.

"아니, 됐다. 그저 근처를 잠시 돌아보고 갈 테니, 괜히 황후 폐하를 귀찮게 할 필요는 없다."

황후가 갑작스러운 알현 신청을 어떻게 받아들일지 알 수 없을뿐더러 지금은 별로, 카루나를 만나고 싶지 않았다.

카루나가 생각나서 왔으나 카루나를 만나고 싶지는 않다.

양립할 수 없는 두 개의 감정이 제멋대로 뒤섞였다.

'이 근처를 서성거리면 우연히 만날 수 있지 않을까. 먼발치에서라도 한 번 볼 수 있지 않을까.'

바라는 마음이 들었다.

'내내 황후의 곁을 지키는 시녀 후보인데, 그런 우연 따위는 있을 수 없겠지. 알현 신청을 하지 않았으니 내가 온다는 것조차 모르고 있겠군. 차라리 그게 나아. 지금 얼굴을 본다면…….'

한편으로는 바라지 않는 마음도 솟았다. 모든 게 엉망이었다.

문득 꿈속에서 보았던 자신의 초상화가 떠올랐다. 얼음으로 깎아 만든 듯, 살아 있는 사람 같지 않게 싸늘했던 초상화. 그 초상화 앞에서 창문에 비친 자신을 보았을 때 얼굴엔 생기가 흐르고 웃음이 넘쳤다.

지금은 어떨까. 어떤 모습을 하고 있을까. 초상화 같을까. 아니면, 창문에 비친 허상과 같을까.

라크안은 걸음을 멈췄다.

'이게 뭐하는 짓이지?'

아무리 하늘이 맑다 해도. 나뭇잎이 푸르다 해도. 그 녹색이 누군가의 눈을 닮았다고 해도. 그게 황후궁 주변을 배회하는 이유가 될 수는 없었다. 라크안은 쯧, 혀를 차며 돌아섰다.

그런데, 등 뒤에서 인기척이 느껴졌다.

"어? 설마 공작 각하?"

등 뒤에서 맑고 쾌활한 목소리가 들렸다. 라크안은 당연하게도, 돌아서서 그 목소리의 주인공을 마주 보았다.

"여긴 어쩐 일이세요? 황후 폐하를 만나러 오신 거예요? 그런 기특한 생각을 다 하다니!"

카루나가 깡충깡충 뛰어왔다. 라크안의 바로 앞에 서서는 스스럼없이 라크안을 올려다보았다. 어깨에서 찰랑이는 갈색 머리. 이 세상 그 어떤 것보다 푸른 눈. 반갑다는 듯 미소 짓는 얼굴. 보는 것만으로도 울컥, 감정이 치솟았다.

라크안은 스스로에게 물어보았다. 이 감정이 원망일까, 증오일까. 아니면 기쁨이고 행복일까.

오직 제 눈앞의 소녀에게 집중했기 때문에 두 사람의 그림자가 맞붙은 줄 몰랐다. 오랜만에 보는 카루나의 얼굴을 보기에도 바쁜데, 발치의 그림자를 볼 여유 따위는 없었다.

덕분에 카루나의 그림자 속에 숨어 있던 어떤 검은색 한 조각은 아무 방해 없이 라크안의 그림자로 넘어올 수 있었다.

카루나도 라크안도, 아무도 그걸 알아차리지 못했다.

* * *

티타임에서 클레이엔에게 한 방 먹인 뒤. 카루나는 황후의 시녀들 사이에서 유명 인사가 되었다. '하얀 찻잔의 마법사'라는 별명도 얻었다.

그날의 티타임 이후로도 황후는 클레이엔을 가까이했다. 그래서 시녀들은 더더욱 황후의 관심을 받지 못하는 카루나를 챙기고 들었다. 클레이엔은 시녀들 사이에서의 평판은 조금도 신경 쓰지 않았다. 오직 황후에게만 집중했다. 덕분에 카루나는 수월하게 시녀들의 마음을 얻을 수 있었다.

'윗사람한테 편애를 받을수록 처신을 잘해야 하는 법인데. 황후한테만 잘 보이면 단가. 다른 시녀들은 안중에도 없나 보네.'

카루나가 보기엔 그리 좋은 방법은 아닌 듯했으나, 굳이 조언해 주지는 않았다. 시녀 중에서도 에르케가 특히나 카루나를 아꼈다. 카루나 또한 에르케를 잘 따랐다.

'시녀장인 론넬 후작 부인이 계속 몸 상태가 안 좋아 돌아오지 못하면, 아마도 차기 시녀장은 에르케 영애가 될 거야. 잘 보여서 나쁠 건 없겠지.'

이렇게 카루나가 시녀들과 좋은 관계를 만들어 나가는 동안, 클레이엔은 황후의 총애를 유지하는 데 집중했다. 특히나 황후에게 보다 더 귀한 찻잔을 바치지 못해 안달이었다.

매일같이 백합궁으로 마카레나 백작가의 사람들이 찾아왔다. 손에는 바리바리 선물 보따리를 들고 있었다. 은으로 만들고 금을 새겨 문양을 넣은 찻잔과 크리스털로 만든 찻잔, 하다못해 보석을 박아 장식한 찻잔까지.

황후는 거절하지 않고 선물을 받았으나 사용하지는 않았다. 그래서 클레이엔은 더 약 올라 했다. 카루나는 그 광경을 지켜보며 한숨을 내쉬었다. 한심하다고 생각하는 걸 굳이 숨기지 않았다.

"천박하군요. 전혀 우아하지 않아요."

에르케 또한 눈살을 찌푸렸다. 둘은 클레이엔 덕분에 좀 더 가까워질 수 있었다.

어느 날, 에르케는 카루나에게 개인적인 부탁을 했다. 백합궁의 구석진 곳에 있는 서고에서 책을 찾아다 달라는 것이었다. 클레이엔만 싸고도는 황후 덕에 심심했던 카루나는 생각을 정리할 겸, 부탁을 들어주었다.

그 덕에 카루나는 전혀 예상치 못하게, 라크안을 만날 수 있었다.

서고로 가던 중 카루나는 익숙한 뒷모습을 발견했다. 망토로도 가려지지 않는 쩍 벌어진 어깨에 탄탄한 등. 까마귀 깃털보다 까만 머리카락. 누가 봐도 바이켈드 공작, 라크안이었다.

"어? 설마 공작 각하?"

카루나는 반가운 마음에 소리 높여 그를 불렀다. 오랜만의 만남이었다. 카루나가 백합궁으로 들어온 뒤 한 번도 만나지 못했으니까.

'뭐야, 아무리 황후랑 사이가 안 좋다고는 해도. 내가 여기에 있는데 한 번 정도는 만나러 와야 하는 거 아냐? 난 계속 황후 옆을 지키고 있어야 하기 때문에, 백합궁을 나가지 못한다고. 그러니까 그쪽에서 보러 와야지.'

머리카락 한 올 비치지 않는 라크안을 원망하고 있던 차였다. 물론 처음부터 원망했던 건 아니었다.

'밤에 잠은 잘 자고 있나?'

처음 며칠 동안이야, 하루가 끝나 잠이 들 때면 라크안이 걱정되기도 했다. 하지만 그건 처음 며칠에 불과했다.

'불면증이 다 나았나 보지. 쿨쿨 주무시느라 못 오신다 이거지? 난 이제 필요 없나 봐?'

시간이 지날수록 심술이 쌓였다. 라크안이 자신을 보러 오지 않는 게 어째서인지 섭섭했다. 스스로 섭섭해한다고 깨닫지 못하고 있었으나 그 마음은 분명히 서운함이었다.

하지만 라크안의 널따란 등짝을 보자마자 그 섭섭한 마음이 눈 녹듯 사라져 버렸다. 카루나는 포르르 라크안에게 뛰어갔다.

'절 만나러 온 건가요? 제가 잘 지내는지 궁금해서? 확인하려고?'

정말 물어보고 싶은 말이 혀끝에 감돌았으나, 막상 말을 하려니 쑥스러웠다. 그래서 마음에도 없는 말을 대신 내뱉었다.

"여긴 어쩐 일이세요? 황후 폐하를 만나러 오신 거예요? 그런 기특한 생각을 다 하다니!"

이제 와서 라크안이 황후와 가깝게 지내려고 노력할 리 없다고 생각하면서도. 아닌 척 물어보았다.

"어, 어어. 그래. 뭐……."

라크안은 대답을 얼버무렸다. 카루나의 시선을 피해 고개를 옆으로 돌리기까지 했다. 주먹을 꽉 쥐고 어쩔 줄 몰라 하는 게 보였다.

'뭐야, 날 보러 온 게 부끄럽나? 쑥스러워하기는.'

카루나는 그런 라크안이 더없이 귀여워 보였다. 그래서 자꾸자꾸, 입꼬리가 위로 솟았다. 라크안의 굳은 얼굴마저도 부끄러워 그러는 거로 보였다.

"왜 그래요, 갑자기. 서로 어색한 사이처럼. 응?"

카루나는 라크안의 바로 옆에 서서 손가락으로 라크안의 팔을 쿡 찔렀다. 여전히 강철을 빚어 만든 듯 단단했다. 손가락이 들어가기는커녕 튕겨져 나왔다. 딱딱한 벽에 부딪친 것처럼 손끝이 아팠지만 하나도 기분 나쁘지 않았다.

라크안은 그런 카루나를 아무 말 없이 내려다봤다. 그는 해를 가리고 서 있는 참이었다. 역광 때문에 얼굴이 까맣게 보였다. 무슨 표정을 짓고 있는지 도통 보이지 않았다.

라크안이 영 어색하게 구는 게 신경이 쓰이긴 했다.

'이제야 만나러 왔으면서 왜 이렇게 데면데면하게 구는 거야.'

짐작이 확신으로 굳어져서 더는 깊이 생각하지 않았다. 카루나는 서고로 가야 하는 걸 잠시 뒤로 미루고 라크안과 함께 걸었다.

'부끄러움을 무릅쓰고 날 만나러 왔는데, 이 정도는 해 줘야지.'

카루나는 기분이 좋아서 특별히 라크안에게 자신과의 산책을 허락해 주기로 마음먹었다. 라크안이 자신의 발걸음에 맞춰 천천히 걷자 더욱더 어깨에 힘이 들어갔다.

"저택의 다른 사람들은 다들 어떻게 지내고들 있나요? 잘들 있어요? 날 다 잊은 건 아니겠죠?"

"설마, 그럴 리가."

"하녀장님도 잘 있죠?"

"매일 네 방을 청소하고 있어."

"솔토 경은요?"

"매일 열심히 훈련을 하고 있지."

"기사단장님은요?"

"매일 열심히 일을 하고 있지."

"흐음, 그럼 바이켈드 공작 각하는요?"

"매일 열심히……."

무심코 대답하던 라크안이 멈칫, 했다.

"열심히? 열심히, 뭘 하고 있나요?"

카루나는 까르르 웃으며 뒤꿈치를 들고 손을 높게 뻗었다. 아무리 손끝에 힘을 주어도 라크안의 얼굴에는 닿지 않았다.

"좀 숙여 봐요, 얼굴 좀 보게!"

"아……."

카루나가 소매를 잡고 끌어당기자 라크안은 그제야 허리를 숙였다. 내내 보지 못했던 라크안의 얼굴이 비로소 훤히 드러났다.

카루나는 오랫동안 못 보고 지냈던 라크안의 얼굴을 꼼꼼히 쳐다보았다. 오랜만에 봐도 여전히 잘생긴 얼굴이었다. 하지만 상태가 영 좋지 않았다.

'잠을 못 잤나 보네. 눈 밑이 까매. 뺨도 홀쭉해졌어!'

카루나는 라크안의 양 볼을 잡고 좌우로 흔들었다. 이리 보고 저리 봐도 잘생긴 얼굴이 다 상해 있었다. 손바닥에 닿는 피부의 감촉도 푸석푸석했다. 카루나는 라크안의 눈을 바라보며 물었다.

"밥은…… 먹고 다니는 거예요?"

"……."

라크안은 대답하는 대신, 자신을 걱정해 주는 카루나를 바라보았다. 붉은 눈은 그의 복잡한 심경을 그대로 담아내고 있었다. 하지만 카루나는 그런 라크안의 표정을 다르게 오해했다.

"왜 그래요, 어지러운 거예요? 말도 못 할 정도로?"

라크안의 양 뺨을 감싼 카루나의 손에 힘이 들어갔다.

"……내가 설마, 굶고 다니기야 하겠어."

라크안은 조금 머뭇거리다가 대답했다. 이 대답 하나로 어색하던 둘 사이의 간격이 훅- 줄어들었다.

"그럼 얼굴이 왜 이 모양 이 꼴이에요."

'그나마 봐 줄 만한 게 이 얼굴인데.' 카루나는 뒷말은 꿀꺽 삼키고 말했다.

"글쎄."

내내 기분이 가라앉아 있는 라크안과 달리 카루나는 줄곧 밝고 명랑했다. 라크안은 그 기운에 휩쓸려 피식, 웃었다. 그러자 목을 조르고 있던 무언가가 툭- 끊어지는 것 같은 기분이 들었다. 그 느낌은 라크안에게 용기를 주었다. 평소처럼 아무렇지 않게 카루나를 대할 수 있는 만용을.

"말해 봐요, 누가 괴롭혔어요? 내가 가서 포도주 통 한 번 엎어 버려요? 아, 그때 리센 님이랑 오해는 잘 푼 거죠? 내가 정신없이 바빠서, 또 계속 리센 님이랑 엇갈려서 이야기 나눠 보지 못하고 왔는데……."

"잘 풀었어. 그 뒤로도 잘 지내고 있고."

"다행이네요. 그런데 얼굴이 왜 이런 거냐고요. 도대체."

"누가 계약을 어겨서?"

라크안이 대수롭지 않게 툭, 말을 꺼냈다.

"아, 음."

카루나는 잠깐 말문이 막혔다. 라크안은 그런 카루나를 심술궂게 바라만 보았다.

"설마, 여전히 잠을 못 자요?"

"설마. 푹 잔 얼굴 같아 보여?"

"……아니요."

"알면 됐어."

라크안이 허리를 펴고 일어섰다. 둘 사이에 다시 틈이 벌어졌다.

카루나는 두 손을 주먹 쥐었다. 아직 손안에 남아 있는 온기가 사라지는 게 아쉬웠다. 라크안도 괜히 손가락으로 볼을 긁적이더니, 길 앞에 서 있는 시종을 가리켰다.

"오늘은 여기까지."

둘만의 짧은 산책이 끝났음을 알리는 것이었다. 카루나는 아무렇지 않은 척 라크안을 배웅하면서 슬쩍, 다음번 만남을 기약했다.

"잘 가세요. 또 언제 올 건가요?"

"글쎄. 별일이 없다면 궁에서는 다시 볼일이 없지 않을까?"

"볼일이 없다고요?"

"그래, 별일이 없다면. 그러니까 남은 기간도 잘해 봐, 꼬맹아."

"그러다 내가 정말 황후 폐하의 시녀가 되면 어쩌려고요. 이번 한 달뿐이 아니라 계속, 쭉- 백합궁에 머물게 될지도 모르는데?"

카루나의 목소리가 퉁명스러워졌다. 아무렇지 않게 다음에 또 만날 일이 없을 거라고 말하는 라크안이 얄미웠다. 또 서운하기도 했다. 그런 카루나의 마음을 아는지 모르는지, 라크안은 카루나의 머리를 쓰다듬으려 했다. 카루나는 찰싹- 그 손을 쳐냈다.

"어디 숙녀의 머리에 함부로 손을 올리려 하나요."

"그냥 숙녀가 아니라 내 약혼녀를 응원하려고 한 거였는데, 어쩔 수 없지."

라크안이 성큼 걸어 앞서가더니 뒤돌아서 카루나와 마주했다.

"다 잘 끝마치고 돌아와. 여기 오래 머물 생각은 하지 말고. 다음번에는 황궁이 아니라 내 저택에서 만나는 거야. 우린."

붉은 눈이 곱게 휘며 눈웃음을 지었다. 아까 만났을 때의 어색함은 사라진 듯했다. 라크안은 카루나의 손등에 가볍게 입을 맞추며, 한숨을 쉬듯 속삭여 말했다.

"알았지, 내 꼬맹이 약혼녀."

* * *

라크안과 헤어진 후 카루나는 왔던 길을 거슬러 갔다. 둘이 함께 걸을 때는 너무 짧게만 느껴졌는데, 홀로 걷자니 길이 제법 멀었다.

길을 걸으며 카루나는 라크안의 이상했던 태도를 다시 한번 생각해 볼 여유가 생겼다. 처음에 만났을 때는 싫어하는 사람이라도 만난 양 어색해하더니, 나중에 헤어질 때가 돼서는 예전처럼 스스럼없이 굴었다.

'애완견과 멀리 떨어져 있다가 오랜만에 만나면 주인을 못 알아보기도 한다던데. 그런 건가?'

카루나는 저를 못 알아보고 으르렁거리는 커다란 검은 늑대를 떠올려 보았다. 포도주 통 더미에 깔리고 나서야 끼잉거리며 꼬리를 흔드는 늑대의 모습도.

귀엽긴 하지만, 어쩐지 현실감이 들지 않았다. 카루나는 고개를 설레설레 저으며 생각들을 털어 냈다. 그러는 새 백합궁으로 돌아올 수 있었다. 카루나는 곧바로 구석진 곳에 있는 서고로 향했다. 뒤늦지만 에르케의 심부름을 이어 갈 생각이었다.

서고로 가는 복도는 깨끗했다. 가는 내내 사람은 보이지 않았다. 백합궁이 워낙 넓어 이런 곳까지는 호위병이나 시종이 배치되지 않는 듯했다. 그래서 외진 복도 끝에서 두런두런 말소리가 들리자, 카루나는 일단 발소리를 죽였다.

살금살금 걸어가 근처에 있는 커다란 조각상 뒤에 몸을 숨겼다. 바이켈드 공작저에서 많이 연습했기에 능숙하고 재빨랐다. 눈만 살짝 내밀어 꺾인 복도 안을 바라보니, 대화를 나누는 두 사람이 보였다. 화려하고 아름다운 드레스 자락도 눈에 들어왔다. 클레이엔과 루린토프였다.

둘은 친밀하게 몸을 맞대고 속닥이고 있었다. 작은 목소리로 말하고 있었으나 복도가 조용하여 목소리가 울렸다.

"루린토프 영애, 그건 어떻게 됐나요."

"아, 아직이요. 하지만 곧……!"

"아직이라니. 도대체 언제까지 이렇게 질질 끌 참이에요. 정말로 카루나, 그 계집애한테 본때를 보여 줄 마음이 있긴 한 건가요?"

클레이엔의 목소리는 격했고, 루린토프는 우물쭈물했다.

'진짜 클레이엔과 루린토프 영애가 벌써 이만큼이나 가까운 사이였다니.'

카루나는 가볍게 충격을 받았다.

'아예 멍청하게 가만히 있을 줄 알았는데. 아니었어! 이렇게 열심히 보쉬엔 가문을 꾀고 있었다니.'

우연히 그 근처를 지나가지 않았으면, 그 이후로도 전혀 몰랐을 것이다. 클레이엔이 나름 카루나의 시선을 피해 일을 도모하고 있다는 증거였다.

'와우, 제법이네. 진짜 클레이엔.'

원체 기대하지 않았기에 놀라움은 제법 컸다. 카루나는 조각상 뒤에 웅크려 숨은 채로 둘이 나누는 대화를 고스란히 들었다.

"명심하세요, 이번 달이 끝나기 전에, 아니 최종 시험이 시작하기 전에 그 계집을 여기서 끄집어내야 해요. 그러기 위해선, 어떻게 해야 하는지 알죠?"

"정말로…… 정말로, 우리 가문을 보호해 주실 건가요?"

"도대체 몇 번을 물어보는 건가요."

"하, 하지만……."

"알았어요. 그래요, 불안하겠지요. 바이켈드 공작을 배신한다는 게."

클레이엔이 너그러운 척 말했다. 루린토프가 격하게 고개를 끄덕였다. 그대로 놔두면 목이 댕강 부러져 나갈 것 같았다. 클레이엔은 그런 루린토프를 향해 방긋, 웃어 보였다. 사교계를 사로잡고, 황후의 마음마저 사로잡은 그 미소였다.

"루린토프 영애, 날 믿어요. 내 아버지는 마카레나 백작이고, 나는 그분의 단 하나뿐인 딸이에요. 그리고 곧 황태자비가 될 운명이죠."

클레이엔이 우아하게 손을 들어 자신을 가리켰다. 그러고는 루린토프에게 그 손을 내밀었다.

"그런 내가 보장해요. 영애와 영애의 가문은 우리 귀족파에 큰 환영을 받을 거예요. 지금까지 바이켈드 공작과 황제파에서 핍박을 당한 게 기억나지 않을 정도로 말이죠."

"큰언니와 어머니는…… 마카레나 백작 영애를 믿으셔요. 하지만 아버지께서 아직……."

루린토프는 계속 미적거리며, 클레이엔이 원하는 확실한 대답을 주지 않았다. 그러자 클레이엔의 얼굴이 단번에 험악해졌다. 고개를 숙이고 있는 루린토프는 보지 못했으나 조금 떨어진 곳에서 둘을 바라보는 카루나에게는 아주 잘 보였다.

그 얼굴을 루린토프가 봤다면 어땠을까. 더 겁을 먹어서는 아무것도 못하겠다며 내뺄 수도 있으련만. 안타깝게도 루린토프가 고개를 들 때즈음, 클레이엔은 다시 얼굴 표정을 부드럽게 바꿨다.

"그 계집이랑 무슨 일이 있었는지는 대강 들었어요. 그리고 지금 보쉬엔 자작 가문이 황제파에서 어떤 취급을 당하고 있는지도."

"그, 그건……."

"어차피 그대로 가만히 있다가는 모든 게 끝날 거예요."

"고, 공작 각하께서는…… 제 마음을 어여삐 여겨 주셔서…… 요, 용서해 주셨는걸요!"

"하지만 그 약혼녀는 전혀 그런 생각을 가진 것 같지 않던데. 그 조그만 계집애가 정말로 바이켈드 공작과 결혼이라도 한다면 어떻게 될까요?"

"……."

"당신네 가문을 가만히 안 놔두겠죠. 당신은 물론이구요. 가만히 앉아서 그때를 기다리고 있을 건가요?"

"아, 아니요, 아니요."

루린토프는 이번엔 좌우로 고개를 세차게 저었다. 그걸 본 클레이엔의 얼굴에 만족감이 어렸다.

"그렇다면 정신을 차리고 좀 더 적극적으로 내게 붙어요. 날 믿고요. 루린토프 영애, 난 당신이 꽤 마음에 들거든요."

"……제가요?"

"그래요. 지금 내 앞에서 이렇게 벌벌 떠는 당신의 어디에서 그런 용기가 솟았는지 모르겠지만. 바이켈드 공작이 좋아서 바이켈드 공작을 납치하고 감금하기까지 했다면서요? 성공했다면 좋았을 것을. 그 쪼그만 게 방해해서 실패한 거죠?"

"네. 네에…… 네."

"사랑하는 남자를 가지기 위해서 그렇게까지 하다니. 그게 마음에 들어요. 나랑 아주 잘 맞을 거 같아."

클레이엔이 활짝 웃어 보였다. 루린토프는 얼떨떨했다.

그 일이 있고 난 후, 루린토프는 집 안팎에서 온갖 비난을 받았다. 가족들도 친구들도, 모두들 루린토프가 잘못한 거라고 말했다. 부모님은 그녀가 어디 무난한 귀족 가문에조차 시집가기 힘들 거라고 한탄했다. 그러고선 아직 이 소식을 알지 못할 어느 지방 촌구석에 시집보내려 했다.

어차피 라크안이 아닌 다른 사내와 결혼할 마음은 없었다. 때문에 결혼하기 힘들 거 같다는 말에는 아무런 충격도 받지 않았다. 하지만 라크안이 있는 수도를 떠나 어느 촌구석으로 내려가야 한다니. 얼굴도 모르는 남자와 결혼하게 된다니.

그것만은 절대 일어나서는 안 되는 일이었다. 루린토프는 겁에 질려 집에서 도망 나오고자 했다. 고모가 수도원장으로 있는 수도원으로 도망가 수녀가 될 계획까지 세웠다. 만일 이번에 황후의 시녀 후보로 선발되지 못했다면 정말 그럴 생각이었다.

그런데 클레이엔이 잘한 거라고. 성공하지 못한 게 안타깝다고 말해 주었다. 그동안 비난만 받아 움츠러져 있었던 루린토프의 어깨가 조금이나마 펴졌다.

'설마?'

문득, 루린토프는 어떤 생각에 사로잡혔다.

“이번에 제가 황후 폐하의 시녀 후보로 뽑힌 것도, 영애께서 손을 써 주신 건가요?”

루린토프는 자신의 생각을 거르지 않고 그대로 물어보았다.

“글쎄요, 어떻게 된 일일까요.”

클레이엔이 천연덕스럽게 대꾸했다.

“제가 한 일은 별거 아니에요. 그저, 황후 폐하의 시녀였던 현숙한 귀부인들과 이야기를 나누며, 루린토프 영애에 대한 이야기를 조금 흘렸을 뿐이지요.”

“아, 역시!”

“최종 선택은 황후 폐하께서 하신 거겠지만, 뭐…… 내가 손쓰지 않았다면, 당신은 지금 여기에 없었겠지.”

클레이엔은 루린토프를 아랫사람 취급을 하기 시작했다. 루린토프는 그런 대우를 받으면서 아무런 항의도 하지 않았다. 아니, 못 했다.

잠시 후. 클레이엔은 루린토프에게 다시 한번 당부를 한 뒤 자리를 떠났다. 루린토프는 클레이엔의 그림자라도 되는지 그 뒤를 졸졸 쫓았다. 둘이 떠나니 복도는 다시 조용해졌다.

카루나는 천천히 몸을 일으켰다. 꽤 오랫동안 웅크리고 있어서 다리가 뻐근했다. 그 상태로 벽을 기대고 서서, 클레이엔과 루린토프가 걸어갔을 복도를 잠시 바라보았다. 그러고는 돌아서 반대편으로 걸었다.

거기가 카루나가 가야 하는, 서고로 향하는 방향이었다. 사뿐사뿐 걷는 카루나의 얼굴에 엷은 웃음이 감돌았다.

* * *

라크안이 바이켈드 공작저로 돌아왔을 때, 마중 나온 이가 있었다. 리센이었다. 며칠 만에 보는 친구의 얼굴은 꽤 수척해져 있었다. 그래서 그런 건지 분위기가 평소와 달랐다. 좀 더 뾰족하고 날 서 있는 느낌이었다.

'당연하지. 평소처럼 웃고 있는 게 더 이상한 일이지.'

라크안은 그리 생각하며 말에서 훌쩍 내렸다. 리센은 라크안이 가까이 다가오자 물었다.

"카루나 아가씨를 보고 온 거야?"

"잠깐. 우연히 마주쳤어."

대수롭지 않은 일이었다는 듯 말하고 지나치려고 했다. 하지만.

"거짓말."

라크안은 리센의 눈빛에서 희미한 분노를 읽었다. 리센의 분노는 정당했다. 라크안은 리센의 원망을 받아 마땅한 짓을 했다. 그와 자신의 눈앞에서 카루나를 숨겨 버리고는 혼자서만 만나고 왔으니. 그나마 순하고 착한 리센이기에 이 정도에서 제 분노를 갈무리한 것이었다.

'만약 나였다면…….'

결코 상대방을 가만 놔두지 않았으리라.

리센이 한 걸음, 라크안에게 다가왔다. 두 사람의 사이가 가까워지며 두 사람의 그림자가 서로 겹쳤다. 기다렸다는 듯 작은 그림자 한 조각이 라크안에게서 리센에게로 넘어갔다. 그림자는 리센의 발치로 스며들었다.

그러는 새 두 남자는 서로를 가만히 바라보았다. 누구 하나 먼저 입을 열지 못했다. 탐색하듯, 혹은 공격할 틈을 찾듯. 둘 사이에 긴장감이 감돌았다.

그때였다.

"라안 님. 오셨군요!"

솔토의 목소리가 둘 사이의 긴장을 깨트렸다.

"아, 그래. 왔어."

라크안은 뒤로 한 걸음 물러서며, 저 멀리서 달려오는 솔토를 향해 손을 들어 보였다. 솔토는 혼자가 아니었다. 철십자 기사단의 기사들 몇 명을 뒤꽁무니에 달고 있었다.

"안 그래도 언제쯤 돌아오시려나 다들 기다리고 있었습니다. 큰일 났습니다. 아니, 아주 큰일은 아닌데, 아무튼 와서 좀 봐 주십시오."

솔토와 기사들이 라크안을 훈련장 쪽으로 떠밀었다. 라크안은 마침 잘 됐다 싶어 기꺼이 그들이 모는 대로 움직였다.

그때 무언가가 리센의 발뒤꿈치를 콱, 물었다.

"윽!"

리센은 인상을 찡그리며 고개를 숙였다. 무언가 이질적인 기운이 제 발목을 휘어 감는 걸 느꼈다.

"……!"

얼어붙은 손이 발등을 움켜쥐는 것 같았다. 뼈를 부술 듯한 한기가 발목을 타고 올라왔다. 그 섬뜩한 기운은 단번에 리센의 몸을 타고 올랐다. 무릎에서 허벅지로, 허리로, 그리고 심장으로. 순식간에 치고 올라왔다.

낯선 기운이 지나간 자리는 돌처럼 굳었다. 아무리 힘을 주어도 몸이 움직이지 않았다. 겉으로 보기에는 멀쩡한데, 온몸이 꽁꽁 얼어붙었다.

'이대로는 안 돼.'

자력으로 이 힘에서 벗어날 수 없다는 생각을 했을 때는 이미, 몸의 반 이상이 굳은 뒤였다. 뒤늦지만, 리센은 도움을 요청하고자 했다.

"라아……!"

몸을 돌려 라크안을 불렀다. 손을 내밀려 했다. 하지만 몸이 따라 주지 않았다. 한기는 단번에 그의 입술에서 온기를 빼앗았다.

"……리센?"

기사들에게 떠밀려 걷던 라크안의 귀가 쫑긋 움직였다.

"잠시만."

라크안은 기사들을 멈추고 뒤를 돌아보았다. 리센은 그 자리에 우두커니 서 있었다. 등을 지고 서 있어 얼굴이 보이지 않았다.

'분명 부르는 소리가 들렸는데.'

"리……."

라크안은 리센을 부르려다가 멈칫했다.

'만약, 내가 꼴도 보기 싫어서 저렇게 서 있는 거라면…….'

이름을 부른다 해도 돌아보지 않으리라. 괜히 리센의 기분을 더 망치고 싶지 않았다.

'내가 안 보일 때까지 계속 저렇게 서 있을 작정인 건가.'

라크안은 리센의 등을 보며, 씁쓸히 웃었다.

'차라리 지금 빨리 눈앞에서 사라져 주는 게, 저 녀석 마음이 더 편할지도 모르지.'

라크안은 돌아섰다. 기분 탓일까. 자꾸 뒤가 신경이 쓰였다. 리센이 자신을 부르는 것 같았다.

'착각이겠지.'

입 안이 썼다. 다른 누구도 아닌 리센과 이런 사이가 될 줄은 상상도 못 했으니까. 그래서 더, 등 뒤의 껄끄러움을 무시하고 바삐 걸었다. 그렇게 리센에게서 멀어졌다.

그렇게 라크안과 기사들의 기척이 완전히 사라진 뒤.

리센의 왼쪽 팔이 움찔, 떨렸다. 리센의 왼쪽 팔을 감싼 숲의 마법이 그의 몸을 감싼 이질적인 기운을 밀어내고 있는 것이었다.

리센이 늑대로 변해 라크안을 공격했던 날. 숲의 마법이 리센을 찾아왔다. 마법의 힘은 제약을 어긴 리센의 팔을 얽맸다. 왼쪽 팔에는 흰 실뱀이 팔을 감싼 듯한 자국이 났다.

그 자국은 리센이 숲으로 돌아갈 때까지 리센을 붙잡고 있는, 일종의 사슬이었다. 만일 리센이 숲으로 돌아가지 않는다면, 자국은 리센의 팔을 파고들어 고통을 줄 것이다. 리센이 계속 버티고 숲으로 가지 않으면, 왼쪽 팔을 영영 못 쓰게 될지도 모른다.

숲의 마법이 찾아온 날, 리센은 바로 이곳을 떠나야 했다. 숲으로 돌아가 장로 앞에 엎드려 사죄하고 팔에 감긴 제약의 마법을 풀어내야 했다. 하지만 리센은 그러지 않았다. 아니, 그럴 수 없었다.

그의 운명인 카루나가 여기에 있었다. 그녀를 두고 떠날 순 없었다. 게다가 지금 카루나는 혼자가 아니었다. 감히 카루나를 노리는 늑대가 곁에 있었다.

소중한 친우, 하지만 반려를 탐내는 적.

라크안.

'……크윽!'

라크안을 생각하자 두통이 몰려왔다. 누군가 망치로 머리를 두들기는 것처럼 어지러웠다.

—그는 너의 반려를 빼앗을 것이다.

시꺼먼 목소리가 다시금 리센의 귓가에 다가왔다. 바로 뒤에 누가 서서 말하는 것처럼 너무도 선명하게 들렸다.

—내게 몸을 맡겨라, 그럼 편안해질 거다. 숲의 늑대여.

그 누군가가 리센에게 속삭였다. 목소리는 한없이 끈적끈적하고 달콤했다. 듣는 것만으로도 정신이 아득해졌다. 이대로 눈을 감는다면, 저 목소리의 주인에게 자신을 맡겨 버린다면. 모든 게 잘 해결될지 모른다는 근거 없는 믿음이 생겼다.

'라안을 원망하지 않아도 돼. 내 반려를 포기하지 않아도…… 라크안과

싸우지 않아도…….'

정신이 아득해졌다.

'카루나…… 카루나 아가씨…….'

요 얼마간 못 봤던 카루나가 환영처럼 눈앞에 나타났다. 그녀는 한 발 한 발, 그에게 다가올수록 쑥쑥 커 금세 아름다운 여인이 되었다.

어느덧 카루나가 훌쩍 자랐다. 아마도 스무 살, 성인인 카루나가 그에게 손을 내밀었다. 리센은 넋을 잃고 멍하니 그 손을 바라보았다. 감히 거부할 수 없었다. 왼손을 들어 그녀의 손을 잡으려 할 때였다.

"……!"

왼쪽 팔이 죄여 왔다. 팔이 끊어질 것같이 아팠다.

"……헉, 헉."

리센은 더운 숨을 내쉬며 눈을 깜박였다. 정신을 아득하게 만드는 카루나의 손짓. 그 환각을 부수려는 왼팔의 통증. 두 가지가 동시에 리센을 공격했다.

통증은 왼팔에 감긴 숲의 마법 때문이었다. 그 제약은 리센이 숲으로 귀환할 때까지 리센을 얽맨다. 반대로 말하자면, 그 제약은 리센이 숲으로 돌아갈 때까지 그를 숲 이외의 어떤 위협에서도 지킨다.

그 숲의 마법을 시전한 사람은 숲의 일족을 이끄는 장로였다. 그의 강력한 숲의 마법이 리센을 붙잡고 있었다.

리센의 발치에 스며들었던 그림자가 리센의 몸을 타고 올랐다. 그림자는 어떤 방해도 없이 리센의 왼팔 어깨에 닿았다. 그리고 수천 갈래의 가느다란 실로 갈라졌다.

수천 갈래의 실은 리센의 왼팔로 흘러내려갔다. 왼팔 위에 자국으로 남은 숲의 마법 위를 덮었다. 흰 뱀이 칭칭 감은 것과 같던 숲의 마법이 끝에서부터 새까맣게 타들어 갔다.

'……흐읏!'

리센은 살갗이 타는 고통에 괴로워했다. 하지만 신음조차 내뱉을 수 없었다.

'안 돼…… 안 돼!'

리센은 안간힘을 쓰며 거부했지만, 검은 공격을 막을 수 없었다. 그리하여 검은 실이 마지막 하얀 자국마저 지워 버렸을 때. 리센의 목이 푹 꺾였다. 정신을 잃은 것이었다.

하지만 그의 몸은 휘청이거나 쓰러지지 않았다. 누군가 곁에 서서 받쳐 주는 것 같았다.

잠시 뒤. 리센이 정신을 되찾았다.

꺾였던 목에 힘을 주어 고개를 들고 앞을 바라보았다. 그는 허공을 향해 빙긋, 미소 지었다. 웃는 얼굴은 여전했지만 반짝이던 노을빛 눈동자가 탁해져 있었다.

—너의 반려를 되찾는 것뿐이다.

누군가 귀에 대고 속삭였다. 리센은 고개를 끄덕였다.

"맞아, 나의 반려를 되찾기 위해서야."

—숲으로 그녀를 데리고 와. 내가 있는 곳, '눈의 땅'에서 가장 가까운 숲으로.

"그녀를 데리고…… 숲으로…… 돌아간다."

리센은 몸을 비틀어 저 먼 하늘을 바라보았다. 하늘을 찌를 듯 높이 서 있는 황궁이 보였다. 그곳에 그의 반려가 머물고 있었다. 리센은 그녀를 데리고 숲으로 돌아가야 했다.

눈의 땅에서 가장 가까운 숲으로.

* * *

인적 없는 곳에서 대화를 나누던 클레이엔과 루린토프를 본 후로 며칠이 지났다.

황후의 시녀 후보들이 보내는 일정은 이전과 다르지 않았다. 황후의 곁을 지키고, 번갈아 가며 티타임을 준비하였다. 조금이라도 더 황후의 총애를 받기 위해 노력했다.

조금 달라진 게 있다면 주변의 태도였다. 지난번 티타임에서 클레이엔의 행태에 분노한 시녀들은 클레이엔을 멀리했다. 그리고 카루나에게 호감을 내비쳤다. 에르케를 비롯한 대다수의 시녀들이 그러했다.

시녀들 사이의 세력이 카루나에게 쏠리자 몇몇 시녀들이 반발심을 가졌다. 귀족파 가문 출신의 하녀들이 그러하였다. 그들은 클레이엔이 잘했다고는 생각하지 않았지만, 클레이엔이 고립되는 걸 두고 보지 못했다.

황후의 시녀라는 테두리로 똘똘 뭉쳤던 시녀들 사이에 희미하게 금이 갔다. 클레이엔과 루린토프가 둘만 있는 걸 볼 때마다, 에르케와 시녀들은 카루나를 대신해 화를 냈다.

"어쩜 저럴 수 있지요? 당신은 이렇게 어린데. 게다가 그런 일까지 있었는데. 돌봐 주지는 못할망정 이렇게 따돌리다니."

카루나는 아무 말 없이 웃기만 했다.

"그렇게 서글피 웃지 말아요. 제가 있고 또 다른 분들이 있으니까요."

에르케는 알아서 오해하고, 든든하게도 카루나의 편이 되어 주었다.

카루나는 에르케 같은 중립파 귀족들과 적당히 어울리며 그들을 황제파로 끌어들일 기회를 노렸다. 그러는 와중에도 세나를 통해 철십자 기사단장과 계속 연락을 주고받았다.

계속 마음이 설렜다. 기다렸던 일이 곧 이뤄질 텐데, 그게 언제가 될지 몰라 기다리고만 있어야 한다니.

'오랜만이네, 이런 느낌.'

카루나는 손을 꽉 쥐었다 폈다. 손끝을 타고 오르는 찌릿한 감각이 반가웠다. 클레이엔이었을 때는 종종 느꼈던 기분이었다. 머리를 굴려 일을 꾸미고는 그 일이 언제쯤 빵- 터질지 손꼽아 기다렸다.

이 짜릿한 느낌이라니. 잊고 있었던 감각이었다. 입가에 절로 웃음이 그려졌다.

그리고 드디어 그 때가 찾아왔다.

정확히 닷새 후의 오후. 루린토프가 티타임을 준비해야 하는 날이었다. 티타임의 분위기가 한창 무르익었을 때, 백합궁의 순찰을 돌던 기사가 급히 달려왔다. 기사의 절그럭거리는 철갑옷 소리에 화기애애하던 분위기가 깨졌다.

하하호호 웃으며 이야기를 나누던 시녀들은 입을 다물고 황후의 눈치를 살폈다.

"무슨 일인가요."

역시나 황후는 모두의 예상대로 불편한 기색을 드러냈다. 하지만 다급히 찾아온 기사를 내치지는 않았다.

"송구합니다, 황후 폐하. 급박한 사안인지라. 제가 가까이 다가가 말씀을 올려도 되겠는지요."

기사의 얼굴에서는 식은땀이 흘러내렸다. 그제야 황후와 시녀들은 보통 일이 아니라는 걸 알아챘다. 황후는 손짓하여 기사를 제 가까이로 불렀다. 황후의 양옆에 앉아 있던 루린토프와 클레이엔은 옆으로 물러나야 했다.

기사가 황후의 귀에 얼굴을 가져다 대고 속삭였다. 작은 목소리였으나 주변이 워낙 조용했기에 악센트를 준 단어 정도는 들릴락 말락 했다.

황제 폐하, 허락, 철십자, 인계, 군법.

그리고 보쉬엔.

기사의 목소리는 황후의 근처에 앉아 있던 카루나에게도 희미하게 닿았다. 내내 기다렸던 소식이 드디어 도착한 것이었다.

'드디어 물었구나.'

물고기가 마침내 낚싯바늘을 물었다.

카루나는 한편에 물러서 있는 루린토프와 클레이엔을 바라보았다. 카루나보다 황후에게 좀 더 가까이 서 있는 그들도 들은 듯했다. 하지만 둘은 자신들과 관련 있는 일이라는 걸 전혀 눈치채지 못한 모양새였다. 그저 고개만 내저으며 서로에게 소곤댈 뿐이었다.

'갑자기 무슨 일인 걸까요?'

'군법 어쩌고 하는 거 같은데?'

카루나는 얼른 찻잔을 들어 차를 한 모금 마셨다. 아니, 마시는 척했다. 그러지 않고서는 도저히 웃음을 가릴 자신이 없었다.

"무슨 일일까요. 영애도 들었나요?"

옆에 앉아 있던 에르케가 조그만 목소리로 속삭였다.

"……모르겠어요, 저도. 무슨 급한 일인 것 같기는 한데."

카루나는 웃음을 갈무리하느라 한 박자 늦게 대답했다. 무엇을 더 말하기 전에 황후가 손짓으로 기사를 물렸다. 에르케를 비롯한 두 명의 시녀만 남긴 채 모두 자리에서 물러났다. 시녀 후보인 셋은 멀뚱하게 옆에 비켜서 있었다.

얼마 지나지 않아 소식을 전했던 기사가 다시 돌아왔다. 이번에는 혼자가 아니었다. 철십자 기사단의 정복을 차려입은 기사단장과 솔토였다.

"황후 폐하를 뵙습니다."

두 기사는 황후의 앞에서 한쪽 무릎을 꿇고 깍듯이 고개를 숙였다. 기사단장은 줄곧 황후에게 온 정신을 쏟았지만, 뒤따라온 솔토는 그러지 않았다.

황후보다는 카루나에게 먼저 눈이 가는 듯했다. 카루나 역시 잠시 동안이지만 자신의 호위 기사였던 솔토에게 눈길을 주었다.

두 사람의 눈이 잠시 마주쳤다. 솔토는 웃으며 고개를 끄덕였다. 황후 앞에서 무례한 행동이었으나, 황후는 그런 솔토를 알아챌 여유가 없었다.

"내 궁엔 무슨 일인가요."

황후의 목소리가 꽤 날카로웠나.

"송구하옵니다. 황제 폐하의 인가를 받고 바이켈드 공작 각하의 명을 받아, 군 기밀을 유출하여 제국의 근간을 뒤흔들려 한 보쉬엔 가문의 가솔을 인계받으러 왔습니다."

"……군 기밀을 유출하다니? 보쉬엔 자작 가문이?"

황후가 루린토프를 바라보았다.

"네? 그게 무슨…… 저희 가문이요? 아니에요. 저희 가문이 그럴 리가 없어요. 뭔가 잘못된 게 아닌가요?"

루린토프가 영문을 모르겠다는 듯 오히려 되물었다.

"황후 폐하의 앞이오. 죄를 더하지 마시오."

기사단장은 눈살을 찌푸렸다.

"죄인이라니!"

황후가 그런 기사단장을 탓했다.

"단지 그런 의심을 받고 있는 건가. 아니면 증거가 발견되어 죄가 확실히 밝혀진 건가. 후자가 아니라면 내 시녀를 데려갈 수는 없네. 황제 폐하의 인가를 받았다 해도 내가 용납하지 않겠네."

황후는 루린토프를 두둔해 주었다.

'흠, 자기 사람은 확실히 챙기겠다는 건가? 그래, 그 정도는 돼야 세력을 모을 수 있는 거지.'

카루나는 주변을 돌아보았다. 루린토프를 보호하려는 황후의 모습을 본 시녀들은 감격스럽다는 표정을 짓고 있었다. 상황이 어찌 되든 간에 여기 있는 시녀들의 충성심이 한결 두터워질 터였다.
“황후 폐하, 이는 제국의 안위를 지키기 위한 중대사입니다. 부디 죄인의 딸을 내어 주십시오.”
“죄인의 딸이라니!”
“폐하, 이미 황제 폐하께서 칙령을 내리셨습니다.”
기사단장은 품에서 얇은 두루마리를 꺼내 두 손으로 받쳐 들었다. 보라색 공단으로 감싼 두루마리였다. 겉에는 금실로 제국 황실의 문장이 수놓아져 있었다. 분명 황제의 칙서였다.
“벌써 칙서가 내려졌단 말인가?”
“그렇습니다.”
“도대체 언제 일어난 일인가요? 나는 지금에서야 이 일을 알게 되었는데.”
“군대와 관련된 일은 한시가 급한 일입니다. 어제 새벽에 반역 행위가 발견되었고, 공작 각하께서 황제 폐하께 보고하셨습니다. 그리고 오늘, 폐하께서 칙서를 내리시고 모든 일의 처리를 바이켈드 공작 각하께 맡기셨습니다.”
기사단장이 무뚝뚝한 목소리로 대답했다.
“반역이라니요!”
루린토프의 얼굴이 새하얗게 질렸다.
“군의 기밀을 멋대로 유출하여 빼돌리려 하였으니, 이는 반역 행위와 다름없소.”
기사단장의 목소리가 차가웠다.
“그, 그럴 리가! 우리 가문이 반역이라니! 마카레나 영애, 뭐라 말 좀 해 주세요.”
루린토프가 클레이엔을 돌아보았다. 클레이엔은 손에 든 부채를 두 동강 낼 듯 움켜쥔 채 철십자 기사단장을 노려보고 있었다. 눈빛만으로 사람을 죽일 수 있다면 바로 지금 클레이엔의 눈빛이리라. 하지만 철십자 기사단장은 클레이엔에게 눈길 한 번 주지 않았다.

"아시잖아요! 어제 새벽이라니, 그날은, 그날 우리 가문이 전달한 건……."

루린토프가 클레이엔에게 손을 내밀었다.

"루린토프 영애, 저한테 이러지 마세요. 왜 제게 이러시는지 모르겠군요. 우리가 약간의 친분이 있다 하나 이럴 정도는 아닌 걸로 아는데요."

클레이엔은 루린토프를 쳐다보지도 않고 그 손을 쳐냈다. 루린토프는 경련을 일으키듯 몸을 떨었다. 뒤늦게 황후에게 구원을 바랐다. 하지만 황후는 황제의 칙서를 손에 들고 있었다.

"일단 이들을 따라가도록 해요. 황제 폐하의 명령은 절대적입니다."

"황후 폐하!"

"배려에 감사드립니다."

기사단장은 즉각 고개를 숙여 감사를 표했다.

"다만, 아무리 혐의가 분명하다고는 하나…… 그래도 나의 권속 아래 있는 영애이니, 무례한 일은 하지 말아 주길 바라요."

황후는 당부의 말을 잊지 않았다.

"물론입니다. 공작 각하 또한 정중히 루린토프 영애를 모시고 오라 당부하셨습니다."

"그런 것 같군요."

황후는 더없이 정중한 기사단장의 태도를 눈여겨보았다.

"황후 폐하께서 염려하시는 그런 거친 일은 전혀 없을 거라고, 감히 말씀드릴 수 있습니다. 저와 제 가문의 명예를 걸겠습니다."

"안심이 되는군요."

말을 마친 황후는 자리에서 일어나 루린토프에게 걸어갔다.

"황후 폐하, 저는…… 저희 가문은 정말로 아니에요. 아무것도……

반역이라니요, 저희는 그저!"

루린토프는 황후에게 매달려 울부짖었다. 그녀가 뭔가 말하려 할 때였다.

"지금 무얼 하는 건가요. 황후 폐하께서 곤란해하시잖아요!"

"꺄악!"

클레이엔이 다가와 루린토프를 밀쳤다. 루린토프는 뒤로 넘어져 엉덩방아를 찧었다. 클레이엔은 루린토프와 황후의 사이에 섰다. 황후를 지키고 루린토프를 막아서는 모습이었다. 그 상태로 루린토프를 내려다보았다. 녹색 눈이 독하게 빛났다.

시녀들은 아무 말도 못 하고 그 광경을 지켜보고 있었다. 에르케는 몸을 떨었다. 많이 놀란 듯싶었다. 카루나는 손을 뻗어 그녀의 팔을 잡았다. 그러자 에르케가 흠칫, 놀라 카루나를 보았다. 카루나는 그런 그녀에게 살짝 웃어 보였다.

"괜찮아요."

"아……."

"무슨 일인지는 모르겠지만, 바이켈드 공작 각하께선 공정하게 처리하실 거예요. 이 일이 정치적 보복으로 번지거나 죄 없는 다른 귀족 가문이 연루되는 일은 없을 거예요."

"정말 그럴까요?"

"네. 제가 장담해요. 공작 각하는 절대 그런 분이 아니니까요."

카루나는 단호했다. 그녀의 그런 굳은 모습이 에르케에게 안정감을 주었다. 마음이 가라앉자, 에르케는 자신보다 어린 카루나에게 위로를 받았다는 생각에 얼굴을 붉혔다. 카루나는 그런 에르케를 못 본 척해 주었다.

어느덧 철십자 기사단장과 솔토가 그녀에게 다가가 길을 권했다. 일반적으로 기사가 귀족 영애에게 내미는 에스코트의 손길이 아니었다. 그저 그녀가 걸어가야 길을 손으로 가리키는 것뿐이었다.

루린토프는 다시 한번 클레이엔을 돌아보았다. 클레이엔은 아예 고개를 돌려 그녀를 무시했다.

두 기사는 황후의 말대로 거칠게 끌고 가지는 않았다. 하지만 그녀가 반항하면 언제든 끌고 갈 기세였다. 루린토프는 그 기세에 눌려 저항하지 못했다. 두 기사를 양옆에 세우고 비틀비틀 걸어갔다.

시녀들은 루린토프가 제 곁을 스칠 때마다 눈을 질끈 감았다. 또는 클레이엔처럼 고개를 돌렸다. 다른 일도 아니고 반역이라니. 혹여 자신의 가문에 불똥이 튈까 두려워했다.

카루나는 루린토프가 문을 열고 밖으로 나갈 때까지 그 모습을 지켜보았다. 문이 닫히기 전 잠깐, 기사단장과 눈이 마주쳤다. 기사단장은 카루나에게 고개를 까딱였다.

'고맙다는 뜻이겠지.'

기사단장은 누구보다 라크안에게 충성스러웠다. 자신의 충성에 단 한 점의 얼룩도 없다 믿었다. 그렇기에 '라크안을 위해서'라는 단서를 달면, 기꺼이 라크안을 속일 수 있는 인물이었다. 라크안은 기사단장이 자신을 속일 거라 생각도 못 하고 있을 테고.

라크안과 철십자 기사들은 철십자 기사단장을 우직하고 고지식한 기사로만 보았다. 라크안의 발작이 심했을 때, 라크안과 황제파 귀족들 사이를 오간 이가 기사단장이라는 걸 너무 쉽게 잊었다.

라크안이 모습을 드러내지 않던 반년. 그의 빈자리를 채운 건 보쉬엔 자작만이 아니었다. 기사단장 또한 라크안과 황제파 귀족들 사이를 오가며 그 틈을 메웠다. 단순히 우직한 성품만으로는 할 수 없는 일이었다.

기사단장은 황제파 내에서 라크안을 따르는 귀족들 중 그 누구보다 귀족다운 귀족이었다. 그러니 공범자로 삼기에 딱이었다.

카루나는 보쉬엔 자작가 사람들을 황태자의 무도회에서 본 이후 남몰래 기사단장을 찾아갔다. 기사단장은 카루나의 제안을 듣더니 일단, 의심부터 했다.

'네게 그런 술책을 알려 준 자가 누구냐……입니까. 카루나 아, 가씨.'

의심은 좋은 출발이었다. 카루나의 말을 일단 머릿속으로 한번 검토해 봤다는 뜻이니까.

'내겐 아무런 뒷배가 없어요. 아니, 뒷배가 하나 있긴 있겠죠.'

'누굽니까?'

'바이켈드 공작 각하요. 내 약혼자, 라안 님.'

카루나가 그렇게 말하자 기사단장은 너털웃음을 터뜨렸다. 그러고는 기꺼이 카루나의 공범자가 되어 주었다.

'공작 각하께 굳이 알릴 필요가 있겠습니까?'

'공작 각하에게 들키면 안 돼요.'

오늘은 둘의 노력이 결실을 맺는 날이었다. 기사단장의 인사를 보며 카루나는 마른침을 삼켰다.

뭔가 기분이 이상했다. 가슴 한구석이 콕콕 찔렸다. 같잖은 죄책감. 더 같잖은 양심. 그딴 게 아직도 이 몸뚱이 어딘가에 숨어 있는 것 같았다. 클레이엔의 대역을 하고 있을 때는 못 느꼈던 감정이었다.

클레이엔일 때는 숨 쉬듯 계략을 짜고, 그 계략을 성공시키기 위해 최선을 다했다. 처음엔, 죄책감이나 양심의 가책 같은 걸 느낄 여유가 없었다. 마카레나 백작에게 '내가 이만큼 쓸모 있다.'라고 증명해야 했으니까.

계략이 성공하면 잠시나마 숨통이 트였다. 익숙해지니, 나름 즐거움도 찾게 되었다. 뒷골목 출신, 부모가 누군지도 모르는, 당장 누구에게 맞아 죽어도 아무도 슬퍼하지 않을 소매치기. 그랬던 자신이 고귀한 귀족들을 마음대로 주무를 수 있게 되었으니까.

'내가 말하는 대로 움직이고, 내가 계획한 대로 누명을 써서 감옥에 갇히거나 수도에서 추방당해 저 촌구석으로 쫓겨나다니.'

계략이 성공해 한 귀족 가문을 고꾸라뜨릴 때마다 희열을 느꼈다.

그런데 지금은 뭔가 달랐다. 드디어 해냈다는 성취감과 함께 마음 한 구석이 불편해졌다.

굳이 보쉬엔 자작가를 건드릴 필요가 있었을까. 난 더 이상 마카레나 백작의 밑에 있는 것도 아니고, 저들은 내 생존과는 전혀 관련이 없는데. 그런데도 난 저들의 가문을 산산이 부숴 버렸어.

양심의 가책일까. 마음 한구석에서 조그만 목소리가 들려왔다. 그 목소리는 카루나에게 네가 잘못한 거라고 속삭였다.

'아니, 이건 내 생존에 필요한 일이야. 꼭 해야 하는 일이었다고.'

카루나는 주먹을 꾹 쥐고, 그에 반박했다.

'바이켈드 공작을 얕잡아 보는 보쉬엔 가문을 치워 버리고, 황제파 내에서 라크안의 입지를 다시 세우고. ……그러면 그의 약혼녀인 내 입지도 넓어지는 거고, 마카레나 백작과 루시온은 함부로 날 건드리지 못하게 되고, 그러면 나는 더 안전해질 수 있어. 그래서 이러는 거야.'

지금 보쉬엔 가문을 무너뜨리는 건 생존을 위해서다.

물론 보쉬엔 가문은 라크안을 납치하고 감금했다. 시작은 그들이 먼저 했다. 그러니 보쉬엔 자작가에 손을 댄 건 분명, 생존을 위해서였다.

카루나는 스스로를 향해 그렇게 말했다.

'정말로?'

마음 한구석에서 다시 질문이 들렸다. 카루나는 그 질문을 발로 콱 밟아 눌러 버렸다. 대답할 용기가 나지 않았다.

* * *

하룻밤 새 수도가 발칵 뒤집혔다. 황제파의 주요 세력 중 하나인 보쉬엔 자작 가문에 황실 기사단이 들이닥쳤다. 가문 사람들을 체포하였고,

보쉬엔 자작저는 폐쇄되었다.

황제는 칙서를 내려 보쉬엔 자작 가문에 대한 처리를 바이켈드 공작에게 위임했다. 황후의 시녀 후보였던 보쉬엔의 루린토프가 철십자 기사단에 의해 끌려갔다는 소문까지 퍼져 나갔다.

사교계는 크게 술렁였다. 사건의 조사와 처리를 맡은 바이켈드 공작 측에서는 말을 아꼈다. 그럴수록 사람들은 더욱 궁금해하며 관심을 가졌다.

라크안은 반역 행위로까지 의심되는 중대한 사안을 처리할 담당자로서 전권을 위임받았다. 루린토프를 데리러 갔던 기사단장과 솔토가 돌아오자, 라크안은 기사단장만 데리고 황궁의 지하 감옥으로 내려갔다.

황궁의 지하 감옥은 말이 감옥이지, 잘 꾸며진 객실이나 다름없었다. 단지 빛이 들지 않고, 출입이 불가능할 뿐이었다. 마치 예전에 라크안이 루린토프에게 감금당했던 곳처럼.

보쉬엔 가문 사람들은 한 방에 한 명씩 갇혔다. 가문의 후계자인 아체리프는 어린 자식들과 함께 지낼 수 있도록 배려해 주었다.

라크안은 보쉬엔 자작이 갇혀 있는 방으로 갔다. 보쉬엔 자작은 책상에 앉아 고개를 푹 숙이고 있었다. 라크안이 들어오자 얼른 일어서 라크안을 맞이했으나 고개를 들지 못했다.

"공작 각하를 뵙습니다. 차마…… 면목이 없습니다."

목소리가 참으로 침통했다. 라크안의 얼굴은 표정 변화가 없었다. 뒤에 서 있는 기사단장의 얼굴만 굳어질 뿐이었다.

"일단 앉지."

라크안은 보쉬엔 자작과 함께 탁자를 사이에 두고 자리에 앉았다. 기사단장은 라크안의 등 뒤에 딱 붙어 섰다.

겉보기에는 좋아 보여도 감옥은 감옥인지라, 차가 나오거나 하지는 않았다. 라크안은 빈손으로 테이블을 톡톡, 두드렸다.

"감히 드릴 말씀이 없습니다."

"왜 굳이 이런, 어리석은 선택을 한 겁니까? 난 이해가 되지 않는군요."

"……."

"차라리 다른 가문이었다면……. 그래, 마카레나 백작 측에서 오죽 잘 꼬드겼을까. 넘어갈 수밖에 없겠지. 아니면 무슨 약점이라도 크게 잡혀 그럴 수밖에 없었겠지. 그렇게 생각할 수 있었을 겁니다. 하지만 자작. 나는 자작만큼은 그러지 않으리라 믿었습니다."

라크안의 목소리에는 고저가 없었다. 분노하지도 실망하지도 않았다. 그저 무표정한 얼굴로 담담히 말할 뿐이었다.

라크안은 자신의 아버지뻘인, 아니 그보다 더 나이 든 보쉬엔 자작을 바라보았다. 언제나 황제파의 든든한 기둥과 같은 역할을 해주던 보쉬엔 자작이다. 남들은 그를 소심하고 우유부단하다고 손가락질했으나 라크안은 그의 사려 깊음을 존중했다. 그래서 더더욱 지금의 상황이 안타깝기 그지없었다.

"어제 새벽, 보쉬엔 가문에서 보관 중이던 중요 서류를 보쉬엔 영애가 직접, 누군가에게 넘기려다가 현장에서 붙잡혔습니다."

"……."

"내가 자작에게 맡겼던 주요 업무의 핵심적인 내용이 담겨 있는 서류였지요."

라크안의 말에 보쉬엔 자작의 고개가 더 아래로 꺾였다. 만약 그 서류가 마카레나 백작 쪽으로 넘어갔다면 황제파는, 그리고 바이켈드 공작 측은 꽤나 곤란해졌을 것이다.

하지만 치명적인 것은 아니었다. 꽤나 곤란해질 뿐, 수습이 가능한 선이었다. 문제는 그 서류 뭉치 따위가 아니었다.

"넘기려던 서류 뭉치 안에 이번에 비밀리에 진행 중인 군대 개편에 관한 서류가 들어 있었고."

톡. 탁자를 두드리던 라크안의 손이 멈췄다. 동시에 보쉬엔 자작이 고개를 번쩍 들었다.

"공작 각하, 제가 입이 열 개여도 감히 드릴 말씀이 없습니다. 하지만 그것만은, 분명 그것만은 뭔가 잘못된 겁니다. 애초에 제가, 군 기밀에 접근할 수 있는 권한이 없질 않습니까!"

조금 전까지 다 죽어 가던 사람이 반짝, 되살아났다.

"내가 자작에게 묻고 싶은 말입니다. 도대체 그 문서를 어떻게 손에 넣은 겁니까."

"저는 모르는 일입니다. 정말로, 정말로 모르는 일입니다!"

"그 서류는 설사 마카레나 백작에게 넘어간다 해도, 마카레나 백작이 이웃 국가에 팔아넘기지 않는 이상 귀족파에 아무런 쓸모가 없는 내용입니다."

라크안은 마카레나 백작이 그런 짓을 하진 않으리라 믿었다. 그 믿음은 정적을 향한 최소한의 예의였다. 다른 나라에 제국의 기밀을 팔아먹지는 않으리라는.

"그런데 왜 하필 그걸, 마카레나 백작에게 넘기려 한 겁니까."

문제는 군 기밀문서의 내용이 아니다. 군의 기밀문서를 빼돌려 타인에게 넘기려 한 행위 자체이다. 이 서류를 빼돌려 봤자 보쉬엔 자작에게도, 마카레나 백작에게도 아무 이득이 없건만. 어째서 보쉬엔 자작은 이 서류를 빼돌리려고 했단 말인가.

라크안은 그걸 묻고 있는 것이었다.

"저, 저는…… 아아, 공작 각하."

보쉬엔 자작이 무너져 내렸다.

'그 일' 이후에도 라크안은 평소와 다름없이 보쉬엔 자작을 대했다. 하지만 정작 황제파 내의 젊은 세력은 보쉬엔 자작을 가만 두고 보지 않았다.

결혼 적령기의 아들을 둔 가문들은 대놓고 보쉬엔 자작가와 연락을 끊었다. 황제파 내의 모임에서 귀족들은 보쉬엔 자작가와 중요한 일을 상의하지 않으려 했다. 거기에 바이켈드 공작의 약혼녀까지 나서 보쉬엔 자작가의 여인들을 따돌리니, 보쉬엔 자작가의 영향력은 안팎으로 급격히 줄어들었다.

보쉬엔 자작은 초조해졌다. 한편으로는 이러한 상황을 그냥 놔두는 라크안이 원망스러웠다.

라크안이 자신과 루린토프를 용서해 준 것만으로도 너무나 큰 은혜라는 걸 모르지 않았다. 잘 알고 있었다. 하지만 그와 별개로, 보쉬엔 자작가의 곤경을 보고서도 나서지 않는 라크안에게 섭섭한 마음이 들었다.

'용서해 준다고 했으면서. 없었던 일로 하자고 했으면서. 왜 정작 다른 이들이 보쉬엔 자작가를 핍박하는데, 나서서 막아 주지 않는단 말인가.'

물에 빠진 걸 구해 줬더니 보따리를 내놓으라고 하는 격이었다. 염치없는 생각이라는 걸 알면서도, 마음 한구석이 허해지는 걸 막을 순 없었다.

황제파의 모임에 나가 중요 업무에서 잘려 나가고 집에 돌아오면, 카루나에게 핍박을 받은 아내와 딸이 눈물짓고 있었다. 사교계보다는 국정회의에서 더욱 유망했던 첫째 딸, 아체리프는 자신의 뜻을 마음껏 펼치지 못해 괴로워했다.

보쉬엔 가문을 이끄는 가주로서 이런 상황이 계속되는 꼴을 가만히 두고 볼 수는 없었다. 때마침 악마의 속삭임이 귓가에 닿았다. 악마는 막내딸, 루린토프를 통해 보쉬엔 자작에게 접근했다.

배신.

그 대가로 가문의 영달과 자식들의 활짝 핀 미래를 약속받았다. 그동안 황제파에서 귀족파로 넘어간 여러 귀족들을 봐 왔다. 결국 제국의 귀족이라는 한 울타리 안에서 살아가기에 비난하거나 탓하지 않았다.

다만 그들을 경계하고, 또 그들이 어떻게 지내는지 살폈다.

배신한 이들은 대개 귀족파 내에서 잘 비비고 살았다. 과도한 욕심을 내서 마카레나 백작의 눈 밖에 나지 않는 이상은. 그것이 황제파의 다른 귀족들에게 보여 주기 위한 것이라 해도, 배신의 대가는 꽤 달콤해 보였다.

그렇다 해도 그 모습이 자신의 모습이 될지 모른다는 생각은 한 적이 없었건만. 정신을 차리고 보니, 마카레나 백작 측에서 보낸 심복과 한 테이블에 앉아 배신의 대가를 논의하고 있었다.

보쉬엔 자작이 귀족파로 넘어간다면 그 자체로 황제파에게는 큰 타격이요. 귀족파에게는 큰 이득이었다. 그래서 자신과 대화를 나눌 만한 사람은 마카레나 백작이 아니라면 클레이엔 정도라고 생각했건만.

대화 상대로 나온 이는 루시온이었다. 그 역시 마카레나 백작의 측근이라고 알려진 인물이기에, 기분이 나쁘지는 않았다. 무엇보다 그는 나이는 어리나 전도유망하다는 평을 받고 있으며, 아직 미혼이었다.

보쉬엔 자작은 내심 그와 루린토프를 짝지을 수 있을까, 가능성을 가늠해 보았다. 루시온은 보쉬엔 자작의 마음을 눈치채기라도 한 건지 먼저 말을 꺼냈다.

"저는 오랫동안 루린토프 영애를 지켜봐 왔습니다."

무표정한 얼굴과 직선의 목소리 어디에도 여인에 대한 열정이 느껴지지 않았다. 하지만 중요한 건 그게 아니었다. 원체 루시온이라는 청년은 감정을 겉으로 드러내지 않는 것으로 유명하니. 그가 이런 말을 하는 것 자체가 그의 진심을 드러내는 것이리라. 보쉬엔 자작은 그리 생각하였다.

"이제 와 자작님께 감히 고백하건대, 저는 루린토프 영애에게 호감을 가지고 있었으나, 영애께서는 언제나 바이켈드 공작 각하만 바라보고 계시기에 감히 용기를 내지 못했습니다. 하지만 드디어 신께서 제게 기회를 주셨습니다. 보쉬엔 가문이 귀족파로 넘어온다면, 저와 루린토프 영애는 좀 더 가까워질 수 있겠지요."

"내 딸과 가까이 지내며 우정을 나누고 싶다는 말인가?"

"보쉬엔 자작님. 제가 오랫동안 마카레나 백작님과 영애를 모시며 바쁘게 살아 여인을 알지 못하나, 그렇다 한들 우정과 연모의 감정을 구분하지 못하는 것은 아닙니다. 저는 항상 마음속에 루린토프 영애를 향한 청혼서를 품고 있습니다."

차갑고 무뚝뚝한 목소리가 꿀처럼 달콤하게 들렸다. 보쉬엔 자작은 약속 장소로 나왔으나 그래도 마지막까지 마음을 정하지 못했다. 하지만 루시온의 말을 듣는 순간, 마음을 굳혔다.

자신과 부인은 살 만큼 살았다. 자신들의 안위보다 중요한 건 자식들의 미래였다. 요즘 제대로 기도 펴지 못하는 첫째와 시골 촌구석으로 시집가야 할지도 모를 막내딸은 특히나 아픈 손가락이었다.

그래서 루시온의 손을 잡았다. 배신을 증명하기 위해, 라크안이 저를 믿고 맡긴 중요한 서류를 빼돌렸다. 하인들을 믿을 수 없어 첫째 딸을 내보냈다.

첫째 딸은 약속 장소에 나가자마자 철십자 기사단의 기사들에게 잡혔다. 서류를 받으러 나왔던 마카레나 백작 측의 사람은 그 자리에서 혀를 깨물고 죽었다.

그것만으로도 큰일이건만. 철십자 기사단이 아체리프가 들고 있던 봉투에서 군 기밀 서류를 발견했다. 그건 하늘에 맹세코 보쉬엔 남작도, 아체리프도 모르는 일이었다.

그 서류가 발견된 순간, 이 일은 단순히 보쉬엔 자작이 황제파를 배신하고 귀족파로 넘어가려 했던 일로 끝날 수 없게 되었다. 군 기밀 서류를 권한도 없는 이가 훔쳐내 빼돌리는 건 반역죄였다.

어디서부터 잘못되었던 걸까. 도대체 일이 왜 이 지경이 되었던 걸까. 서류 봉투에서 왜 군 기밀 서류가 발견되었단 말인가.

보쉬엔 자작은 황궁의 지하 감옥에 갇혀 내내 고민하고 또 고민했다.

마카레나 백작이 자신을 제거하려 한 걸지도 모른다. 아니면 바이켈드 공작이, 그 약혼녀가 보쉬엔 가문에게 복수하려 이런 건지도 모른다. 그도 아니라면, 황제파 내에서 자신을 마땅찮게 바라보던 젊은 귀족들의 소행일지 모른다.

생각은 꼬리에 꼬리를 물고 이어졌다. 하지만 답은 명확히 나오지 않았다. 그런 보쉬엔 자작에게 라크안이 찾아왔다. 담담히 자신과 마주 앉는 라크안을 본 순간, 보쉬엔 자작은 참을 수 없이 부끄러워졌다.

라크안은 황제파를 배신한 보쉬엔 자작을 증오하지도, 비난하거나 경멸하지도 않았다. 그는 그저 담담했다. 혹시나 라크안이 자신을 곤경에 빠트린 게 아닐까. 그렇게 의심했던 보쉬엔 자작은 자괴감마저 들었다.

'내가 도대체 무슨 짓을 한 거지? 어쩌다 이렇게 된 걸까.'

뒤늦게 후회가 밀려들었다. 보쉬엔 자작은 어깨를 축 늘어뜨리고 두 손에 얼굴을 묻었다. 흐느끼는 소리가 손가락 사이로 새어 나왔다. 라크안은 그가 울음을 그치기를 기다려 주었다. 그러는 새 밖에서 소란스러운 소리가 났다.

"제가 확인하고 오겠습니다."

기사단장이 문 쪽을 향해 돌아서는데, 문이 발칵 열렸다.

"공작 각하! 억울합니다!"

아체리프였다. 그녀는 자신을 막아서는 병사들을 뿌리치고는 뛰어 들어왔다. 하지만 이내 병사들에게 붙잡혀 바닥에 엎어지고, 두 팔을 결박당했다.

"공작 각하…… 공작 각하!"

루린토프 또한 언니를 따라 들어왔다. 아체리프보다 일찍 붙잡혀 바로 문 앞에서 무릎을 꿇어야 했다. 루린토프는 물기 진 눈으로 라크안을 보았다. 이렇게라도 라크안을 만난 게 좋아서 우는 건지, 아니면 두려움에 우는 건지. 이유 모를 눈물이 뺨을 타고 흘러내렸다.

"공작 각하, 억울합니다. 이는 우리 가문을 멸문시키려는 누군가의 음모가 분명합니다. 믿어 주십시오!"

아체리프가 울부짖었다.

"아체리프, 그만하거라!"

보쉬엔 자작은 얼굴을 들었다.

"아니요, 그렇게는 못 하겠습니다. 우리가 누구 때문에, 왜 이렇게 됐는데요!"

"나 때문이라는 건가?"

"아니요, 공작 각하. 공작 각하의 약혼녀분을 말씀드리고 있는 겁니다."

으득. 아체리프가 이를 갈며 외쳤다. 그 순간. 방 안의 온기가 차갑게 가라앉았다. 시뻘건 두 눈이 아체리프를 바라보았다.

"……읏!"

아체리프는 저도 모르게 몸을 흠칫, 떨었다.

라크안은 의자에 기댔다. 다리를 꼰 자세는 더없이 편안하고 느긋해 보였다. 하지만 방 안에 있는 사람들 중 누구도 그렇게 생각하지 않았다.

가장 먼저 반응한 건 철십자 기사단장이었다. 라크안의 바로 뒤에 서 있던 그는 저도 모르게 허리춤에 손을 가져다 댔다. 방 안을 가득 채우는 싸늘한 살기에 몸이 저절로 반응한 것이었다.

가장 격하게 반응한 건 전혀 면역이 없는 병사들이었다. 아체리프와 루린토프를 붙잡고 있던 병사들이 으악, 비명을 지르며 뒤로 나동그라졌다. 사방에서 칼이 날아오는 것 같은 기분을 느꼈다. 등 뒤에서 칼끝이 목을 푹 찌르는 것 같은 감각이 생생했다.

덕분에 아체리프와 루린토프는 풀려났다. 팔다리는 자유로워졌지만, 둘은 도망치지도 아버지에게 다가가지도 못했다.

흐흑. 루린토프가 울음을 터트리며 뒤로 물러섰다. 누군가 목을 움켜잡고 숨을 못 쉬게 하는 것 같아 덜컥 두려움이 들었다. 수도에서 곱게 자란 귀족 영애는 전장에서 벼린 살기를 감당하지 못했다. 그나마 아체리프는 루린토프보다는 나았다. 나이가 많고 다양한 경험을 해 보았을뿐더러, 카루나에 대한 분노가 그녀를 지탱했다.

"공작 각하의 약혼녀분께서는 진정 이번 일과 무관하십니까? 장담하실 수 있겠습니까!"

아체리프는 숨이 막혀 켁켁대면서도 말을 멈추지 않았다.

"잠시 귀족파의 꾐에 넘어가 중요한 자료를 넘기려 한 것은 분명 잘못입니다. 그에 대한 죗값을 받으라면 받겠습니다. 하지만 군 기밀 서류는 아닙니다. 제가 제 손으로 서류를 넘기려 했기에 이렇게 당당히 말할 수 있는 겁니다. 전 절대로, 군 기밀 서류에 손을 대지 않았습니다. 그건 아버지 또한 마찬가지입니다."

아체리프가 주먹으로 바닥을 내리치며 말을 이었다.

"무언가 이상하지 않습니까? 제발 제대로 조사해 주십시오. 억울합니다. 저희 가문은 반역죄를 짓지 않았습니다."

그녀가 말할수록 방 안의 공기가 점점 더 무거워졌다. 아체리프는 어떻게 해서든 반역죄만은 모면하고자 발버둥 쳤다. 보쉬엔 자작은 제발 그만두라고 소리쳤으나 아체리프는 아버지의 말을 들은 척도 하지 않았다.

"분명 저희를 모함하려는 누군가가 꾸민 수작입니다. 공작 각하. 공작 각하를 수년 동안 보필해 온 저희 보쉬엔 가문보다 몇 달 함께 지낸 약혼녀를 더 믿으십니까?"

"……"

"공작 각하의 약혼녀 짓이 분명합니다. 그분은 내내 우리 가문에 적대적이었습니다!"

주변의 공기가 소름 돋을 정도로 싸늘해졌건만. 아체리프는 알지 못했다. 그저 라크안이 자신의 말을 중간에 막지 않고 다 들어 줬다는 이유만으로 한 가닥 희망을 품었다.

'누가 뭐라고 해도 우리 보쉬엔은 유서 깊은 황제파의 가문이다. 지난번 내 동생의 일 때도 그냥 넘어가 주지 않았던가. 이번에도…… 그 반역의 누명만 벗을 수 있다면, 한 번 더 사면을 얻을 수 있을 거야.'

아체리프는 라크안 옆에서 얼굴을 감싸 쥐고 있는 제 아버지를 안타까이 바라보았다. 쉽게 포기하고, 모든 걸 내려놓으려는 아버지를 이해할 수 없었다.

"보쉬엔의 후계자, 아체리프."

라크안이 아체리프를 불렀다. 평소와 별반 다르지 않은, 차분한 저음이었다. 하지만 아체리프가 덧없는 희망을 품을 만큼 자애로운 목소리는 아니었다.

콰직. 라크안이 움켜잡고 있던 탁자에 금이 가더니, 쩌적- 갈라졌다. 그걸 본 아체리프와 루린토프의 눈이 커졌다.

"그대는 지금 누구를 함부로 입에 담는가."

"……고, 공작 각하?"

"감히."

라크안의 입가에 웃음이 어렸다. 요 얼마간 볼 수 없었던 모습이었다. 웃음이란 그저, 적을 겁박하기 위해 억지로 웃는 것이라고만 생각했던 시절. 피 칠갑을 하고 적군을 향해 칼을 들어 올리며 웃었던 그 웃음과 똑같았다.

"가, 각하!"

보쉬엔 자작의 얼굴이 새파래졌다.

어째서 지금까지 잊고 있었던 걸까. 비로소 제국의 변경에 라크안을 찾아갔던 날이 떠올랐다. 불과 몇 년 전의 일이었다.

황제는 은밀히 보쉬엔 자작을 불렀다. 변방에서 날뛰고 있는 바이켈드 공작의 후계자를 살피고 오라고 했다. 보쉬엔 자작은 지방 영지를 순찰한다는 구실로 수도를 벗어난 다음, 홀로 말을 달려 제국 변방으로 갔다.

이웃 나라와 영토 분쟁이 일어난 지도 벌써 몇 년. 오랫동안 서로 한 번 이기면 한 번 지며 지루한 국지전이 이어지는 곳이었다.

하지만 얼마 전, 라크안이 이곳에 사령관으로 임명된 뒤부터 제국은 연이어 이기고 있었다.

후방에서 전술 회의를 하고 있을 어린 공작 후계자를 만날 생각에 보쉬엔 자작은 발이 가벼웠다. 전쟁이나 피, 죽음과 직접 맞닥트릴 일이 있으리라고는 생각지 않았다. 그러나 미래의 바이켈드 공작과의 만남은 예상과는 다르게 굴러갔다.

하필이면 전투가 막 벌어지던 상황에 도착했다. 보쉬엔 자작은 기사들의 보호를 받으며 전쟁을 멀찍이서 지켜봤다.

노을이 질 때 즈음, 전투가 소강상태로 접어들었다. 적들은 도망쳤다. 라크안은 그 뒤를 끝까지 좇아가 살려 달라 비는 적들을 죽였다. 전투가 아니라 일방적인 학살이었다.

하늘이 깜깜해졌을 때야 비로소 보쉬엔 자작은 라크안을 만날 수 있었다. 막 전장에서 귀환한 라크안이 보쉬엔 자작의 앞에 섰다. 라크안은 온몸에 피를 뒤집어쓴 채였다. 손에 든 칼에서는 피가 뚝뚝, 떨어졌다.

제 앞에 쭈굴쭈굴하게 서 있는, 수도에서 내려왔다는 황제의 사신을 보고도 보는 둥 마는 둥 했다. 그런데도 그를 마주 본 보쉬엔 자작은 충격을 견디지 못하고 뒤로 넘어갔다.

정신을 잃기 전, 저를 무표정하게 바라보는 라크안의 얼굴이 눈에 박혔다. 그 잠깐 동안에도 온몸에 소름이 돋았다.

꼬박 이틀을 막사에 누워 있고 나서야 라크안을 만나러 갈 수 있었다. 다행히 다시 만난 라크안은 누굴 죽이고 있지 않았다. 깨끗이 씻고 단정한 차림을 갖춘 채였다.

"아아, 당신인가. 수도에서 왔다는 귀족이."

라크안이 손에 들고 있던 지도를 내려놓으며, 그 선명한 붉은 눈으로 보쉬엔 자작을 쏘아보았다. 그리고 천천히 자리에서 일어나 보쉬엔 자작을 스치며 지나갔다.

"잠깐 기다리고 있으라고."

그렇게 말하는 라크안의 입가에 미소가 어렸다. 섬뜩하리만치 차가운 것이었다. 그딴 것을 미소라고 말해도 되는 건가 두려움이 몰려올 만치.

보쉬엔 자작을 본체만체하며 스쳐 나간 라크안은, 적군의 기사장을 죽이고 피투성이가 되어 보쉬엔 자작 앞에 섰다.

전쟁터에서의 라크안은 한 마리의 굶주린 늑대와 같았다. 보는 족족 물어뜯어 죽이고, 날카로운 발톱으로 갈가리 찢어발겼다. 그런 그가 수도에 와서는 무료한 듯 느긋이 굴며, 졸린 늑대처럼 굴었다. 처음엔 그런 그의 심기를 거스르지 않기 위해 조심했다. 하지만 어느 순간, 전쟁터에서 봤던 라크안을 잊어버렸다.

보쉬엔 자작은 어느샌가부터 수도에서의 라크안이 진짜 라크안인 것처럼, 생각해 버렸다. 그의 안에는 아직, 전쟁터에서 날뛰던 라크안이 있다는 걸 모르고.

인간이란 이리도 어리석은 존재였다. 보쉬엔 자작은 자신의 아둔함에 몸서리쳤다. 그러는 새 라크안은 천천히 자리에서 일어났다. 그때, 막사에서 봤던 라크안의 모습이 겹쳐 보였다.

보쉬엔 자작의 얼굴에서 핏기가 가셨다. 그때 라크안이 노리던 건 적국의 기사였지만 지금은 보쉬엔 자작의 딸들이었다.

"공작 각하, 제발…… 제발, 제 딸들을 용서해 주십시오. 잘못했습니다. 모든 건 다 제 잘못입니다. 모든 죄를 시인하겠습니다. 네, 제가, 제가 군의 기밀문서를 빼돌렸습니다. 공작 각하!"

보쉬엔 자작이 허둥지둥 의자에서 일어나려다 발을 헛디뎠다. 몸이 앞으로 고꾸라졌다.

"아버지!"

"아, 버지……."

딸들이 애타게 자신을 부르건만, 들리지 않는다는 듯 그쪽은 쳐다보지도 않았다. 대신 라크안의 바짓가랑이를 붙잡고 매달렸다. 까만 정장 바지가 금세 눈물로 젖어 들었다.

"제 딸들은 아무것도 모릅니다. 그저, 제가 욕심을 부렸습니다. 욕심이 나서 그랬습니다. 모든 게 저 혼자 벌인 일이니, 부디 자비를 베풀어 주십시오. 공작 각하. 제발!"

"아버지, 어째서 그렇게까지 하시는 겁니까! 우리 가문의 명예를 생각하십시오!"

보다 못한 아체리프가 분노를 토해 냈다. 그녀는 라크안에게 재조사를 요청했다.

라크안은 저를 지극히 두려워하는 보쉬엔 자작에게 아무 말도 하지 않았다. 역시나 저를 지극히 두려워하지 않는 아체리프에게도 아무 처벌도 내리지 않았다. 그저 앞으로 한 걸음 걸어, 보쉬엔 자작을 발에서 떼어 냈다.

다시금 매달리려는 그를 피해 한 발자국 더 앞으로 걸었다. 뒤따르는 기사단장이 실수인 척 보쉬엔 자작을 발로 밀쳤다. 보쉬엔 자작은 종잇장처럼 팔락이며 바닥을 데굴 굴렀다.

라크안은 두어 걸음 더 걸어 아체리프 앞에 섰다. 그녀는 핏발 선 눈으로 라크안을 똑바로 올려다보았다.

"저는 보쉬엔 자작 가문의 명예를 걸고, 그간 충성을 다해 왔던 바이켈드 공작 각하께 요청드립니다."

그 기백 하나는 칭찬해 줄 만했다. 하지만 아체리프는 그 아버지가 가지고 있는 눈치와 판단력이 없었다. 라크안은 어깨 뒤로 손을 내밀었다. 기사단장은 제 허리에 차고 있던 검을 빼 들어 라크안에게 내밀었다.

라크안은 제 것이 아닌 검을 손에 익히려는 듯 허공에 팔을 내저었다.

휙, 휙-! 허공이 갈라지며 예리한 바람 소리가 났다. 등 뒤에서 딸들을 살려 달라는 보쉬엔 자작의 울음소리가 들렸다. 무척이나 귀에 거슬렸다.

정화라도 하려는 건지, 언젠가 들었던 카루나의 목소리가 떠올랐다.

'단 한 번도 일어나지 않았던 일이 딱 한 번 생기는 건 진짜 어려워요. 하지만 한 번 일어났던 일이 두 번, 세 번 일어나는 일은 아주 쉽죠.'

카루나는 코웃음을 치며 그렇게 말했다.

'그때 내가 뭐라고 대답했더라.'

카루나의 목소리는 방금 들은 것처럼 생생하건만. 정작 자신이 뭐라 대답했는지는 기억나지 않았다.

'대답을 했던가, 안 했던가.'

대답을 안 한 것 같다는 생각만 희미하게 날 뿐이었다.

'그때마다 공작 각하는 그들을 다 용서할 건가요? 그들이 무릎을 꿇고 손을 싹싹 빌며, 이렇게 반성할 테니 용서해 주십시오, 라고 하면. 용서해 줄 건가요? 두 번이든 세 번이든 백 번이든 천 번이든?'

자신을 답답해하는 카루나의 목소리가 선명했다.

'아니, 아예 싹싹 빌지조차 않네. 네가 보면 뭐라고 할까, 꼬맹아.'

라크안은 씁쓸히 웃었다.

'왜 저걸 그냥 가만 두고 보고만 있는 거예요! 졸려요? 선 채로 자고 있는 건 아니죠? 정신 차려요, 얼른 혼내 주라고요! 저런 걸 가만히 놔두면, 누가 공작 각하를 두려워하고 존경하겠느냐고요!'

카루나의 잔소리가 들리는 것 같았다. 그래서 더더욱, 감히 카루나에 대해 함부로 말하는 아체리프를 용서할 수 없었다.

"보쉬엔의 아체리프, 네 입술이 네 명을 재촉했구나."

라크안은 검 끝을 아체리프에게 겨눴다.

"아, 안 돼요! 라안 님!"

"공작 각하, 제발!"

루린토프와 보쉬엔 자작이 아체리프와 라크안에게 달려들었다. 뒤늦게 정신을 차린 병사들은 루린토프를 막아섰다. 보쉬엔 자작은 기사단장의 몫이었다. 라크안이 검을 빼어 들자 아체리프의 눈동자가 마구 떨렸다.

"서, 설마…… 저, 절…… 이 황궁에서 죽이기라도 할 작정입니까?"

"안 돼요, 라안 님. 제발! 제 언니를 살려 주세요!"

"공작 각하!"

"참 시끄러운 가족이군. 이 눈물겨운 가족애가 앞으로 그대의 삶에 조금이라도 보탬이 되길 바라네. 아체리프 보쉬엔."

라크안은 그리 말하고는 아체리프의 눈앞에서 검을 휘둘렀다.

"꺄악!"

루린토프가 비명을 질렀다. 아체리프는 그 비명을 들으며 눈을 질끈, 감았다.

툭. 무언가 바닥에 떨어지는 소리가 났다. 방 안에 있던 모든 사람들의 눈이 아체리프와 라크안을 향했다. 아체리프 또한 눈을 가늘게 뜨고 자신을 내려다보았다.

아체리프의 양어깨에 달려 있던, 술 달린 보쉬엔 가문의 문장이 바닥에 나뒹굴었다. 풍성한 붉은색 술이 그 위를 덮어 꼭 피 흘리는 것 같이 보였다.

"보쉬엔의 첫째, 아체리프의 후계자 지위를 박탈한다. 또한 그녀 말고 다른 어떤 자식도 보쉬엔의 작위를 잇지 못하도록 할 것이다."

멍하니 바닥에 떨어진 가문의 표식을 내려다보는 아체리프의 머리 위로 라크안의 목소리가 들렸다.

"보쉬엔 가문은 현 자작 이후로 단승될 것이며, 그 영지와 재산은 자작의 사후 국고로 귀속될 것이다. 보쉬엔 자작이 생존하는 동안 미혼 자녀의 결혼 지참금과 생활비 지출은 국가에서 파견한 재무관의 관리, 감독을 받을 것이다."

“마, 말도 안 돼……. 그럴 수가…….”

“사흘 후 모든 조사가 끝나는 대로 보쉬엔 가문을 수도에서 추방한다. 제국 밖으로 나갈 수 없으되 수도로의 출입 또한 금한다. 평생을 보쉬엔 가문이 가진 지방 영지 중 한 곳에서 머물며 살되 매년, 국가 감찰관이 내려가 반역의 징후를 살필 것이다.”

귀족이로되 귀족일 수 없는 처지가 된 것이다. 만나는 귀족마다 그들을 손가락질하고 그들의 불명예를 떠들어 대리라. 그래도 보쉬엔 자작이 살아 있는 동안은 괜찮다.

하지만 그가 죽고 나면, 남은 자식들은 어떻게 될 것인가. 아체리프의 어린 자식들은? 빈털터리가 되어 내쫓기고, ‘보쉬엔’이라는 성조차 쓸 수 없게 될 것이다.

자신의 자식들에게까지 생각이 미치자 아체리프는 가만히 있을 수 없었다.

“차라리 죽이십시오. 죽이란 말입니다!”

아체리프가 라크안에게 달려들었다. 라크안은 옆으로 한 발자국 비켜서며 그녀를 피했다. 아체리프는 볼품없이 바닥에 엎어졌다. 혹여 아체리프가 라크안에게 위해라도 가할까 걱정이 된 병사들은 아체리프에게 달려들어 팔과 다리를 결박했다.

라크안은 기꺼이 그녀의 머리맡에 다리를 접고 앉았다. 아체리프는 재조사를 해 달라고, 이럴 순 없다고, 차라리 죽이라고, 발버둥 쳤다. 그 모습은 평소 냉철하고 날카롭다는 평가를 받던 아체리프의 모습이 아니었다. 그녀를 바라보는 라크안의 눈빛 역시 조금도 너그럽지 않았다.

“감히 내 앞에서 내 약혼녀를 운운하며, 내게 자비를 구하다니. 그대에게는 내가 꽤나 만만하게 보였나 보군.”

“그게, 그게 아닙니다. 저는…….”

“내 약혼녀에게 저지른 불충한 죄를 네 목숨으로 갚으라 명할 수도 있었다. 하지만 그렇게까지는 하지 않겠다. 아체리프, 네 아버지의 눈물이 네 목숨을 구했다는 걸 알아 둬라. 그리고."

라크안은 좀 더 아체리프의 가까이로 고개를 숙였다. 그녀에게만 들리도록 나지막하게 속삭였다.

"나는 사실, 지난번처럼 이번도 그대의 가문을 용서해 주려고 했다. 난 만만하게 보이는 걸 꽤나 즐기는 고약한 취미가 있어서 말이야. 그런데 그대의 오만과 불충이 나를 성실하게 만들었어. 보쉬엔 가문이 단절된 것은 모두 그대 때문이다."

"그, 그럴 수가……."

아체리프가 망연자실한 눈으로 라크안을 바라보았다. 라크안은 일어서 그녀를 뒤로한 채 문 쪽으로 걸어갔다.

"으아아악!"

등 뒤에서 아체리프의 비명이 들렸다. 문 앞에는 루린토프가 눈물을 흘리며 서 있었다. 병사 둘이 양팔을 잡고 있었다. 그녀는 최대한 라크안에게 가까워지려 몸을 앞으로 내밀었다.

"라안 님, 라안 님. 제게 죄가 있다면, 당신을 사랑한 죄밖에 없어요."

루린토프가 한껏 가련함에 젖은 목소리로 속삭였다. 옆에서 그녀를 붙잡고 있던 두 병사가 괜히 코가 시큰해져 훌쩍거릴 만큼 애절했다.

"그래, 그렇겠지."

"아, 알아주시는 건가요? 라안 님, 그렇다면……."

"그 죗값을 치르도록."

라크안은 바로 등을 보였다.

"라안 님!"

그녀가 다시금 절절한 목소리로 라크안을 불러 세우려 했지만, 라크안은 다시 그녀를 돌아보지 않았다. 기사단장은 병사들에게 좀 더 철저히 감옥을 지키라고 당부한 후 라크안을 뒤따랐다.

라크안은 큰 보폭으로 걸었다. 기사단장이 바삐 걸어도 쫓아가기 어려울 정도로 빨랐다.

"공작 각하. 괜찮으십니까?"

기사단장이 벅찬 숨을 몰아쉬며 라크안에게 물었다. 목소리엔 라크안을 향한 충성스러운 마음이 그득했다.

기사단장의 말이 끝나기가 무섭게, 라크안은 돌아서 기사단장을 벽으로 밀어붙였다. 쾅! 라크안이 한 손으로 기사단장의 목을 잡아 들어 올렸다. 기사단장의 발이 허공에 떴다.

"크, 켁!"

기사단장은 볼썽사나운 소리를 내며 팔다리를 버둥거렸다.

"공…… 크, 작, 각……하……."

기사단장의 얼굴이 점점 시뻘게졌다. 라크안은 그 모습을 보며 한쪽 입꼬리를 비틀어 올렸다. 조금 전, 아체리프를 바라볼 때의 그 표정이었다. 붉은 눈동자가 짐승의 그것과 비슷하게 확장되어 갈라졌다.

"지금 내가 어떤 걸로 보이나, 알프 경."

라크안이 물었다.

"공, 작 각하?"

큭. 기사단장은 목이 조여 오는 상황에서도 반항하지 않았다. 그저 가득 의문이 담긴 눈으로 라크안을 바라볼 뿐이었다. 바로 이 자리에서 목뼈가 꺾여 죽는다 해도 반항하지 않으리라. 그는 대대로 바이켈드 공작 가문을 모셔 온 가신 가문에서 자란 충성스러운 기사였다.

"나를 속일 순 있으나 내게 반항은 할 수 없다는 건가?"

"……각, 하."

"그거 참 선택적인 충성이 아닐 수 없군."

"저, 저는……."

"내가 정말로 아무것도 모르고 네가 설치도록 놔뒀다고 생각하는가?"

라크안의 붉은 눈이 사납게 번뜩였다.

"내 약혼녀와 어울리는 게 꽤 즐거워 보이던데."

"그, 그것이……!"

"어떤가. 원하는 대로 되어서 기쁜가? 내 눈을 가리고 공작을 벌인 결과로 보쉬엔 자작가를 해치울 수 있어서?"

"커, 공, 작, 각…… 큭!"

기사단장의 목을 움켜쥔 손에 힘이 들어갔다. 보쉬엔 자작 가문의 변절은 보쉬엔 자작가의 선택일지 모른다. 그런 선택을 하도록 내몬 사람들이 있다 하더라도.

하지만 서류에 끼어 있던 군사 기밀문서는 어떻게 설명해야 될 것인가. 보쉬엔 자작은 군사 기밀문서를 만질 수 있는 권한이 없으니 둘 중 하나일 것이다. 보쉬엔 자작이 작정하고 군사 기밀문서에 손을 댔거나, 누군가 보쉬엔 자작을 음해하려 끼워 넣었거나.

라크안은 그중 어떤 것이 정답인지 알고 있었다.

'아마도 꼬맹이가 계획하고, 알프 경이 실행했겠지.'

요 근래 둘의 움직임이 수상쩍어 예의 주시하던 차였다. 카루나가 자신을 스스로 보호하기 위해 꾀를 내는 거라고 생각했다. 그래서 못 본 척해 주었건만. 이런 짓을 벌이다니.

대놓고 마카레나 백작과 클레이엔에게 도전장을 날린 꼴이지 않은가. 여기 내가 있다. 어디 날 해치려면 해쳐 봐라, 하고.

'그동안 그렇게 마카레나 백작으로부터 숨고 도망치려고 했으면서. 왜 이렇게 눈에 띄는 짓을 한 거지?'

지금의 클레이엔이라면 모르겠지만, 마카레나 백작이라면 함정이었다는 걸 알아챘을 터. 당연히, 누가 꾸민 일인지 찾으려 할 것이다. 만약 카루나가 벌인 짓이라는 걸 알아챈다면? 그는 반드시 카루나를 해칠 것이다.

으득, 라크안은 이를 악다물었다.

'감히, 제멋대로 꼬맹이와 일을 벌이다니.'

라크안은 카루나가 그런 위험에 처하도록 도운 기사단장을 죽일 듯 노려보았다. 카루나에 대한 감정보다는, 카루나가 이런 일을 벌일 수 있도록 적극 협조한 기사단장에 대한 분노가 먼저였다.

기사단장의 얼굴은 피가 몰려 시뻘겋게 변했다. 당장이라도 빵- 터질 것만 같았다. 끄윽, 끅. 숨넘어가는 소리가 기사단장의 목울대에서 울렸다. 라크안은 마지막 순간, 기사단장을 바닥에 내팽개쳤다.

쿵. 커다란 덩치가 바닥에 부딪쳤다. 기사단장은 아픈 줄 몰랐다. 급히 입을 벌려 숨을 들이쉬기 바빴다. 오르락내리락. 커다란 몸이 쉼 없이 움직이며 숨을 몰아쉬었다. 라크안은 그의 머리맡에 한쪽 무릎을 꿇고 앉았다. 그리고 모로 누운 기사단장의 머리를 한 손에 움켜쥐었다.

손끝에 힘이 들어갔다. 머리를 단번에 부숴 버릴 듯했다. 라크안에게서 나오는 싸늘한 살기가 기사단장에게로 쏟아졌다.

"크흑……."

기사단장이 고통스러워하며 몸을 뒤틀었다. 아무리 숨을 들이쉬어도 목이 턱턱 막혔다. 멱살이 풀렸다 해서 라크안에게서 벗어난 것이 아니었다.

기사단장은 라크안의 손바닥 아래에서 몸을 납작 엎드려 복종했다. 감히 라크안을 피해 도망칠 수도, 반항을 할 수도 없었다. 기사단장은 바이켈드 공작 가문의 가신 가문에서 태어나 자랐다. 숨 쉬듯 자연스럽게 바이켈드 공작에 대한 충성심을 익혔다.

거기에 모시는 주인에게 충성을 다하는 기사의 도리. 귀족으로서의 품위와 의무까지. 언제나 기사단장을 구성하고 있던 조각들이 단숨에 부서졌다. 가문을 위해 당연히 바이켈드 공작에게 충성해야 한다고 생각하며 살아왔다. 그것이 지금까지 그를 지탱하던 기본 명제였다.

하지만 지금 이 순간, 그는 단지 그 명제 때문에 라크안에게 굽히는 것이 아니었다. 그보다 더 본질적이고 본능적인 감각이 심장을 움켜쥐었다. 거역할 수 없는 본능의 영역이었다. 누군가 끊임없이 귓가에 속삭였다.

'눈앞의 사내에게 복종해야 한다.'

만약 그러지 않는다면? 가정하는 것만으로도 죽음의 공포가 몰려왔다. 기사단장은 맹수에게 물린 살진 사슴처럼 라크안의 손안에서 몸을 떨었다. 검을 쥔 기사로서 죽음을 두려워한다는 것은 수치스러운 일이다.

하나 부끄러워할 새가 없었다. 지금 기사단장을 두렵게 만드는 건, 단순한 두려움이 아니었다.

"……공작 각하."

기사단장이 지금 할 수 있는 건 그저 그를 부르며 자비를 구하는 것뿐이었다. 라크안은 제게 절대 복종하는 덩치 큰 사내를 바라보았다. 핏빛을 닮은 붉은 눈엔 조금의 온기도 없었다.

라크안은 고개를 숙여 기사단장의 귓가에 얼굴을 댔다. 그리고 나직한 목소리로 속삭였다.

"제프리 가문의 알프, 너는 내 그늘 아래에서 내 보호를 받고자 하는가. 여전히?"

"……가, 감히 바랍니다. 저와 제 가문의 주인은 공작 각하십니다."

"그렇다면 네 충성의 방식에 대해 끊임없이 고민해라. 너의 주인이 누구인지, 무엇이 내게 이로운지를 결정하는 게 누구여야 하는지."

"오직, 공, 작, 각하……십니다."

기사단장은 저를 내리누르는 압력을 이겨 내며 힘겹게 말했다. 기사단장의 충성 어린 목소리를 들으며 라크안은 이를 드러내어 웃어 보였다. 정말 웃는 얼굴이 아니었다. 오직 상대방을 겁박하기 위한 표정이었다.

"너는 내 그늘 아래 보호를 구하는 나의 종이다. 세상 어떤 종도 감히, 주인을 대신하여 생각하지 않는다. 그렇지 않은가?"

“명, 심……하겠습니다. 각하.”

기사단장의 얼굴에서 핏기가 가셨다. 그의 대답을 들은 라크안이 손을 거두고 자리에서 일어섰다. 그 순간 기사단장을 짓누르고 있던 무거운 공기가 단숨에 사라졌다. 그럼에도 기사단장은 바로 몸을 일으키지 못했다. 납작 엎드린 채 제 위에서 쏟아지는 라크안의 시선을 받았다.

“…….”

라크안은 잠시, 기사단장을 내려다보았다.

몸속에 흐르는 피가 오랜만의 분노에 기뻐 날뛰었다. 당장이라도 저 두꺼운 목을 부수고 잡아 뽑아 버리자고, 누군가 귓가에 속삭이는 것 같았다.

‘그는 너를 기만한 죗값을 치러야 해.’

그 목소리는 너무도 달콤해서, 자칫 잘못하면 그 말대로 움직이게 된다. 저 목소리에 넘어가는 순간, 라크안의 주변은 시체의 산과 피의 강이 흐르는 지옥으로 변한다. 이미 변경의 전쟁터에서 수없이 경험했던 바였다.

생각 같아서는 모조리 죽여 버리고 싶었다. 기사단장은 물론 복도의 저편에서 목소리 높여 울고 있는 보쉬엔 자작 가문의 사람들까지.

‘왜 죽이지 않아? 다 죽여 버려. 너도 그걸 원하잖아.’

자꾸만 라크안을 유혹하는 목소리가 귓가에 어른거렸다. 누군가 속삭이는 목소리가 아니었다. 라크안의 마음속에서 들리는, 라크안의 생각이었다.

‘나는 천성이 정말로…… 살인자라도 되는 걸까. 툭하면 다 죽이고 싶으니.’

허탈하게도 웃음이 나왔다.

‘아니야. 그건 아닐 거야.’

당연하게도 부정하고 싶었다. 그래서 끓어오르는 살기를 애써 갈무리하며, 발치에 엎드린 기사단장을 살려 주는 것이었다. 그래서 저 멀리에서 대성통곡을 하고 있는 보쉬엔 가문 가솔들의 목숨을 거두지 않는 것이었다.

감히 자신을 시험하고 의심하고 제멋대로 굴어도 좋다. 그 무엇도 하찮고 귀찮을 따름이니까. 개미가 발끝을 물었다고 개미에게 화를 내는 사자 따위는 이 세상에 없으니까.

라크안이 한숨을 내쉬며, 마음을 가라앉히고자 노력했다. 눈을 감았다 뜨니, 붉은 눈이 원래대로 돌아왔다. 그것만으로도 기사단장은 움찔, 몸을 떨었다.

"어서 일어나지."

라크안은 그런 그에게 말을 걸었다.

"철십자 기사단장이 황궁 복도 한복판에서 꼴사납게 널브러져 있는 게 소문이라도 나면, 어쩌겠나."

라크안의 목소리가 평소와 같았다. 조금 전의 모습은 조금도 찾아볼 수 없었다.

"예, 예. 공작 각하. 그, 그리하겠습니다."

기사단장은 후들거리는 다리에 힘을 주고 몸을 일으켰다. 라크안의 손이 어깨에 닿자. 흠칫! 기사단장은 저도 모르게 몸을 떨었다. 라크안은 모른 척하며, 그의 어깨를 쥐고 그를 일으켜 세웠다.

"앞으로 주의해 주게. 알프 경."

라크안은 그의 어깨에 묻은 먼지를 털어 주며 속삭였다. 기사단장의 몸이 흠칫, 떨렸다. 어깨가 들리며 잔뜩 긴장한 티가 났다. 라크안은 그의 어깨를 두어 번 더 두드려 주고는 돌아섰다.

기사단장은 감히 라크안을 뒤따르지 않았다. 그는 라크안이 복도 저편으로 사라지고 나서야 한숨을 닮은 긴 숨을 내쉬며 안도하였다. 아직까지도 등골이 저릿저릿했다.

한편.

기사단장을 두고 홀로 걷던 라크안은 길의 끝에 멈춰 섰다. 고개를 드니, 저편에 백합궁의 하얀 지붕이 보였다. 라크안은 백합궁에 있을 자신의 반려를 떠올렸다.

그동안은 생각만으로도 입가에 웃음이 감돌았건만, 오늘만큼은 그 웃음이 썼다. 도대체 그 조그만 머릿속엔 무슨 생각이 담겨 있는 걸까. 머리가 지끈거렸다.

라크안은 관자놀이를 꾹 누르며 자신이 처리해야 할 일을 생각했다. 할 일은 산더미 같았다. 그중 무엇보다 우선시 처리해야 할 문제는 마카레나 백작으로부터 카루나를 보호하는 것이었다.

귀족파로 변절하려 했던 보쉬엔 자작가를 잘라 냈다. 일찍 알아챘기에 황제파는 피해를 최소화할 수 있었다. 황제파로서는 다행스러운 일이나 귀족파로서는 아쉽기 그지없는 일이리라.

게다가 이 일은 클레이엔이 수도로 돌아와 복귀한 후 처음으로 꾸민 일이었다. 클레이엔은 황태자비로 발표 난 후 가장 중요한 시기에 수도를 떠났다. 돌아온 클레이엔은 그 1년간의 공백을 메워야 했다.

자신의 능력이 여전하다는 것을 증명해 보여야만 귀족파 귀족들은 다시금 그녀에게 진심으로 고개를 숙이리라. 클레이엔은 귀족파 내에서 자신의 입지를 다지기 위해서라도 이번 일을 성공해야만 했다.

하지만 그녀는 장렬히 실패했다. 이제 마카레나 백작가는 클레이엔의 실패를 덮기 위해 최선을 다할 것이다. 마카레나 백작이 제 딸을 위해 무엇을 제물로 삼을까.

'당연히 꼬맹이를 건드리려고 하겠지.'

라크안은 이를 악물었다. 마카레나 백작이나 클레이엔이 무엇을 노릴지, 무슨 생각을 하고 있을지 짐작하는 건 이토록 쉬운데. 제 보호 아래에 놓인 소녀의 작은 머릿속에 무슨 생각이 담겨 있는지는 도통 손에 잡히지 않았다. 그게 라크안을 혼란스럽게 했다.

“네가 뭘 원하는지 모르겠다.”

라크안은 백합궁을 바라보며, 그곳에 있는 카루나에게 말을 걸듯 혼잣말을 했다.

* * *

루린토프가 잡혀간 후 그날의 티타임은 그렇게 끝나 버렸다. 황후는 이후의 일정을 모두 미루고 침실에 틀어박혔다. 에르케만이 황후의 침실로 들어갈 수 있었다.

마치 뒤따르듯 황제궁에서 시종이 찾아왔다. 황제가 오후의 일정을 모두 마친 후 백합궁을 방문할 거라고 알렸다. 뒤늦게나마 황후에게 보쉬엔 자작 가문의 일을 설명하러 오려는 듯했다.

하녀들은 황제를 모실 준비로 바빠졌지만, 막상 시녀들은 할 일이 없었다. 둘만 남은 시녀 후보들도 마찬가지였다. 시녀들은 각자의 방에 들어가 황후를 기다리며 시간을 보냈다.

카루나는 다른 시녀들과 마찬가지로 쉬는 척했다. 그러면서 하녀로 분장한 세나를 몰래 궁 밖으로 내보냈다. 기사단장과 접촉하기 위해서였다. 상황이 어떻게 돌아가는지 정확히 알아야 했다.

카루나가 침대에 누워 세나가 돌아오기를 기다리는 새.

클레이엔은 카루나보다는 좀 더 바쁘게 움직이고 있었다. 오늘의 티타임을 루린토프가 준비했으니, 내일은 클레이엔의 차례였다.

정황상 내일 티타임이 열릴지는 확실하지 않았다. 그렇다 해도 준비는 해 놓아야 했다. 백합궁의 뒷문으로 마카레나 백작 가문의 고용인들이 드나들었다. 언제나처럼 진귀한 그릇과 찻잔, 찻잎 따위를 짊어지고 있었다.

그들을 지휘하며 물품을 체크하는 사람은 백작저의 집사였다. 그는 클레이엔에게 깍듯이 인사하고는 이번에 들여온 물품의 목록을 내밀었다. 클레이엔은 목록을 훑어보며 목록 사이에 끼워져 있는 작은 쪽지를 옷소매 안으로 밀어 넣었다.

"나쁘지 않네. 아버지는 어떠셔?"

"오직 아가씨에 대한 걱정뿐이십니다."

"루시온은?"

"바삐 뛰어다니고 있습니다. 바이켈드 공작 측에서 일을 크게 키울 생각이 없다고 하니, 적정선에서 마무리될 겁니다. 아가씨께서 드러날 일은 없을 겁니다. 절대."

"이게 다 루시온 때문이야. 루시온이 날 잘 보좌하지 못하니까 이런 일이 생기는 거 아냐."

클레이엔은 고마운 마음을 갖는 대신 불평부터 늘어놓았다.

"송구합니다. 루시온 님께서도 일을 수습하시기 위해 노력하고 있으니, 부디 용서해 주십시오."

집사는 자신이 루시온이라도 되는 양 고개를 숙였다. 고개를 숙인 집사의 얼굴에는 약간의 짜증이 스쳤다. 클레이엔이 보지 못한 게 다행이었다.

'그 대역 아가씨였다면 애초부터 이런 무리한 일은 하지도 않았을 텐데.'

루시온도 자신과 같은 생각을 하고 있으리라. 집사는 믿어 의심치 않았다.

집사는 클레이엔이 태어나기 전부터 마카레나 백작저의 집사로 일했다. 어린 시절의 클레이엔을 쭉 지켜봤다. 또한 클레이엔의 대역을 10년 동안 모시기도 했다.

대역을 클레이엔이라 생각하고 모실 때는 솔직히, 짜증 났다.

'어디서 굴러먹었는지도 모를 시궁창 쥐 같은 계집을 클레이엔 아가씨라고 생각하고 떠받들어야 한다니.'

클레이엔과 똑같은 녹색 눈을 가진 아이는 처음엔 백작저의 삶에 제대로 적응하지 못했다. 집사는 하녀장과 함께 그런 아이를 구박하곤 했다. 아이가 점점 클레이엔의 대역 역할을 잘하게 되어도, 그 아이를 멸시하는 마음은 바뀌지 않았다.

'흉내만 잘 내면 뭘 하나. 그래 봤자 근본 없고 출신이 미천한 천것인데.'

원숭이가 인간 흉내를 잘 낸다고 해서 인간이 되는 건 아니다. 원숭이는 어디까지나 원숭이다. 클레이엔의 대역 역시 흉내를 잘 내는 원숭이일 뿐. 절대로 고귀한 클레이엔의 발끝에도 미치지 못하리라.

마침내 대역이 클레이엔을 황태자비의 자리에 올려 세우고 그 역할이 다했을 때. 집사는 내심 쾌재를 부르짖었다.

'드디어 저 천것이 사라지고 진짜 클레이엔 아가씨가 돌아오시는구나.'

그는 대역을 떠나보내며 눈물짓는 하녀장을 이해할 수 없었다. 자기가 죽을 운명인 줄 모르고 사례비를 꼼꼼히 챙기는 대역의 마지막 모습 또한 우스웠다.

대역은 마지막까지 당당했다. 자신이 정말 클레이엔이라도 된 듯 굴었다. 주제를 알도록 혼쭐을 내 주고 싶었지만, 참았다. 곧 이 세상에서 흔적도 없이 사라질 거라 생각하니 그럭저럭 참아 줄 수 있었다.

그렇게 10년 동안 클레이엔인 척했던 대역은 마카레나 백작저에서 사라졌다. 그리고 1년이 안 되어, 진짜 클레이엔 아가씨가 공작저로 돌아왔다.

그녀를 맞이하기 위해 집사와 하녀장은 6개월 전부터 준비해야 했다. 클레이엔은 편지를 보내 대역이 썼던 건 남김없이 태워 버리라고 명령했다. 집사와 하녀장 또한 천한 대역이 입고 썼던 걸 진짜 클레이엔에게 가져다 댈 생각이 조금도 없었다.

그래서 마카레나 백작저는 장장 6개월 동안 계속 저택을 수리했다.

보석류나 몇 가지 드레스, 물품을 제외하고 모든 걸 불태웠다. 가짜 대역이 입었던 드레스, 신었던 구두, 앉았던 소파, 사용했던 화장수까지 모두 다.

지난 10년간은 잊고, 진짜 클레이엔과 새롭게 시작하기 위해 준비하는 것이니 조금도 아깝거나 아쉽다는 생각이 들지 않았다.

클레이엔이 수도에 도착하여 처음 백작저로 발을 내디뎠을 때.

'천한 가짜가 사라지고, 진짜 고귀한 혈통이 돌아왔구나.'

집사는 감격하여 눈물까지 흘렸다. 진짜 클레이엔은 가짜 따위가 겨우 흉내만 내었던 진짜 아름다움과 품위, 지혜를 지녔으리라. 조금도 믿어 의심치 않았다.

……하지만, 아니었다.

사흘도 지나지 않아, 진짜 클레이엔에 대한 환상이 깨졌다.

클레이엔은 10년간 떠나 있던 백작저에 잘 적응했다. 채 하루도 안 되어 저택의 온 고용인들을 불러들여 자신을 위해 일하도록 했다. 집사와 하녀장이 무심코 대역을 모셨던 것처럼 진짜 클레이엔을 대하면, 바로 폭력이 시작되었다.

그녀는 금방 마카레나 백작저의 고약한 주인이 되었다. 그나마 루시온이 곁에 붙어 있으면 괜찮았다. 루시온은 그녀의 기분 따위는 고려하지 않고, 그녀가 행패 부리는 걸 막았으니까. 클레이엔은 그런 루시온에게도 온갖 성질을 다 냈다. 루시온은 무표정한 얼굴로 그녀의 짜증을 피하거나 적당히 맞아 주었다.

그저 성격만 고약하면 다행이련만. 진짜 클레이엔은 의욕도 넘쳤다. 그녀는 지난 10년간 대역에 대해 꾸준히 보고를 받았다. 때문에 대역이 어떻게 자신인 척하고 살았는지 잘 알고 있었다.

그녀는 아는 것과 행동하는 건 다르다는 사실을 몰랐다. 그녀는 뭐든 자신이 대역보다 더 잘해 낼 수 있다는 근거 없는 자신감을 보였다.

마카레나 백작은 그녀에게 당분간 수도에 적응하기 위해 노력하라고 당부했다. 그 밖에 다른 일은 안 해도 괜찮다고, 자신이 다 알아서 해 놓겠다고 했다.

애초부터 대역 클레이엔에게 온갖 더러운 일을 맡긴 것도, 그녀가 소모품이기 때문이었다. 진짜 클레이엔, 자신의 친딸에게 그런 험한 일을 맡길 생각은 조금도 없었다.

이제 어둡고 더러운 일은 루시온에게 전담시킬 생각이었다. 진짜 클레이엔은 그저 황태자비가 될 준비만 하면 됐다. 여느 귀족 가문 여식처럼 우아하고 아름답고 편안하게 살면 되련만. 클레이엔은 이런 마카레나 백작의 소망을 이해하지 못했다.

'나도 잘할 자신이 있는데. 왜 나한테는 아무것도 하지 말라고 그러시는 건가요? 내가 보고받은 대로, 그 대역이 했던 건 나도 다 할 거예요. 내가 걔보다 훨씬 더 잘할 자신이 있다구요. 내가 진짜 클레이엔이니까!'

그녀는 마카레나 백작의 부탁과 루시온의 경고에 가까운 만류를 뿌리치고, 사교계에서 활약하기 시작했다.

초반엔 루시온이 그녀의 모든 일정을 함께했다. 대역과 달리 착하고 선한 클레이엔이 되겠다고 하기에 대본까지 써 주었다. 그녀를 뒤따라 다니며 그녀가 벌인 일을 전부 다 뒷수습했다.

모든 건 루시온의 몫이었으나, 집사와 하녀장에게도 부담이 더해졌다. 지난 10년간의 클레이엔이 대역이었다는 걸 아는 사람은 극소수였다. 마카레나 백작과 루시온, 백작저의 집사와 하녀장. 이렇게 넷이 고작이었다. 그러니 진짜 클레이엔이 사고 친 걸 감당하는 것도 그 네 사람의 몫이 될 수밖에 없었다.

'능력이 없으면 게으르기라도 할 것이지…….'

돼먹지 않은 자선 병원을 세우겠다고 하는 클레이엔을 보며 집사는 저도 모르게 불경한 마음을 먹었다. 자신의 생각에 스스로 놀라 얼른 머릿속을 비워 내긴 했지만. 한번 불만을 품으니 두 번, 세 번째는 좀 더 쉬웠다. 불만은 무럭무럭 자라났다. 클레이엔은 때때로 그 불만이 잘 자랄 수 있도록 집사의 마음에 찬물을 뿌려 주기까지 했다.

이번 일도 마찬가지였다.

황제파의 핵심 중 한 가문인 보쉬엔 자작가를 귀족파로 끌어들인다니. 그거로도 모자라 변절의 대가로 바이켈드 공작가와 관련된 기밀문서를 빼 오라고 시키다니.

클레이엔이 가능하다며 짜 온 계획이었다. 복잡해도 너무 복잡했고, 루시온의 말마따나 현실성이 없었다. 마카레나 백작은 하녀장과 집사에게 의견을 묻지 않았기 때문에 입은 닫혔으나, 귀는 열려 있었다. 뒤에서서 그들의 대화를 듣기만 해도, 클레이엔의 계획이 말도 안 된다는 걸 알 수 있었다. 황제파 쪽에서 만든 함정이 아닐까, 라는 생각까지 들 정도였다.

하지만 클레이엔은 자신이 알아서 하겠다며 고집을 부렸다.

'사랑하는 내 딸아, 꼭 그 일을 해야 되겠니? 내 생각에는 조금 무리가 있을 듯하구나.'

마카레나 백작은 어떻게 해서든 딸의 마음을 돌리려 애썼다.

'저는 반대합니다. 클레이엔 아가씨, 그 계획에는 전혀 현실성이 없습니다.'

루시온은 아예 대놓고 반대했다.

'내가 이미 루린토프와 보쉬엔 자작 가문의 사람들을 다 설득했단 말이에요. 이번이 바로 절호의 기회예요. 바이켈드 공작의 약혼녀를 밀어내고, 황후의 시녀가 되려면 이 방법밖에는 없다구요.'

그 둘이 반대하는데도 클레이엔은 하겠다고 난리였다. 그녀의 고집을 말리는 건 무척이나 어려운 일이었다. 계속 안 된다고 말하던 루시온은 뺨을 몇 대나 얻어맞았다.

마카레나 백작은 며칠만 더 생각해 보자며 사랑하는 딸을 말렸다. 그 며칠 동안 온갖 값비싼 드레스와 보석을 쏟아부어 클레이엔의 마음을 다른 쪽으로 돌리고자 하였건만.

클레이엔은 마카레나 백작과 루시온에게는 말하지도 않고 일을 저질러 버렸다. 보쉬엔 자작가를 회유하고, 바이켈드 공작 가문의 기밀문서를 훔쳐 오도록 했다. 그도 모자라 그 서류를 조작해 바이켈드 공작의 약혼녀에게 누명을 씌우려고 했다.

마카레나 백작과 루시온이 알았을 때는 너무 늦었다. 일이 한참 진행된 상태였다. 너무도 얼토당토않게, 막무가내로 일을 진행하기에 오히려 알아차리기 힘들었다.

집사는 클레이엔이 또 사고를 쳤다는 보고를 들었을 때 루시온의 모습을 아직 기억하고 있었다. 감정이 없다 싶을 정도로 무표정하던 얼굴에 금이 갔다. 루시온은 믿을 수 없다는 듯 보고서를 여러 번 읽고, 탄식했다.

마카레나 백작은 멋대로 일을 벌인 클레이엔을 혼내는 대신 루시온을 불러들였다. 어디에 신경을 쓰고 다니기에 클레이엔이 저런 짓을 벌이도록 가만 내버려 뒀냐며 루시온을 혼냈다.

집사가 보기에 루시온은 꽤나 억울한 상황이었다. 그는 그 나름대로 마카레나 백작에게 보고를 올린 어떤 일을 꾸미고 있었으니까.

루시온은 그 일 때문에 정신없이 바빴다. 또한 클레이엔은 요즘 루시온을 대놓고 따돌리고 있었다. 진짜 클레이엔은 어째서인지 루시온을 마음에 들어 하지 않았다. 이번 보쉬엔 자작 가문의 일도 루시온이 아니라, 자신의 곁에 들러붙어 아부하고 좋은 말만 늘어놓는 귀족파의 젊은 귀족들과 일을 꾸민 것이라고 했다.

루시온이 도와도 성공할까 말까 한 일을, 철없고 경험 없는 뜨내기들과 함께하다니.

루시온은 뒤늦게나마 클레이엔이 벌인 일에 뛰어들었다. 클레이엔이 신임하는 어느 뜨내기 귀족 대신 보쉬엔 자작을 만나고, 협상했다. 이왕 벌어진 일이니 최대한 빨리 마무리 지으려 했다.

물론 뜻대로 되지 않았다. 집사가 보기에도 허술한 일이 제대로 성공할 리 없다. 당연히 진짜 클레이엔이 벌인 일은 일찍이 바이켈드 공작가에 발각당했다. 황제에게까지 보고가 올라가 황제의 칙서가 내려지는 지경에 이르렀다.

그제야 클레이엔도 겁을 먹었다. 아주 잠깐 동안만.

'황태자 전하께서 아시고 내게 실망하실까? 혹시 황태자비 자리를 빼앗기면 어떡하지? 아니겠지? 그건 아니겠지?'

두려움의 깊이 또한 이 정도가 고작이었다. 그마저도 오래가지 않았다. 마카레나 백작과 루시온이 나서서 자신을 보호하려 고생하고 있다는 걸 알게 되자, 그녀는 마음을 놓았다. 자신이 벌인 일을 조금도 반성하지 않았다.

"진작 좀 이렇게들 나서 줬으면 성공할 수 있었잖아. 아버지도 그렇고 루시온도 그렇고, 너무도 느려 터졌어. 게을러! 이렇게 해서 언제 날 정말 황태자비로 만들어 주겠다는 거야?"

그 모습 어디에도 이번 일에 대한 책임감은 없었다. 집사는 진짜 클레이엔과 똑같이 생겼던 가짜 클레이엔이 자꾸 생각났다.

가짜 클레이엔은 단 한 번도 일을 허술하게 처리하지 않았다. 언제나 마카레나 백작에게 보고를 하고, 루시온과 의논하여 일을 꾸몄다. 일을 진행하기 전에도 몇 번이고 체크하며 강박적으로 일을 챙겼고, 설사 그 일이 실패하더라도 남 탓은 하지 않았다. 물론 자책하지도 않았다. 그저 다음번의 성공을 위해 실패의 씁쓸함을 반성할 뿐이었다.

'맙소사, 왜 이번 일이 실패한 걸까. 정말 제대로 준비했는데. 내가 잘못 계획한 걸까? 모든 일을 처음부터 다시 살펴봐야겠어. 반드시 잘못된 부분을 찾아내야 돼. 그래야 다음번에는 절대 실패를 안 할 테니까.'

그녀는 이렇게 말하며 책상에 앉아 우아한 손짓으로 집사와 루시온에게 명령을 내렸다. 그 모습에선 백작 영애로서의 기품과 품격이 묻어났다. 정작 그 당시에 집사는 마음속으로 구시렁댔지만.

이 정도 일 하나 성공하지 못하냐고, 역시 천한 출신은 어쩔 수 없다고.

그때는 진짜 클레이엔에 대한 허황된 기대가 너무 컸다.

'진짜 클레이엔 아가씨가 오시면 이 정도 일은 그냥 처리하시겠지. 훨씬 더 우아하게, 고귀한 혈통답게 행동하실 텐데. 저 천것이 우리 아가씨의 평판을 다 깎아 먹는구나.'

그렇게 생각하곤 했다.

그때는 미처 몰랐다. 진짜 클레이엔이야말로 가짜 클레이엔이 쌓아 올린 평판을 깎아 먹는 존재라는 것을.

고개를 푹 숙이고 있어, 출렁거리는 클레이엔의 치맛자락만 볼 수 있었다. 집사는 그 화려한 천 조각을 우울한 얼굴로 바라보았다. 진짜 클레이엔은 전혀 우아하지 않았다. 고귀한 모습 따위는 단 한 번도 보여 주지 않았다.

기대하지 않았다면 실망도 없었을 것을. 대역 클레이엔을 보며 '진짜 클레이엔 아가씨는 저것보다 훨씬 더 대단할 거야.'라고 기대를 품은 게 잘못이었다.

집사는 진짜 클레이엔이 패악을 부릴 때마다, 이렇게 큰 사고를 칠 때마다 대역 클레이엔을 떠올렸다.

'만약 대역이었다면 이러지 않았을 텐데…….'

저도 모르게 자꾸 진짜 클레이엔과 대역을 비교하게 되었다. 형편없는 건 언제나 진짜 클레이엔이었다.

'그때 그렇게…… 보내지 말 걸 그랬나.'

이제 와 후회해 봤자 소용이 없지만. 집사는 요즘 종종, 대역 클레이엔을 배웅했던 새벽 날을 떠올렸다. 자신이 죽을지도 모르고 떠났던 대역에게 따뜻한 말이라도 한마디 해 줄 것을. 그랬다면 지금, 이렇게까지 후회하진 않을 텐데.

"내 말, 제대로 듣고 있는 거예요?"

집사는 귀청을 찢을 듯 째지는 목소리를 듣고는 얼른 고개를 들었다. 클레이엔이 팔짱을 끼고 집사를 노려보고 있었다.

"죄송합니다, 아가씨. 제가 잠시……."

"감히 내 말을 무시하다니."

클레이엔이 분노하며 손으로 집사의 어깨를 툭툭 밀쳤다.

"늙어서 힘이 달리면 아들에게 자리를 물려주든, 부하한테 물려주든 하고 은퇴해 버려. 그게 아니라면 좀 더 날 잘 보좌하란 말이야. 지금 방금, 내 말 안 듣고 무슨 생각하고 있었어?"

"아닙니다, 그런 게 아닙니다. 아가씨."

집사는 얼른 고개를 조아렸다.

"어휴, 또 저러시네."

"아주 집사님을 못 잡아먹어 안달이지. 루시온 님이 계실 땐 루시온 님한테 저러고."

"그런데 밖에서는 클레이엔 아가씨가 천사라고 소문난 거 알아? 내 친구가 몽브랑 저택에서 하녀로 일하고 있는데, 나보고 부러워 죽겠다는 거 있지."

고용인들은 클레이엔에게 들리지 않도록 작은 목소리로 수군대며, 곁눈질로 클레이엔과 집사를 쳐다보았다.

"뭘 봐! 당장 일하지 못해? 다들 게을러 빠져서는! 너희가 그렇게 날 못 받쳐 주니까, 내가 힘이 드는 거야!"

클레이엔은 제 주변을 서성거리는 가문의 고용인들에게 소리를 빽빽 질렀다.

이곳은 백합궁의 뒷문이라 하나 백합궁의 본 건물과는 거리가 멀었다.

정기적으로 필요한 물품을 옮길 때 외에는 사람들이 오가지 않았다. 지금 여기엔 마카레나 백작 가문의 사람들뿐이었다. 그렇기에 클레이엔은 백합궁 안임에도 자신의 본 성격을 드러내며, 고용인들을 함부로 대했다.

그녀의 그런 모습에 익숙해진 고용인들은 그리 놀라지 않았다. 다만 그녀의 눈에 띄지 않고자 고개를 푹 숙이고 열심히 일하는 척을 할 뿐이었다.

집사는 누구의 도움도 못 받고 클레이엔의 성질을 받아 내야 했다. 클레이엔은 목록 종이 밑에 덧댄 나무판으로 집사를 퍽퍽 내리쳤다. 그도 모자라 집사의 어깨를 잡고 마구 흔들어, 그가 비틀거리다 바닥에 쓰러지도록 만들었다. 그 가느다란 손목 어디에 그런 괴력이 숨어 있는 건지 경이로울 정도였다.

"내가 모를 줄 알아? 너 그 계집을 생각하고 있는 거지? 어? 개 말야, 걔!"

화가 난 와중에도 할 말 안 할 말을 가렸다. 클레이엔은 다른 고용인들이 돌아다니는데 차마 '대역'이라는 말을 입에 담지 못했다.

"왜? 정들었어? 그래서 내 말은 무시해도 된다는 생각이 들어? 어? 어?"

클레이엔은 제가 한 말을 들으며 점점 더 크게 화를 냈다.

'또 이러시는군.'

집사는 속으로 한숨을 내쉬었다. 물론 겉으로는 드러내지 않았다. 그랬다가는 클레이엔이 어떻게 나올지, 안 겪어 봐도 뻔했으니까.

10년 만에 수도에 돌아온 클레이엔은, 무시당하는 것을 견디지 못했다. 문제는 무시당한다고 느끼는 게 클레이엔 마음대로라는 것이다. 상대는 전혀 그렇게 생각하지 않건만, 클레이엔이 혼자 그렇게 느끼면 그런 것이 되었다. 그런 공격은 주로 10년간 대역과 함께 지냈던 루시온이나 집사, 하녀장을 향했다.

이번엔 집사도 찔리는 구석이 있는 터라 가만히 고개를 수그렸다. 진짜 클레이엔을 앞에 두고 가짜 클레이엔을 그리워했으니까.

클레이엔은 집사를 주먹으로 때리고 발로 찼다. 그의 목에 매인 크라바트를 잡아당겨 목을 부러뜨릴 듯 흔들어 댔다. 늙은 집사는 그녀에게 반항 한 번 제대로 하지 못하고 그저 얻어맞기만 했다.

정갈하고 깔끔하던 머리와 옷차림은 금세 엉망이 되었다. 태풍이라도 만난 듯 헝클어지고 찢겼다. 손톱에 긁혀 뺨에 자국이 났다.

한참 화풀이를 한 후. 클레이엔은 개운한 표정으로 돌아섰다.

“다음부터 잘해. 나니까 봐주는 건 줄 알고, 고마워하라고.”

“예, 당연하지요, 아가씨. 더없이 감사드립니다.”

“알면 됐어.”

흥. 클레이는 코웃음을 치며 사뿐히 집사의 곁을 떠났다. 클레이엔이 떠나가자 집사와 마카레나 백작가의 고용인들은 다 함께 안도의 한숨을 내쉬었다. 아무튼 클레이엔만 나타나면 모두들 잔뜩 긴장하여 비상사태가 되었다. 굶주린 커다란 늑대가 나타나도 이토록 두렵진 않으리라.

집사는 너덜너덜해진 옷을 손으로 털었다. 바닥에 흩어진 물품 목록 종이들도 하나하나 주웠다. 줍는 와중에도 집사는 또다시, 대역 클레이엔을 생각했다.

‘그래도 그 대역은 이렇게 날 괴롭히진 않았는데.’

대역 클레이엔은 성격이 더럽기로 유명했다. 사교계를 휩쓸며 자신에게 거역하는 귀족 영애들을 가만 놔두지 않았다. 공식적인 석상에서 저를 깔보는 귀족 영애의 머리채를 잡아 질질 끌고 다니기도 했다. 때문에 마카레나 백작저 고용인들은 다른 귀족 가문 저택에서 일하는 고용인들의 동정심을 한 몸에 받았다.

‘그 성격 더러운 마카레나 백작 영애 밑에서 일한다고? 몸이 남아나니?’

‘얼른 도망쳐야 하는 거 아냐? 아…… 혹시 저택 일 그만둔다고 하면,

살해당하는 거니?'

'너에 비하면 난 아무것도 아니네. 적어도 내가 모시는 분은 그 마카레나 아가씨는 아니니까.'

대역 클레이엔은 귀족들에게나 귀족들을 모시는 고용인들에게나 두려움의 대상이었다. 하지만 정작, 대역 클레이엔을 모시는 동안에는 마카레나 백작저 고용인들은 그리 고달프지 않았다.

물론 대역 클레이엔은 까다롭고 예민했다. 평소에 쓰던 화장수나 약이 조금이라도 흐트러져 있거나 다른 냄새가 나면, 가만있지 않았다. 담당 하녀나 하인을 혼내고 매를 치기도 했다.

하지만 해야 하는 일을 딱 해내면, 끝이었다. 대역 클레이엔은 자신의 기분에 따라 고용인들을 괴롭히지 않았다. 그래서 세간의 동정심을 받으며 일하지만, 정작 일이 힘들다는 생각은 하지 않았다.

이것만 봐도 대역 클레이엔과 진짜 클레이엔은 너무도 달랐다. 진짜 클레이엔은 저택 밖 사람들에게는 천사처럼 착하게 굴지만, 저택 안에서는 악마로 돌변하였다.

고용인들은 그녀의 심술과 횡포에 메말라 가고 있었다. 평생을 마카레나 백작저를 위해 살아온 집사도 그중 한 명이었다. 진짜 클레이엔에게 시달리고 나면, 가짜 클레이엔이 간절해졌다.

'이미 죽어 버린 사람을 생각해서 무엇 하겠느냐마는.'

집사는 헛웃음 지으며 일을 마무리했다. 가져온 짐을 모두 백합궁의 창고에 조심히 쌓아 놓고, 데리고 온 고용인들을 불러들였다. 그들의 인원수를 체크하고, 그들과 함께 뒷문으로 나가려고 했다.

때마침 한 무리의 사람들이 뒷문을 통해 들어오고 있었다. 집사는 재빨리 그들이 짊어진 짐에 그려진 문양을 확인했다. 바이켈드 공작가의 문장이었다. 내일모레는 바이켈드 공작 가문의 영애가 티타임을 준비하는 날이니, 그 물품을 미리 들여오는 듯했다.

마카레나 백작저의 고용인들은 한쪽으로 물러서 길을 비켜 주었다. 짐을 가득 짊어진 그들을 배려한 것이었다. 그들의 주인 되는 귀족 나리들이 사이가 나빠, 치고받고 싸운다지만 그 싸움이 반드시 고용인들의 싸움으로 번질 필요는 없었다. 서로 귀족 밑에서 함께 고생하는 처지 아닌가.

바이켈드 공작가에서 보낸 사람들 또한 마카레나 백작가 쪽 사람들의 배려에 감사하며 고개를 끄덕였다. 그리고.

"어서들 와요, 기다리고 있었어."

등 뒤에서 밝은 목소리가 들렸다.

마카레나 백작저의 집사는 뒤를 돌아서 그 목소리의 주인공을 바라보았다. 하얀 프릴이 잔뜩 달린 드레스를 입은 소녀가 보였다. 하얀 양산을 펴서 어깨에 걸치고 있었다.

바이켈드 공작 영애, 카루나.

숲의 일족 출신이라고 알려진, 바이켈드 공작의 약혼녀였다.

집사는 홀린 듯 멍하니 그녀를 바라보았다. 처음 백합궁에서 그녀를 봤을 때, 집사는 심장이 멎을 듯 놀랐다. 그가 알고 있는 어떤 여인의 어릴 적 모습과 너무도 닮은 소녀였기 때문이다.

대역 클레이엔. 바이켈드 공작의 약혼녀는 놀랍게도 집사가 기억하는 그녀의 어린 시절과 너무도 닮아 있었다. 머리카락 색까지.

대역 클레이엔은 일주일에 한 번씩 염색을 했다. 천박하고 흔한 갈색 머리카락을 화려하고 아름다운 붉은색으로 바꾸었다. 그래서 대역 클레이엔이 갈색 머리를 하고 있는 걸 본 적은 없었다. 그저 하녀장이 귀띔해 주어, 대역 클레이엔의 원래 머리색이 갈색이라는 것만 알고 있을 뿐이었다.

그런데 지금 집사의 눈앞에는 그 갈색 머리를 태양 아래 드러낸 소녀가 서 있었다. 소녀는 맑은 녹색 눈을 곱게 접어 활짝 웃으며, 바이켈드 공작가에서 보낸 짐꾼들을 반겼다.

"안녕하셨습니까요, 아가씨."
"말씀하셨던 것들을 모두 다 챙겨 왔습니다."
"대금은 언제나처럼 공작저에서 치러 주셨습니다."

짐꾼들은 얼른 짐을 내려놓고 그 소녀에게로 달려갔다. 소녀가 손짓하자 하녀들이 시원한 음료수와 손으로 집어 먹을 수 있는 빵과 고기 등을 내왔다.

"오늘도 고생이 많았어요. 오늘은 특히나 무거운 물건들이 많아서, 많이 힘들었을 거예요."

소녀는 밝은 목소리로 짐꾼들을 위로했다. 짐꾼들은 아니라고 손사래를 치면서도 슬금슬금 음식이 있는 쪽으로 다가갔다. 소녀는 짐꾼들의 그런 무례한 행동에 화를 내지 않았다. 대신, 마음껏 먹고 쉬라며 자애롭게 말해 주었다.

짐꾼들이 굶주린 배를 채우는 동안, 소녀는 책임자에게 물품 목록을 받아 들었다. 그리고 책임자와 함께 꼼꼼히 물품을 확인하였다. 간혹 인상을 찌푸리고 책임자에게 이러저러한 것이 부족하다고 혼내기는 하였으나, 대체로 소녀는 웃는 얼굴이었다.

물품을 확인하는 도중 책임자에게도 시원한 음료수를 마시라고 권했다. 물건이 마음에 안 든다고, 아니면 아무 이유 없이 그냥 책임자나 짐꾼들을 때리거나 구박하지는 않았다.

마치 대역 클레이엔이 있었을 적, 마카레나 백작저의 일상과 같은 모습이었다. 자신만만하고, 고용인이 잘못하면 매섭게 혼냈지만. 그럼에도 부당하게 때리거나 구박하지 않았던. 유능한 대역 클레이엔이 있던 시절.

집사는 가벼운 현기증을 느꼈다.

꼬르륵. 여기저기서 뱃가죽 울리는 소리가 들렸다. 고용인들의 배에서 나는 소리였다. 딱히 마카레나 백작저가 고용인들을 굶기는 건 아니지만 온종일 바빠서 아침도 제대로 챙겨 먹지 못한 사람들이 대부분이었다.

"……부럽다."

누군가 조그만 목소리로 말했다. 주변에 서 있던 고용인들이 조그맣게 고개를 끄덕였다. 집사가 넋을 놓고 있는 동안, 마카레나 백작저의 고용인들 역시 바이켈드 공작가의 짐꾼들을 구경하고 있었다.

짐꾼들은 시원한 나무 그늘 아래에서 먹고 마시며 편히 쉬고 있었다. 그들이 잔뜩 먹고도 남을 만한 음식이 가득 쌓여 있었다. 마카레나 백작저의 고용인들은 그 음식에서 눈을 떼지 못했다. 다들 주린 배를 움켜쥐고 꼴깍꼴깍, 침만 삼켰다.

"다들 조용히. 마카레나 백작님의 명성을 더럽힐 셈이더냐."

집사는 서둘러 정신을 차리고 고용인들을 단속했다. 고용인들이 불만 어린 표정을 숨기지 못하고 고개만 숙였다. 불경스럽다며 혼내야 할 터이나 집사는 모른 척했다. 집사 또한 그들과 비슷한 심정이었으니까.

자꾸, 밝은 햇살 아래 당당히 서 있는 바이켈드 공작의 약혼녀에게 눈이 갔다. 집사는 애써 고개를 돌렸다. 더는 그녀를 보지 않았다. 불만이 가득한 고용인들을 달래며, 천천히 뒷문을 나갔다.

까르륵. 바이켈드 공작 약혼녀의 웃음소리가 집사의 머릿속을 스쳤다. 기억 속의 어린 대역 클레이엔과 닮아도 너무 닮은 웃음소리였다. 순간, 집사는 걸음을 멈춰 섰다. 돌아보고 싶었다. 하지만 돌아볼 수 없었다. 그래서는 안 될 것만 같았다.

문득 대역 클레이엔이 꼭 저 바이켈드 공작의 약혼녀만 한 나이였을 때 했던 말이 생각났다.

'왜 그렇게 날 못마땅하게 보나요? 내가 모를 줄 알았죠? 흥, 내가 눈치 하나는 진짜 빠르거든요. 어차피 우리는 한 배를 탄 몸이고 앞으로 한참 더 함께해야 하는 사이인데. 너무 그렇게 빼지 말고, 날 좀 좋아하려고 노력해 봐요. 혹시 알아요? 나중에 내가 가고 진짜 클레이엔 아가씨가 돌아왔을 때, 내가 그리워질지. 아, 그때 나한테 더 잘해 줄걸.

뒤늦게 이런 후회하지 말고 지금 잘하라고요.'

집사는 힘없이 고개를 떨어뜨렸다.

'그럴 걸 그랬나 봅니다. 클레이엔 아가씨.'

* * *

깊은 밤.

백합궁에서 하녀 한 명이 어둠을 틈타 뒷문으로 빠져나왔다. 커다란 로브를 쓰고 있었다. 근처에는 사람이 거의 오가지 않는 서고가 자리했다. 하녀는 그곳으로 달려갔다.

서고에는 먼저 온 손님이 있었다. 하녀처럼 검은 로브를 두르고, 후드를 깊이 눌러써 얼굴을 가린 사람이었다. 키가 크고, 어깨가 떡 벌어져 있어 남자라는 걸 알 수 있었다.

하녀는 그의 앞에 서자마자 손을 들었다. 그리고 있는 힘껏 휘둘렀다. 짝! 소리가 나며 남자의 얼굴이 옆으로 돌아갔다. 그 바람에 후드가 벗겨지며, 은발이 허공에 휘날렸다. 등불 하나 없는 까만 어둠 속에서 은발이 달빛처럼 빛났다.

하녀 복장을 한 여인은 그것마저도 마음에 안 들었다. 옆으로 정갈히 땋아 내린 은발을 손에 움켜쥐고 잡아당겼다.

"……."

남자는 입을 꾹 다물고, 신음 한 점 내뱉지 않았다. 벽에 난 창문으로 달빛이 쏟아졌다. 달빛에 남자의 얼굴이 드러났다. 남자의 얼굴은 인형처럼 무표정했다. 다만 그녀에게 맞은 뺨이 붉게 변해 있을 뿐이었다. 화풀이를 하는 하녀 쪽이 오히려 힘겨워 보였다.

그녀는 거친 숨을 몰아쉬며 남자의 머리카락을 놓았다. 힘에 부쳐 놓쳤다는 표현이 더 정확했다.

"오셨습니까, 아가씨."

남자가 한 걸음 뒤로 물러서더니 허리를 굽혀 인사했다. 더없이 정중했다.

"루시온, 당장 어떻게 된 일인지 설명해. 왜 일이 실패한 건데!"

하녀 복장을 한 여인, 클레이엔이 후드를 벗으며 말했다. 탐스러운 붉은 머리카락이 드러났다. 녹색 눈이 표독스럽게 루시온을 노려보았다.

"송구합니다. 후속 처리는 모두 끝났고 아가씨께서 이 일과 연관되었다는 증거는 어디에도 남지 않았으니 염려하지 않으셔도 됩니다."

"진작 좀! 이렇게 해 줬으면 좀 좋아? 여태껏 어디서 뭘 하다가 이제야 나타난 거야!"

마카레나 백작이나 백작저의 집사, 하녀장이 들었다면 쓴웃음을 지었을 말이었다.

루시온은 내내 클레이엔이 벌인 일의 뒤처리를 하느라 정신없이 뛰어다녔다. 몸이 열 개여도 모자랄 정도로 바빴다. 상황이 겨우 마무리되자마자 이곳으로 온 것이었다. 억울할 법도 하련만 루시온은 섭섭한 기색을 드러내지 않았다.

"아무튼, 마음에 드는 게 하나도 없어."

"송구합니다."

"말로만 그러지 말고, 알아서 잘하란 말이야! 가짜가 있을 때야, 그 천한 것은 이 정도로 황송해하며 만족해했을지 모르지만. 난 아니야. 난 진짜라고."

"최선을 다하겠습니다."

루시온은 돌로 쌓은 벽이었다. 그녀가 무슨 말을 하든 담담하고 차분히 대답했다. 결국 클레이엔은 제풀에 지쳐 누그러졌다.

"이제 어쩔 셈이야."

"모든 건 계획대로 진행될 예정입니다."

"잘난 네가 만든 그 계획?"
클레이엔이 코웃음을 치며 루시온을 바라보았다.
'어쩜 이렇게 다를 수 있을까.'
그런 클레이엔을 바라보며 루시온은 생각했다.
붉은 머리카락, 녹색 눈. 하얀 뺨. 붉은 입술. 쥐면 한 줌도 안 될 가느다란 목.
모든 게 루시온의 그녀와 똑같았다. 코웃음을 치고, 상대방을 비웃는 듯한 태도마저도 똑같은 모습이건만. 그럼에도 달랐다. 달라도 너무 달랐다. 클레이엔을 보면 볼수록 루시온은 실감했다.
이 여자는 그녀가 아니라고.
진짜 클레이엔은 단 한 번도 루시온의 마음을 움직이지 못했다. 화내고 짜증 내고 때리고 잡아당기고 구박해도 상관없었다. 화조차 나지 않았다. 그녀는 루시온에게 무가치했다. 루시온은 무감각한 남색 눈으로 클레이엔을 바라보았다.
"모든 건 아가씨를 위해서입니다."
자신이 말하는 '아가씨'가 누구인지, 이 진짜 클레이엔은 영영 모르리라.
"재미있는 모의를 하시는군요. 저도 한번 끼워 주시지 않으렵니까?"
문득, 루시온의 등 뒤에서 나긋한 목소리가 들렸다. 등불 하나 없는 밤. 숨 죽여 모여 훗날의 계략을 논의하는 틈엔 어울리지 않는 목소리였다. 루시온은 굳이 누구냐고 묻지 않았다. 바로 품속에 손을 넣어, 단검을 꺼내 목소리가 들렸던 뒤로 던졌다.
단검이 빈 허공을 날아갔다. 그리고 피 한 방울 뿌리지 못하고 바닥에 떨어졌다.
"이런, 이런. 숲 밖의 인간들은 어째서 이렇게 성격이 급한 건지."
나긋한 목소리가 이번엔 클레이엔의 등 뒤에서 들렸다. 루시온은 다시 품속에서 단검을 꺼냈다. 검 끝을 클레이엔 쪽으로 겨누자, 클레이엔이 비명을 질렀다.

"그걸 나한테 던질 생각은 아니겠지? 그만둬! 루시온!"

클레이엔은 무기가 자신이 있는 쪽으로 향하는 것 자체를 못 견뎌 했다. 비명 같은 명령을 들은 루시온이 잠시 멈칫하는 새. 목소리의 주인은 달빛이 비치는 창가 앞으로 움직였다.

그제야 클레이엔과 루시온은 그의 형체를 눈으로 확인할 수 있었다. 그는 둘과 마찬가지로 커다란 로브를 뒤집어쓴 채였다. 얼굴은 보이지 않았다.

다만, 후드 속에서 한 쌍의 눈동자가 짐승의 눈처럼 빛을 냈다. 핏빛보다는 연한, 꼭 불타는 저녁노을을 담은 듯한 색이었다.

"누구야, 넌!"

클레이엔이 고리타분한 질문을 던졌다.

"아가씨, 당신에겐 제가 누구인지 아는 것보다 더 중요한 일이 있답니다."

그는 품속에서 작은 약병을 꺼내 클레이엔과 루시온 앞에서 흔들었다. 달빛이 약병을 비췄다. 투명한 빨간색 물약이 찰랑이고 있었다. 클레이엔은 홀린 듯 그 약병을 바라보았다.

"이게…… 뭔데?"

"당신을 도와드릴 수 있는 것이지요."

후드 속에서 흘러나온 나긋한 목소리가 클레이엔을 휘어 감았다. 그 목소리는 클레이엔에겐 낯선 것이었으나 루시온에겐 익숙한 것이었다.

"……."

루시온은 침묵하며 그를 바라보았다.

* * *

보쉬엔 자작가의 일은 빠르게 처리되었다.

루린토프가 잡혀갈 때, 에르케는 이 일이 정치적인 사건으로 번질까 두려워했다. 카루나는 에르케를 위로하며 절대 그런 일은 없을 거라고 장담했다. 라크안의 성격상 이 일을 기회로 삼아 귀족파를 핍박하진 않으리라 생각했기 때문이었다.

"그렇지만 진짜 이렇게 담백하게 끝낼 줄이야."

카루나는 세나를 통해 백합궁 밖의 상황을 전해 들으며, 고개를 설레설레 저었다.

만약 카루나가 아직 대역 클레이엔이었다면. 그리고 보쉬엔 자작가와 같은 일이 귀족파 내부에서 있었다면. 그 일을 기회 삼아 자신에게 뻣뻣하게 구는 귀족파 내 세력을 쓸어버렸을 것이다. 그들이 이번 일과 연관되어 있다는 증거야 조작하면 수백 개 정도 만들어 낼 수 있으니까.

한편으로는 이 일을 붙잡고 늘어져 황제파를 공격했을 것이다. 배신을 조장하고 군 기밀문서를 빼돌리려 하다니. 정작 그 서류의 내용은 그리 중요한 게 아니라 해도 황제파 귀족들의 도덕성과 품위를 의심하고, 그 업무 처리 능력을 비판하며 몰아세우기엔 충분했다.

황제 또한 카루나와 비슷한 생각을 했던 것 같다. 황제는 백합궁으로 찾아와 황후에게 제법 다정하게 굴었다. 황제파에 유리하도록 루린토프와 관련된 일을 증언해 달라고 꼬드기러 온 것이었다. 황후가 냉정하게 내쳐서 실패하긴 했지만.

황제는 이례적으로 라크안에게 과한 권한을 몰아주었다. 문서에 명시된 권한만으로도 라크안은 이번 일에 관해 황제보다 더 강한 권력을 휘두를 수 있었다. 보쉬엔 자작가의 모든 가솔들을 죽이고, 보쉬엔 자작가와 연관된 귀족들을 다 조져 버릴 수도 있었다. 황제는 그걸 바라는 것 같았다. 은근히 라크안에게 압박을 넣기도 했다.

하지만 라크안은 그러지 않았다. 보쉬엔 자작가를 처벌했을 뿐, 이번 일을 귀족파와 연관시키지 않았다. 보쉬엔 자작가에 대한 처벌 또한 수위가 낮았다. 작위와 재산을 빼앗을 뿐이었다. 누구도 죽이지 않았다.

"물러, 너무 무르다고!"

그 소식을 들은 카루나는 발을 동동 구르며 화를 냈다. 전해 듣기로는 황제 또한 화를 냈다고 들었다. 보쉬엔 자작가의 막대한 재산을 국고로 환수하기로 해서 그나마 마음이 풀렸다고 했다.

카루나 또한 보쉬엔 자작가의 명예를 모두 빼앗고, 그들이 다시 수도에 발을 붙이지 못하게 된 것에 억지로 만족했다. 그 너그러운 처사가 나쁜 것만은 아니었다.

"영애의 말대로네요. 정말 관대한 처사예요. 바이켈드 공작 각하는 사실, 자애로운 분이시군요. 같은 귀족에 대한 최소한의 예우를 잊지 않으셨어요. 그러면서도 제국을 생각해, 분란이 일어나지 않도록 하셨구요."

에르케는 라크안의 태도에 깊이 감명을 받은 듯했다. 다른 중립파 시녀들도 비슷한 태도였다. 아닌 게 아니라 중립파 귀족들 중 상당수가 라크안에게 호의적인 입장이 되었다. 카루나는 그 예상외의 소득이 마음에 들었다.

"어쩔 수 없지. 바이켈드 공작은 원래 그런 사람이니까."

내가 이번 한 번만 봐준다. 그래서 이런 너그러운 마음이 들었다.

'정말, 나 없으면 어떻게 살려고 이러는지 몰라. 이러면 내가 계속 챙겨 줄 수밖에 없잖아.'

어쩐지 조금, 즐겁기도 했다. 라크안에게 내가 없으면 안 된다. 내 덕분에 라크안이 고민거리도 해결하고, 사는 게 좀 더 편해지는 거다. 그런 생각이 퐁퐁 샘솟았다.

기분이 좋아진 카루나는 라크안에게 화를 내는 대신 기사단장에게 편지를 보냈다. 황제파 내부를 잘 단속하라고 신신당부했다. 지금이 딱 좋은 기회였다. 보쉬엔 자작가가 그렇게 된 걸 보고 놀란 황제파 귀족들에게 바이켈드 공작, 라크안의 권위와 위엄을 각인시켜야 했다.

감히 라크안에게 기어오르지 못하도록.

기사단장이 어련히 알아서 잘하련마는. 걱정이 되어 가만있을 수 없었다. 그런데 이상하게도, 답장이 오지 않았다. 기사단장은 편지를 받으면 즉각 답장을 하였다. 그 사람의 성미가 원래 그랬다. 그랬는데 이번엔 아니었다.

"많이 바쁜 건가, 아니면 무슨 일이 생긴 걸까."

카루나는 그 작은 부분도 놓치지 않았다. 예기치 않은 변수는 항상 어떤 나쁜 일의 징조가 되곤 했으니까. 카루나가 예민하게 반응하자, 세나가 태평한 목소리로 말했다.

"너무 걱정하지 않으셔도 될 겁니다. 기사단장님, 어디 안 아프시고 아주 쌩쌩한 데다가 바쁘시더라고요. 아가씨께서 명하신 그 일을 하느라 바쁜가 봅니다."

세나가 기사단장의 동정을 알려 주었다. 보쉬엔 자작의 빈자리를 감당하느라 애쓰고 있다고 했다. 이대로 가면 아마도, 보쉬엔 자작의 위치는 기사단장의 것이 되리라. 그건 카루나가 원했던 일이었다.

라크안에게 더없이 충성스러운, 바이켈드 공작가의 가신이 황제파 내에서 높은 자리를 차지하는 것.

'정말 바쁜가 보네. 그리고 일이 성공한 이상, 나와 더 이상 가까이 지내고 싶지 않은 거 같기도 하고.'

세나의 말을 들은 카루나는 꽤나 너그러워졌다. 기사단장의 답장이 늦는 것을, 그럴 만한 일이라고 이해하고 넘어갔다. 그리고 지금 자신이 집중해야 하는 일로 관심을 돌렸다.

보쉬엔 자작가의 일로 사교계의 분위기가 무섭게 내려앉았다. 비록 라크안이 다른 귀족들에게까지 불똥이 튀지 않게 막아 주었다 하나, 유서 깊은 가문이 반역죄의 오명을 뒤집어쓰고 사교계에서 사라졌으니, 다들 눈치를 보며 말을 아낄 수밖에 없었다.

황후는 그런 분위기를 몰아내기 위해, 시녀 최종 선발을 앞당겼다. 루린토프가 가문의 일로 불명예스럽게 백합궁을 떠났으니, 남은 시녀 후보는 둘이었다. 카루나와 클레이엔. 공교롭게도 황제파 수장의 약혼녀와 귀족파 수장의 딸의 대결이 되어 버렸다.

우울하게 가라앉아 있던 사교계는 반짝 고개를 들고 백합궁 쪽으로 눈을 돌렸다. 황후는 두 명의 시녀 후보에게 제 곁을 지키지 않아도 될 자유를 주었다. 더불어 마지막 과제까지.

사흘 후.

노을이 지는 저녁 시간에, 두 사람은 백합궁에서 티 파티를 열어야 한다. 동시에.

그날, 백합궁은 굳게 닫혀 있던 정문을 활짝 연다. 황후의 초대를 받은 귀족들은 클레이엔과 카루나, 두 사람이 연 티 파티 중 한 곳에 참석한다. 더 많은 손님이 참석한 티 파티를 주최한 시녀 후보가 최종적으로 황후의 시녀로 선발되는 것이다.

규칙이야 손님이 많이 참석한 쪽이 이기는 거라고 하지만. 눈 가리고 아웅 하는 격이었다. 결국엔 황후가 어느 쪽 티 파티를 마음에 들어 하느냐였다. 황후가 머무는 곳에 초대받은 귀족들도 모여들 테니까. 결국 황후와 시녀들의 마음에 드는 티 파티를 준비해야 하는 것이었다. 지난 몇 주간, 사흘에 한 번씩 티타임을 준비한 건 이것을 위한 연습이었으리라.

클레이엔과 카루나는 각자 티 파티 준비를 시작했다. 황후와 시녀들은 둘을 부르거나 가까이 다가오지 않았다. 대신 필요한 물품 목록을 정리해 내면, 백합궁에서 준비해 주겠다고 했다.

하지만 카루나와 클레이엔, 둘 중 누구도 그렇게 하지 않았다. 이번 티 파티는 단지 두 시녀 후보만을 평가하는 게 아니었다. 두 시녀 후보의 뒤를 받치고 있는 바이켈드 공작가와 마카레나 백작 가문을 평가하는 것이기도 했다. 설사 황후는 그럴 의도가 없다 해도, 사교계의 모든 관심이 이쪽에 쏠린 이상 이것은 두 가문 간의 대결이 되었다.

카루나는 이번만큼은 제게 할당된 바이켈드 예산에 더없이 감사했다. 물론 아무 생각 없이 마구잡이로 물건을 사들인 건 아니었다.

"그냥 화려하기만 해서는 안 돼. 어떻게 해야 할까."

카루나는 오랜 시간 동안 책상 앞에 앉아 고민했다. 펜으로 책상을 톡톡 두드리고, 한참 썼던 목록을 구겨 던져 버리기 일쑤였다.

"무슨 고민을 그렇게 하십니까. 그냥 다 사 버리십시오."

세나가 답답해하며 카루나에게 과대 쇼핑을 권했다.

"저쪽은 이미 수도 내에 유명한 가게를 통째로 예약하고, 안 되면 가게 자체를 사들이고 있다고 합니다."

"네, 그 얘긴 들었어요."

"그런데 어떻게 이렇게 태평하신 겁니까? 내일 아침이면, 수도 내에 유명한 가게는 죄다 마카레나 백작 영애의 편이 되어 있을 겁니다."

"괜찮아요. 죄다 사들이라죠. 그 덕분에 마카레나 백작 가문의 기둥이 하나라도 뽑히면 우리한테 좋은 일이니까요."

카루나는 세나의 걱정을 가볍게 받아 넘겼다. 그리고 계속 고민하였다.

"이게 아냐!"

그렇게 외치며 잔뜩 끄적였던 종이를 구겨 집어 던지기를 수차례. 카루나의 주변에 버려진 종이들이 산더미처럼 쌓였다.

'어떻게 하면 좋을까. 한번 생각을 해 보자, 그동안 내가 황후한테 했던 것들……. 가장 효과 있었던 거. 반응이 괜찮았던 거…… 뭐가 있었을까.'

카루나는 클레이엔의 대역으로 살았던 10년간의 기억을 더듬었다. 황후에게 해다 바치기도 참 많이 해다 바쳤다. 대부분 결과가 안 좋았다. 황후는 조금도 움직이지 않았으니까.

'그럼에도 황후는 내가…… 아니, 클레이엔의 대역이었던 내가 황태자비가 되는 걸 딱히 반대하지 않았다고 했어. 오히려 편을 들어 줬다고도 하던데. 왜 그랬을까? 무엇 때문에?'

황태자비 발표가 나기 전 황후에게 바쳤던 선물들을 떠올렸다. 하나 마음에 걸리는 게 있었다.

황태자비 발표가 있기 직전, 카루나는 황후에게 백합 한 다발을 바쳤다. 물론 평범한 백합은 아니었다. 백합의 꽃잎 끝에 금테를 둘렀다. 진짜 금을 녹여 바른 것이었다. 그럼에도 백합은 시들지 않고 싱싱했다.

백합 꽃다발을 받은 황후는 평소와 다름없었다. 어떤 감사의 말도 전하지 않았다. 그런데도 카루나는 자꾸 그 백합 꽃다발이 마음에 쓰였다.

더불어 얼마 전, 클레이엔을 대신하여 티타임을 열었던 날이 떠올랐다. 뜨거운 물을 부으면 하얀 찻잔 안쪽에 바이켈드 공작 가문의 문장이 드러나던 찻잔.

그걸 본 황후는 딱히 기뻐하지 않았다. 하지만.

'황후는 그 찻잔을 챙겨 갔어.'

순간, 어떤 생각이 카루나의 머릿속을 스치고 지나갔다.

'그래, 그거야.'

카루나는 새 종이를 펴고 펜을 들었다. 펜을 잉크병에 푹 담갔다 꺼내, 종이에 급히 글자를 적어 내려갔다.

'이게 정답일지 아닐지는 나도 몰라. 하지만…… 이게 정답인 거 같아. 그러니까 까짓것, 한 번 더 해 보는 거야.'

언제나 그랬다. 클레이엔인 척하고 살 때에도, 카루나로서 살 때에도. 모든 일이 처음 겪는 일이었다.

단 한 번도 누군가 어떻게 해야 한다고 알려 주지 않았다. 카루나의 곁에는 그런 친절한 어른이 없었다. 항상 카루나 스스로 답을 찾아야 했다. 알아서 해내야 했다.

이번 또한 마찬가지였다. 자신이 찾은 답을 옳다고 믿고 밀고 나갈 뿐이었다.

카루나는 신들린 듯 글을 썼다. 금세 종이가 글자로 가득 찼다. 마지막 줄에 '카루나'라고 서명하고야 펜을 내려놓았다.

"후우."

만족스러운 한숨을 내쉬었다. 옆에서 흘깃 종이를 훔쳐보던 세나가 고개를 갸웃, 했다.

"이런 걸 하실 생각이십니까?"

세나가 의아해하며 물었다. 카루나는 그런 세나를 보며 방긋, 웃어 보였다.

"이게 내가 찾은 정답이에요."

종이를 접어 세나에게 건네고, 한참 글씨를 써서 얼얼한 손목을 흔들었다. 그러면서 고개를 돌려 창문을 바라보았다. 건너편에 주르륵 늘어선 창문 중 하나가 클레이엔이 머물고 있는 방의 창문일 터였다.

'날 따라 하면서, 내가 이뤄 낸 걸 별거 아니라고 깔아뭉개는 당신은 어떤 걸 생각해 냈을까 기대되네. 진짜 클레이엔 아가씨.'

녹색 눈이 반짝, 빛났다.

* * *

클레이엔은 바빴다. 태어나서 이렇게 바쁜 적이 있었나 싶을 정도로 바빴다. 명령을 내리느라.

"왜 아직도 거기에 서 있는 거야! 내가 아버지께 쓴 편지는 벌써 보내고 온 거야? 뭐? 내가 기다리라고 했다고? 내가 그렇게 말했다고, 내내 거기서 멀뚱히 서 있었어? 지금 한시가 급한데, 알아서 내 마음을 헤아려 움직였어야지!"

"예약을 할 수 없다고 그랬다고 그냥 돌아와? 머리는 장식으로 달고 다니는 거니? 그럼 그 가게를 사기라도 해야지! 무조건! 그러다가 저 어린 계집애가 먼저 그 가게를 가로채면 어쩌려고!"

"뭐? 그 가게를 왜 사들여? 누가 너보고 그러라고 했니? 어디서 네 마음대로 하는 거야, 감히! 거기 너, 너. 당장 얘를 끌어내. 아버지께 보내 버려. 내가 아주 마음에 안 들어 했다고 꼭 전해. 이것 봐라? 울긴 왜 울어! 짜증 나게시리."

"너, 머리에 그 리본은 뭐야? 누가 너보고 그런 치장을 하랬어? 지금 이렇게 바쁜데, 머리에 리본을 달 생각을 어떻게 한 거야? 미쳤니? 내가 착하게 대해 주니까 이것들이 아주 정신을 못 차리는구나! 너 이리 와, 떼지 마! 이제 와서 떼? 내가 잡아 뜯어 줄 테니까 그대로 두고 있어!"

일을 하는 건 언제나처럼 그녀의 발아래에 엎드린 것들의 몫이었다. 고귀한 핏줄을 타고난 그녀는 그저 손짓하며 명령을 내리면 되었다. 하루에도 수십 통 넘게 마카레나 백작 가문에 편지를 보내며 돈 걱정 따윈 하지 않고 티 파티에 필요한 온갖 물품을 주문했다.

클레이엔은 절실하였다.

처음에야 그저 황태자비 약혼녀로서의 위치를 굳히기 위해서 황후의 시녀가 되고자 했다. 꼭 되고 싶었지만 절실한 정도는 아니었다. 하지만 이제는 아니었다. 클레이엔은 보쉬엔 자작가의 일을 만회하기 위해서라도 반드시 황후의 시녀로 선발되어야 했다.

다급함은 클레이엔을 춤추게 만들었다. 클레이엔은 수도 내에 내로라하는 도자기 장인과 보석 공방, 드레스 숍을 통째로 예약하고 사들였다. 그리고 그녀답지 않게 좀 더 머리를 썼다.

'그냥 최고급만 사들여 준비하는 거로는 안 돼. 뭔가, 깊이 의미가 담겨 있는, 그런 걸 준비해야 돼.'

클레이엔은 얼마 전, 자신을 대신해 카루나가 티타임을 준비했던 날을 떠올렸다. 카루나가 선보였던 신비한 찻잔. 황후는 그게 마음에 들었는지 자신이 가지겠다고 챙기기까지 했다.

물론 그 뒤로도 클레이엔과 카루나를 대하는 황후의 태도는 변하지 않았다. 클레이엔을 가까이하고, 카루나에게 데면데면하게 굴었다. 클레이엔이 곁에서 지켜보기로, 황후는 카루나가 바친 찻잔을 다시 쓰지 않았다. 황후는 그 찻잔을 아예 잊은 듯했다.

그런데도. 클레이엔은 그 찻잔이 마음에 걸렸다.

'나도 그런 걸 선보여야 해.'

똑같은 찻잔을 만들 생각은 하지 않았다. 그런 찻잔을 만들 수 있는 장인을 당장 찾을 수도 없을뿐더러, 똑같은 걸 따라 했다가는 남들의 웃음거리가 될 거라는 생각은 할 줄 알았다.

'아니, 그보다 더 화려하고 뛰어난 걸 해내야만 해.'

한참을 고민하던 클레이엔은 마카레나 백작저에 연락을 넣었다. 믿을 수 있는 하인을 시켜 그녀의 방 깊숙이에 숨겨 놓았던 편지함을 가져오도록 했다.

그건 지난 10년간, 루시온이 보내 온 대역 클레이엔에 대한 보고서였다. 대역에게 자리를 빼앗기고 숨어 살던 그녀에게 유일한 낙은 정기적으로 날아오는 대역의 보고서뿐이었다.

대역이 자신인 척하며 무슨 일을 했는지, 그 일의 결과가 어땠는지 세세하게 적혀 있었다. 그래서 클레이엔은 보고서를 읽으며, 대역이 했던 일을 마치 자신이 한 것처럼 상상하곤 했다.

수십 번 읽고 또 읽었다. 보고서 끝이 너덜너덜해질 때까지 들여다봤다. 그러면서 생각했다.

'고작 이런 일을 이렇게밖에 처리 못 해? 나였다면 이렇게 안 해.'

'부모가 누군지도 모르는 천한 출신이라더니, 역시나 출신은 못 속이나 보네. 어떻게 이렇게 행동할 수 있지? 천박해.'

'이러면 내 평판이 낮아지잖아! 좀 더 우아하게, 화려하게 행동하란 말이야.'

솔직히 보고서에 적힌 대역의 행동 중 마음에 드는 건 하나도 없었다. 온통 소극적이고 천박하고 멍청한 행동들뿐이었다. 특히나 마음에 안 드는 건 이것이었다.

보고서를 휙휙 넘기던 클레이엔은 마지막 보고서의 미지막 장을 뚫어져라 들여다보았다.

황태자비 발표가 나기 직전, 대역은 황후에게 백합 꽃다발을 바쳤다. 꽃잎의 끝에 살짝 금테를 두른 것이었다. 외국의 금 세공사를 어렵게 초빙해 와 만든 것이라고 하였다. 생생한 꽃잎을 시들게 하지 않으려 많은 노력을 기울인, 무척 귀중한 선물이라고 쓰여 있었다.

흥. 클레이엔은 코웃음을 쳤다.

'고작 이딴 선물이나 가져다 바치다니. 그러니까 황태자비가 되는 데 10년이나 걸린 거지.'

클레이엔은 보고서 뭉치를 다시 편지함에 구겨 넣었다. 오랜만에 다시 대역에 대한 보고서를 보니 기분이 나빠졌다. 그녀의 눈치를 보던 하녀들이 기겁하며 뒤로 주춤주춤 물러섰다. 그게 클레이엔의 화를 더 자극했다.

'천한 것들, 왜 날 무서워하는 거야. 속 좁고 멍청해. 저러니까 내 일이 자꾸 실패하는 거 아냐.'

클레이엔은 바이켈드 공작의 약혼녀, 카루나의 곁을 지키는 하녀를 떠올렸다. 그 하녀는 항상 긴 머리를 하나로 묶었다. 머리에 리본 같은 걸 달아 장식하지도 않았다. 카루나를 두려워하지도 않았다. 카루나를 살뜰히 챙기고, 때론 적극적으로 나서서 이런저런 일들을 알아서 처리하곤 했다.

카루나의 하녀를 생각하니 더욱 열이 받았다.

'왜 나한텐 그런 똑똑한 하녀가 없는 거야. 아버지는 왜 이런 멍청한 것들만 나한테 붙여 준 거냐고!'

마카레나 백작이 그녀에게 붙여 준 하녀들은 하나같이 입이 무겁고, 경력이 많은 고용인들이었다. 오랫동안 마카레나 백작가에서 일했기에 배신할 위험성도 적었다.

신중하게 고르고 골라 들인 고용인들이건만. 클레이엔이 보기엔 하나같이 부족했다. 일은 안 하고 자기 치장이나 하고, 게을러빠졌다. 자신이 무슨 생각을 하는지 즉각 알아맞히지도 못했다.

클레이엔은 편지함을 자물쇠로 닫아걸고, 그 함을 제일 가까이 서 있는 하녀에게 집어 던졌다. 꺄악! 짧은 비명을 올린 하녀가 편지함에 얻어맞고 쓰러졌다. 편지함에 맞은 부위에서 피가 흘렀다.

"뭐 하는 거야, 더럽게! 제대로 피하지도 못하고, 다치기나 하고. 편지함에 묻은 피는 깨끗이 닦아 놔!"

막상 피했다면 피했다고 더 화를 낼 거였으면서. 클레이엔은 짜증을 참지 못하고 버럭 소리를 질렀다. 옆에 선 다른 하녀들이 얼른 피 흘리는 하녀를 제 등 뒤로 감췄다. 클레이엔의 눈에 보이지 않도록 했다.

조금 전, 머리에 리본을 달았다고 혼났던 시녀가 엎드려 바닥을 닦았다. 그녀의 머리는 클레이엔에게 쥐어 뜯겨 새둥지같이 변한 상태였다. 그걸 본 클레이엔은 기분이 조금 나아지는 걸 느꼈다. 덕분에 어떤 생각이 머릿속을 스치고 지나갔다.

'아!'

마지막 보고서의 마지막 장. 대역이 황후에게 바쳤던 마지막 선물. 유독 마음에 안 들었던 그 선물이 뇌리에 박혔다.

'나라면…… 절대 그런 건 바치지 않아.'

"그래, 나라면. 나라면 말이야."

클레이엔이 눈을 깜박였다.

"지금부터 내가 말하는 걸 토씨 하나 빼놓지 말고 다 받아 적어! 어서, 누구든!"

클레이엔이 소리를 빽- 질렀다. 그러자 하녀 중 한 명이 클레이엔의 발치에 엎드렸다. 글씨를 쓸 줄 아는 하녀가 종이와 펜, 잉크병을 들고 와 엎드린 하녀의 등에 자리를 잡았다. 클레이엔은 엎드린 하녀의 머리 위에서 발끝을 까딱이며 생각나는 대로 말을 늘어놓았다. 글씨를 쓸 줄 아는 하녀는 얼른 받아 적었다.

급히 펜을 놀리느라 펜을 잉크에 담갔다 들 때마다 잉크가 뚝뚝 떨어졌다. 엎드린 하녀의 머리와 목, 등에 까만 잉크 얼룩이 졌다. 엎드린 하녀가 차가운 잉크의 촉감에 놀라 몸을 떨자, 클레이엔이 발끝으로 하녀의 머리를 꾸욱 밟아 눌렀다.

"얘, 가만히 좀 있어. 너 때문에 글씨가 엉망이 되잖아."

"예, 예예. 죄송해요. 아가씨."

하녀는 입술을 꼭 깨물고 몸을 웅크렸다. 클레이엔은 그런 하녀의 마음 따위는 조금도 신경 쓰지 않았다. 오직, 곧 있을 티 파티에 대한 생각뿐이었다. 클레이엔의 녹색 눈이 반짝, 빛났다.

* * *

황후가 머무는 백합궁은 황궁에서 가장 비밀스러운 곳이었다. 황후는 쉬이 사람들을 자신의 궁으로 초대하지 않았다. 오직 시녀들만 가까이 두었다. 때문에 귀족이라면, 누구나 한 번쯤 백합궁의 초대를 받기를 바랐다.

그런 백합궁이 굳게 닫혀 있는 문을 활짝 열 때가 있었다. 바로 황후의 시녀를 새롭게 선발할 때였다.

황후는 시녀를 뽑을 때 일단 여러 후보들을 궁 안으로 불러들였다.

그런 다음 성품이나 말투, 행동 등을 살펴본 후 딱 한 명만을 시녀로 뽑았다.

최종 결정을 할 때, 황후는 시녀 후보들에게 사교계 모임을 열도록 했다. 음악회일 때도 있었고 자선 바자회일 때도 있었다. 그 모임에서 누가 황후의 시녀가 될지 결정이 났다.

이번엔 티 파티였다. 귀족들은 그날만을 기다리며 황후궁 쪽으로 목을 길게 뺐다. 사교계는 한정된 백합궁의 초대장을 구하기 위해 들썩들썩했다. 초대장은 당연히 황후의 시녀 출신인 귀부인들을 통해서만 퍼졌기 때문에 구하기도 쉽지 않았다.

하루, 또 하루. 귀족들은 백합궁의 문이 열리는 날을 애타게 기다렸다. 하루가 천 년처럼 느껴질 정도였다.

마카레나 백작 영애가 아예 드레스 숍을 사들였다더라.

바이켈드 공작가 쪽에서는 동방의 장인을 잡아다 저택에 가둬 놓고 무언가를 만들게 시킨다더라.

이번에 마카레나 백작 쪽에서는 영지를 팔아서 영애의 드레스를 만들었다더라. 드레스에 천 개의 다이아몬드를 박았다더라.

바이켈드 공작가에서는 약혼녀의 눈동자 색과 닮은 에메랄드를 모조리 사들이고 있다더라.

무엇이 진짜고 가짜인지 알 수 없는 소문들이 혼잡하게 떠돌았다. 사교계는 그 소문을 입에서 입으로 전하며 눈덩이처럼 굴렸다. 정말 믿기도 하고, 하나도 믿지 않기도 했다. 그저 그런 이야기를 하는 것 자체를 즐겼다.

모두의 기대가 어느 정도인지, 떠도는 소문만 들어도 짐작이 갔다. 도박을 좋아하는 귀족들은 벌써 크게 판을 벌여 놓은 상태였다. 과연 누가 시녀로 선발될 것인가.

보쉬엔 자작 가문의 사건으로 인해 축 가라앉았던 사교계는 금세 시끌시끌해졌다. 황후가 바라던 바였다. 보쉬엔 자작가 사람들에게는 꽤나 섭섭하다 못해 비통하게 느껴질 일이었다.

보쉬엔 자작가는 수도에서 추방 명령을 받았다. 황제는 그들을 감시할 감시관을 직접 선발하였다. 황제의 기대를 한 몸에 받은 감시관은 융통성 없기로는 제국에서 둘째가라면 서러운 악세 자작이었다.

악세 자작은 황제가 원하는 대로 보쉬엔 자작가를 괴롭힐 마음의 준비가 되어 있었다. 그는 보쉬엔 자작가와 함께 지방의 영지로 내려갈 예정이었다. 보쉬엔 자작가 사람들이 지방 영지에서 마음 편히, 풍족히 지내지 못하도록 하는 게 그의 임무였다.

수도에서 추방되기 직전까지, 보쉬엔 자작가의 후계자였던 아체리프는 희망을 버리지 않았다. 그녀는 친분이 있는 귀족들을 찾아다녔다. 가문의 억울함과 처벌의 부당함을 알리기 위해 노력했다. 어떻게든 동정 여론을 이끌어내 바이켈드 공작의 처벌에 대응하고자 했다.

하지만 귀족들 중 누구도 그녀를 상대해 주지 않았다. 그녀가 찾아가면 문을 굳게 닫아걸었다. 아예 만나 주지조차 않았다. 아체리프는 그 무정함에 치를 떨었다.

그러나 무정하다고 탓할 수 있는 것조차도 오래가지 않았다. 귀족들은 금세 황후의 시녀 선발 티 파티에 빠져들었다. 보쉬엔 자작 가문의 일은 아예 뒷전으로 밀어 놓았다. 아체리프를 피하는 노력조차 하지 않았다. 관심에서 아주 멀어진 것이다. 아체리프는 비참함과 원통함에 피눈물을 흘려야 했다.

결국 아체리프는 아무에게도 도움을 받지 못했다. 황제의 관리들은 그녀가 괜한 분란을 일으킬까 염려해 붙잡아 저택에 감금하다시피 했다.

궁 밖의 사정이 그렇게 흘러가는 사이, 백합궁은 내내 두 개의 티 파티 준비로 바빴다. 황후와 시녀들은 일부러 나서지 않았다. 오직 두 시녀 후보에게 궁을 내주었다.

두 시녀 후보는 이때만큼은 자신들이 백합궁의 주인인 양 굴 수 있었다. 티 파티를 열 장소부터 장소를 꾸밀 장식, 식기와 차, 핑거 푸드에 이르기까지. 모든 걸 스스로 결정했다. 황후의 허락은 필요하지 않았다.

가장 먼저 정해야 하는 건 티 파티가 열릴 장소였다. 백합궁 안이기만 하면 어디든 상관없었다. 황후는 자신의 침실을 원한다면, 그 또한 기꺼이 내주겠다고 했다.

카루나는 백합궁 앞의 미로 정원을 선택했다.

미로 정원은 말이 미로지 절대 길을 헤맬 염려가 없는 정원이었다. 미로라기보다는 정원수로 구획을 나눈 산책길에 불과했다. 백합궁 본궁 앞의 정원이니만큼 정원사들이 정성을 다해 가꾸기는 하나 그뿐. 밋밋한 면이 없잖아 있었다. 아름다운 꽃도 진귀한 나무도 없었다.

카루나가 이곳에서 티 파티를 열겠다고 하자, 에르케는 카루나를 말렸다.

"다시 생각해 보는 게 좋을 거 같아요. 바이켈드 공작 영애."

"역시나 그렇게 생각하시나요?"

카루나가 그럴 줄 알았다는 듯 웃어 보였다. 그 모습이 참 깜찍하기 이를 데 없는지라, 에르케는 손을 뻗을 뻔했다. 흠흠, 에르케는 마른기침을 하며 말을 이었다.

"영애. 미로 정원은 본궁으로 들어오는 입구이니, 다들 영애의 티 파티를 보기는 볼 수 있을 거예요. 하지만 바로 머물지는 않겠지요. 아직 마카레나 백작 영애의 티 파티가 어떤지 보지 못했으니까요."

"아무래도 그럴 확률이 높겠지요."

"그래요. 두 곳을 모두 보고 나서 결정하겠다고 생각하며 본궁으로 들어갈 거예요. 그리고 마카레나 백작 영애의 티 파티에 머물겠지요. 한번 궁 안으로 들어간 사람들은 다시 나오길 꺼려 할 거예요. 모처럼 백합궁에 발을 들일 수 있는 기회를 얻었는데, 다시 정원으로 나오려 할까요?"

에르케는 귀족들의 반응을 상상하고는 한숨을 푹 내쉬었다. 어떤 상상을 하고 있는지, 굳이 묻지 않아도 알 수 있었다. 심란해 보이는 표정이 그녀의 생각을 고스란히 보여 주었다.

에르케는 아예 다리를 접어 앉으며 카루나와 눈높이를 맞췄다. 그녀는 카루나가 아직 어려 티 파티 장소의 중요성에 대해 잘 모른다고 생각하고, 보는 안목도 낮을 거라고 판단했다. 그래서 카루나에게 조언했다.

"보통은 본궁으로 들어가는 입구에, 그것도 이렇게 정원수만 심어져 있는 정원에서 티 파티를 열지 않아요. 그러니 다시 한번 생각해 봐요. 백합궁 안에는 화려하고 아름다운 홀이 많이 있답니다."

"저를 아껴 주시기에 이렇게 말씀하시는 거라는 걸 잘 알아요. 더없이 감사해요."

카루나는 다소곳이 고개를 숙였다. 하지만 다시 고개를 들었을 때 에르케를 바라보는 얼굴은, 에르케의 말을 받아들이는 얼굴이 아니었다.

"하지만 저는 꼭 여기에서 하고 싶어요. 설사 에르케 영애의 말마따나 제 티 파티 쪽으로 많은 사람이 오지 않아도 전 괜찮아요."

"바이켈드 공작 영애. 이번 대결의 규칙은 두 영애 중 누구의 티 파티에 더 많은 귀족들이 참석했는지 랍니다."

"맞아요, 그게 규칙이죠. 하지만 그렇다고 해서 좀 더 많은 귀족의 마음에 들기 위해 노력해야 하는 건 아니잖아요? 제가 붙잡아야 하는 건 단 한 분의 마음이니까요."

"……."

카루나의 말에 에르케는 입술을 깨물었다.

"걱정 마세요. 저는 그리 많은 사람들의 취향에 맞추고자 노력할 생각이 조금도 없답니다."

카루나는 에르케에게 방긋, 웃어 보였다.

"아, 그런데 좀 양해를 구하고 싶은 게 있어요."

카루나는 자신이 원하던 대로 미로 정원을 티 파티 장소로 골랐다. 물론 미로 정원을 그대로 이용할 생각은 없었다. 카루나가 계획한 티 파티를 열기 위해서는 미로 정원을 대대적으로 뜯어 고쳐야 했다. 단순히 장식을 다는 정도가 아니라 정원의 형태 자체를 바꾸는 일이기에 황후의 허가가 필요했다.

에르케는 시녀장 대리로서 카루나 대신 황후를 뵙고, 황후의 허락을 받아 주었다. 카루나는 허락을 받은 즉시 백합궁의 정원사들을 모두 불러 모았다. 이후 정원사들은 하루 종일 정원수를 카루나의 무릎에 올 정도로 짧게 잘랐다. 덕분에 밋밋하던 미로 정원은 삭막해 보이게 되었다.

미로 정원을 지나가는 백합궁의 하인과 하녀들은 저들끼리 수군댔다. 그들의 이야기를 전해 들은 시녀들은, 특히나 에르케는 심란한 마음을 감추지 못했다.

클레이엔은 카루나와 달리 백합궁의 본궁 안에 티 파티 장소를 선정했다.

백조의 홀. 백합궁에서 가장 크고 아름다운 홀이었다. 이곳은 공개된 적이 거의 없었다. 황실에 큰 행사가 있을 때에만, 그것도 황족과 단지 몇 명의 귀족만을 초대해 작은 모임을 가지는 것이 고작이었다.

백조의 홀은 그 자체가 하나의 예술 작품이었다. 흠 하나 없는 대리석을 깎아 만든 바닥은 거울처럼 반짝였다. 벽과 천장은 백합궁을 지을 때 당대 최고의 화가들을 초빙해 그린 벽화로 채워져 있었다. 그림은 물론 금가루를 섞은 물감으로 그렸다. 샹들리에는 수정이 아니라 다이아로 만든 것이었다. 벽에 붙은 장식 하나, 바닥에 세운 조각상에서 작은 화병에 이르기까지 평범한 것이 없었다.

이곳은 황후의 시녀들마저도 함부로 들어가지 못하는 장소였다. 역대 어느 시녀 후보도 감히 이곳을 쓰고 싶다고 말조차 꺼내지 못했다. 그런데 클레이엔은 당당하게 그 백조의 홀을 사용하겠다고 선언했다.

에르케는 일단 놀랐다. 놀란 마음을 가라앉히기까지는 꽤나 오랜 시간이 필요했다. 백조의 홀은 그 정도였다.

'바이켈드 공작 영애야 너무 어려서, 아무것도 몰라서 그렇다고 치더라도. 마카레나 백작 영애는 사교계 활동도 오래한 사람인데. 경험도 많고 알 건 다 알 만한 영애가 왜 이런 선택을 하는 거지?'

에르케는 클레이엔을 이해할 수 없었다. 겨우 마음을 디스린 에르케는 진심으로 조언했다..

"이곳은 백합궁에서 가장 아름다운 곳 중 하나죠. 황후 폐하께서도 이곳을 정말로 좋아하셔요. 이곳의 아름다움은 귀족들에게도 널리 알려져 있지요."

"저도 잘 알고 있어요. 그래서 이곳에서 티 파티를 열려고 하는 거예요."

"글쎄요…… 다시 한번 생각해 보면 어떨까요. 티 파티에 참석한 분들의 관심을 사겠지만. 이번 티 파티는 그게 중요한 게 아니잖아요."

"그럼 뭐가 중요하다는 거죠? 좀 더 많은 귀족들이 참여한 티 파티를 연 사람이 이기는데, 당연히 둘 중 누가 이 홀을 차지하느냐로 결정 나는 거 아닌가요?"

"역대 황후 폐하의 시녀들 중 당신과 같은 생각을 안 해 본 사람이 있을까요? 하지만 누구도 이 홀을 사용하겠다고 하지 않았어요. 그 이유가 무엇인지 생각해 보세요."

"당연히, 겁이 나서겠지요. 이 정도 홀을 가질 만한 담력도 없었을 테고. 나만큼 이 화려한 곳에 어울릴 사람은 없었겠지요."

"이봐요, 마카레나 백작 영애. 말씀이 지나치시군요."

"나는 생각하는 바를 그저 말할 뿐이에요. 지금까지는 다들 이곳을 손대기 겁냈을지 모르지만. 난 달라요."

클레이엔은 빼기듯 어깨를 펴고 오만할 정도로 당당하게 말했다.

“저의 조언을 가볍게 여기지 마세요. 마카레나 백작 영애. 이곳은 황후 폐하께서 아끼는 곳입니다 어느 곳 하나 예술 작품이 아닌 곳이 없어요. 매년 이곳을 유지하기 위해 쓰는 황금만 족히 당신의 몸무게는 될 거예요. 이런 곳에 그 많은 사람들을 들이고 티 파티를 연다니…… 그건 정말이지…….”

“아름답고 더없이 완벽하겠지요.”

“위험한 일이지요. 자칫 잘못하면 이 아름다운 곳이 손상될지도 몰라요. 그러면 황후 폐하의 심정이 어떠시겠어요?”

“내 몸무게만큼의 황금을 들여 다시 고치면 되겠죠. 그게 두려워서, 쓰라고 만든 홀을 쓰지 말라는 건가요?”

클레이엔이 고개를 갸웃 내저었다. 에르케의 걱정을 조금도 이해하지 못하는 듯했다.

“백합궁의 예산이 부족하다면 그건 걱정 말아요. 기꺼이 내가 아버지께 부탁드려 내 몸무게 두 배 이상의 황금이라도 가져올 테니까. 그럼 된 거죠? 더는 그런 말로 날 말리려 하지 말아요.”

클레이엔은 에르케의 조언을 들은 척도 하지 않았다. 그것도 모자라, 오히려 에르케가 자신의 계획을 망치려 한다며 다른 시녀들에게 투덜댔다. 그 소문은 그대로 에르케의 귀에 들어갔다. 에르케는 화내는 대신 허탈하게 웃었다.

“맞아요. 나는 그녀를 별로 좋아하지 않아요. 하지만 그렇다고 해서 영애에게 거짓된 말을 하진 않았어요. 함께 황후 폐하를 모시게 될지 모르는 사람이니, 또 제가 시녀장 대리 업무를 맡고 있는 만큼 영애를 공평하게 대하고 조언을 해 주었을 뿐인데. 영애가 그렇게 받아들인다면 어쩔 수 없네요.”

담담하게 시작했던 해명은 이내, 격해졌다. 꽁한 마음이 드는 건 어찌할 수 없는 일이었다.

'애써 조언을 해 주었더니, 뒤에서 나를 험담해?'

그녀는 성녀가 아니었다. 섭섭한 마음이 드는 건 어쩔 수 없는 일이었다.

"정말 백조의 홀을 쓰는 게 마카레나 백작 영애에게 좋은 일일까요? 지금이라도 늦지 않았으니 다시 한번 생각해 보는 게 좋을 거예요."

에르케는 뒤끝 있는 한마디를 더하고는 돌아섰다. 불행인지 다행인지, 에르케의 말은 클레이엔에게 다시 전해지지 않았다.

* * *

두 시녀 후보, 카루나와 클레이엔은 자신들에게 궁 안팎의 관심이 몰린다는 걸 알았다. 하지만 신경 쓸 겨를이 없었다. 사흘 안에 준비를 끝마치기 위해선 몸이 열 개여도 부족했다.

둘 다 정신없이 바빴지만 굳이 덜 바쁜 사람을 고른다면, 클레이엔보다는 카루나였다.

클레이엔은 하나부터 열까지 다 아랫사람들을 시켰다. 하지만 일이 어떻게 진행되는지 모르는 상태로 명령을 내려 시행착오가 잦았다. 일이 잘못되어 처음부터 다시 해야 하는 일이 반복되었다. 그럴수록 클레이엔은 짜증이 나 더 멋대로 일을 처리했다.

당연히 일은 점점 더 꼬여만 갔다. 짜증이 머리끝까지 솟구치면, 씩씩대며 하녀들의 머리채를 휘어잡는 게 일상이 되어 버렸다.

"당장 루시온을 불러! 어떻게 좀 하라고 부르라고!"

그녀는 평소 멀리하던 루시온까지 찾으며 난동을 부렸다. 하녀들은 클레이엔에게 괴롭힘당하면서도 한편으론, 클레이엔의 이런 모습이 방문 밖으로 새어 나가지 않도록 애써야 했다.

'도대체 우리가 왜 이렇게까지 해야 하는 거지?'

아무리 마카레나 백작 가문에 대한 충성심이 높다 해도, 계속 참는 데에는 한계가 있었다. 매일 되풀이되는 이런 상황 속에서 충성심이 유지될 리 만무했다.

하녀들은 몸도 마음도 지쳐 갔다. 의욕이 없으니 자연히 일을 처리하는 속도도 늦어졌다. 그게 다시 클레이엔의 화를 돋우는 악순환이 반복됐다.

한편, 카루나는 확실히 클레이엔보다는 덜 실수하고, 덜 헛발질을 했다. 다른 사람들의 눈엔 그렇게 보이지 않았지만.

미로 정원은 하루가 다르게 황폐해져 갔다. 백합궁의 사람들은 카루나가 제대로 티 파티를 열 수 있을까, 걱정했다. 카루나는 그들의 시선을 눈치챘으나 모르는 척했다. 굳이 그들에게 자신의 계획을 떠벌려 안심시켜 주지 않았다.

카루나는 자신이 있었다. 그건 단지 바이켈드 공작가의 지원과 재력에 의존한 자신감은 아니었다. 카루나에게는 지난 10년간 클레이엔으로 살아오며 사교계에서 쌓았던 경험이 있었다. 그간의 노하우는 어디 도망가거나 사라지지 않았다.

이젠 클레이엔이 아니게 되었지만, 머릿속엔 클레이엔이었을 적의 기억이 고스란히 남아 있었다. 그 경험을 바탕으로, 카루나는 효율적으로 일을 꾸려 나가며 적절한 명령을 내렸다. 항상 미로 정원에 나와 하루 종일 머물며 직접 일을 처리했다. 당연히 카루나 쪽은 카루나의 지휘 아래 모든 일이 척척 진행되었다.

어느 쪽이든 시간은 촉박하고 일손은 부족했다.

때문에 황후는 한시적으로 두 시녀 후보가 자신의 가문 사람들을 백합궁 안까지 들여 티 파티를 준비할 수 있도록 허락해 주었다. 에르케의 공이 컸다.

에르케가 황후에게 간청하였고, 황후가 특별히 그녀의 청을 들어준 것이었다. 에르케가 보기에 카루나는 백합궁의 몇 명 안 되는 정원사들을 데리고 미궁 정원의 정원수를 깎느라 시간을 허비하고 있었다.

'저래서야 언제 티 파티 준비를 끝낼 수 있겠어. 마카레나 백작 영애는 백조의 홀을 쓴다는데, 제대로 정리도 안 된 정원에서 티 파티를 열게 됐다가는, 역대 최악의 평가를 받을지도 몰라.'

에르케는 적어도 그런 상황만큼은 방지하고 싶었다. 덕분에 카루나는 오랜만에 바이켈드 공작저의 고용인들을 만날 수 있었다. 바이켈드 공작저의 고용인들은 백합궁에서 연락이 오자마자 부랴부랴 백합궁으로 달려왔다.

"카루나 아가씨가 드디어 우리가 필요한가 보네."

"그렇다면 가만히 있을 수 없지!"

"아차, 근데 라안 님이 우리는 되도록 저택 안에 있으라고 하지 않았던가?"

"그게 문제야? 카루나 아가씨가 우리를 부르고 있다는데!"

"내 마음은 이미 백합궁에 가 있어. 몸이 뒤따라가겠다는데 뭐가 문제지?"

그들의 마음속에 라크안은 안중에도 없었다.

"라안 님도 황궁에 잘만 다니시잖아. 언제 발작을 일으킬지도 모르는 상황에서."

"그에 비하면 우린 더 괜찮겠지. 이제 예절도 잘 아니까, 걱정 없어."

"가서 우리 카루나 아가씨 말만 잘 듣고 일만 하다 오면 되는 거잖아? 난 무조건 갈래. 카루나 아가씨가 너무 보고 싶은걸."

몇몇이 앞장서자 다들 우르르 뒤따랐다. 너무 급히 가느라 황궁에 있는 라크안에게 미리 허락을 받지도 못했다. 아니, 라크안에게 연락을 해야 한다는 생각을 아무도 하지 못했다. 덕택에 모처럼 이르게 저택으로 돌아온 라크안은 텅 빈 저택을 보며 당황했다.

"뭐야, 단체로 그만둔 건가? 다 어디 갔어?"

라크안은 그나마 저택에 남아 있는 하인을 붙들고 물었다. 다행히도 저택에는 하인들이 몇 명 남아 있었다. 주로 나이 어린 하인들이었다. 저택을 지켜야 한다는 임무를 떠맡고 우울해하고 있었다.

그들은 저택의 고용인들이 모조리 백합궁으로 달려갔다고 라크안에게 일렀다. 하인, 하녀, 요리사는 물론 하녀장까지 떠났다는 말을 들은 라크안은, 화를 내는 대신 헛웃음을 터트렸다.

"하, 맙소사. 누가 보면 내가 아니라 그 꼬맹이가 너희들을 고용한 줄 알겠군."

하지만 그 웃음은 그리 오래가지 못했다.

"저…… 그리고 리센 님도 가셨어요."

하인이 라크안의 눈치를 보며 말을 덧붙였다. 리센이 하인 복장을 하고, 고용인들 틈에 끼어 황궁으로 들어갔다는 것이었다. 라크안의 얼굴에서 웃음이 싹 가셨다.

"빌어먹을."

라크안은 나직하게 욕설을 내뱉으며 황궁을 돌아보았다. 당장이라도 달려가고 싶었지만. 정말로 그러지는 못했다. 황궁에서 라크안이 유일하게 자유로이 드나들 수 없는 곳이 있다면, 단 한 곳.

바로 백합궁이었다.

"젠장."

거친 욕설을 내뱉는 게 그가 할 수 있는 전부였다.

* * *

"어서들 오세요."

카루나는 직접 나가 바이켈드 공작저 고용인들을 맞이했다.

백합궁에 들어올 준비를 할 때만 해도 바이켈드 공작저의 고용인들을 쓸 생각은 아예 하지 않았다. 이들은 언제 발작을 일으킬지 모를 라크안을 위한 사람들이니, 그들을 저택 밖으로 내돌려서는 안 된다고 생각했다.

대신 믿을 수 있을 만한 가게에 연락해 그간의 물품 구매와 배달을 부탁했다. 수도의 외곽에 위치한 큰 상점으로, 한때 카루나가 일했던 곳이었다. 그곳의 주인은 라크안교의 독실한 신자였다. 바이켈드 공작가에 해가 될 만한 일을 할 리 없었다. 그건 누구보다 카루나가 보증할 수 있었다.

하지만 이번 티 파티 준비는 사정이 달랐다. 고양이 손이라도 빌려야 할 만큼 급박했다. 그렇지만 외부의 일꾼을 백합궁 안 깊숙이 들일 순 없었다. 때문에 카루나는 고민했다.

"일손이 좀 더 필요하긴 한데……."

세나는 이해할 수 없다는 표정을 지었다.

"아니 저택에 일할 사람들이 차고 넘치건만 무얼 걱정하십니까? 다들 카루나 아가씨의 말 한 마디만 들어도 잽싸게 달려올 텐데? 이번에 허락도 떨어졌다면서요. 당장 저택에 편지를 보내 보십시오."

세나가 자신만만하게 말했다.

"하지만 저택의 사람들은 모두 공작 각하를 위한 사람들이잖아요?"

"그리고 아가씨는 그 라안 님의 약혼녀시죠. 둘도 아닌, 단 하나뿐인. 아가씨를 위하는 게 곧 라안 님을 위하는 것 아닙니까?"

"흐음…… 그건 또 그렇긴 하지만요."

"주저할 게 뭐 있습니까. 일단 한번 연락을 보내 보시지요. 하녀장님이 보시고 안 된다 싶으면 알아서 거르지 않겠습니까?"

세나는 거침이 없었다.

"맞아요. 안 되면 안 된다고 하겠죠?"

카루나는 잠시 잊고 있었던 바이켈드 공작저의 하녀장을 떠올렸다.

그녀는 카루나를 아꼈으나 정도를 알았다.

'하녀장이라면 분명 바이켈드 공작에게 피해가 가지 않는 선에서 날 도와줄 거야. 혹시 알아? 믿을 만한 새로운 사람들을 고용해서 내게 보내 줄지?'

가볍게 생각한 카루나는 그 즉시 바이켈드 공작저에 편지를 보냈다. 혹시 사흘 정도, 자신을 도와줄 사람들을 보내 줄 수 있겠냐는 내용이 담긴 편지였다. 수신인은 라크안이 아니라 하녀장이었다.

세나의 조언과 카루나의 판단은 더없이 합리적이었다. 문제는 바이켈드 공작저의 사람들이 카루나와 세나의 생각 이상으로 카루나를 아끼고, 또 그리워하고 있었다는 것이었다.

이는 카루나가 예상치 못한 부분이었다. 카루나의 시녀가 되어 하루 종일 함께 지낸 세나 또한 자신의 일이 아니기에 깊게 생각지 못한 부분이었다.

고작 몇 시간 만에, 바이켈드 공작저의 고용인들이 카루나에게로 달려왔다. 한두 명이 아니었다. 바이켈드 공작저를 통째로 옮겨 온 듯했다. 눈에 익은 얼굴의 하인과 하녀들은 물론이었다. 라크안의 식사를 담당하는 요리사와 바이켈드 공작저 저택을 관리해야 하는 하녀장까지.

"아가씨, 카루나 아가씨!"

"저희 왔어요!"

바이켈드 공작저의 고용인들은 백합궁의 뒷문에 서서 들뜸을 감추지 못했다. 하녀장은 그들을 질서 정연하게 세워 바이켈드 공작 가문의 위엄을 보이고자 했으나 그 노력은 금세 수포로 돌아갔다.

카루나가 세나의 에스코트를 받으며 나오자, 대열은 금세 흐트러졌다. 사람들은 질문을 붙잡고 엉기며 격하게 반가운 감정을 드러냈다.

"다들, 어서…… 와요."

카루나는 놀라움을 감추지 못하며 그들을 맞이했다. 카루나가 백합궁에 들어온 이후 처음 만나는 것이었다. 뒷문이 열리자 고용인들은 우르르 카루나에게 달려갔다.

"아가씨!"

"카루나 아가씨!"

"맙소사, 어쩜 이럴 수가 있어요. 한 번 돌아오지도 않고, 우리를 부르시지도 않고. 너무합니다. 정말 너무해요!"

하녀, 하인, 요리사를 가리지 않았다. 마치 종교의 지도자를 맞이하는 열성 신도들 같아 보였다. 카루나 또한 그들이 반가웠다. 와 준 것이 고마웠다. 하지만 열렬한 감정이라니. 게다가 이렇게나 많은 인원이라니.

'이게 어떻게 된 일이지? 저택은 어쩌고?'

예상 밖의 상황을 맞닥뜨리니, 카루나는 그녀답지 않게 당황하였다. 그래서 저도 모르게 뒤로 물러섰다. 고용인들은 서운하다며 아예 카루나를 빙빙 둘러쌌다. 그러고도 부족한지 카루나에게 가까이 다가가려 몸을 들이밀었다.

"다들 뭐 하는 거야. 진정들 하십시오!"

보다 못한 세나가 카루나를 쑥 들어 올리고 오랜만에 기사로서의 실력을 발휘했다. 발을 이용해 고용인들을 퍽퍽 밀친 것이다. 고용인들은 낙엽이 바람에 날리듯 뒤로 넘어갔다.

"치사하다!"

"자기만 카루나 아가씨를 독점하려고 하다니!"

카루나가 눈을 동그랗게 뜨고 세나를 바라보았다. 세나는 찡긋, 한쪽 눈을 깜박여 보이고는 카루나에게만 들리도록 속삭였다.

"다들 아가씨가 진짜 보고 싶었나 봅니다. 아가씨가 너무 좋아서 그러는 거니까. 좀 봐주십시오."

카루나는 세나의 말을 들으며 사람들을 내려다보았다.

'이렇게까지 내가 보고 싶었다고?'

뭔가, 속에서 울컥하고 치솟았다. 왼쪽 가슴이 찌르르하게 울렸다. 처음 느껴 보는 감정이었다. 그래서 이 감정이 무엇인지 이름을 붙일 수가 없었다. 왜 이런 마음이 드는 건지, 왜 괜히 눈가에 눈물이 고이는 건지. 잘 이해가 되지 않았다.

'뭐 하는 거야. 이런 게 뭐라고 왜 정신을 못 차리고 있어. 지금 이 사람들 이런 꼴을 가만히 지켜보고 있을 거야? 다른 시녀들이 본다면, 그리고 진짜 클레이엔이 본다면 비웃을 거야. 내가 아니라 바이켈드 공작을. 아랫사람들을 제대로 단속하지 못한다고 그럴 거라고. 정신 차려!'

카루나는 자기 자신을 다그쳤다.

'지금 내가 해야 할 게 얼마나 많은데!'

바빴다. 너무 바빴다. 라크안의 발작을 대비해 그의 곁을 지켜야 할 사람들을 불러들일 만큼. 그러니 가만히 있으면 안 된다. 이대로 놔두면 안 된다. 얼른 광란에 휩싸인 사람들을 진정시키고, 일을 시켜야 한다.

그리고 해가 지기 전, 바이켈드 공작저에 돌려보내야 한다. 라크안이 불편하지 않도록. 그러기 위해서는 지금 이러고 있으면 안 됐다. 소리를 질러서라도 가라앉혀야 했다.

그래야 하는데. 그래야 한다는 걸 아는데.

"……."

차마 입이 떨어지지 않았다. 차갑고 싸늘하게 말하고, 명령을 내려야 한다. 잔뜩 일을 시켜야 한다.

'만약 내가 그렇게 행동한다면 이 사람들은 어떻게 할까?'

금방 잠잠해질 것이다. 말귀를 못 알아먹는 사람들은 아니니까.

'정신을 차리고 주변 다른 사람들의 시선을 의식해서 나를 대하겠지.'

그리고 시키는 대로 부랴부랴 일을 시작할 것이다. 다른 귀족 가문의 고용인들과 마찬가지로. 예전에 클레이엔의 대역이었던 자신을 깍듯하게 대했던 마카레나 백작가의 고용인들과 마찬가지로.

"……."

그렇게 생각하자 더더욱 입이 떨어지지가 않았다. 자신을 이토록 좋아하는 사람들에게 고압적으로 굴고 싶지 않았다.

"카루나 아가씨, 안 본 새 훨씬 더 예뻐진 거 같아요."

"키도 좀 더 크신 거 같고?"

"그건 아니다. 머리카락이 좀 더 길어진 거 같긴 한데."

"그것도 아닌 거 같은데?"

"뭔들 어때. 아무튼 만났으면 된 거지. 카루나 아가씨, 진짜 보고 싶었어요! 혹시 제 이름을 까먹은 건 아니죠?"

그런 카루나의 마음을 아는지 모르는지, 사람들은 계속 흥에 겨워 어쩔 줄 몰라 했다.

"아가씨, 카루나 아가씨."

"세나 님이 머리를 잘 손질해 줬나요? 아닌 거 같은데."

"이쪽 좀 봐 주세요!"

하녀 한 무리가 사람들 틈을 비집고 끼어들었다. 그들은 세나 근처로 다가와 카루나에게 손을 흔들었다. 카루나가 막 바이켈드 공작저에 들어가 하녀가 되었을 때, 카루나와 한방을 썼던 하녀들이었다.

카루나가 라크안의 약혼녀 행세를 시작하자, 스스럼없이 카루나를 아가씨로 대접하고 머리를 매만져 주었다. 막상 그때는 아무 생각도 없었건만. 이렇게 다시 만나니, 그때의 기억이 생생하게 떠올랐다.

"……다들 잘 지냈어요?"

카루나는 그들에게 손을 내밀며 말했다. 애써 목소리를 가다듬었지만, 그래도 떨림을 아예 숨길 수는 없었다.

"당연히 잘 못 지냈지요!"

"아가씨 걱정을 얼마나 했는지 알아요?"

"라안 님…… 아니, 공작 각하는 아가씨에 대해서 한 마디도 안 해 주고!"

하녀들이 투덜대며 카루나를 잡아당겼다. 카루나는 순순히 하녀들 품에 안겼다. 하녀들은 카루나를 얼싸 안고 좋아 어쩔 줄 몰라 했다.

파직. 가슴께에서 무언가 부서지는 소리가 났다. 카루나는 주머니 달린 목걸이를 숨긴 가슴 쪽을 움켜쥐었다. 뭔가, 이상한 기분이 들었다. 꽉 찬 물주머니가 터질 듯 말 듯 한데 그 물 주머니가 자기 자신인 것 같은 기분이라니.

섬뜩했다. 한편으로는 막혔던 숨이 풀어지는 듯 시원했다. 함께 묶일 수 없는 상반된 느낌에 몸이 가볍게 떨렸다. 하지만 그 기분은 오래가지 못했다. 카루나를 둘러싼 사람들이 카루나를 가만 놔두지 않았다.

"그만들 하세요. 그 정도면 반가움을 표현하기에는 충분할 겁니다."

역시나 익숙한 목소리였다. 카루나는 고개를 들어 그쪽을 바라보았다. 바이켈드 공작저의 하녀장이 서 있었다. 항상 저택에서 보았던 단정한 모습, 그대로였다.

"하녀장의 말이 맞아요. 다들, 진정해요. 나도 내려 주고."

카루나는 자신을 얼싸안은 사람들을 다독였다. 원래 생각했던 것처럼 차갑고 쌀쌀맞은 말투가 아니었다. 사람들은 아쉬워하면서도 순순히 카루나를 내려 주었다. 카루나는 사람들이 열어 주는 길을 따라 걸어 하녀장의 앞에 섰다.

"아가씨를 뵙습니다. 그동안 안녕하셨나요."

하녀장이 허리를 숙여 카루나에게 인사했다.

"그럭저럭요. 그나저나 하녀장이 이렇게 와도 되는 건가요? 공작저는 어떻게 하구요?"

"도련님이라면 걱정 마십시오. 철십자 기사단의 기사분들께서 저택을 철통같이 지키고 있으니까요."

"음…… 그런 걸 걱정하는 건 아닌데."

카루나가 뒤를 둘러보았다. 사람들은 카루나를 보며 싱글벙글 웃고 있었다. 라크안을 걱정하는 사람이 하나도 없었다.

"이렇게 모두 다 나를 도우러 와도 되는 건가요? 게다가 하녀장까지 오다니요."

난 이 정도까지 바란 게 아니라고 말을 하고자 했다. 하지만 하녀장이 좀 더 빨랐다.

"도련님께서 아가씨께서 말씀하시는 것은 무조건적으로, 최우선으로 하라고 말씀하셨습니다. 저희는 그 명에 따를 뿐이지요."

"흐음."

'공작 각하 자신보다 우선시하라고는 말하지 않았을 텐데요.'

그렇게 말하고 싶었으나 그냥, 참았다. 괜히 부끄러운 마음이 들어 입을 열 수가 없었다.

'나답지 않게 뭐하는 짓이야. 정신 차려!'

카루나는 위로 치솟는 입꼬리를 꾹 눌렀다. 마음을 가라앉히며 눈을 감았다 떴다. 마구 흔들리던 녹색 눈동자가 다시 차분해졌다. 하녀장은 카루나의 명을 기다렸다.

"편지로 간단히 설명하긴 했지만 대충 알아들었으리라 믿어요."

"물론입니다, 아가씨. 저희의 최선을 다하겠습니다. 부디 명을 내려 주십시오."

"좋아요. 역시나 하녀장이 있으니까 든든하긴 하네요."

여전히 텅 빈 바이켈드 공작저가 살짝 걱정되긴 했지만.

'뭐, 하녀장이 괜찮다면 괜찮은 거겠지.'

카루나는 고개를 흔들어 그 걱정을 털어 버렸다. 그리고 뒤로 돌아서 바이켈드 공작저의 사람들을 바라보았다. 자신에게 향하는 그들의 따뜻한 시선을 즐기며 짝짝- 손뼉을 두 번 쳤다.

"티 파티가 열리기 전까지 할 일이 아주 많은데, 불행하게도 이 백합궁의 사람들은 우리 바이켈드 공작저의 사람들보다 일을 못하더라고요."

"진작 저희를 부르셨어야지요."

"저희가 무얼 하면 될까요? 말씀만 하십시오!"

바이켈드 공작저의 사람들이 의욕에 넘쳐 소리쳤다. 카루나는 그들의 모습에 심히 만족하여 활짝 웃어 보였다.

"좋았어요, 그럼 날 위해 좀 바삐 움직여 주겠어요? 해가 지고 나면 우리 공작 각하께 돌려보내 드릴 테니까요."

어느새 카루나에게 바이켈드 공작저는 '우리' 바이켈드 공작저가 되었다. 라크안은 저들의 공작 각하가 아니라 '우리' 공작 각하가 되었다. 그 변화를 바이켈드 공작저의 사람들은 알지 못했다. 카루나 본인조차 마찬가지였다.

* * *

바이켈드 공작저의 고용인들이 총출동한 덕분에 일은 좀 더 빨리 진행되었다. 하인과 하녀들은 미로 정원을 카루나가 원하는 대로 다듬었다. 또 계속 밀려드는 짐마차에서 짐을 꺼내 상태를 확인했다. 티 파티 때 사용할 수 있도록 준비했다.

요리사와 부엌에서 일하는 하녀들은 백합궁 시종과 요리사의 감시를 받으며, 티 파티에 쓸 음식을 만들었다. 하녀장이 이들을 꼼꼼히 관리했기에, 카루나는 한숨 돌릴 수 있었다.

"거 보십시오. 제 말이 맞지 않습니까?"

세나가 싱글벙글 웃으며 말했다.

"그러게 말이에요."

카루나는 세나의 말에 맞장구를 쳤다. 그렇게 둘이 나무 그늘에 앉아 도란도란 이야기를 나눌 때였다. 등 뒤에서 누군가의 기척이 느껴졌다. 세나는 곧바로 돌아서 카루나를 제 등 뒤에 감췄다.

"누구…… 어? 부단장님?"

매섭게 쏘아붙이려던 세나의 목소리가 바로 풀어졌다. 카루나도 세나의 등 뒤에서 빠끔히 고개를 내밀었다. 제일 먼저 눈에 들어온 건 탁한 갈색 머리카락이었다. 누가 봐도 가발이라는 걸 알 수 있는 머리였다. 이어 노을을 닮은 눈동자가 보였다.

설사 머리색이 아니라 얼굴이 달라졌다고 한들, 이 눈동자를 본다면 그가 누군지 모를 수 없으리라.

"리센 님?"

"아아, 나의 카루나 아가씨."

리센이 평소처럼 눈꼬리를 접으며 활짝 웃어 보였다.

두근. 심장이 뛰었다. 설레거나 하는 감정이 아니었다. 차라리 두려움에 가까운 것이었다. 막연한 그 감정이 카루나에게 속삭였다. 물러서라고, 달아나라고.

'뭐지?'

카루나는 그 막연한 감정에 사로잡혀, 뒷걸음질 쳤다.

"아가씨?"

세나가 카루나를 돌아보았다. 리센은 카루나에게 다가가지도, 무슨 일이냐고 묻지도 않았다. 그저 카루나를 바라보기만 했다. 리센이 눈을 깜박였다. 눈이 감기기 직전, 노을빛 눈동자 위로 새까만 그림자가 스쳤다 사라졌다. 다시 눈을 떴을 때, 그의 눈은 여전히 노을빛으로 일렁이고 있었다.

"아가씨!"

세나가 다시 한번 카루나를 불렀다.

"아……."

그제야 카루나는 정신을 차렸다.

'뭐였지?'

손을 들어 자신의 왼쪽 가슴에 얹었다. 여전히 심장이 뛰고 있었으나 조금 전과는 달랐다. 심장이 떨어져 내릴 듯 뛰었건만. 그 잠깐의 기분이 눈 녹듯 사라졌다.

'분명 아까… 저 사람을 봤을 때, 이상한 기분이 들었는데.'

카루나는 고개를 들어 리센을 다시 바라보았다.

"설마 절 못 알아보시는 건 아니죠?"

리센의 두 어깨가 축 처지는 게 실시간으로 보였다. 정말로 섭섭한지 얼굴도 금세 울상이 되었다. 자신이라는 걸 알리기 위해 머리에 얹은 가발을 슬쩍 들어 올렸다. 가발 안에 숨긴 연두색 머리카락이 보였다.

평소와 다를 바 없는 리센의 모습이었다. 카루나를 좋아하고, 카루나의 관심을 받기 위해 애쓰는. 착하고 순한 사람. 그리고 실없이 웃는 카루나의 이상형.

'아까 저 사람들 기분이 잠깐 취하기라도 했던 걸까?'

카루나는 열심히 일하느라 바쁜 바이켈드 공작저의 사람들을 생각했다. 설렘을 전혀 닮지 않은 감정이었지만. 갑자기 격해진 그 느낌을 애써 이해하기 위해선, 그것 외엔 달리 변명거리가 없었다.

'그래, 그런 거겠지.'

카루나는 목소리를 가다듬고 아무렇지 않은 척 인사를 건넸다.

"오랜, 만이에요. 그동안 잘 지내셨나요?"

"카루나 아가씨를 보니, 행복해지네요. 그동안 행복하지 않았던 것이 다 괜찮아지는 느낌입니다."

리센은 자신에게 가까이 오지 않고 여전히 세나 뒤에 서 있는 카루나를 바라보았다. 섭섭하지도 아쉽지도 않았다. 더는 그런 마음이 필요하지 않았다. 그녀가 다가오지 않는다면 자신이 다가가면 될 일이었다.

리센의 생각인지, 아니면 그림자의 조종인지, 그것은 중요하지 않았다. 그가 그녀를 향해 한 발, 내딛는 것 자체가 중요했다. 한 발, 다시 한 발.

그는 그녀를 향해 다가갔다. 그리고 그녀를 향해 웃어 보였다.

* * *

백합궁 내 클레이엔이 사용하는 방은 커다란 창문이 나 있었다. 그 창문에 서면 백합궁 입구 쪽이 한눈에 잘 보였다. 정원수를 낮게 쳐낸 미로 정원 역시도.

클레이엔은 햇빛으로 피부가 상한다며 창가 근처에 얼씬도 하지 않았지만, 루시온은 이 방에 도착하자마자 그 창가 쪽으로 발걸음을 옮겼다. 남색 눈이 한곳에 꽂혔다.

나무의 얕은 그늘 아래 서 있는 카루나와 리센이 보였다. 둘 사이가 지나치게 가까웠다. 커튼을 쥔 손에 힘이 들어갔다. 두꺼운 커튼이 그의 손 안에서 구겨졌다.

그때.

"꼴좋네."

새된 목소리가 루시온의 등을 찍었다. 루시온은 돌아서 고개를 숙였다.

"오셨군요."

또각또각. 구두 소리가 들리기 무섭게 짝! 루시온의 고개가 옆으로 돌아갔다. 클레이엔이 있는 힘껏 루시온의 뺨을 내리친 것이다.

잠시, 루시온은 목이 돌아간 채로 가만히 있었다. 눈을 깜빡, 감았다 떴다. 뒤늦게 상황을 파악했다. 맞은 부위를 확인하기 위해 뺨에 손을 댔다. 살짝 닿기만 해도 쓰렸다. 뺨이 부풀어 오르는 게 실시간으로 느껴졌다.

대비하지 못해 입 안이 터졌다. 손톱에 긁혀 뺨에 상처가 났다. 입가도 살짝 찢어져 피가 흘렀다. 티스푼보다 무거운 걸 들어 본 적 없을 텐데. 클레이엔은 사람을 때릴 때면 이렇게나 강한 힘을 자랑했다.

루시온은 주머니에서 손수건을 꺼내 피 섞인 침을 뱉었다.

"내 연약한 손으로 맞아 봤자 별로 아프지도 않지? 한 대 더 맞아 볼래?"

"그러다 손에 상처가 날 수도 있습니다. 험한 일은 아랫사람들을 시키시지요. 굳이 직접 나서실 필요는 없습니다."

루시온은 여전히 무표정했다. 고작 뺨 한 대로는 그의 감정을 끌어낼 수 없었다. 칫. 클레이엔은 혀를 찼다.

"마음에 안 드는 것이 있다면 말씀해 주십시오."

그는 조금 전, 클레이엔의 부름을 받아 백합궁으로 왔다. 그리고 클레이엔이 자신을 만나 줄 때까지 기다리고 있었을 뿐이었다. 클레이엔이 화를 낼 때 딱히 이유가 있었던 적은 거의 없었지만 루시온은 예의상 물어보았다.

"저 계집을 좋아하지?"

클레이엔이 손가락으로 창문을 톡톡 두드렸다. 조그맣게 보이는 카루나를 가리키고 있었다.

"......"

뺨을 때려도 꿈쩍하지 않던 루시온의 얼굴에 금이 갔다.

"무슨 말씀을 하시는지 모르겠습니다만."

"날 속일 생각을 했다면 좀 더 조심했었어야지. 응?"

알아챈 건 비교적 최근이었다. 제 옆에 목각 인형처럼 붙어 있는 루시온의 시선이 자꾸 어디론가 향하는 걸 눈치챘다. 루시온은 나름 숨긴다고 애썼지만, 다른 사람은 몰라도 클레이엔은 숨길 수 없었다.

그녀는 장장 십수 년 동안 황태자를 짝사랑하고 있었다. 다른 건 몰라도 이런 쪽으로는 예리했다. 그래도 혹시 모르니 확인해 보고자 했다. 그래서 오늘, 루시온을 부르고는 바로 만나지 않았다. 일부러 카루나가 잘 보이는 방에서 대기하고 있도록 한 것이다.

설마 클레이엔이 그런 계획을 세울 줄 아는 사람이라 생각하지도 못한 루시온은 그답지 않게 바로 걸려들었다.

"웃기네, 고작 저런 계집이 네 취향이었어?"

루시온의 약점을 손에 쥐었는데도 그리 짜릿하지 않았다. 다른 사람도 아니고 눈엣가시 같은 카루나를 루시온이 좋아하다니. 루시온의 뺨을 내리쳐도 짜증이 가라앉지 않았다.

"왜 그렇게 내가 보쉬엔 자작가를 건드리는 걸 싫어하나 했더니, 고작 저 계집 때문이었어?"

"그렇지 않습니다. 분명 아가씨의 그 계획은 실패할 가능성이 높은 계획이었습니다. 그렇기 때문에 반대했을 뿐입니다."

"황궁에서, 그것도 귀족들 수백 명이 우글거릴 백합궁에서 저 계집을 납치하겠다는 네 계획은? 성공할 가능성이 높은가 보지? 내 계획보다?"

"백작님과 저는 그렇게 판단했습니다."

클레이엔이 짜증이 난 데에는 루시온의 이런 태도도 단단히 한몫했다. 남몰래 짝사랑하던 걸 들켰으면 당황도 좀 하고, 못 본 척해 달라고 무릎 꿇고 빌려 하면 좋을 것을. 루시온은 아무렇지 않아 보였다. 카루나에게 마음이 있는 걸 들켜도 대수롭지 않다는 듯 굴었다.

울컥, 자꾸만 짜증이 솟았다. 지금까지는 대부분, 아무런 노력 없이 모든 걸 즐길 수 있었다. 사교계 활동도, 중요 귀족 인사들과의 만남도. 이미 대역이 노력해서 쌓아 놓고 닦아 놨기에 클레이엔은 그저 누리기만 하면 됐다. 손 하나만 까딱하면 당연하다는 듯 이루어졌다.

무언가 해야 한다면 10년 동안 받아 온 보고서를 뒤지기만 하면 됐다. 거기에는 대역이 했던 모든 행동과 그로 인한 결과가 고스란히 담겨 있었다. 물론 그걸 있는 그대로 쓰지는 않았다. 그 정도 자존심은 있었다.

나름대로 조금씩 응용해 보고 있는데 그로 인해 자꾸 일이 어긋나서 문제이긴 했지만. 그건 대역이 그동안 일을 할 때 융통성 있게 계획을 짜지 않아서 그런 것이었다. 자신의 잘못은 결코 아니었다.

항상 마카레나 백작과 루시온이 그녀의 실수를 덮어 버렸기 때문에, 클레이엔은 자신의 실수가 얼마나 치명적인지 몰랐다. 그래서 자신만만하게 백합궁에 들어왔다.

대역은 백합궁에 들어와 살아 본 적이 없으니, 보고서에는 도움이 될 만한 어떤 것도 적혀 있지 않았다. 그러니 백합궁에서는 모든 걸 스스로 생각해야 했다. 그로 인한 결과 또한 자신이 감당해야 했다. 곁에 없는 마카레나 백작과 루시온이 도와주는 데에는 한계가 있었다.

무언가를 스스로 결정하고 그 결과를 자신이 감당해 내야 한다.

그게 클레이엔의 짜증을 돋웠다. 아무리 하녀들을 괴롭혀도 화가 풀리지 않았다. 지금도 마찬가지였다. 분명히 루시온의 약점을 손에 쥐게 된 것 같은데, 그걸로 루시온을 휘두를 수가 없었다.

'내 대역이라면 지금 여기서 루시온을 무릎 꿇리고 내 구두를 핥게 할 수 있었을까?'

이런 생각이 들면, 더욱 건잡을 수 없이 화가 치밀었다. 클레이엔은 창밖에 보이는 카루나를 노려보았다.

'저걸 당장 죽여 버리겠다고 하면, 그럼 루시온은 내게 빌까? 저 계집을 살려 달라고? 만약 그런다면 루시온과 저 계집을 함께 죽여 버리겠어.'

루시온이 비굴하게 비는 걸 상상하니 그나마 기분이 좀 나아졌다.

"그 일에 관해서는 걱정하지 마십시오. 제가 처리한 후 백작님과 아가씨께 보고하겠습니다. 그보다는 아가씨께서 주관하는 티 파티에 대해 논의를 해 봐야 할 것 같습니다만."

루시온이 적절한 선에서 주제를 바꾸었다. 그는 테이블 위에 흐트러진 종이들을 바라보았다. 물품 목록, 일정표, 주요 귀족 명단 등등. 중요한 정보가 제멋대로 널브러져 있었다.

"오래 서 있으면 피곤하실 겁니다. 일단, 자리에 앉으시지요."

"그렇게 행동한다고 내가 그냥 지나칠 줄 알아? 아버지한테 다 이를 거야. 네가 바이켈드 공작의 약혼녀를 좋아한다는 걸!"

"원하신다면 그러셔도 좋습니다."

루시온은 태연하게 대답했다. 마카레나 백작은 클레이엔의 말을 듣고 루시온에게 물을 것이다. 기본적인 의심도 할 것이다. 하지만 언제나 그랬듯 루시온을 믿을 것이다.

사랑하는 것과 믿는 건 다른 감정이었다. 마카레나 백작은 클레이엔을 더없이 사랑하였으나 그녀의 능력을 믿지는 않았다. 그는 루시온을 사랑하지는 않았으나 루시온의 능력과 감정의 기복이 적은 심장을 믿었다.

그걸 알기에 루시온은 태연할 수 있었다. 자꾸 창밖의 카루나를 향해 손가락질하는 클레이엔의 손이 눈에 거슬렸지만, 참을 수 있었다.

루시온이 자기 뜻대로 움직이지 않으니 클레이엔은 있는 대로 짜증을 냈다. 하지만 루시온에게 또 손찌검하지는 않았다.

"어디 두고 보겠어, 성공하나 안 하나!"

"꼭 기쁜 소식을 안겨 드릴 수 있도록 노력하겠습니다."

"흥, 말은 잘하지. 보쉬엔 자작의 일 때 그렇게 열심히 날 도왔으면 성공했을 거잖아!"

본인이 루시온을 따돌리고 일을 진행했으면서, 그건 까맣게 잊은 듯 굴었다. 루시온은 그 사실을 지적하는 대신 클레이엔의 티 파티 계획 서류를 들여다보았다.

"그보다 아가씨. 이건, 역시나 그때의 일을 참고하여 결정한 것입니까?"

루시온이 서류 중 한 장을 빼내 클레이엔의 앞에 내밀었다. 친절하게도, 클레이엔이 못 알아들을까 봐 해당 부분을 손가락으로 가리키기까지 했다.

"당연하지. 그때의 실패를 성공으로 바꾸기 위한 나의 계획이야."

클레이엔은 금세 자신만만해졌다. 어떠냐는 듯 루시온은 올려다보는 클레이엔의 눈엔 자신감이 가득했다.

"실패라…… 실패라고 보시는 겁니까?"

"그럼 성공이었겠어? 너도 눈이 달렸으니 옆에서 봤을 거 아냐."

"그렇기에 드리는 말씀입니다. 아가씨, 부디 이 계획은 다시 생각해 보시지요."

"뭐? 루시온! 너까지!"

클레이엔이 테이블을 내리치며 벌떡 일어났다. 마침 손에 잉크병이 잡히자 그걸 그대로 던졌다. 다행히 잉크병은 루시온에게 스치지도 못하고 멀리 날아갔다. 등 뒤에서 무언가 부서지고 깨지는 소리가 들렸다.

루시온은 굳이 돌아보지 않았다. 다만 대기하고 있던 하녀에게 손짓해 치우도록 했다.

"제 생각엔 황후 폐하께서 그리 반기시지 않을 듯합니다만."

"누구 멋대로 그런 생각을 하는 거지? 그동안 황후 폐하 밑에서 시녀질을 하면서 가까이 지냈던 건 나야. 네가 아니라고. 그런데 네가 뭘 알아서 나한테 이래라저래라 하는 거야?"

클레이엔의 목소리가 높아졌다. 안 그래도 마카레나 백작으로부터도 비슷한 내용의 편지를 받았다.

그는 딸의 티 파티 계획을 우려했다. 그래서 클레이엔에게 사랑을 담아 편지를 보냈다. 부디 다른 계획을 세워 보라고. 그러고도 안심이 되지 않아 루시온을 보낸 것이었다. 마카레나 백작은 루시온에게 최선을 다해 클레이엔을 보필하라고 했다.

하지만 마카레나 백작과 루시온이 다 함께 약속이라도 한 듯 자신의 계획을 반대하니, 클레이엔은 오기가 생겼다.

"반드시 나는 이대로 진행할 거야. 그러니까 알아서 차질 없도록 준비해."

“아가씨, 저는 다시 한번 생각해 보시라고 권했습니다만.”

“아니, 그러지 않을 거야. 만약 조금이라도 실수가 있거나 준비가 안 된 게 있으면 가만 안 둘 테니까. 제대로 해. 무슨 말인지 알아듣겠어? 내 계획이 마음에 안 든다고 망칠 생각 같은 건 하지 말라는 말이야!”

클레이엔이 빽- 소리 지르며 종이를 들어 루시온의 얼굴에 집어 던졌다. 이번 건 잉크병과 달리, 정확히 루시온의 얼굴을 덮었다. 루시온은 얼굴에서 흘러내리는 서류를 손으로 붙잡았다.

팔랑- 종이가 흔들렸다. 위풍당당한 클레이엔의 계획이 거기에 빼곡히 나열되어 있었다. 결국 루시온은 작게 한숨을 내쉬고야 말았다.

‘예상했던 대로군.’

마카레나 백작의 명령을 들었을 때부터, 클레이엔의 마음을 돌릴 수 있을 거란 생각은 하지 않았다. 그런데도 클레이엔을 말렸던 건 예의상 한 일이었다. 클레이엔이 이토록 강경하게 나오니, 루시온은 그 반대마저 거둬들였다.

‘어차피 그날, 나의 아가씨는 내 손에 들어올 테니. 상관없겠지.’

루시온은 클레이엔에게 고개를 숙여 순종의 뜻을 비쳤다.

“알겠습니다. 아가씨의 명대로 움직이겠습니다.”

“그래, 그래야지. 생각은 내가 해. 너는 내 말대로 움직이기만 하면 되는 거야.”

클레이엔이 비로소 만족하며 소리 내 웃었다. 루시온은 이제 그녀의 앞에서 굳이 숨길 생각도 하지 않고, 뒤를 돌아보았다.

창밖, 화창한 하늘 아래 카루나가 있었다. 여전히 연두색 머리 남자와 함께였다. 클레이엔의 짜증을 받아 줄 때의 번잡스러운 느낌과는 다른, 이상한 기분이 들었다.

다른 남자 따위와 이야기를 나누며 웃고 있는 카루나의 모습이 매우 언짢았다. 클레이엔에게 맞은 뺨이 시큰했다. 그런데 그것보다 심장이

놓여 있는 왼쪽 가슴이 더 시큰하게 아려 왔다.

* * *

바이켈드 공작저의 사람들은 의욕이 넘쳤다. 놀이를 하듯 일을 했다. 뜨거운 뙤약볕도 그들의 즐거운 마음을 거둬 가지 못했다.

카루나는 백합궁의 하녀들을 시켜 끊임없이 시원한 음료, 영양가 있는 음식들을 내오도록 했다. 바이켈드 공작 사람들은 먹고 마시며, 그럼에도 쉼 없이 일을 했다.

일이 무료해질 때 즈음, 누군가 목청을 길게 뽑았다.

히-호우에야!
원래는 숲이 없었다네.
지팡이를 꽂아 만들었다지.

그러자 다른 사람들이 기다렸다는 듯 입을 모아 합창했다.

일하는 손은 쉬지 않았다.

"이게 무슨 노래지?"

세세한 계획이 적힌 서류를 들여다보던 카루나가 고개를 갸웃, 했다.

"숲에서 전해져 내려오는 노래랍니다."

내내 카루나의 옆에 서 있던 리센이 말했다.

"아, 아직 여기 있었어요?"

"저는 카루나 아가씨를 보러 온 걸요."

"저 사람들을 돕고 싶은 생각은?"

"많지만 더 중요한 일을 하기 위해 참고 있습니다. 카루나 아가씨의 곁을 지키는 일이요."

리센이 눈꼬리를 접으며 사르르 웃었다.

'어쩔 수 없지. 내가 그렇게 좋다는데 어떡해?'

변장이랍시고 가발까지 쓰고 백합궁에 찾아온 노력이 가상하지 않은가.

'누구는 우연히 이 근처에 한번 들른 거 말고는 그림자도 비치지 않는데 말야.'

생각이 또 멋대로 라크안에게로 튀었다. 바이켈드 공작저의 사람들 대부분이 여기 와 있건만. 라크안은 여전히 한번 들르지도 않았다.

'황후랑 사이가 안 좋으니, 어쩔 수 없겠지. ……그래도!'

머리로는 이해했으나 마음에서 심술이 나는 건 어쩔 수 없는 일이었다. 그런 카루나를 위로하듯 사람들이 신나게 돌림노래를 불렀다.

히-호우에야!

잊으면 안 되네, 우리의 약속.

숲을 키워라, 남쪽을 지키자.

모래야 불어라, 남쪽을 지키자.

한두 번 불러 본 솜씨가 아니었다. 머리색이 녹색인 숲의 일족도, 어머니나 아버지가 숲 밖의 사람인 사람도, 숨을 쉬듯 자연스럽게 불렀다. 흥겨운 가락에 맞춰 일하는 모습이 제법 볼만했다.

미로 정원은 백합궁 입구에 있는 작은 정원이기에, 그 정도 소리는 백합궁 본궁까지 닿지 않을 듯했다. 그래서 카루나는 굳이 그들에게 침묵을 강요하지 않았다.

"가사가 신기하네요. 북쪽에 뭐가 있나 보죠?"

카루나가 혼잣말을 하듯 물었다.

"있겠지요. 그들이 두고 온 흔적이."

답하는 리센의 목소리는 부드러웠다. 하지만 노래를 부르는 바이켈드 공작저의 사람들, 숲의 일족을 바라보는 노을빛 눈은 싸늘하기 이를 데 없었다.

히-호우에야!
잊으면 안 되네, 우리의 약속.
너는 아직도 기다리고 있을까.

리센의 눈동자 위로 까만 그림자가 스쳤다. 분노를 참지 못하고, 리센의 의식 위로 떠올랐다. 그 약속의 증표가 작은 그림자가 되어 루시온의 노을빛 눈동자 속에서 일렁이고 있다는 걸. 태평하게 노래를 부르고 있는 숲의 일족들 중 누구도 눈치채지 못했다.
오직, 카루나 외에는.
'……뭐지?'
카루나는 곁에서 기묘한 한기를 느꼈다. 쭈뼛하게 몸의 솜털이 서는 느낌이었다. 아까, 리센을 막 마주했을 때 느꼈던 그 느낌이었다. 그 느낌이 다시 카루나를 찾아왔다.
"리센 님?"
카루나가 리센을 불렀다. 리센은 그녀의 목소리를 못 들었다는 듯 앞만을 바라보았다. 그 모습이 꼭, 목각 인형을 깎아 놓은 것같이 보였다. 그래서 카루나는 저도 모르게 리센의 옷소매를 붙잡았다.
"……!"
리센이 잠에서 깨어난 듯 눈을 깜박였다. 그러더니 예의 그 부드러운 미소를 지으며 카루나를 바라봤다.
"저를 부르셨나요?"
리센의 뒤로, 하늘이 붉게 물들었다. 그의 눈동자 색을 꼭 닮은 노을이 지고 있었다.

"아, 아니요. 아무것도 아니에요."

카루나는 서둘러 고개를 내저으며, 리센의 옷소매를 놓았다. 두근, 두근. 심장이 뛰었다. 아까와 똑같았다.

'알아챘다는 걸 말하면 안 돼.'

누군가 카루나의 귓가에 속삭였다. 온몸에 소름이 돋았다. 카루나는 자신을 빤히 쳐다보는 리센의 시선을 애써 모른 척했다.

* * *

초대장에 금박으로 선명히 찍힌 티 파티가 열리는 날. 보쉬엔 자작 가문의 사람들은 끌려가듯 수도를 떠났다. 지방 영지 중 가장 척박하고 구석진 곳으로 갈 예정이었다. 보쉬엔 자작가는 누구의 배웅도 받지 못한 채 쓸쓸히 수도를 떠났다.

한편 수도의 귀족들은 황제파, 귀족파 할 것 없이 이른 아침부터 황궁으로 모여들었다. 다들 하릴없이 시간을 때우며 언제쯤 백합궁의 문이 열릴까 기다렸다.

그중에는 황제파 귀족들에게 붙잡혀 끌려 온 라크안도 있었다. 라크안은 그들에게 둘러싸여 무료하게 시간을 흘려보내야 했다. 철십자 기사단 기사 네 명이 그의 곁을 지키고 서 있었으나, 이전과 달리 경계 태세가 허술했다.

그들의 마음 또한 이미 백합궁에 가 있었다. 요 근래 라크안이 발작을 일으키지 않았기에 마음이 느슨해진 탓도 있었다. 라크안은 그들의 태도를 굳이 지적하지 않았다. 그들만도 못한 귀족들이 사방에 널려 있으니, 그들을 탓하기 뭐했다.

그렇게 얼마나 시간이 지났을까. 드디어 기다리고 기다리던 백합궁의 문이 활짝 열렸다. 한껏 꾸며 입은 귀족들이 뭉게구름처럼 백합궁으로 몰려들었다. 정문에서 황후의 두 시녀 후보가 그들을 맞이했다. 카루나와 클레이엔은 우위를 가릴 수 없을 정도로 아름다웠다.

카루나는 꽃망울이 작은 국화와 장미를 엮은 것으로 머리와 드레스를 장식하고 있었다. 하지만 수수하게 느껴지진 않았다. 꽃과 꽃잎 사이사이에는 에메랄드, 사파이어와 같은 유색 보석들이 박혀 반짝이고 있었다.

클레이엔은 루비와 다이아몬드로 온몸을 장식했다. 드레스에 박혀 있는 다이아몬드만 해도 수천 개는 될 듯했다. 움직일 때마다 사락사락, 드레스가 사방으로 퍼지며 눈이 부실 정도로 빛났다.

두 시녀 후보와 귀족들은 백합궁 여기저기를 거닐며 의미 없는 대화를 나누었다. 카루나와 클레이엔은 잔뜩 들떠 있는 귀족들을 자신의 편으로 만들려 노력했다.

재치 있는 농담. 간간이 하녀들이 들고 오는 달콤한 간식. 그 간식을 담은 접시의 문양.

귀족들은 그 모든 걸 예의주시했다. 카루나와 클레이엔은 귀족들을 상대하며 한편으로는 계속해서 티 파티 준비를 체크했다. 쉼 없이 움직이고 명령을 내리고, 웃고 대화를 나누어야 했다.

카루나는 물 흐르듯 자연스럽게 일을 진행했다. 지난 10년간 해 왔던 일이었다. 어려울 턱이 없었다.

"아가씨, 저기……."

고용인이 다가와 조심스럽게 부르기만 해도 카루나는 바로 반응했다. 이야기를 나누던 귀족에게 잠시 양해를 구한 뒤 돌아섰다. 하녀가 뭐라 말하기도 전에 문제를 알아챘다.

"화병을 담당하고 있지. 왜, 혹시 꽃이 시들었니?"

"어, 어떻게 아셨…… 아, 네. 아가씨. 덤불에 꽂아 놓기로 했던 들장미 꽃봉오리가 시들시들해요."

"당황하지 마, 당연한 거야. 물에 담가만 둔다고 괜찮을 리 없지.

어젯밤에 날씨도 포근했고. 그럴 줄 알고 미리 마탑에서 물약을 사다 놨으니까. 그걸 물에 희석시켜 뿌려 둬."

카루나는 혹여나 벌을 받을까 두려워하는 하녀를 잘 다독이고는 지시를 내렸다. 그러고는 하녀를 보내고 다시 귀족들을 향해 돌아섰다. 조그만 소녀가 생화와 보석을 엮은 장식으로 아름답게 꾸미고 밝게 미소 지었다.

"그래서 그 부역 건은 어떻게 처리하셨나요? 제 약혼자이신 라안 님께 말씀드렸다면 좀 더 편하게 일을 처리할 수 있었을 텐데요."

"오, 바이켈드 공작 영애. 그런 생각을 안 해 본 건 아니랍니다."

"그럼 행동에 옮겼어야지요."

조금 전 대화를 나누던 귀족과 다시 매끄럽게 대화를 나누었다. 나이가 많은 귀족들을 존중하면서도 자기 자신을 과하게 낮추지 않았다. 눈짓 한 번, 손짓 하나, 군더더기가 없었다. 더없이 우아했다.

카루나는 자신을 찾아오는 하인과 하녀, 시종들을 능숙히 다루었다. 그들의 주인으로서 위엄을 보이고 적절한 지시를 내렸다. 그러면서도 자신을 둘러싼 귀족들에게 한 치 소홀하지 않았다.

황제파, 귀족파를 막론하고 모든 귀족들의 이름을 외우고, 그들에게 적절한 인사를 건넸다.

"어린 아가씨가 제법인데요?"

"숲의 일족이라고 하던데, 제국의 예의범절에 대해 잘 알고 있군요."

"오늘 처음 보는 사이인데 저를 알고 있더라고요. 제 동생이 이번에 아카데미에서 졸업하는 것도 알고 있고."

"아무튼 만만하게 볼 상대는 아닌 거 같아. 역시나 바이켈드 공작의 약혼녀다워."

귀족들은 내심 감탄하며 무리의 한가운데에서 반짝반짝 빛나는 카루나를 바라보았다. 카루나는 그들의 시선을 느끼고도 모른 척하며 방긋 웃어 보였다.

한편 클레이엔은 시작부터 삐걱거렸다. 클레이엔은 단 한 번도 커다란 사교 모임을 직접 준비해 본 적이 없었다. 마카레나 백작이 루시온을 보내 도왔으나, 루시온이 당일까지 나설 수는 없는 일이었다.

모임 당일.

하녀와 하인들은 당연히 클레이엔을 찾아와 명령을 바랐다. 클레이엔은 귀족들을 상대하며, 한편으론 고용인들에게 지시해야 하는 상황이 짜증났다. 귀족들을 채 티 파티장에 몰고 가기도 전에 선하고 아름다운 미소에 금이 가기 시작했다.

클레이엔의 티 파티는 시작도 하기 전에 자꾸 문제가 발생했다. 미리 준비해 놓은 것들이 나중에 준비한 것과 부딪쳐 어긋났다. 우왕좌왕하던 하녀들은 서로에게 클레이엔에게 가 보라고 떠밀었다. 그러면 가장 어린 하녀들이 벌벌 떨며 클레이엔에게 찾아가곤 했다.

클레이엔은 다른 귀족들 앞인지라 그들을 함부로 대하진 않았다. 다만 나중을 기약하며 무시무시한 눈으로 하녀를 노려보았다.

"더는 날 찾아오지 마. 난 바쁜 몸이니까. 모든 건 다 루시온한테 물어보라고. 알겠어?"

결국 견디다 못한 클레이엔이 저를 찾아온 시녀를 밀치며 나지막한 목소리로 말했다. 시녀가 비틀거리다 넘어졌다.

"어머, 무슨 일이죠?"

"무슨 일이 일어난 건가요?"

귀족들의 이목이 쏠렸다. 클레이엔은 다른 귀족들과 마찬가지로 깜짝 놀란 척했다.

"어머, 어쩌면 좋니. 내 티 파티를 준비하느라 많이 힘들었구나. 딱 오늘만 더 힘내 주렴. 모든 게 끝난 후엔 푹 쉴 수 있을 거야."

아마 영원히 잠들 수 있을 거야.

생략된 뒷말이 너무도 생생했다. 하녀는 자신을 직접 일으켜 세워 주는 클레이엔의 손길을 받으며 벌벌 떨었다.

"사, 살려 주세요. 잘못했어요, 아가씨!"

"어머, 너무 겁먹지 말렴."

클레이엔이 상냥하게 말하며 하녀의 팔뚝을 꽉 움켜쥐었다. 하녀는 비명을 지를 뻔했으나 얼른 손으로 입을 막았다. 오직 살기 위해서였다. 클레이엔은 그걸 보고서는 '그래도 눈치가 아주 없지는 않네.'라고 생각했다.

"걱정 말고 가 보렴. 루시온을 찾아가 보는 것도 잊지 말고."

클레이엔이 호호, 웃으며 하녀를 밀쳤다. 하녀는 비틀거리다 뒤도 안 돌아보고 쏜살같이 사라졌다. 클레이엔에게 붙잡혔던 팔에 시뻘겋게 손자국이 나 있었으나, 귀족들 중 누구도 눈여겨보지 않았다.

"역시, 마카레나 백작 영애네요."

"정말 성격이 완전히 변했네요. 저렇게 착해지다니."

"한낱 하녀한테까지 저렇게 상냥하다니."

"보고서도 믿기지가 않네요."

귀부인들이 부채를 파닥이며 수군거렸다. 클레이엔은 고스란히 들리는 그들의 뒷담을 들으며 빙그레 웃었다. 최대한 선하고 착하게 보여야 했다.

카루나와 클레이엔은 귀족 무리에서 단연 돋보였다. 귀족들은 비슷하면서도 전혀 다른 두 사람에 대해 수군댔다.

"그러고 보니 참 자매처럼 닮았네요. 머리색만 같았다면 영락없이 한 핏줄인 줄 알았겠어요."

"한쪽은 위엄이 있고 우아하고. 다른 한쪽은 상냥하고 아름답군요."

"저 어린 나이에 저 정도 모습을 보이는 바이켈드 공작 영애가 대단한 게 아닌가요?"

"마카레나 백작 영애에 대해 아무것도 모르면서 그런 말 말아요. 분명 그 못된 성질 머리를 죽이고 저렇게 꾸미고 있는 걸 텐데. 저거야말로 대단하지요."

"과연 황후 폐하는 어느 쪽을 선택하시려나요?"

귀족들은 카루나와 클레이엔, 두 사람을 놓고 실컷 떠들어 댔다.

이윽고 귀족의 무리가 두 패로 갈라졌다. 카루나와 클레이엔은 각각 자신들을 따르는 귀족 무리를 이끌었다. 클레이엔이 멀어지는 카루나를 의미심장한 눈빛으로 바라보았지만, 카루나는 미처 눈치채지 못했다.

카루나를 따르는 귀족들은 대부분 황제파 귀족들이었다. 그들은 당연히 카루나를 좇아 그녀의 티 파티장으로 가고자 했다.

"제가 준비한 장소는 야외의 정원이랍니다. 함께 가 보실까요?"

카루나가 그리 말하며 귀족들을 안내하려 할 때였다.

복도 저편에서 함성과 비명이 울려 퍼졌다. 멀찍이 떨어진 카루나의 일행들에게까지 고스란히 들릴 정도였다.

"맙소사, 백조의 홀이에요!"

"마카레나 백작 영애의 티 파티 장소가 백조의 홀이라니!"

"황후 폐하께서 이곳을 허락해 주셨다고요? 그럼 이미 결과가 나온 것 아닌가요?"

"어머, 이건 꼭 봐야 해! 어떻게 백조의 홀을 놔두고 바이켈드 공작 영애의 티 파티로 갈 수 있죠?"

백조의 홀. 쏟아지는 탄성 속의 핵심은 한 단어였다. 카루나를 따르던 일행이 동요하기 시작했다. 놀란 감정은 금세 설렘이 되었다. 카루나의 티 파티로 가려던 귀족들의 걸음이 느려지기 시작했다.

그들은 앞서 걷는 카루나의 눈치를 보며 어쩔 줄 몰라 했다. 후반에서 따르던 몇몇 귀족들은 아예 카루나에게 등을 돌리고 백조의 홀로 바삐 걸어갔다. 호기심에 카루나를 따라가던 귀족파 귀족들도 슬그머니 발을 뺄 기세를 보였다.

그 분위기가 막 일행 전체로 번지려 할 때 즈음. 카루나가 걸음을 멈추고 돌아섰다. 주춤주춤 백조의 홀로 뒷걸음치던 귀족들이 일제히 멈춰 섰다. 카루나가 보고 있는 앞에서 대놓고 등을 돌릴 순 없었다. 귀족파 귀족들이라면 모를까 황제파 귀족들에게 그건, 바이켈드 공작 가문과 척을 진다는 의미나 마찬가지였다.

'좀 더 일찍 빠져나갈걸.'

'아니, 백조의 홀을 놔두고 바깥 정원에서 티 파티를 열다니?'

'백조의 홀을 마카레나 백작 영애에게 빼앗긴 거야? 도대체 한 달 동안 뭘 한 거야?'

얼굴에 대놓고 불만을 드러내는 귀족들까지 나타났다. 백조의 홀은 황궁 내에서 가장 귀한 장소 중 하나였다. 좀처럼 공개되지 않는 곳이었다. 오늘같이 많은 귀족들에게 공개된 것은 거의 처음일지도 몰랐다.

그런 천금 같은 기회를 단지 황제파에 속했다는 이유만으로 놓쳐야 하다니. 황제파 귀족들은 속이 쓰렸다.

카루나는 빙긋 웃으며 웅성대는 일행을 바라보았다.

"함께 백조의 홀을 보러 가 볼까요?"

"네?"

"어머나?"

"……그래도 될까요?"

귀족들은 카루나의 말에 깜짝 놀랐다. 대놓고 불편한 심기를 드러낼 거라 생각했건만. 오히려 함께 백조의 홀로 가 보자고 권하다니.

"아가씨."

카루나의 곁을 지키던 세나가 그녀를 막아섰다.

"걱정 말아요."

"하지만……."

"아직 시간이 충분한걸요."

카루나가 복도의 벽에 크게 난 창문 밖을 내다보았다. 아직 해가 지려면 멀었다. 본격적인 티 파티는 아직 시작되지도 않았다.

황후는 아직까지 백합궁의 가장 깊숙한 곳에 머물고 있었다. 노을이 지기 시작한 때에나 움직일 것이다. 두 시녀 후보가 준비한 티 파티 중 한 곳에 머물겠지만. 그 전에 예의상 두 곳을 모두 둘러보기는 할 것이다. 그때를 노리면 된다.

카루나는 웅성대는 귀족들을 바라보았다. 그들의 동요나 불만 따위는 카루나에게 조금도 중요하지 않았다. 오히려 카루나는 그들이 거추장스러웠다.

'충성심이라고는 눈곱만큼도 없는 머저리들.'

고작 백조의 홀 때문에 바이켈드 공장에 대한 신의와 의리를 저버리다니. 그 모습이 그리 좋게 보이지 않았다. 솔직히 말하자면 꼴도 보기 싫었다. 예전에 클레이엔의 대역으로 살았을 때처럼, 몇 년간 이들을 조련하고 싶은 마음이 그득했다. 한 2년만 시간을 주면 누구보다 바이켈드 공작에게 충성을 다하는 귀족들로 만들어 놓을 자신이 있었다.

물론 이런 마음을 티내진 않았다.

'앞으로 두고 보자고.'

카루나는 다음을 기약하며, 귀족들을 향해 발을 내디뎠다. 귀족들이 알아서 물러서며 길을 만들었다. 카루나는 일행의 한가운데를 가로질러 백합의 홀로 걸어갔다.

"정말로 가는 거야?"

"가도…… 되는 거겠지?"

귀족들은 카루나의 뒷모습을 바라보며 어쩔 줄 몰라 했다. 가만히 서 있지도, 용기를 내어 카루나를 뒤쫓지도 못했다. 카루나가 돌아서 그들을 재촉했다.

"뭐 하시나요? 다들 백조의 홀을 보고 싶지 않은 건가요?"

그제야 귀족들이 움직이기 시작했다. 카루나가 이끄는 황제파 귀족 일행이 백조의 홀에 도착했다. 활짝 열린 입구에 들어서자마자 황제파 귀족들은 탄성을 내질렀다.

"맙소사."

"정말 화려하군."

"여기가 백조의 홀이구나. 내 살아생전 이곳에 들어와 보다니."

다들 감격해 마지않았다.

"바이켈드 공작 영애, 어려운 결정이었을 텐데 이렇게 너그러이 기회를 주셔서 감사합니다."

"조금 후에는 반드시, 영애의 티 파티에 참석하도록 하겠습니다."

카루나에게 감사 인사를 하는 귀족들도 있었다. 카루나는 말없이 웃으며 그들의 인사를 받아들였다. 그러고는 다른 귀족들과 마찬가지로 백조의 홀을 둘러보았다.

과연 귀족들의 로망이라 할 만했다. 대역 클레이엔으로서 살며 백조의 홀에 대해 익히 들어 왔으나, 직접 와 본 것은 처음이었다. 카루나는 순수하게 감탄했다.

'백조의 홀은 꽃을 꽂아 놓은 화병 하나까지도 값을 따질 수 없는 예술품이라는 말이 맞구나.'

천장부터 사방 벽에 이르기까지 화려한 그림과 조각으로 가득했다. 바닥은 투명한 대리석을 깔아 얼음 호수에 서 있는 것 같은 기분이 들었다.

단지 그 정도였으면 순수하게 감탄만 하고 말았으련만. 클레이엔은 그 아름다운 백조의 홀을 더 번쩍번쩍하게, 화려하게 꾸몄다. 제국의 모든 황금을 끌어모은 것 같았다.

접시와 잔, 수저에 이르기까지 모든 식기가 금이었다. 세밀하게 커팅된 다이아몬드가 박혀 있기까지 했다. 식기에는 음식이 아니라 조각품이라고 말해야 할 만큼 아름다운 음식들이 가득 쌓여 있었다. 홀에 냄새가 돌지 않도록 차갑게 식힌 것들이었다. 황금 잔에 담긴 와인 속에는 진주가 담겨 있었다.

"어머나, 내가 진주를 마셨어."

"그냥 진주가 아닌걸. 내 새끼손가락 손톱만 한 진주야."

별생각 없이 와인을 마시던 귀족들이 뒤늦게 진주를 발견하고는 즐거워했다.

"계속 여기 계실 겁니까?"

카루나의 뒤에 서 있던 세나가 조그만 목소리로 속삭였다. 아마 이 안에서 백합의 홀에 취하지 않은 유일한 사람은 바로 세나일 듯했다.

"잠시만요. 좀 더 구경하죠. 세나 경도, 아니 세나도 마음껏 구경해요. 이런 귀한 구경을 어디서 또 하겠어요?"

"태……평하십니다. 아가씨."

세나의 눈동자가 지진이라도 난 듯 흔들렸다. 카루나는 그런 세나에게 웃어 보이며 좀 더 백조의 홀 안으로 들어갔다.

클레이엔이 가장 신경을 쓴 장식은 '백합'이었다. 클레이엔은 백조의 홀 전체를 백합궁을 상징하는 백합으로 장식했다.

천장과 벽에 백합들이 주렁주렁 드리워져 서로 엮이고 탐스러운 꽃잎을 드리웠다. 들판에서 피어나는 백합을 그대로 옮겨 온 듯 녹색의 줄기와 잎사귀가 생생했다

그 백합의 꽃잎 역시 금빛이었다. 백합 생화를 금도금한 것이었다. 사방에 황금 백합이 가득했다. 황금 백합이 크리스털 샹들리에에 달린 천 개의 촛불 빛에 닿아 반짝였다. 눈이 부실 지경이었다.

카루나는 벽에 장식되어 있는 금도금된 백합을 만져 보았다. 생화의 꽃잎을 만지는 것 같았다.

'내가 찾아낸 그 장인에게 만들게 시켰구나.'

카루나는 대역 클레이엔일 때 황후에게 보냈던 마지막 선물을 떠올렸다. 백합의 꽃잎 끝 쪽에만 살짝 황금을 두른 백합 꽃다발. 그 선물을 따라 한 것이 분명했다.

"하."

어이가 없어서 웃음이 났다.

"그 선물이 무슨 의미인지 모르는 거야? 루시온이 말해 주지도 않았고? 고작 따라 한다는 게 이렇게밖에 못 따라 해?"

그때였다.

"그게 무슨 말인가요. 바이켈드 공작 영애?"

등 뒤에서 하이톤의 목소리가 들렸다.

"어머, 들으셨나요?"

카루나는 아무렇지 않게 돌아서 목소리의 주인공을 바라보았다. 이 백조의 홀 티 파티의 주인이 서 있었다. 오늘 두 티 파티의 주인공, 카루나와 클레이엔이 마주했다. 백조의 홀을 구경하느라 정신없던 귀족들은 일제히 그 둘의 만남을 지켜보았다.

백조의 홀 구경보다 재미있는 게 싸움 구경이었다.

"맙소사, 다른 누구도 아닌 영애가 내 티 파티에 참석해 주다니요. 그것도 영애의 일행을 전부 끌고 말이에요."

클레이엔이 웃음을 터트리며 주변을 휘익- 둘러보았다. '백조의 홀'의 유혹에 굴복하고 만 황제파 귀족들이 그녀와 눈을 마주치지 않으려 고개를 돌렸다.

"그들을 너무 탓하지 말아 주세요. 제가 이끌고 온 거랍니다."

"탓하다니 누가요? 모두들 제 손님인걸요. 저는 그저 얼굴을 보고 환영하고 싶은 마음뿐이랍니다. 영애에게도 같은 마음이지요. 어서 오세요, 제가 준비한 티 파티에 오신 걸 환영해요."

클레이엔이 한 손을 가슴에 얹고 다른 손으로 살짝 드레스 자락을 들어 올렸다. 사라락, 드레스가 퍼지며 치맛자락에 박힌 다이아몬드 장식이 반짝였다.

천 개의 불빛이 달린 커다란 샹들리에 아래. 황금으로 숨 막히게 덮인 백합꽃 덩굴과 다이아몬드를 휘감은 클레이엔은 누구보다 화려하게 빛났다. 클레이엔이 고개를 들며 카루나와 눈을 마주쳤다.

"그런데 이끌고 왔다니? 설마 나와의 경쟁을 포기하고, 나의 티 파티를 즐기러 온 건지?"

오직 카루나에게 들릴락 말락 한 조그만 목소리였다. 카루나의 속을 긁으려는 생각인 듯했다. 목소리는 조금 전과 달리 날이 서 있었다. 카루나의 뒤에 서 있던 세나는 기척에 예민한 기사였다. 세나는 클레이엔의 말을 알아듣고는 눈을 부라렸다.

"감히, 우리 아가씨께……."

"괜찮아요. 나서지 말아요."

카루나는 세나를 막아섰다. 클레이엔은 마음에 안 든다는 듯 세나를 눈으로 흘겼다. 세나는 고개를 옆으로 돌리며 아예 클레이엔을 쳐다도 보지 않았다.

"다른 곳도 아니고 '그' 백조의 홀이잖아요? 당연히 와 봐야 하지 않겠어요?"

카루나가 웃으며 답했다.

'네 티 파티가 아니라 백조의 홀을 구경하러 온 거야.'

비꼬는 말이었다.

"맞아요. 황궁에서 가장 귀하고 아름다운 곳이 바로 이 백조의 홀이죠."

클레이엔이 맞장구쳤다.

"나의 티 파티 장소로 적격인 곳이지요. 이곳을 한번 보면, 다른 곳은 다 시시하게 보일 텐데. 본의 아니게 영애의 티 파티에 큰 피해를 입혔네요."

더해서 제법 기세 좋게 카루나의 말을 받아쳤다.

'내 티 파티 장소가 너무 대단해서 네 티 파티 장소는 초라하고 구질구질해 보이기까지 하네. 그래서야 누가 거길 가겠어? 어쩌니, 나 때문에 네 티 파티가 망해서.'

꼬인 속내가 고스란히 담겨 있었다.

"그러게 말이에요. 설마 이렇게나 황금으로 뒤집어씌워 버리다니. 너무 놀라서 뭐라고 말씀드려야 할지 모르겠어요."

카루나는 조금 전 자신이 지켜보던 황금 백합 한 송이를 빼 들었다. 그 황금 백합을 감상하듯 이리저리 돌려 보았다.

"아까도 그 비슷한 말을 하던데, 무슨 뜻으로 하는 거죠? 설마 오늘 같은 경사스러운 날에, 제가 준비한 티 파티를 보고 쓸데없는 질투심이나 뭐, 그런 걸 느껴서 그런 말을 한 건 아니겠지요?"

클레이엔이 큰 소리로 외쳤다. 백조의 홀 구석에는 잔잔한 음악을 연주하는 음악대가 있었다. 클레이엔의 목소리는 그들의 음악을 뛰어넘어 홀에 쩌렁하게 울렸다. 백조의 홀 안에 있는 모든 귀족들에게 들려주려는 의도가 분명했다. 귀족들이 수군거리며 두 사람의 대화에 귀를 기울였다.

"질투, 질투라."

카루나가 웃으며 클레이엔을 바라보았다. 클레이엔은 카루나가 왜 그렇게 웃는지 제멋대로 해석했다.

'당연히 질투가 나겠지. 이런 걸 생각할 머리도, 만들어 낼 능력도 없을 테니까.'

"그럴 만도 해요."

클레이엔은 짐짓 카루나를 동정하는 척 상냥히 말했다.

"영애의 티 파티에선 절대로 볼 수 없는 귀한 것이니까요. 어쩌겠어요. 이런 백합을 만들 수 있는 장인은 이 제국에 단 한 명뿐이랍니다. 제가 그 장인을 데리고 있으니, 영애께서 이런 귀한 백합이 있는 줄 몰랐던 건 당연해요."

"네, 그렇겠죠. 그리고 마카레나 백작 영애께서는 이 백합을 두 번이나 황후 폐하에게 바치는……."

클레이엔은 코웃음을 치며 카루나의 말을 중간에서 가로챘다.

"흥, 내가 지난번에 황후 폐하께 올린 선물에 대해 이야기를 들었나 보군요. 맞아요. 두 번째죠. 하지만 제 진심이 담긴 건 지난번이 아니라 이번이에요."

클레이엔의 목소리가 백조의 홀 곳곳에 퍼져 나갔다. 카루나는 제멋대로 떠들어 대는 클레이엔의 말을 듣는 둥 마는 둥 하며 주변을 둘러보았다. 흥미진진하게 이쪽을 바라보는 귀족들 틈바구니에서 익숙한 얼굴을 찾아냈다.

티 파티에 참석해도 부끄럽지 않을 정도로만 수수히 차려입은 귀족 영애, 에르케였다. 그녀는 이전에 황후의 시녀였던 귀부인들 틈에 숨어 있었다. 커다란 깃털 부채로 얼굴을 반 이상 가리고는 카루나와 클레이엔을 바라보고 있었다.

그녀는 황후의 눈과 귀였다.

'역시 다 지켜보고 있었어.'

이 백합궁은 황후의 궁이었다. 모든 곳에는 황후의 눈과 귀가 숨어 있었다. 지금 클레이엔이 하는 말 역시 고스란히 황후의 귀에 들어가리라.

"알아들으시겠어요?"

클레이엔이 다그치듯 카루나에게 말했다. 카루나는 여태 그녀의 말을 주의 깊게 들었다는 듯 고개를 끄덕였다.

"그러니까 그때, 테두리에 황금을 두른 백합이 아니라. 아예 황금에 숨이 막히도록 풍덩 담가 만들어 낸 이 황금 백합이 영애의 진정한 마음이 담긴 것이라는 말씀이지요?"

"그래요. 잘 알아들었네요. 그러니 뒤늦게 부러워하고 따라 하려 해도 소용없어요."

클레이엔이 팔짱을 끼며 쏘아붙였다. 주변의 귀족들은 목소리가 큰 클레이엔의 말만 듣고는 서로 이야기를 나누었다.

"바이켈드 공작의 약혼녀가 마카레나 백작 영애를 부러워한다네."

"하긴, 백조의 홀에다가 저 황금 백합까지. 이걸 도대체 뭘로 이길 수 있겠어."

"재력으로 따지자면 바이켈드 공작가가 더 대단할 텐데."

"그럼 뭐해. 쓰는 사람이 제대로 쓰질 못한 거잖아."

귀족들의 여론이 금세 클레이엔에게로 돌아섰다. 클레이엔은 주변에서 들리는, 자신을 향한 찬사에 코가 높아졌다.

"뭐, 정 원한다면 그 한 송이 정도는 선물로 드리겠어요."

클레이엔의 말에 주변에서 아쉬워하는 탄식이 터져 나왔다.

"나도 가지고 싶은데."

"한번 물어나 볼까?"

"이런 백합은 태어나서 처음 보는걸."

그들의 목소리를 들은 클레이엔의 입꼬리가 하늘 높은 줄 모르고 솟구쳤다.

"여러분, 원하신다면 다들 한 송이씩 제가 선물로 드리겠어요. 단, 제 티 파티에 참석하는 분들에 한해서요. 제 티 파티에 참석했다는 증표로 가슴에 백합을 한 송이씩 달아 드릴게요."

클레이엔이 기고만장해져서 주변 귀족들에게 선언했다. 당연하게도 귀족들은 거절하지 않았다. 기다렸다는 듯 주변 벽으로 달려가 황금 백합을 떼어 내 자신의 가슴에 달았다.

카루나는 그 광경을 가만히 지켜보았다. 그리고 손에 들고 있는 백합을 빙글빙글 돌려 보았다. 어느 각도로 봐도 완벽했다. 단 한 치의 빈틈

없이 완벽하게 황금으로 도금되어 있었다.

백합은 황실의 징표였다. 황금은 일찍부터 무역으로 가문의 세를 넓힌 마카레나 백작을 상징하는 물건이었다. 그 황금이 백합을 뒤덮었다. 그것도 모자라 백합궁에서 여는 티 파티를 치장한 황금 백합을 제멋대로 귀족들에게 나누어 주었다. 아직 황후는 티 파티 장소에 모습을 드러내지 않았는데도 말이다.

"정말 괜찮겠어요, 영애? 제게, 그리고 다른 귀족들에게 이 황금 백합을 나누어 주어도?"

카루나가 예의상 물어보았다.

"당연하죠. 황금 백합은 차고 넘쳐요. 제국의 모든 귀족들에게 다 나누어 주어도 충분하지요. 황후 폐하께 보여 드릴 만큼 차고 넘친다구요."

"귀족들에게 먼저 다 나누어 준 다음에 황후 폐하께도 드린다는 건가요?"

"그래요. 황후 폐하는 물론이거니와 모든 귀족들에게 다 나누어 줄 수 있다니까요?"

클레이엔이 대놓고 카루나를 비웃으며 말했다.

"내 말을 뭘로 들은 건가요? 아직 어린데, 벌써부터 귀가 안 들리나요?"

카루나는 등 뒤에서 또 울컥하는 세나를 말리고자 손을 들었다. 그리고 곁눈질로 주변을 둘러보았다. 몇몇 생각이 깊은 귀족들, 황후의 시녀였던 귀부인들, 그리고 에르케는 황금 백합에 손을 대지 않았다.

카루나는 다시 눈을 들어 클레이엔을 바라보며 방긋, 웃어 보였다.

'본인이 자초한 거야. 진짜 클레이엔 아가씨.'

이 황금과 다이아몬드의 아가씨는 황금 백합이 무엇을 의미하는지도 모른 채 이 백조의 홀을 가득 채웠다. 카루나는 그 어리석음에 기꺼이 찬사를 보내며 무릎을 살짝 굽혀 인사했다.

"그렇군요. 영애의 깊은 마음을 부디 황후 폐하께서 알아주시길 바라겠어요."

"영애가 굳이 바라지 않아도 황후 폐하께서는 알아주실 거예요."

클레이엔이 자신만만하게 웃으며 구석에 몰린 하녀들에게 손짓했다. 하녀들이 기다렸다는 듯 우르르 몰려나왔다. 다들 황금 백합을 한 아름씩 안고 있었다. 백조의 홀은 다시 황금 백합으로 가득 꾸며졌다.

귀족들의 눈이 휘둥그레졌다. 클레이엔은 뻐기듯 귀족들을 둘러보았다. 하녀들은 계속 황금 백합을 들고 왔다. 클레이엔은 모두가 보는 앞에서 황후의 자리에 황금 백합을 쏟아부었다.

하얀 대리석을 조각해 만든 의자가 황금 백합으로 뒤덮였다. 족히 수백 송이는 된 듯했다. 가까이 서 있던 카루나는 코를 찌르는 강한 향에 얼굴을 찌푸렸다. 옷소매로 코와 입을 가려도 머리가 어질어질했다.

"아가씨, 물러서십시오."

세나가 카루나에게 속삭였다. 카루나는 세나의 부축을 받으며 주변을 살폈다.

의자 근처에 서 있던 귀족들은 모두 다 카루나와 비슷한 모습이었다. 연약한 귀부인들은 현기증을 느끼며 비틀거렸다. 사내들이 버티고 서서 여인들을 부축했다.

'향이 너무 독해. 이걸 전혀 못 느끼는 건가? 코가 어떻게 된 거 아냐?'

황금 백합은 단지 꽃에 금을 덮어씌운 단순한 장식이 아니었다. 도금된 꽃잎은 여전히 생생하게 살아 있었다. 흘러나오는 꽃향기는 진했다.

일찌감치 백조의 홀에 와서 천천히 향기에 익숙해진 클레이엔과 귀족파 귀족들은 멀쩡했지만, 뒤늦게 도착한 카루나와 황제파 귀족들은 독한 백합 향을 견디지 못했다. 코가 마비되는 듯했다. 손에 든 한 송이의 황금 백합마저 질린다는 듯 내려놓는 귀족들도 몇몇 보였다.

테라스가 반쯤 열려 있으나 거리가 너무 멀었다. 백조의 홀 안쪽까지 상쾌한 바람이 닿지 않았다.

'황후 폐하를 백합으로 독살이라도 하겠다는 거야?'

카루나는 질린다는 표정으로 클레이엔을 바라보았다.

"좀 더 환기를 시키는 게 어떨까요?"

"어머나, 왜 그런 말씀을 하는 거죠?"

클레이엔에게는 그 모습마저 황금 백합을 질투하고 시기하는 모습으로 보이는 듯했지만.

"향이 너무 독한 것 같네요."

카루나의 말에 주변 귀족들이 고개를 끄덕이며 동조했다. 그들 대부분은 황제파의 귀족들이었다. 그러니 클레이엔에게 곱게 보일 리 없었다.

"독하다니요. 진하다고 하는 거예요. 바이켈드 공작가에는 고급 품종의 백합이 없나 보죠?"

클레이엔이 대놓고 카루나를 비웃었다. 카루나는 더 말할 의욕이 나질 않았다. 아무리 값진 조언도 상대가 받아들일 준비가 되어야 값어치를 하는 것이었다.

'루시온도 나 같은 생각이었던 건가? 그런 게 아니라면 백조의 홀이 이런 꼴이 되도록 놔뒀을 리가 없잖아.'

분명 클레이엔이 루시온의 조언을 무시하고 자신의 생각을 밀어붙였으리라. 안 봐도 뻔했다.

'맙소사, 루시온을 이겨 먹는 클레이엔이라니. 그건 좀 재미있네.'

헛웃음이 터져 나왔다. 루시온에게는 심심한 위로를, 클레이엔에게는 속에서 우러나는 경멸을. 카루나는 더는 말하지 않고 한숨만 포옥 내쉬었다. 클레이엔은 그런 카루나를 보며 피식 웃었다. 명백한 비웃음이었다.

"이런 광경을 보았으니 질투심이 드는 것도 당연한 일이지. 난 너그러우니까 더는 뭐라고 하지 않을게요."

그런 클레이엔 곁으로 시종 한 명이 다가왔다. 쭈뼛쭈뼛하며 감히 클레이엔에게 말을 걸진 못하고 있었다. 뒤늦게 시종을 발견한 클레이엔이 얼굴을 찡그렸다.

모처럼 카루나를 모두가 보는 앞에서 면박을 주고 짓밟고 있건만. 이 중요한 순간을 방해하다니.

"무슨 일이지?"

목소리가 뾰족해졌다. 그것만으로도 시종의 얼굴은 사색이 되었다.

"별일 아니면 나중에 찾아오도록 해."

클레이엔이 축객령을 내렸다. 그럼에도 시종은 물러서지 않았다. 벌벌 떨면서도 클레이엔에게 가까이 다가왔다.

"송구합니다. 아가씨, 저기, 그러니까⋯⋯ 자, 잠시만⋯⋯."

"감히!"

클레이엔이 짜증을 내며 시종을 노려보았다. 시종은 재빨리 무언가를 속삭였다. 그러자 잔뜩 화가 났던 클레이엔의 얼굴이 풀어졌다. 아니, 클레이엔은 다른 이유로 다시 화를 냈다.

"왜 그걸 이제야 말하는 거야!"

작은 목소리로 시종을 다그쳤다.

"최대한 빨리 소식을 전하러 왔는데, 아가씨께서⋯⋯."

시종이 더듬더듬 변명을 늘어놓았다. 하지만 클레이엔은 더 이상 듣지 않았다. 클레이엔은 얼른 돌아서 카루나를 바라보았다. 그 급한 몸짓에 휘감긴 드레스가 펄럭였다.

드레스 자락이 귀한 소식을 들고 온 시종의 발을 후려쳤다. 알 굵은 다이아몬드가 박혀 있는 터라 제법 아팠다. 시종은 감히 비명도 못 지르고 물러섰다.

"부디, 마음껏 즐기다가 본인의 티 파티장으로 돌아가길 바라요. 뭐, 돌아가기 싫으면 안 가도 되고."

클레이엔이 다급히 말을 늘어놓았다. 더는 카루나에게 볼일이 없다는 태도였다.

'무슨 일이지?'

좀 더 자신을 붙들고 마음껏 자랑을 하고, 자신을 후려칠 줄 알았건만. 클레이엔은 예상과 다르게 선선히 물러났다.

'날 말로 짓뭉개는 것보다 더 중요한 일이 생겼나 본데?'

카루나의 눈이 클레이엔의 뒤에서 떠나는 시종을 향했다.

"그럼, 난 바빠서 이만."

클레이엔은 카루나에게서 돌아섰다. 둘 사이의 대화가 이처럼 심심하게 끝나니, 본격적인 다툼을 기대했던 귀족들이 아쉬워했다. 그리고 그보다 더 많은 귀족들이 클레이엔에게로 몰려갔다. 카루나에게 다가오는 귀족들도 있었지만, 클레이엔 쪽에 비하면 턱없이 적었다.

백조의 홀, 그리고 황금 백합을 본 귀족들은 클레이엔의 승리를 확신했다. 카루나가 무엇을 준비하든 백조의 홀을 가득 채운 황금 백합을 이길 순 없을 거라고들 생각했다.

황제파 귀족들도 대부분 그렇게 생각하는 듯했다. 그들은 울적해하며 카루나 근처에도 다가오지 않았다. 카루나는 그런 귀족들의 태도에 상처받거나 상심하지 않았다.

제대로 상황을 꿰뚫어 볼 줄도 모르고, 눈앞에 닥친 것에 홀려 제멋대로 들뜨고 실망하는 사람들의 여론 따위는 전혀 달갑지 않았다. 다만 신경이 쓰이는 건 평소와 다른 클레이엔의 모습이었다.

평소라면 자신을 추켜세우는 귀족들 틈에서 한껏 들떠 있으련만. 지금은 정신이 다른 쪽에 쏠려 있었다. 클레이엔은 자신을 좇는 귀족들을 몰고 다니며 백조의 홀 여기저기를 돌아다녔다.

마치 누군가, 아주 중요한 사람을 찾는 것처럼 보였다. 카루나는 그걸 그냥 보고 넘기지 않았다.

"세나 경."

"말씀하십시오. 아가씨."

세나가 카루나를 향해 고개를 숙였다. 하지만 고개를 들고 눈으로 무언가를 좇고 있었다. 사냥감을 노리는 매의 눈빛이었다. 카루나는 세나가 자신과 같은 걸 바라보고 있는 걸 알아차리고 배시시 웃었다.

언제나 생각하는 거지만, 세나는 라크안이 준 많은 것들 중 단연 최고였다. 휘황찬란한 보석이 달린 티아라도, 동방의 비단을 스무 겹 둘러 부풀린 화려한 드레스도, 세나에 비하면 초라했다.

"어떻게 해야 할지 알고 있겠죠?"

"잡아 족치겠습니다."

"일단 인적이 없는 곳으로 끌고 가서 회유해 보세요. 금액은 얼마든 상관없어요. 만약 끝까지 진짜 클레이엔에 대한 의리를 지키겠다고 하면, 그다음은 세나 경의 방법대로 처리하세요."

"……."

세나는 카루나가 말한 '진짜 클레이엔'이라는 말에 잠시 멈칫했다. 하지만 카루나에게 묻지는 않았다.

"네. 무슨 일인지 최대한 빨리 알아 오겠습니다."

그녀가 해야 하는 말은 이것뿐이었다. 그녀에게 이 사랑스러운 아가씨의 호위를 맡긴 라크안의 지시는 단 하나였다.

'위험하지 않은 상황이라면 무조건 그 꼬맹이의 명령에 따르도록. 위험한 상황에서는 꼬맹이의 보호를 최우선으로 한다.'

세나는 일단 카루나를 커다란 창문 가까이로 모셨다. 카루나의 안전이 최우선이니까. 카루나가 백합 향기에 숨이 막혀 쓰러지기라도 하면 곤란했다. 청량한 바람에 카루나를 맡긴 뒤 세나는 바람같이 사라졌다. 목표는 비틀거리며 백조의 홀을 빠져나가는 클레이엔의 시종이었다.

카루나는 창가에 기대섰다. 밖에서 들어오는 시원한 바람을 쐬니 기분이 좀 나아졌다. 백조의 홀을 나가려면 다시 황금 백합의 향기가 가득 차 있는 홀을 가로질러야 했다. 영 엄두가 나질 않았다. 카루나는 슬쩍 창밖을 바라보았다. 아직 해가 지지 않았다. 시간은 충분했다.

'다들 날 못 볼 때 저 테라스를 통해 밖으로 나갈까?'

카루나는 건너편에 보이는 테라스를 보며 고민했다. 테라스의 난간을 넘는 꼴을 누구에게 보이기라도 하면 큰일 나겠지만. 그 위험성을 무시하고서라도 그러고 싶었다. 짙은 백합 향이 이런 생각을 할 만큼이나 지긋지긋했다.

자신이 준비한 또 다른 백합이 생각났다.

'아무튼 내가 정원을 티타임 장소로 삼은 건 정말 잘한 일이었어.'

그런 생각을 하고 있을 때였다.

"카루나."

어디선가 그녀를 부르는 소리가 들렸다. 카루나는 고개를 갸웃했다. 그녀를 이렇게 대놓고 이름으로 부를 수 있는 사람은 많지 않았다. 이를테면 황태자 정도? 하지만 황태자가 여기 와 있을 리 없지 않은가.

'백합꽃 향기를 너무 맡았나 보네. 환청이 들릴 정도라니.'

카루나는 손으로 이마를 가볍게 짚고 한숨을 푹 내쉬었다. 그러고는 제 곁으로 슬금슬금 다가오는 귀족들을 향해 손을 내저었다. 그러자 귀족들이 입맛을 다시며 흩어졌다.

"카루나. 밑을 봐 주렴. 나란다."

다시 그 목소리가 들렸다. 애절하면서도 더없이 상냥한. 마음이 여리고 순한 황태자의 목소리와 똑 닮아 있었다. 카루나는 목소리를 좇아 옆에 있는 테이블을 내려다보았다.

테이블 안에 사람이 숨어 있었다. 그냥 숨어만 있다면 못 보고 지나쳤을 텐데. 자신의 존재를 알아 달라며 테이블을 덮은 천을 반쯤 들어 올렸다. 어두운 테이블 아래에서도 황금빛 머리카락이 반짝반짝 빛났다.

황금으로 가득한 백조의 홀에서 가장 찬란한 예술품을 고르라면, 바로 이 안에 있는 사람일 것이다.

황태자가 테이블 아래에 웅크리고 숨어 있었다. 그는 새하얀 공단으로 지은 예복을 입고 있었다. 어깨에 단 견장을 장식한 금술이 살랑살랑 흔들렸다.

"황…… 읍!"

깜짝 놀란 카루나는 비명을 지를 뻔했다. 절대 이곳에 있을 리 없다고 생각한 사람이 자신의 발치에 무릎을 꿇고 숨어 있다니. 놀라지 않을 수 없었다.

카루나는 얼른 황태자 앞에 섰다. 풍성한 드레스 자락을 꼼꼼히 펴서 황태자를 가렸다. 자락으로 황태자를 가리고는, 그에게만 들릴 작은 목소리로 말했다.

"어째서 여기에 계신 거예요!"

"아, 그게……."

황태자가 겸연쩍은 듯 웃어 보였다.

그의 사연인즉 이러했다. 황후의 시녀 후보 선발과 관련된 내용을 전달받은 황태자는 결심했다.

"내가 가서 카루나를 도와줘야겠어."

근 한 달 만에 백합궁에 방문하기로 결정한 것이었다. 클레이엔 때문에 백합궁의 근처에도 안 간 지 어언 한 달째였다.

"아직 백합궁에 마카레나 백작 영애가 있을 겁니다. 괜찮으시겠습니까?"

그러한 사연을 알고 있는 비서관이 조심스럽게 물었다.

"으으."

황태자는 두려움에 떨었으나 이내 희망을 가졌다.

"시녀 후보 영애들은 당연히 자신들의 티 파티 장소를 지키고 있겠지.

그러니 내가 카루나의 티 파티를 잘 찾아가면 마카레나 백작 영애를 만날 일도 없을 거야."

다행히 백합궁에 도착하자마자 황태자는 카루나를 만났다. 카루나는 황제파 귀족들을 이끌고 백합궁 안쪽으로 들어가고 있었다.

"어라?"

그게 조금 이상했다.

"정원에서 한다고 하지 않았던가?"

하지만 눈앞의 카루나는 백합궁 안으로 걸어 들어가고 있었다. 귀족들도 순종적으로 따라가고 있었다.

"보고가 잘못됐나 보군."

황태자는 그렇게 납득했다. 클레이엔의 티 파티 장소가 어디인지 확인하지 않은 게 죄라면 죄였다.

"하지만 이번에 마카레나 백작 영애가 티 파티 장소로 정한 곳이 정말 대단한 곳이란 말입니다. 전하, 백……."

"그만. 말하지 말게. 절대 안 갈 텐데 어딘지 알아서 뭐 하겠어. 카루나…… 아니, 바이켈드 공작의 약혼녀가 여는 티 파티의 바로 옆에서 열리는 건 아니겠지?"

"그건 아니지만. 전하, 다른 곳도 아닌 백……."

"그럼 됐네. 듣고 싶지 않아."

어떻게 해서든 클레이엔의 티 파티 장소를 알려 주려 하던 보좌관을 물리친 건 황태자, 자신이었다.

황태자는 별생각 없이 카루나와 귀족들을 뒤따랐다. 설마 카루나가 자신의 라이벌인 클레이엔의 티 파티 장소에 찾아가고 있는 거라고는 꿈에도 생각하지 못했다.

막 백조의 홀에 발을 내디뎠을 때. 황태자는 카루나와 마주 선 클레이엔을 보았다. 황태자는 기겁하며 도망치려 했다. 그런데 때마침 하녀들이 황금 백합을 들고 들어오는 바람에 홀 밖으로 나가진 못했다.

급한 대로 가까운 기둥 뒤로 숨었건만. 근처에서 은 쟁반을 들고 서 있던 시종과 눈이 마주쳤다. 시종은 당연히 클레이엔에게 달려갔다. 그 모습을 확인하자마자 황태자는 기둥 옆 테이블로 몸을 날렸다. 아예 테이블보를 들추고 안으로 들어갔다.

다시 생각해 봐도 그건 정말로 잘한 일이었다. 몸을 숨기기가 무섭게 머리 위에서 클레이엔의 목소리가 들렸으니까.

"여기 있다면서, 어떻게 된 거야!"

클레이엔의 목소리를 듣자마자 소름이 쫘아악- 돋았다. 황태자는 네 발로 기는 것도 마다하지 않고 그 자리에서 도망쳤다. 그렇게 이 창가 쪽의 테이블 아래에 오게 된 것이었다.

여기까지가 참으로 기묘한 황태자의 모험담이었다.

"맙소사."

카루나는 열심히 백조의 홀을 돌아다니는 클레이엔을 보았다.

'지금 황태자를 찾아다니고 있는 거구나.'

클레이엔은 정말 절실해 보였다. 황태자가 자신을 피하려고 테이블 아래에 숨어 네발로 기어 다녔다는 걸 상상이나 할 수 있을까?

"카루나, 날 좀 도와주겠니? 어떻게든 이곳을 빠져나가야 되는데…… 도무지 방법이 없구나."

황태자가 카루나에게 간곡히 부탁했다.

"절대 마카레나 백작 영애에게 들키면 안 되는데. 차라리 저기 테라스 쪽으로 가서 뛰어내릴까?"

다른 귀족들에게 발견되어 쪽팔리면 쪽팔렸지. 절대 클레이엔에게는 붙잡히지 않겠다는 의지가 돋보였다.

'나는 그렇다 쳐도 어떻게 황태자가 테라스에서 뛰어내릴 생각을 해!'

카루나는 어이없는 한편, 좀 죄책감이 들었다.

'내가 그렇게 괴롭혔나? 이렇게 클레이엔을 무서워할 만큼?'

때마침 세나가 돌아왔다.

"카루나 아가씨."

"아, 세나 경."

카루나는 한 걸음 뒤로 물러서며 황태자를 가렸다. 황태자도 얼른 테이블보를 내리고 아래로 숨었다. 세나는 급히 달려와 숨 돌릴 틈도 없이 말을 꺼냈다.

"알아냈습니다. 놀라지 마십시오, 아가씨. 지금 이 백조의 홀에 황태자 전하께서!"

급히 달려와 숨 돌릴 틈도 없이 말하던 세나가 문득, 말을 멈췄다.

"……그러니까, 황태자 전하께서 말입니다아……."

말을 길게 늘이며 카루나의 뒤를 뚫어져라 바라보았다. 정확히 말하자면 카루나의 풍성한 치맛자락에 가려져 있는 테이블 아래를.

세나는 기척에 예민했다. 이렇게 가까이에 있는데, 그녀에게 기척을 숨기는 건 거의 불가능했다. 라크안 정도의 능력이라면 모를까. 황태자의 실력으로는 어림도 없는 일이었다.

"……아가씨?"

세나가 카루나를 불렀다. 그냥 부르는 게 아니었다. 착 가라앉은 목소리에는 꽤 여러 의미가 담겨 있었다. 세나의 손이 슬금슬금, 머리 장식을 향해 올라갔다.

탐스러운 머리카락 속에 파묻혀 있는 머리 장식의 끝부분은 날카롭게 벼려져 있었다. 허리춤에 차고 다니던 칼을 대신할 수는 없지만. 잠깐 자신이 자리를 비운 틈에 카루나에게 접근한 불한당을 처리하는 데에는 조금도 부족하지 않으리라.

테이블 아래에 엎드려 있는 걸 보니, 그냥 평범한 불한당이 아니었다. 상당한 변태임에 틀림없었다.

세나의 눈이 시퍼렇게 빛났다. 눈동자의 한가운데가 갈라지며 짐승의 눈처럼 변했다. 카루나는 새삼 세나 또한 숲의 일족이라는 걸 실감했다. 혼혈이라 하나 숲의 일족은 숲의 일족이었다.

"세나 경, 진정해요."

카루나는 다급히 세나의 손을 붙잡았다.

"황태자 전하예요."

"네, 아주 나쁜 변…… 네?"

"지금 마카레나 백작 영애를 피해 숨어 있는 중이에요. 내가 우연히 발견한 거구요."

"……네?"

세나가 어처구니없다는 표정으로 카루나를 바라봤다. 카루나는 뒤를 돌아보았다. 살짝 테이블보를 들어 올린 황태자가 고개를 끄덕였다. 그 모습이 가련하기 이를 데 없었다. 카루나보다 더 약하고 불쌍해 보였다.

"맙소사."

그 주인에 그 하녀, 아니 호위 기사인 걸까. 세나는 조금 전 카루나와 마찬가지로 헛웃음을 지었다. 그러고는 경계하듯 클레이엔이 있는 쪽을 살폈다.

"어쩔 생각이신 겁니까. 황태자 전하도, 그리고 아가씨도."

"일단 황태자 전하를 여기서 빠져나가게 도와줘야겠지요?"

"카루나, 고맙구나."

감격한 황태자의 목소리가 바닥에 낮게 깔렸다.

"어떻게 전하를 빼돌리시려고요. 가능하겠습니까?"

세나는 굳은 얼굴로 물었다. 카루나는 잠시 고민하다가 답했다.

"음, 내 치마 속에 숨겨서 가면 어떨까요?"

클레이엔의 다이아몬드가 박힌 드레스만큼은 아니지만, 카루나의 드레스도 상당히 공을 들인 것이었다. 치맛자락을 장미 꽃봉오리를 연상시키듯 겹겹이 천을 덧대고 부풀렸다. 어쩌면 성인 남자 하나쯤은 숨길 수 있을지도 몰랐다. 아예 감쪽같이 숨길 순 없겠지만, 몸이 안 좋다는 핑계로 커다란 모포나 망토를 가져와 두르면 티가 안 날 것 같았다.

"좋은 생각이군."

테이블 아래에서 낮은 목소리가 들렸다.

"절대로 안 됩니다."

세나가 격렬히 반대했다.

"라안 님이 알게 되면 절대 가만두지 않을 겁니다."

누굴 가만두지 않을 건지는 굳이 말하지 않아도 알 수 있었다.

"퍽이나요?"

카루나가 입을 삐죽였다.

'충성스러운 바이켈드 공작이 잘도 그러겠다. 잘했다고 칭찬이나 하면 모를까.'

어쩔 수 없이 라크안이 생각났다.

'내가 티 파티를 여는데, 진짜 클레이엔이랑 한바탕 붙는데! 찾아오지도 않아? 그런 사람이 내가 치마 속에 황태자를 숨겨 준다고 화를 내긴 무슨. 잘했다고 칭찬이나 하겠지!'

생각하면 할수록 약이 올랐다.

'어떻게 이럴 수 있어!'

티 파티 초대장을 발송하는 날, 가장 먼저 바이켈드 공작저에 초대장을 보냈다. 당연히 라크안이 참석하리라 생각했건만. 라크안은 티 파티가 열리는 당일까지 답장을 보내지 않았다.

'참석할 테니까 걱정 말라고 그 한 줄 써서 보내는 게 뭐 힘들다고 답장을 안 보내. 그렇게 바빠? 바쁘긴 뭐가 바빠. 뭐, 보쉬엔 자작 가문의 일로 바쁠 수도 있겠지만. 그래도!'

카루나는 아랫입술을 앙다물었다.

조금 전, 황제파 귀족들이 카루나의 앞에서 이렇게 대화를 나누었다.

"그러고 보니 바이켈드 공작 각하께서는 안 보이시네요?"

"이상하네요. 백합궁에 오기 전까지만 해도 뵈었는데요. 간단하게나마 안부 인사도 드렸었는데."

"함께 백합궁에 올 줄 알았는데, 갑자기 정무 회의가 있다며 가 버리시더라구요."

"어머나? 약혼녀의 티 파티에 오지 못할 정도로 바쁜 정무 회의가 무얼까요?"

"그러게요. 보쉬엔 자작의 일은 거의 다 마무리되지 않았던가요?"

카루나는 저보고 들으라는 듯 떠들어 대는 소리를 애써 못 들은 척했다.

'그래, 누구 말대로 정말 정말 바쁜 일이 있을 수도 있겠지. 아니, 그렇다 해도 와야지. 내가 누구 때문에 이런 고생을 하고 있는 건데!'

키루나가 이렇게 짜증나 있건만, 테이블 속에 숨어 있어 밖의 상황을 전혀 알지 못하는 황태자는 이런 소리나 태평하게 늘어놓았다.

"라안이 알면 날 죽이려고 하겠지."

"그럴 리 없다니까요."

카루나는 즉시 반박했다. 아예 테이블 쪽으로 돌아서 접시에 조그만 핑거 푸드를 담는 척하며 말했다.

"황태자 전하, 공작 각하가 얼마나 충성스러운 신하인지 모르시는 거예요?"

"그건 아닌데……."

"그럼 그런 말 하지 마세요. 꿈에서도 그런 생각 하지 마시구요. 특히나 황후 폐하 앞에서 절대 그런 소리, 농담으로라도 말하지 마세요. 알겠죠?"

라크안 때문에 짜증이 난 걸 황태자에게 쏟아냈다.

"어…… 아, 당연하지. 라안은 내 친우이자 먼 친척이고, 또 내게 충성을 맹세한 나의 맹우이니."

황태자가 허둥지둥 대답했다.

"좋아요."

황태자의 대답을 들으니 기분이 조금 나아지는 것도 같았다. 카루나는 만족스럽게 웃어 보였다.

"당연히 그렇게 생각하셔야죠."

황태자와의 대화가 만족스러웠던 것과는 별개로. 결국 카루나는 황태자를 자신의 치마 속으로 감출 수 없었다. 라크안이 무서운 세나와 황태자가 결사반대를 하니 밀어붙일 순 없는 노릇이었다.

"그럼 도대체 어떻게 하라고요."

고민해도 영 뾰족한 수가 나오지 않자 카루나는 세나를 보며 퉁명스럽게 말했다. 그때였다.

"뭘 말입니까?"

옆에서 딱딱하고 단조로운 음의 목소리가 들렸다. 장미 꽃잎 모양의 쿠키를 집어 올리던 카루나가 멈칫, 굳었다.

"궁금하군요. 계속, 무엇을 그리 고민하고 계십니까."

카루나의 옆에 은발 몇 가닥이 닿았다. 이렇게 가까워질 때까지 아무도 눈치채지 못했다. 카루나는 물론 세나마저도. 테이블 아래 숨어 있는 황태자는 말할 것도 없었다.

클레이엔의 동태를 살피며 잠시 등을 보이고 있었던 세나는 급히 돌아섰다. 카루나를 자신의 뒤로 숨기고는 눈을 부라렸다.

"감히!"

그렇게 소리치는 세나의 얼굴은 무서울 정도로 굳어 있었다. 카루나는 세나에게 보호를 받으며 사내를 빼꼼히 바라보았다.

황금으로 가득 찬 백조의 홀에 이질적인 은빛 머리카락이 빛났다.

차분하고 이지적인 남색의 눈은 세나를 거들떠도 보지 않았다. 오직 카루나만을 향했다.

언제 봐도 이전과 다를 바 없이 단정한 모습. 무서울 정도로 단정한 미남자가 눈앞에 서 있었다.

"루시온."

"예, 나의 아가씨."

루시온이 한쪽 가슴에 손을 얹고 허리를 숙이며 그녀의 부름을 받았다.

"항상 다시 만날 날을 고대하고 있었습니다."

달콤하게 들려야 할 말도 루시온이 하면 협박처럼 들렸다.

"마카레나 백작 영애를 돕느라 바쁠 텐데, 일부러 내게 찾아와 인사까지 하고. 참 고맙네요."

카루나가 흘깃, 클레이엔을 바라보았다. 클레이엔은 여전히 황태자를 찾느라 바빠 보였다.

'굳이 이렇게 날 찾아온 건 나한테 할 말이 있다는 걸 텐데. 아니면 황태자가 여기 있다는 걸 알아차린 거라거나.'

무의식적으로 황태자가 숨어 있는 테이블 아래를 내려다볼 뻔했다. 카루나는 얼른 눈을 돌려 루시온을 똑바로 바라보았다.

"잠시 시간을 내주시겠습니까?"

"글쎄요. 곤란하네요."

카루나는 칼같이 거절했다. 등 뒤에서 세나가 좋아하는 게 느껴졌다.

"마카레나 백작 영애를 응원하러 잠시 이곳에 오긴 했지만, 저도 제 티 파티를 돌봐야 하니까요. 아, 이제 가 봐야 할 것 같네요."

카루나가 창밖을 내다보며 말했다. 아직 해가 중천에 떠 있었다. 급할 건 없었으나 굳이 오늘 같은 날 루시온을 상대해야 할 필요성을 못 느꼈다. 무엇보다 발치에는 황태자가 있었다. 루시온과 대화하는 것보다

이 황태자를 숨겨 밖으로 내보내는 게 더 급했다.

"다음 기회에 이야기를 나누었으면 좋겠군요."

카루나가 생긋 웃으며 말했다. 귀족의 예법에 대해 조금이라도 아는 사람이라면 부끄러움을 느끼며 물러서야 마땅했다. 하지만 루시온은 그러지 않았다.

"지금 바로 이곳을 떠나실 겁니까."

루시온이 무표정한 얼굴로 고개를 한쪽으로 기울였다. '그러실 수 없을 텐데요.'라는 뒷말이 숨어 있는 듯한 목소리였다.

"내가 그러면 안 되는 이유가 있나요?"

"제게는 없습니다. 하지만 아가씨에게는 있는 것 같습니다만."

루시온이 대놓고 카루나의 뒤쪽, 그러니까 테이블 아래를 바라보았다. 카루나는 입술을 꾹 다물었다.

'그러면 그렇지. 역시 황태자 때문에 다가온 거였어.'

카루나는 아랫입술을 깨물었다.

'루시온에게 황태자를 빼앗기면 안 돼.'

황태자가 클레이엔의 티 파티에 나타난다면? 이미 백조의 홀과 황금 백합에 푹 빠진 귀족들은 황태자가 클레이엔에게 힘을 실어 주는 거라고 생각할 것이다. 더 나아가 이번 티 파티 경쟁의 승자를 클레이엔이라 생각할 것이다.

그 정도야 그냥 한 번 기분 나쁘고 말면 될 일이지만, 정말 걱정되는 건 따로 있었다. 아직 모습을 드러내지 않은 황후의 마음.

황태자가 클레이엔에게 붙잡혀 계속 백조의 홀에 머문다면, 그게 황후의 결정에 영향을 미칠지도 모른다. 황후에 한해서 황태자는 커다란 변수였다. 그러니 카루나는 황태자를 지켜야 했다.

'내 티 파티에는 안 와도 상관없어. 하지만 클레이엔 티 파티에 나타나 주목을 끄는 건 가만 두고 볼 수 없지.'

황태자는 어떻게 해서든 아무도 모르게 여기에서 빠져나가야 했다. 루시온에게 황태자를 넘겨줄 수 없었다.

"잠깐 이야기를 하자고 했지요? 좋아요, 마음이 바뀌었어요."

루시온의 목표가 황태자라는 걸 알았으니. 어떻게 해서든 루시온을 황태자로부터 떨어트려 놔야 했다. 카루나는 조금 전 거절했던 루시온의 제안을 받아들였다.

"대신 자리를 옮기죠, 이 안은 백합향이 너무 강해서 머리가 아프네요."

카루나는 당연히 루시온이 거절하리라 생각했다.

'그의 목표는 황태자일 테니, 당연히 황태자를 여기에 놔두고 어디론가 가려 하지는 않겠지? 아, 어떻게 해야 하나.'

이렇게 고민하고 있었건만.

"그러시죠."

루시온이 카루나의 제안을 넙죽 받아들였다. 받아들이기만 한 게 아니었다. 지금 서 있는 곳에서 제법 떨어져 있는 테라스를 손으로 가리켰다.

"저쪽은 어떠십니까."

카루나는 순간, 인상을 쓰고 루시온을 올려다보았다.

'……무슨 속셈인 거지?'

카루나는 주변을 둘러보았다. 클레이엔은 여전히 엄한 곳을 뒤지고 있었다. 카루나의 주변엔 카루나가 떠나길 기다리며 황태자를 노리는 시종이나 마카레나 백작가의 사람들도 없었다.

'뭔가 이상한데?'

루시온이 무슨 속셈인지 알 수가 없었다.

'황태자에게 세나 경을 붙여 놔야겠어. 무슨 일이든 벌어진다면, 잘 처리해 주겠지.'

지금 중요한 건 자신의 호위보다 황태자의 보호였다. 카루나는 그렇게 생각했다.

"좋아요."

카루나가 손을 내밀며 답했다. 당연히 세나가 나서서 루시온을 쳐내고 곁에 서고자 했다. 카루나는 고개를 저으며 세나에게 눈짓했다.

'나 말고 황태자를 챙겨요. 어떻게 해서든 밖에 내보내야 해.'

세나는 테이블 밑과 카루나를 번갈아 바라보며 인상을 팍 쓰더니, 고개를 저었다.

'싫습니다. 저는 아가씨를 지켜야 하니까요.'

그러면서 성큼, 카루나의 옆에 서려고 했다. 카루나는 손을 들어 그런 세나를 막았다.

"세나, 뒷일을 부탁해. 알았지?"

"아가씨, 치사하게……."

"내가 잠깐 여기 있는 루시온 경과 이야기를 나누고 올 동안 말이야."

카루나는 하녀를 대하듯 말하며 세나의 반항을 막았다. 세나가 인상을 팍 썼다. 하지만 오래도록 고집을 부리고 있을 수는 없었다.

"네…… 아가씨. 말씀하신 일을 해결해 놓겠습…… 사와요."

세나가 불만 가득한 얼굴을 한 채 고개를 숙였다. 차마 카루나에게 향할 수 없는 원망은 황태자에게 향했다.

'왜 여기에 기어 들어와서는.'

테이블 아래에서 숨죽이고 있던 황태자는 왠지 모를 오한에 몸을 떨었다.

라크안은 세나에게 카루나를 지키라고 명령했다. 목숨이 위험한 상황이 아니라면 카루나의 말대로 움직이라고 했다. 지금은 카루나가 위험한 상황이 아니었다.

'수백 명의 귀족들이 있는 곳인데, 감히 딴 짓은 못 하겠지. 무엇보다 여기는 백합궁이잖아.'

백합궁 안에서는, 그리고 백합궁이 보이는 곳에서는 결코 피를 흘려서는 안 된다. 어떤 다툼이나 결투도 해서는 안 된다. 그게 황궁의 불문율이었다. 설사 막무가내인 클레이엔의 하수인이라 할지라도, 감히 그 관습을 어기진 못하리라.

세나는 그렇게 생각하며 한숨을 삼켰다.

카루나는 루시온과 함께 테라스로 향하면서도 뒤를 돌아 세나에게 눈길을 보냈다.

'어떻게 해서든 황태자를 꼭 여기서 내보내요.'

세나는 카루나를 걱정하고 있건만. 카루나는 황태자를 걱정하느라 바빴다. 그렇게 카루나를 떠나보낸 세나는 이를 악다물고 테이블 아래를 노려보았다.

"즈아, 황태자 즈은하. 최대한 빨리 이곳에서 벗어나 보실까요?"

어떻게든 황태자를 이 빌어먹을 곳에서 내보내고 카루나에게 가야 했다.

* * *

카루나는 루시온과 함께 테라스로 가며, 일부러 마주치는 귀족들에게 말을 걸었다. 혹시나 해서였다.

테라스 밖으로 나오니 상쾌한 바람이 카루나를 휘감았다. 새삼 백조의 홀을 채운 백합 향기가 얼마나 짙은지 실감이 났다. 백합 향기로부터 벗어난 것은 물론, 다른 사람들의 시선으로부터도 자유로워졌다. 루시온만 있는데 괜히 얌전을 떨 필요가 없어졌다.

'어차피 내가 난 줄 알고 있는데, 괜히 내숭 떨 필요는 없지. 그러고 싶지도 않고.'

어려져서 처음 루시온을 마주치고 벌벌 떨었던 때가 생각났다. 흥, 코웃음이 났다.

'결국 이렇게 될 것을. 그때 왜 그렇게 겁을 먹었나 몰라.'

그때가 너무 먼 옛날처럼 느껴졌다. 차라리 클레이엔의 대역이 되어 루시온을 마음껏 휘둘렀을 때가 더 가까운 과거처럼 느껴졌다.

카루나는 테라스의 난간에 걸터앉았다. 장미 꽃잎처럼 겹겹이 접혀 풍성한 치맛자락이 살랑였다. 그 안에 꽃술처럼 놓인 두 다리가 허공에서 흔들렸다. 작은 발에 꼭 맞는 붉은 구두가 더없이 앙증맞았다.

"무슨 일이야, 나한테 할 말이 있다니?"

카루나는 구두를 벗어 발끝에 걸치고 까딱였다. 심히 불량스러운 태도였으나 그럼에도 귀엽고 새침해 보였다. 테라스의 문을 닫고 돌아선 루시온은 그 자리에 가만히 서서 카루나를 바라보았다.

"이 모습도 나쁘지 않은 것 같습니다."

루시온의 목소리가 어쩐지, 감상에 젖어 있는 것처럼 느껴졌다. 카루나를 바라보며 예전의 기억을 떠올리는 듯했다. 전혀 루시온답지 않은 태도였다.

"그게 하고 싶은 말이야? 누구 때문에 이렇게 됐는데? 난 이 모습 싫거든?"

카루나는 퉁명스럽게 대답했다.

'이런 모습이라서 바이켈드 공작이 맨날 꼬맹이라고 부르며 어린애 취급하는 게 얼마나 짜증 나는데.'

또 라크안이 생각났다.

클레이엔인 척할 때, 카루나와 라크안은 대등한 관계였다. 하지만 이 모습이 되어서는 도통 그때처럼 될 수 없었다. 라크안은 자꾸만 카루나를 어리고 작고 약해서, 자기가 지켜 줘야 하는 존재로만 봤다.

'정작 지켜 준 게 누군데. 납치당한 바이켈드 공작을 구해 준 건 나라고.'

카루나가 입술을 삐죽였다.

그러고 보면 라크안은 카루나의 이름을 소리 내 불러 준 적이 거의 없었다. 툭하면 꼬맹이, 꼬맹이, 그리고 또 꼬맹이였다. 언제나 카루나를 꼬맹이라고만 불렀다.

키가 큰 라크안이 보기에는 작아 보일 수도 있겠지만. 그래도 꼬맹이라고 불릴 만한 나이도, 신장도 아니건만. 라크안의 생각은 다른 듯했다.

'꼬맹이가 꼬맹이지. 꼬맹이라고 안 부른다고 꼬맹이가 아니게 되나? 아니잖아, 꼬맹아.'

'그렇게 부르지 말라고요!'

'그렇게 화를 내는 게 네가 꼬맹이라는 증거인 거다. 꼬맹아.'

초반에는 카루나를 볼 때마다 이렇게 놀려 먹기 일쑤였다. 그나마 루린토프 영애에게 납치당했던 걸 구해 준 다음부터는 놀리는 게 줄어들었지만. 꼬맹이에게 도움을 받았다는 게 부끄럽기는 한 것 같았다.

생각해 보면 라크안에게 이름이 불린 적은 거의 없었던 것 같았다. 언제나 꼬맹이였지. 그걸 새삼 깨닫고 나니, 짜증이 몰려왔다.

'뭐야, 다음에 만나면 단단히 교육 좀 시켜 놔야겠어.'

카루나는 자신이 서운해하고 있는 줄도 모르고 생각에 잠겨 있었다. 정작 자신 또한 라크안의 이름을 제대로 불러 준 적은 없다는 걸 깨닫지 못하고 말이다.

그러는 사이 루시온이 카루나에게 가까이 다가왔다. 카루나는 제 머리 위에 루시온의 그림자가 드리워지고서야 그걸 알아차렸다. 고개를 드니, 루시온이 눈앞에 와 있었다.

카루나는 놀란 마음을 꾹 누르며, 아무렇지 않은 척 몸을 뒤로 젖혔다. 최대한 루시온과 멀어지려는 것이었다. 물론 난간에 앉아 있어서 큰 틈을 만들진 못했다.

루시온은 두 발자국 앞에 서서 더 다가오지 않았다. 대신 카루나의 발

앞에 한쪽 무릎을 꿇고 앉았다. 때문에 카루나가 루시온을 내려다보는 모양새가 됐다.

“뭐, 뭐하는 거야.”

카루나는 제 앞에서 다소곳이 무릎을 꿇고 앉은 루시온을 보며 눈살을 찌푸렸다. 눈을 들어 테라스의 문이 닫힌 걸 다시 한번 확인했다. 바이켈드 공작의 약혼녀가 바이켈드 공작을 놔두고, 클레이엔의 하수인과 염문을 뿌리고 있다는 등의 소문은 그리 달갑지 않았다.

“일어서.”

“이 버릇은 여전하시군요.”

“버릇?”

카루나는 루시온의 말에 고개를 갸웃했다. 이내, 루시온이 무슨 말을 하는지 깨달았다.

“아!”

아래를 내려다보니 발끝에 구두가 반쯤 걸린 채 달랑거렸다. 자신도 모르게 그렇게 발장난을 치고 있었다. 클레이엔의 대역 역할을 할 때 생긴 버릇이었다. 내내 클레이엔인 척하다가 남들의 눈을 피해 한숨 돌릴 때면, 카루나는 발을 꽉 옥죄는 구두를 벗고 이렇게 장난을 쳤다.

그럴 때는 대개 루시온과 둘만 있을 때였다. 그때야 루시온과 한배를 탄 사이이니, 루시온을 편하게 느껴 아무렇지도 않았다. 언제나 무표정한 루시온을 놀리고 싶어서 일부러 구두를 벗어 던진 적도 많았다.

하지만 이제는 아니었다. 루시온과 클레이엔의 대역은, 아니 루시온과 카루나는 서먹하다 못해 서로를 경계하는 사이가 되었건만. 몸은 아직 그때의 버릇을 기억하고 있는 듯했다. 뒤늦게나마, 카루나는 발을 치맛자락 속으로 숨기고자 했다.

“무슨 상관이신지?”

새침하게 말하며 얼른 발을 내렸다. 그 급한 몸짓을 견디지 못한 구두가 발끝에서 미끄러졌다. 구두가 바닥에 떨어졌다. 데굴데굴 구르더니 루시온의 발끝에 부딪쳤다.

"……."

카루나는 입술을 앙다물었다.

'왜 이래.'

낭패스러웠다.

루시온에게 구두를 주워 달라고 말하고 싶진 않았다. 그렇다고 난간에서 내려가 스스로 루시온에게 다가가 구두를 다시 신을 수도 없었다. 카루나는 일단 구두를 못 본 척하며 화제를 돌렸다.

"내게 하고 싶은 말이 있다고 하지 않았어?"

세나가 황태자를 피신시킬 시간도 벌 겸, 굳이 클레이엔의 소굴 안에서 자신에게 말을 건 루시온의 용건도 알아볼 겸, 겸사겸사 물었다.

"네, 그랬지요."

루시온은 짧게 대답했다. 남색 눈은 카루나의 구두를 내려다보고 있었다.

'그걸 왜 보고 있어.'

카루나는 짜증이 확 솟는 걸 느끼며 입을 열었다. 뭐라고 한마디 하려고 할 때.

"이 또한 여전하시군요."

루시온이 카루나의 구두를 집어 들었다. 그는 대수롭지 않다는 듯, 구두를 자신의 재킷으로 문지르고는 한 손에 들었다. 그리고 다른 손으로 카루나의 발을 움켜잡았다. 얇은 비단 스타킹을 신은 발 역시 루시온의 한 손에 모두 들어갔다.

"루시온!"

깜짝 놀란 카루나가 발을 빼내려 했다. 하지만 루시온은 놓아주지 않았다.

"쉿, 아가씨. 밖에까지 들릴 것 같군요."
루시온은 카루나를 달래며, 카루나의 발에 구두를 신겨 주었다.
"우린 이제 이런 사이가 아닐 텐데? 하지 마!"
"아가씨와 저 사이에 변한 건 아무것도 없습니다."
"진짜 클레이엔한테 가서 그 소리를 해 보지?"
"굳이 그럴 필요가 있겠습니까? 왜 그분 따위가 아가씨와 저에 대해 알아야 합니까?"
"……뭐?"
카루나가 믿을 수 없다는 듯 루시온을 바라보았다.
"그분 따위가……라니? 지금, 진짜 클레이엔한테 한 소리야?"
"겨우 아가씨를 손에 넣게 되었는데, 그런 이야기로 시간을 낭비하고 싶진 않군요. 아, 아가씨는 저와 생각이 다를 수도 있겠군요. 최대한 저를 오래 붙들어 두고 싶으실 테니 말입니다."
루시온이 고개를 반쯤 돌려 닫힌 테라스 문을 바라보았다.
"지금쯤이면 황태자 전하께서 무사히 도망가셨을 겁니다."
"역시나 황태자를 노리는 거였네."
카루나가 그럴 줄 알았다는 듯 대꾸했다. 하지만 곧 루시온의 말에서 이상한 뉘앙스를 눈치채고는 물었다.
"그런데 무사히 도망갔다니? 그냥 순순히 보내 줄 생각이었던 거야?"
루시온은 여전히 카루나의 구두 신은 발을 손에 쥔 채 빙긋, 웃어 보였다. 카루나는 당황했다. 눈으로 보고도 믿을 수 없어서 눈을 질끈 감았다 떴다. 아예 두 손으로 눈을 문지르기까지 했다. 그런데도 눈앞의 환각이 사라지지 않았다.
루시온이 웃고 있었다.
"……루시온?"
"네, 나의 아가씨."

기꺼이 대답한 루시온은 움켜쥔 카루나의 발을 잡아당겼다. 카루나가 작게 비명을 질렀다.

"당신은 그저 제 보호를 받으시면 됩니다. 언제나 그랬듯, 앞으로도 계속."

카루나의 몸이 난간에서 미끄러졌다. 루시온은 그런 카루나를 안아 들며, 주머니에서 무언가를 꺼내 카루나의 코와 입을 덮었다. 얇은 리넨으로 만든 손수건이 카루나의 입과 코를 덮었다.

'숨을 쉬면 안 돼!'

카루나는 루시온이 무슨 짓을 하려는 건지 바로 알아차렸다. 서둘러 숨을 참았으나 손수건에 묻은 향을 안 맡을 수는 없었다. 손수건에서는 백합향보다 독한 꽃 향이 났다. 그 향을 알아챘다는 건, 이미 들이마셨다는 뜻이었다.

'안, 되는……데…….'

정체를 알 수 없는 꽃향기는 단번에 카루나를 움켜잡았다. 카루나는 반항할 새도 없이 정신을 잃었다. 카루나의 몸이 힘없이 루시온의 품으로 떨어졌다. 루시온은 카루나를 소중히 안아 들며 속삭였다.

"이제야 드디어 내 손에 돌아오셨군요. 나의 아가씨."

* * *

세나는 자신이 하녀 복장을 한 상태라는 걸 이용해 황태자를 빼냈다. 커다란 트레이를 가져와 위에 흰 천을 두르고, 음식물을 나르는 척하며 트레이 안으로 황태자를 집어넣었다. 그 후, 인적이 없는 구석진 곳으로 트레이를 끌고 가서는 황태자를 꺼내 주었다.

자유의 몸이 된 황태자는 진심으로 고마워했다. 세나는 그의 인사를 듣는 둥 마는 둥 하며 미련 없이 몸을 돌려 날아가듯 백조의 홀로 돌아갔다.

어째서인지, 아까부터 괜스레 불안해졌다. 세나는 나쁜 쪽으로 향하려는 생각을 애써 털어 내고, 카루나와 루시온이 향했던 테라스로 갔다. 테라스 문이 반쯤 열려 있었다. 창 너머에서 사람의 기척이 느껴지지 않았다. 뭔가 이상했다. 세나는 곧바로 테라스 안으로 뛰어 들어갔다.

"……."

불안한 예감은 항상 틀리지 않았다. 역시나 테라스 안에는 아무도 없었다.

세나는 바로 눈을 감고 숨을 크게 들이켰다. 옅은 장미향이 느껴졌다. 카루나가 뿌린 향이었다. 그런데 그 향이 아주 옅었다. 카루나가 이곳에 있긴 했으나 떠난 지 시간이 꽤 흐른 것 같았다. 세나가 오니 이제 자신들의 역할을 다했다는 듯 흔적도 없이 사라져 버렸다.

세나는 테라스에서 나와 근처에 서 있는 시종들을 붙잡았다.

"조금 전 이곳에 바이켈드 공작 영애께서 계셨는데. 지금은 어디에 계시지? 어디로 가셨나?"

기사였던 시절의 딱딱한 말투가 튀어나왔다. 한 달 새 익숙해졌던 공손한 말투는 온데간데없어졌다.

"나오시는 걸 못 봤습니다만. 아직 안에 계신 게 아닙니까?"

시종은 오히려 세나에게 안에 아무도 없냐고 물었다. 칫. 세나는 혀를 차며 시종을 밀치고 그 옆의 다른 시종들에게 물었다. 역시나 다들 들어간 건 봤으나 나온 건 보지 못했다고 말했다.

세나는 혹시 그들이 거짓을 말하나 확인하려고 눈을 똑바로 바라봤다. 머뭇거리는 시종에게는 윽박지르기까지 했다. 기사였던 시절의 거친 모습이 그대로 튀어나왔다. 소란이 일자 근처에 서 있던 귀족들이 힐끔힐끔, 세나를 쳐다보았다.

"어머나, 바이켈드 공작 영애가 갑자기 사라졌나 보죠?"

"그러게요. 아까 테라스로 들어갈 때 저와 눈이 마주쳤었는데."

"마카레나 백작 영애의 티 파티를 보고 속상해서 어디론가 숨어 버린 게 아닐까요? 충분히 그러고도 남을 나이잖아요."

"하지만 어째서인지 마카레나 백작 영애의 비서인, 그 미청년과 같이 있었는걸요."

"어머나, 참 요상한 조합이네. 그러니까 지금, 그 둘이 사라졌다는 거죠?"

귀족들이 수군대는 소리가 세나의 귀에 고스란히 들렸다. 세나는 대충 얼버무리거나 해명하지 않았다. 오히려 그들의 대화가 더 크게 퍼져 나가기를 바랐다. 이 백조의 홀 어딘가에 카루나가 있다면, 이 소란을 듣고 놀라 세나에게 달려올 터였다.

'세나 경, 뭐 하고 있는 거예요! 내 일을 다 망칠 생각인 건가요?'

이렇게 말하며 새침하게 달려올 카루나가 눈에 선했다. 그런 카루나를 두 눈으로 볼 수만 있다면. 열흘 내내 혼나도 괜찮았다. 앞으로 10년간 계속 하녀로 살아가라고 해도 그럴 수 있을 것 같았다.

카루나만 다시 나타나기만 한다면.

하지만 카루나는 어디에서도 나타나지 않았다.

'황태자 전하가 어찌 되든, 놔두고 카루나 아가씨랑 있었어야 했어.'

후회가 들었으나 이미 늦어 버렸다. 세나는 이를 악물고, 귀족들 틈을 헤쳤다. 최대한 높은 곳에 서서 백조의 홀을 둘러보았다. 카루나는 물론 이거니와 루시온 또한 보이지 않았다.

두 사람을 찾지 못한 세나는 이번엔 클레이엔을 찾았다. 그녀는 금방 눈에 띄었다.

우연일까. 아니면 클레이엔이 주인을 잃고 어쩔 줄 몰라 하는 하녀를 즐겁게 구경하고 있었던 걸까. 세나와 클레이엔의 눈이 마주쳤다. 클레이엔은 세나를 눈으로 훑기고는 부채를 펼쳤다. 부채로 얼굴을 가리고는 세나에게서 고개를 돌렸다.

세나는 두 눈으로 똑똑히 보았다. 부채가 얼굴을 가리기 직전. 클레이엔의 입꼬리가 삐죽 솟아 있던 것을.

"젠장."

세나는 백조의 홀을 박차고 뛰어나갔다. 등 뒤에서 클레이엔의 따가운 시선, 혹은 비웃음이 느껴지는 것 같았다. 달리는데 치맛자락이 거치적거렸다. 세나는 두 손으로 치마를 움켜잡았다. 치마가 찢어질 듯 팽팽해졌다.

"에구머니나!"

"어머나, 망측해라!"

그런 세나를 본 귀족들이 기겁하며 고개를 돌렸다. 세나는 그들을 신경 쓸 겨를이 없었다. 카루나를 지키라는 라크안의 명령을 지키기 못했다. 그에 대한 죄책감도 죄책감이지만……. 카루나를 위험에 빠트렸다는 절망감이 세나를 집어삼켰다.

언제부터 이렇게 되었는지는 모르겠지만. 세나 안에서 라크안보다 카루나가 우선시 된 지 이미 오래였다.

'황태자 따위 어떻게 되든 말든 카루나 아가씨를 지켰어야 하는 건데.'

자신은 괜찮으니 어서 황태자를 처리하고 오라고 눈짓하던 카루나의 마지막 모습이 눈에 선했다.

"제기랄."

치맛자락을 움켜쥔 손에 힘이 들어갔다. 짧게 깎은 손톱이 길게 자라며 치마를 꿰뚫었다. 세나의 눈이 기이한 빛을 내기 시작했다.

카루나를 잃어버렸다.

카루나를 빼앗겼다.

카루나를 지키지 못했다.

생각만으로도 심장이 죄여 왔다. 누군가 심장을 손에 쥐고 흔드는 것 같았다. 처음 느껴 보는 고통이었다.

세나는 나직이 신음하며 가슴을 움켜쥐었다. 이를 악물고 고개를 드니, 두 눈이 바뀌었다. 눈동자의 가운데가 갈라져 짐승의 눈처럼 보였다. 입가에선 짐승의 울음에 가까운 거친 숨소리가 샜다. 심장의 통증이 강해질수록 세나의 머리에는 단 한 가지 생각만 가득 찼다.

나의 주인이 사라졌다.
그녀를 되찾아야 한다.

세나는 빠르게 백합궁을 벗어났다. 갈림길 앞에 멈춰 서서 생각했다. 내 주인을 찾기 위해서는 어떻게 해야 되는가.
아무리 감각을 끌어올려도 카루나의 기척이 느껴지지 않았다. 본래부터 카루나는 기척이 드러나지 않는 체질이었다. 바로 눈앞에 있다면 모를까, 조금만 멀어져도 기척이 느껴지지 않았다. 눈으로 봐야 보일 뿐이었다.
하지만 세나는 그런 카루나의 기이한 체질에 관심을 가지지 않았다. 항상 카루나의 곁을 지켰으니까. 떨어져 있을 일이 없으니 대수롭지 않게 여겼다. 그걸 후회하게 되는 날이 올 줄이야.
세나는 자기 자신에게 화가 나서 이를 갈았다. 자신의 힘으로 카루나를 찾을 수 없다면. 자신 따위는 상대도 안 되는, 더 큰 힘을 가진 존재에게 도움을 요청해야 한다. 거기로까지 생각이 미치자, 당연하게도 단 한 사람이 떠올랐다.
라크안.
'라안 님이라면 카루나 아가씨를 찾을 수 있을 거야.'
세나의 눈이 형형하게 빛났다. 세나는 그대로 눈을 감고 숨을 한껏 들이켰다.
이 황궁 안, 어디엔가 있는 라크안의 존재가 느껴졌다. 원래도 기척에 예민한 편이지만 지금처럼 늑대의 감각을 끌어 올리면, 보통 사람은 흉내조차 낼 수 없는 능력을 쓸 수 있었다.

세나는 다시 달리기 시작했다. 라크안이 있다고 느껴지는 방향이었다. 날카롭게 돋아난 손톱이 손바닥에 파고들었다. 달려가는 그녀의 뒤로 점점이, 핏물이 꽃잎처럼 떨어져 내렸다.

* * *

불현듯 카루나는 정신이 들었다. 반짝하고 눈을 뜨니, 보이는 건 오직 책, 책, 그리고 책뿐이었다. 카루나는 책 속에 둘러싸여 있었다.

'여긴 어디? 난 누구?'

따위의 흔한 생각은 들지 않았다. 그건 죽기 직전에 더럽게 맛없는 마법의 물약을 먹고 나서 어린아이가 되었을 때나 느끼는 혼란이었다. 고작 약에 취해 기절했다가 정신이 든 정도로 자신이 누구인지 헷갈리는 건 카루나답지 않았다. 더 어려져서 한 살 정도가 되어 응애응애 울고 있다거나, 도로 스무 살 몸으로 돌아왔다면 모를까.

'백합궁의 서고인가?'

카루나는 자신이 지금 널브러져 있는 곳이 어딘지 바로 알아차렸다. 에르케의 부탁으로 몇 번 와 본 적 있는 서고였다. 머리가 지끈지끈했다.

"으으."

기절하기 전 맡았던 향의 부작용인 듯했다. 카루나는 두 손을 들어 머리를 감싸 쥐려 했다. 하지만 할 수 없었다.

두 손이 하나로 꽁꽁 묶여 있었다. 거칠거칠한 밧줄이 아니라 부드러운 리넨 천이었다. 하지만 워낙 정성을 들여 묶어 놔서 손을 빼내는 건 불가능해 보였다.

혹시나 싶어서, 카루나는 발을 꼼지락, 움직여 보았다. 역시나 발도 묶여 있었다. 그녀를 이곳에 데리고 온 납치범은 참으로 꼼꼼하고 세심한 사람이었다.

카루나는 그의 빈틈없는 일처리 방식을 누구보다 잘 알고 있었다. 때문에 굳이, 의미 없는 반항을 시도하진 않았다. 포기와 상황 판단은 같아 보이나 전혀 다른 것이었다. 몸에 힘을 쭉 빼고, 책장에 몸을 기댔다. 에휴, 한숨을 푹 내쉬며 눈을 감았다.

카루나가 있는 서고는 백합궁에 속해 있는 건물이나 본 궁과는 동떨어져 있었다. 원래도 오가는 사람이 거의 없지만 오늘 같은 날에는 더더욱 없을 터였다. 자신이 왜 여기에 있는지, 카루나는 굳이 고민하지 않았다. 답은 뻔했다.

'티 파티가 끝날 때까지 날 여기에 묶어 둘 생각인 건가? 설마 이런 식으로 방해할 줄이야.'

허탈하면서도 어이가 없었다.

카루나는 높은 곳에 있는 조그만 창문을 바라보았다. 쏟아지는 햇빛이 아직 희었다. 하루 이상 정신을 잃고 있었던 게 아니라면, 아직 노을이 지기까지는 시간이 남아 있었다.

'세나가 날 찾고 있겠지? 바이켈드 공작도 알고 있으려나?'

카루나는 밖의 상황을 예상해 보았다. 아무래도 세나 혼자서는 자신을 찾기 힘들 것 같았다. 세나 또한 그렇게 생각해서 일찍이 라크안에게 연락을 취했기를 바랄 따름이었다.

'일을 크게 벌여서 내가 납치된 걸 동네방네 다 떠벌리지는 않겠지만, 그래도 기사단을 풀어서 찾으려고는 하겠지.'

부디 라크안에게 그 정도의 인심은 남아 있기를 바랄 따름이었다. 백합궁에 있는 내내, 라크안은 카루나를 거의 찾아오지 않았다. 카루나는 그게 섭섭하고 얄미웠지만. 그럼에도 이런 상황에서 제일 먼저 생각나는 건 라크안이었다.

'설마 날 안 구하진 않겠지. 내가 좋든 싫든, 난 바이켈드 공작의 약혼녀잖아. 약혼녀가 없어졌다는데 안 찾고 배기겠어?'

카루나는 한숨을 폭 내쉬었다.

"아무튼, 어떻게든. 날 좀 빨리 구하러 와 줬으면 좋겠는데."

중얼거리듯 혼잣말을 하는 카루나의 목소리는 밝았다. 갑작스럽게 납치를 당했다고는 하나, 서고에 버려진 채로 혼자 남겨져 있는 상태였다. 크게 위기감이 들지도 않았고 금방 구출될 거라는 확신도 있었다.

라크안처럼 지하에 갇혀 있는 게 아닌데, 무슨 시간이 그렇게나 오래 걸리겠는가. 카루나는 제법 가벼운 마음이었다.

"그건 무리일 겁니다, 아가씨."

혼자 남아 있는 줄 알았던 서고에 루시온의 목소리가 울리기 전까지는.

카루나는 고개를 들어, 서고 문 쪽을 바라보았다. 루시온이 문가에 기대서 있었다. 내내 그곳에서 카루나를 지켜보고 있었던 듯했다.

"있으면 있다고 기척을 좀 내지?"

고운 말이 나올 리 없었다.

"놀라셨다면 죄송합니다."

루시온은 순순히 고개를 숙였다. 그 묘하게 순종적인 모습이 눈에 거슬렸다. 다르게 보자면 매우 여유 있는 상태라는 뜻이었다. 희망에 차 있던 카루나의 마음에 삐끗, 금이 갔다.

'조금 전에 분명, 무리일 거라고 했어. 티 파티가 끝날 때까지 날 안 들키고 붙잡아 놓을 자신이 있다는 건가?'

카루나는 경계하는 눈초리로 루시온을 바라보았다.

"혹시나 해서 묻는 건데, 이거…… 당신 계획 맞아?"

카루나가 묶인 손을 들어 흔들어 보였다. 일단은 정보가 필요했다.

"그렇습니다만. 불편하십니까?"

"왜? 불편하다고 하면 풀어주려고?"
"그건 불가합니다."
루시온은 조금의 망설임도 없이 대답했다. 하, 카루나는 헛웃음을 지었다.
"당신의 계획이라니. 그런 것치고 너무 무식해서 하는 말이야. 그냥 솔직하게 말해 봐. 진짜 클레이엔이 벌인 일을 뒷수습하고 있는 거 아냐?"
"글쎄요. 그러니까 이렇게 아가씨를 손에 넣을 수 있지 않았겠습니까. 평소의 제 방식대로 했으면 아가씨께서 순순히 잡히셨을까요?"
루시온이 되물었다. 생각해 볼 것도 없었다. 카루나는 당연하다는 듯 고개를 끄덕였다.
"맞아. 그러네."
카루나는 바로 인정했다. 루시온의 말대로였다. 루시온이 이렇게 나올 거라고는 예상하지 못했다. 그래서 방심했다. 황태자에게 정신이 팔려 세나를 떼어 놓고, 루시온과 단둘이 있기까지 했으니 말이다.
수백 명의 귀족들이 모여 있는 홀에서 사람을 납치하다니. 이렇게 요란스럽고 무식한 건 루시온의 스타일이 아니었다.
"아가씨의 방식을 조금, 참고해 본 것이기도 합니다."
카루나는 루시온이 덧붙인 말을 들으며 웃어 버렸다. 루시온의 말대로였다. 이건 차라리 클레이엔의 대역이었던 카루나의 방식이었다.
루시온은 은밀하게, 일이 있었던 줄도 모르게 일을 처리하곤 했다. 그에 반해 카루나는, 그러니까 클레이엔의 대역이었던 카루나는 떠들썩한 걸 좋아했다.
물론 대낮에 사람을 납치하고 가둬 두는 음습한 방법은 별로 좋아하지 않았지만. 차라리 상대방의 머리채를 휘어 감고 연회장에 질질 끌고 다니는 게 카루나의 방식이었다.
자신의 대담성을 본받아 이런 무식한 일을 꾸몄다고 말하는데, 뭐라 말할 수 있을까. 칭찬하기도 뭐하고, 뭐 그런 걸 베끼느냐고 화를 내기도 뭐했다.

“아무도 날 찾을 수 없다는 건 무슨 소리야?”

카루나는 화제를 돌렸다. 묻는 목소리는 더없이 태평했다. 납치를 당해 어디 감금당한 사람 같아 보이지는 않았다.

“여기가 의외의 장소이긴 하지만 아예 아무도 모르는 곳은 아니잖아. 황후궁과 가깝기도 하고. 등잔 밑이 어둡다지만 그것도 상황에 따라 다른 법이지. 확실히 의외의 장소이긴 하지만. 그렇다고 언제까지나 안전하지는 않을걸. 날 잘 잡아 둘 자신이 있나 봐?”

그렇게 말하며 카루나는 고개를 갸웃했다. 만약 카루나가 클레이엔을 납치할 계획을 세웠다면. 클레이엔을 납치하자마자 최대한 황궁에서 멀리 떨어진 곳으로 보냈을 것이다.

누군가 클레이엔을 구하러 간다 해도 함께 황궁으로 돌아오는 데는 시간이 걸릴 터. 어떻게든 돌아와도 이미 티 파티는 끝나 있을 것이다. 그렇게 되면 납치가 실패하더라도 납치를 해서까지 이루려는 목적은 이룰 수 있다.

그런 점에서 이 서고는 백합궁과 너무 가까웠다. 당장이라도 누군가 카루나를 구해 낸다면, 카루나는 바로 백합궁으로 달려가 티 파티를 이어나갈 수 있을 테니까.

설사 티 파티가 끝날 때까지 카루나가 이곳에 있게 된다 해도 문제였다. 그 뒤엔 어떻게 할 것인가. 카루나는 자신을 납치한 사람의 얼굴과 목적을 이미 알고 있었다.

순순히 풀어준다면, 카루나는 곧바로 황후에게 가 사실을 말하고 진상 규명을 요구할 것이다. 황후는 카루나의 등 뒤에 든든히 서 있는 바이켈드 공작 가문을 의식해서라도, 카루나의 말을 그냥 듣고 넘기지는 않을 것이다.

입막음을 하려면 카루나를 죽여야 할 텐데. 그렇다면 일단 카루나를 백합궁 밖으로 끌고 나가야 한다. 황궁에서, 백합궁이 보이는 거리에서 피를 보는 건 불가능하니까.

그런데 막 납치되었을 때라면 모를까 카루나가 사라졌다는 게 알려진 뒤에, 카루나를 데리고 무사히 황궁을 빠져나갈 수 있을까. 황궁의 경비가 강화되고, 또 바이켈드 공작가에서 눈에 불을 켜고 지키고 서 있을 텐데. 그건 불가능에 가까운 일일 것이다.

'지금, 적어도 당분간. 루시온은 나를 죽일 수 없어.'

카루나가 납치를 당했음에도 당장 살해당할까 봐 두려워하지 않은 이유가 여기에 있었다. 루시온이 자신을 죽이지 않을 거라는 막연한 기대도 있었지만 그보다는 이 서고가 백합궁의 일부분이라는 것에 대한 안도감이 컸다.

백합궁에서, 또 백합궁이 보이는 곳에서는 피를 흘릴 수 없다.

제국 귀족들에게는 목숨보다 소중히 지켜야 할 절대적인 불문율이었다.

"나라면 내가 정신을 잃었을 때, 짐마차에 숨겨서 황궁 밖으로 내보냈을 텐데. 도대체 무슨 생각인 거야?"

납치당한 카루나는 자신을 납치한 루시온에게 태연히 물었다.

"모두들 그렇게 생각하겠죠. 마카레나 백작님과 바이켈드 공작 각하마저도 말입니다."

루시온이 담담한 목소리로 대답했다.

"아."

카루나는 작게 탄성을 질렀다.

"그런 의외성을 노린 거라고?"

"놓칠 수 없는 좋은 기회였으니 말입니다. 나의 아가씨."

비로소 루시온이 카루나에게 다가오기 시작했다. 태연한 척하던 카루나가 긴장감을 드러냈다. 작은 어깨를 움츠리고, 루시온을 경계 어린 눈빛으로 올려다보았다.

"……날 어쩔 셈이야?"

이런 뻔한 말은 하고 싶지 않았건만. 물어볼 수밖에 없었다.

루시온이 카루나 앞에 한쪽 무릎을 꿇고 카루나와 눈높이를 맞췄다. 남색 눈은 이내 카루나의 작은 어깨에 닿았다.

"가엾게도. 떨고 계시는군요."

루시온은 그저 지켜만 보았다. 손을 내밀어 떨리는 어깨를 잡거나 안아 주지 않았다. 어린아이가 풀잎 위에 앉은 잠자리를 관찰하듯 바라볼 뿐이었다. 유리구슬처럼 투명한 남색 눈 위로 카루나의 모습만이 담겼다.

"두려워하지 않으셔도 됩니다. 저는 아가씨를 다치게 하거나 죽일 마음이 없으니까요."

"그걸 지금, 나보고 믿으라고?"

"왜 못 믿으시는 겁니까?"

루시온이 고개를 왼쪽으로 기울였다. 의아해하는 것 같았다. 얼굴 표정으로는 드러나지 않았지만.

"납치범이 자기 얼굴을 드러내고 이렇게 가까이 있는데, 순순히 풀어 주길 바라라고?"

"아, 그건 그렇습니다. 바랄 걸 바라셔야지요."

"뭐? 날 죽일 셈이야?"

"아가씨, 당신을 죽일 생각은 없다고 말씀드렸습니다만."

"안 풀어주겠다며!"

"네. 풀어드릴 생각은 없습니다."

"잠깐, 잠깐만."

카루나가 묶인 두 손을 들었다.

"그러니까, 당신의 말은…… 죽이지는 않을 건데, 풀어주지도 않겠다?"

"이제야 제 말을 이해하시는군요. 신체 나이가 어려지니 지능 또한 낮아진 모양입니다."

"아니거든! 누굴 바보로 알아. 당신이 말을 정확하게 하지 않아서 헷갈린 거잖아!"

"우기는 성격은 여전하신 것 같아 다행입니다."

"내가 언제 우겼어! 우기긴! 난 항상 합리적이고 이성적이었거든?"

카루나가 발끈하여 소리쳤다.

"지금의 모습도 그 합리적이고 이성적인 모습인 겁니까?"

루시온이 피식, 웃으며 물었다.

"어?"

카루나는 깜짝 놀라 루시온을 바라보았다. 태어나서 두 번째로 보는, 루시온의 웃는 얼굴이었다.

"정말 오랜만이군요. 이렇게 아가씨와 이야기를 나누는 것 말입니다."

자신이 웃고 있다는 걸 스스로도 알고 있는지 모르는지. 루시온은 이렇게 말할 뿐이었다. 카루나는 멍하니, 그런 루시온을 바라보다가 얼른 정신을 차렸다.

'뭐야, 또 뭔가가 있는 건가?'

처음 루시온이 웃는 걸 봤을 때, 카루나는 정신을 잃고 납치당했다. 그런데 하루가 지나기도 전에 루시온이 또 카루나 앞에서 웃었다. 그렇다면 납치 이상으로 어마무시한 어떤 게 또 예정되어 있을지도 모르는 일!

카루나는 묶인 두 손으로 코와 입을 막았다. 그러고는 루시온을 노려보았다.

몸을 둥글게 말고 잔뜩 긴장한 모습은 사람의 손을 타지 않은 들고양이를 연상케 했다. 귀엽고 안쓰럽다는 생각이 절로 드는 모습이었다. 루시온은 저도 모르게 카루나를 향해 손을 내밀었다.

손이 막 카루나의 어깨에 닿을락 말락 하던 찰나. 루시온은 손을 거뒀다.

'하지만 이미 사람의 손에 익숙해졌지.'

처음, 어려진 카루나를 발견했을 때가 떠올랐다. 불쌍하게도 지금과는 비교가 안 될 정도로 떨고 있었다. 라크안이 그런 카루나를 품에 안고, 루시온을 막아섰다. 그때 카루나는 얌전히 라크안의 품 안에 숨어들었다.

'바이켈드 공작.'

카루나가 자신의 것이라는 듯 의기양양하던 라크안의 모습이 눈앞에 스쳐 지나갔다. 카루나로 인해 웃었던 루시온의 얼굴은 금세 싸늘해졌다. 이토록 쉽게 웃고 표정이 바뀌는 루시온이라니. 카루나로서는 신기할 따름이었다.

'진짜 클레이엔 밑에서 버티기가 쉽지 않은가 보지? 사람이 이렇게 망가질 정도로?'

카루나가 예상할 수 있는 이유는 이게 고작이었다.

"이미 여러 번 말씀드렸을 텐데요. 나의 아가씨."

루시온이 다시 손을 뻗었다. 그의 손이 카루나의 발에 닿았다. 조금 전, 발이 묶여 있는지 확인해 보려 버둥댔을 때 구두가 반쯤 벗겨졌다. 어차피 발이 묶여 있는 터라 상관하지 않고 내버려 둔 것이 루시온의 눈에 밟힌 듯했다.

루시온이 다시 구두를 신겨 주었다. 카루나는 그런 루시온을 보며 흥, 코웃음을 쳤다.

'사람을 이딴 데 가둬서 내내 준비한 일을 망치려고 하면서. 내 구두를 챙기긴 왜 챙겨?'

카루나는 루시온에게 잡힌 발을 잡아당겨 루시온의 손을 쳐냈다.

"아까부터 내 구두를 굉장히 탐내는 거 같은데, 그렇게 원한다면 줄게. 가지려면 가지든지."

그러고선 보란 듯이 구두를 벗어 던졌다. 두 발이 묶여 있어 꼭 인어가 꼬리를 펄럭이는 것같이 보였다. 힘찬 발길질 한 번에 구두가 빵- 날아가 건너편 책장에 부딪쳤다. 루시온이 방금 신겨 주었던 구두였다.

카루나는 '자, 어떠냐.'라는 표정으로 의기양양하게 루시온을 바라보았다. 전혀 납치당한 사람답지 않은 패기였다. 루시온은 고개를 돌려 뒤를 바라보았다. 바닥을 데굴데굴 구르는 구두가 루시온의 손길을 애타게 기다리고 있었다.

"어쩔 수 없는 분이군요."

루시온은 작게 한숨을 내쉬고는 일어섰다. 그사이 카루나는 다시 한번, 묶인 팔다리를 확인했다.

'루시온이 저렇게 여유롭게 구는 걸 보니, 분명 무슨 수를 쓴 거야. 바이켈드 공작이 날 절대 못 찾을 거라고 자신하고 있잖아? 그럼 내가 스스로 도망칠 방법을 찾아봐야겠지.'

얌전히 앉아 세나와 라크안의 도움을 바라고 있으면 안 될 것 같았다. 카루나는 돌아선 채로 구두를 살피고 먼지를 털어 내는 루시온의 눈치를 보면서 팔과 다리를 비틀어 보았다.

꼼꼼하게 묶어 놔서 남의 도움 없이는 풀어내기 힘들 것 같았다. 하지만 아예 불가능한 것도 아니었다. 팔과 마찬가지로 다리를 묶은 것도 굵은 밧줄이 아닌 얇은 리넨이었으니까.

카루나가 심하게 버둥거리자 묶인 팔다리에 약간의 틈이 생겼다. 보통의 사람이라면 그 정도 틈으로 묶인 걸 풀 생각을 하지 못할 것이다. 하지만 카루나는 보통 사람이 아니었다.

'……잘하면 손 하나 정도는 빼낼 수 있을 것 같은데.'

카루나는 한쪽 손을 희생해 묶인 걸 푸는 방법을 알고 있었다. 어릴 적, 뒷골목 소매치기로 떠돌 적에 경비대에게 잡히면 써먹던 기술이었다. 묶인 손을 푸는 데에는 효과적이었다.

단점이 하나 있다면, 억지로 손뼈를 탈골시키는 것이라 끔찍하게 아프다는 것.

10년 만에 그 고통을 다시 맛봐야 한다니. 생각만으로도 끔찍했지만 다른 방법이 없었다. 다만 지금은 때가 아니었다.

루시온이 돌아섰다. 카루나는 언제 탈출을 고민했었냐는 듯 아무렇지 않게, 아니 뚱한 얼굴로 루시온을 올려다봤다. 루시온은 이상한 분위기를 눈치채지 못했다. 카루나의 구두를 들고 돌아와 다시 카루나의 발치에 한쪽 무릎을 꿇고 앉았다.

"왜. 또 신겨 주려고?"

카루나가 한번 해 볼 테면 해 보라는 듯 발을 내밀었다. 루시온은 아무 말 없이 카루나의 가느다란 발목을 잡고 구두를 신겨 주었다. 새의 깃털을 만지는 듯 조심스러운 손짓이었다. 하지만 카루나는 고작 그 정도의 정성에 감명받지 않았다.

카루나는 구두를 신자마자 다시 한번, 구두를 벗어 던지려고 했다. 루시온이 지쳐 나가떨어질 때까지 몇십 번, 몇백 번이라도 집어 던져 줄 의향이 있었다.

막 구두 신은 발을 힘차게 뻗으려 할 때였다. 루시온이 카루나의 발을 움켜잡았다. 구두를 신은 카루나의 발이 루시온의 손 안에 들어왔다. 카루나가 인상을 팍 쓰고 루시온을 노려보았다.

"이거 안 놔?"

반드시 다시 구두를 집어 던지고야 말겠다는 의지가 느껴졌다. 루시온은 그 의지가 담긴 발을 꽉 붙들고 놓아주지 않았다. 구두를 신고 있는데도 루시온의 손힘이 느껴졌다.

"남성이 여성에게 구두를 신겨 주는 게 어떤 의미인지 아십니까?"

"마음에 안 들면 언제든 굽으로 내리찍으라는 의미?"

할 수만 있다면, 지금 당장이라도 루시온의 발에 구두 굽 모양의 구멍을 열 개쯤 뚫어 줄 자신이 있었다. 하지만 안타깝게도 카루나의 대답은 루시온의 정답이 아니었다.

"어디든 원하는 곳으로 갈 수 있기를 바란다는 뜻이라고 합니다."

"……지금 이 상황에서, 그런 말이 나와?"

카루나가 동동 묶여 있는 자신의 발목을 눈으로 가리켰다.

"그래서 발을 묶어 두었습니다. 아가씨가 원하는 곳이 제가 서 있는 곳이길 간절히 바랐지만. 아무래도 그건 이룰 수 없는 소망 같더군요."

이 대책 없이 앙큼하고 귀여운 말괄량이 아가씨는 루시온과 둘이서만 있을 때면, 기다렸다는 듯 구두를 벗어 버렸다. 루시온을 향해 구두를 던지고는 재미있다는 듯 깍깍 웃고는 했다. 루시온이 어쩔 수 없다는 듯 다가와 구두를 신겨 주면 묘한 웃음을 띠고, 얌전히 그의 수발을 받았다.

그때마다 루시온은 거리를 떠도는 도도하고 콧대 높은 들고양이를 떠올렸다. 손을 내밀면 결코 다가오지 않지만, 뒤돌아서 떠나려고 하면 졸졸 따라오는. 물고 할퀼 거라는 걸 알면서도 손을 내밀게 만드는 새침데기.

쉽게 손 안에 잡히지 않을 걸 알면서도 움켜잡고 싶은 욕심을 버릴 수 없었다. 그래서 매번 카루나의 발치에 앉아 구두를 신겨 주었다. 주문을 외듯, 이 구두를 신고 자신에게 걸어오기를 바랐던 것 같다. 그러나 루시온의 오랜 바람은 끝내 이루어지지 않았다.

"당연하지. 내가 왜!"

10년을 공들여도 들고양이는 여전히 들고양이였다. 어쩔 수 없이 루시온은 루시온의 방식대로 카루나를 붙잡아야 했다.

"그러니 제 곁에서 떠날 수 없도록 묶어 둘 수밖에."

루시온은 고개를 숙여 카루나의 구두 끝에 입을 맞췄다. 마치 세상에서 가장 귀하고 소중한 것에 경의를 표하는 듯 경건했다. 그런 후에야 고개를 들어 카루나를 바라보았다.

감정이란 게 없는 것처럼 무감각하던 남색 눈이 일렁이고 있었다. 그 어떤 때보다 위험하게 빛나고 있었다. 그런 루시온의 표정과 눈빛은, 그와 10년을 함께 지낸 카루나에게도 낯선 것이었다.

"설마……."

카루나가 한숨에 가까운 탄식을 내뱉었다.

"루시온, 당신. 정말로 나를……."

합. 카루나는 말을 하다 말고 입을 다물었다. 그것도 모자라 묶인 두 손을 들어 입을 가려 버렸다.

'나를 좋아하기라도 하는 거야?'

이 말을 하면 안 될 것 같다는 생각이 들었다. 입 밖으로 꺼내 말해 버리면 절대 무를 수 없게 될 것 같았다. 자신의 감정도 아니고 그저 자신에게 향하는 루시온의 감정이건만. 덜컥, 두려움이 밀려들었다.

"아가씨."

루시온이 그런 카루나를 불렀다. 온기라고는 한 톨도 없는 것 같은 이 무뚝뚝한 목소리가 달콤한 꿀을 묻힌 독사의 혀처럼 느껴지는 것은 왜일까.

"제가 당신을 사랑하는 것 같습니까?"

"……."

'내가 묻고 싶은 말이라고.'

어이가 없어서 헛웃음이 나왔다.

"글쎄. 사랑인지 뭔지 내가 알 게 뭐야. 그걸, 왜 나한테 묻는 건데."

"이런 감정은 처음이어서 말입니다. 아가씨를 향한 마음이니 아가씨에게 묻는 것이 당연하지 않겠습니까?"

"알아서 결론을 내고 나한테 결과만 말해 줘야지. 당신이 그렇게 생각한다면 그런 거고 아니면 아닌 거겠지."

카루나는 발을 빼내려 끙끙거리면서, 또 한편으로는 루시온의 말에 대답해 주고자 애썼다. 양쪽에 신경을 쏟으니 금방 지치고, 또 짜증이 몰려왔다.

"나한테 어떻게 하고 싶은데, 나랑 어떻게 하고 싶은데! 그걸 생각해 보면 알 수 있는 거 아냐? 하, 내가 왜 이런 것까지 말해 줘야 하는 건데!"

"이대로 당신을 저만 알고 있는 곳으로 보낼 겁니다. 이젠 저 말고 다른 사람을 볼 필요도, 이야기 나눌 필요도 없습니다. 저는 아가씨를 그렇게 두고 싶습니다."

"……혹시 보쉬엔의 루린토프 영애와 피를 나눈 사이야? 알고 보니, 숨겨진 배다른 남매였다거나?"

카루나가 기겁하며 물었다. 외모는 전혀 닮지 않았지만, 마음에 둔 상대를 가지기 위해 하는 행동이 너무도 비슷했다.

"아니면 루린토프 영애에게 바이켈드 공작을 가지려면 그렇게 해야 한다고, 루시온 당신이 그런 방법을 알려 준 거라거나?"

"저와 함께 있는 상황에서조차 바이켈드 공작을 찾으시는군요. 나의 아가씨."

루시온은 어딘지 모르게 심기가 불편해 보였다.

"지금 질투하는 거야? 내가 바이켈드 공작 이야기를 한다고?"

"이런 게 질투라는 감정인 겁니까?"

"……."

카루나는 입을 꾹 다물었다. 말을 안 하느니만 못한 상황이 된 것 같았다.

"아니야, 그거, 그런 거 아니야. 내가 잘못 말한 거야."

뒤늦게 수습에 나섰지만, 루시온은 귀담아듣지 않았다.

"하, 그래서 뭐. 사랑이니 질투니 뭐, 정말로 그런 감정들이면 어쩔 건데? 당신이 마카레나 백작의 명령을 받고 날 이곳에 가둬 둔 건 변하지 않는 사실이잖아? 마카레나 백작이 날 죽이라고 했겠지? 그런데 어떻게 내 앞에서 사랑이니 질투니, 그런 말을 할 수 있어? 날 죽이는 게 루시온, 당신의 사랑이야?"

"역시 어려지면 지능도 낮아지는 것 같군요."

"아니라고 했지. 거기서 그 말이 왜 나와!"

"제 말을 전혀 기억하지 못하시니 하는 말입니다. 저는 분명히 말씀드렸습니다만. 아가씨를 절대 죽게 놔두지 않겠다고."

"……."

카루나는 멈칫, 했다.

"마카레나 백작님께서 아가씨의 처리를 명하신 건 사실입니다."

"역시 그랬겠지!"

"그분이 원하는 대로 아가씨는 이 세상에서 사라질 겁니다. 영원히."

"……아까 말했던 그, 루린토프 영애의 방식으로?"

"똑같이 취급하신다면 매우 불쾌합니다만."

루시온이 살짝 눈살을 찌푸렸다. 정말로 기분이 나쁜 듯했다.

"저는 그리 허술하게 아가씨를 모실 생각이 전혀 없습니다."

"……."

'공식적인 장소에서 약으로 정신을 잃게 만들어서 납치하고, 좋아하니까 가둬 두겠다고 당당히 말하고. 아주 똑같은데, 왜.'

루린토프나 루시온이나, 거기서 거기라는 생각이 들었지만 카루나는 굳이 소리 내 말하지는 않았다.

루시온은 자신에게 닿는 카루나의 의미 모를 눈빛을 태연하게 받아넘겼다. 카루나가 어떤 생각을 하고 있는지는 대충 짐작이 갔다. 하지만 그녀를 안심시켜 주기 위해 부연 설명을 하지는 않았다.

루시온은 마카레나 백작에게 이렇게 말했다. 카루나를 납치하는 즉시 짐마차에 숨겨 황궁 밖으로 내보내겠다고. 최대한 황궁에서 멀리 떨어진 곳으로 가서 카루나를 확실히 죽이겠다고.

'그렇다면 지난번 그곳이 좋을 것 같군. 그 아이를 죽였으나 죽이지 못한 그곳 말일세.'

마카레나 백작은 취향이 고약했다. 어차피 백작의 뜻대로 할 생각이 없기에 루시온은 알았다고 고개를 끄덕였다. 카루나를 이 서고에 데려다 놓는 것과 동시에, 루시온은 카루나의 대역을 만들어 짐마차에 실었다.

누군가의 대역을 만드는 건 마카레나 백작이나 루시온에게는 꽤나 익숙한 일이었다. 그런 식의 대역을 10년간이나 곁에서 지켜봐 왔으니. 마카레나 백작이나 곧 카루나가 사라졌다는 걸 알아챌 바이켈드 공작가 사람들은 당연히 그 짐마차를 쫓을 것이다.

어느 쪽이든 짐마차를 확인했을 때는 얼굴이 훼손된 채로 죽어 있는 카루나의 대역을 보게 되리라. 마카레나 백작에게는 이후 수사에 혼선을 주기 위해 카루나의 얼굴을 지울 거라고 말해 놓은 상태였다.

바이켈드 공작이 그 시체를 카루나라고 믿고 살인범을 찾으려고 하든, 그것이 카루나일 리 없다고 생각하여 계속해서 카루나를 찾아 헤매든 상관없었다. 그 틈에 루시온은 서고에 모셔 둔 자신의 아가씨를 빼돌리면 되니까.

누구도 루시온이 황궁에, 그것도 백합궁의 구석진 곳에 카루나를 숨겨 두었으리라고는 상상도 못 하리라.

루시온은 이러한 상황을 굳이 카루나에게 말하지 않았다. 루시온의 이 영리한 아가씨는 루시온의 계획을 듣고 도망칠 수 없다고 절망하는 대신, 도망칠 방법을 찾아내고도 남을 만한 사람이었다.

'바이켈드 공작이 자신을 구하러 올 거라고 착각하며 마음을 놓고 있는 것도 나쁘지 않겠지.'

물론 그렇게 생각하는 것만으로도 기분이 불쾌했다. 하지만 기분이 나쁜 것과는 별개로 카루나를 효과적으로 묶어 둘 수 있는 방법이었기에,

루시온은 그 더러운 기분을 참았다. 다만 자신과 함께 있으면서도 계속 라크안을 생각하고 있는 카루나에게 분명히 말해 두어야 할 필요성은 느꼈다.

루시온은 비석에 글자를 새기듯, 카루나에게 말했다.

"이제 당신은 제 것입니다."

어째서인지 어린 카루나는 루시온이 자신에게 하는 말을 너무 가볍게 취급하고 금세 잊어버리는 것 같았다. 이를테면, 죽이지 않겠다는 것. 그리고 카루나를 자신의 손에 쥐고야 말겠다는 것.

두 가지 모두 루시온의 가장 큰 목표이자 삶의 이유이건만, 카루나에게는 가치 없게 느껴지는 것 같았다.

'모두 다 바이켈드 공작 때문이겠지.'

10년을 곁에서 돌보아도 영 길이 들지 않던 길고양이가 잠깐 한눈을 판 새, 다른 사람에게 길이 들어 버렸다. 그러면서 정작 오랫동안 공들였던 루시온에게 발톱을 드러내며, 그가 하는 말을 들은 척 만 척하고 있었다.

'다시 원래대로 되돌려 놓으려면 시간이 걸리겠어.'

하지만 조급한 생각은 들지 않았다. 이제 카루나가 그의 손에 들어왔으니까. 시간은 얼마나 걸리든 상관없었다.

쾅쾅쾅-

누군가 닫힌 서고의 문을 두드렸다.

"……."

"……."

예상치 못한 소리에 놀란 카루나와 루시온은 숨을 멈추고, 서로를 바라보았다. 먼저 그 침묵을 깬 건 당연히 카루나였다.

"어머나, 어쩌면 좋을까? 조금 전에 뭐라고 했지? 루린토프 영애와 다르다고? 허술하지 않다고 했나?"

"약간 문제가 생긴 것 같군요."

루시온이 무표정한 얼굴로 말했다.

'이런 상황에서조차 저렇게 태연하다니.'

카루나는 혀를 내둘렀다.

쾅쾅쾅. 다시 한번 문 두드리는 소리가 났다. 루시온은 그 소리를 못 들은 것처럼 굴었다. 문 밖을 살피는 것보다는 카루나를 숨기는 게 먼저였다. 루시온은 망토를 벗어 카루나에게 둘러 주었다. 그런 다음 망토째로 카루나를 들어 안쪽의 구석진 곳에 내려놓았다.

"잠시만 기다려 주십시오. 곧, 안전한 곳으로 모시겠습니다."

"안전한 곳이 아니라 도망칠 수 없는 곳이겠지."

"이럴 때 보면 여전히 영특하신 것 같습니다만."

루시온이 목에 맨 크라바트를 풀었다.

"제가 당신을 더욱 경계하게 만드는 건, 그리 좋은 선택은 아니었던 것 같습니다."

"설마 내 입을 막을 생각이⋯⋯ 으읍!"

루시온의 크라바트는 카루나의 입을 가리는 재갈이 되었다. 카루나가 눈을 댕그랗게 뜨고 고개를 도리도리 저었다. 덧없는 저항이었다.

그는 어렵지 않게 카루나의 입을 크라바트로 동여맸다. 입과 목을 누에고치처럼 돌돌 말아 버렸다. 카루나는 눈과 코만 남은 상태로 루시온을 째려보았다. 루시온은 그런 카루나를 보며 작은 충족감을 느꼈다.

가족, 마카레나 백작, 혹은 진짜 클레이엔.

이 세상 그 누구도 그에게 이런 감정을 불러일으키지 못했다. 오직 카루나뿐이었다.

마카레나 백작을 따르며 얻을 수 있는 부귀영화, 명예, 그 밖의 어떤 화려하고 귀한 것도 그에겐 아무런 가치가 없었다. 그 어떤 것도 카루나를 손안에 넣고 지켜보는 것만 못했다.

루시온은 겨우 손에 넣은 확실한 행복을 놓치지 않기 위해 세심하게 크라바트를 묶었다. 그러는 동안 루시온의 셔츠는 풀어 헤쳐진 채 나풀거렸다. 셔츠 너머로 하얀 속살이 보였다.

루시온은 겉보기에는 호리호리하고 가녀려 보이지만, 몸은 예상외로 단단했다. 그 단단한 가슴 위로 긴 상처가 나 있었다. 그 상처가 녹색 눈에 담겼다.

순간 카루나는 멈칫, 했다. 그 상처는 몇 년 전, 카루나를 지키다가 생긴 것이었다. 그때 루시온은 카루나를 등 뒤에 숨기고 암살자의 칼을 몸으로 막았다. 제 상처를 돌보지 않고 바로 검을 휘둘러 눈앞의 암살자를 처치했다.

그렇게 위험한 상황을 모두 정리하고 나서야 쓰러졌다. 바이켈드 공작, 라크안과의 사이에서 독약과 암살자가 오가던 나날. 그중에서도 유독 핏빛이었던 어느 날의 일이었다.

루시온은 다친 이후에도 변함없이 카루나의 곁을 지켰다. 아픈 내색을 하지 않았기에, 카루나는 어느새 그날의 일을 잊었다. 지금, 상처를 보고서야 불현듯 그날의 기억이 떠올랐다.

루시온의 몸에 난 상처는 단지 저것만은 아니리라. 잊고 있었던 루시온의 헌신이 하필 지금, 카루나를 움켜쥐었다. 이런 상황에 처해서도 루시온은 결코 자신을 해치지 않을 거라는 믿음은, 기억하지도 못했던 그런 날들이 쌓여 만들어진 것이었다.

'왜 생각나 버린 거야. 차라리 영영 잊어버렸으면 편했을 텐데.'

상처를 보여 주는 저 동작마저도 혹여 루시온의 노림수는 아닐까. 그런 생각마저 들었다.

"흉한 것을 보여 드렸군요."

루시온의 목소리는 담담하기 이를 데 없었다. 카루나는 재갈을 이로 잘근잘근 물며 루시온을 올려다보았다. 루시온은 아쉬운 듯 카루나를 눈에 한 번 담고는 돌아섰다.

그의 발걸음 소리가 멀어지기 무섭게 카루나는 발버둥 쳤다. 묶인 손을 엇갈려 잡아당겼다. 조금이라도 더, 두 손 사이에 틈을 만들어 내고자 노력했다.

그렇게 카루나가 애쓰는 동안 루시온은 서고 문 앞으로 걸어갔다.

루시온은 만일의 사태를 대비해 문을 살짝 열고 밖을 확인했다. 문 앞에 서 있는 사람이 자신의 사병 중 한 명인 걸 확인하고 나서야 문을 열었다. 루시온이 무슨 일이냐고 묻기도 전에, 그가 다급히 입을 열었다.

"루시온 님, 지금 밖에 마카레나 백작…… 큭."

남자의 등 뒤로 누군가가 나타났다. 그가 손에 들고 있던 긴 지팡이로 남자의 등을 쿡 찔렀다. 남자는 칼에 찔린 것처럼 몸을 부르르 떨었다.

루시온은 손을 들어 남자를 진정시킨 다음, 뒤에 나타난 또 다른 남자를 바라보았다. 세월에 빛바래도 여전히 강렬한 붉은 머리카락이 눈에 들어왔다. 주름졌으나 그래서 더욱 고집 있고 강인해 보이는 얼굴은 마카레나 백작이었다.

"여기에 있었군, 루시온."

마카레나 백작이 인자하게 웃으며 루시온을 맞이했다. 백작의 지팡이로 등을 찔린 사병의 얼굴이 하얗게 질렸다. 사병은 루시온을 보며 계속 눈을 깜박였다.

'밖에 이미 백작의 사병들이 잔뜩 깔렸습니다.'

위험 신호를 보내는 것이었다. 루시온은 사병이 애타게 보내는 신호를 보고도 동요하지 않았다.

"오셨습니까. 백작님."

마카레나 백작을 기다리고 있었다는 듯 태연하게 고개를 숙였다. 루시온은 손짓하여 자신의 사병을 옆으로 치웠다. 남자는 루시온과 마카레나 백작을 번갈아 바라보며 어찌할 바를 몰라 했다. 루시온은 그에게 다시 손짓했다.

'자리를 피하세요.'

남자는 그 손짓을 알아보고는 얼른 물러서 몸을 숨겼다. 마카레나 백작은 제 손가락 사이로 빠져나가는 피라미를 신경 쓰지 않았다.

"제가 클레이엔 아가씨의 곁에 없는 이때에 백작님께서마저 아가씨의 곁을 비우다니요."

"내 궁금해서 가만히 있을 수가 있어야지. 티 파티야 그동안 루시온, 자네가 내 딸의 곁에서 실수 없이 잘 준비해 줬을 텐데 무슨 걱정이 더 있겠나. 게다가 한 명뿐인 라이벌이 갑자기 도망가 버렸으니, 황후의 시녀 자리는 당연히 내 딸의 차지가 아니겠나. 이미 결과가 정해졌는데 내 딸이 제가 하고 싶은 대로 마음껏 해 보도록 놔두는 것도 나쁘지 않겠지."

마카레나 백작은 언제나 하나뿐인 딸, 클레이엔에게 물렀다. 이번에는 더더욱 그러했다.

클레이엔이 황금에 파묻힌 백합으로 황후의 심기를 거스르든 백합궁을 가득 채우든, 무엇이 문제란 말인가. 어차피 오늘의 티 파티 대결은 무조건 클레이엔의 승리로 끝날 텐데.

"짐마차는 이미 황궁을 벗어났습니다. 좀 더 멀리 달아날 수 있도록, 수도 경비대를 매수해 두었습니다. 바이켈드 공작은……."

루시온은 마카레나 백작의 등 뒤, 창문을 바라보았다. 해를 보고 시간을 가늠하고는 말을 이었다.

"지금쯤 알아챘을 듯합니다. 자신의 기사단을 이끌고 그 짐마차를 쫓기 시작했을 겁니다."

부디, 마카레나 백작 또한 그 짐마차를 쫓길 바랐건만. 마카레나 백작은 지금, 루시온의 앞에 서 있었다. 그는 혼자였다. 평소 마카레나 백작을 그림자처럼 따르던 비서도 보이지 않았다. 좋은 징조는 아니었다.

"흐음. 모든 게 정말 계획대로 진행되고 있군."

마카레나 백작이 한 걸음, 내디뎠다. 루시온과 마카레나 백작은 서로의 숨이 닿을 정도로 가까워졌다. 루시온이 마카레나 백작이 가는 길을 막아서고 있는 형국이었다.

당연히 옆으로 물러서야 할 루시온이 문 앞에 버티고 섰다. 마카레나 백작의 눈썹이 꿈틀, 움직였다.

"루시온."

"모든 건 계획대로 진행하겠습니다. 백작님께서는 원하시는 대로 바이켈드 공작 영애는 클레이엔 아가씨의 눈앞에서 사라질 겁니다."

"그런가."

"클레이엔 아가씨께서 황후 폐하의 시녀가 된 이후엔 또한 계획대로, 아가씨를 황후 폐하의 시녀장까지 올리겠습니다."

"그래. 자네가 내 딸을 도와준다면 충분히 그럴 수 있겠지."

마카레나 백작이 알아들었다는 듯 고개를 끄덕였다.

"모든 걸 아가씨께서 황태자비가 되시기 전 마무리 짓겠습니다."

이건 이를테면 제안이었다. 마카레나 백작이 서고로 들어오지 않는 대가로, 루시온은 자신의 충성과 유능함을 내걸었다.

마카레나 백작은 그저 이 자리를 떠나기만 하면 된다. 뒤늦게라도, 역시나 클레이엔이 걱정된다며 돌아서 루시온에게 등을 보이면 된다. 그 대가로 루시온은 지금까지 그랬듯 앞으로도 계속, 마카레나 백작의 체스 말이 되어 클레이엔을 보좌하리라.

루시온은 자기 자신을 거래의 패로 내밀었다. 클레이엔을 황태자비로 올려야 하는 마카레나 백작으로서는 반드시 손에 넣어야 하는 패였다.

"루시온. 오, 루시온. 영특한 나의 가신, 내 딸의 비서."

마카레나 백작이 마치 시를 외듯 루시온을 불렀다.

"그리고 자네는 그 아이를 손에 넣겠다?"

루시온의 패는 더없이 매력적이었다. 문제는 다른 곳에 있었다. 마카레나 백작은 한낱 체스 말에 불과한 루시온이, 감히 자신에게 거래를 거는 꼴을 두고 보지 못하는 성정이었다.

"무슨 말씀을 하시는지 모르겠습니다. 백작님."

"굳이 내 입으로 말하게 만들다니. 루시온, 자네답지 않군. 나는 자네가 등 뒤에 숨긴, 제 죽을 때를 모르고 날뛰는 들고양이에 대해 이야기를 하고 있는 거라네."

주름진 얼굴에 박힌 녹색 눈이 루시온을 쏘아보았다. 루시온은 그 눈빛에 아무런 감흥도 받지 않았다. 그저 제게 닿는 객관적인 사실만을 정보로 받아들였다. 그 눈은 진짜 클레이엔과 똑같이 탐욕스럽고 잔인하게 빛나고 있었다.

"루시온, 그 들고양이를 내주게나."

그 목소리가 루시온의 어깨를 타고 넘어와 서고 안에 울렸다. 도망칠 준비를 하고 있던 카루나에게까지.

카루나는 그 목소리를 듣는 것만으로 숨이 막혔다.

"내 사랑스러운 딸의 대역인, 천한 들고양이. 그 아이가 자네의 등 뒤에 숨어 있지 않은가."

"……!"

카루나는 몸을 웅크리고 묶인 두 손 위로 입술을 묻었다. 루시온이 입을 동여매 준 건 잘한 일이었을지도 모른다. 아니었다면 카루나는 비명을 질렀을 것이다. 마카레나 백작에게 자신이 여기에 있으니 얼른 죽이러 오라고 말하는 꼴이었을 터.

경악에 휩싸인 카루나의 상태를 아는지 모르는지 마카레나 백작을 막아선 루시온은 여전히 무덤덤했다.

"언제부터 알고 계셨습니까."

"언제까지 날 속일 수 있을 거라 생각했는지는 모르겠지만. 자네답지 않은 어수룩한 짓이었다고 말하고 싶군."

마카레나 백작의 목소리는 여전히 너그러웠다.

"루시온, 두 번 말하고 싶지 않아. 그 아이를 내놓게."

카루나는 책장 너머로 들리는 마카레나 백작의 목소리를 들으며 그의 생각을 짐작했다. 목소리만 들어도 마카레나 백작이 무슨 생각인지 알 수 있었다.

'나를 순순히 넘기기만 하면, 그간 자신을 속였던 것을 다 눈감아 주겠다는 거구나.'

루시온은 카루나와 달랐다. 한 번 쓰고 버릴 소모품이 아니었다. 사랑하는 딸, 클레이엔을 위해서라도 이대로 루시온을 버리고 싶지는 않으리라.

그럴 리는 없겠지만 만약 루시온이 마카레나 백작에게 순종한다면. 그래서 카루나를 넘긴다면.

'이번에야말로 확실하게 날 죽이려고 하겠지.'

죽는 순간까지 앞에 서서 확인하려고 할지도 모른다. 그건 죽는 순간까지 마카레나 백작을 봐야 한다는 뜻이었다. 생각만으로도 끔찍했다.

'고작 이렇게 죽으려고, 내가 그렇게 발버둥 쳤는지 알아?'

절망이 한 걸음, 성큼 다가왔다. 하지만 카루나는 그 절망에 쉽게 잡아먹히지 않았다.

'그럴 순 없어!'

카루나는 입에 문 크라바트를 찢어 버릴 듯 악다물었다.

"그럴 순 없습니다."

동시에 루시온의 목소리가 울렸다.

"루시온. 고작 계집 하나 때문에 날 배신하겠다는 건가."

"백작님. 백작님께서는 고작 이런 일 때문에 저를 버리는 패로 쓰려 하십니까."

노기를 띤 마카레나 백작의 목소리와 대조적으로 루시온의 목소리는 단조로웠다. 듣는 사람마저도 질릴 정도였다. 카루나는 자신을 빼앗기지 않으려 애쓰는 루시온의 목소리를 들으며, 그에게 자신의 목숨을 맡기는 대신 스스로 도망칠 방도를 찾았다.

계속 버둥거린 덕분에 손을 묶은 리넨이 조금 헐거워졌다. 한 손을 희생해서 비틀어 내면 손이 빠질 것 같았다. 카루나는 크라바트를 입에 물었다.

'잠깐만 아프면 돼.'

생각만으로도 손이 떨렸다. 오래전 경험했던 고통을 몸이 아직 기억하고 있었다.

'조금, 조금 아플 뿐이야. 괜찮아.'

심호흡을 크게 하고는 팔을 비틀었다.

"읍!"

손이 부서지는 고통 위로 마카레나 백작의 목소리가 덧입혀졌다.

"루시온. 네 평생을 클레이엔에게 바치지 않았던가."

"그건 지금도 변함없는 사실입니다. 백작님. 저는 클레이엔 아가씨께 저의 최선을 다하고 있습니다."

"하지만 다른 마음을 품고 있지. 감히 내 딸의 곁에 서서 두 마음을 품고 있는 건 용납할 수 없다네."

루시온과 백작의 대화가 오가는 와중에, 카루나는 덜렁거리는 손을 빼냈다. 팔의 결박을 풀고, 성한 손으로 다친 손을 잡아 다시 뼈를 맞췄다. 우득. 소리와 함께 시원한 느낌이 들었다. 그럼에도 시큰거리는 고통은 여전했다.

한쪽 손이 붓기 시작했다. 카루나는 성한 손으로 입을 가린 크라바트를 풀었다. 묶인 두 다리도 바로 풀었다. 단단히 묶여 있었으나 그 정도야 카루나에게 문제 될 게 아니었다.

책장을 잡고 일어서는데, 문 밖에서 금속이 부딪치는 소리가 들렸다.

"계속 이렇게 나온다면, 루시온. 나도 더 이상은 자비를 베풀 수 없겠군."

"클레이엔 아가씨에게 유능하고 충성스러운 비서를 빼앗으실 셈이시군요."

"오, 루시온. 정녕 자네가 클레이엔에게 충성스럽다고 말할 수 있는가? 절대 이 세상에 다시 나와서는 안 될 클레이엔의 그림자를 멋대로 빼돌리고서?"

"방식만 조금 다를 뿐. 백작님과 아가씨께서 원하는 대로 다시는 세상에 나오지 않았을 겁니다."

루시온의 말을 들으며 카루나는 진저리를 쳤다. 으으.

'누구 마음대로?'

카루나는 마카레나 백작의 손에 죽을 마음도, 루시온의 손에 잡혀 어딘가에 갇혀 지낼 생각도 없었다. 정작 본인은 아무 생각이 없는데 둘이서 멋대로 카루나의 인생을 손에 쥐고 흔들려 하고 있었다.

'두고 봐. 보란 듯이 여기서 도망쳐서 복수할 거야.'

카루나는 각오를 다지며 주변을 둘러보았다. 루시온과 마카레나 백작이 있는 문 쪽으로는 도망가지 못할 터. 다른 길을 찾아야 했다.

서고는 사방이 단단한 벽이었다. 창문은 카루나의 손이 닿지 않는 저 높은 곳에, 조그맣게 나 있었다. 빛이 들어 책이 빛 바래는 것을 막기 위해서였다. 굳이 빠져나갈 곳을 찾아야 한다면, 천장 가까이에 위치한 창문뿐이었다.

카루나는 바닥에 널브러져 있던 루시온의 크라바트를 다시 주워 들었다. 한쪽 끝을 입에 물고, 팅팅 부은 손을 피가 안 통할 정도로 꽉 감쌌다. 붕대 대신이었다. 기다란 천 쪼가리에 불과한 게 오늘 참 여러 용도로 쓰이고 있었다.

압박해서 묶은 손을 움직여 보았다. 시큰하고 아프지만, 손가락이 움직이긴 했다. 그 정도면 충분했다. 카루나는 펄쩍 뛰어 창문 아래 책장에 매달렸다. 두 발로 선반을 밟고, 성한 손으로 그보다 높은 선반을 쥐었다.

카루나는 나무를 타듯 책장을 올라갔다. 평소라면 날다람쥐처럼 빠르게 올라갔겠지만 지금은 속도가 늦었다. 한 손은 거의 기능을 못 하고, 입고 있는 드레스는 치렁치렁하니 무거웠다. 선반에 붙어 있는 게 용할 정도였다.

발을 헛디디고, 다친 손이 선반을 제대로 잡지 못하고 헛돌 때마다 몸이 크게 휘청였다. 그럴수록 마음이 조급해졌다. 선반을 막 반쯤 올랐을 때, 마카레나 백작의 목소리가 들렸다.

"뭐, 이런 식의 끝도 나쁘지 않겠지. 황후의 마지막 시험이 열리는 날, 시녀 후보 중 한 명이었던 바이켈드 공작의 약혼녀가 귀족파의 젊은 귀족과 함께 동반 자살을 하다니. 이루어질 수 없는 사랑을 비관하면서 말이야."

카루나는 놀라서 혀를 깨물었다.

'뭐?'

이번엔 성한 손이 선반을 헛짚었다. 다친 손이 몸을 감당하지 못하고 선반을 놓쳤다. 잠시나마 카루나의 상체가 크게 뒤로 젖혀졌다. 그대로 바닥으로 떨어질 수도 있는 상황에서, 카루나는 가까스로 다시 선반을 움켜잡았다. 책장에 몸을 바짝 붙이고는 한숨을 내쉬었다.

"윽……."

깨문 혀가 너무 아팠다. 눈물이 찔끔 날 정도였다. 마카레나 백작의 말은 그 정도의 파괴력을 가지고 있었다.

"바이켈드 공작에게도 큰 타격이 되겠군. 자신의 어린 약혼자가 바람이 나서 도망가려다 실패해, 공작에게 돌아가느니 자살할 것을 선택했다니.

남의 말 옮기기 좋아하는 자들이 더없이 좋아하겠지. 하긴. 그동안 사교계가 너무 조용했으니, 이 정도 일은 일어나 줘야겠지."

서고 안에서 듣고 있는 당사자의 마음 따위는 조금도 신경 쓰지 않은 채 마카레나 백작은 아주 소설을 써 대고 있었다.

'제정신이야?'

카루나는 치솟는 분노에 몸을 떨었다. 그 분노를 원동력으로 삼으니 책장을 오르는 움직임이 좀 더 빨라졌다.

'여기서 내가 잘못되면, 그냥 나만 죽는 거로 끝나는 게 아니야.'

어린 약혼녀만으로도 충분히 놀림거리가 되고 있거늘. 그 약혼녀가 다른 귀족과 바람이 나서 도망가려다 붙잡혀 죽는다니. 라크안에게는 씻기 힘든 오명이 될 것이다.

'그것만은 절대 안 돼!'

카루나는 이를 악물었다.

'내가 왜 황후의 시녀 후보가 됐는데? 마카레나 백작과 루시온에게 잡히지 않으려고 숨어 있지 않고, 이렇게 나선 이유가 무엇인데.'

다 바이켈드 공작, 라크안 때문이었다. 그런데 막판에 그 모든 수고가 물거품이 될지도 모른다니. 차라리 안 나서니만 못한 상태로, 라크안의 명예를 더럽히는 스캔들을 만든다고?

그것만은 참을 수 없었다. 마카레나 백작에게 붙잡혀 다시 살해당할지도 모른다는 두려움보다, 그게 더 무서웠다.

'반드시 이곳에서 무사히 도망쳐 주겠어. 절대 그렇게 하도록 놔두지 않을 거야.'

카루나는 생명줄을 붙잡듯 책장을 부여잡았다. 그러는 동안 밖에서는 사람들끼리 치고받는 소리가 들렸다. 양쪽의 사병이 부딪친 듯했다.

'서둘러야 해.'

둘 다 황궁 안으로 사병을 끌어들이는 데에는 한계가 있었을 것이다.

싸움은 오래가지 않을 터. 그 싸움이 끝나기 전에 도망가야 했다.

이제 다친 손은 거의 감각이 느껴지지 않았다. 팽팽하게 부어오른 손은 카루나의 얼굴만 했다. 선반을 잡을 수도 없었다. 카루나는 두 다리와 한 손만으로 책장에 매달렸다.

이제 끝에 거의 다다랐다. 한 번만 더 손을 뻗으면 책장 끝까지 오를 수 있을 것 같았다. 그 마지막 한 번 손을 뻗으려는 순간.

"이런 상황에서도 어떻게든 도망갈 궁리를 하다니. 과연 내 딸의 대역답구나."

등 뒤에서 마카레나 백작의 목소리가 들렸다.

"……!"

카루나는 낭패 어린 표정으로 뒤를 돌아보았다. 책장의 저 아래에, 마카레나 백작이 서 있었다. 허허 웃으며 자신에게서 달아나려는 맹랑한 꼬마 숙녀를 올려다보고 있었다.

모르는 사람이 보면 딸을 바라보는 인자한 모습이라 느낄 수도 있겠지만 카루나에게는 전혀, 전혀 그렇게 보이지 않았다.

'루시온은?'

당장 든 의문은 그것이었다.

카루나는 문 쪽을 바라보았다. 높은 책장에 매달려 있었기에 시야가 훤했다.

"아."

카루나는 한숨을 닮은 신음을 내뱉었다. 루시온은 마카레나 백작의 사병에 붙들려 있었다. 몸싸움이 꽤나 거칠었는지 모습이 엉망이었다. 하나로 땋아 내린 은발은 헝클어진 데다, 항상 단정했던 복장은 구겨지고 찢겨졌다. 그러고서도 자신의 목을 내리누르는 마카레나 백작의 사병을 거칠게 밀치고, 고개를 들었다.

잠시나마 카루나와 루시온의 눈이 마주쳤다. 루시온의 남색 눈에서 불길이 일었다. 항상 무표정하던 얼굴이 일그러졌다. 카루나로서는 처음 보는 루시온의 걱정 어린 모습이었다.

루시온이 카루나를 향해 결박된 두 손을 뻗었다. 카루나는 저를 향해 손을 뻗는 간절한 루시온을 바라보았다.

'루시온.'

원망하고 짜증을 내야 하는데. 그리고 고작 이것뿐이었냐고 비웃어 줘야 하는데. 차마 그럴 수가 없었다. 지난 10년간의 기억이, 셔츠 속에 남아 있는 깊은 상처의 흔적이, 카루나를 그렇게 만들었다.

카루나는 입술을 깨물고 고개를 돌렸다. 지금은 그보다 마카레나 백작이 더 급했다. 카루나는 손을 뻗어 책장의 제일 위쪽을 붙잡았다. 있는 힘을 다해 몸을 끌어 올려, 책장의 제일 위에 겨우 몸을 걸쳤다.

활짝 열린 창문이 비로소 눈에 들어왔다. 작긴 했지만 큰 성인 남자 한 명이 빠져나갈 정도는 됐다. 그러니 카루나는 통과하고도 남았다. 카루나는 책장의 제일 위에 올라 마카레나 백작을 내려다보았다. 본능적인 두려움으로 몸이 떨렸다.

'무서워서 그런 게 아니야, 아파서 그런 거야. 손이 너무 아파. 그래서 그런 거야.'

카루나는 애써 마음을 다잡았다. 이를 악다물고, 성한 손에 힘을 주어 주먹을 쥐었다. 어떤 상황에서고, 더는 마카레나 백작에게 약한 모습을 보이고 싶지 않았다.

"안녕하세요, 백작님. 오랜만에 뵙네요."

애써 태연한 목소리로 마카레나 백작에게 말을 걸었다. 아무것도 모르는 척 연기하진 않았다. 이미 그게 통할 수준이 아니었다.

"오랜만이구나, 내 딸아."

"딸? 딸이라고? 제가 언제 단 한 번이라도, 진짜 백작님의 딸인 적이 있었나요?"

"그거 참 섭섭하구나. 지난 10년 동안 내가 널 얼마나 아꼈는데, 말이다. 역시 신분이 천한 것들은 은혜를 모르는 걸까."

"10년 동안 절 정말로 잘 써먹으신 거겠지요. 신분이 천해서 그런지, 나를 정말 아껴 주는 사람과 그렇지 않은 쓰레기는 본능적으로 구별할 수 있답니다."

카루나는 쓰레기 중의 상쓰레기, 마카레나 백작을 내려다보았다.

"흐음."

마카레나 백작이 손을 들어 턱을 문질렀다. 루시온만큼이나 표정을 읽을 수가 없었다.

"내게서 도망갈 수 있을 거라고 생각하느냐."

백작의 뒤에 선 사병들이 긴 밧줄과 추를 가져와 하나로 묶는 게 보였다. 백합궁만 아니라면 활을 쏴서라도 떨어트릴 것을. 피를 내선 안 되기에 급한 대로 올가미라도 만들려는 것 같았다.

"글쎄요. 한 번 성공했는데 두 번이라고 성공을 못 할까요?"

카루나가 웃으며 창문을 돌아보았다. 그러자 마카레나 백작의 얼굴이 팍, 구겨졌다.

"당장 밖으로 나가라, 창문 쪽으로."

카루나가 어떻게 도망칠 생각인지 눈치챈 것이다. 사병들은 들고 있던 밧줄을 내던지고, 문 밖으로 뛰어나갔다. 그들이 서고 건물 밖으로 나가 창문 아래로 가기 전에, 뛰어내려 달아나야 했다.

뛰어내릴 마음의 준비를 할 여유 따윈 없었다. 카루나는 있는 힘을 다해 책장 위로 올라섰다. 책장의 반대편 끝에서 뛰면 벽에 난 창문으로 나갈 수 있었다.

카루나는 한 손으로 치맛자락을 움켜쥐고는 책장 위를 달렸다. 창문으로 뛰어 나가려는 것이었다.

"그만! 그만둬!"

등 뒤에서 마카레나 백작의 고함이 들렸다. 카루나는 뛰는 와중에도 웃음이 났다.

'그만두라고 내가 얌전히 멈춰 설 것 같아?'

욱하는 마음이 두려움을 억눌렀다. 카루나가 올라선 책장은 높았다. 마카레나 백작이 작게 보일 정도였다. 창문의 높이는 상당했다. 창문으로 보이는 밖은 푸른 하늘뿐이었다. 이대로 뛰어내린다면, 분명 몸이 성하진 못하리라.

'그래도 상관없어.'

어디가 다치고 부러지고 찢겨도 상관없다. 떨어져 내린 후 멀리 도망가지 못해도 괜찮았다. 사람들이 있는 곳까지만 가면 됐다.

지금 백합궁은 황후의 시녀 선발 대결로 인해 귀족들이 바글바글할 터. 그들의 눈에 띄기만 하면 됐다. 그래서 마카레나 백작에게서 도망칠 수만 있다면.

……그래서 라크안에게 돌아갈 수만 있다면.

책장을 발로 박차고 창문을 향해 몸을 던졌다. 이 순간 왜 하필 라크안이 생각나는 건지, 카루나는 알지 못했다. 그저 보고 싶었다. 자신을 구해 달라는, 현실감 없는 기적을 바라는 건 아니었다. 왜 자신을 구하러 오지 않는 거냐고 원망을 쏟아내려는 것도 아니었다. 그저 보고 싶을 뿐이었다.

다시, 그의 곁으로 돌아가고 싶었다.

몸이 허공에 붕 떠 창문턱을 넘었다. 그 순간이 너무도 느리게 느껴졌다. 문득, 창문 안쪽에서 다시금 소란이 난 것 같다는 느낌이 들었다.

'루시온이 다시 반격하는 건가?'

단지 그렇게 생각하며, 카루나는 제가 떨어져 내려야 하는 그 아득한 아래쪽을 내려다보았다.

그 높이를 깨닫는 순간, 추락이 시작되었다. 느리게 흘러가던 시간이 단번에 열 배속으로 빨라졌다. 작은 몸은 덧없이 뚝— 바닥으로 떨어져 내렸다.

카루나는 눈을 질끈 감았다. 온몸이 부서지는 충격을 각오하고 이를 악물었다. 그때였다.

"카루나!"

짐승의 포효를 닮은 울부짖음이 들렸다. 이어 늑대 떼를 연상시키는 사람들이 서고 안으로 뛰어들었다. 제일 앞에 선 검은 머리의 사내가 막 창문 밖으로 흩날리듯 사라지는 붉은 드레스 자락을 보았다.

머뭇거릴 틈이 없었다. 카루나가 그렇게 오래도록 기어 오른 책장을 한 번에 디뎌 뛰어 올랐다. 책장이 기우뚱— 기울며 뒤로 쓰러졌다. 사내는 바로 창문 너머로 몸을 던졌다. 두 손을 뻗었다. 카루나의 몸이 바닥에 처박히기 직전. 사내가 그녀를 품에 안았다.

퍽-! 소리가 나며 사내의 몸이 땅에 부딪쳤다. 바닥이 움푹 패었다. 사내는 작은 신음조차 내뱉지 않고, 카루나를 꽉 끌어안았다. 카루나는 딱딱한 바닥 대신 그만큼이나 단단한 가슴에 얼굴을 박았다.

"윽!"

코가 얼얼하게 아팠지만, 예상했던 충격과 고통은 아니었다. 카루나는 참았던 숨을 들이켰다. 무척 익숙한 냄새와 감촉이 느껴졌다.

눈을 뜨니, 땅바닥이 아니라 화려한 예복의 금술 장식이 눈에 들어왔다. 놀라 고개를 들려고 하니, 커다란 손이 카루나의 머리를 조심스럽게 잡아 꾹 내리눌렀다.

"가만있어. 꼬맹이."

거친 숨이 묻어나는 다정한 목소리로 이렇게 말해 주었다. 두근, 두근. 그의 심장 소리가 들렸다. 심장은 터지지 않을까 걱정이 될 만큼 빠르게 뛰고 있었다.

"……라안?"

카루나는 저도 모르게 그의 이름을 불렀다. 대답하듯 카루나를 껴안은 팔에 힘이 들어갔다. '살았다'라는 안도보다 더 먼저 다가온 건 자신을 보호하려는 듯 꽉 끌어안은 라크안의 품 속. 그 온기였다.

'날 구하러 왔어?'

그의 품에 안겨 그의 심장 소리를 들으면서도 믿기지 않았다.

'설마 내가 머리부터 떨어져서 머리를 다친 걸까? 그래서 지금 환각을 보는 걸까?'

그런 거라면 큰일이었다. 얼른 정신을 차리고, 이 환각에서 벗어나지 않으면 안 된다. 마카레나 백작의 사병들로부터 도망쳐 백합궁으로 가야 했다. 사람들이 몰려 있는 곳으로 가야 했다.

카루나는 두 팔에 힘을 주었다. 자신을 껴안은 이 환각을 밀어내려는 것이었다. 하지만 환각은 밀려나지 않았다.

"가만히 있으라니까, 괜찮아. 내가 왔잖아."

대신 카루나를 떠 꽉 끌어안으며 귓가에 속삭여 주었다. 괜찮다고, 이제는 괜찮다고. 라크안이 카루나의 정수리에 얼굴을 묻고 숨을 내쉬었다. 숨은 뜨겁고, 또 떨리고 있었다. 카루나만큼이나 두려웠다는 듯이.

환각이 아니었다. 이런 게 환각일 리 없었다. 그걸 깨닫자, 그제야 긴장이 풀렸다. 몸이 늘어졌다. 카루나는 어미 품속에 안긴 새끼 늑대처럼 라크안의 품속에 온전히 기댔다. 그렇게 라크안의 품 안에서 정신을 잃었다.

카루나가 눈을 감자, 라크안은 한 팔로 카루나를 안은 채 몸을 일으켰다. 바닥에 부딪친 어깨와 등이 부서질 듯 아팠다. 하지만 그 또한 조금만 버티면 사라질 터였다.

고작 이 정도의 고통과 맞바꿔 카루나를 구할 수 있어 다행이었다. 몸이 단련된 그조차도 이 정도 피해를 입었건만. 만약 카루나가 혼자 떨어져 내렸으면 어떻게 됐을까.

생각하는 것만으로도 토악질이 밀려들었다. 카루나를 이런 위험에 몰아넣은 자들을 향해 걷잡을 수 없는 살기를 느꼈다. 라크안의 붉은 눈이 번뜩였다.

마카레나 백작의 명을 받고 카루나를 잡으러 온 사병들이 다가온 건 바로 그 순간이었다. 그들은 건물을 빙 둘러 달려 나오느라, 아직 서고에 들이닥친 라크안과 철십자 기사단의 존재를 몰랐다.

라크안은 카루나를 망토 속에 숨기고는 그들을 노려보았다. 마카레나 백작의 사병들은 단지 카루나만 쓰러져 있을 거라 생각하고 달려온 터였다. 카루나 대신 검은 머리에 붉은 눈을 번뜩이는 사내가 서 있자 다들 놀라 급히 멈춰 섰다.

황궁 안에서 만날 수 있는 검은 머리에 붉은 눈을 가진 사람은 단 한 명뿐이었다. 섬뜩할 정도로 차갑지만 아름다운 외모를 가진 사내. 금술을 두른 흰 예복이 더없이 잘 어울리는 귀족. 제국 최고의 기사, 바이켈드 공작.

사병들이 경악하며 도망치기 시작했다. 라크안은 그런 그들을 보며 이를 드러내며 웃어 보였다.

"감히 내 반려를 건드리려고 하다니."

붉은 눈동자가 둘로 갈라지며, 짐승의 눈이 드러났다. 라크안이 눈을 감았다 떴다. 완전히 짐승의 눈으로 변해 버린 붉은 눈이 도망치는 사병들을 노려보았다.

'다 죽여 버려. 네 반려를 죽이려고 했잖아?'

누군가 라크안의 귓가에 속삭였다.

'저대로 놔두면 계속해서 네 반려를 노릴 거야. 그러니까 죽여. 죽여서 네 반려를 지켜.'

그 목소리에 정신이 아득해졌다. 이 품 안의 온기를 잃어버렸을지도 모른다. 저들의 손에 카루나가 다치거나. 혹은 죽게 되었을지도 모른다.

그 생각만으로도 배 속에서 불덩이가 치솟아 올랐다.

어떻게 찾은 반려인데. 함부로 다가가지도 못하고, 그렇다고 감히 멀어지지도 못해서. 그저 곁에서 맴돌기만 했건만. 그렇게 소중하게 곁에 두고 지켜왔건만.

그 소중한 반려를, 자신의 검을 한 번 받아 내지도 못할 자들이 건드리려고 했다. 고작 저들을 피하고자 카루나가 몸을 날렸다. 창문 밖으로 꽃잎처럼 떨어지던 카루나의 모습이 아직 눈앞에 생생했다.

목울대를 타고 짐승의 울음소리를 닮은 소리가 났다.

'이게 무슨 소리지?'

라크안의 품에 얌전히 안겨 있던 카루나는 그 소리를 듣고 고개를 들었다. 번뜩이는 붉은 눈. 핏대가 오른 목선에. 악다문 잇새에서 새어 나오는 성난 울음. 그 와중에서도 카루나를 끌어안은 한 손에 점점 힘이 들어갔다. 절대 놓을 수 없다는 듯이.

다른 한 손이 허리춤에 찬 검을 잡았다. 이곳은 백합궁이었다. 절대 피를 봐서는 안 되는 곳.

그렇기에 카루나를 납치한 루시온도, 카루나를 죽이려 했던 마카레나 백작도, 감히 이곳에서 그녀를 죽이려는 생각은 하지도 않았건만. 그런데 라크안은 아무렇지 않게 칼을 뽑아 들었다.

그 검 끝이 도망치는 마카레나 백작의 사병들을 향했다. 라크안의 온몸에서 살기가 뿜어져 나왔다. 라크안이 품에 안겨 있는 카루나조차 놀라 잠시 숨 쉬는 걸 잊을 정도의 기세였다.

도망치던 사병들이 자신들을 향하는 지독한 살기에 눌려 뛰던 걸음을 멈췄다. 뱀 앞에서 몸이 굳어 버린 개구리 같아 보였다. 다들 목만 뒤로 돌린 채로, 라크안을 보며 벌벌 떨었다.

"사, 살려 주십쇼."

"제발, 제발……."

다들 울며 자비를 구했다. 어느새 실금하여 바지가 축축해진 자들도 있었다. 그들을 보는 라크안의 입가에 웃음이 맺혔다. 먹잇감을 앞에 둔 맹수의 웃음이었다. 두 눈은 이미 살기로 번들거리고 있었다.

그런 라크안의 모습이 카루나의 눈에 고스란히 들어왔다. 그 모습 위로 카루나가 줄곧 봐 왔던 어떤 모습이 겹쳤다. 밤마다 악몽에 시달리며 푹 잠들지 못하던 라크안이 생각났다.

손을 잡아 주어야 겨우 잠이 들었던 여러 날들. 그 속에서 라크안은 종종 뒤척이며 식은땀을 흘렸다.

'죽이고 싶지 않아…… 이젠, 싫어…….'

잠결에 중얼대는 말들은 대개 이런 것들뿐이었다. 그 목소리가 아직도 귀에 생생했다. 잠 못 이루던 밤에나 겨우 보이던 모습과 비교하면 지금의 모습은 너무도 거칠었다. 미쳐 버린 늑대나 다름없었다. 당장이라도 늑대로 변할 듯 보였다.

'안 돼. 그건 안 돼.'

카루나는 정신을 차리기 위해 고개를 휘휘 저었다. 자신을 내리누르는 라크안의 살기에 숨이 막혀 헐떡이면서도, 그를 막아야겠다는 생각을 했다. 저기, 도망가고 있는 마카레나 백작의 부하들의 목숨을 구하기 위해서가 아니었다. 라크안을 위해서였다.

'이러고 나서 또 나중에 잠 못 자고 힘들어할 거야.'

며칠 동안 잠을 못 자 눈 밑이 퀭하던 모습이, 겨우 잠들어서도 악몽을 꾸며 괴로워하던 모습이 눈에 선했다. 그가 잠결에 내뱉던 말도 가슴을 아프게 콕콕 찔렀다. 카루나는 라크안에게 악몽을 더해 주고 싶지 않았다.

'게다가 여긴 백합궁이야. 피를 뿌려선 안 되는 곳이라고. 천하의 바이켈드 공작이라고 할지라도 무사하지 못할 거야.'

황족조차도 신성하게 생각하는 불문율을 어긴 대가는 클 것이다.

'내가 뭣 때문에 황후의 시녀가 되려고 한 건데.'

단지 자신의 안전을 위해서만은 아니었다. 그런 거였다면 바이켈드 공작저에 콕 박혀 있었으리라. 바이켈드 공작 가문에, 아니, 라크안에게 힘을 더해 주고 싶어서였다. 마카레나 백작이 자신을 노리고 있다는 걸 알면서도 굳이 위험을 무릅쓴 건 그런 이유에서였다.

그래서 루시온에게 붙잡히고, 마카레나 백작에게 위협당하면서도, 카루나는 황후의 시녀 후보가 된 걸 후회하지 않았다. 모든 것은 자신의 선택으로 벌어진 일이었으니까. 그러니 자신 때문에 흥분한 라크안이 백합궁에서 피를 내는 건 원치 않았다.

막 라크안이 사병들을 향해 달려가려 땅을 박차려 할 때였다.

"안 돼. 안 돼요!"

카루나는 다급히 두 손을 뻗어 라크안의 목을 껴안았다. 목과 어깨는 돌로 만든 것처럼 단단했다. 특히나 목은 잔뜩 굳어 핏대가 서 있기까지 했다. 라크안에게서 또 짐승의 것과 닮은 울음소리가 들렸다.

솜털이 쭈뼛 설 정도로 위협적인 소리였으나 카루나는 겁먹지 않았다. 바로 눈앞에서 사람이 늑대로 변하고, 늑대가 사람으로 변하는 걸 여러 번 봤던 터였다.

포도주통으로, 또 작은 후추 통으로 그 늑대를 때려잡기도 여러 번이었다. 지금 그녀에게는 포도주 통도, 후추 통도 없지만 두렵진 않았다. 라크안이 이렇게 거친 모습을 보인다 할지라도, 자신을 다치게 하지는 않을 거라는 믿음이 있었다.

불과 1년여 전까지만 해도 서로 암살자와 독약을 보냈던 사이. 그렇게 수년간 으르렁대던 정적 관계.

그래도 지금 라크안은 카루나를 구하러 와 줬다. 그런 라크안을 두려워할 수 있을 리 없었다.

"제발요, 진정해요. 난 괜찮아요. 그러니까 정신을 차려 봐요."

카루나는 라크안에게 속삭였다. 이곳엔 포도주 통도, 후추 통도 없었다. 사용할 수 있는 건 오직, 두 팔뿐이었다.라크안의 목을 자신의 두 팔로 꽉 조여서라도 말을 듣게 만들 거라는 각오로 힘껏 라크안에게 매달렸다.

사병들을 향해 달려가던 라크안이 움찔, 몸을 떨었다. 달려가던 걸음이 늦춰졌다. 카루나는 성난 말을 달래듯 그를 쓰다듬었다.

"가만히 있어. 내가 알아서 다 한다고 했지."

라크안이 으르렁댔다. 마치 겁을 주듯 카루나에게 말했다. 말은 사나웠으나 손짓은 조심스러웠다. 카루나를 제 목에서 떼어 내려는 듯 손을 들어 그녀의 등을 잡았다. 작은 어깨가 한 손에 들어왔다.

'아직 정신을 완전히 놓지는 않았구나.'

카루나는 오히려 안도하며 라크안에게 더 꽉 달라붙었다. 그러고는 손을 뻗어 라크안의 머리를 한 움큼 쥐어 잡아당겼다.

"정신 차려요! 정신 차리라고! 여긴 백합궁이라고요."

거리낌 없이 라크안을 구박했다. 평소 라크안을 대하던 그 모습 그대로였다. 라크안은 멈춰 선 채로 카루나를 내려다보았다. 카루나가 보통 때와 다름없이 라크안을 대하니, 라크안은 순간, 집중력이 흐려졌다.

카루나가 위험에 처했다. 마카레나 백작의 졸개들에게 쫓겨 창문에서 뛰어내릴 정도로 위급한 상황이었다. 그걸 발견한 자신은 당연히, 카루나를 그렇게 만든 자들을 처단하려고 하고 있다.

그런데 카루나가 자신을 말리고 있다. 평소와 다름없이, 아무렇지도 않아 보이는 모습으로.

라크안은 고개를 들어 앞을 바라보았다.

'오랫동안 꼬맹이와 떨어져 있어서 또 발작이 일어난 걸까?'

그렇다면 저기에서 벌벌 떨고 있는 마카레나 백작의 사병들이 환각인 걸까. 아니면 품 안에 얌전히 안겨 있는 카루나가 환각인 것일까.

저 앞에 한입 거리도 안 되는 것들이 보였다. 여전히 두려움에 발이 묶인 채 살려 달라고 울부짖고 있었다. 자신에게는 먼지만도 못한 것들이나 카루나에게는 아니었다. 저들이 카루나를 겁박하려 들었다. 생각만으로도 목울대가 울렸다.

"진정해요, 그만 진정하라고요. 나 괜찮은 거 안 보여요? 보이잖아요!"

다시금 그를 잠재우는 카루나의 목소리가 들렸다. 목을 감싸 안은 온기도, 이 목소리도, 분명 현실이었다. 저들에게 쫓겨 창문에서 뛰어내렸으면서. 저들을 처리하려고 하자 오히려 말리다니.

이렇게 아무렇지 않게. 아무 일도 아니라는 듯이.

라크안은 귀에 와 닿는 카루나의 목소리가, 눈에 담긴 카루나의 태연한 모습이 믿기지 않았다. 절로 미간이 구겨졌다.

"지금 제정신인 거죠? 내 말 잘 들리는 거죠? 그렇죠?"

카루나는 라크안이 멈춰서, 검을 든 손을 누그러트린 것에 만족하며 다시 물었다.

"뭐라고 말 좀 해 봐요. 여기가 백합궁인 건 기억이 나나요? 생각이 났어요? 응?"

카루나는 라크안의 머리카락을 놔주고 그 손으로 라크안의 미간 사이를 꾹꾹 눌렀다. 성난 고양이를 달래듯이 거침이 없었다. 라크안과 카루나의 얼굴이 더없이 가까워졌다.

시뻘건 눈이 태연한 카루나의 얼굴을 뚫어져라 바라보았다. 카루나의 녹색 눈엔 한 점 두려움이 없었다. 카루나가 백합궁에 오기 전, 그의 그늘 아래에 있던 때와 똑같은 모습이었다.

바이켈드 공작저에서 포도주 통 더미 사이로 뛰어다니고, 양손에 후추통을 들고 흔들던 그 모습.

고작 한 달이 지났을 뿐이건만 그 시절의 기억이 먼 옛날의 일처럼 아득하게 느껴졌다.

카루나가 백합궁에 들어간 이후 다시 불면증이 시작되었다. 카루나와 기사단장이 벌인 일을 뒷수습하느라 바쁜 날들을 보냈다. 리센과 사이가 멀어진 것을 신경 쓰는 것만으로도 골치가 아팠다.

정신없이 바쁘고 힘들어서, 괜찮다고 생각했다. 그런데 아니었다. 사실은 불안하고 불안정한 상태였다. 카루나가 위험해졌다는 소리를 듣고 이성을 잃고 발작할 정도로.

라크안은 그동안 자신이 얼마나 혼란스러운 상태였는지 깨달았다. 동시에 카루나가 자신에게 얼마나 절실한 존재인지 실감했다. 카루나의 태평한 목소리를 듣고, 카루나의 평화로운 얼굴을 보는 것만으로도 마음이 가라앉았다.

단지 가라앉는 정도가 아니었다. 울컥, 하는 감정이 샘솟았다. 그건 조금 전, 마카레나 백작의 사병들에게 느꼈던 살의와는 다른 감정이었다.

"너는 왜……."

짐승의 울음소리가 사라지고 사람의 목소리가 목울대를 울렸다. 목이 멘 듯 메마른 목소리는 채 문장을 이루지 못했다.

목숨이 위험한 상황에 처해 있었건만. 카루나는 그런 상황은 당연한 거라는 듯 태연했다. 태연하다 못해, 날뛰는 라크안을 달래기까지 했다. 마카레나 백작의 사병들을 두려워하지 않고, 라크안을 무서워하지도 않았다.

그건 보통의 여자아이의 태도가 아니었다. 자신의 목숨이 귀한 줄 모르는, 죽을 고비를 수없이 넘긴 사람의 대범함이었다. 고작, 이렇게 작은 여자아이가 가질 수 있을 만한 배포가 아니었다.

라크안은 그게 안쓰러웠다. 카루나를 이렇게 만든 마카레나 백작에게, 루시온에게 화가 났다. 그리고 스스로가 혐오스러울 만치, 그런 그녀가 고마웠다.

자신을 무서워하지 않아 줘서. 이렇듯 자신을 진정시켜 주어서.

수년간 함께 지냈던 숲의 일족들마저 두려워하는 자신을 이렇게 받아들여 주어서.

"난 괜찮아요. 공작 각하가 구해 줬잖아요. 하나도 안 다치게 해 줬잖아요. 그러니까 이제 그만해도 돼요. 진정해요. 여기서 사람들을 다치게 하면 안 돼요. 늑대로 변해서도 안 되구요. 그래 줄 거죠?"

카루나가 라크안의 미간을 누르던 손을 펼쳐 라크안의 눈을 가렸다. 라크안의 두 눈을 가리기엔 너무 작은 손이었다. 하지만 라크안은 순순히 그녀의 손길을 받으며 눈을 감았다.

다시 눈을 떴을 때, 그의 눈은 평범한 붉은색으로 돌아가 있었다. 루비처럼 맑은 눈동자였다. 그 눈동자에 카루나의 얼굴이 선명히 비쳤다. 카루나는 원래대로 돌아온 라크안의 눈을 보며 싱긋, 웃어 보였다.

"잘했어요. 라안."

그의 반려가 그의 이름을 불러 주었다.

* * *

곧, 철십자 기사들이 카루나와 라크안이 있는 곳으로 달려왔다. 그들은 일사불란하게 움직여 마카레나 백작의 사병들을 제압하였다. 그들 틈에 섞여 있던 세나는 카루나를 발견하자마자 울 것 같은 얼굴이 되었다. 한달음에 카루나에게 다가가려 했지만 라크안이 그녀를 막아 세웠다.

라크안은 손짓으로 마카레나 백작의 사병들을 가리켰다. 세나는 이 세상에서 가장 부당한 명령을 들은 사람이 되었다. 차마 라크안의 명령을 거역하지는 못하고, 라크안의 손이 가리키는 곳으로 달려갔다. 그러고는 무지막지하게 사병들을 쥐어 팼다.

그러는 동안 라크안은 꿈쩍도 하지 않았다. 카루나를 안고 있는 그 자세 그대로 동상처럼 굳어 있었다.

상황은 금세 정리되었다. 철십자 기사들은 다음 명령을 기다리며, 또 카루나와 눈이라도 한 번 마주치기 위해 이쪽을 열렬히 바라보았다. 그 최전방에 세나가 서 있었다.

“루시온과 그 일당들을 잡아 두었습니다. 다만, 난리 통에 마카레나 백작이 도망쳐서 그걸 놓쳤습니다. 죄송합니다.”

세나가 곁으로 다가와 서고 안의 상황을 보고하였다.

“놓쳤다고?”

라크안이 인상을 찌푸리며 세나를 돌아보았다. 일순간 라크안의 몸에서 짙은 살기가 뿜어져 나왔다. 세나가 헛, 숨을 들이켜며 뒤로 물러섰다. 세나 뒤에 서 있던 기사들은 바로 허리춤에 손을 가져다 대며 경계했다.

“진정해요.”

카루나가 라크안의 어깨를 토닥토닥 두드렸다. 그러자 거짓말처럼 살기가 사라졌다.

“……젠장.”

라크안은 한 손으로 자신의 얼굴을 가렸다. 마른세수를 하며 한숨을 내쉬었다. 조금 전, 내내 억누르고 있던 본성이 터져 나왔다. 카루나가 곁에 있기에 금방 진정되긴 했지만 몸 상태가 완전히 정상으로 돌아온 건 아니었다.

완전히 터트리지 못한 분노가 아직 남아 저 깊숙한 곳에 가라앉아 부글부글 끓고 있었다. 그걸 카루나의 온기와 손길에 기대 겨우 짓누르고 있을 뿐이었다.

조금만 자극을 받아도 라크안은 얼마든 조금 전의 흥분 상태로 돌아갈 수 있었다. 그러니 당분간, 적어도 오늘 하루는 안정을 취해야 했다. 라크안은 깊이 숨을 들이쉬었다 내쉬며 다시 눈을 떴다.

혹여 자신이 이 자리에서 발작을 일으킬까 경계하는 세나와 철십자 기사들. 그리고 오직, 걱정스러운 눈빛으로 자신을 바라보는 카루나. 현실이 따갑게 눈에 박혔다.

"죄송합니다. 라안 님과 카루나 아가씨가 사라지니까 저희들이 조금 흐트러졌습니다."

"모두 다 그런 게 아니라 어느 한 사람이 특히 그랬던 거겠지."

라크안은 세나를 지그시 바라보았다.

세나는 기척에 예민하고 실력이 좋은 기사였다. 동료 기사들을 이끄는 리더십도 뛰어났다. 약간 거칠어서 문제지. 그런 세나가 이끄는 철십자 기사들이 눈앞에 있던 거물을 놓치는 건 있을 수 없는 일이었다.

라크안은 카루나에게 정신이 팔려 마카레나 백작을 놓친 세나를 크게 탓하지 않았다.

"뭐, 됐어. 붙잡았다 한들 적당한 변명을 들어 빠져나갔을 테니."

라크안은 손짓하여 세나를 물렸다.

"클레이엔의 사냥개는 단단히 잡아 두었습니다."

하지만 세나는 순순히 물러가지 않았다. 기어이 카루나의 곁에 다가와서는 굳이 주절주절 나머지 보고를 올렸다.

'클레이엔의 사냥개…… 루시온을 말하는 거겠지.'

카루나는 세나의 보고를 들으며 살짝 아랫입술을 깨물었다.

'당신을 어떻게 하면 좋을까, 루시온.'

마카레나 백작은 빠져나갔고 루시온은 붙잡혀 있다. 그렇다면 분명, 자신을 납치한 죗값은 모두 루시온이 뒤집어쓸 터였다. 자신을 납치하려고 일을 꾸미기까지 했건만. 그럼에도 루시온을 미워할 수가 없었다.

무엇보다 그는 마카레나 백작으로부터 그녀를 빼돌리려고 했다. 마카레나 백작과 달리 그녀를 해치려는 마음이 없었다.

'심한 처벌은 면하게 하고 싶은데.'

그러기 위해서는 라크안의 동의가 필요했다.

"저기, 저기요. 공작 각하."

카루나가 라크안의 옷자락을 꼭 움켜쥐었다. 라크안과 세나가 동시에 카루나를 쳐다봤다. 라크안은 단지 고개를 숙이는 것만으로 충분했다. 라크안과 카루나의 얼굴이 닿을 듯 가까워졌다.

'뭐야, 이런 남세스러운 자세는?'

그제야 카루나는 자신이 라크안의 품에 안겨 이동 중이라는 걸 깨달았다. 놀라서 급히 몸을 뒤로 뺐다. 그 바람에 중심을 잃어 몸이 휘청-흔들렸다.

"꼬맹이!"

"위험하십니다!"

라크안과 세나가 동시에 카루나를 붙잡았다. 두 사람의 손이 카루나의 등을 탄탄하게 받쳐 주었다.

"어…… 고마워요."

카루나는 얼떨떨해져선 눈을 데굴, 굴렸다. 라크안과 세나는 동시에 안도의 한숨을 내쉬었다.

"아무튼 조금도 가만히 못 있지. 가만히 좀 있어."

라크안이 세나의 손을 쳐내고, 카루나를 좀 더 끌어안았다.

"이크."

카루나는 그 힘에 눌려 라크안의 가슴팍에 얼굴을 박았다. 라크안이 의기양양한 얼굴로 세나를 바라보았다.

"아가씨의 호위는 접니다."

"그래, 그 호위는 모시는 아가씨가 이렇게 될 동안 뭘 하고 있었지?"

"……."

"세나 경을 탓하지 말아요. 이건 어쩔 수 없는 일이었어요."

카루나가 편을 들어 주자 세나의 입이 헤벌쭉하게 벌어졌다.

"꼬맹이, 넌 쓸데없는 말 하지 말고 가만히 있어."

"내 일인데 왜 가만히 있으라고 하는 건가요."

기운을 차린 카루나는 다시 라크안에게 톡 쏘아붙였다. 그러고는 뒤늦게 민망함에 얼굴을 붉혔다.

"근데요. 공작 각하, 일단 절 좀 내려 주세요."

이렇게 계속 안겨 있으려니 세나나 다른 철십자 기사들을 보기가 민망스러웠다. 하지만 그건 카루나만의 생각인 듯했다.

"왜?"

라크안은 아무렇지도 않은 얼굴로 오히려 되물었다.

"왜라뇨? 전 제 두 발로 걸을 수 있는걸요."

카루나는 다리가 성하다는 것을 보여 주기 위해 두 발을 붕붕 움직였다.

"일단 루시온은 고문하거나 감옥에 가두지 말고, 일단 안 보이는 데 가둬만 놓아요. 알겠죠? 일단 티 파티가 끝난 다음에 저랑 의논해서 결정해요. 내가 납치당한 내 일이니까, 내가 해결할 거예요."

급한 마음에 마음속에 있는 말을 우르르 쏟아 놓았다.

"아무튼 어서 내려 줘요. 전 빨리 티 파티장으로 돌아가야 한단 말이에요."

카루나가 몸을 돌려 세나에게 두 팔을 뻗었다. 세나는 당연하게 두 팔을 내밀어 카루나를 안아 들려고 하였다. 카루나와 세나, 둘 모두 험악하게 구겨지는 라크안의 얼굴을 보지 못하였다.

"멈춰."

라크안은 날파리를 떼어 내듯 세나의 팔을 쳐냈다. 뼈가 부딪치는 소리가 났다.

"윽."

세나는 자신의 팔을 부여잡고 뒤로 물러섰다. 갑작스러운 공격에 놀라 어벙한 표정을 지어 보였다.

“라안 님?”

“물러서. 명령이다.”

“네?”

“두 번 말하고 싶지 않은데. 세나 경.”

목소리가 서늘했다.

“……명령을 받듭니다.”

세나는 카루나에게서 눈을 떼지 못하면서, 어쩔 수 없이 뒤로 물러섰다. 다른 철십자 기사들과 함께 서너 걸음 뒤에서 라크안을 뒤따랐다.

“세나 경한테 왜 그래요. 내가 말했잖아요. 이번 일은 세나 경이 잘못한 게 아니라…….”

“이게 왜 너만의 일이지?”

라크안이 카루나의 말을 중간에 잘라 냈다.

“내 약혼녀가 납치된 일인데. 내가 납치됐을 때 내 약혼녀가 나서서 날 구해 주었고. 그것도 모자라 얼마 전에는, 내 약혼녀가 나 몰래 내 부하와 일을 꾸며 날 납치했던 가문을 뭉개 버리기까지 했는데. 나는 왜 내 약혼녀를 납치한 놈을 내 멋대로 처리하면 안 되는 거지?”

“……알고, 있었어요?”

“왜? 내 아랫사람을 이용하여 내 또 다른 아랫사람을 쳐내면서, 내가 끝까지 모를 거라고 생각했나 보지?”

라크안이 피식, 웃었다.

‘그래서 기사단장과 연락이 안 됐던 거구나.’

그러고 보니, 보쉬엔 자작 가문을 처리한 이후 기사단장으로부터 연락이 끊겼다. 그게 내심 이상했지만, 세나가 워낙 태평하게 굴었기에. 또 백합궁에서의 생활이 바쁘게 돌아갔기에 깊게 생각하지 않았다.

그렇게 넘겨서는 안 되었는데. 기사단장은 함께 모의했던 일이 끝났다고 바로 연락을 끊을 사람이 아니었다.

라크안에게 꾸미던 일이 들키지 않은 이상에야.

"내, 내려 줘요. 일단 날 내려 줘요."

카루나는 라크안의 팔을 한 손으로 투닥투닥 내리쳤다. 라크안은 한쪽 무릎을 꿇고 앉아 카루나를 내려 주었다. 그리고 손을 들어 뒤따르는 철십자 기사들에게 멈춰 서도록 했다.

두 발이 땅에 닿자마자 카루나는 라크안에게서 멀어지려고 했다. 생각을 정리할 시간이 필요해서였다. 하지만 라크안은 카루나에게 그 시간을 허락해 주려고 하지 않았다. 카루나를 내려 주었지만 자신에게서 멀어지는 건 용납하지 않았다.

"티 파티장으로 돌아가지 않아도 돼. 황후의 시녀 따위를 할 필요가 없어졌으니까. 지금 바로 내 기사들의 호위를 받아 제국 남부에 위치한 내 영지로 떠나. 수도가 안정될 때까지는 거기서 머무르도록 해."

"지금 무슨 말씀을 하시는 거예요?"

"놀이는 다 끝났다고 말하고 있는 거야."

"놀이라니? 아무리 화가 났어도 말이 지나치신 것 같네요, 공작 각하. 황후의 시녀 선발이 놀이라니요? 그 자리를 위해서 마카레나 백작과 루시온이 이런 짓을 할 만큼 그건……."

"중요한 자리겠지. 황태자비가 되고 싶은 지금의 클레이엔에게는. 그리고 그 클레이엔을 방해하고 싶은 네게도 말이야."

라크안이 손을 들어 카루나의 두 어깨 위에 얹었다. 카루나는 움찔, 몸을 떨었다. 라크안의 얼굴은 무표정했다. 언제나의 루시온을 보는 듯했다. 아니, 루시온보다 더했다. 무슨 생각을 하고 있는 건지 도통 읽을 수가 없었으니까.

창밖으로 몸을 날려 자신을 구해 준 사람이건만. 지금은 마카레나 백작만큼 두렵게 느껴졌다.

"놔, 놔요."

입 밖으로 흘러나오는 목소리가 떨렸다. 카루나는 몸을 내저으며 라크안의 손에서 빠져나오고자 애썼다. 도움을 요청하기 위해 세나를 부르려고 했다. 라크안은 그런 카루나를 보며 말을 이었다.

"루시온은 내가 알아서 처리하겠어. 감히 내 약혼녀를 건드렸으니 응당 그 대가를 치러야 하겠지. 도망쳤다고는 하나 마카레나 백작 또한 무사하지는 못할 거다. 더는 그렇게 날뛰도록 가만히 두지 않겠어. 그럼 만족하겠어?"

"아니요, 만족 못 해요!"

"그래? 그래도 어쩔 수 없어. 내가 그렇게 마음을 먹었으니까."

살짝 고개를 숙였다가 다시 고개를 들어 카루나를 바라보았다. 붉은 눈이 카루나를 똑바로 바라보았다.

"마카레나 백작 영애. 클레이엔 아가씨."

"……."

카루나는 잠깐이나마 숨 쉬는 것을 까먹었다.

"……알고 있었어요?"

무슨 말을 하는 거냐고, 부정할 순 없었다. 카루나를 바라보는 붉은 눈은 더없이 맑았다. 한 점 의혹도 없었다.

라크안은 확신하고 있었다. 카루나가 클레이엔이었다는 것을. 수년간, 자신과 내내 싸웠던 게 지금의 클레이엔이 아니라 눈앞의 카루나라는 것을. 어깨를 움켜잡은 손을 타고 그 확신이 느껴졌다.

숨이 막혔다. 도통 숨을 쉴 수가 없었다.

"언제부터?"

목을 쥐어짜 물었다.

"꽤 오래전부터."

"아니, 아니…… 아니, 그게 아니라!"

카루나는 미친 듯이 고개를 저으며 되물었다.

"그러니까 언제부터요?"
"아가씨? 라안 님?"
등 뒤에서 세나의 목소리가 들렸다. 카루나는 차마 돌아볼 엄두가 나지 않았다. 이 거리라면 세나를 비롯한 다른 철십자 기사들도 분명 둘의 대화를 다 듣고 있을 터였다.
'내가 클레이엔이었다는 걸 알게 됐어.'
세나가 자신을 어떤 표정으로 바라볼지 보고 싶지 않았다.
세나는 클레이엔을 싫어했다. 다시금 나타난 진짜 클레이엔을 싫어하는 것이었지만, 그 감정의 바탕에는 대역 클레이엔에 대한 감정이 스며들어 있었다.
'그렇게 싫어했던 클레이엔이 사실 나였다는 걸 알게 되었으니까…… 이젠 날 싫어하려나?'
카루나는 억지로 숨을 들이쉬며 눈을 깜박였다. 뒤에 있는 세나를 볼 수도, 그녀에게 손을 내밀어 도와 달라고 할 수도 없었다. 그러니 오직, 눈앞의 라크안만을 바라보아야 했다.
라크안은 다시금 손짓하여 세나와 철십자 기사들을 뒤로 물렸다. 지금은 그들의 의아해하는 표정보다 멍하니, 자신을 바라보는 카루나가 더 중요했다.
"언제부터 알고 있었냐고요."
"우리가 계약서를 써서 나눌 때부터."
그때부터 알아챘으면서 지금까지 모른 척하고 있었다는 것만 해도 충격이건만. 라크안의 고백은 거기에서 끝나지 않았다.
"맨 처음, 내 저택에 널 들일 때부터 이상하다고는 생각했지. 고작 잡화점에서 배달을 하고 여관에서 허드렛일을 돕는 아이가 계약서에 쓰인 글을 모두 읽고, 자신의 이름을 써서 서명을 한다? 이상하다는 생각을 할 수밖에."

라크안의 말에 카루나는 피식, 웃고 말았다. 어이가 없어서 웃음이 났다.

'내가 이렇게나 흘리고 다녔구나.'

바이켈드 공작저에 들어가 라크안을 만났던 날은 카루나도 아직 기억하고 있었다. 라크안은 분명 카루나 따위는 안중에도 없다는 듯 굴었다. 카루나가 계약서에 서명하고 밖으로 나갈 때까지 카루나를 쳐다보지도 않았다.

그런데, 아니었다. 내내 주시하고 있던 것이었다.

'내가 틈을 보였어.'

카루나는 자신의 잘못을 순순히 인정했다.

라크안의 말대로였다. 왼손으로 이름을 쓰고 필체를 속였다고 만족해서는 안 됐다. 어릴 때부터 여관과 잡화점에서 일하는 뒷골목 출신 아이가 계약서를 읽고 서명을 할 수 있다니. 말이 안 되는 일이었다. 그건 분명 카루나의 실수였다.

눈앞에 집채만 한 늑대가 나타나 자신을 위협하고, 또 그 늑대가 사람으로 변해 옷을 하나도 안 입고 다가왔다. 그런 일을 겪고서 온전히 정신을 차릴 수 있는 사람이 몇이나 될까.

카루나 역시 그러했다. 제정신을 차리고 있다고 생각했건만 놀란 마음에 틈을 보이고야 말았다. 이유야 어쨌건 '내가 클레이엔이었소. 내가 클레이엔의 대역을 맡았던 사람이었소이다.'라고 떠벌리고 다닌 것이나 마찬가지였다. 다른 사람도 아니고, 수년 동안 자신과 싸워 왔던 바이켈드 공작, 라크안 앞에서.

"그대라면 대수롭지 않게 받아들였겠나?"

라크안의 물음에 카루나는 고개를 저었다. 카루나였다면 당장 그 아이를 붙잡아 감옥에 가두고 심문했을 것이다. 어설픈 암살자라고 생각하여 바로 죽여 버렸을지도 모른다.

'살려 둔 것을 고마워해야 하는 건가?'

하지만 고맙다고 말하고 싶은 생각은 전혀 들지 않았다.

"시간이 지나면서 계속 의심이 들었지. 분명 평범한 아이는 아닌 것 같았으니까."

"시간이 지날수록 계속 의심이 들었다고요?"

라크인의 말에 카루나는 허탈히 웃었다.

"이상한 일이네요. 나는 시간이 지나면서 점점 더……."

무심코 흘러나온 말을 막기 위해 입술을 꾹 닫아걸었다.

'당신한테 도움이 되고 싶었는데.'

혀끝을 간지럽히는 그 말을 삼켰다.

"모르길 바랐다면 끝까지 잘 속였어야지. 이렇게 사고를 치고 위험에 빠지지 말았어야지."

머리 위로 라크안의 목소리가 쏟아졌다.

"그렇게 복수가 하고 싶었나? 스스로를 위험에 빠트리면서까지?"

카루나는 고개를 들고 제게 쏟아지는 라크안의 분노를 고스란히 받아들였다. 아니, 받아들이려고 했다. 그런데 라크안이 그런 그녀를 이상한 방향으로 자극했다.

"그래도 적당히 했었어야지. 생명이 위험할 정도로까지 나서진 말았어야지. 그대는 목숨이 한 아홉 개쯤 되나? 한두 개 정도 버려도 상관없어? 아, 설마 마카레나 백작과 루시온, 그 자식이 그대를 노릴 줄 몰랐다고 말하진 않겠지."

라크안이 이를 갈며 말을 이었다.

"그런데도 복수가 하고 싶었어? 그렇게 진짜 마카레나 백작 영애의 앞길을 막고 싶었던 거야?"

라크안은 자꾸만 '복수'를 언급했다. 그게 카루나의 마음을 불편하게 만들었다.

복수.

생각해 보지 않은 건 아니었다. 클레이엔의 대역으로 살며 알게 된 마카레나 백작 가문의 기밀 정보나 치부를 모두 공개해서라도. 10년간 클레이엔의 대역 역할을 했던 자신을 세상에 내세워서라도. 마카레나 백작에게 복수를 하고 싶은 마음도 있었다.

하지만 그 마음은 일찌감치 포기했다. 살아남는 게 우선이라고 생각했다. 그건 지금도 마찬가지였다. 그런데도 안전한 바이켈드 공작저를 벗어나 황궁의 백합궁으로 들어온 건. 진짜 클레이엔과 맞서 그녀의 앞길에 장애물이 되며 마카레나 백작을 자극한 건.

전적으로 바이켈드 공작, 라크안 때문이었다.

'당신에게 도움이 되고 싶었어.'

그러니 라크안의 말은 모두 다 틀린 말이었다. 다른 사람은 몰라도 적어도 라크안은, 자신을 그렇게 비난해서는 안 됐다.

"아니에요, 그게 아니야. 나는 그런 게……."

하지만 라크안은 카루나가 말할 틈을 주지 않았다.

"복수를 원한다면 해 주겠어. 마카레나 백작 가문이 없어지기를 원하나? 마카레나 백작 영애가 황태자비가 되지 못했으면 좋겠어? 무엇이든 이뤄 주겠어. 내가 해 줄 테니까. 그만해. 네가 충분히 만족할 만큼 내가 날뛰어 줄 테니까 그대는 이제 그만 숨어. 도망쳐서 안전한 곳에 있어."

따를 자 없는 권세를 가지고 있는 젊은 공작은 어린 소녀에게 제안했다. 강한 무력을 가지고 있으나 무력하게만 서 있던 라크안이었다. 억지로 잡아끌지 않으면 그렇게 영원히, 황궁 앞에 선 돌사자상처럼 우뚝 서 있을 것만 같던 사내가. 오랜 잠을 깨고 사냥을 시작하겠다고 말했다.

"그러니, 이제 그만해. 카루나."

그리고 카루나의 이름을 불러 주었다. 카루나는 멍하니 그런 라크안을 바라보았다.

'내 이름을 불러 줬네.'

새삼 오늘에야 라크안이 자신을 '카루나'라고 불러 줬다는 걸 깨달았다. 오늘은 여러모로 깨달음이 많은 날이었다.

지금까지 라크안은 항상 카루나를 꼬맹이라고 불렀다. 그래서 카루나는 때때로 짜증이 났다. '이 사람은 도대체 내 이름이 뭔지 알긴 아는 걸까?' 라는 생각도 들었다.

그런데 막상 그에게 이름을 불렸는데, 조금도 기쁘거나 행복하지 않았다.

'내가 마카레나 백작을 방해하려고 이러는 거라고 생각하고 있는 거야. 클레이엔이 황태자비가 되지 못하도록 막고 있는 거라고만 생각하고 있어.'

그의 오해 아닌 오해가 섭섭했다. 할 수만 있다면 그의 멱살을 잡고 흔들며 펑펑 울고 싶을 정도로 서운했다.

'그런 게 아닌데. 나는 정말로, 당신에게 도움이 되고 싶었던 것뿐인데.'

하지만 굳이 제 속마음을 알려 주고 싶은 마음은 들지 않았다.

'처음 만났을 때부터 날 의심했다고 했지. 시간이 지날수록 점점 더 의문이 들어서, 계속 의심했다고 했어. 계속 날 믿지 못하고, 감시했던 거야. 계약서를 쓴 이후에는 내가 진짜 클레이엔이라는 걸 알고 지켜봤던 거고.'

배신감마저 느꼈다. 적반하장이라고 해도 상관없었다. 지금 라크안에게 느끼는 이 감정이, 이미 지나가 버린 어떤 고마움보다 컸으니까.

'그동안 함께 보내온 모든 날들이 다 거짓이었던 거야.'

포도주 통 더미에 파묻히고, 후추 폭탄을 맞아 정신을 잃을 정도로 기침을 해 대면서도, 라크안은 결코 카루나를 내쫓지 않았다. 계속 카루나를 곁에 두었다. 그 이유가 '의심스러워서'였다. 곁에 두고 감시하려고 그 모든 패악을 참고 견뎌 준 것이었다.

그렇게 생각하자니, 고작 라크안 따위를 위해 죽을 위험을 무릅쓰고 날뛰었던 자신이 바보같이 느껴졌다.

"그래요, 맞아요. 공작 각하의 말대로예요."

카루나는 있는 힘을 다해 라크안의 손을 쳐냈다. 보호해 주겠다는 듯이, 지켜 주겠다는 듯이 제 어깨를 감싼 라크안의 온기를 물리쳤다.

"카루나."

라크안이 그녀의 이름을 부르며 다시 손을 뻗었다. 카루나는 그 손길을 피해 뒤로 물러섰다. 그러자 라크안이 심장을 칼에 찔리기라도 한 듯한 표정을 지었다. 보는 것만 해도 심장이 철렁 내려앉을 것 같은 표정이었지만. 카루나는 더 이상 속지 않았다.

처음 만났을 때부터 지금까지, 내내 자신의 정체를 의심했단다. 자신의 정체를 알아차리고도 모른 척, 곁에서 감시했다고 했다. 저 표정보다 더한 표정으로 멋대로 사람의 마음을 녹여 놓았으면서. 그 모든 게 다 의심하는 마음에서 나온 꾸며 낸 것들이라고 했다. 꾸며 낸 것들이라면. 더 이상 저 잘생긴 얼굴에 멋대로 흔들리면 안 됐다.

……흔들리면 안 되는데. 그러기에는 너무 멀리 와 버렸다. 카루나는 두 손을 꽉 주먹 쥐고 라크안을 똑바로 바라보았다.

"그러니까 내가 벌여 놓은 일은 내가 마무리 지을 거예요. 복수? 그래요, 내가 여태 복수하려고 얼마나 노력했는데. 그걸 공작 각하한테 넘길 수는 없는 노릇이죠."

카루나는 있는 힘을 다해 웃어 보였다. 그 옛날, 사교계의 악녀로 악명 높던 그 마카레나 백작 영애, 클레이엔이었을 때처럼.

"당신 말대로예요. 나는 마카레나 백작이 잘되는 꼴은 죽어도 못 봐요. 진짜 클레이엔이 황태자비가 되는 것도 지켜만 보지 않겠어. 방해할 거야. 바이켈드 공작의 약혼녀라는 신분으로."

카루나의 말을 들은 라크안이 대번 미간을 찌푸렸다. 뭔가 마음에 들지 않는다는 표정이었다. 카루나는 코웃음을 쳤다.

"왜요, 그 죽이고 싶었던 악녀가 어려져서 당신의 약혼녀가 되었다니 끔찍한가요?"

"카루나, 나는……."

"그래도 어쩔 수 없어요. 내가 욕심을 채울 때까지 파혼은 없어요. 쫓기듯 지방 영지로 도망가지도 않을 거야."

"카루나!"

"이제 와서 내 이름 함부로 부르지 말아요."

카루나는 뒤로 한 걸음 물러섰다. 허리를 꼿꼿이 펴고, 고개를 치켜들었다.

"오늘 구해 준 건 고맙게 생각해요. 보답으로 황후 폐하의 시녀가 되어 드릴게요. 그리고 내 복수를 하는 겸, 공작 각하의 골칫거리인 마카레나 백작과 클레이엔을 치워 드릴게요."

"여전히 내 말을 귓등으로도 안 듣는군. 난 분명히 더 이상의 놀이는 용납하지 않겠다고 말했는데 말이지."

라크안의 숨소리가 거칠어졌다. 평소 같으면. 아니, 라크안이 자신의 정체를 알고 있었다는 걸 알기 전이라면. 손을 뻗어 들썩이는 어깨를 붙잡았을 것이다. 발작이 일어날지도 모르는데 그렇게 화내지 말라고, 진정하라고 말했을 것이다. 라크안이 자신만은 절대로 해치지 않을 거라고 믿었으니까.

하지만 이제는 아니었다. 카루나는 라크안에게 다가가지도 손을 내밀지도 않았다. 오히려 두 손을 등 뒤로 숨겼다. 등 뒤로 맞잡은 두 손이 파르르, 떨렸다. 카루나는 그 떨림을 숨기며 더욱 고개를 빳빳이 들었다. 그렇게 클레이엔의 대역이었을 때처럼 라크안의 앞에 섰다.

"방금 자신이 한 말도 까먹으시나 보네요. 공작 각하, 조금 전에 제가 누구라고 말씀하셨는지, 잊으셨나요?"

카루나는 라크안에게 물었다.

"맞아요, 내가 그 마카레나 백작 영애였어요. 지난날 계속, 공작 각하랑 부딪쳤던 그 클레이엔. 그때도 지금도, 제가 언제고 공작 각하의 말을 제대로 듣던 적이 있었나요?"

"……."

라크안은 대답하지 않았다. 대신 제길, 욕설을 내뱉으며 이를 악물었다. 카루나는 그런 라크안을 보면서 웃었다. 전혀 웃기지 않은 상황에서 짓는 웃음이었다. 상대방의 속을 긁기 위해 웃는 건 라크안만의 재주가 아니었다.

"재주는 내가 부릴 테니, 공작 각하는 옆에서 구경이나 하고, 돈이나 잘 챙겨요."

"이런 꼴을 당하고서도 기어이 그 복수를 하겠다고? 고작 앞길을 막기 위해서? 자신의 목숨 따위는 전혀 중요하지 않은 건가?"

라크안은 마탑 앞에서 루시온을 마주쳤을 때를 떠올렸다. 그때, 길가에서 루시온을 마주친 카루나는 사시나무 떨듯 떨며 라크안의 품에 안겼다. 이후 클레이엔의 자선 병원에서 마카레나 백작을 만났을 때에도 카루나는 떨고 있었다. 뒤늦게 카루나를 데리러 간 라크안에게 얌전히 안겼다. 아직 보살핌이 필요한 어린 새 같았다.

그 떨림은 거짓된 연기가 아니었다. 그런 카루나를 안았던 감촉이 아직 손 안에, 가슴팍에 남아 있는 것만 같았다. 그런데 지금 라크안의 눈앞에 있는 카루나는 그때와 전혀 달라 보였다. 두려움 따위는 그때 모두 써 버렸는지 마카레나 백작과 클레이엔을 상대하면서도 전혀 거침이 없었다.

라크안과 바이켈드 공작가의 사람들을 믿기 때문에 그렇게 바뀐 것이었지만, 지금 라크안에게는 그저 복수에 미친 사람 같아 보이기만 했다. 그래서 더욱 견딜 수 없었다.

'안전한 곳에 두어야 해.'

라크안은 그녀의 복수보다 그녀의 안전이 더 중요했다. 이기적이라 욕을 먹는다 해도 포기할 수 없었다. 겨우 찾은 반려를 더는 위험한 곳에 그냥 놔둘 순 없었다.

수도는 카루나에게 너무 위험했다. 루시온과 마카레나 백작은 백합궁 안에 온 귀족들이 모여 있는 상황에서도 카루나를 납치했다. 이번에 실패했으니, 다음번엔 더 치밀하게 계략을 짜서 덤빌 것이다.

'그 전에 내가 마카레나 백작을 쳐내리라.'

라크안은 제 주먹 쥔 손을 내려다보았다. 손은 그대로 굳어 버린 것만 같았다. 의식적으로 손을 펴려고 했으나 펴지지 않았다. 그러기는커녕 살짝, 떨리고 있었다. 천하의 바이켈드 공작이 손을 떨게 만드는 감정은 분노보다는 두려움 쪽에 가까웠다.

'만약에 이 꼬맹이를 눈앞에서 다시 잃는다면…… 내가 버틸 수 있을까?'

물어보나 마나 한 질문이었다.

'버틸 수 없어. 절대로.'

자신이 어디까지 돌아 버릴지 감히 상상할 수 없었다.

마카레나 백작에게 붙잡히지 않으려고 창밖으로 뛰어내리던 카루나의 모습이 아직도 눈에 선했다. 생각만으로도 눈앞이 캄캄하고 아찔했다. 반려가 제 눈앞에서 그런 짓을 했는데, 멀쩡한 정신을 유지할 수 있는 숲의 일족은 아무도 없으리라.

라크안은 고작 백합궁에서 피를 뿌리면 안 된다는 생각에 몸을 사리는 다른 귀족들과는 달랐다. 가장 먼저 마카레나 백작과 루시온의 머리를 잘라 백합궁의 지붕 위에 걸어 놓을 것이다. 그러지 않기 위해서라도, 카루나는 라크안의 품 안에서 안전하게 있어야만 했다. 라크안은 카루나가 위험해지는 꼴을 더는 두고 볼 수 없었다.

그동안은 카루나가 하고 싶은 대로, 그녀가 분이 풀릴 때까지 마음껏

하게 놔두었으나. 그건 어디까지나 그녀를 지킬 수 있다는 자신감 때문이었다. 하지만 그 자신감은 오늘의 일로 산산조각 나 버렸다.

하녀 복장을 한 세나가 다급한 표정을 지으며 달려왔을 때. 굳이 말을 듣지 않아도 심장이 철렁 내려앉았다.

'카루나에게 무슨 일이 일어났구나.'

생각만으로도 토악질이 밀려들었다. 온몸의 솜털이 곤두섰다. 하마터면 발작을 일으킬지도 모를 상태가 되었다. 기실, 라크안은 이때부터 불안정한 상황이었다. 지금도, 라크안은 자신이 제정신이라고 확신할 수 없었다.

다만 얼마간이라도 그녀를 자신의 곁에서 떼어 내 먼 남부의 영지로 내려 보내겠다 말하지 않았던가. 그 자체가 제정신이 아니기에 할 수 있는 말이었다.

카루나가 곁에 있어야 발작이 일어나지 않았다. 카루나가 손을 잡아주어야 밤에 겨우 잠들 수 있었다.

그런 카루나를 황궁의 백합궁에 둔 한 달 동안, 라크안은 지독한 불면증에 시달렸다. 안 그래도 곱지 않은 성질이 더 더러워져서, 호위하는 철십자 기사들이 슬슬 도망 다닐 정도였다.

카루나가 남부 영지로 내려가면 어떻게 될까.

그간 잠잠하던 발작이 다시 시작될지 모른다. 밤마다 한숨도 자지 못하고, 또 약과 술에 의지해야 될지도 모른다. 카루나가 없는 자신의 삶이 얼마나 끔찍할지 알면서도, 카루나를 남쪽 영지로 내려 보낼 결심을 했다. 오직 카루나를 지키기 위해서였다.

설사 다시금 발작 때문에 저택에 갇힌다 해도 좋았다. 카루나를 마카레나 백작과 클레이엔에게서 떼어 놓을 수만 있다면. 그래서 카루나가 안전해질 수만 있다면. 견딜 수 있었다.

그뿐이 아니라, 좀 더 제국에 성실해질 각오도 되어 있었다. 카루나를 건드리려 한 마카레나 백작 가문을 쓸어버리기 위해서라도. 주먹 쥔 손등 위로 힘줄이 솟았다. 자신을 납치하고 감금했던 보쉬엔 자작 가문과 루린토프에게도 느끼지 못했던 분노가, 마카레나 백작을 향했다.

'절대 가만두지 않겠어.'

마카레나 백작은 당장의 위기를 모면하기 위해 루시온을 팽하고 도망쳤다. 루시온은 자신이 단독으로 지지른 일이었다고 모든 걸 뒤집어쓰려 할 것이다. 마카레나 백작은 언제나 그랬듯 꼬리를 잘라 낼 것이고.

이전이라면 라크안도 이 정도 선에서 사건을 마무리 지었을 것이다. 마카레나 백작의 수많은 꼬리 중 하나를 잘라 낸 것만으로 만족하며. 하지만 이번에는 아니었다.

마카레나 백작과 클레이엔. 그들은 감히, 바이켈드 공작의 반려를 건드린 대가를 치러야 하리라.

"난 권유하는 게 아니라 통보하고 있는 거야. 당장 모든 걸 그만두고 내 보호 아래로 돌아와. 모든 일이 끝날 때까지 남부 영지로 내려가 있어. 네가 원하는 게 무엇이든 내가 다 해 줄 테니까. 복수든, 뭐든."

자신의 목숨은 하나도 중요하게 생각하지 않는 소녀에게, 라크안이 다시 한번 강요했다. 조금 전, 카루나의 손길이 닿았던 두 눈이 화끈거리며 아파 왔다.

"싫다고 말했는데요. 두 번 말하는 걸 좋아하시나 보네요?"

카루나는 조금도 망설이지 않고 라크안의 말을 쳐냈다. 라크안만큼이나 싸늘하고 단호한 태도였다.

"말을 듣지 않는다면 강제로라도 보내겠어. 왜, 내가 못 할 거 같은가?"

라크안이 성큼, 카루나에게 한 발 다가섰다.

"다가오지 마요."

카루나는 한 발 뒤로 물러서며 표독스럽게 라크안을 노려보았다. 그 모습은 정말, 그녀가 한때 클레이엔이었다는 걸 실감하게 만들어 주었다.

라크안은 저도 모르게 움찔, 걸음을 멈췄다.

그 틈에 카루나는 머리에 꽂고 있었던 커다란 핀을 쑥 뽑아냈다. 꽃장식을 머리에 고정하기 위해 꽂은 핀이었다. 제법 커서 카루나의 새끼손가락 굵기만 했다. 그 끝은 제법 날카로웠다. 카루나는 그걸 제 목에 가져다 댔다.

"당장 내려놔!"

"싫은데요. 아까야 워낙 정신이 없고, 상황이 급해서 잊으셨던 것 같은데. 지금은 기억하겠죠? 이곳이 어디인지를 말이에요."

"그거, 당장 내려놔. 어서."

"여기는 백합궁이에요. 황후 폐하의 궁이지요. 무슨 일이 있다 해도, 절대 피를 흘려서는 안 되는 곳이지요."

카루나가 싱긋 웃으며, 핀의 날카로운 끝을 제 목에 좀 더 가까이 가져다 댔다. 핀과 목이 닿을 듯 말 듯 가까워졌다.

"당장 그만두지 못해!"

라크안의 목소리가 주변에 쩌렁쩌렁하게 울려 퍼졌다. 귀가 먹먹하게 울릴 정도의 성량이었다.

"왜요, 이제 새삼 무서워져요? 백합궁에 피를 뿌리는 게?"

카루나는 그가 자신을 걱정하고 있는 거라고는 전혀 생각하지 못했다. 오직 그 빌어먹을 귀족의 불문율 때문에 전전긍긍하는 것이라고 생각했다.

"그렇다면 내 뜻대로 해요. 지금 당장 날 남부 영지로 데리고 내려가겠다는 말을 취소하세요. 아니면……."

카루나는 겁 없이, 핀으로 제 목을 찌르려고 했다.

"알았어. 네가 원하는 대로 하지. 그러니까 그만!"

라크안이 기겁하며 두 손을 들었다. 항복하는 자세였다. 수십의 기사, 수백의 병사들도 하지 못한 일을 카루나는 고작 머리핀 하나로 해냈다. 라크안의 무조건적인 항복을 받아 낸 것이다. 제국과 변경에서 끊임없이 전투를 벌이는 이웃나라의 기사들이 본다면 기가 막힐 노릇일 터였다.
"취소하지. 네가 원하지 않는다면, 강제로 내려 보내지 않겠어. 그러니까 그만해."
그렇게 말하면서도 라크안은 눈으로는 뒤에 선 철십자 기사들에게, 그 중에서도 세나에게 신호를 보냈다. 라크안과 눈을 마주친 세나는 바로 그의 뜻을 알아챘다.
그녀는 곧바로 살그머니, 카루나의 등 뒤로 다가가려고 했다. 카루나가 라크안에게 신경을 쏟는 새 뒤에, 그녀의 머리핀을 쥔 손을 잡아채려는 것이었다. 하지만 그 날랜 움직임은 실패로 돌아갔다.
카루나는 라크안과 정면으로 마주 보고 있었다. 뭔가를 궁리하는 라크안의 눈빛 따위는, 카루나 또한 바로 알아챌 수 있었다.
"거기 멈춰요."
카루나는 몸을 옆으로 돌리며, 제 뒤로 다가오려 했던 세나에게 경고했다. 세나는 그 자리에서 바로 멈춰 섰다.
"여기서 내 피로 백합궁의 금기를 깨기 싫으면 내 말대로 해요."
백합궁이 보이지 않는 다른 곳이었다면 이런 방법은 쓰지 못했으리라. 새삼, 백합궁 내 외진 서고에서 일을 저지른 루시온이 고마웠다.
'이런 걸 고마워해야 한다니.'
순식간에 바뀌어 버린 자신의 처지가 우스웠다.
'아니, 바뀐 게 아닌 건가? 바이켈드 공작은 날 항상 똑같이 생각했는데, 의심하고 경계하고. 내가 내 멋대로 착각했던 거겠지. 보호받고 있고 또…… 아낌을 받고 있다고.'
비교할 수 있는 게 마카레나 백작뿐인지라, 너무 심하게 착각을 해 버렸다. 라크안이 자신을 아끼고 보호해 주고 있는 거라고.
'하지만 내가 벌인 일은 내가 다 마무리 짓겠어. 복수를 하려고 그런다고 마음껏 생각하라지. 차라리 잘됐어. 그렇게 생각하는 게 나아. 바이켈드 공작에게 나는, 클레이엔의 대역이었던 나는 고작 그런 사람이었다는 거니까. 복수를 위해서 당신한테 접근한 악녀.'

그게 마지막 남은 자존심을 지키는 길이었다.

"내가 황후 폐하의 시녀 선발을 마무리할 때까지 날 건드리지 마세요. 내가 마카레나 백작과 클레이엔에게 복수를 할 때까지, 날 놔두란 말이에요. 내가 벌인 일이 다 끝난 다음엔 공작 각하 눈앞에서 사라지든 남부의 영지로 끌려가든 할 테니까요."

카루나는 생긋 웃으며 말을 이었다.

"아, 그리고 조금 전 제가 한 말, 그건 잊지 말아 주세요. 루시온은 내 부하예요. 당신과 당신네 부하들이 말하는 것처럼, 내 사냥개죠. 내 사냥개를 죽이든 살리든, 그건 내가 정해요. 그러니까 내 사냥개, 함부로 건드리지 말아요."

자신의 사냥개를 챙기는 것도 잊지 않았다.

"네 뜻대로 하지. 그러니까 그거 내려놔."

"천하의 바이켈드 공작 각하께서 한 입으로 두말하진 않으리라 믿어도 되겠죠?"

"내 가문과 명예를 걸고 맹세한다. 네 말대로 하겠어."

"좋아요. 여기 있는 모든 분들이 증인이 되어 줘야겠어요."

카루나는 세나의 뒤에 서 있는 철십자 기사들을 돌아보며 말했다.

"설마 자신이 모시는 주인의 명예를 구정물에 처박진 않겠지요?"

기사들은 얼결에 고개를 끄덕였다. 세나야 라크안의 명령을 받아 우리겐 길튼의 연구에 대해 조사했기에, 라크안과 카루나의 대화를 단번에 알아차렸다. 하지만 다른 기사들은 아니었다. 그들은 자신들의 눈으로 보고 귀로 들은 것을 전혀 받아들이지 못하고 있었다.

"그러니까, 뭐야…… 카루나 아가씨가 마카레나 백작 영애였다고?"

"그럼 지금 날뛰는 저 백작 영애는 누구고?"

"애초부터 말이 안 되잖아. 카루나 아가씨는 이제 고작 열둘인데, 스무 살인 마카레나 백작 영애라니?"

"하지만 지금, 저러는 거 보면…… 딱, 마카레나 백작 영애가 하는 짓인데?"

"야, 넌 카루나 아가씨한테 짓이 뭐냐, 짓이."

기사들은 수군대다가 카루나가 자신들을 돌아보자 일동 차렷 자세로 굳어 눈만 껌벅였다.

"아가씨."

세나가 뭔가 말하고 싶은 표정을 지으며 카루나를 불렀다. 카루나는 그런 그녀를 외면했다.

"잘 알아들었을 거라 믿어요. 그럼 지금까지 그랬듯 앞으로도 나한테 잘 협조해 줘요. 내 복수가 성공하는 게 바이켈드 공작 각하께도 이로운 거 아닌가요? 투자라고 생각해요."

카루나는 한쪽 입꼬리만 삐죽 올려 웃어 보였다. 라크안의 얼굴이 처참하게 일그러졌다.

"솔토 경. 티 파티장까지만 날 에스코트해 주겠어요?"

카루나는 기사들 틈에 멍하니 서 있는 솔토를 불렀다. 세나가 잠시 근신을 당했을 때 카루나의 호위를 맡았던 기사였다. 실력은 좋았지만 세나 같은 배짱과 순발력은 없는 순한 사람이었다.

"예, 예? 저, 저요?"

솔토는 어안이 벙벙한 표정으로 고개를 들었다. 세나와 라크안이 눈짓하며 고개를 끄덕였다.

"바이켈드 공작 각하의 약혼녀인 제가 하마터면 납치를 당할 뻔했잖아요? 또 그런 일을 당할까 봐 얼마나 무섭고 두려운지 모르겠어요. 티 파티장까지만 호위를 부탁해요."

"네? 네, 네. 네."

솔토가 어색하게 걸어 카루나의 곁에 섰다. 카루나는 그가 자신에게 아주 가까이 다가서는 것은 막았다.

“그럼 저는 티 파티장으로 가 볼게요. 이제 슬슬, 시간이 다 되어 가서 말이에요.”

카루나는 세나와 라크안을 경계하며 한 걸음, 한 걸음 뒤로 물러섰다. 라크안과 세나는 그런 카루나를 붙잡을 수도, 가까이 다가갈 수도 없었다. 당장이라도 카루나를 붙잡고 싶어 하면서도 차마 그럴 수 없어 안달 난 마음이 얼굴에 드러났다.

“너무들 그렇게 억울해하지 말라구요. 그냥, 나 같은 악녀한테 잘못 걸렸다고 생각해요. 어쩌겠어요? 운이 없었다고 생각하라고요.”

카루나는 그런 둘의 얼굴을 보고 깔깔, 웃음을 터트렸다. 그 웃음소리가 주변으로 퍼져 나갔다. 클레이엔의 대역이었던 시절, 라크안을 골탕 먹인 후 항상 그의 앞에서 이렇게 웃곤 했다.

그때는 더없이 통쾌했건만. 지금은 그때와 달리 그리 기분이 좋지 않았다. 그래도 카루나는 억지로 웃어 보였다.

그리고 그 웃음이 일그러지기 전, 카루나는 얼른 돌아섰다. 거울을 보지 않아도, 지금 자신의 표정이 엉망이라는 건 알 수 있었다. 라크안과 세나에게 그런 얼굴을 보이고 싶지 않았다.

“잠깐, 그런 게 아니야.”

“카루나 아가씨, 잠시만요.”

등 뒤에서 라크안과 세나의 목소리가 들렸지만, 카루나는 멈추지 않았다. 두 사람의 목소리를 떨쳐 내기 위해서 급히 그 자리를 벗어났다. 당연히 뒤에서 솔토 외에 뒤좇아 오는 발걸음은 들리지 않았다.

라크안도 세나도 그녀를 뒤좇아 오지 않았다. 당연한 일이었다. 카루나가 자신의 목에 핀을 들이대고 그렇게 엄포를 놓았으니까. 하지만 어째서인지 섭섭했다.

'정말로 쫓아오지 않는 거야?'

머리핀을 쥔 손에 힘이 들어갔다. 카루나는 이를 악물고 더욱 빨리 걸었다. 혹시라도 라크안과 세나가 뒤쫓아 오기를 바라며 천천히 걷는다는 오해는 받고 싶지 않았다.

아무도 오해하지 않겠지만.

얼마나 걸었을까. 백합궁 본궁이 가까워졌다. 그곳의 시끌시끌한 소리가 카루나와 솔토에게까지 닿았다. 아마도 클레이엔의 티 파티장에서 들려오는 소리일 터였다.

하늘은 아직 푸르렀다. 하지만 해가 어느새 서쪽으로 많이 기울어 있었다. 곧 노을이 질 테고. 카루나와 클레이엔의 진짜 싸움이 시작될 터. 카루나는 그간 자신이 준비한 걸 펼쳐 내 클레이엔의 코를 납작하게 만들 자신이 있었다.

그래서 클레이엔 말고 자신이 황후의 시녀가 되고.

그래서 황후와 라크안의 어색한 관계를 좋게 만들고.

그래서 라크안이 좀 더 황제파의 수장으로서 입지를 굳게 다지게 해서.

그래서.

또 그래서. 다시는 루린토프 따위에게 납치를 당하고 감금당하는 일이 일어나지 않게 만들고 싶었다.

아무도 라크안을 무시하지 못하게. 모두가 라크안을 두려워하고 또 존경하도록. 황제파도 귀족파도, 그 누구도 라크안을 함부로 건드리지 못하도록. 나중에 진짜 클레이엔이 자신이 했던 것처럼 라크안에게 해를 끼치지 못하도록. 감히 독약이나 암살자를 보낼 생각 따위는 하지 못하도록. 그렇게 만들고 싶었다.

그런데 라크안은…….

카루나는 끓어오르는 감정을 더는 견디지 못하고 그 자리에 멈춰 섰다. 뒤쫓아 오던 솔토가 덩달아 걸음을 멈추는 게 느껴졌다. 카루나는 손에 들고 있던 머리핀을 집어 던지고 그 자리에 웅크려 앉았다. 두 팔로 무릎을 감싸 안고 그 속으로 얼굴을 폭 숨겼다.

"아, 아가씨?"

"아무 말도 하지 말아요. 아무것도 듣고 싶지 않으니까."

카루나는 두 손으로 귀를 막고 몸을 잔뜩 웅크렸다. 그 모습은 몸을 동그랗게 말고 가시를 잔뜩 세운 고슴도치 같아 보였다. 가까이 다가가면 그 가시에 찔려 다시금 물러설 수밖에 없을 것 같았다. 솔토는 감히 가까이 다가서지 못하고 머뭇거리며 그녀의 곁에 서 있기만 하였다.

그사이 카루나는 눈을 꼭 감고 입술을 앙다물었다. 북받치는 감정을 내리누르고 애써 눈물을 삼켰다.

'울지 마. 뭘 잘했다고 울어. 넌 울 자격 없어. 카루나. 혼자 잔뜩 들떠서는, 뭐라도 된 것처럼 나댔잖아. 마카레나 백작에게 당했으면서, 또 똑같이 바보짓을 한 거야.'

클레이엔의 대역이었을 때. 라크안은 언제나 방해물이었다. 어떻게 해서든 클레이엔을 황태자비로 만들어야 하는데. 그래서 자신이 유능하다는 걸 마카레나 백작에게 인정받아야 하는데. 라크안 때문에 번번이 실패했다.

그때 라크안은 크고 단단한 벽이었다. 어떻게든 깨부숴야 하는데 도통 부서지지 않는 최고의 정적이었다. 자신이 무슨 짓을 하든 라크안은 꿈쩍도 하지 않을 것 같았다.

그런데 어린 카루나가 되어 라크안의 옆에 있다 보니, 클레이엔인 척할 때는 보지 못했던 게 보였다. 바로 옆에서 지켜보고서야 라크안이 얼마나 큰 권력과 무력을 가지고 있는지 알 수 있었다.

라크안이 정말 마음을 먹고 나서면, 마카레나 백작이나 귀족파 귀족들 따위는 그를 감당할 수 없을 터였다. 그런데 라크안은 그걸 제대로 사용하지 않고 있었다. 그 덕에 마카레나 백작과 귀족파 귀족들이 마음껏 날뛸 수 있는 것이었다. 카루나는 그게 못내 답답했다.

'왜 전면에 나서지 않는 걸까. 내가 이 정도 힘을 가지고 있었다면, 내 반대편에 있는 귀족파 따윈 다 쓸어 버렸을 텐데. 내 말을 듣는 척하면서 자기들 멋대로인 황제파 귀족들을 꽉 눌러 버렸을 텐데.'

바이켈드 공작가의 재산은 감히 마카레나 백작가와 비교할 수 있는 정도가 아니었다.

어릴 때부터 변방의 전쟁터를 떠돈 라크안을 향한 군대와 백성들의 존경과 믿음은 이미 황태자를 향한 것 이상이었다. 라크안이 이끄는 철십자 기사단은 제국 최고의 기사단이었으며, 라크안 본인은 제국 제일의 검이었다. 거기에 황태자의 절대적 신임까지.

라크안은 황위를 제외한 제국의 모든 것을 가지고 있었다. 가히 황후가 경계할 만한 것이었다. 황제가 일찍이 자신의 곁으로 불러들여 자신과 황태자에게 충성 맹세를 하도록 할 법한 것이었다.

그런데 그 모든 걸 가지고 있는 라크안 본인은 카루나가 생각했던 것처럼 강하고 튼튼한 사람이 아니었다. 겉으로 보기에만 무시무시하지, 속은 여리기 그지없었다.

열 살 때부터 전장을 떠돌았다는 제국의 검은 밤마다 불면증 때문에 잠을 못 이뤘다. 겨우 잠들어도 악몽을 꾸기 일쑤였다. 언제나 사람을 죽이기 싫다고 신음했다. 자신이 발작을 일으켜 사람들을 죽일까 봐 두려워했다.

발작이 심해지자 반년이 넘도록 자신을 저택에 가두는 것도 마다하지 않았다. 한번 발작을 일으키고 나면 쓰러진 철십자 기사들과 도망쳐 두려움에 질린 공작저의 고용인들, 그리고 엉망이 된 주변의 모습을 보며 괴로워했다.

'그래서 내가 지켜 줘야 된다고 생각했어.'

라크안은 덩치만 크고 사냥이니 뭐니 아무것도 할 줄 모르는 어린 늑대 같았다. 자신과 수년 동안 싸워 왔던 정적, 클레이엔이었던 카루나가 바로 옆에 있는데도 알아차리지 못하는 바보 늑대.

카루나는 자신이 그런 라크안을 도와주고, 보호해 줘야 한다고 생각했다. 착각이고 끔찍한 오만이었다. 라크안이 이미 오래전 자신의 정체를 알아차리고 지켜봐 왔다는 걸 몰랐기에 할 수 있었던 멍청한 생각이었다.

카루나는 라크안이 짜증 나도록 밉고 또 싫었다. 그런 라크안보다 더 더 밉고 또 싫은 사람이 있었으니, 바로 자기 자신이었다. 그런 취급을 받았으면서도 라크안이 정말로 밉지 않았다. 분명 라크안이 짜증 나도록 밉고 싫은데. 정말로, 정말로 밉지는 않았다.

'바보 늑대 같으니라고. 복수 때문이 아니라고.'

클레이엔인 척할 때 라크안을 처음 봤다. 마음이 설렜다. 라크안이 차가운 말로 자신을 외면하기 전까지만.

어린 카루나가 되어 밤마다 악몽에 시달리는 라크안을 봤다. 또 마음이 설렜다. 그래도 라크안을 좋아하면 안 된다고 스스로에게 말했다. 그 뒤로도 계속, 계속.

그래도 라크안과 함께 있는 게 좋았다. 루시온과 마카레나 백작을 마주칠 때마다 항상 구하러 와 주는 라크안이 좋았다.

'좋아한다고. 내가 당신을, 정말로 좋아한다고.'

카루나는 자신의 생각에 스스로 놀라 움찔, 몸을 떨었다.

'내가, 좋아한다? 바이켈드 공작을?'

다시 한번 되새겨 보았다. 두근. 심장이 뛰었다.

'내가…….'

카루나는 눈을 깜박였다. 갑자기 눈물이 날 것만 같았다.

'내가 좋아했구나. 좋아하는 거구나. 그 멍청한 늑대 공작을.'

처음 느껴 보는 감정이었다.

아니, 내내 느끼고 있었는데 모르는 척하고 있었을 뿐.

카루나에게 중요한 건 살아남는 것이었다. 뒷골목에서, 또 마카레나 백작의 손아귀에서. 누군가를 좋아한다는 감정 따위는 사치였다. 그런데. 그런데도. 라크안을 좋아하게 되었다. 그래서 마카레나 백작과 클레이엔에게 맞설 수 있었던 것이다.

라크안을 좋아하니까. 알고 보면 속이 여린 이 남자가 더는 다치지 않았으면 해서. 다른 여자한테 납치 같은 건 당하지 않을 만큼 강해졌으면 좋겠다고 생각해서.

……계속, 약혼자로서 옆에 있고 싶어서.

모든 게 다 밝혀진 마당에 그래도 티 파티 대결을 하러 가는 것도 그런 이유에서였다.

카루나는 고개를 들었다. 눈꼬리에 살짝 맺혀 있는 눈물 따위는 손등으로 문질러 없애 버렸다.

"그러니까 내 마음대로 할 거야."

두 다리에 힘을 주고 일어섰다. 어쩔 줄 몰라 하며 부축해 주겠다고 다가오는 솔토를 손으로 밀어내고, 자신의 힘으로 일어섰다.

'복수든 뭐든 마음대로 생각하라지. 난 내 식대로 당신을 좋아하고, 또 당신한테 도움이 돼 보일 테니까.'

손을 들어 명치 부분을 꾹 눌렀다. 거의 다 부서진 브로치와 꾸깃꾸깃 접은 계약서가 담겨 있는 주머니가 거기에 있었다. 그 무게를 느끼며, 카루나는 고개를 들어 앞을 보았다.

백합궁이 하늘 높은 줄 모르고 높이 솟아 있었다. 그 위에 펼쳐진 하늘은 서서히 노을빛으로 젖어 들어가고 있었다.

* * *

세나가 이리저리 뛰어다니며 카루나를 찾아다닌 것은 금세 귀족들의 관심사가 되었다.

"아니, 이 중요한 시기에 갑자기 왜 자리를 비웠대요? 어디로 간 걸까요?"

"곁에 있던 하녀가 어디 갔는지 몰라 저리 뛰어다닐 정도면……."

"흐음, 누군가 바이켈드 영애가 젊은 영식과 함께 테라스로 나가는 걸 봤다네요. 류헤든가의 차남 말이에요. 마카레나 백작 영애의 그……."

"아, 그 영식! 아니, 그 영식이?"

"어머나, 뭔가요? 금단의 사랑? 아니면…… 마카레나 백작 영애가 그새 버릇을 못 고치고 이젠, 바이켈드 영애까지 건드린 걸까요?"

"쉿, 쉿! 조용히. 그런 말을 함부로 하시면 어떡해요."

귀족들이 수군거렸다. 클레이엔은 귀족들이 제멋대로 떠들어 대는 소리를 들으면서도 얼굴색 하나 변하지 않았다.

'아버지와 루시온이 제대로 일을 처리했나 보네.'

클레이엔은 웃음을 참기 위해 애썼다. 카루나가 무엇을 준비하든 백조의 홀을 황금 백합으로 꾸민 자신을 이길 수 없을 테지만. 이제는 그 준비한 것을 펼쳐 보일 수조차 없게 되었다.

카루나는 지금쯤 루시온에 의해 납치되어 황궁 밖으로 끌려갔으리라. 티 파티가 끝났을 즈음엔 어디선가 홀로 죽어 있을지도 모를 일이었다.

후후. 그렇게 참는다고 애썼는데 결국 웃음이 터지고야 말았다. 클레이엔은 얼른 안고 있던 황금 백합 꽃다발로 입을 가렸다. 하지만 주변의 몇몇 귀족들은 그녀가 웃는 걸 알아챘다.

"역시나."

"역시 마카레나 백작 영애가……."

'그래, 이게 바로 나야. 내가 진짜 클레이엔이라고. 그런 꼬맹이 계집

아이 따위에게 질 내가 아니라고. 이 사교계의 여왕은 그 여자애도 아니고 황후도 아니야, 곧 황태자비가 될 나란 말이지.'

클레이엔은 자신만만하게 웃으며 백조의 홀 입구를 바라보았다. 창밖의 하늘은 슬슬 붉게 물들어 가고 있었다. 하루 종일 백합궁이 떠들썩했는데도 나타나지 않았던 황후가 드디어 모습을 드러낼 시간이었다.

본래대로라면 클레이엔과 카루나가 함께 황후를 찾아가 그녀의 양옆에 서서 각자의 티 파티장으로 모셔야 했다. 카루나가 모습을 감췄으니 클레이엔이 혼자라도 황후를 찾아가 모시고 나와야 하지만, 클레이엔은 그렇게 하지 않았다.

'내가 왜 황후를 데리러 가야 해? 눈이 없어 발이 없어? 귀족들이 전부 다 여기에 모여 있는데. 알아서 보고 찾아올 수 있잖아.'

경쟁자가 사라진 상황에서 클레이엔은 자만하다 못해 거만을 떨기 시작했다.

'나는 곧 황태자비가 될 몸이야. 시간이 좀 더 지나 황태자 전하께서 황제가 되면 나는 황후가 되겠지. 그렇게 따지고 보면 황후나 나나 동급이 아닌가? 물론 내가 더 어리고 예쁘니까 같은 급이라고 말하면 내가 억울하지만 말이야. 아무튼 황후나 황후가 될 나나 똑같은 처지인데 내가 왜 계속 황후에게 굽실대야 하는 거야?'

자신이 황후의 시녀 후보라는 걸 잊은 자만심이 한도 끝도 없이 부풀었다.

"아가씨, 어서 황후 폐하를 모시러 가야 하지 않을까요?"

"계신 곳이 어디인지는 알아 두었습니다. 어서 가시지요."

클레이엔이 귀족들에게 둘러싸인 채 영 움직이려 하지 않자 시종과 하녀들이 나섰다. 그들은 어떻게 해서든 클레이엔을 달래서 황후에게 데리고 가려고 했다. 루시온이 미리 지시해 둔 것이었다.

하지만 시종과 하녀들에게 미리 명령을 내려 둔 루시온마저도, 클레이엔이 황후를 상대로 이만큼이나 거민해질 것이라고는 예상하지 못했다. 만일 이마저 예상했더라면 시종이나 하녀들이 아니라 마카레나 백작가의 가신이나 나이가 지긋한 귀족파 귀족들에게 귀띔을 해 두었을 것이다.

"지금 내게 명령을 내리는 거니? 너희 주제에?"

클레이엔이 귀족들을 등지고 돌아서서 도끼눈을 뜨고 시종과 하녀들을 노려보았다.

"아, 아니요. 그렇지 않습니다."

"저희는 단지…… 루, 루시온 님께서, 아가씨가 혹시 잊으시면 꼭, 꼭 모셔야 한다고 해서……."

시종과 하녀들은 제 목숨 귀한 줄을 알았다. 어깨를 움츠리고 몸을 사리며 물러섰다. 클레이엔은 그들의 입에서 '루시온'이라는 이름이 나오자 더 화를 냈다.

"도대체 너희 주인이 누구라고 생각하는 거야! 나야? 아니면 루시온이야?"

"아, 아가씨. 그 무슨 말씀을……"

"당, 당연히 아가씨지요. 그렇고말고요!"

"그럼 똑바로 굴어. 너희가 그렇게 대단하다고 떠받드는 루시온도 지금 내 심부름을 하러 어디론가 가 있으니까. 루시온의 주인도, 또 너희의 주인도 나야. 똑바로 그 멍청한 머리에 새겨 놔! 알겠어?"

클레이엔은 시종과 하녀들에게만 들리게 윽박질렀다. 시종과 하녀들은 허무하게 물러났다.

"이제 곧 황후 폐하께서 오시려나 봐요. 아랫것들이 잔뜩 긴장하여서 어쩔 줄 몰라 하네요."

클레이엔은 귀족들을 돌아보며 화사하게 웃어 보였다. 이전에 황후의 시녀 선발을 경험해 봤던 귀족들은 고개를 갸웃 내저었다.

'황후 폐하께서 이번엔 다르게 진행하시려나 보군.'

'이전엔 시녀 후보들이 다 같이 황후 폐하를 모시러 갔었던 것 같은데. 이번엔 아닌가?'

귀족들은 누구도 나서서 클레이엔에게 황후 폐하를 찾아뵈라고 말하지 않았다. 클레이엔은 그렇게 황금 백합을 손에 쥔 귀족들에게 둘러싸여 입 발린 아부와 찬사를 들으며 시간을 흘려보냈다.

그리하여 창밖의 하늘이 붉은 물감을 뿌린 것처럼 짙게 노을이 졌을 때.

"황후 폐하께서 드십니다!"

백조의 홀 입구에서 시종의 우렁찬 고함이 울려 퍼졌다. 시끌시끌하던 백조의 홀이 단숨에 조용해졌다. 귀족들은 급히 고개를 숙였다. 클레이엔은 치맛자락을 휘날리며 돌아서 황후를 맞이했다.

황후는 흰 드레스를 입고 있었다. 섬세하게 짠 레이스와 자수로 공들인 작품이었다. 보석을 박지는 않았으나, 그렇기에 더욱 우아함이 돋보였다. 머리는 백합의 꽃잎처럼 높이 틀어 올려 진주와 금가루로 장식하고, 하얀색 타조 깃털을 풍성하게 꽂아 우아함을 더했다. 진정 백합궁의 주인다운 모습이었다.

그런데 곱게 화장한 얼굴에는 웃음 한 점 없었다. 무표정한 얼굴은 엄격해 보이기까지 했다. 황후의 왼편에는 에르케가 서 있었다. 다른 시녀들은 이 열로 서서 황후의 뒤를 따랐다.

시녀들은 모두 엷은 베이지색에 장식이 적은 드레스를 입고 있었다. 황후와 시녀들의 등장만으로 백조의 홀 분위기는 완전히 바뀌었다. 귀족들의 온 신경이 황후에게로 쏠렸다. 당연한 일이건만 클레이엔은 그게 못마땅했다.

'이 티 파티의 주인공은 나란 말이야.'

클레이엔의 표정이 살짝 굳었다. 그와 비교도 되지 않을 정도로, 황후의 시녀들 또한 다들 굳은 표정이었다. 특히나 에르케는 눈에 띌 정도로 잔뜩 화가 나 있었다.

에르케는 황후를 모시고 클레이엔 앞에 서자마자 클레이엔을 매섭게 노려보았다.

"마카레나 백작 영애, 무례하군요. 바이켈드 공작 영애는 어디 가 있는 거지요? 두 사람 다 황후 폐하에 대한 존경심이 손가락만큼이라도 있긴 한가요?"

에르케의 목소리가 백조의 홀 안에 쨍하게 울려 퍼졌다. 그제야 귀족들은 클레이엔이 원래 자신이 해야 하는 일을 하지 않았다는 걸 알아차렸다. 감히 황후의 앞에서 수군대지는 못하고, 다들 고개를 숙인 채로 눈알만 굴려 댔다.

"어머나, 황후 폐하 앞에서 큰소리를 내다니요. 에르케 영애. 몹시 무례하시군요."

당황한 귀족들과 달리 클레이엔은 눈썹 하나 꿈쩍하지 않았다. 몇몇 귀족들은 그런 클레이엔을 보고 감탄을 금치 못했다.

'예나 지금이나 저 성질머리는 여전하군. 배포라고 해야 할지.'

'아니지, 예전엔 저 정도는 아니었어. 황후 폐하 앞에서 설설 기었지.'

'황태자비가 되고 나선 황후 폐하에게 잘 보일 필요가 없다는 건가?'

'그렇다면 왜 시녀 후보로 나선 거야?'

'아무튼 우린 싸움 구경이나 하고 황금 백합이나 챙기자고. 기회를 봐서 한두 송이 정도 더 가지고 가고 싶은데 말이야.'

귀족들의 관심이 다시금 자신에게 향하자 클레이엔은 더욱 기세등등해졌다.

"에르케, 중요한 날이니. 그 정도만 해요."

"하지만 황후 폐하."

"내가 괜찮아요. 그러니까, 거기까지."

황후가 에르케의 손등을 톡톡 두드렸다. 에르케는 분한 표정으로 클레이엔을 바라보았다. 하지만 거기까지였다. 황후의 명을 거역하면서까지 더 말하지는 않았다. 황후는 그런 에르케를 따뜻한 눈으로 바라보았다.

하지만 그 눈이 클레이엔을 향했을 때, 온기는 온데간데없이 사라졌다. 황후는 손짓하여 귀족들을 일으켜 세웠다.

"황후 폐하, 제가 준비한 티 파티에 발걸음해 주신 것을 진심으로 감사드려요. 오직 황후 폐하를 위해 정성을 다해 준비했답니다."

클레이엔은 고개를 쳐들고 활짝 웃으며, 손에 들고 있던 황금 백합을 한 아름 내밀었다. 대부분의 귀족들은 그 두툼한 무게를 부러워하며 한숨을 흘렸다. 머리에 생각이란 게 박혀 있는 소수의 귀족들은 눈살을 찌푸렸다.

황후는 황금 백합 꽃다발을 가만히 바라만 보았다. 옆에 서 있는 에르케를 시켜 받게 하지 않았다. 그 자신이 손수 받아 들지도 않았다.

"황후 폐하?"

클레이엔이 황금 백합 꽃다발을 두 손으로 내민 채로 황후를 불렀다. 얼른 내가 내미는 꽃다발을 감사하게 받으라는 뉘앙스였다. 에르케가 황후 대신 또 발끈했다가 황후의 눈짓을 받고는 뒤로 물러섰다. 그래도 화를 삭이지 못해 아랫입술을 꽉 깨물며 클레이엔을 째려보았다.

황후는 좌우를 둘러보았다. 황후의 시선을 받은 귀족들은 괜히 제 발이 저려 몸 둘 바를 몰라 했다.

"오직 나를 위해 준비했다기에는 나보다 먼저 영애의 선물을 받은 이들이 너무도 많군요."

그 말에 클레이엔이 아니라 귀족들이 당황하였다. 놀라 황금 백합을 떨어뜨리는 건 주로 황제파 귀족들이었다. 귀족파 귀족들은 얼른 손을 등 뒤로 돌려 황금 백합을 숨겼다.

"네, 제 티 파티에 참석한 분들에게 징표로 나눠 주었어요. 고작 한 송이씩이지만요. 가장 탐스럽고 아름다운 건 오직 황후 폐하께만 바치려고 준비해 두었답니다."

클레이엔은 서늘해진 황후의 눈이 무엇을 의미하는지 알아차리지 못했다. 등 뒤에 선 귀족들이 어쩔 줄 몰라 하는 것 또한 모른 채 자신이 준비한 황금 백합을 자랑하기에 바빴다.

'뭐야, 자기한테 먼저 안 줬다고 화를 내는 건 아니겠지? 황후씩이나 돼서 이렇게 쪼잔하게 나온다고? 어떻게 이런 여자 밑에서 그토록 아름답고 상냥하신 황태자 전하께서 나신 건지 모르겠네.'

황후가 바로 앞에 서 있지만 않았다면 입을 삐죽거리며 기분 상한 티를 냈을 것이다. 다행히도 클레이엔은 그런 모습까지 보일 정도로 예법에 무지한 건 아니었다.

'나눠 준 건 고작 한 송이씩이란 말이야. 내가 황후를 위해 준비한 건 그에 비교도 안 될 정도로 어마어마한 거라는 걸 알려 줘야겠어.'

아무리 내밀어도 황후가 꽃다발을 받을 생각을 하지 않자, 클레이엔은 꽃다발을 다시 안아 들었다. 그러고는 손을 내밀어 홀의 상석을 가리켰다.

"보셔요, 황후 폐하. 티 파티에 참석한 분들한테 한 송이씩 나눠 준 거와는 비교도 안 될 정도로 준비해 두었답니다. 모두 다 황후 폐하께 드리겠어요."

클레이엔의 손을 따라 황후가 고개를 돌렸다. 아름답게 조각된 의자 위로 수백, 어쩌면 수천 송이의 황금 백합이 쌓여 있었다. 에르케와 시녀들이 질린 표정을 지을 만큼 어마어마한 양이었다. 눈이 부실 정도였다.

귀족들은 이미 봤음에도 다시 한번 탄성을 질렀다. 그 탄성 속에서 황후의 표정은 차갑게 가라앉았다.

"영애는……."

황후가 입을 열려 할 때였다. 입구에서 다시 시종의 고함 소리가 들렸다.

"황태자 전하께서 드십니다."

그 소리에 귀족들이 술렁였다. 황후에 이어 황태자까지 클레이엔의 티 파티에 온 것이다.

“역시나 마카레나 백작 영애의 티 파티로 오네요.”

“어쨌든 황태자비잖아요. 아내가 될 사람이니…….”

“그렇게 싫어하더니?”

귀족들이 술렁였다. 누구보다 놀란 건 클레이엔이었다.

‘황태자 전하께서 내게 와 주셨어!’

녹색 눈이 기쁨에 반짝였다. 조금 전, 멍청한 시종 하나가 사람을 잘못 보고 황태자가 여길 왔다느니 어쩌니 해서 잠시 흥분했지만. 결국 황태자를 찾지 못했다. 안 그래도 그 일 때문에 신경이 곤두서 있었건만. 정말로 황태자가 클레이엔의 티 파티에 와 주었다.

클레이엔은 세상 모든 걸 다 손에 쥔 사람처럼 의기양양하게 웃었다. 얼굴은 활짝 피어난 백합처럼 빛났다. 황후에 이어 황태자까지 클레이엔의 티 파티에 왔으니 누가 뭐래도 이번 티 파티의 승자는 클레이엔이었다. 클레이엔은 이제 거칠 것이 없었다.

그녀는 무례한 줄 알면서도, 황후의 어깨 너머로 황태자를 바라보았다. 황태자는 제 측근들 몇 명과 함께 황후에게로 걸어오고 있었다.

‘날 향해 오고 계셔.’

클레이엔은 그 모습을 황홀하다는 듯 바라보았다. 황태자는 오늘도 아름다웠다. 이 백조의 홀에서 가장 아름다운 것을 고르라면 황태자일 터였다. 황금 백합 따위는 황태자에 비하면 아무것도 아니었다. 클레이엔은 황홀한 표정을 지으며 황태자를 바라보았다.

“어머님.”

그러나 황태자는 황후 옆에 서서, 오직 황후만을 향해 깊이 허리를 숙였다. 클레이엔을 거들떠보지도 않았다. 아예 클레이엔에게는 등을 보이고 섰다.

환히 웃고 있던 클레이엔의 얼굴에 살짝, 금이 갔다. 등 뒤에서 귀족들의 수군거림이 커지기 시작했다.

"황태자 전하."

클레이엔은 애써 웃는 얼굴을 유지하며, 애교스러운 말투로 황태자를 불렀다. 황태자는 진절머리가 난다는 듯 어깨를 작게 떨 뿐, 클레이엔의 부름에 답하지 않았다.

"급한 소식을 들어 어머니께 꼭 전해야 할 것 같아서 부득이, 찾아뵈었습니다."

대신 클레이엔의 티 파티에 참석하러 온 게 아니라는 걸 분명히 했다.

"그러면 그렇지."

"혹시나 했네요."

"어머나, 그렇게 싫어하는 마카레나 백작 영애가 있는 곳에 올 정도로 급박한 일이 무엇일까요?"

등 뒤에서 비웃는 웃음소리가 들렸다. 클레이엔의 얼굴이 확 붉어졌다.

'황태자 전하는 나한테 그럴 수 있어. 하지만 당신들이 나한테 감히 그러는 건 용납 못 해!'

클레이엔은 고개를 돌려 세모눈을 뜨고 귀족들을 노려보았다. 찔끔한 귀부인 몇몇이 세차게 부채질을 하며 입가를 가렸다. 클레이엔은 그들의 얼굴을 똑똑히 기억해 두었다.

그러는 사이 황후와 황태자는 정다운 모자 사이의 대화를 이어 나갔다. 앞에 서 있는 클레이엔은 조금도 끼어들 수 없었다.

"어서 오렴, 지크. 너를 만나는 건 무슨 일로 인해서든 내겐 큰 행복이란다."

황후가 웃으며 손을 내밀었다. 에르케가 요령 있게 뒤로 물러섰다. 황태자는 조금 전 에르케가 서 있던 자리를 꿰차고 황후를 부축했다.

"무슨 일이 있는 거니?"

"바이켈드 공작가로부터 전갈을 받았습니다."

"바이켈드 공작?"

"네. 어머님. 어머님의 시녀 후보인 바이켈드 공작 영애가 티 파티를 준비하는 도중 무도한 자들에 의해 외진 곳에 감금을 당했다고 합니다. 황궁은 넓고 넓어서, 마음만 먹는다면 사람 한둘쯤 감춰 두는 건 일도 아니지요."

황태자의 목소리는 차가웠다. 그리고 클레이엔과 클레이엔 주변의 귀족들도 들을 수 있을 정도로 컸다. 조그만 목소리로 수군대던 귀족들이 입을 딱 다물었다.

황태자가 손을 들어 흔드니, 음악대가 연주를 멈췄다. 백조의 홀은 싸늘한 정적에 휩싸였다. 귀족들의 침묵 위로 황태자의 얼음 같은 목소리가 울려 퍼졌다.

"다행히 바이켈드 공작과 철십자 기사단이 영애를 구출하고, 또 근방을 수색하여 잔당들을 붙잡았다고 합니다. 가장 큰 머리는 놓쳤다 하나 그 수하들이 바이켈드 공작의 손 안에 있으니, 그 죄를 피할 순 없을 겁니다."

황태자의 말에 클레이엔의 얼굴이 하얗게 질렸다.

'들킨 건가? 루, 루시온은 도망친 거고?'

클레이엔은 놓쳤다는 가장 큰 머리가 루시온일 거라고 생각했다. 그녀는 마카레나 백작이 루시온의 변절을 눈치채고 나섰다가 봉변을 당했다는 걸 아직 모르고 있었다.

'루시온이 도망쳤다면…… 그러면 괜찮아. 곧 루시온이 알아서 일을 처리할 거야. 나랑은 전혀 상관없는 일이야.'

마음을 가라앉힌 클레이엔은 더욱 꼿꼿이 고개를 쳐들고 황태자를 바라보았다.

"어머나, 궁에서 그런 무서운 일이 있었다고요?"

"……."

황태자는 차가운 눈으로 클레이엔을 힐끔 쳐다보고는, 얼른 고개를 돌렸다.

'왜 날 그렇게 싫어하는 거야. 이젠 내가 황태자비인데. 아무리 그렇게 싫어해도, 당신은 나와 결혼할 수밖에 없다고!'

클레이엔은 입술을 깨물며 그런 황태자를 절절히 바라보는 사이, 황후가 고운 이마를 찌푸리며 되물었다.

"내 궁에서 그런 일이 일어났다고?"

"워낙 급박한 일인지라. 어머님의 허락을 못 구하고, 제가 임의로 바이켈드 공작에게 백합궁의 출입과 체포권을 내려 주었습니다. 부디 용서해 주십시오."

"지크, 너는 언제나 바이켈드 공작에게 너무 무르구나."

황후가 한숨을 내쉬었다.

"제게 충성을 맹세한 신하입니다. 어찌 보살피지 않을 수 있겠습니까. 오늘의 일 또한, 누군가가 감히 어머니께서 주관하시는 일을 망치려 든 것이니. 어머니를 존경하는 아들로서, 신하를 부려 그 음모를 막은 것일 뿐입니다."

황태자가 공손히 대답하고는, 싸늘히 웃으며 귀족들을 돌아보았다.

"이 중에 동조자가 있을지도 모르겠군요."

카루나나 라크안과 함께 있을 때와는 다른 모습이었다. 클레이엔 주변에 벌떼처럼 들러붙어 있던 귀족들이 주춤주춤, 뒤로 물러서기 시작했다.

"그래, 그건 너 좋을 대로 하려무나. 이 황궁에서 네 명령이 닿지 않는 곳은 없으니. 그건 내 궁 또한 마찬가지란다."

황후는 황태자가 꼭 듣고 싶은 말을 해 주었다. 그러고는 우아하게 손을 들어 홀의 상석을 가리켰다. 이제는 황태자가 황후가 듣고 싶은 말을 해 줄 차례였다.

"마침 잘 왔구나. 저걸 한번 보렴."
"……저게, 뭡니까?"
황태자는 조금 전 왔을 때는 몸을 숨기는 데 급급하여 제대로 보지 못했던, 황금 백합에 파묻힌 의자를 보았다. 또 백조의 홀을 가득 채운 황금 백합 장식들을 보았다. 그는 대번에 얼굴을 찡그렸다. 흉한 것을 본 사람 같았다.
"마카레나 백작 영애가 내게 바치는 것이라고 하더구나."
"어머님께 저것을, 바쳤다고요?"
황태자가 믿을 수 없다는 듯 클레이엔을 바라보았다. 클레이엔은 황태자가 자신을 쳐다봐 줬다는 기쁨에 들떴으나, 그건 잠시뿐이었다.
"어머님의 말이 정말인가? 마카레나 백작 영애?"
황태자의 목소리가 싸늘했다.
"저, 전하?"
"맙소사…… 나를 괴롭히는 것도 모자라 이제는, 내 어머님을 모욕하다니."
황태자가 머리를 감싸 쥐고 신음하더니, 고개를 들어 다시금 귀족들을 돌아보았다.
"그대들도 마카레나 백작 영애와 다 같은 뜻인가?"
황태자의 눈이 귀족들의 손에 들린 황금 백합을 향했다. 눈치가 빠른 몇몇은 얼른 황금 백합을 바닥에 떨어뜨리고 드레스로 감추거나, 구두로 밟았다. 하지만 대다수의 귀족파 귀족들은 여전히 영문을 몰라 했다. 황금 백합을 든 채 황태자의 시선을 받으며 전전긍긍하였다.
그때였다.
"황후 폐하, 그리고 황태자 전하를 뵙습니다."
황태자의 등 뒤에서 싱그러운 목소리가 들렸다. 모두의 시선이 황후와 황태자의 뒤쪽으로 향했다. 황후와 황태자 또한 뒤를 돌아보았다. 누구보다 먼저 그 목소리의 주인공을 발견한, 황후의 시녀—에르케의 얼굴이 환해졌다.

"바이켈드 공작 약혼녀, 카루나 폰 바이켈드. 뒤늦게 인사를 올립니다."

카루나가 드레스 자락을 쥐고, 무릎을 살짝 굽혔다 펴며 인사 올렸다. 말에서 가쁜 숨소리가 묻어났다. 급하게 도착했다는 인상을 주었다.

카루나는 백조의 홀에서 유일하게 생기 넘치는 꽃이었다. 머리엔 자잘한 생화를 엮어 만든 장식을 얹고 있었다. 머리카락이 살짝 헝클어져 있었으나 오히려 그게 더 보기 좋았다. 드레스에도 생화로 만든 장식이 들려 있었다.

드레스를 갈아입을 시간이 없어서 급한 대로 구겨지고, 먼지가 묻은 곳에 생화를 엮어 가린 것이었으나 맵시 좋게 꾸몄기에 조금도 어색하지 않았다.

생기로 반짝이는 녹색 눈동자. 그리고 급히 달려오느라 발그레해진 뺨. 무엇보다 얼굴에 가득한 밝은 미소. 카루나는 막 정원에서 저녁노을을 맞이하러 나온 꽃의 요정 같았다. 그 깜찍하고 앙큼한 모습에, 귀족들은 작게 탄성을 질렀다.

이 작은 꽃의 요정에게 누구보다 너그러운 이는 다름 아닌 황태자였다.

"바이켈드 영애, 이렇게 건강한 모습으로 다시 보게 되어서 기쁩니다."

황태자가 누구에게 들으라는 듯 말하며, 웃는 낯으로 카루나를 맞이했다. 클레이엔을 대할 때와는 전혀 다른 태도였다.

"모든 게 황태자 전하의 은혜입니다."

카루나는 생긋 웃으며 답했다. 둘은 이미 백조의 홀에 들어오기 전 만난 사이였다. 아니, 정확하게 말하자면 카루나가 황태자궁으로 찾아가 황태자를 여기까지 끌고 온 것이었다. 그랬던 두 사람은 지금, 처음 만났다는 듯 굴었다.

"황후 폐하, 저의 무례를 용서해 주십시오. 벌을 내려 주신다면 달게 받겠습니다."

카루나는 황후에게 고개를 숙였다. 일부러 황태자와 대화를 나눈 다음에 황후에게 죄를 청한 것이었다.

'나랑 황태자가 말한 걸 다 들었을 테니까, 나에게 벌을 내릴 순 없겠지.'

그런 계산이었다.

"고개를 들어요. 어떤 급박한 일이 있었는지는 나중에 따로 시간을 내 듣기로 하고."

역시나 머리 위로 쏟아지는 목소리는 평소보다 부드러웠다. 클레이엔 덕분에 상대적으로 미움을 덜 받은 것 같았다. 처음으로 클레이엔이 쓸모 있는 순간이었다. 카루나는 클레이엔을 더욱 쓸모 있게 만들기 위해, 황후와 황태자를 경악시킨 황금 백합 더미를 바라보았다.

"맙소사, 그런데 저건 무엇인가요?"

카루나는 황금 백합에 파묻힌 의자를 처음 본다는 듯 굴었다. 그것도 모자라 새삼스럽게 백조의 홀을 둘러보며 깜짝 놀라는 표정을 지었다. 녹색 눈을 동그랗게 뜨고는 '아.' 하는 탄성을 내질렀다. 이어 실수했다는 듯 두 손으로 입을 가리며 소곤소곤, 황후와 황태자에게 말했다. 물론 소곤거리는 말치고는 목소리가 너무 컸다.

"설마, 제가 생각하는 그런 의미로 저렇게 꾸며 둔 것은 아니겠지요? 설마…… 아무렴, 그럴 리는 없겠지요."

에휴. 한숨까지 덧붙였다.

"이곳엔 바이켈드 영애에게 가르침을 받아야 할 정도로 아둔한 사람들만 모여 있는 것 같습니다. 영애 외엔 아무도 영애처럼 놀라지 않더군요. 어머님과 나를 향한 충성심조차 드러내질 않으니."

황태자가 씁쓸하게 웃으며 말했다. 바닥에 황금 백합을 떨어뜨리는 귀족들이 늘어났다.

"그런 염려라면 하지 마셔요, 황태자 전하. 황후 폐하께, 그리고 전하께 충성을 다하고자 하는 이들은 이 홀에 들어찬 음습한 음모를 알아차리고는 일찌감치 도망쳤을 테니까요."

카루나가 생글생글 웃으며 말을 이었다.

"제가 준비하는 티 파티장에 그분들이 모두 와 있답니다."

"바이켈드 영애, 영애는 이 홀에서 무엇이 잘못되었는지 알고 있다는 뜻인가요? 나는 방금 영애의 말이 어떤 의미를 담고 있는지 물어보는 겁니다."

황후는 자신이 직접 나서지 않고 황태자를 내세워 클레이엔이 뭘 잘못했는지 알리려 했다. 그게 클레이엔을 더욱 비참하게 만드는 방법이니까. 하지만 이젠 그 마음을 바꿔서, 카루나를 앞세우고자 했다. 그건 카루나 역시 바라는 바였다.

"황후 폐하. 저는 이 홀에 들어서자마자 누군가의 음습한 음모를 단번에 알아차렸답니다. 그 음습함은 제가 황후 폐하를 찾아뵙고 제 티 파티장으로 모시려던 순간, 저를 끌어당겨 외진 곳에 가두었던 짙은 그림자와 같은 것 같습니다. 아직 놀란 마음이 진정되지 않아 두렵고 또 두렵지만……."

카루나는 보란 듯이 드레스를 움켜잡은 두 손을 파르르 떨었다. 그리 어려운 일은 아니었다.

"신하 된 도리로 차마 저 혼자만 도망칠 수 없었습니다."

"그게 지금 무슨 소리죠! 말도 안 되는 모함으로 내 티 파티를 망치려고 하다니!"

클레이엔은 비명을 지르듯 목소리를 높였다.

"황후 폐하, 그리고 황태자 전하. 저는 오직 황태자 전하를 사모하고, 또 황후 폐하를 존경하는 마음에 티 파티를 준비했어요. 그런데 어째서,

중간에 갑자기 등장하여 이상한 말을 하는 저 계…… 바이켈드 영애를 탓하진 않으시고. 제 티 파티를 음습한 음모라고 부르시는 건가요. 억울합니다. 너무 억울해요!"

절절한 목소리가 홀 안을 가득 메웠다. 카루나는 한 발 나서서 클레이엔의 앞에 섰다. 등 뒤에 황후와 황태자를 두고 있는 꼴이었다.

두 사람분의 시선이 등에 닿았다. 황태자는 더없는 신뢰의 눈빛을, 황후는 어디 한번 네 충성을 증명해 보라는 눈빛을 보냈다. 대화는 이제 클레이엔과 카루나, 두 사람의 몫이 되었다.

"마카레나 백작 영애, 지금 억울하다고 하셨나요?"

"네, 그랬답니다. 조금 전만 해도 내 티 파티를 보고 기가 죽어서는 구석에 숨어 있다가 납치인지 감금인지, 무슨 말도 안 되는 변명을 늘어놓고 도망쳤으면서. 이제야 나타나 내 티 파티를 망치려고 하다니!"

클레이엔이 카루나를 노려보며 아랫입술을 씹었다. 그 표정을 카루나의 뒤에 서 있는 황태자가 보고 있다는 걸 잊은 듯했다. 황태자는 오랜만에 보는 클레이엔의 패악에 말을 잃고 경악했다.

"그동안 생각해 낸 게 고작 그런 모함인 건가요? 나한테 질 것 같으니까, 숨어서 잔머리를 굴리다가 겨우 들고 온 게 그거냐고 묻고 있는 거예요!"

클레이엔은 점점 더 거칠어졌다. 그녀의 곁에는 그런 그녀를 붙잡아 줄 루시온도, 마카레나 백작도 없었다.

"저를 위험에서 구해 주신 건 제 약혼녀인 바이켈드 공작이지만, 그걸 허락해 주신 건 황태자 전하시죠. 방금 그 말은 황태자 전하께서도 거짓말을 하고 있다고 말하는 것과 다름없……."

"웃기는 소리 하지 말아요! 황태자 전하께서는 속으신 거야! 네 그 간교한 혓바닥에 깜빡 속으신 거라고!"

"글쎄요. 그건 두고 보면 알 일이지요. 경연이 끝날 때까지 저를 가두어

놓으려 했던 자들을 모두 붙잡았으니, 그들을 조사하면 그 배후가 나올 거예요."

카루나는 차분한 목소리로 대꾸했다. 클레이엔은 잔뜩 흥분하여 우아함도 예의도 잃어버리고 날뛰었다. 카루나는 그런 클레이엔을 차분하게 상대했다.

돋보이는 건 단연 카루나였다. 귀족들은 '그' 클레이엔 앞에서 저렇게 담담한 카루나를 보며 감탄을 금치 못했다. 특히나 황금 백합을 탐내 황제파인 주제에 백조의 홀에 머물고 있었던 귀족들이 어깨를 펴며 뽐냈다. 자신이 카루나의 대변인이라도 되는 양. 정작 카루나는 나중에 그들을 보쉬엔 자작과 비슷한 방법으로 몰락시켜 버리리라 벼르고 있건만. 그걸 꿈에도 모른 채 그러고 있었다.

"지금 이 홀에 가득 찬 불경스러운 물건에 대해서도 이야기해 보지요. 마카레나 백작 영애, 영애는 저 흉측한 물건을 정말로 황후 폐하께 바치려고 했던 건가요?"

"흉측하다니요! 저건 이 세상에 단 한 명뿐인 장인이 만든……."

"황실을 능욕하려는 의도가 담긴 물건이지요."

황실 능욕.

몇몇 귀족들이 그 단어를 듣는 것만으로 놀라 황금 백합을 떨어뜨렸다.

"무, 무슨 소리를 하는 거야! 황실을 능욕하다니! 이제 하다 하다, 그런 더러운 모함으로 내 티 파티를 망치려고 들어?"

"그게 아니라면 무슨 의미인 거죠?"

카루나가 눈을 동그랗게 뜨고 손을 뻗었다. 클레이엔이 품에 가득 껴안고 있던 황금 백합 꽃다발을 건드릴락 말락 가깝게 다가갔다. 하지만 끝내 만지지 않고 손을 물렸다.

"이, 이건……."

클레이엔은 말을 잇지 못했다.

'의미? 그런 게 뭐 중요한데. 화려하고 아름다우면 되는 거잖아! 다른 곳에 없는, 유일한 물건이라고. 나만이 만들 수 있는!'

대역은 생화에 금을 입힐 줄 아는 장인을 찾아내고도, 그 장인을 제대로 써먹지 못했다. 고작 백합 꽃잎 끝부분에 금띠를 둘렀을 뿐. 대역의 능력과 배포는 고작 그 정도였을 뿐이다.

클레이엔은 대역을 비웃으며 백합 전체에 금을 입혔다. 진짜인 자신의 배포와 능력은 이 정도라는 것을 뽐내고 싶은 마음이었다. 또한 그런 자신을 황후에게 보이고 싶었다.

'이만큼이나 대단한 나를, 어서 인정해서 당신의 시녀로 뽑고, 또 얼른 황태자비로 삼으란 말야!'

이런 마음뿐이었다. 이걸 입 밖으로 꺼내어 말하면 안 된다는 생각 정도는 클레이엔에게도 있었다.

"배, 백합은 황후 폐하를 의미하는 거잖아, 요."

"황실의 상징이기도 하지요."

"그래요. 뭐, 그렇죠. 그래서 그 백합을 더 아름답게……."

되는 대로 말을 하던 클레이엔은 문득, 떠오른 생각에 눈을 번쩍 떴다.

"그래, 맞아요. 저는 황실의 상징인 백합에 반짝이는 금을 입혀서 더욱 귀하게 만들려는 생각이었어요. 더욱 귀하고 아름다운 백합!"

갑자기 떠오른 변명치고는 제법 훌륭했다. 클레이엔은 말을 하고도 제가 한 말이 썩 마음에 들었다.

'백합이 황실을 의미하는 거잖아? 그 백합에 황금을 입히면, 백합은 더 귀해지는 거라고. 내가 바로 황금과 같은 존재지. 내가 황태자비가 되면 황태자도, 또 황실도 더 귀해지는 거라고. 이 황금 백합처럼.'

클레이엔은 황금 백합 꽃다발을 더 꽉 끌어안았다.

"왜 하필 황금인가요?"

"뭐?"

"은을 입힐 수도 있었을 거고, 다른 보석을 박았을 수도 있었을 텐데. 하필이면 황금이었나요?"

"은 따위보다 황금이 더 귀하니까!"

"그런가요? 그러면 왜 그저 가장자리에 장식처럼 두른 게 아니라 아예 백합 전체에 금칠을 해 버린 건가요?"

카루나는 아직도 제 말을 못 알아듣고 황금 백합을 들고 있는 귀족들을 두루 바라보았다.

"그 덕에 백합은 살아도 산 게 아니고, 황금에 묻혀 자신이 가지고 있는 자연적인 아름다움을 드러내지도 못하게 되었는데."

여기서 카루나는 잠시 말을 멈추고 고민하는 척을 하더니, 천진난만한 목소리로 물었다.

"그런데 황금은 마카레나 백작 가문을 의미하지 않나요?"

몇몇 귀족들이 그 말을 알아듣고는 황금 백합을 떨어트렸다. 마르지 않는 부. 변하지 않는 황금. 그건 귀족파의 수장이기 이전, 제국의 유서 깊은 귀족 가문인 마카레나 가문의 상징이었다.

황금이 백합을 뒤덮었다. 그건 다시 말해, 마카레나 백작 가문이 황실을 집어삼키려 한다는 의미로 해석될 수도 있었다. 물론 과민한 해석이라고 반박할 수도 있을 것이다. 카루나가 이 자리에 없었다면.

"그 백합으로 황후 폐하께서 앉으실 자리를 가린 건, 황후 폐하의 자리부터 위태롭게 만들겠다는 뜻인 건가요?"

"아, 아냐! 그런 말도 안 되는 소릴 하다니!"

"글쎄요. 말이 안 되는 소리라고 말하려면 이 황금 백합이 즉흥적이고, 별생각 없이 만들어졌다고 주장하셔야 할 텐데."

카루나가 빙긋 웃어 보였다.

"그러기에는 너무 오래도록 준비한 거 같네요."

"네가 뭘 안다고!"

"어머나? 황태자비가 되시기 이전에, 백합의 꽃잎 끝에만 살짝 테를 두른 백합을 황후 폐하께 바쳤다고 들었는데. 아닌가요?"

카루나가 클레이엔이 품에 안고 있는 백합을 눈짓했다.

"딱 그만한 양으로요."

그러고는 몸을 돌려 황후를 바라보며 확인차 물었다.

"그렇지 않은가요, 황후 폐하?"

"……그랬지요."

황후는 약간, 놀란 듯했다. '그걸 네가 어떻게 알고 있는 거지?'라는 표정이었다.

금테를 두른 백합 꽃다발.

당시 카루나는 요란스럽게 떠들어 대지 않고 '그것'을 조용히 바쳤다. 때문에 그것에 대해 알고 있는 건 클레이엔을 비롯한 마카레나 백작가의 사람들 몇 명, 그리고 황후궁의 시녀들 몇 명이 전부였다.

황후는 카루나와 가까이 지내던 에르케를 돌아보았다. 네가 말해 줬냐고 묻는 눈짓이었다. 에르케는 말없이 고개를 내저었다. 카루나는 다시 클레이엔을 바라보았다.

"황태자비가 되기 전엔 단지 황금 테만 둘렀으면서, 황태자비가 되고 난 뒤 황후 폐하의 곁에 머물 수 있는 기회를 앞두고는 황금으로 파묻은 백합꽃을 바치다니. 너무나 적나라하게 마음을 드러낸 것 아닌가요. 마카레나 백작 영애?"

백합 꽃잎에 살짝 금테를 두른 것. 거기까지가 애교로 봐줄 수 있는 선이었다.

나를 황태자비로 뽑아 주면 황실에 금칠을 하는 것이라는 의미. 마카레나 백작가가 아무리 덤벼 봤자 백합의 가장자리에 그치고 말 것이며, 감히 황실에 덤비지 않을 것이라는 서약. 가장자리에 서서 황실을 빛내는 들러리 역할을 서겠다는 아부.

금테를 두른 백합의 의미는 그것이었다. 그리고 그 정도가 황태자의 미래를 걱정하는 황후가 원하는 황태자비의 자격이었다.

황후는 황제파의 수장인 바이켈드 공작을 경계했다. 그가 황제파의 수장으로서 권력을 휘둘러, 천성이 여린 황태자를 손안에 쥐고 흔들까 봐 걱정하였다. 그리하여 황후는 황제와 다르게 황제파와 귀족파의 균형을 원했다.

황제파도 귀족파도, 결국엔 다들 귀족들이었다. 어느 한쪽의 힘이 강해지면, 황제가 될 황태자가 고달파질 거라 생각했다.

마침 귀족파 수장의 딸인 마카레나 백작 영애, 클레이엔이 황태자를 열렬히 사랑하고 있었다. 마카레나 백작은 하나뿐인 딸을 꽤나 애지중지했다. 그런 상황에서 클레이엔은 자신이 어찌 처신해야 하는지 잘 알고 있었다. 물론 진짜 클레이엔이 아니라 클레이엔의 대역이었던 카루나가.

클레이엔의 대역이었던 카루나는 귀족파 수장의 딸로서, 그럼에도 황실에 충성하고 황태자의 영광을 위해 기꺼이 들러리가 되겠다는 각오를 황후에게 보여 주었다.

그랬기에 황후는 클레이엔이 황태자비가 되는 것을 반대하지 않았다. 그게 진짜 클레이엔이 내내 무시하고 하찮게 취급했던 금테를 두른 백합의 위력이었다.

차라리 황태자비가 되기 이전에 금테를 두른 백합을 보내지 않았다면 오늘의 황금 백합을 무지의 소산이라고 우길 수 있었을 것이나. 이미 클레이엔은 황후에게 금테를 두른 백합을 보내 환심을 샀다. 그런 주제에 이제는 황태자와 황실을 자신이 집어삼키겠다는 듯 황금에 파묻힌 백합을 다시 바쳤다.

황실을 향한 변절이라고밖에 볼 수 없는 물건이었다, 오늘의 황금 백합은.

주변에 몰려선 귀족들은 멍하니 클레이엔과 카루나를 바라보았다.

두 사람은 입고 있는 드레스도 다르고, 머리색과 치장한 모양도 달랐다. 무엇보다 한쪽은 스무 살의 성인 여자였고 다른 한쪽은 이제 열두 살의 어린 소녀였다.

하지만 두 사람은 놀라울 정도로 닮아 있었다. 사교계에서 둘이 닮은 것 같다는 말이 떠돌기는 하였으나 다들 진지하게 생각지는 않았다. 그런데 이렇게 두 사람을 오래도록 서로 마주 보게 세워 놓고 보니, 둘은 나이 차이가 나는 일란성 쌍둥이처럼 닮아 보였다.

큰 쪽은 겁에 질려 있고 작은 쪽은 큰 쪽을 몰아붙이며 그게 즐겁다는 듯 미소를 띠었다. 그 모습이 마치…….

"……마카레나 백작 영애?"

아프다며 1년 가까이 사교계를 떠나기 전, 황태자비가 되기 직전에 사교계를 주름 잡았던 클레이엔 같았다. 어느 귀족이 카루나를 바라보며 저도 모르게 마카레나 백작 영애라 불렀다. 그 귀족은 말을 내뱉자마자 흠칫, 놀라며 두 손으로 제 입을 틀어막았다.

하지만 주변 귀족들 중 누구도 그를 경박하다고 탓하지 않았다. 다들 비슷한 생각을 하고 있었으니까.

"대단하시네요. 황후 폐하의 시녀가 되겠다면서 감히, 황후 폐하를 모욕하다니."

"아, 아냐! 아니라고! 난 그런 의미로 만든 게 아냐!"

클레이엔이 몸을 떨며 소리쳤다. 하지만 누구도 클레이엔의 말을 들어주지 않았다. 이즈음 되자, 별생각 없이 몰려다니는 귀족들마저도 황금 백합이 무슨 의미인지 알게 되었다.

그때까지 황금 백합을 들고 있던 귀족들이 질색하며 그 귀한 황금 백합을 바닥에 버리고 구둣발로 짓밟았다. 그러고는 조금이라도 클레이엔과 멀어지려 뒷걸음질 쳤다. 조금 전까지 황금 백합을 한 송이라도 더 얻기 위해 클레이엔에게 치대던 것과는 전혀 딴판이었다.

"다들, 가만히 있지 말고 뭐라고 말 좀 해 줘요. 다들 내 황금 백합을 좋아했잖아요. 황후 폐하께서도 좋아하실 거라고들 말했잖아요!"

클레이엔이 뒤늦게 주변에 도움을 요청했으나, 그녀의 주변은 휑-해진 지 이미 오래였다.

"다, 다들? 왜들 그러는 거예요. 왜 내 옆에서 멀어지는 건데! 내가 준 황금 백합은? 왜 다들 빈손인 거예요?"

백조의 홀 안에 클레이엔의 외침이 공허하게 울려 퍼졌다.

"루, 루시온은? 루시온! 루시온, 어디에 있는 거야. 당장 나와 봐. 얼른! 당신이 없으니까, 이 계집이…… 바이켈드 영애가 날 모함하고 있잖아! 뭐 하는 거야! 왜 일을 이따위로 만드는 거야!"

"아, 이런. 아직 모르시나 보네요."

카루나가 고개를 갸웃하며 말했다.

"저를 티 파티 경연이 끝날 때까지 감금하고 있었던 분이 바로, 지금 영애께서 그토록 애타게 찾고 있는 영식이었습니다."

"뭐? 무슨 말도 안 되는 모함을 하는 거야! 널, 가두려 했던 사람들 중 제일 윗사람을 놓쳤다면서!"

"네, 놓쳤지요. 그 자리에 와 있던 마카레나 백작을."

"……뭐?"

날뛰던 클레이엔이 순간, 굳었다. 귀족들 또한 제 귀를 의심하며 카루나를 바라보았다. 카루나는 모두의 시선을 한 몸에 받으며 기꺼이 다시 한번 말해 주었다.

"마카레나 백작님이 있었답니다. 저의 약혼자가 절 구하느라 한눈을 판 새 도망쳐 버리셨지만. 다행히 루시온 경은 철십자 기사들이 붙잡았고요."

"마, 말도 안 돼. 아버지가, 아버지가 거길 왜 가. 거길! 왜!"

"그러게 말이에요. 그냥 루시온 경에게만 시키면 될 일을 왜 굳이 직접 찾아오셨을까요?"

카루나가 방긋 웃으며 클레이엔에게 다가갔다.

"다, 다가오지 마! 다가오지 말라고!"

클레이엔은 안고 있던 황금 백합을 방패처럼 휘두르며 카루나를 막아섰다. 그 반항은 오래가지 못했다. 클레이엔은 금방 꽃다발을 버거워하다가 이내 놓쳐 버렸다.

황금 백합 꽃다발이 하늘로 붕- 나는 듯하더니 고작, 카루나의 발치에 떨어졌다. 카루나는 그 꽃다발을 밟고 클레이엔의 바로 앞에 섰다.

"이잇!"

뒷걸음질 치며 물러서려는 클레이엔의 양팔을 붙잡고 확- 잡아당겼다. 클레이엔은 카루나의 힘을 못 이겨 휘청이다 카루나 쪽으로 허리가 꺾였다. 두 사람의 얼굴은 코가 닿을 듯 가까워졌다.

카루나는 오직 그녀에게만 들릴 정도의 작은 목소리로 말했다.

"왜 마카레나 백작이 직접 나섰냐고? 그건 내가, 당신의 대역이었기 때문이야."

"……!"

"안녕, 진짜 클레이엔 아가씨."

"뭐?"

"무슨 소린지 못 알아듣겠어?"

카루나가 녹색 눈을 반짝이며 클레이엔을 바라보았다. 클레이엔은 카루나의 녹색 눈을 홀린 듯 바라보았다.

"설마?"

"맞아, 그 설마."

"하지만 넌, 너는……."

"언제 알아챌까 기다리고 있었는데, 끝까지 모르기에 불쌍해서 말해 주는 거야. 루시온과 마카레나 백작은, 그리고 바이켈드 공작은……."

카루나는 한숨을 닮은 숨을 내쉬며 '바이켈드 공작'을 발음했다. 그 숨 안에 담긴 복잡한 마음을 얼른 갈무리하고는 말을 이었다.

"금방 날 알아보던데."

"아버지가, 루시온이 널 알고 있었다고? 널 그냥 살려 뒀어?"

클레이엔이 믿을 수 없다는 듯 카루나를 바라보았다.

"마, 말도 안 돼…… 너. 넌 죽었다고 그랬어……. 아버지가, 그리고 루시온이 분명 그랬단 말이야."

"맞아. 죽었어. 아니, 죽을 뻔했지. 그런데 어째? 당신 아버지의 일 처리가 고작 이따위인 걸. 당신이 마카레나 백작의 딸이 맞기는 한가 봐. 일 뒤처리가 허술한 게 아주 닮았어."

"마, 말도 안 돼……. 부, 분명 죽었다고……."

"봐 봐, 난 이렇게 잘 살아 있잖아?"

"그, 런데 왜 그런 모습으로……?"

클레이엔은 그제야 카루나가 자신보다 한참 어려 보인다는 데에 생각이 미친 듯했다.

"생각해 봐. 우리 둘이 똑같은 모습으로 다닌다면 어떻게 됐겠어? 물어보지 말고 고마워하기만 해. 클레이엔 아가씨."

굳이 클레이엔에게 모든 걸 구구절절 설명할 이유 없었다.

"정말로 너라고? 내 가짜가?"

"계속 못 믿겠으면 믿지 말아 봐. 앞으로 계속 믿을 수 있는 기회를 만들어 줄 테니까."

카루나는 자신을 꼭 닮은 클레이엔을 바라보며 말했다. 클레이엔은 스무 살 때의 카루나와 똑같은 모습으로 서 있었다. 모든 건 그녀를 대신해 카루나가 일궈 낸 것이었다. 애초부터 그녀의 것이 아니었고, 그녀가 감당할 수 있는 것도 아니었다.

'만약 날 살려 두고 그냥 돈이나 좀 쥐여 줘서 멀리 떠나보냈다면. 그리고 혹시나 내가 딴생각을 하진 않을까 감시나 좀 하고 말았다면. 당신은 내가 이뤄 놓은 것을 누리며 마음껏 날뛸 수 있었을 거야.'

그랬다면 카루나는 어려지지 않았을 것이고, 바이켈드 공작을 카루나로서 만날 일도 없었을 것이다. 대역 클레이엔일 때부터 가지고 있었던, 바이켈드 공작을 좋아하는 마음을 깔끔하게 정리했을 것이다. 지금처럼, 카루나가 바이켈드 공작을 위해 마카레나 백작과 클레이엔을 무너뜨리겠다고 마음먹지도 않았을 것이다.

'내가 얌전히 물러서겠다고 했을 때 그냥 보내 줬어야지. 죽일 생각까지는 하지 말았어야지. 그래서 내가 바이켈드 공작을 좋아하는 마음을 깨닫게 하지 말았어야지.'

하지만 그러지 않았다. 마카레나 백작은 카루나를 죽이려 했다. 루시온은 기어이 그녀를 찾아내 다시 자신의 곁에 두려고 했다. 클레이엔은 당연히 카루나가 죽었다고 생각하고, 일말의 고마움도 느끼지 않았다.

카루나는 그들을 피해 바이켈드 공작, 라크안의 날개 아래로 숨어들어가야 했다. 그 따스한 그늘 아래에서 카루나는 라크안을 다시 좋아하게 되었다.

'어떻게 좋아하지 않을 수 있을까, 당신을.'

카루나는 자신이 그저 복수를 위해 움직이고 있다고 생각하는 그 멍청한 늑대를 떠올렸다. 그저 생각하는 것만으로 가슴 한구석이 달콤하게 아파왔다. 카루나는 그 마음을 동력으로 삼아 클레이엔을 밀어붙였다.

"기대해. 황태자와의 혼인? 완전히 물거품으로 만들어 줄게. 내가 당신을 황태자비로 만들어 줬잖아. 반대로 황태자비에서 끌어내릴 수는 없을 것 같아?"

"아, 안 돼……."

클레이엔의 얼굴이 경악으로 물들었다.

"루시온은 시작이야. 곧 마카레나 백작이, 그리고 당신이 다음 순서일 테니까. 기다리고 있어."

"그, 그럴 수 있을 리 없어. 네까짓 게 뭐라고!"

중얼거리던 목소리가 이내 고함처럼 커졌다. 카루나가 애써 조그만 목소리로 말해 주고 있건만. 클레이엔은 주변에 귀족들이 몰려 있는 걸 잊은 듯했다.

"천한 것이! 고작 내 대역 따위가!"

클레이엔이 눈을 뒤집어 까고 카루나에게 달려들었다. 주변에서 귀족들의 비명 소리가 합창으로 울렸다.

"윽!"

카루나는 몸의 균형을 잃고 뒤로 나동그라졌다. 아니, 나동그라질 뻔했다.

"카루나!"

내내 둘을 지켜보던 황태자가 재빨리 나서서 카루나를 붙잡아 주었다. 황태자는 라크안에 비하면 연약하기 그지없는 존재였으나, 카루나 하나쯤은 거뜬히 지탱했다. 카루나는 졸지에 황태자의 품에 폭 안긴 꼴이 되었다.

"지크?"

황후는 방금 전까지 제 옆에 서 있던 아들이 한달음에 날아가 카루나를 끌어안는 걸 보고는 쯧, 혀를 찼다. 상황이 어떻게 돌아가는지 알지 못하는 귀족들은 그저, 그 둘의 모습이 로맨틱하다며 꺅- 비명을 질렀다.

클레이엔은 멍하니, 황태자의 품에 안겨 있는 카루나를 바라보았다.

'감히 전하를?'

다른 건 다 용서한다 하더라도 황태자에게까지 꼬리를 치는 건 용서할 수 없었다. 황태자는 자신의 것이었다. 10여 년 전부터 그렇게 결정된 것이었다.

"전하, 당장 그 계집을 놓으세요. 그 계집은 아주 천한 계집이라고요! 지금 모두를 속이고 있는 거예요. 저까짓 게 바이켈드 공작의 약혼녀라니! 다 거짓말이야. 거짓말이라고!"

황태자는 고개를 돌리고 클레이엔의 말을 아예 듣지도 않았다.

"이잇!"

클레이엔은 황태자의 품에 얌전히 안겨 있는 카루나를 보다 못해, 다시 카루나에게 달려들었다. 머리채를 잡아채서라도 황태자에게서 카루나를 떼어 놓으려고 했다. 조금 전, 카루나를 밀쳤을 때처럼 쉽게 성공할 거라 생각했건만. 의외의 장애물, 아니 복병이 있었다.

"이 무슨 무례인가!"

황태자였다. 황태자가 손을 들어 클레이엔을 막고 카루나를 보호했다.

"전하! 어떻게 저한테…… 어어?"

클레이엔은 황태자의 팔에 부딪쳐 휘청였다. 하필이면 그 근처에 황금 백합이 잔뜩 버려져 있어서, 그걸 잘못 밟아 발이 미끄러지기까지 했다.

"꺄악!"

조금 전 카루나가 그랬듯 클레이엔은 뒤로 나동그라졌다. 넘어져 바닥에 엉덩방아를 찧었다. 카루나와 달리 그녀를 받아 줄 사람은 아무도 없었다. 귀족들이 버린 황금 백합이 바닥에 깔려 있었으나 전혀 도움이 되지 않았다.

"저, 전하? 어떻게 저한테 이러실 수가……."

클레이엔의 얼굴이 사색이 되었다.

"괜찮니, 아니, 괜찮나요?"

황태자는 클레이엔 따위는 안중에도 없이 카루나를 살폈다.

"괜찮아요."

"그렇다면 다행이구나. 네가 다치면 이번에야말로 난 라안한테 맞아 죽을 거야."

황태자가 카루나에게만 들릴 만한 목소리로 속삭였다. 카루나는 풋, 웃고 말았다.

"그럴 리가요, 황태자 전하."

"정말이라니까?"

"글쎄요. 바이켈드 공작 각하가 절 그렇게까지 아끼실 것 같진 않지만, 뭐, 그렇게 믿고 싶다면 반박하진 않을게요."

둘은 서로에게만 들릴 만한 목소리로 정답게 이야기를 나누었다. 그 모습은 다정한 오누이 같아 보이기도 하고 나이 차이가 많이 안 나는 부녀지간 같아 보이기도 했다. 오직 클레이엔의 눈에만 수상쩍은 사이로 보였다.

황태자는 카루나를 향해 스스럼없이 웃어 보였다. 클레이엔에겐 단 한 번도 보여 주지 않은 웃음이었다. 클레이엔은 허망하게 황태자를 바라보았다.

'황태자비가 될 사람은 난데…… 왜 나를 싫어하시고, 고작 저런 천한 계집을 아끼시는 거지? 그 계집애는 고작 내 대역을 했을 뿐인데.'

황태자와 대화를 나누던 카루나는 클레이엔의 시선을 느꼈다.

'고작 이 정도에 무너지면 섭섭하지.'

카루나는 클레이엔이 다시 의욕을 가질 수 있도록 도와주고 싶었다. 그녀가 그렇게 좋아하는 황태자를 이용해서.

"아, 전하…… 갑자기 어지러운 거 같아요."

돼먹지 않은 수작을 부리며 황태자의 어깨에 머리를 기댔다. 그 돼먹지 않은 수작이 황태자에게는 잘 통했다.

"왜, 왜? 아까 어딜 다친 거니? 그러면 안 되는데. 의사를 불러 올까?"

황태자가 당황하여 카루나를 얼싸안았다. 카루나는 황태자의 극진한 보호를 받으며 클레이엔에게 보란 듯이 웃어 보였다. 멍하니 황태자를 바라보던 클레이엔은 다시금 분노에 휩싸였다. 분노는 그동안 잘 쓰지 않던 머리를 억지로 굴러가게 만들었다.

클레이엔은 '생각'이란 걸 해 보았다.

'왜 황태자 전하께서는 전하를 사랑하는 나를 이렇게 미워하고, 저 계집을 아끼는 거지? 어째서?'

답은 의외로 금방 나왔다.

'다 저 계집 때문이야.'

클레이엔은 카루나를 노려보았다.

'황태자 전하는 모르고 있어. 그동안 내 대역이랍시고 나쁜 일을 저지른 게 저 계집이라는 걸. 그게 다 나라고 생각하셔서 그런 거야. 나는 피해자야. 저 계집이 제멋대로 나를 악녀로 만들어서 황태자 전하가 날 싫어하도록 만든 거야. 그런 주제에 자신은 아무것도 모른다는 듯이 어린애가 되어서는…… 황태자 전하께 저렇게 아양이나 떨고 있는 거야.'

억울해서 온몸이 부들부들 떨렸다. 클레이엔의 머릿속에서 클레이엔 자신은 세상에서 가장 불쌍하고 가련한 피해자였다. 저기, 황태자의 품속에 기어 들어가 방긋방긋 웃고 있는 카루나는 세상 제일의 악녀였고, 자신과 황태자 사이를 이간질한 나쁜 계집이었다. 이 진실을 황태자에게 알려야 한다는 생각으로 머리가 가득 찼다.

"전하, 제발 제 말을 들어 주세요! 모든 걸 다 말씀드릴게요. 다 잘못됐어요. 모든 게 다 잘못됐다고요!"

다시 일어설 생각도 못 한 채, 바닥에 쓰러져 두 손으로 땅을 짚고 있었다. 헝클어진 머리카락이 귀 옆으로 흘러내렸다. 조금 전까지 자신만만하고 자만심에 차 있던 클레이엔은 없었다. 오직 억울한 피해자인 클레이엔만이 거기에 있었다.

억울함. 그것이야말로 마카레나 백작 영애, 클레이엔에게 가장 어울리지 않는 단어였다. 그렇기에 지금 클레이엔의 모습은 뭔가 어색하고 이상했다. 클레이엔을 아는 황태자와 황후, 귀족들이 보기에는 그러했다.

다들 이제 와 피해자인 척 행동하는 클레이엔을 싸늘한 눈으로 바라보았다. 하지만 클레이엔은 그런 주변의 분위기를 파악하지 못한 채 제가 하고 싶은 말만 주르륵 쏟아 냈다.

"저, 절 싫어하셨잖아요. 미워하셨잖아요. 다 알아요. 그런데 사실, 절 싫어했던 건 절 싫어했던 게 아니에요. 걔예요, 황태자 전하가 정말 싫어하는 건 걔라고요! 그 애가 사실, 저인 척하고 모든 걸 꾸몄어요. 장장 10년 동안이나요!"

클레이엔의 목소리가 백조의 홀에 쩌렁쩌렁 울려 퍼졌다.

"하, 지금 저 영애가 뭐라고 말한 건가요?"

"맙소사. 미친 건 아니겠죠?"

"무슨 말을 하려나 들어나 보자 싶었는데……."

"그 위세 대단한 마카레나 백작가도 저 영애의 대에서 끝나겠군요."

귀족들이 대놓고 수군댔다.

"믿을 수 있을 만한 소리를 해야 믿는 척이라도 해 주지!"

"마카레나 백작은 도대체 어디에서 뭘 하고 있는 거야. 뭐가 어떻게 돌아가고 있는 거냐고."

귀족과 귀족들이 머리를 쥐어뜯으며 한탄했다. 황태자는 카루나를 내려놓고 일어섰다. 굳은 얼굴로 클레이엔을 내려다보았다.

"추하군, 마카레나 백작 영애."

더없이 싸늘한 목소리가 클레이엔의 가슴에 비수처럼 꽂혔다.

"네? 어, 어째서 그런 말을……. 황태자 전하, 저는 오직 전하를 위해……."

"여기 있는 바이켈드 영애는 오늘, 그대의 가문에서 벌인 일로 인해 큰 위험에 처했소. 그럼에도 그대를 원망하거나 내 어머님이 주관하시는 행사에 피해를 끼치지 않으려고 노력했지. 그런데 그대는 말도 안 되는 소리로, 끝까지 이 영애의 명예를 더럽히려고 하는군."

"지, 지금까지 저 계집이 말한 것들을 다 잊으신 거예요? 저 계집이 제 티 파티를 다 망쳤다고요!"

"영애, 그대의 티 파티는 애초부터 잘못 준비한 것이었소. 그만 인정하시오. 당장 황실 모독죄로 그대를 처벌할 수도 있어. 그러지 않는 건…… 그래도 그대가 아직은, 내 비가 될 위치에 서 있기 때문이오. 곧 아니게 되겠지만."

"아니게 된다니요? 그게 무슨 말씀이세요? 전하? 저는, 당연히 전하의 비가 될 몸인 걸요."

클레이엔이 손을 뻗었다. 황태자의 바지 자락이라도 붙들려는 몸짓이었다. 하나 황태자는 매몰차게 돌아서며, 약간의 여지도 남겨 두지 않았다. 황태자가 클레이엔에게서 완전히 등을 돌렸다. 허공에 붕 떠 있던 손이 허망하게 바닥으로 떨어졌다.

'왜? 도대체 왜? ……내가 뭘 잘못했다고?'

바삭. 짓밟혀 더럽혀진 황금 백합이 손에 잡혔다. 클레이엔은 그걸 움켜쥐었다.

"으으…… 으으으……."

분을 못 이겨 울음이 났다. 클레이엔은 마지막 자존심으로 이를 악물고 그 울음을 참았다. 쯧쯧, 주변에서 혀 차는 소리가 들렸다. 조금 전까지 클레이엔을 찬사하며, 클레이엔에게 조금이라도 가까이 다가가고자 애쓰던 귀족들이 클레이엔을 비웃고 있었다.

그 차가운 시선 속에서 클레이엔은 홀로 버려졌다.

"황태자 전하, 잠깐만요."

황태자의 에스코트를 받으며 우아하게 걷고 있던 카루나가 멈춰 섰다.

"왜? 마카레나 백작 영애에게 가려고? 저 영애는 무척 위험한 사람이야. 위험해."

황태자가 대뜸 반대했다.

"또 널 밀치거나 하면 어떡하려고?"

"그럼 황태자 전하께서 또 절 구해 주시면 되잖아요?"

카루나가 상큼하게 대답했다. 그러자 황태자의 입이 헤벌쭉하게 벌어졌다.

"뭐, 크흠, 그건 그렇지."

황태자는 그 한 마디 말에 넘어가 카루나를 놓아주었다. 카루나는 사뿐사뿐하게 걸어 클레이엔에게 다가갔다.

"너어……!"

클레이엔은 카루나가 자신에게 다가오자 이를 갈며 눈을 부릅떴다. 당장이라도 일어서 얼굴을 손톱으로 갈기고 싶었다. 하지만 그럴 수 없었다. 카루나의 어깨 너머로, 황태자와 황후가 서 있었다.

두 사람이 더없이 싸늘한 눈빛으로 클레이엔을 내려다보고 있었다. 또 다시 여기서 카루나에게 해코지를 하면, 황태자가 정말로 자신에게 실망해 버릴지 모른다. 클레이엔은 겁을 먹었다.

황태자는 이미 클레이엔에게 충분히 실망해서 더 실망할 것도 없는 상태였지만. 클레이엔의 생각은 달랐다.

"다 너 때문이야. 네가 내 인생을 망쳤어."

클레이엔은 몸을 부들부들 떨며 카루나를 노려보았다.

"네가 그동안 그렇게 악독하게만 굴지 않았어도, 황태자 전하께선 나를 싫어하지 않았을 거야. 난, 나는 황태자 전하께 어울리는 여자였어. 착하고, 기부도 많이 하고 그럴 수 있었다고."

클레이엔의 말을 들은 주변의 귀족들이 카루나를 대신해서 코웃음을 쳤다. 카루나는 클레이엔의 앞에 쭈그리고 앉았다. 무릎에 턱을 괴고는 우리 속 동물을 구경하듯 클레이엔을 바라보았다.

"정말로 그렇게 생각해?"

카루나가 조그만 목소리로 물었다.

"다 너 때문이야."

클레이엔이 이를 갈며 말했다.

'정말로 그렇게 믿고 있나 보네.'

카루나는 그런 클레이엔을 신기하다는 듯 바라보았다.

카루나가 클레이엔의 대역으로 활동하기 이전. 클레이엔은 이미 사교계의 트러블 메이커로 유명했다. 그때에도 황태자는 역시나 클레이엔을 피해 도망 다녔다.

카루나가 대역이 되어 '클레이엔'은 좀 더 똑똑한 악녀가 되었을 뿐이다. 그 덕에 클레이엔을 싫어하는 황태자가 클레이엔을 자신의 비로 들일 수밖에 없었다. 그런데 클레이엔은 카루나가 이뤄 놓은 좋은 것만 쏙 빼 가선 당연한 것이라 말하고. 나쁜 것은 다 카루나의 탓이라고 말하고 있었다.

"남이 이뤄 놓은 걸 공짜로 가져가려 했으면 그 악평도 같이 가져가야지. 좋은 것만 먹고 입 싹 닦으려고 했어?"

카루나는 어린아이를 가르치는 선생처럼 조곤조곤하게 말했다.

"자선병원을 열고, 착한 척하는 클레이엔이라니. 하."

하지만 이내, 어이없는 마음을 참지 못해 클레이엔을 비웃었다.

"이봐, 진짜 클레이엔 아가씨. 당신이 클레이엔이었을 때도 내가 클레이엔이었을 때도, 클레이엔이 그런 사람은 아니었잖아? 그걸 잊지 말라고."

거기까지였다. 더 이상 클레이엔과 말을 섞을 의욕이 생기지 않았다. 카루나는 일어서 백조의 홀에서 가장 큰 창문이 있는 벽 쪽을 바라보았다. 귀족들은 당연하게 비켜서며 길을 만들어 냈다.

붉게 노을 졌던 하늘이 어두워지고 있었다.

"어머? 저게 뭐지?"

"저기는…… 그냥 정원이 있던 곳 아닌가?"

"반짝반짝 빛나고 있어요!"

카루나를 좇아 창밖을 바라보던 귀족들이 탄성을 내질렀다. 창가 근처에서 시작된 그 동요는 금세 귀족들 전체로 번져 갔다. 백조의 홀을 떠나려 채비하던 황후와 황태자에게까지 닿았다. 황후와 황태자는 돌아서 카루나가 바라보는 창밖을 바라보았다. 클레이엔 역시 처참해진 꼴로 고개를 돌렸다.

창밖은 까무잡잡한 저녁의 세상이었다. 하늘도, 백합궁 본궁 앞에 펼쳐진 정원도 어둑어둑했다. 그런데 그 정원의 한 부분이 은은히 빛나고 있었다.

어둔 세상은 깊고 어두운 바닷속 같았다. 은은히 번지는 빛은 그 깊은 바다 속에서 영롱하게 빛나는 진주처럼 보이기도 했다.

"저기는 바이켈드 백작 영애의 티 파티장이 아닌가?"

어느 귀족이 큰 소리로 외쳤다. 카루나는 누군지 알 수 없으나 그 목소리 큰 귀족에게 기꺼이 감사의 마음을 가졌다. 귀족들과 황태자, 황후의 눈이 전부 카루나를 향했다.

카루나는 양손으로 드레스 자락을 들고 무릎을 살짝 굽혔다 폈다. 그러고는 귀족들을 주욱- 둘러보았다. 황후와 황태자에게 시선이 멈추었다.

"제국에서 가장 존귀한 두 분을 저의 티 파티로 초대하오니, 부디 함께해 주시겠습니까?"

이제는 카루나의 티 파티가 열릴 시간이었다.

"좋아요. 한번 가 보도록 하죠. 바이켈드 영애의 티 파티로."

황후가 먼저 입을 열었다.

"이곳의 티 파티는 내가 머무를 곳이 아닌 듯하니."

황후는 싸늘한 눈초리로 클레이엔을 내려다보았다.

시녀 후보로서 백합궁에 머무는 한 달 내내, 황후는 세 시녀 후보 중 클레이엔을 가장 아꼈다. 그건 클레이엔이 황태자비가 되기 직전, 금테를 두른 백합을 보내 자신의 정성을 보였기 때문이었다.

황후는 금테를 두른 백합 꽃다발에 담긴 마음을 믿었다. 그렇기에 클레이엔이 자꾸 부족한 모습을 보여도 그냥 보아 넘긴 것이었다. 황금에 파묻힌 백합을 바친 그 순간, 클레이엔을 향했던 황후의 총애는 끝난 것이나 다름없었다.

"화, 황후 폐하…… 저는 단지, 정말 아무것도 모르고……."

클레이엔은 마지막에 마지막까지 포기하지 않았다. 싸늘하게나마 자신을 바라보는 황후에게 손을 내밀어 자비를 구했다. 황후는 그 손을 잡는 대신 돌아서 등을 보였다. 황태자에 이어 황후까지 클레이엔에게서 돌아섰다.

"바이켈드 영애, 앞장서세요. 길이 어두워 영애의 안내가 필요할 것 같군요."

"영광입니다, 황후 폐하. 감히 한 말씀을 덧붙이자면, 설사 제가 안내하지 않더라도 황후 폐하께서는 결코 길을 잃지 않으셨을 겁니다."

"호오? 그건 무슨 말인가요?"

"저 빛은 길을 안내해 주는 빛이니까요."

카루나의 말에 황후의 옆에 서 있던 에르케가 고개를 갸웃 흔들었다. 카루나는 에르케에게 웃어 보이며 말을 이었다.

"황후 폐하께서 어디에 계시든 저 빛이 황후 폐하께 길을 알려 줄 겁니다. 설사 세찬 파도가 치는 바다 한복판에 있다 하더라도요."

"……!"

황후가 멈칫하였으나, 카루나는 못 본 척하였다. 이내 황후는 그런 적이 없었다는 듯 자연스럽게 걷기 시작했다.

"제가 따르겠습니다."

황태자가 얼른 황후를 에스코트했다.

“티 파티 같은 건 싫다고 항상 내빼더니, 오늘은 꽤나 적극적이구나.”

“어머님이 주관하시는 행사인데, 어찌 제가 소홀할 수 있겠습니까.”

모자는 정겹게 대화를 나누었다. 카루나가 앞장서서 황후와 황태자를 안내했다. 황후의 시녀들이 뒤따랐다.

눈치만 보고 있던 귀족들이 하나둘, 슬금슬금, 그 뒤를 따르기 시작했다. 처음엔 황제파 귀족들이, 그다음엔 중립파와 귀족파의 귀족들이. 얼마 지나지 않아 백조의 홀은 텅 비어 버렸다. 남은 것이라고는 구둣발에 짓밟힌 황금 백합으로 더럽혀진 바닥과 구석에 몰려서서 어쩔 줄 몰라 하며 서 있는 하녀와 하인, 시종들뿐이었다.

클레이엔은 백조의 홀 한가운데 주저앉아 고개를 푹 숙이고 있었다. 헝클어진 붉은 머리카락이 제멋대로 흔들렸다.

“하, 맞아.”

클레이엔이 고개를 들어 천장을 바라보았다. 주르륵, 눈꼬리를 타고 차게 식은 눈물이 흘러내렸다. 머리카락이 헝클어지고 드레스가 잔뜩 구겨졌을망정, 그 모습은 하인과 하녀들이 넋을 잃고 쳐다볼 정도로 처연하고 아름다웠다.

“맞아……. 네 말대로……, 난…… 클레이엔은 그런 사람이 아니었지…….”

눈물을 모두 흘려보낸 클레이엔은 나직한 목소리로 말했다.

“그러니까, 가만 안 둬.”

클레이엔의 목소리가 백조의 홀에 울려 퍼졌다. 그 음산한 울림에 하인과 하녀, 시종들이 오들오들 떨었다.

“아버지가 못 죽였다면 내가…… 내가 죽일 거야!”

클레이엔은 소매에서 무언가를 빼 들었다. 조그만 약병이었다. 클레이엔은 그것을 문 쪽으로 집어 던졌다. 쨍그랑! 약병이 문에 부딪쳐 산산이 깨졌다. 붉은색 물약이 찰랑이고 있어야 할 약병은 텅 비어 있었다.

"당장 새 드레스를 가지고 와!"

하녀들은 후다닥, 백조의 홀 밖으로 내달렸다. 지금 상황에서 머뭇거리다 클레이엔의 눈 밖에 나면, 정말 죽게 되리라. 다들 본능적으로 느끼고 있었다.

"내 눈앞에서, 그 계집이 죽는 꼴을 보고야 말겠어."

클레이엔은 황금 백합으로 뒤덮인 바닥을 손톱으로 긁으며 주먹을 쥐었다. 물기 진 녹색의 두 눈이 카루나가 걸어 나간 문을 죽일 듯 노려보았다.

* * *

카루나는 황후와 황태자, 그리고 귀족 무리를 이끌고 백합궁을 나섰다.

밖은 창문으로 봤던 것만큼이나 어둑했다. 밤눈이 어두운 귀부인들은 곁에 선 남자들의 도움을 받아야 했다. 워낙 많은 사람들이 함께 움직이다 보니 자꾸만 서로의 드레스와 망토를 밟았다. 덕분에 크고 작은 소란이 생겨 시끌시끌했다.

황후는 걷는 내내 침묵했다. 황태자가 말을 걸어도 대답하지 않고 고개를 저었다. 그저 고개를 들어, 정원의 저편에서 은은히 뻗어 나오는 하얀 빛무리를 바라보기만 하였다.

카루나가 앞장서고 있으나 황후는 카루나의 안내를 받아 걷는 것이 아니었다. 자신의 두 눈으로 어둠 속에서 빛나는 빛의 무리를 보며 길을 찾아 나가고 있었다.

어느 정도 걷자, 길 건너편에서 등불을 든 하인과 하녀들이 우르르 달려 나왔다. 카루나의 티 파티에 동원된 바이켈드 공작가의 고용인들이었다. 가장 앞에는 하녀장이 서 있었다.

"기다리고 있었습니다. 어서 오십시오."

하녀장이 고개를 숙여 공손히 인사했다. 하인과 하녀들은 길 양쪽에 주욱- 늘어서서 등불로 발 아래를 밝혀 주었다. 티 파티장으로까지 가는 길이 수월해졌다. 뒤에서 투덜거리던 귀족들의 목소리가 쑥- 가라앉았다. 카루나는 하녀장에게 눈짓으로 인사하였다. 하녀장은 웃음으로 화답하였다.

'아직 내가 클레이엔이었다는 걸 모르는 눈치네.'

카루나는 약간의 씁쓸함을 느꼈다. 또한 그와 비교도 안 될 정도로 크게 안도했다. 적어도 오늘 밤의 티 파티까지는 바이켈드 공작가의 사람들에게 사랑을 받는 카루나일 수 있으니까.

하녀장은 카루나의 옆에 서서 카루나의 발아래에 등불을 비춰 주었다. 하녀장 뒤에 서 있던 두 하인도 황태자와 황후의 발아래를 그렇게 비춰 주었다.

"제가 안 와서 걱정했죠?"

카루나가 조그만 목소리로 하녀장에게 말을 걸었다.

"아니요, 조금도 걱정하지 않았답니다."

"어머나? 거짓말은 나쁜 거예요."

"거짓말이 아닙니다."

하녀장이 푸근히 웃으며 말을 이었다.

"다들 아가씨를 믿고 있는걸요."

"……."

카루나는 아랫입술을 꾹 깨물었다.

이 말을 듣고 싶었던 상황이 있었다. 이 말을 해 주길 바랐던 사람도 있었다. 하지만 그 사람은 그때, 그런 말을 해 주지 않았다.

오래전 일이 아니다. 바로 몇 시간 전의 일이었다. 이렇게 아무렇지 않게 할 수 있는 말인데. 참 쉽게 할 수 있는 말이건만. 라크안이 너를 믿는다는 말 한 마디만 해 주었어도. 클레이엔이었던 과거와 상관없이 지금의 카루나를 믿는다고, 그렇게만 말해 주었어도.

용기를 내어 이렇게 말할 수 있었을 것이다. 복수 같은 게 아니라고. 당신을 좋아해서 그런 거라고. 말하다가 너무 부끄럽고 무서워서, 정말 열두 살 어린 소녀가 된 것처럼 엉엉 울었을지도 모른다.

그렇게 될 걸 두려워하지 않고, 처음으로 누군가 앞에서 솔직해질 수 있었을지도 모르는데.

'……아니야, 그 멍청한 늑대 탓은 하지 말자.'

카루나는 고개를 저으며 지금까지의 생각을 털어 냈다.

오래 지나지 않아 카루나의 일행은 어둠 속에서 유일하게 은은히 빛나던 그 빛무리 속으로 걸어 들어갔다.

입구에서부터 싱싱한 백합으로 장식되어 있었다. 미로 정원의 정원수를 낮게 자르고 그 정원수마다 살아 있는 백합을 가득 꽂으니, 미로 정원은 백합 정원으로 바뀌어 있었다.

"우와."

"맙소사!"

"무슨 별천지에 온 것 같군."

티 파티 장소에 들어선 귀족들이 감탄을 금치 못했다. 그들은 티 파티장 곳곳으로 퍼져서는 장식되어 있는 백합을 신기하다는 듯 바라보았다.

"황후 폐하?"

카루나는 황후를 돌아보았다. 황후는 티 파티장에 들어서자마자 돌이 된 것처럼 굳어 버렸다. 황태자가 어찌어찌 부축하여 상석에 모셨지만 그게 전부였다. 황후는 마련된 자리에 앉을 생각이 없는 듯 보였다. 그저 상석의 의자를 장식한 백합을 하염없이 바라보았다. 황태자는 불안함을 감추지 못하고 카루나를 돌아보았다.

'혹시 이 티 파티장의 백합도 어머니의 심기를 거스르는 건 아닐까?'

클레이엔의 황금 백합은 그게 어떤 의미를 담고 있는지 바로 알아차릴 수 있었다. 하지만 카루나의 백합은 처음 보는 것이라 도통, 그 의미를 알 수 없었다. 카루나가 하는 것이니 어련히 좋은 의미일까, 싶지만. 라크안을 싫어하는 황후가 깐깐하게 살펴 마음에 들어 하지 않을까 봐 그게 걱정이었다.

카루나는 황태자에게 싱긋, 웃어 보였다. 괜찮다는 의미였다. 그러고는 한 걸음 나아가 황후의 앞에 섰다. 황후는 여전히 상석의 의자를 꾸민 백합만을 바라보고 있었다. 옆에 선 카루나는 안중에도 없었다.

상석의 의자는 상아로 만든 것이었다. 그 매끄러운 표면 위로 백합이 한 움큼씩 엮여 있었다.

"황후 폐하."

카루나가 황후를 불렀다. 그제야 황후는 카루나를 돌아보았다. 얼굴은 무표정했다. 하지만 눈가에는 숨길 수 없는 물기가 고여 있었다. 분명 눈물이었다.

"……영애가 직접, 이 꽃을 준비했나요?"

"네. 제가 직접 준비했습니다."

"그렇다면 영애는, 이 꽃에 대해서 알고 있는 건가요. 아니, 어떻게 알고 있는 건가요. 이 꽃에 대해서."

"황후 폐하의 고향에서만 나고 자라는 꽃이지요. 제국의 지고하신 황후 폐하의 모국에서 나는 꽃인데, 또 하필이면 그 꽃이 제국의 황실과 황후 폐하를 상징하는 꽃이니. 어찌 모를 수 있겠습니까. 신하 된 도리로서 당연히 알고 있어야 하지 않을까요?"

황후는 카루나의 말을 듣고는 가볍게 고개를 끄덕였다.

"제대로 알고 준비한 거군요."

"알아주시니 영광입니다."

카루나가 공손히 고개를 숙였다.

"내가…… 이 꽃을, 다시 보게 될 줄이야……."

황후는 백합 한 송이를 들어 두 손으로 움켜쥐었다.

보통의 백합보다 작은 크기의 백합꽃이 황후의 손 안에서 은은하게 빛났다. 카루나의 티 파티장에는 어떤 등불도, 촛불도 없었다. 은은한 빛은 오직 티 파티장을 장식한 이 조그만 백합에서 나고 있는 것이었다.

"이 꽃이 무엇인가요? 나는 처음 보는데."

황태자는 황후의 모습을 보고는 당황하여 카루나를 돌아보았다.

"이 꽃이 나고 자라는 나라에서는 이 꽃을 마레-릴리움이라고 부른답니다. 우리 제국어로 번역하면 바다의 백합이라고 할 수 있겠지요."

황후의 모국에서만 나고 자라는 백합이었다.

꽃 자체는 제국에서 나는 백합보다 작았다. 그래서 여러 개를 소담히 겹쳐야만 그나마 볼만하지, 그리 화려한 멋은 없었다. 물론 이는 낮에 볼 경우에 하는 말이었다.

이 꽃은 바닷가 주변이나 소금기가 있는 해안가 절벽에서만 자라는데, 특이하게도 밤이 되면 꽃 자체에서 빛을 발했다. 그리하여 황후의 모국에서는 이 꽃이 등대를 대신하기도 했다.

항구나 바닷가에 사는 사람들은 바닷가나 해안가 절벽지대에 이 백합을 잔뜩 심었다. 배를 타고 떠난 가족이 무사히 돌아오기를 간절히 바라는 마음에서였다.

이 꽃이 내뿜는 빛은 강렬하지 않았다. 은은했다. 그러니 멀리서 보면 당연히 어둠에 묻혀 잘 안 보일 거라 생각할 수밖에 없으나. 신기하게도 이 꽃의 불빛은 먼 바다에서도 볼 수 있었다.

등대 빛이 보이지 않을 정도로 폭풍우가 몰아쳐도 뱃사람들의 눈엔 이 꽃의 빛이 보였다. 이 빛이 있는 곳을 향해 배를 몰면 살아서 뭍으로 돌아올 수 있었다.

바닷가 근처에서만 자라는 꽃이기에 내륙에 위치한 제국에서는 찾아보기 힘든 꽃이었다. 황후의 모국 사람이 아니면 이런 꽃이 존재한다는 걸 아는 사람도 얼마 없었다.

"백합은 제국의 황실을 상징하는 꽃입니다. 더불어 황후 폐하의 상징이기도 하지요. 대대로 제국의 황후 폐하께서 머무시는 궁은 백합궁이니까요. 그런데 황후 폐하의 모국에서는 이렇게 귀한 꽃이 피네요. 어둠 속에서 빛을 내서 먼 바다에 나간 사람들을 구해 주는 빛나는 바다 백합. 이보다 더 황후 폐하와 황실을 상징할 수 있는 것이 또 있을까요?"

카루나가 빙긋 웃으며 손을 뻗었다. 황후가 들고 있는 백합의 꽃잎을 톡톡, 노크하듯 두드렸다. 그러자 도로록, 조그만 진주가 굴러 나왔다. 진주알이 황후의 손바닥에 똑, 떨어졌다.

"이건 또 뭔가요?"

황후가 물었다.

"제가 드리는 두 번째 선물입니다."

카루나가 웃으며 답했다. 곧이어 티 파티장 곳곳에서 탄성이 터져 나왔다.

"어머나?"

"꽃에서 진주가 나오다니!"

귀족들은 진주를 손에 들고는 탄성을 터트렸다. 이걸 가져도 되느냐는 질문이 사방에서 쏟아져 나왔다. 카루나는 답하는 대신 황후에게 물었다.

"바다 백합과 바다에서 나는 진주로 티 파티장을 꾸몄습니다. 모든 건 다 바이켈드 공작가가 황후 폐하께 바치는 것입니다. 폐하, 부디 자비를 베풀어 주시겠어요? 오늘 이 자리에 참석한 이들에게 기념이 될 만한 것을 하사해 주셔요."

클레이엔과 달리 모든 공을 황후에게 돌렸다. 황후는 속이 훤히 내다보이는 카루나의 깜찍한 말을 들으면서 미소 지었다.

"물론이지요. 모든 것을 준비한 건 바이켈드 영애이니, 영애가 저들에게 기념으로 꽃과 진주를 준다면, 나 역시도 기쁠 겁니다. 왜냐면 나도 이 백합을 간직하고 싶으니까요."

황후는 의자에 장식된 백합 한 묶음을 빼 들었다. 살짝 손을 흔들자 역시나 안에 숨어 있던 진주가 투둑, 툭- 떨어져 내렸다. 그렇지만 바닥에 떨어진 진주에는 전혀 관심을 보이지 않았다. 오직 꽃만을 바라보았다.

황후의 허락이 떨어지자, 귀족들은 티 파티장 곳곳을 돌아다니며 백합을 흔들어 진주를 찾았다. 진주는 영롱한 우윳빛을 띠는 최상급이었다. 의욕이 넘치는 귀부인들은 진주를 한 움큼 모아 목걸이를 만들겠다며 나섰다. 남자들도 물러서지 않고 적극적으로 백합을 털러 다녔다. 티 파티장은 진주 찾기 놀이로 떠들썩해졌다.

황후와 황태자, 그리고 카루나는 상석에 서서 그런 귀족들을 바라보았다. 황후는 제 뒤에 서 있는 시녀들에게도 내려가 진주 찾기 놀이에 함께할 것을 권했다. 발을 동동 구르고 있던 시녀들은 기다렸다는 듯 우르르 내려가 귀족들의 틈에 끼었다. 오직 에르케만이 황후의 곁을 지켰다.

에르케는 황후의 마음을 잘 헤아렸다. 의자를 장식한 백합 중 유독 싱싱한 것들을 빼 들어 화관처럼 엮었다. 그리고 그것을 황후에게 바쳤다. 황후는 아이처럼 기뻐하며 그것을 머리에 썼다.

황후는 밤하늘 아래 빛나는 백합 정원에서 여왕처럼 군림하였다. 황태자와 카루나는 기꺼이 허리를 굽혀, 백합의 여왕을 우러러 받들었다.

"바이켈드 영애, 영애의 티 파티는 무척 내 마음에 드는군요."

황후의 이 말은 진주 찾기에 바쁜 귀족들 사이에 금방 퍼져 나갔다.

"영광입니다. 황후 폐하, 백합도 진주도, 모두 다 황실을 존경하고 따르는 바이켈드 공작 가문의 마음을 담은 것입니다. 부디 헤아려 주세요."

카루나가 공손히 대답했다.

어둠을 밝히는 빛나는 백합과 바다의 보배인 진주.

둘 다 황실의 위엄과 존엄을 의미했다. 카루나는 거기에 클레이엔처럼 황금을 바른다거나 하는 짓은 하지 않았다. 그저 있는 그대로의 백합으로 티 파티장을 꾸몄고, 최고급 진주를 사들여 백합 안쪽에 감추었다.

백합은 한편으론 진주를 감싼 조개가 된 것이다. 황실은 어둠을 밝히는 빛처럼 절대적이며 바다 깊은 곳에서 캐내는 진주처럼 고귀하다. 바이켈드 공작가는 그것을 너무도 잘 알고 있으며, 어둠 속에서 빛을 잃지 않기 위해서라도 백합의 문장을 지닌 황실에 계속 충성할 것이다.

카루나는 티 파티장을 통해 황후에게 그러한 자신의 생각을 전했다. 과거, 금테를 두른 백합 꽃다발도 비슷한 의미였다. 그땐 마카레나 백작가의 충성을 보이고, 이번에는 바이켈드 공작가의 충성을 보였다.

차이는 딱 그것뿐이었다.

그때에 통했던 방법은 이번에도 역시 통했다.

“그렇게 멀리 있지 말고 가까이 와 봐요. 내가 묻고 싶은 것이 아주 많으니까.”

황후가 카루나에게 손짓하였다. 에르케가 얼른 옆으로 비켜서며, 조금 전까지 제가 서 있던 자리를 가리켰다.

카루나는 잠깐, 묘한 기분에 사로잡혔다. 황후는 바이켈드 공작가와 마카레나 백작가. 두 가문에 대한 자신의 마음을 카루나와 클레이엔을 대하는 태도를 통해 드러냈다.

지난 한 달 동안 카루나는 황후에게 묘한 냉대를 받았다. 그게 바이켈드 공작, 라크안에 대한 황후의 마음이었다. 그런데 지금, 황후는 카루나에게 어서 제 곁에 오라고 손짓하고 있었다.

그건 카루나가 준비한 티 파티가 마음에 들어서였다. 더불어 라크안에 대한 황후의 마음이 변했다는 뜻이기도 했다. 카루나가 황후와 라크안의 사이를 잘 이은 것이다.

황태자는 기특하다는 듯 카루나를 바라보았다. 황후와 에르케, 그리고 황태자까지. 모두가 카루나에게 우호적이었다. 조금 전, 클레이엔의 티 파티장과는 전혀 다른 광경이었다. 카루나는 그 차이를 온몸으로 실감했다.

“옆자리를 허락해 주시다니, 영광입니다.”

카루나는 공손한 태도를 취하며 황후의 옆에 섰다. 황후는 카루나에게 이것저것 질문이 많았다. 주로 티 파티장을 장식한 백합에 대한 질문이었다. 카루나는 성심성의껏 대답했다.

황후는 여전히 웃음에 인색했지만, 목소리는 부드러워졌다. 에르케를 대할 때만큼은 아니나, 이전에 카루나를 볼 때와는 비교도 할 수 없을 만큼 상냥했다. 만약 다른 귀족이 카루나의 자리에 서 있었다면, 그는 감격하여 황후와 황태자에게 충성을 맹세했을 것이다.

하지만 카루나는 아니었다.

‘결국 이번에도 이 방법이 먹히네. 황후는 정말로 황태자의 위치를 걱정하고 있구나.’

카루나는 자신의 계획이 성공한 것에 만족하였다. 귀족들은 진주를 모으느라 바쁜 와중에도 황후와 카루나가 다정히 대화를 나누는 모습을 힐끔힐끔 쳐다보았다.

“이번 승자는 보나마나 바이켈드 영애로구만.”

“마카레나 백작이 어떻게 상황을 수습할지가 더 궁금한데?”

“아니, 전 그보다 황태자 전하께서 황태자비 자리를 어떻게 할지가 더 궁금하네요. 아까 분명히, 마카레나 백작 영애를 황태자비로 받아들이지 않겠다고 분명히 말씀하셨잖아요?”

귀족들이 떠들어 댔다. 카루나는 제게 쏟아지는 귀족들의 시선을 느꼈다. 기분이 좋지도, 달갑지도 않았다. 클레이엔이었다면 좀 더 황후와 다정한 모습을 연출하고, 귀족들에게 그런 자신을 뽐내려 했을 것이다.

하지만 카루나는 그러지 않았다. 황후의 총애를 받으면서도 적정선을 넘으려 하지 않았다. 더없이 겸손한 태도를 유지했다. 황후와의 대화 중간중간에, 황태자와 에르케에게도 말을 걸어 그들을 대화에 끌어들였다.

황후는 그런 카루나의 태도를 더욱 마음에 들어 했다. 그런 자신의 마음을 행동으로 보였다. 황후는 의자를 장식한 백합을 한 송이 빼냈다. 그 다음 가슴에 달고 있던 진주 브로치를 빼내 백합을 꿰어 카루나의 드레스에 달아 주었다.

"황후 폐하?"

카루나가 깜짝 놀라 황후를 바라보았다.

"오늘의 티 파티에 대한 나의 답례랍니다."

황후의 얼굴에 부드러운 미소가 드리워졌다.

"그리운 걸 보여 주었고 또 바이켈드 공작가의 마음이 어디에 있는지 알게 해 주었으니. 나 또한 내 마음을 보여야 되겠지요."

"영광입니다. 평생토록, 또 이후에도 가문의 보물로 간직하겠습니다."

카루나는 무릎을 굽히며 황후에게 인사했다. 두 손으로, 황후가 직접 달아 준 브로치를 소중하다는 듯 감싸 쥐었다.

다친 손을 붕대로 꽁꽁 묶고 긴 소매로 가렸으나 통증까지 가려지는 건 아니었다. 움직일 때마다 시큰하게 아려 왔으나 카루나는 조금도 내색하지 않았다.

"그럼 가 보도록 해요. 오늘의 주인공을 나만 독점했다가는 원성을 살 것 같으니."

황후가 카루나에게 손짓하였다. 황후의 허락을 받은 카루나는 단상 아래로 내려왔다. 기다렸다는 듯 귀족들이 카루나의 곁으로 몰려들었다. 귀족들은 앞다투어 카루나의 현명함을 칭찬하고 티 파티장의 아름다움에 대해 떠들어 댔다. 다들 빛나는 백합과 진주를 한 움큼씩 손에 쥐고 있었다.

“이 백합은 본래 바닷가 근처에서만 자라는 꽃이랍니다. 마탑에 의뢰하여 마법을 걸어 두었기에 오늘 밤까지는 견딜 수 있지만, 오늘 밤이 지나고 해가 뜨면 시들어 버릴 거예요.”

카루나는 귀족들에게 귀띔해 주었다. 집에 가져가고자 백합을 잔뜩 챙겼던 귀족들은 아쉬워하며 백합을 내려놓았다. 하지만 다들 그리 기분 나빠하지는 않았다.

“신비롭네요.”

“어머나, 황홀해라.”

“아름답게 빛나고 해가 뜨면 시들어 버리다니.”

‘단 하룻밤만 즐길 수 있는 백합’이라는 게 그들의 마음을 끌어당긴 듯했다. 그 하룻밤에 자신이 초대받았다는 자부심이 더해져서인지, 더욱 애틋하게 백합을 바라보았다.

카루나는 자신이 도착하기 전부터 티 파티장에 와 있었던 황제파 귀족들에게 먼저 말을 걸었다. 하녀장이 귀띔해 준 덕분에 그들이 누구인지 알 수 있었다. 그렇게 함으로써 바이켈드 공작가가 그들의 변함없는 충성을 기억하고 있음을 알렸다.

황금 백합을 쥐었던 손으로 빛나는 백합을 쥔 귀족들은 그런 카루나를 보며 씁쓸한 마음을 느꼈다. 그렇게 카루나가 귀족들에게 둘러싸여 있을 때였다.

티 파티장 입구에서 소란스러운 소리가 들렸다. 카루나와 귀족들은 대화를 중단하고 그쪽을 돌아보았다.

“맙소사, 여기가 어디라고 온 거지?”

“정말 염치라고는 약에 쓰려도 찾아볼 수 없는 영애로구만.”

“오늘 마카레나 백작 영애의 밑바닥이 다 드러나는 느낌이네요.”

문 가까이에 서 있는 귀족들로부터 익숙한 단어가 들렸다.

마카레나 백작 영애.

'설마 여기까지 찾아올 줄이야.'

카루나는 놀라기보다는 신기했다. 그래서였다. 귀족들을 헤치며 자신에게 걸어오는 클레이엔을 딱히 막지 않은 건.

주변에서 긴장하고 다가오는 하인과 시종들에게 손짓하여 그들을 물렸다. 카루나의 배려 덕분에 클레이엔은 하인들에게 가로막히는 일 없이 카루나의 앞에 섰다.

클레이엔은 말끔했다. 드레스를 갈아입고 머리를 다시 빗어 올렸다. 아까만큼 화려하지는 않았지만, 여전히 아름다웠다. 붉은 머리카락은 백합의 은은한 빛을 받아 선명해졌다. 녹색 눈은 뜨겁게 타오르고 있었다.

마치 요정의 밤 연회에 초대받지 않고 찾아온 불의 여신 같았다. 클레이엔은 패배한 주제에 꼬리를 말고 도망치기는커녕 당당했다. 귀족들은 그런 클레이엔을 손가락질하며 수군댔다.

"어쩐 일이시죠?"

카루나는 백조의 홀에서 있었던 일을 잊은 듯, 아무렇지 않게 클레이엔을 맞이했다.

"답례 방문을 왔답니다."

클레이엔이 당당하게 대꾸했다. 그녀 역시 백조의 홀에서 아무 일도 없었던 것처럼 굴었다. 사방에서 쏟아지는 차가운 눈빛과 비난에도 움츠러들지 않았다. 오히려 더욱 허리를 펴고 고개를 쳐들었다. 뭔가 단단히 믿는 구석이 있는 듯 보였다.

'마카레나 백작을 믿고 있는 건가? 이전처럼 어떻게든 해 줄 거라고 믿고?'

카루나는 클레이엔의 생각을 짐작해 보았다. 하지만 만족스럽지 않았다. 뭔가 놓친 게 있는 것 같은 느낌이랄까, 찜찜했다. 카루나가 의심의 눈초리로 바라보자.

"왜요? 내가 무섭기라도 한가 보죠? 영애가 내 티 파티를 망친 것처럼 내가 영애의 티 파티를 망칠까 봐?"

"그럴 리가요. 우선, 영애께서 오해하고 있는 걸 풀고 싶네요. 제가 영애의 티 파티를 망쳤다니요. 뭔가 오해를 하고 있으신 것 같군요."

"오해? 오해라고?"

클레이엔이 순간 발끈하여 목소리를 높였다. 주변에 몰려선 귀족들이 잔뜩 기대에 찬 눈빛으로 두 사람을 지켜보았다.

"오해지요. 영애의 티 파티를 망친 건 제가 아니라 영애, 본인이신걸요. 그렇지 않나요? 황후 폐하께서 주관하시는 티 파티에서 그런 꽃을 준비하다니. 생각만으로도 아직 손이 떨리네요."

카루나는 손을 들어 올렸다. 물론 얇은 비단 장갑을 낀 손은 조금도 떨리지 않았다.

"……뚫린 입이라고 잘도 말을 하는구나."

"그리고 영애의 말에 대해서 대답하자면, 저는 겁을 먹지 않았어요. 전혀 두렵지 않았으니까요."

"왜 여기 왔느냐고 물어봤으면서?"

"그저 걱정되어 물었을 뿐이랍니다. 조금 전에 그런 일을 당하고도, 쉬지 않고 제 티 파티에 와 주시다니. 그 성실함에 존경을 표하는 바에요."

카루나는 조금도 흥분하지 않고 차분히 대답했다. 물론 본뜻은 이러했다.

'백조의 홀에서 그런 꼴을 보이고도 여기에 얼굴을 들이밀 용기를 내다니, 참 대단하네.'

"누구 덕분에 내 티 파티를 망쳤는데, 가만히 있을 수가 있어야지요."

클레이엔이 이를 악물고 대답했다. '내가 그렇게 당하고도 가만히 있을 거 같아? 절대 아니지. 반드시 네 티 파티도 망쳐 주겠어.'라는 속마음이 고스란히 들리는 것 같았다.

"영애, 지나간 일에 너무 집착하지 마세요. 과거는 과거일 뿐이잖아요? 비록 채 하루도 안 지났지만요. 다 훌훌 털어 버리고 제 티 파티를 즐겨 주세요."

카루나는 활짝 웃으며 말했다. 그러고는 클레이엔의 옆에 있는 화단수를 가리켰다. 클레이엔의 발치에 놓인 낮은 정원수에는 백합이 잔뜩 꽂혀 있었다.

"원하신다면 얼마든 가져가셔도 좋아요."

카루나의 말을 들은 클레이엔의 얼굴이 형편없이 구겨졌다. 주변에 몰려 있던 귀족들이 피식, 웃음을 터트렸다.

"……."

클레이엔은 아랫입술을 꽉 깨물며 눈을 내리깔았다. 화를, 혹은 창피함을 참아 내는 것이었다.

'호오?'

카루나는 새삼스럽게 클레이엔을 다시 보았다. 자신을 비웃고 모욕하는데 가만히 있다니? 클레이엔답지 않은 모습이었다.

평소라면 화를 내고 길길이 날뛰었을 것이다. 견디다 못해 티 파티장을 뛰쳐나갔을지도 모른다. 그런데 지금, 카루나의 눈앞에 있는 클레이엔은 그러지 않았다. 화를 내거나 주변의 물건을 집어 던지지 않았다. 홱- 돌아서 도망치지도 않았다. 그저, 두 손으로 드레스 자락을 꽉 움켜잡을 뿐이었다.

'왜 저렇게까지 하는 거지? 내 티 파티를 망치고 싶은 거 같은데. 어떻게 하려고?'

카루나가 생각하건대, 지금의 클레이엔에겐 더 이상 가망이 없었다. 천하의 마카레나 백작이라 하더라도 지금 당장, 분위기를 반전시킬 수는 없었다. 분위기가 가라앉고, 다른 귀족들이 흥미를 끌 만한 다른 일을 벌여 놓은 후 슬그머니 모습을 드러내는 게 최선일 것 같은데. 클레이엔은 고생을 사서 하고 있었다.

'또 무슨 허접한 수를 생각해 내서 온 걸 텐데. 그 끈기 하나는 칭찬해 줄 만하네.'

카루나는 클레이엔에게 말려들지 않았고, 클레이엔은 분을 참고 있었다. 그 둘의 모습을 구경하던 귀족들은 내심 아쉬워했다. 조금 전 백조의 홀에서처럼 무언가 급박한 일이 벌어질 거라고 기대하였건만. 아무래도 그러기는 힘들 듯했다.

대부분의 귀족들은 금세 흥미를 잃고 다시 진주 찾기 놀이에 열중하였다.

"어떤가요. 내 티 파티를 다 망쳐 놓고, 이런 초라한 티 파티로 내가 가져야 할 걸 다 챙겨 간 기분이. 좋아 죽겠나요?"

클레이엔이 상석을 곁눈질로 바라보며 말했다.

"그것들은 애초부터 마카레나 백작 영애의 것이 아니었는걸요."

"……영애의 것도 아니었던 것 같은데요."

"네. 그래서 노력하여 얻어 냈죠. 제 스스로의 노력으로."

카루나는 어깨를 당당히 펴고 고개를 들어 클레이엔을 바라보았다. 애써 웃고 있는 클레이엔의 입가가 부르르 떨렸다. 태연한 척 하려고 노력하는 티가 나서 안쓰러울 정도였다.

"그런 노력을 진작 좀 하지 그랬어요. 이제 와서 하지 말고."

"나는 영애에게 조언을 부탁하지 않았어요. 그렇게 나보다 잘났단 듯이 날 내려다보면서 말하지 말아 줬으면 좋겠네요. 어쨌거나 난 지금, 영애의 티 파티에 온 손님이니까요."

클레이엔이 이를 꽉 다물고는 눈을 사납게 치켜떴다. 한때의 클레이엔이라면 그 표정만으로도 사교계 귀부인들의 두려움을 샀을 터이나. 카루나에게는 통하지 않았다.

"네, 손님. 손님이시지요. 제가 초대하지는 않았지만."

카루나가 픽, 웃으며 대답했다. 클레이엔은 입술을 짓이기듯 깨물며 카루나를 노려보았다.

“혹시 신분이 천하고 배운 게 없어서, 손님을 어떻게 대접해야 하는지 모르는 건 아니겠죠?”

“어떤 대접을 원하시죠? 말씀해 보세요.”

그렇게 묻자 클레이엔은 기다렸다는 듯 주변을 휘휘 둘러보았다. 방정맞아 보일 정도로 급한 몸짓이었다.

“아!”

그러더니 무언가를 발견하고는 얼굴이 대번 환해졌다.

‘흐음?’

그것만으로도 카루나는 클레이엔의 속셈을 눈치챘다.

티 파티가 무르익은 시점이었다. 카루나는 이즈음에 분위기를 환기시킬 겸, 하녀장에게 새로운 음료를 서빙하라고 말해 두었다. 지금이 그 타이밍이었다. 수십 명의 시종들이 커다란 은쟁반을 들고 줄줄이 들어왔다.

은쟁반은 역시나 빛나는 백합과 진주로 장식되어 있었다. 크리스털 잔에는 포도주와 각종 과실주가 담겨 있었다. 모두 황실이나 공작가에나 납품되는 최고급품이었다.

미리 세팅되어 있던 차와 과자를 마시고 있던 귀족들은 포도주를 반겼다. 해가 지고 어둠이 밀려오니, 향이 좋은 차보다는 포도주가 더 달가운 듯했다. 그 포도주 행렬을 가장 반기는 이는 클레이엔이었다. 구원의 동아줄을 움켜쥔 사람처럼 얼굴이 훤해졌다.

“영애의 말대로 어차피 다 지나간 일이니까, 더 이상 말하진 않겠어요. 나는 너와 다르게 고귀한 귀족이니까, 여기서 추태를 부리지도 않을 거구요.”

클레이엔이 다급하게 말을 덧붙였다.

“화해와 또 앞으로 쌓아 나갈 우정을 위해서, 건배하죠. 어떤가요?”

"우정? 영애와 내가?"

"그래요. 나는 황태자비가 될 몸이고, 영애는 뭐…… 과거가 어쨌든 지금은 일단 바이켈드 공작의 약혼녀니까. 제국을 위해서라도 우리가 사이가 좋아야 하지 않겠어요?"

"어머나, 그걸 지금에서야 깨달으셨군요."

클레이엔의 말이 생뚱맞아서, 듣다 보니 웃음이 나왔다. 카루나는 그 웃음을 숨기지 않고 내보이며 클레이엔을 바라보았다. 클레이엔은 불안한지 계속 눈알을 굴려 대고 있었다.

"아까 제가 한 말을 이해하지 못한 건가요?"

카루나가 물었다. 자신이 지난 10년간 클레이엔의 대역이었다고 밝혔다. 앞으로 마카레나 백작가를 멸문시키기 위해 최선을 다하겠다고 선전 포고까지 하였건만. 클레이엔은 이제 와서 우정 따위를 언급하며 사이좋게 지내자고 말하고 있었다.

새삼 그녀가 자신의 지난날을 반성하고, 화해의 손길을 내민 거라는 생각은 조금도 들지 않았다. 카루나는 그렇게 순진하지 않았다. 또한 지금 클레이엔의 행동이 클레이엔의 말이 거짓임을 보여 주고 있었다.

클레이엔은 자꾸 은쟁반을 든 시종들을 힐끔거렸다. 누군가를 찾거나 기다리는 듯했다. 시종들이 계속 클레이엔의 곁을 지나쳤다. 클레이엔은 그들 중 누구도 붙잡지 않았다. 마침내 행렬의 제일 마지막에 선 시종이 지나칠 때였다.

"거기, 너. 이리로 좀 와."

클레이엔이 그 시종에게 손가락질했다. 시종은 기다렸다는 듯 클레이엔에게 다가와 은쟁반을 내밀었다.

카루나는 어이가 없어 풋, 웃고 말았다. 무척 얕은 수였다. 일단 가장 기본적인 걸 지적하자면, 클레이엔이 선택한 시종은 카루나가 처음 보는 시종이었다. 아마도 클레이엔이 급히 끼워 넣었거나 매수한 시종이리라.

'이걸 어쩌면 좋으냐, 클레이엔 아가씨? 나는 당신과 달리 내 티 파티를 내가 직접 준비했거든. 내 티 파티에 동원되는 하인과 하녀, 그리고 시종들의 얼굴을 전부 알고 있어.'

분명 저 시종이 든 포도주에 무슨 수작을 부렸으리라. 황후가 보는 눈앞에서 설마 이런 얕은 수를 쓸까, 싶기도 했지만.

'이 클레이엔이라면 그러고도 남지.'

카루나는 그간의 경험을 바탕으로 클레이엔을 얕보았다. 이제 궁금한 건, 저 포도주 속에 무엇이 들어 있느냐였다.

'갑자기 배앓이를 한다거나 하는 약일까?'

경쟁 관계에 있는 영애들이 종종 쓰는 방법이었다. 상대방을 사교계 모임에서 창피 주기에는 더없이 좋은 약이었다.

'아니, 이제 와서 그런 걸 쓰진 않겠지. 그 정도 머리는 있을 거야.'

클레이엔은 그중 시종의 새끼손가락에 닿아 있는 잔을 들어 올렸다. 하필, 많고 많은 크리스털 잔 중 가장 가장자리의 것을 고른 것이다.

클레이엔이 잔을 들어 올리자 시종이 카루나에게 은쟁반을 내밀었다. 카루나는 전혀 눈치 못 챘다는 듯, 아무렇지 않게 은쟁반에 손을 뻗었다. 꿀꺽. 클레이엔이 마른침을 삼켰다.

'설마 황후가 보고 있는데, 독약을 쓰진 않았겠지? 그 정도로 막 나갔으려나?'

설마, 싶긴 했지만 혹시 몰랐다. 지금 클레이엔의 상태를 보자면 차라리 독약일 가능성이 높았다.

'뭐, 무엇을 넣었든 상관없지만.'

카루나는 은쟁반 위에 놓인 수십 개의 크리스털 잔 중 아무거나 하나를 잡았다. 클레이엔의 녹색 눈이 튀어나올 듯 커졌다. 카루나는 그런 클레이엔의 얼굴을 감상하며 크리스털 잔을 들어 올리려다가.

"아아, 안 되겠네요."

도로 내려놓았다.

'진짜 클레이엔 아가씨, 이 정도까지 멍청하다고는 생각하지 않았는데. 정말 이 정도였던 거야?'

이런 여자를 황태자비로 만들어 올리기 위해 10년 동안 고생을 했다니. 이런 여자인 척하기 위해서 마카레나 백작가에서 그 수모를 당해야 했던 건가. 허탈함이 밀려왔다.

"왜, 왜죠……. 설마, 날 의심하는 건가요?"

클레이엔이 쥔 크리스털 잔이 흔들렸다. 그 안에 담긴 포도주가 요동쳤다.

"어머, 왜 그런 말씀을 하세요. 이 티 파티는 제가 준비한 걸요. 포도주 또한 저의 티 파티에 어울릴 최상의 것으로 제가 직접 준비한 건데. 왜 영애를 의심해야 하나요? 왜요? 혹시 영애가 여기에 뭔가를 넣기라도 했나요?"

카루나가 손가락으로 크리스털 잔을 가볍게 튕겼다. 팅! 크리스털 잔이 영롱한 소리를 냈다.

"가 봐."

카루나는 빈손인 채로 시종에게 손짓했다. 그러면서 조금 떨어진 곳에서 있는 하녀장에게 눈짓했다. 하녀장은 바로 카루나의 뜻을 알아채고는 고개를 끄덕였다.

은쟁반을 든 시종은 카루나의 명령을 듣고도 주춤했다. 어떻게 하면 좋겠냐는 듯 클레이엔을 힐끔 쳐다보았다. 클레이엔은 모르는 척 그 시종의 시선을 무시했다.

시종은 잠시 그 자리에 계속 서 있다가 어쩔 수 없이 돌아섰다. 그러고는 은쟁반을 든 채 귀족들 틈 속으로 사라졌다. 하녀장의 지시를 받은 건장한 하인 둘이 그 뒤를 좇았다.

"내 제안을 무시하는 건가요?"

클레이엔의 목소리가 째질 듯 높아졌다. 주변의 귀족들이 놀라 돌아볼 정도였다.

"설마요. 애써 제 티 파티에까지 와 주셔서 이렇게 건배를 제안하시는데, 어찌 거절할 수 있겠어요?"

카루나는 클레이엔을 달래는 듯 놀리는 듯 답했다. 입가의 웃음은 명백히 조롱의 의미를 담고 있었으나 클레이엔은 자존심 상해 할 여유도 없는 듯했다.

"그, 그럼 어서 건배해요."

클레이엔이 몸을 돌리며 이미 떠나간 시종을 다시 불러들이려 했다.

"아, 영애. 저는 다른 걸 들도록 하겠어요."

카루나는 그런 클레이엔을 말리며, 근처에 지나가는 시종에게 손짓했다.

"제가 아직 술을 마실 나이가 아니잖아요?"

애교 있게 웃어 보였다. 물론 클레이엔에게는 그렇게 보이지 않겠지만. 카루나는 시종이 내미는 은쟁반에서 크리스털 잔을 하나 골라 들어 올렸다. 갓 짜낸 과일즙에 물을 타 차갑게 식힌 음료였다.

카루나는 시종에게 고생이 많다고 짤막한 인사를 건네는 것도 잊지 않았다. 그 순간 클레이엔의 녹색 눈이 이채를 띠었으나, 카루나는 미처 보지 못했다.

"자, 이제 건배를 할까요? 영애가 말한 우리의 우정을 위해서요."

"……뭐, 좋아요."

클레이엔은 입술을 꾹 깨물며 억눌린 목소리로 답했다. 웃는 건지 우는 건지 알 수 없는 기묘한 표정을 짓고 있었다. 카루나는 당연히, 울고 싶어 하는 거라고 생각했다.

'고작 이런 수작을 벌이려고 창피를 무릅쓰고 여기까지 온 걸 텐데. 나한테 그 약이 든 포도주를 먹이지 못해서 어쩌나?'

카루나는 빙긋 웃으며 잔을 높이 들어 올렸다. 아마 이 세상에서 가장 얄팍하고 의미 없을 우정을 위하여. 많은 귀족들이 보는 가운데, 두 사람이 든 크리스털 잔이 부딪쳤다.

챙.

영롱한 소리가 나며 달콤한 향을 내는 음료가 잔 속에서 찰랑였다.

* * *

라크안은 카루나를 뒤쫓지 않았다. 아니, 못했다. 발이 땅에 들러붙은 것처럼 옴짝달싹할 수 없었다. 카루나가 보이지 않을 정도로 멀어져서야 참았던 숨을 헉, 내뱉었다.

“라안 님?”

세나가 이상한 낌새를 느끼고 라크안에게 다가가려 했다.

“다가오지 마. 아무도.”

라크안이 이를 악물며 손짓했다. 억눌린 잇새로 짐승의 울음소리를 닮은 신음이 샜다.

“하지만!”

“이건, 명령이다.”

앞으로 우수수 쏠린 까만 머리카락 사이로 붉은 눈이 시뻘겋게 빛났다. 당장이라도 세나의 목덜미를 물어뜯을 듯한 기세였다.

세나는 그 자리에 곧장 멈춰 섰다. 바로 무릎을 굽히며 기마 자세를 취했다. 그리고 허리춤에 손을 가져다 댔다. 여차하면 검집째로 검을 휘둘러 라크안에게 휘두를 태세였다. 세나가 한 손을 등 뒤로 돌려 손가락으로 신호를 보냈다. 근처에 서 있던 철십자 기사들은 바로 얼굴을 굳히고 라크안의 주변에 빙 둘러섰다.

“……진정하십시오. 진정하셔야 합니다.”

세나가 조심스럽게 말했다. 물론 라크안에게 씨알도 먹히지 않았다.

라크안이 주먹 쥔 손으로 서고의 벽을 내리쳤다. 퍽-! 소리가 나며 벽이 움푹 패었다.

'잘못했다간…… 발작이 일어날지도 몰라.'

온몸이 따끔하게 아려 왔다. 주변 공기를 짓누르는 살기에 세나는 마른침을 삼켰다.

여기는 바이켈드 공작저가 아니었다. 황궁이었다. 그것도 황후가 머무는 백합궁. 라크안이 늑대의 몸으로 변신했다가는, 그 뒷일을 감당할 수 없으리라.

일단은 실 한 오라기만큼이라도 남아 있을지 모를 라크안의 이성을 붙잡는 게 중요했다. 자꾸 말을 걸어서 정신을 유지하도록 해야 했다.

"라안 님. 카루나 아가씨를 생각하셔야 합니다. 멀지 않은 곳에 카루나 아가씨가 있습니다."

세나는 다급한 마음에 아무 말이나 생각나는 대로 말했다. 그런데 그게, 정답이었다. 세나를 노려보던 라크안의 눈빛이 순간적으로 흔들렸다. 숨통을 조여 오던 살기 역시 조금이나마 누그러졌다. 세나는 숨을 들이켜며, 손을 뻗어 백합궁 본궁을 가리켰다.

"저기 카루나 아가씨가 계십니다. 여기서 정신을 잃으시면, 카루나 아가씨가 위험해집니다. 여기엔 포도주 통도 후추도 없지 않습니까? 카루나 아가씨가 뭐로 라안 님을 상대하겠습니까?"

역시나 입에 걸리는 대로 마구 떠들어 댔다. 다만 최대한 '카루나'를 많이 언급했다. 철십자 기사들은 말도 안 되는 소리를 해 대는 세나를 기겁하며 바라보았다. 그들이 듣기에도 어처구니없게 들리는 말은 라크안에게도 똑같은 감정을 느끼게 해 주었다.

"말이 되는 소리를 해야지. 어이가 없어서 정신이 드는군."

라크안의 목소리가 한풀 꺾였다. 주변 공기를 무겁게 짓누르던 살기도 단번에 사라졌다.

"젠장."

라크안이 팔에 얼굴을 묻으며 나지막이 욕설을 내뱉었다.

"그걸 바란 거였습니다."

세나가 능청스럽게 대꾸했다. 말은 그렇게 하면서도 눈은 계속 라크안을 경계했다.

"괜, 찮으신 겁니까?"

"경이 보기엔 어떤가?"

"그렇게 물으시는 걸 보니 괜찮은 것 같습니다."

라크안이 픽, 웃었다. 그 바람에 어깨가 떨렸다. 다른 철십자 기사들은 혹시나 하는 마음에 다시 긴장했다. 세나만이 라크안이 괜찮아진 걸 알아채고는 안도의 한숨을 내쉬었다.

"아니, 계속 안 그러시던 분이 갑자기 왜 그러십니까. 저택도 아니고 황궁에서 이러시면 곤란합니다."

세나가 인상을 팍 쓰며 라크안을 구박했다. 라크안이 고개를 들어 세나를 바라보았다. 방금 전까지 그 눈빛을 받으며 죽음의 공포를 느꼈던 세나지만, 이제는 그런 눈빛 따윈 하나도 안 무섭다는 듯 뻔뻔했다.

기사는 따르는 주인을 닮는 법이라더니. 세나는 요 얼마간 카루나를 졸졸 따라다녔다는 걸 증명이라도 하듯, 카루나를 닮아 가고 있었다. 원래도 빼질거리기는 했지만 라크안을 어려워했다. 그런데 이제는 그런 척도 하지 않았다. 라크안은 세나에게서 카루나의 흔적을 느꼈다. 그게 약간의 위안이 되었다.

"설령 내가 여기서 발작을 일으켰대도, 경이 날 상대할 생각을 해야지. 그걸 꼬맹이에게 떠넘길 생각을 해?"

"저희가 무슨 수로 이 정도 쪽수로 라안 님을 상대합니까. 라안 슬레이어인 아가씨가 있다면 모를까."

세나가 어깨를 으쓱했다. 분명 카루나와 라크안의 대화를 다 들었을 텐데. 그래도 세나에게 카루나는 '라안 슬레이어'였다. '왕년의 클레이엔' 같은 게 아니었다.

"하……."

라크안이 웃음인지 탄식인지 모를 숨을 뱉었다.

"이렇게 쉽고 아무것도 아닌 걸, 그 꼬맹이는 왜 벗어나지 못하고 발버둥 치고 있는 건지."

클레이엔의 껍질을 깨지 못하고, 마카레나 백작가에 집착하며 복수를 하겠다고 애쓰는 카루나가, 안쓰럽고 안타까워 미칠 것 같았다.

당장이라도 마카레나 백작가로 쳐들어가 마카레나 백작과 지금의 클레이엔은 물론, 카루나가 클레이엔이었다는 걸 알고 있는 모든 사람들을 다 물어뜯어 죽여 버리고 싶었다. 그렇게 해서라도 대신 복수해 주고 싶었다.

이런 마음을 가지고 있으면서도 지금 당장 마카레나 백작가로 달려가지 않는 이유는 오직 하나였다.

카루나가 그것을 원하지 않는다.

라크안은 깊게 숨을 내쉬며 서고 벽에 등을 기댔다. 세나와 잡담을 나누며 마음을 가라앉히고 있지만, 상태가 정말 괜찮아진 것은 아니었다. 심장이 터질 듯 박동하고 있었다.

그 심장 뛰는 소리가 귀에 들렸다. 온몸이 심장이 된 것처럼 떨렸다. 뜨거웠다. 세나가 분명하게 보이지 않았다. 윤곽이 흐릿했다. 다만 급소는 정확히 보였다. 손만 뻗으면 목을 꺾고 심장을 쥐어뜯을 수 있을 것 같았다.

'위험해.'

한창 발작이 심할 때, 그러니까 카루나를 만나기 전 반년 동안 겪었던 것보다 심한 상태였다. 차라리 변경의 전쟁터를 떠돌며 피를 뒤집어쓰고 다닐 때와 비슷했다. 몸이, 아니 정신이 위태로웠다.

가까스로 정신을 붙잡고는 있으나, 그뿐. 여기서 한 번이라도 더 자극을 받았다가는 정말로 주체를 못 하고 폭주하게 되리라. 지난 1년여 간의 발작과는 비교도 안 될 수준으로 날뛰게 될지도 모른다.

카루나 때문이었다. 카루나가 자신의 목에 날카로운 머리 장식을 드리우는 순간부터, 라크안은 제대로 된 사고를 할 수 없었다. 반려가 자신의 눈앞에서 스스로를 상처 입히려 하는데, 어떻게 제정신일 수 있을까. 라크안은 지금 자신이 발작을 일으키지 않고 제정신인 게 더 신기할 지경이었다.

버틸 수 있는 이유는 오직 하나였다. 멀지 않은 곳에 카루나가 있다는 위안. 세나가 카루나를 언급한 건 라크안이 이성을 놓치지 않을 수 있었던 중요한 열쇠였다.

라크안은 주르륵 미끄러지듯 주저앉았다. 허리춤에 찼던 검을 풀어내 어깨에 기대고 지지대로 삼았다. 세나가 망토를 풀러 라크안의 위에 덮어 주었다. 라크안은 거부하지 않았다.

"주변 정리를 부탁하지. 일단 우리 쪽에서 먼저 심문을 하고, 황제 폐하께 알려야 되니."

라크안이 손으로 눈을 덮고 미간을 꾹꾹 누르며 말했다.

"예, 알겠습니다. 카루나 아가씨께서 활약하시는 티 파티에 방해되지 않도록 조용히 치우겠습니다."

세나는 라크안이 서고 벽에 기대 안정을 취하도록 놔두고, 다른 철십자 기사들에게 명령을 내렸다.

철십자 기사들은 일사불란하게 움직이기 시작했다. 그 속에서 라크안은 외딴 섬이 되어 자신의 안에 갇혔다. 치밀어 오르는 온갖 감정들을 갈무리하며, 마음의 안정을 되찾고자 노력했다.

발작이 일어나지 않는 상태가 되는 것.

그게 지금 라크안이 해야 할 가장 중요한 일이었다. 철십자 기사들은 루시온의 사병과 마카레나 백작의 사병들을 꽁꽁 묶어 한쪽에 쌓아 놓았다. 루시온은 일찌감치 재갈이 물리고, 손발이 결박된 상태였다.

카루나에게 했던 그대로 당한 것이다. 세나는 루시온에게 억하심정을 가지고 이를 악물고 결박을 묶었다. 손발의 살갗이 쓸려 아프든 말든, 전혀 상관하지 않았다.

카루나와 비슷한 일을 당했으나, 그는 카루나와 달리 구하러 와 줄 사람이 없었다. 마카레나 백작은 그를 잘라 버리는 꼬리로 삼을 것이었다. 클레이엔은 자신과 상관없는 일이라고 발뺌할 게 뻔했다. 그걸 본인도 알고 있을 터. 체념하고 얌전히 있을 법도 한데 그러지 않았다.

루시온은 계속 버둥거렸다. 재갈을 이로 물어뜯고, 손의 결박을 풀려고 애썼다. 손목이 쓸려 부어올랐지만 아픈 줄도 모르는 것 같았다. 루시온의 얼굴엔 절박한 표정이 고스란히 드러났다.

그는 남색 눈을 부릅뜨고 제 앞을 지나가는 철십자 기사들을 노려보았다. 철십자 기사들은 루시온과 눈이 마주칠 때마다 고개를 갸웃, 했다.

"뭐지? 설마 우리에게서 도망치겠다는 쓸데없는 희망을 가지고 있는 건가?"

평소 감정 없는 인형이냐는 소리를 듣던 루시온이었다. 그런 루시온이 이렇게나 격한 반응을 보이니, 철십자 기사들은 신기하기까지 했다. 하지만 딱 거기까지였다. 붙잡힌 적의 중간급 관리자에게 그 이상의 관심은 보이지 않았다.

철십자 기사들은 조급했다. 어서 서고 주변을 정리하고 빠르게 퇴각해야 된다는 생각뿐이었다. 서고의 외벽에 기대 있는 라크안 때문이었다. 발작할 뻔했던 그를 계속 황궁에 둘 수는 없는 일이었다.

그랬기에 철십자 기사들 중 누구도 루시온의 이상 상태에 대해 세나나 라크안에게 보고하지 않았다. 하늘에 노을이 짙어지다 못해 어둑해질 때즈음, 모든 정리가 마무리되었다.

루시온과 마카레나 백작의 사병들은 굵은 밧줄에 줄줄이 엮여 끌려갔다. 루시온은 혼자 떨어져 묶여 있었다. 함부로 대하지 말라는 카루나의 명이 떨어졌으니, 나름 특별 취급해 준 것이었다.

철십자 기사들 둘이 루시온의 양팔을 잡고 일으켰다.

"읍!"

"이야, 마카레나의 사냥개도 늑대의 소굴로 들어가는 게 무섭긴 한가 보지?"

철십자 기사들이 낄낄대며 그를 놀렸다.

"카루나 아가씨 말만 아니었어도, 이걸 그냥!"

기사 한 명이 카루나를 입에 담았다. 그러자 루시온이 고개를 홱, 꺾어 그 기사를 노려보았다. 남색 눈이 형형하게 빛났다.

"뭐, 뭐야."

기사는 놀라서 한 발 뒤로 물러섰다. 루시온의 눈은 흡사, 미친개의 눈 같았다. 주인을 잃고 날뛰는 미친개. 딱 그 상태였다.

"소란 피우지 마. 지금쯤 카루나 아가씨의 티 파티가 시작되고 있을 텐데. 돕지는 못할망정 소란을 떨면 쓰나."

세나가 건들거리며 걸어왔다. 여기서 카루나의 티 파티장까지는 무척 멀었다. 아무리 떠들어 봤자 카루나에게 닿을 리 없건만 세나는 괜한 말로 철십자 기사들을 겁주었다. 철십자 기사들은 면박을 듣고도 피식피식 웃었다.

"이놈 때문에 그래."

"우리한테 끌려가면 끝인 걸 알긴 아는지 반항이 심해서 말야."

세나와 격 없이 지내는 기사 둘이 루시온을 가리키며 변명했다.

"이 자식이?"

루시온을 대하는 세나의 자세는 그리 곱지 못했다. 지금 세나가 카루나와 떨어져 라크안의 명령이나 받고 있는 건, 따지고 보면 다 루시온 때문이었다. 그가 카루나를 납치하지만 않았어도, 세나는 지금쯤 카루나의 옆에 서 있었을 것이다. 빛나는 백합 정원에서 요정처럼 귀엽고 예쁜 카루나를 실컷 볼 수 있었을 텐데.

세나는 치솟는 심술을 참지 못하고 루시온의 배를 발로 깠다.

"큽!"

루시온의 허리가 푹 꺾였다. 재갈을 물고 있는 터라 신음조차 제대로 내뱉지 못했다.

"가만히 있어. 여기가 백합궁만 아니었어도, 또 카루나 아가씨의 말씀만 없었어도 넌 지금 산목숨이 아니었을 테니까."

백합궁에서는 피를 보지 않는다. 제국의 불문율이었다. 감히 어기는 자가 있다면, 그와 원한을 맺은 다른 자들이 반드시 그를 처단했다. 그래서 백합궁은 이 황궁에서, 그리고 제국에서 가장 안전하고 신성한 장소였다.

그 불문율에 카루나의 명령이 더해졌다. 카루나는 자신의 사냥개였던 루시온을 잘 챙겨 두라고 했다. 솔토와 떠나는 그 순간까지, 루시온을 걱정했다. 그러니 세나는 굳이 백합궁의 불문율이 아니더라도 루시온을 죽일 수 없었다.

'이 자식이 뭐라고 그렇게 아끼시는 거야.'

그게 괜히 짜증이 났다.

"무슨 일이지? 마카레나 백작은 역시 못 찾았나?"

라크안이 오랜 침묵을 깨고 일어서서 이쪽으로 다가왔다. 검을 어깨에 걸치고, 망토를 담요처럼 두른 상태였다. 맥없어 보이지만 철십자 기사들은 그 겉모습에 속지 않았다. 라크안은 마음만 먹으면 철십자 기사단원 수십을 순식간에 제압할 수 있는 힘과 능력을 가지고 있는 존재였다.

"인근을 수색했으나 마카레나 백작은 그림자도 보이지 않았습니다. 혹시나 해서 백합궁 본궁 쪽으로도 사람을 보내 봤는데, 역시 발견하지 못했습니다. 단단히 숨은 것 같습니다."

"그랬겠지. 오늘 일에 자신은 상관없다고 발뺌해야 할 테니, 숨어서 일을 꾸미고 있겠지."

라크안은 세나의 보고를 받으며 쯧, 혀를 찼다. 루시온과 사병들이 라크안의 손아귀에 있다. 마카레나 백작이 이들과 함께 있는 걸 본 사람도 여럿이다.

빠져나갈 수 없는 그물에 잡힌 상황이건만.

마카레나 백작이라면 어떻게 해서든 그물을 찢을 수 있는 계략을 짜내 유유히 도망칠 것이다. 그런 마카레나 백작을 번번이 놔두고 봐준 건 라크안이었다.

"그만 철수해. 어디 이번에도 마음껏 날뛰어 보라고 해. 나도 더는 봐줄 생각이 없으니까."

하지만 이젠 그럴 생각이 없었다. 라크안은 더 이상 그물이 찢어진 걸 알면서도 구경이나 하고 있는 한심한 어부가 될 생각은 없었으니까. 세나는 처음 보는 라크안의 의욕 넘치는 모습에 '오.' 탄성을 뱉었다. 라크안은 쯧, 혀를 차며 그런 세나에게 눈치를 주고는 루시온을 바라봤다.

"이자에게 무슨 일이 있나? 다치게 하지 마."

라크안은 카루나의 말을 떠올리며 당부했다.

"아, 웬만하면 그러려고 했는데요. 자꾸 반항을 한답니다. 죽을 때가 다 돼서 그러는 건지."

"지금 뭐라고 그랬나, 세나 경?"

"어…… 왜 그러십니까? 이 사냥개 놈이, 계속 날뛴다고 말씀드렸습니다만."

"특히나 카루나 아가씨 이야기만 나오면 더 심하게 꿈틀대던데요."

루시온을 지키고 서 있던 기사가 말을 덧붙였다.

"뭐야, 나한테는 그런 말 안 했잖아."

세나가 그 기사에게 눈을 부라렸다.

"잠깐."

라크안은 손을 들어 세나와 기사들의 말을 끊었다.

"읍, 으읍!"

루시온이 고개를 들고 라크안을 올려다보았다. 남색 눈과 붉은 눈이 마주쳤다. 해가 지고 주변이 어둑해졌지만 루시온의 남색 눈은 선명하게 빛났다. 라크안은 그 남색 눈에서, 전에 없던 다급한 기색을 읽어 냈다.

"하고 싶은 말이 있는 건가?"

라크안은 한쪽 무릎을 꿇고 루시온의 앞에 앉았다. 손을 뻗어 루시온의 재갈을 풀려 하자 주변 기사들이 말렸다.

"10년 동안 그…… 마카레나 백작 밑에서 일했던 자입니다. 어떤 간계를 늘어놓을지 모르는데, 사악한 뱀의 입을 열어 두려 하십니까."

"맞습니다. 꽉 묶어 둬야 합니다."

"잠깐, 잠깐이면 된다."

라크안은 그들의 만류에도 불구하고 루시온의 입을 풀어 주었다.

"당장 내 아가씨에게 가!"

재갈을 뱉어 낸 루시온이 대뜸 외쳤다. 라크안은 생전 처음 보는 루시온의 모습에 인상을 찌푸렸다.

"연기일지도 모릅니다."

뒤에서 세나가 한마디를 보탰다. 루시온이 남색 눈을 부릅뜨고 세나를 노려보았다. 그야말로 주인을 잃고 날뛰는 광견의 모습이었다.

"저런 아둔하고 멍청한 자를 내 아가씨 곁에 둔 겁니까? 그러니까 내 아가씨가 매번 위험해졌던 거군요."

"네가 말하는 내 아가씨라는 게 내 꼬맹이를 말하는 것 같은데."

라크안은 한 손으로 루시온의 머리를 잡고 바닥에 콱 찍었다. 그렇게 날뛰는 루시온을 단번에 제압했다.

"큭."

"내 앞에서 그딴 소리를 지껄이지 마라. 더 이상 '네 아가씨' 따위는 없으니까. 내 꼬맹이한테 그딴 말 붙는 거, 기분이 별로거든."

라크안은 루시온의 멱살을 잡아 들어 올렸다.

"크흑!"

"말해 봐. 왜 이렇게 날뛰는 거냐, 사냥개."

"……저, 런 자들을 수하로 두고 있, 으니…… 바로 곁에 배, 신자를 두고도 모르고 있었을 만 하, 군요."

"뭐?"

"공작 각하, 큭…… 당, 신의 저택에 있……던 연두, 색 머리카락을 가진 남자가…… 크흑, 우, 우리와 내통했……."

말이 채 끝나기 무섭게, 라크안은 루시온을 집어 던졌다. 퍽! 루시온의 몸이 일직선으로 날아가 근처 나무 둥치에 부딪쳤다.

"커헉!"

루시온은 온몸의 뼈가 조각조각 나는 것 같은 고통에 몸부림치며 쓰러졌다. 라크안이 그런 루시온의 등을 발로 밟았다.

"어?"

세나는 눈을 껌벅이며 그런 둘을 바라봤다. 방금 전까지 라크안은 세나의 앞에 있었다. 그런데 지금, 라크안은 저 멀리로 날아간 루시온을 밟고 서 있었다.

눈 깜짝할 새 라크안이 눈앞에서 사라져 버린 것이다. 기척에 예민한 세나가 눈치채지 못할 만큼 빠르고 날래게. 세나가 아랫입술을 깨물며 슬며시, 허리춤에 손을 가져다 댔다.

'위험해. 카루나 아가씨에 대한 일이라면 더더욱.'

세나는 라크안을 향해 천천히 다가갔다. 다른 철십자 기사들도 잔뜩 긴장한 표정으로 세나를 뒤따랐다.

"네가 리센을 어떻게 알지?"

라크안이 루시온의 등을 지그시 밟으며 물었다. 목소리는 더없이 차가웠다.

"……그자가 우, 리와…… 클레이엔 아가씨와, 커흑, 내통을 했, 으니까, 당연히……."

"리센이 너희와 내통을 했다고?"

피식, 비웃음이 흘렀다. 비록 카루나 때문에 리센과의 사이가 소원해졌지만, 그렇다고 해서 리센이 자신을 배신할 거라고는 생각지 않았다.

리센은 순혈의 숲의 일족이었다. 숲의 일족으로서의 긍지를 가지고 있었다. 카루나의 곁에 서기 위해, 늑대가 되어 라크안에게 덤비면 덤볐지 이런 뒷공작을 할 사람이 아니었다. 절대로.

라크안은 리센을 믿었다.

"어떻게 리센을 알고 있는지는 모르지만……."

그렇기에 이를 드러내고, 감히 자신과 리센의 사이를 이간질하려 수작질하는 루시온을 노려보았다.

"지금, 당장 아가씨, 께로 가십시오. 어서!"

"그런 말로 나와 리센의 사이를 갈라놓을 수 있다고 생각했던 대가를 지금 네 목숨으로 치러야 할 것이다."

"정체를 알 수 없는 물약을 줬습니다. 단 한 방울, 한 방울이면 된다고 했습니다."

"……물약?"

라크안이 멈칫했다.

"붉은색 물약. 왜, 짚이는 게 있으, 신지……. 공작 각하."

루시온은 고개를 돌려 라크안을 올려다보았다.

'붉은색 물약이라고?'

루시온의 말대로 짚이는 부분이 있었다.

카루나가 백합궁으로 들어간 이후 라크안은 가끔, 저택 구석에 홀로 서 있는 리센을 보았다. 그는 생각에 잠긴 얼굴로 손장난을 치듯 무언가를 만지작거리고 있었다.

그건 붉은 액체가 들어 있는 조그만 유리병이었다. 보쉬엔 자작가에서 돌아와 쓰러졌을 때, 리센은 해독약이라며 푸른색 물약이 든 유리병을 건네주었다. 그것과 똑같은 모양이었다. 색만 달랐다. 그래서 더 눈에 들어왔는지도 모른다.

"당신에게 먹이라고 했습니다. 그런데 지금 공작 각하는 아주 멀쩡하시군요. 역시 클레이엔 아가씬 그걸 내 아가씨에게 먹이려 한 거였, 윽!"

어두운 밤, 녹색 머리카락을 가진 남자는 붉은 물약이 든 병을 클레이엔에게 건넸다. 그는 물약을 라크안에게 먹이라고 했다. 클레이엔은 알았다고 대답했지만 그녀의 표정은 다른 빛을 띠고 있었다.

루시온은 그녀가 딴생각을 품고 있다는 걸 알아차렸으나 굳이 말리진 않았다. 어차피 자신이 카루나를 데리고 사라진다면, 그 물약을 먹지 않아도 될 테니까.

하지만 루시온의 계획은 실패했다. 카루나는 그의 손아귀에서 빠져나가 유유히, 백합궁으로 갔다.

'당신이라면 분명, 클레이엔 아가씨 따위는 쉽게 제쳐 버리겠지요.'

루시온은 클레이엔의 황금 백합 따위가 카루나를 이길 수 있으리라 생각지 않았다. 카루나가 무엇을 준비하고 있는지는 알 수 없으나 분명 불경스러운 황금 백합보다는 훨씬 의미 있는 것을 준비하리라. 클레이엔을 황태자비로 세울 때처럼 다시 한번 황후의 마음을 사로잡으리라.

그런 카루나를 가만 두고 볼 클레이엔이 아니었다.

"클레이엔 아가씨의 성격대로라면 지고 가만있지 않을 겁니다. 클레이엔 아가씨는 분명 그 물약을 내 아가씨에게 먹일 겁니다. 그걸 막아야 합니다."

"……젠장."

라크안이 이를 악물었다.

수년간 자신을 돌봐 줬던 리센과 수년 동안 마카레나 백작과 클레이엔의 사냥개로 일했던 루시온. 둘 중 누굴 믿느냐고 묻는다면 당연히 전자였다. 일말의 가치도 없는 비교였다.

하지만 반려를 라이벌에게 빼앗길 위기에 처한 늑대와 자신이 마음에 둔 여인이 위험에 빠질까 봐 두려워하는 사내. 둘 중 누구를 믿느냐고 묻는다면 사정은 달라진다.

요 근래, 자신의 곁으로 다가오려 하지 않았던 리센의 모습이 머릿속을 스치고 지나갔다.

"리센. 리센은 어디에 있나?"

라크안은 다시 루시온을 밟은 발에 힘을 주며 뒤를 돌아보았다.

"컥!"

루시온은 다시 라크안의 발에 밟혀 풀썩 쓰러졌다. 마른 몸이 흙바닥에 처박혔다.

"저 자식의 말을 믿으시는 겁니까!"

라크안의 가까이에 와 있던 세나와 철십자 기사들이 격하게 반발했다. 라크안은 그 불만을 잠재울 노력조차 하지 않고 다시 물었다.

"오늘, 아니, 요 근래 리센을 본 적 있나. 누구든 말해 봐."

"그, 그건……."

"그러고 보니……."

철십자 기사들이 버벅댔다.

"며칠 전, 카루나 아가씨의 티 파티 행사를 도우러 왔던 일행들 사이에 껴 있었습니다."

세나가 빠르게 말했다.

"아, 그러고 보니 그날 이후로 저택에서 보지 못한 것 같습니다."

다른 기사가 말을 이었다.

"그날부터 궁에 머무르며 클레이엔과 내통했던 건가?"

라크안이 이를 악물고 땅을 박찼다.

"라안 님!"

아래에서 철십자 기사들이 부르는 소리가 들렸다. 대답할 여유 따위는 없었다.

"빌어먹을."

라크안은 더욱 빠르게 달렸다. 성큼 백합궁이 가까워졌다. 하늘은 어느새 노을이 걷히고 어두워져 있었다. 어둠 속에서 붉은 눈이 번뜩이며 빛났다.

카루나의 기척은 느낄 수 없고, 황후와는 자주 마주치지 않아 그 기척을 알아챌 수 없다. 라크안은 급한 대로 백합궁과 그 주변을 훑으며 자신에게 익숙한 기척을 찾고자 했다.

그때.

꺄아아악-!

백합궁 앞, 소담스러운 빛이 흘러나오는 정원에서 사람들의 비명 소리가 들렸다. 라크안은 곧바로 그 정원을 향해 달려갔다. 한 걸음 한 걸음, 달려 나갈 때마다 불안했다.

심장이 미칠 듯이 뛰었다. 터져 버릴 것만 같았다. 조금 전, 제 목에 칼을 들이대던 카루나의 모습이 떠올랐다. 솔토와 함께 떠나는 카루나를 보면서 내내 후회했다. 그리고 지금, 그것과는 비교도 할 수 없을 만큼 후회하고 있었다.

'그렇게 보내는 게 아니었어.'

희게 빛나는 정원이 가까워졌다. 그 빛은 라크안이 카루나에게 가는 길을 인도해 주고 있었다. 카루나에게 달려가는 라크안의 눈이 짐승의 눈처럼 갈라지고 흉흉한 빛을 냈다.

크르르. 목울대에서 짐승의 울음과 비슷한 숨소리가 울렸다. 땅을 박찰 때마다 디뎠던 곳이 한 움큼씩 패었다. 하지만 라크안은 그런 자신의 상태를 눈치채지 못했다.

* * *

카루나는 단번에 크리스털 잔을 비웠다. 과일 음료는 달콤했다. 주변에서 카루나와 클레이엔을 지켜보던 귀족들 역시 서로 짠- 잔을 부딪치고는 포도주를 마셨다. 단상 위에 앉아 있는 황후와 황태자도 마찬가지였다.

'어라?'

카루나는 클레이엔을 보며 이마를 살짝 찌푸렸다. 미리 준비한 포도주를 자신에게 먹이지 못해 울상이 되어 있어야 하건만. 클레이엔은 활짝 웃고 있었다. 마치, 자신의 계략이 성공한 사람처럼.

"마카레나 백작 영애?"

카루나가 클레이엔을 소리 내 불렀을 때였다. 꺄악! 비명은 티 파티장 구석에서부터 시작되었다.

한 귀부인이 자신의 얼굴을 움켜쥐었다. 투둑, 투둑. 그녀의 얼굴에서 하얀 조각 같은 것이 떨어졌다. 이어 고개를 다시 든 귀부인의 얼굴은 조금 전과 달라져 있었다. 언제나 백옥같이 하얀 피부를 자랑하던 귀부인의 얼굴은 까무잡잡했다. 자잘한 점도 많았다.

"아니!"

그녀의 미모에 반해 그녀를 쫓아다녔던 귀족 남자가 그녀의 얼굴을 보고 깜짝 놀랐다. 그 순간 그의 풍성한 머리카락이 부스스, 낙엽처럼 떨어져 내렸다. 이마가 두 배 이상 넓어져 반들반들 빛나기 시작했다.

"대머리!"

"까무잡잡!"

두 사람은 서로를 손가락질하며 비명을 질렀다. 그런 둘의 모습을 보고 비웃거나 놀라는 귀족은 아무도 없었다. 귀족들은 저마다 자신들에게 일어나는 일을 감당하는 것만으로도 벅찼으니까.

"꺄악!"

"아, 안 돼!"

"어째서 이런 일이!"

비명과 고함은 티 파티장 곳곳에서 나타났다.

그야말로 마법 같은 일이 벌어진 것이다. 카루나의 티 파티에 참석한 귀족들에게 걸려 있던 마법이 해제되었다. 미혹의 마법도, 얼굴의 주근깨를 가려 주기 위해 마법사의 힘을 빌려 바른 연고의 약효도, 뒷거리를 떠도는 어느 늙은 마녀에게 산 마법의 묘약의 약효도.

모든 것이 사라졌다.

"설마?"

카루나는 급히 티 파티장을 둘러보았다. 마법이 풀린 귀족들은 저마다 손에 잔을 하나씩 들고 있었다. 카루나는 자신이 손에 든 빈 잔과 클레이엔을 번갈아 바라보았다.

"설마!"

푸훗- 클레이엔이 웃음을 터트렸다. 그렇게 시작된 웃음은 단번에 티 파티장을 집어삼킬 듯 커졌다.

"네가 날 의심할 거라고 생각했어. 당연히 내가 주는 건 안 먹겠지?"

"……."

카루나는 아랫입술을 꽉 깨물었다. 클레이엔은 아무 말도 하지 못하는 카루나를 마음껏 비웃었다.

"그런데 어쩌지? 내가 매수할 수 있었던 시종은 딱 한 명뿐이었어. 바로 이 시종."

클레이엔은 손에 든 크리스털 잔을 흔들었다.

"이걸 가져온 시종이 들고 있던 쟁반에만 아무것도 넣지 않았거든. 너는 네 꾀에 넘어간 거야."

티 파티장 안은 혼란에 빠졌다. 비명과 탄식, 울음소리가 사방에서 쏟아져 나왔다. 클레이엔은 그 아수라장에서 마음껏 웃음을 터뜨리며 즐거워했다.

"……!"

카루나는 문득, 배에서 통증을 느꼈다. 콕콕, 포크로 배를 찌르는 것 같았다. 처음엔 간지럽고 따가운 정도였는데, 고통이 점점 심해졌다.

"윽."

신음이 났다. 카루나는 애써 고통을 참았다. 한 손으로 배를 움켜쥐었다. 왜 배가 아픈 건지 신경 쓸 틈이 없었다.

카루나는 이 티 파티의 주인공이었다. 어떻게든 클레이엔이 엉망으로 만든 티 파티를 수습해야 했다. 그러려면 이 소동의 원인이 무엇인지 정확히 알아야 했다.

"나한테, 아니, 사람들한테 뭘 먹인 거야?"

"응? 그건 나도 몰라."

클레이엔이 아무렇지 않게 대답했다.

"그런 무책임한 말이 어디 있어!"

"하지만 바이켈드 공작을 처치할 수 있는 약이라고 했으니까 강력한 약이겠지?"

"……뭐?"

라크안을 처치할 수 있는 약. 그 말을 듣자마자 카루나는 사방을 둘러보았다. 울고불고 난리치는 귀족들 틈에서 라크안을 찾았다. 지금 이 자리에 없다는 건 알지만, 직접 눈으로 확인하지 않으면 견딜 수 없을 것 같았다.

그러나 아무리 찾아도 라크안은 이 장소에 없었다. 그렇다면 라크안은 정체 모를 약이 든 포도주를 먹지 않았다는 뜻일 터. 하아. 카루나는 안도의 한숨을 내쉬었다. 다시 배 속이 찌르르하게 아파 왔다.

"윽."

카루나는 배를 움켜잡은 손에 힘을 꽉 주었다. 클레이엔에게 약한 모습을 보이지 않기 위해, 이를 익물고 고개를 빳빳하게 들었다. 클레이엔은 그런 카루나를 보며 쯧, 혀를 찼다.

"뭐야, 너한테는 통하지 않나 보네?"

"난 숲의 일족이거든. 보통의 평범한 인간들과는 다르지."

카루나는 허세를 부렸다.

"너는 내 대역이었어, 다 쓰고 버려 버리는 물건이란 말이야! 숲의 일족일 리가 없잖아!"

이번엔 클레이엔이 새된 소리로 비명을 질렀다. 주변 귀족들이 듣든 말든 상관하지 않았다. 귀족들이 다들 각자의 사정으로 정신이 없어 클레이엔의 말을 못 들은 게 다행이라면 다행이었다.

클레이엔은 카루나가 대단하고 특별하다는 걸 인정하지 않았다. 그녀에게 있어 카루나는 자신의 대역에 불과했다. 대역은 언제나 진짜보다 못나고 천해야 하는 법이었다. 감히 진짜인 자신에게 덤볐던 대역도, 그 대역에게 몰려가 시시덕거렸던 귀족들도. 클레이엔은 모두 다 응징하고자 했다.

"감히 내 티 파티를 떠난 놈들은 싸그리 다 잘못되어도 상관없어."

카루나의 티 파티로 온 귀족들 중에는 귀족파 귀족들도 상당수 있었다. 클레이엔은 기꺼이 그들마저 버리고자 했다.

'이렇게까지 나올 줄이야.'

이제는 배를 커다란 칼로 쑤시는 것처럼 아파 왔다. 그러나 지금, 자신의 배가 왜 그렇게 아픈지 생각할 여력이 없었다.

'내가 얕봤어. 아니…… 방심한 거야.'

후회해 봤자 이미 엎질러진 물이었다. 카루나는 단상 위를 바라보았다. 포도주를 먹지 않은 것인지, 귀족들이 몸에 장신구를 두르듯 당연하게 쓰는 마법을 전혀 사용하지 않은 것인지 황후와 황태자는 멀쩡했다. 그나마 다행이었다.

카루나는 근처 테이블에 놓인 크리스털 잔을 들었다. 거기엔 누가 마시다 만 포도주가 담겨 있었다. 카루나는 손을 뻗어 그 잔을 쥐었다. 그리고 그걸 클레이엔에게 뿌렸다.

"뭐하는 짓이야!"

클레이엔이 기겁하며 뒤로 물러섰다. 하지만 포도주 세례를 피할 순 없었다. 좌악- 소리가 나며 클레이엔의 머리와 얼굴이 포도주로 젖었다.

"아, 안 돼!"

클레이엔이 기겁하며 두 손으로 얼굴을 닦아 냈다. 이번엔 카루나가 빈 잔을 손에 들고 흔들며 대꾸했다.

"무슨 독약을 먹였는지 모를 때엔 상대방에게도 먹여서 해독약을 찾을 수밖에 없지."

말을 할 때마다 배의 통증이 심해졌다. 다리에서 자꾸 힘이 빠졌다. 카루나는 몸을 가누지 못하고 휘청였다. 쓰러질 뻔했으나 가까스로 견뎠다.

'뭐지?'

그제야 카루나는 제 몸 또한 주변의 귀족들처럼 뭔가 이상이 생겼다는 걸 깨달았다. 제일 먼저 아픈 배를 살피려고 했다. 그때였다.

"꺄아아악!"

클레이엔에게서 하얀 연기가 나기 시작했다. 정확히는 두 손으로 가린 얼굴에서였다. 치이익- 김빠지는 듯한 소리가 났다.

"아, 안 돼. 안 돼! 이럴 순 없어. 내가 어떻게 10년을 참았는데!"

그 어떤 귀족의 것보다 고통스럽고, 절망스러운 비명이었다. 카루나는 배의 고통도 잊은 채 클레이엔을 바라보았다. 클레이엔이 손을 떼자, 연기 속에서 얼굴이 드러났다.

"……."

카루나는 할 말을 잃었다. 똑같이 당하는 기분이 어떠냐고 비꼴 생각이었는데. 그럴 수 없었다.

클레이엔의 얼굴이 녹고 있었다. 화장이 비에 씻기듯, 아름다운 얼굴이 하얀 연기에 씻겨 사라지고 낯선 얼굴이 나타났다. 아마도 이것이 클레이엔의 진짜 얼굴인 듯했다.

붉은 머리에 녹색 눈.

남은 것은 그것뿐이었다. 다이아몬드를 박은 화려한 드레스가 아니었다면, 클레이엔이 아니라 다른 사람인 줄 알았을 것이다. 눈앞에서 얼굴이 달라지는 걸 보고서도 믿기지 않았다.

홀쭉한 뺨과 뾰족한 턱, 쌍꺼풀 없는 두 눈과 매부리같이 약간 굽어든 코. 날카롭고 신경질적인 입술.

"……마카레, 나 백작……."

여자 마카레나 백작이라고 생각해도 될 만치 마카레나 백작을 닮아 있었다. 누가 봐도 마카레나 백작의 딸이라고밖에 설명할 수 없었다.

못생긴 얼굴은 아니었다. 조금 전의 클레이엔처럼 화사하고 아름답진 않았지만, 그럭저럭 볼 만한 미인이었다. 왼쪽 눈 주변을 덮은 손바닥만 한 까만 얼룩만 아니었다면.

'아…… 이거였구나.'

그제야 카루나는 왜 자신이라는 대역이 필요했는지 깨달았다.

클레이엔의 대역이던 시절, 카루나는 두 달에 한 번씩 초상화를 그렸다. 마카레나 백작은 수도 최고의 화가를 백작 가문의 전속 화가로 들이고는 주야장천 카루나의 초상화만 그려 댔다.

초상화는 카루나가 한 번 들여다볼 새도 없이 사라지곤 했다. 그림이 어디에 있냐고 물으면 마카레나 백작도, 루시온도 대답하지 않았다. 그래서 카루나는 항상 궁금했다. 도대체 그 초상화를 어디다 써먹으려고 그려 대는 건지. 그 답을 이제야 알게 되었다.

"내 얼굴을 훔쳐 가려는 거였구나."

자신과 똑같이 생긴 클레이엔을 보며, 늘 신기했다. 어쩌면 쌍둥이 자매처럼 이렇게나 얼굴이 똑같을 수 있을까. 신분도 다르고 자라온 환경도 다른데. 그건 순진한 생각이었다. 카루나의 얼굴을 보고 클레이엔의 얼굴을 만들어 낸 것인데, 똑같을 수밖에.

마카레나 백작은 카루나의 모든 걸 이용해 먹었던 것이다. 얼굴마저.

'그래서 날 죽이려고 했구나.'

마카레나 백작은 클레이엔이 황태자비로 선발되자마자 카루나를 죽이려고 했다. 카루나는 단지 입막음을 하기 위해서일 거라고 생각했다. 그런데 그게 아니었다. 대역의 얼굴을 클레이엔의 것으로 만들기 위해서였다.

세상에 똑같은 얼굴을 가진 두 사람이 있어서는 안 되니까.

"끝까지 나를 방해하다니! 왜 이러는 거야, 도대체 나한테 왜 이러는 거냐고!"

아아악! 클레이엔은 괴성을 지르며 다시 두 손으로 얼굴을 가렸다. 손가락 사이로 까만 얼룩과 녹색 눈이 드러났다. 클레이엔은 울고 있었다.

어릴 적, 클레이엔은 처음 본 황태자에게 첫눈에 반했다. 사교계에서 아직까지도 말이 나돌 정도로 황태자를 쫓아다녔다. 다만 클레이엔이 어린 만큼 황태자도 어렸다.

그는 자신의 아버지인 황제를 못살게 구는 마카레나 백작이 싫었다.

마카레나 백작과 똑같이 생긴 얼굴로 자신을 집요하게 쫓아다니는 클레이엔이 싫고 무서웠다. 그래서 이렇게 말했다.

"마카레나 백작과 똑같은 얼굴로 날 따라다니지 마. 끔찍하니까!"

클레이엔은 충격을 받았다. 좋아하는 남자애한테 얼굴이 끔찍하게 생겼다는 소리를 듣고 멀쩡할 수 있을 리 없었다. 때문에 클레이엔은 마카레나 백작저에 틀어박혀 수일 동안 울고불고 난리를 쳤다.

그런 클레이엔을 견디다 못한 하녀 하나가 귀띔해 주었다.

"아가씨, 그거 아세요? 저기, 아가씨가 그렇게 천하고 더럽다고 말씀하시는 평민들이 모여 사는 거리 뒤쪽에는 마녀들이 산답니다. 마녀들은 사랑을 이뤄 주는 사랑의 묘약이나 머리 색깔을 바꿔 주는 마법의 연고를 팔곤 하지요. 그들 중에는 얼굴을 아름답게 바꿔 주는 크림을 파는 마녀도 있답니다."

클레이엔은 그 말에 홀려 단번에 울음을 그쳤다. 그리고 바로 하녀에게 그 마녀의 크림을 사 오도록 시켰다.

깊은 밤, 클레이엔은 남들 몰래 크림을 얼굴에 듬뿍 바르고는 잠들었다. 아침에 눈을 뜨면, 황태자가 예쁘다고 말할 수밖에 없는 예쁜 얼굴로 변해 있으리라 생각하며.

한여름 밤의 꿈이었다.

다음 날 아침. 거울을 본 클레이엔은 비명도 지르지 못하고 기절했다. 하녀들이 클레이엔 대신 비명을 질렀다.

평소 하녀들을 막 대하는 클레이엔에게 시달리던 하녀가 원한을 품었던 걸까. 아니면 좋은 화장품만 발라 왔던 곱고 여린 피부에 무슨 재료를 넣고 만들어졌는지도 모를 요상한 크림을 발랐기에 부작용이 난 걸까.

어떤 이유로든 클레이엔의 얼굴에는 치유할 수 없는 상처가 생겼다. 얼굴 곳곳에 반점이 생기고 깊은 얼룩이 졌다.

마카레나 백작은 그제야 딸에게 무슨 일이 일어났는지 알게 되었다. 제국 전역에서 유명한 의사와 마탑의 마법사를 초빙해 왔지만 누구도 클레이엔의 얼굴을 고치지 못했다.

약으로도 마법으로도 그 얼룩을 지울 수 없다고 했다. 병에 걸려 이렇게 된 게 아니었다. 하다못해 마법의 힘을 빌린 것도 아니었다. 그저 피부에 독을 발라 얼굴이 망가진 것이었다. 어리고 여린 피부였기에, 더 치명적이었다.

분노한 마카레나 백작은 크림을 사 온 하녀는 물론, 클레이엔을 돌보던 하녀들을 다 끌어내 죽였다. 클레이엔이 저택 내 모든 거울과 창문을 까만 천으로 가리고 우는 동안, 저택 정원은 하녀들의 피로 시뻘겋게 물들었다.

"이런 얼굴이면 황태자와 결혼을 못 하겠죠? 제 얼굴이 싫다고 했는데…… 이런 얼굴이면 저를 더더욱 싫어하겠죠?"

클레이엔은 마카레나 백작의 품에 안겨 펑펑 울었다.

"아니, 아니란다. 이 아비가 반드시 널 황태자비로 만들어 주마."

마카레나 백작은 제 가련한 딸에게 속삭였다.

"네 얼굴이 마음에 들지 않는다고? 그렇다면 기꺼이 마음에 드는 얼굴을 대령해 주면 되겠지."

마카레나 백작은 원한에 찬 눈으로, 창밖 너머로 보이는 황궁을 노려보았다.

그 뒤 마카레나 백작은 클레이엔이 아프다고 소문을 냈다. 뒤로는 남몰래, 클레이엔의 대역을 할 여자아이를 찾아다녔다. 귀족까지는 아니어도 번듯한 집안의 아이 중에서 찾을 수도 있었다.

하지만 마카레나 백작은 그러지 않았다. 그 뒤처리를 걱정해서는 아니었다. 일종의 기만이었다. 감히 자신의 딸의 얼굴을 망친 황태자에 대한 기만.

가장 낮고 천하고 더러운 존재를 잘 꾸며 대령해 놓고 이게 네가 원하는 얼굴이냐고 묻고 싶었다.

눈이 녹색이 아니어도 괜찮았다. 머리카락이 붉은 색일 필요도 없었다. 마법으로 해결하면 되니까. 그저 제법 반반하게만 생겼으면 됐다. 거리 뒷골목을 돌아다니며 천하디천한 아이들만 골라 살폈다. 비렁뱅이, 창부의 딸, 소매치기.

그러다가 찾았다. 감히 마카레나 백작의 지갑을 훔치려 했던 어린 소매치기였다. 붙잡히고도 오히려 당당하게 되물었다.

"꽤 귀하신 분 같던데, 직접 제 손을 자르기라도 할 건가 보죠?"

그 배짱도 마음에 들었지만, 그보다 더 눈에 띈 건 검댕과 오물이 묻어도 반반해 보이던 얼굴과 녹색 눈이었다. 마카레나 백작은 그 아이를 납치하듯 데리고 와 클레이엔의 대역으로 삼았다. 그리고 두 달에 한 번씩 초상화를 그려 지방 영지에 숨어 살고 있는 클레이엔에게 보냈다.

클레이엔과 함께 있는 마탑의 마법사는 그 초상화를 보며 조금씩, 조금씩, 클레이엔의 얼굴에 마법을 덧씌웠다. 장장 10년이나 걸릴 만치 복잡하고 정교한 수식이었다. 마카레나 백작은 남몰래, 황실조차 모르게 마탑의 유능한 마법사를 빼돌렸던 것이다.

마법사는 오직 클레이엔을 위해 마법을 펼쳤다. 그러기 위해 매년 마카레나 백작가의 예산 절반을 쏟아부었다. 그리하여 드디어 클레이엔의 마법 성형이 끝나던 해. 클레이엔의 대역 역시 황태자비가 되는 데 성공했다.

그렇게 모든 게 다 원래 자리로 돌아오게 되었다 생각했건만. 그 대역이 일을 망쳐 버렸다. 마카레나 백작의 눈에 띄었던 그 배짱과 총기로 빛나는 녹색 눈으로, 모든 판을 뒤엎어 버렸다.

단 한 방울이면 천하의 바이켈드 공작, 라크안을 처리할 수 있다는 물약은 10년 동안 공들인 클레이엔의 얼굴 마법을 단번에 녹여 냈다.

"안 돼, 안 돼! 이럴 순 없어!"

클레이엔이 울부짖었다. 눈물은 금방 두 손을 흠뻑 적셨다. 클레이엔은 두 손으로 얼굴을 가린 채 단상을 돌아보았다. 황태자가 아직 거기에 있었다. 황태자는 황후를 보호하듯 감싸고 시녀들의 안내를 받아 단상을 내려가고 있었다. 백합궁으로 가는 것 같았다.

"화, 황태자 전하……."

클레이엔은 황태자를 향해 손을 뻗으려다 말고 손으로 다시 얼굴을 가렸다.

"안 돼. 이런 얼굴을 황태자 전하께 보일 순 없어."

클레이엔은 그 자리에 쓰러져 얼굴을 가리고 흐느꼈다. 카루나는 그런 클레이엔을 지켜보다 자신의 손을 바라보았다. 매끄럽고 흰 손가락에 금이 갔다. 굳은 밀가루 반죽이 부서지듯 겉이 갈라졌다. 하녀 일을 하는 동안 거칠어지고 굳은살이 박인 진짜 카루나의 손이 나타났다.

"딱히 뒷수습을 하려고 애쓸 필요는 없겠네."

카루나는 주변을 둘러보았다. 귀족들은 당장이라도 죽을 듯 고래고래 소리를 지르고 울고 있었다. 화장이 지워져서, 대머리인 게 밝혀져서, 반짝이던 커다란 보석 반지가 가짜라는 게 들통 나서.

그 정도가 전부였다. 생명이 위험할 정도로 급한 상황은 없었다. 귀족들이야 자신의 명예니 평판이니 하는 것이 중요해 저러고 있겠지만 카루나에게는 그다지 와닿지 않았다.

발치에서 울고 있는 클레이엔을 동정하고 싶은 마음 또한 들지 않았다. 카루나는 클레이엔을 일으켜 세우거나 위로의 말을 하지 않았다. 그저 쓰러져 우는 클레이엔을 멀뚱히, 혹은 싸늘하게 내려다보았을 뿐이다.

타인의 눈엔 그런 카루나가 매정하게 보였다. 특히나 클레이엔에게 남다른 애정을 품고 있는 사람에게는 더더욱.

'감히, 내 딸을 저렇게 만들다니.'

마카레나 백작이 그 광경을 보고 이를 갈았다. 그는 귀족들 틈에 몸을 숨기고 있었다.

원래대로라면 황궁 밖으로 빠져나가 시치미를 떼고 있어야 했다. 하지만 이번엔 그럴 수 없었다. 황궁엔 아직 클레이엔이 남아 있었다. 사랑하는 딸을 두고 혼자 도망칠 순 없었다.

마카레나 백작은 위험을 무릅쓰고 카루나의 티 파티장에 참석했다. 그를 알아본 귀족들이 소란을 일으키기 전, 클레이엔이 벌인 일로 티 파티장이 엉망이 되었다.

덕분에 그를 알아챈 귀족들조차 마카레나 백작을 신경 쓰지 못했다. 그 소란스러운 틈바구니에 끼어 마카레나 백작은 카루나를 노려보았다.

'천한 것이 감히, 내 딸을!'

마카레나 백작은 분노했다. 지팡이를 쥔 손에 힘줄이 도드라졌다. 지팡이 안에는 날카로운 칼날이 숨어 있었다. 문신인 마카레나 백작은 황궁에서 검을 패용할 수 없었다. 때문에 만일의 상황을 대비해 이 지팡이를 가지고 다니기 시작했다. 만일의 상황이란 이런 경우를 가리켰다.

클레이엔이 카루나의 발치에 엎드려 울부짖을 때, 마카레나 백작은 조용히 카루나의 등 뒤로 다가갔다. 그러고는 주저 없이 지팡이의 칼을 뽑아 들었다. 그런데.

"……아!"

칼이 채 닿기도 전에, 카루나가 신음을 뱉으며 휘청였다. 마카레나 백작은 칼을 내리치려다 멈췄다.

카루나는 마카레나 백작이 자신의 등 뒤에 있는지는 알지 못했다. 다른 귀족들과 마찬가지로, 제 몸에서 일어나는 변화를 감당하는 것만으로도 벅찼기 때문이다. 클레이엔을 바라보고 있는데 배가 끊어질 듯 아파 왔다.

"으윽."

이제는 참을 수 없는 수준에 이르렀다. 배에서 뭔가 흘렀다. 그것이 드레스를 적시고 카루나의 손마저 적셨다. 카루나는 배를 움켜잡고 있던 손을 들어 확인했다. 동그랗게 말린 손에 피가 고여 있었다.

"피?"

카루나는 이해할 수 없었다.

"어째서?"

백합엔 가시가 없다. 들고 있던 크리스털 잔도 매끄러웠다. 손을 다칠 만한 걸 만진 적이 없었다. 그런데 손에서 피가 났다.

"설마."

카루나는 고개를 숙여 자신의 아랫배를 보았다. 드레스가 피로 물들어 있었다. 카루나는 덜덜 떨리는 손으로 다시 배를 만져 보았다. 길게 난 상처가 만져졌다. 방금 난 상처처럼 피를 쏟고 있었다.

"……내 마법도, 풀리는 건가?"

카루나에게 걸린 마법은 손가락의 굳은살을 없애는 것만이 아니었다. 바이켈드 공작저에서 마법의 고약을 바르기 전, 카루나는 더 큰 마법을 입었다. 다 죽어 가던 스무 살의 카루나를 열두 살 어린 소녀로 만들어 주었던 마법.

카루나의 시간을 과거로 되돌려 주었던 마법의 물약.

그 마법이 풀리고 있었다.

"아흑……."

두 손으로 배를 움켜잡았다.

"아, 파……."

감당할 수 없을 만큼 끔찍한 고통이 엄습해 왔다. 온몸의 피가 상처를 통해 쏟아지는 것 같았다. 배를 움켜잡은 조그만 손이 조금씩 커지기 시작했다. 헛구역질이 났다. 눈앞이 새까매지며, 어지러웠다.

카루나는 견디지 못하고 크게 휘청였다. 마법의 물약의 본질은 시간을 되돌리는 것이었다. 암살자에게 당한 상처가 없어진 건, 열두 살의 카루나에게 그런 상처가 없었기 때문이었다.

마법의 효능이 사라진다는 건, 카루나가 다시 스무 살의 몸으로 되돌아간다는 것을 의미했다. 칼에 맞았던 스무 살의 카루나로.

어깨에 닿을락 말락 했던 머리카락이 길어졌다. 팔다리가 길어지고 납작했던 가슴이 부풀었다. 카루나는 제 몸을 감당하지 못하고 쓰러졌다. 무릎이 땅에 닿았다. 열두 살 카루나에게 맞춘 드레스가 팽팽해졌다.

드레스의 어깨 부분이 카루나의 커지는 몸을 감당하지 못하고 부욱-찢어졌다. 드레스가 흘러내리자 카루나는 한 손으로 어깨 부분을 움켜잡았다. 발치에 닿았던 드레스 자락이 무릎에 닿았다.

카루나는 천천히 열두 살 소녀에서 스무 살의 여인으로 되돌아왔다.

"꺄아아아악!"

아득하게 클레이엔의 비명 소리가 들렸다. 그제야 제 앞에서 피 흘리며 쓰러진 카루나를 발견한 듯했다.

'시, 끄러.'

카루나는 짜증이 났다. 안 그래도 머리가 팽팽 돌고, 당장이라도 죽을 것같이 아픈데. 아니, 이대로 가다간 곧 죽을 거 같은데. 눈앞의 클레이엔은 자신을 도와주기는커녕 비명이나 질러 대고 있었다.

'아무튼 도움이 하나도 안 되는 여자 같으니라고. 진짜면 뭐해…….'

카루나는 이를 악물었다. 그래도 클레이엔의 찢어질 듯한 비명 소리 덕분에 조금이나마 정신을 차릴 순 있었다.

"아, 아버지! 아버지가…… 그러신 거예요?"

혼란에 휩싸인 클레이엔의 말이 들렸다. 카루나는 뒤를 돌아보았다. 풀썩, 몸이 견디지 못하고 아예 땅바닥에 쓰러졌다. 카루나는 눈을 깜박였다. 겨우 흐릿하게나마 앞이 보였다.

제일 먼저 보이는 건, 자신을 향해 칼을 내리치려는 자세로 서 있는 마카레나 백작이었다. 그 또한 제 눈앞에서 일어난 상황이 꽤 놀라운지 그 모습 그대로 굳어 있었다.

'맙소사…… 정말, 그렇게 돼 버렸잖아.'

열두 살이 되었을 때, 그리고 그 이후로도 종종 생각했다. 만약 마카레나 백작에게 정체를 들킨다면 다시 한번 그에게 살해당할 텐데. 그때에는 마카레나 백작이 자신이 죽는 걸 끝까지 지켜볼 게 분명하다고. 그렇다면 자신은 죽는 순간에 마지막까지 마카레나 백작을 봐야 하는 것이었다.

생각만으로도 끔찍이도 싫었다. 절대 그런 일을 겪고 싶지 않았는데. 그렇게 되어 버렸다. 지금 카루나의 눈에 비치는 것은 칼을 든 마카레나 백작이었다. 그게 끔찍이도 싫고 어이없어서, 웃음이 났다.

"왜 하, 필……."

카루나는 마카레나 백작을 보며 피식, 웃음을 흘렸다.

'정 누군가를 보고 죽어야 한다면, 차라리 당신 얼굴을 보는 게 나았을 텐데.'

카루나는 라크안을 생각했다.

왜 마지막 만남이 그따위였던 걸까. 환하게 웃으며 '어이, 꼬맹이.'라고 자신을 부르는 라크안의 모습 같은 걸 봤으면 좋았을 텐데.

하필이면 마지막으로 본 얼굴이 잔뜩 화가 나 굳어 있는 얼굴이었다. 그런 그에게 카루나가 보였던 모습 또한 그리 좋은 모습은 아니었다.

'이대로 죽는다면, 바이켈드 공작은 날 그 모습으로 기억하겠지?'

하필이면 뾰족한 장신구로 제 목을 겨누고 협박하던 모습이라니. 다른 무엇보다 그게 가장 억울했다. 그러나 한편으로는 지금, 라크안이 눈앞에 없어서 다행이라는 생각이 들었다. 몸에 맞지 않은 작은 드레스를 입고 피를 철철 흘리며 죽어 가는 모습 따위, 보여 주고 싶지 않았다.

'그냥 말할 걸 그랬어. 물어봐 주기를 기다리지 말고…….'

뒤늦게 후회가 됐다. 그때 말했어야 했다. 복수 따위가 아니었다고. 마카레나 백작이나 클레이엔에게 복수하고 싶은 마음이 아예 없었던 건 아니었지만. 그게 전부는 아니었다고.

사실은 당신 때문이었다고.

이렇게 말해도 그 둔한 늑대는 말귀를 못 알아듣고 왜 자신을 위해 그렇게까지 하려는 거냐고 물었을 것이다. 그러면 그런 라크안에게 화를 내듯이, 자신이 가지고 있는 가장 큰 비밀을 아주 작은 목소리로 말할 수 있었을 텐데.

'내가 좋아하니까. 당신을.'

감히 말할 수 없는 진심이었다. 이대로 죽는다면, 아마도 라크안은 영영 모르리라.

'……라안.'

카루나는 그의 이름을 마지막으로 불러 보았다. 내내 불러 보고 싶었던 이름이었다.

거리 뒷골목 소매치기 출신의 천것.

악독한 악녀, 클레이엔의 대역.

그리고 자신의 정체를 숨기고, 아무것도 모르는 라크안의 곁에 억지로 서 있었던 거짓말쟁이.

그런 자신이 부르기에는 너무 깨끗한 이름 같아서 마음대로 불러 보지 못했다. 그저 남들 앞에서 약혼자인 척 연기를 할 때나 몇 번 불러 보았을 뿐이다.

단둘이 있을 때는 언제나 바이켈드 공작 각하라고만 불렀다. 그래서 제멋대로 라크안을 라안이라고 부르는 루린토프가 얄미웠다. 루린토프를 미워할 자격도 없으면서.

눈앞의 마카레나 백작이 더욱 흐릿해졌다. 막 카루나가 모든 걸 포기하고 내려놓으려는 그때였다.

크아앙!

짐승의 울음소리가 티 파티장을 뒤흔들었다. 그 소리는 마카레나 백작의 등 뒤에서 들렸다. 제 앞에서 죽어 가는 카루나를 쳐다보고 있던 마카레나 백작이 뒤를 돌아보았다. 그리고 그는 그 자세 그대로 얼어붙었다.

"꺄아아아악!"

마카레나 백작과 같은 것을 본 클레이엔이 비명을 질렀다. 조금 전 죽어 가는 카루나를 볼 때보다 더 비극적인 소리였다. 그 비명은 들불처럼 번져 갔다. 몸을 치장하는 마법이 풀린 것에 절망하던 귀족들은 자신들 앞에 나타난 거대한 존재를 보고 죽음의 공포를 느꼈다.

그것은 거대한 늑대였다.

사냥 대회에서 귀족들이 사냥개를 풀어 쫓아 잡아 오던 새끼 늑대 따위에 비할 바가 아니었다. 단번에 사람 서넛의 몸을 물어뜯어 갈가리 찢을 수 있을 만큼 크고 사나운 늑대였다. 늑대라기보다는 차라리 괴물이라고 부르는 편이 나을 듯 보였다.

크르르. 그것이 앞발을 구르며 눈을 번뜩였다. 두 눈은 어둠 속에서 백합보다 더 선명하게 번뜩였다. 핏빛이었다. 온몸을 뒤덮은 털은 밤하늘을 잘라내 덮은 것처럼 새까맸다. 무엇보다 바닥을 푹푹 패는 발톱은 마카레나 백작이 들고 있는 칼 따위와는 비교도 안 될 만치 날카롭고 강해 보였다.

핏빛 눈이 한 곳을 향했다. 거기에 피 흘리며 쓰러져 있는 카루나와 그녀에게 칼을 겨누고 있는 마카레나 백작이 있었다.

크아악! 늑대가 울부짖으며 마카레나 백작에게 달려들었다. 늑대가 앞발로 마카레나 백작을 밀쳤다.

"크헉!"

마카레나 백작의 몸이 붕- 떠 단번에 날아갔다. 나무에 부딪쳐 바닥에 떨어지는 소리가 들렸다. 귀족들은 비명조차 지르지 못한 채 그 광경을 지켜봤다.

카루나는 가물가물한 눈으로 제 앞에 선 늑대를 바라봤다. 까만 털로 뒤덮인 커다란 몸과 붉은 눈은 분명 카루나가 알고 있는 그 늑대였다. 하지만 뭔가 달랐다. 포도주 통에 얻어맞고 파묻히던 그때와는 달랐다.

늑대의 붉은 눈이 자신의 눈보다 더 붉은, 카루나의 피를 보았다. 바닥에 고인 핏물이 늑대의 발에 닿았다. 까만 털에 붉은 피가 묻었다. 크르르르르- 늑대가 날카로운 이를 드러냈다. 그러자 아늑하고 따스했던 티 파티장의 분위기가 돌변했다. 짙은 살기가 공기를 짓눌렀다.

"커흑."

"숨이 안……."

"사, 살려 주세……."

살기에 익숙하지 않은 귀족들이 손으로 목을 움켜잡으며 괴로워했다. 늑대가 그들을 노려보았다. 먹잇감. 그 이상, 이하로도 바라보지 않는 짐승의 눈빛이었다. 몸을 짓누르는 차가운 살기가 카루나의 정신을 붙잡았다.

'막아야 해.'

피를 쏟으며 죽어 가는 상황에서마저 라크안이 걱정되었다. 차라리 정신을 잃고 싶을 정도로 고통스럽건만. 카루나는 이를 악물고 늑대를 향해 손을 내밀었다.

"안, 돼……. 하면, 안…… 돼……."

하지만 카루나의 손은 늑대에게 닿지 않았다. 늑대의 눈은 클레이엔을 향했다.

"흐어……어…… 가, 가까이 다가오지 마. 나한테 다가오지 말라……고!"

클레이엔은 엉덩방아를 찧은 채 넘어져 덜덜 떨고 있었다. 크륵- 늑대가 이를 드러내고 발을 굴렀다.

"안, 돼-. 하……지 마!"

카루나가 좀 더 손을 뻗었지만, 역시나 늑대에게 닿지 않았다. 늑대는 클레이엔의 목을 물어뜯기 위해 달려들었다.

"꺄아악!"

비명을 지르는 클레이엔의 머리가 늑대의 입에 들어가던 순간. 채쟁! 장검이 끼어들어 늑대의 입을 막았다.

"라안 님!"

세나였다. 까득, 늑대는 검을 이빨로 물어 던졌다. 세나는 검을 쥔 채로 날아갔다.

"으랏차아!"

세나는 마카레나 백작과 달리 가볍게 바닥에 착지했다. 그러고는 다시 늑대에게 달려들었다. 늑대는 제게 감히 덤비는 세나를 노려보았다. 그 사이 클레이엔은 울면서 바닥을 기며, 늑대에게서 도망치려 하였다.

크르르- 늑대가 발로 클레이엔의 드레스를 밟았다. 찌지직- 드레스가 발톱에 찢겨 금세 넝마가 되었다. 치맛단을 장식한 값비싼 레이스는 늑대의 발톱에 감겨 클레이엔이 도망칠 수 없게 만들었다. 클레이엔이 그토록 자랑했던 값비싼 드레스가 그녀의 숨통을 조이게 된 것이다.

클레이엔은 엉덩이 걸음으로 발버둥 치며 도망치려 했으나 조금도 뒤로 물러설 수 없었다.

"시, 싫어……! 싫어!"

"그만두시라고요, 라안 님!"

세나는 땅을 박차고 뛰어올라 늑대를 향해 검을 휘둘렀다. 정말 짐승을 사냥하는 듯 전력으로 달려들었다. 그래도 늑대를 당해 내지 못했다. 늑대는 기다리고 있었다는 듯 앞발을 휘둘러 세나를 내리쳤다.

"컥!"

세나는 늑대에게 닿지도 못한 채 다시 허공에 붕 떴다. 그렇게 세나가 늑대의 시선을 끄는 사이, 하녀장이 바이켈드 공작가의 사람들을 추슬렀다.

"다들, 뭣들 하는 겁니까. 정신들 차리세요!"

하녀장의 호통에 다들 정신을 차렸다. 그래도 바이켈드 공작저에서 하던 대로 빠릿빠릿하게 움직이지는 못했다.

"하녀장님, 카, 카루나 아가씨가……."

"모, 몸이!"

"그보다 피가, 갑자기 피를 흘리고 쓰러지셨다고요!"

라크안이 늑대로 변해 날뛰는 것보다 카루나의 변화가 더 큰 충격이었다. 사람이 늑대로 변하는 건 익숙했다. 하지만 사람이 갑자기 자라나서 피를 흘리며 쓰러지는 건 처음 겪는 일이었다.

"이러고도 나중에 도련님과 카루나 아가씨를 볼 면목이 있겠나!"

하녀장이 고함을 쳤다.

"어찌 된 영문인지는 나중에 상황이 다 정리된 다음에 물어보면 될 일이니. 지금 당장 해야 할 일을 해야지! 다들 정신 차리고 어서 사람들을 대피시키게!"

하녀장의 말에 비로소 바이켈드 공작저 사람들이 움직이기 시작했다. 공작 저택 안에서 라크안이 발작을 일으켰을 때처럼 티 파티에 참석한 귀족들을 피난시켰다. 오랫동안 훈련해 온 사람들답게 일사불란하게 움직였다. 그러나 그들의 신경은 온통 날뛰는 늑대와 그 발치에 쓰러진 카루나를 향했다.

"아가씨, 카루나 아가씨를!"

"어쩜 좋아. 피, 피를 흘리잖아. 빨리 구해야 되는데."

카루나가 하녀였던 시절에 한방을 썼던 하녀들은 발을 동동 구르며 울상을 지었다. 하녀장 또한 카루나에게서 눈을 떼지 못하다가 애써 눈을 질끈 감고 고개를 돌렸다.

"……일단, 황후 폐하와 황태자 전하를 먼저 피난시켜야 합니다. 어서!"

때마침 다른 철십자 기사들도 티 파티장에 도착했다. 그들은 세나와 함께 늑대에게 달려들었다. 하지만 기사 중 누구 하나 늑대의 털 한 가닥 베어 내지 못했다.

늑대는 자신에게 달려드는 철십자 기사들을 날파리 쫓아내듯 집어 던졌다. 그러고는 클레이엔을 짓밟으려고 했다. 그도 아니면 붉은 눈을 희번덕거리며 도망치는 다른 귀족들에게 달려들려고 했다.

그때마다 철십자 기사들은 온몸을 날려 라크안을 막았다. 그리고 당황하였다.

"평소와는 다른데?"

"어떻게 된 거야? 정말…… 사람들을 죽이기라도 할 것처럼."

철십자 기사들은 발작을 일으켜 늑대로 변한 라크안을 여러 번 상대했다. 그런 그들이 낯설어할 만큼, 지금의 라크안은 너무 거칠었다. 마치 본인의 인간성을 포기한 것처럼, 눈에 띄는 인간들을 모조리 죽이려는 듯 날뛰었다.

그들은 금세 만신창이가 되었다. 무장을 한 상태였고, 늑대 몰이 경험이 있어서 이 정도였다. 보통의 기사단이 출동했다면 이미 전원이 늑대에게 물어뜯겨 전멸했을 것이다.

크아아악! 늑대는 피를 맛보지 못하자 더욱 흉포하게 날뛰었다.

"우리가 막을 수 있을까?"

"평소랑 너무 다르시잖아, 라안 님……."

철십자 기사들은 불안한 시선을 교환하였다. 주춤주춤, 한 기사가 물러섰다. 이번엔 정말 죽을지 모른다는 공포에 사로잡힌 것이다. 한 명이 동요하자 그 분위기가 단번에 다른 기사들에게 전염되었다. 그걸 본 세나가 버럭 소리를 질렀다.

“정신 못 차리지! 죽고 싶어?”

주춤거리던 기사의 등짝을 발로 차며 동료들을 다그쳤다.

“말할 시간에 한 번 더 칼질해. 지금 장난인 줄 알아? 어떻게든 막으란 말이야!”

그제야 철십자 기사들은 잠에서 깨어난 것처럼 푸드득 정신을 차렸다.

“네, 네!”

“그, 그래야지.”

“알았다고!”

“젠장, 설마 죽기야 하겠냐!”

철십자 기사들은 다시 늑대에게로 뛰어갔다. 세나는 늑대의 발치에 쓰러져 있는 카루나를 보았다. 세나가 좋아하고, 곁에서 떨어지기 싫어했던 열두 살 소녀는 거기에 없었다. 안 본 새 훌쩍 커 버려서는 피까지 흘리며 죽어 가고 있었다.

긴 갈색 머리카락이 피에 젖어 늘어졌다. 늑대가 움직일 때마다 언뜻 보이는 얼굴은 희게 질린 채였다. 온몸의 피를 다 흘린 듯했다. 아무리 집중해도 숨을 제대로 쉬고 있는지, 살아 있는지 가늠이 안 됐다.

평소 기척에 예민하다는 소리를 수도 없이 들었건만. 정작 중요할 때에 정말 느껴야 하는 기척은 느끼지 못하고 있었다. 마음이 다급해졌다.

검을 손에 쥐고 평정심을 유지하지 못하면 허점이 생긴다. 본능으로 움직이는 늑대는 기가 막히게 그 허점을 노린다. 그러니 차분해져야 하는데. 마음을 가라앉혀야 하는데.

“가라앉히기는 개뿔.”

속에서 욕이 치밀어 올랐다. 시간이 지날수록 더 초조해졌다.

‘구해야 돼. 일단, 어떻게 해서든 라안 님을 처리하고 카루나 아가씨를 구해야 해.’

세나의 눈은 계속 카루나를 향했다. 조금 전 서고 근처에서 카루나와 라크안의 대화를 들을 때만 해도 긴가민가했건만. 저렇게 훌쩍 커진 모습을 보니 실감이 났다. 정말 카루나가 그 악녀 클레이엔이었다는 것이.

이름만 들어도 이를 갈았던 악녀였다. 툭하면 암살자를 보내서 밤에 잠도 못 자고 야간 근무를 서게 만들었던 주범이다. 만나기만 하면 절대 가만두지 않으리라 다짐했건만.

그 클레이엔이 저기에 피를 흘리고 쓰러져서는, 죽었는지 살았는지도 모른 채 누워 있었다. 꼴좋다고 생각해야 되는데. 이왕 거기 그렇게 누워 있으니 늑대의 발에 꾹 밟혀서 좀 더 다치라고 기원을 드려야 하는데. 구하고 싶어 미칠 것 같았다.

"카루나 아가씨!"

어쨌거나 그녀는 세나의 아가씨였다. 세나는 이를 악물고 발을 쾅쾅 굴렀다. 아까부터 카루나를 빼내려고 하는데, 그게 쉽지 않았다. 늑대는 귀신같이 눈치채고는 세나가 제 곁으로 오지 못하게 날뛰었다. 다른 철십자 기사들보다 세나에게 더 예민하게 굴며, 세나를 클레이엔 보듯 했다.

카루나의 존재를 염두에 두고 보호하려고 저러는 건지, 아니면 그저 제게 위협이 될 만한 존재를 본능적으로 경계하는 건지 모를 일이었다.

한편 바이켈드 공작저의 하인들이 단상으로 달려갔다. 황태자는 황후를 등 뒤에 숨기고 보호하고 있었다. 하인들이 달려오자 그들과 함께 황후를 피난시키고는 하인 중 한 명을 붙들고 물었다.

"뭐지, 라안과 관련이 있는 건가? 바이켈드 공작가와 관련된 일이냐고!"

커다란 늑대가 나타나자 어디선가 철십자 기사들이 뛰어와 그 늑대를 상대하기 시작했다. 바이켈드 공작저의 사람들은 훈련이라도 받은 것처럼 사람들을 피신시키고 있다. 철십자 기사들은 늑대에게 달려들며 '라안이 어쩌고저쩌고' 소리치고 있었다.

상황이 워낙 급박하게 돌아가고 있어서, 또 거기에 휩쓸려 정신이 없어서, 자세하게 듣지는 못했지만. 분명 '라안'이라는 단어만은 선명히 귀에 박혔다. 누가 봐도 바이켈드 공작가와 늑대가 관련이 있다고밖에 생각할 수 없었다.

황태자는 더없이 이성적이었다. 티 파티장에서 아직까지 제정신을 유지하고 있는 몇 안 되는 사람이기도 했다.

"라안은? 라안은 어디 있는 거지? 왜 오지 않는 건가. 설마 저 늑대에게 라안이 당한 건 아니겠지?"

황궁에 일이 일어났고, 철십자 기사단까지 출동했는데 라크안이 나타나지 않을 리 없었다. 거기에 철십자 기사들은 자꾸 라크안의 이름을 부르며 늑대에게 달려들고 있었다.

'분명히 라안에게 무슨 일이 생긴 거야.'

그렇게 생각한 황태자의 얼굴에 분노가 서렸다.

"설마 저 늑대가 라안을, 라안을?"

황후가 무사히 백합궁으로 피신한 걸 확인한 황태자는 검을 빼 들었다. 바이켈드 공작가의 사람들이 그런 황태자를 막아섰다.

"보통의 늑대가 아닙니다. 황태자 전하께서는 상대하실 수 없습니다."

"제발, 물러서 몸을 피하십시오. 철십자 기사단이 상대할 것입니다."

"감히 나의 황궁에서 날뛰는 짐승을 가만 보고만 있으라는 건가. 내 친우, 라안까지 잘못된 상황에서!"

황태자는 포기하지 않았다. 하인들은 차마 황태자에게 저 늑대가 라크안이라고 말하지 못했다.

"안 됩니다. 아무튼, 아니 되십니다!"

"놓아라, 놓지 못하겠느냐? 명령이다!"

"황태자 전하, 제발 몸을 피하십시오! 라안 님께서 무조건 황태자 전하를 지키라고 했습니다요."

"그 라안이 어찌 됐냐니까!"

"아이고, 전하. 일단 피하십시오. 나중에, 나중에 다 말씀드리겠습니다!"

그저 황태자가 늑대에게 달려들지 못하도록 붙들 뿐이었다. 크아악! 거대한 늑대는 그야말로 미친 듯이 날뛰었다. 티 파티장은 엉망이 되었다.

백합은 짓밟히고 진주는 부서졌다. 사람들은 비명을 지르며 도망갔다. 철십자 기사들은 팔다리가 부서지고 피를 토하면서도 늑대에게 달려들었다.

늑대는 철십자 기사들을 짓밟고 날려 버리며 눈을 희번덕 떴다.

아직 도망치지 않은 먹잇감이 눈에 띄었다. 저 멀리까지 어떻게 엉금엉금 기어가긴 했으나, 누구의 보호도 받지 못하고 있는 클레이엔이었다. 그녀를 바라보는 늑대의 눈이 더욱 시뻘게졌다.

'죽여야 돼.'

누군가 끊임없이 속삭였다.

'다 죽여. 네 반려를 건드린 인간들을 다 죽여 버리라고.'

늑대는 그 말을 들으며 자신의 발치를 내려다보았다. 그녀를 그렇게 만든 원흉이 저기에 있었다.

저 먹잇감을 갈가리 찢어 죽여야 했다.

'그걸로는 부족해…….'

귓가의 속삭임대로였다. 그걸로는 부족했다. 저 먹잇감을 죽이고, 다른 인간들도 모두 다 짓밟고 물어뜯어 죽여야 했다.

늑대는 허기를 느꼈다. 본래대로라면 반려에 대한 마음으로 가득 차 있어야 하는 심장이 텅 비어 버렸다. 피 한 방울도 남아 있지 않은 것 같았다. 그러니 그 심장을 다시 채우려면 다른 인간들의 피가 필요했다.

모조리 다 죽여서 이 허기를 채우지 않는다면, 허기를 채우지 않는다면……. 않는다면…….

오랫동안 늑대를 지배해 왔던 건 이 허기였다. 아무리 헤매고, 싸우고, 날뛰어도 채워지지 않던 허기.

그런데 갑자기 그 허기가 채워졌다. 잠시 그 허기를 잊을 수 있었던 건 아주 조그만 소녀 때문이었다. 어디선가 갑자기 툭 튀어나온 소녀가 그의 텅 빈 심장을 가득 채워 주었다.

까르륵, 웃는 웃음소리.

후춧가루 때문에 시작되는 재채기.

포도주 통으로 얻어맞고 난 다음 두 귀로 들었던 그 조그만 숨소리.

재잘대던 목소리.

채워 주겠다고 잡아 주었던 손, 보드랍고 따듯하던 그 온기.

그 작은 것들이 늑대의 안을 채웠다. 그래서 늑대는 아무렇지도 않게 견딜 수 있었는데……. 늑대의 심장을 가득 채웠던 그것이 단번에 사라져 버렸다. 늑대는 이전과 비교할 수 없을 만치, 더 끔찍한 허기를 느꼈다.

'카루나…….'

날파리 같은 철십자 기사들을 붙잡아 발로 짓이기며, 저기서 벌벌 떨며 죽여 달라고 비명을 지르고 있는 먹잇감에게 달려들려 했다.

그때였다.

"……하, 지 마요. 제발, 하지, 마……."

조그만 손이 늑대의 털을 한 움큼 움켜잡았다. 늑대는 그저 간지러운 느낌에 뒷발로 그 온기를 쳐냈다. 늑대를 붙잡으려 했던 카루나의 몸이 허공에 붕- 떠올랐다. 하필이면 클레이엔 앞으로 데굴데굴 굴렀다.

"카루나 아가씨!"

세나가 비명을 지르며 그녀를 보호하고자 달려들었다.

"커흑!"

카루나가 피를 토하며 고개를 들어 앞을 보았다. 늑대가 자신을, 아니 자신의 뒤에 있는 클레이엔을 향해 달려들고 있었다. 분명 잠깐의 순간일 텐데 그 순간이 너무도 느리게 느껴졌다.

"주, 죽기 싫어!"

등 뒤에서 쨍쨍하게 비명을 지르는 클레이엔. 달려드는 세나와 철십자 기사들. 크아아악! 그들을 밀치며 날카로운 이빨을 드러내는 늑대.

이대로 가만히 누워 있다면 늑대는 그녀를 뛰어넘어 클레이엔을 덮치리라. 그걸 그대로 지켜볼 수가 없었다. 카루나를 지배하는 생각은 단 하나였다.

"하지, 마. 사람…… 죽이는 거 싫어하잖아!"

카루나는 배를 움켜쥔 채로 일어섰다. 그 순간, 무슨 힘이 생긴 건지는 스스로도 알 수 없었다. 그저 눈앞에 있는 늑대를 막아야 한다는 생각뿐이었다.

"하지 마, 라안!"

늑대의 앞을 막아섰다. 클레이엔을 노리던 발톱이 카루나의 몸에 박혔다. 강철로 만든 검으로도 막을 수 없었던 날카로운 발톱이 카루나의 몸을 할퀴었다.

카루나가 목에 걸고 다니던 목걸이가 그 발톱에 감겨 날아갔다. 목걸이의 주머니가 찢어지며 낡은 브로치와 꾸깃꾸깃하게 접힌 종이가 떨어졌다. 브로치는 산산조각 났다. 겨우 붙어 있던 녹색 돌이 늑대의 발아래 바스러졌다.

카루나는 비명조차 지르지 못한 채 늑대를 바라보았다. 핏빛으로 물든 붉은 짐승의 눈과 눈물이 차오른 녹색 눈이 마주쳤다.

“라안…….”

늑대를 향해 손을 뻗으며, 쓰러졌다. 내내 피를 흘리던 그 몸에 아직도 피가 남아 있었던 건지. 카루나의 몸에서 피가 분수처럼 솟아올랐다.

“안 돼! 카루나 아가씨!”

세나가 절규하며 달려들었다. 퍽! 세나의 검이 늑대의 다리에 박혔다.

“……어?”

세나는 공격이 성공하자 놀라 검을 놓쳤다. 크아악! 늑대가 그런 세나를 앞발로 차 던져 버렸다. 세나는 바닥을 데굴데굴 구르다 벌떡 일어났다. 옆에 쓰러져 있는 동료 철십자 기사의 손에서 서둘러 검을 빼앗아 들었다.

‘카루나 아가씨를 지켜야 돼!’

세나는 늑대에게 달려가며, 늑대의 앞다리를 보았다. 분명 세나의 검이 박혀 있었다.

여태 십수 명의 철십자 기사들이 달려들어도 털 하나 건드리지 못했건만. 이성을 잃은 세나의 마구잡이 공격에 늑대가 상처를 입은 것이다. 세나는 이상함을 느꼈다.

그녀는 자기 자신을 잘 알았다. 제게 발작을 일으켜 날뛰는 라크안을 상처 입힐 수 있는 실력이 있다고 감히 생각하지 않았다. 그렇다면 답은 하나였다.

‘설마?’

그 순간. 코끝이 찌릿-하게 울렸다. 피비린내가 꽃향기처럼 퍼졌다. 누구의 것인지 모르나 단 한 명의 것이었다. 그 향기는 달콤했다. 단번에 코를 마비시켰다. 들이켠 숨은 단번에 그녀의 몸 전체에 퍼졌다.

‘멈, 춰……. 하, 지 마……요…….’

누군가의 목소리가 들렸다. 아니, 카루나의 목소리가 들렸다. 세나는 자신의 귀를 의심했다. 여기서 저기까지 거리가 얼마인데, 피 흘리고 쓰러져 있는 카루나의 목소리가 들리다니?

하지만 그 생각과는 무관하게, 두근, 심장이 뛰었다. 몸이 굳었다. 그 목소리의 명령을 따른 것이다. 세나는 그 자리에 우뚝, 멈춰 섰다. 몸은 급정거를 견디지 못하고 앞으로 크게 휘청였다. 세나는 두 다리에 힘을 주고 가까스로 넘어지지 않게 버텼다.

두근, 두근- 심장이 미친 듯 뛰었다. 잠깐이라도 그 목소리를 의심하거나 거부하려 했던 머리를 벌주려는 듯이.

"허억."

세나는 심장을 움켜쥐고 고개를 들었다. 두 눈은 조금의 망설임도 없이 카루나를 향했다.

"아……."

챙강, 손에 쥐고 있던 검을 놓쳤다. 늑대에게 밟히는 순간에도 놓치지 않았건만. 온몸에서 힘이 쭉- 빠져나갔다. 도무지 검을 들고 있을 수 없었다.

그건 세나만 겪는 현상이 아니었다. 챙강, 챙강. 사방에서 검을 떨어뜨리는 소리가 났다. 늑대에게 달려들던 철십자 기사들이 하나같이 그 자리에 멈춰 섰다. 세나처럼 검을 놓치고 그 자리에 털썩, 쓰러졌다.

두 눈은 오직 카루나를 향했다. 갑자기 무기력해졌다. 늑대를 막아야 하는데, 그럴 힘이 나지 않았다. 저항할 수 없었다. 그저 받아들이는 수밖에는.

"카루나 아가씨……."

세나는 자신의 몸과 정신, 모든 걸 지배하는 사람의 이름을 불렀다. 세나의 머릿속은 단숨에 카루나의 목소리로 가득 찼다. 그녀가 멈춰, 라고 말했다. 그러니 멈춰야 했다. 그게 무엇이든 간에.

몸속에 숲의 일족의 피가 흐르는 세나와 철십자 기사들은 모든 의욕과 전의를 잃었다. 다만 멍하니 카루나를 바라봤다. 다음 명령을 기다리는 인형처럼.

늑대는 마음껏 날뛸 수 있는 절호의 기회를 얻었다. 늑대를 방해하는 건 단 하나, 다리에 박힌 칼뿐이었다.

세나의 칼이 박힌 다리에서 피가 흘렀다. 하나 늑대는 그 칼을 입으로 뽑아 버리지 않았다. 칼을 제 다리에 박은 세나를 죽이려고 달려들지 않았다. 늑대는 그저 제 발 아래 쓰러진 카루나를 바라봤다.

크르르, 이를 드러내고 으르렁거렸다. 날뛰지 않았다. 그저 카루나를 바라보기만 할 뿐이었다. 문득 핏빛으로 번진 붉은 눈이 불안하게 떨렸다. 늑대는 움찔, 몸을 떨며 뒤로 물러섰다.

겁에 질린 듯 보였다. 하지만 그런 태도는 잠깐뿐이었다. 곧 입을 쩍 벌리며 카루나에게 다가갔다. 당장이라도 카루나의 목덜미를 물어뜯으려는 듯했다. 하지만 날카로운 이빨이 막 카루나에게 닿으려 할 때.

늑대는 다시 입을 다물고 몸을 뒤로 젖히더니, 이내 고개를 내저으며 울음을 토했다. 몹시 혼란스럽고 괴로워 보였다. 핏빛 눈을 번들거리며 카루나를 노려보고 달려들려 하다가도, 고개를 꺾으며 카루나에게 닿으려 하지 않았다.

크르르르르! 늑대가 다시 이를 드러내고 울며 앞발을 높이 치켜들 때였다. 쿨럭, 쿨럭! 카루나가 피 섞인 기침을 토했다. 쓰러져 있던 몸이 크게 들썩였다. 늑대는 또다시 뒤로 물러섰다.

"흐으……."

카루나는 겨우 눈을 떴다. 세상이 온통 뿌옜다. 그 흐릿한 시야에 가득 담긴 건, 늑대였다. 새까만 털로 뒤덮이고, 시뻘건 눈을 가진 커다란 늑대. 늑대가 목을 치켜들며 울부짖었다. 짐승의 울음소리였다.

사나웠다. 당장이라도 사람을 찢어 죽이고 목을 물어뜯을 것만 같았다. 그러니 무섭고 두려워야 하는데, 무섭지 않았다. 늑대 따위, 단 한 번도 무서웠던 적이 없었다. 정말 무서운 건, 이다음의 상황이었다.

발작이 가라앉으면 라크안은 제정신을 되찾을 것이다. 그리고 자신이 발작 상태에서 저지른 일을 감당해야 한다.

엉망이 된 백합궁의 티 파티. 황궁에서 날뛰는 늑대를 본 황후와 황태자, 귀족들. 그 정도야 바이켈드 공작 가문의 힘으로 어떻게든 무마시킬 수 있을 것이다. 희생자만 생기지 않는다면야.

그렇기에 철십자 기사들이 죽을 각오로 늑대에게 달려들었던 것이다. 바이켈드 공작저의 고용인들이 도망가지 않고 황후와 황태자, 귀족들을 먼저 도망치게 한 이유도 그것이었다. 하지만 카루나가 늑대를 붙잡으려 하고 클레이엔 앞을 막아선 건 다른 이유에서였다.

뒤처리 따윈 중요하지 않았다. 정말로 중요한 건, 원래대로 돌아온 라크안이 자신이 또 누군가를 죽였다는 것에 괴로워할지도 모른다는 것. 그걸 생각하니 가만있을 수 없었다.

깊게 생각할 것 없이 늑대에게 달려들었다. 끝내는 클레이엔의 앞을 막아섰다. 클레이엔의 대역으로서 클레이엔 따위를 살리기 위한 희생이 아니었다. 그저, 라크안이 괴로워하고 죄책감에 시달리는 걸 막고 싶었을 뿐이다. 어떻게 하다 보니 클레이엔을 살리고 자신이 죽는 지경에 이르렀지만.

'난, 당신의…… 악몽이 되고 싶지 않은데…….'

카루나는 힘겹게 눈을 깜박였다.

"정신 좀, 차려 봐요……."

입가에선 시뻘건 피가 줄줄 흘러내렸다. 언제나 똑 부러졌던 발음은 뭉개져 있었다. 목소리는 잔뜩 쉬어 쇳소리가 섞였다. 정신이 가물가물해지는 상태에서 고통마저 아득하게 느껴졌다.

손을 뻗으니 잔디가 잡혔다. 카루나는 그걸 움켜쥐고 몸을 끌어 당겼다. 스륵, 몸이 조금 움직였다.

"커, 흑……."

배와 가슴의 상처가 뒤틀리며 아득했던 고통이 현실이 되었다.

"아, 파……."

아팠다. 너무 아팠다. 주르륵, 눈가에서 눈물이 흘렀다. 세상이 더 뿌예졌다. 그래도 포기할 수 없었다. 늑대가 티 파티장에 나타났을 때부터 지금까지, 카루나는 단 한순간도 포기한 적이 없었다.

카루나는 마지막 힘을 다해 늑대에게로 기어갔다.

크르르, 크릉-! 늑대는 그런 카루나를 노려보았다. 하지만 카루나를 물어뜯거나, 뒤로 물러서지 않았다.

숨을 쉴 때마다 피를 함께 토했다. 바닥을 길 때마다 눈물이 한 움큼씩 쏟아졌다. 살아 있는 것 자체가 고통이었다. 그냥 이대로 눈을 감으면 모든 게 다 끝날 텐데. 왜 이런 고통을 견뎌야 하는 건지, 억울했다.

누군가 자꾸 귓가에 속삭였다. 눈을 감으라고. 그냥 다 포기하고 쉬라고. 그러면 모든 게 다 끝날 거라고. 그런데 차마 그럴 수가 없었다. 제 앞에 서 있는 이 크고 멍청한 늑대 때문에.

"하악, 하아…… 더는 안, 돼……."

그러나 눈이 가물가물해지는 지경에 이르자 카루나는 더 기는 것을 포기했다. 몸이 축, 늘어졌다. 카루나는 고작 한 뼘 거리를 기었다. 그녀가 지나간 바닥은 핏빛으로 쓸려 있었다. 그렇게 안간힘을 썼는데도 늑대와는 고작 한 뼘 거리만큼만 가까워졌을 뿐이었다.

여전히 손을 뻗어도 늑대에게 닿지 않았다. 이게 반려로 연결될 수 없는 라크안과 자신 사이의 좁힐 수 없는 간격이라 생각하니, 화가 났다.

'당신의 진짜 반려는 착할 테니까, 만약 이런 일을 당해도…… 그냥 슬퍼하겠지. 하지만 난 아냐, 난 화낼 거야.'

카루나는 감기는 눈을 억지로 부릅뜨고 이를 악물었다.

"나, 기다리지 말고…… 좀, 오라니까. 나한테."

거친 숨을 몰아쉬며 말했다. 생각 같아서는 늑대의 귀청이 떨어질 정도로 크게 소리치고 짜증을 내고 싶은데, 그럴 힘이 나질 않았다.

"나한테, 와 봐요……."

카루나의 목소리는 너무 작았다. 주변의 누구도 들을 수 없을 정도였다. 그런데 늑대의 귀가 쫑긋했다. 늑대는 으르렁대며 고개를 숙였다. 카루나의 말을 거역할 수 없다는 듯이.

커다란 얼굴이 카루나의 얼굴 근처로 다가왔다. 겨우 카루나의 손이 늑대 얼굴에 닿았다. 카루나는 늑대의 얼굴에 난 털을 한 움큼 움켜쥐었다.

"착하지……. 그래, 하아…… 잘했어요."

토닥이듯이 털을 잡아당겼다. 손에 힘이 하나도 안 들어가서, 늑대는 아무런 느낌도 받지 못했다. 크르르르, 늑대가 카루나를 위협하듯 으르렁댔다. 카루나는 다급히 숨을 몰아쉬며 피식, 웃었다. 그러는 와중에도 허억, 허억. 그녀의 숨소리가 점점 더 거칠어졌다. 그녀의 몸에서 흐른 피가 그녀의 주변에 웅덩이졌다.

"그만해요……. 나중에 또, 잠 못 자지 말고……."

카루나가 라안에게 속삭였다. 그러자 늑대의 눈이 크게 확장되었다.

곧 반으로 갈라진 눈동자가 천천히 하나로 합쳐지기 시작했다. 핏빛으로 번들거렸던 두 눈이 점점 제 빛깔을 되찾기 시작했다. 카루나가 종종 루비색이라고 말하곤 했던 그 빛이었다.

커다란 늑대의 몸이 점점 줄어들기 시작했다. 늑대가 괴로운지 몸서리쳤다. 그건 사람을 물어뜯고 죽이려 하는 발작과는 다른 떨림이었다. 까만 털로 뒤덮였던 몸이 맨들맨들해졌다. 카루나를 할퀴었던 발톱이 사그라지며, 털로 덮였던 앞발이 사람의 손으로 되돌아왔다. 그 손이 카루나를 향했다. 하지만 이미 빛을 잃은 카루나의 눈은 늑대의 변화를 알아채지 못했다.

"내가 잘못돼도, 당신 잘못 아니야. 자책하지 말고……."

카루나의 목소리가 점점 더 작아졌다.

"……카, 루나!"

늑대의 울음이 사람의 목소리로 바뀌었다. 하지만 그 역시 카루나에게는 닿지 않았다. 카루나는 마지막 힘을 다해 손을 들었다. 그의 눈을 가리고자 했다. 하지만 손이 닿지 않았다.

손이 힘없이 고꾸라지려는 찰나. 라크안의 손이 카루나의 손을 잡았다. 검은 털로 뒤덮이고 날카로운 발톱이 달린 늑대의 발이 아니었다. 마디지고 굳은살이 잔뜩 박여 있는 사람의 손이었다.

그 손이 카루나의 손을 소중하게 감싸 자신의 눈에 가져다 댔다. 언제나 자신을 잠재워 주었던 그 손에 얼굴을 묻었다. 이제 마지막이라는 생각이 들었다.

'그렇게 살려고, 살아남으려고 발버둥을 쳤건만. 결국은 죽네.'

더는 버틸 힘이 없었다.

'그래도 다행이다, 마지막으로 보는 사람이…… 당신이어서.'

마카레나 백작 따위가 아니었다. 카루나는 그것만으로도 만족했다.

"좋아해요, 내가, 당신을…… 라안……."

그게 마지막이었다. 툭. 카루나의 손이 바닥으로 떨어졌다.

* * *

다섯 살. 고작 다섯 살 때 발작이 시작되었다. 부모님은 근심에 빠졌다. 어떤 의사도 고작 다섯 살에 눈과 코와 귀, 입 등 몸의 모든 구멍에서 피를 쏟으며 괴로워하는 병이 무엇인지 말하지 못했다.

"엄마…… 아파요, 너무 아파요……."

아이는 생전 처음 맛보는 고통에 몸서리치며 어머니에게 매달렸다.

"아빠, 저 아파요. 왜 아파요? 아픈 거 싫어요. 아프고 싶지 않아요. 안 아프게 좀 해 주세요."

저를 보며 눈물을 뚝뚝 흘리는 아버지에게 매달렸다.

"차라리 내가 네 대신 아팠으면 좋겠구나. 아프지 말렴, 제발."

부모님은 그렇게 속삭이며 아이를 끌어안고 밤이고 낮이고 함께 있어 주었다. 그렇게 며칠이 지나자 아픔은 사라졌다. 아이는 아침에 눈을 뜨자마자 부스스 자리에서 일어났다. 자신이 피를 토해 낸 침대 시트를 발로 뻥뻥 찼다. 그러고는 침대 옆 의자에서 꾸벅꾸벅 졸고 있는 아버지를 흔들어 깨웠다.

"아버지, 배고파요. 배가 너무 고파요."

아버지는 그 모습이 꿈이라 생각하고 멍하니 보기만 했다. 꿈이라도 좋았다. 며칠 만에 저리 환하게 웃는 아들을 볼 수 있었으니까. 하지만 이내, 아버지는 자신의 뺨을 세차게 때렸다.

"얼른 꿈에서 깨야 해. 내 아들한테 돌아가야 해."

아버지는 그렇게 중얼거렸다. 현실에서 아이는 계속 고통스러워하고 있을 텐데. 아버지인 자신이 꿈속으로 이렇게 도망가면 안 된다고 생각한 것이다. 아들은 그런 아버지의 손을 붙잡고, 더 이상 피 흘리지 않는 제 얼굴을 문질렀다.

"진짜 저예요. 꿈이 아니에요. 아빠."

아이가 그렇게 말하며 아버지에게 안기자, 아버지는 아이를 안고 펑펑 울었다. 인간의 신에게, 그리고 숲의 일족이 믿는 신에게. 그리고 눈으로부터 이 대륙을 구했다는 네 명의 시조에게 감사드렸다.

남편과 교대하여 아들을 간호하러 왔던 어머니는 부둥켜안고 있는 부자를 보고는 마찬가지로 꿈인 줄 알고는 잠을 깨려 자신의 볼을 꼬집었다. 아픔이 느껴지자 꿈이 아닌 걸 알고 그 둘을 껴안고 안도의 한숨을 내쉬었다.

아이가 멀쩡해지자 의사들은 아이들은 원래 아무 이유 없이 아프기도 하고 다치기도 한다고 변명하듯 말했다. 부모님은 간절한 마음으로 그 말을 믿었다. 아이가 아픈 것 또한 그런 거라 믿고 싶었다.

이후로도 한동안 아이가 건강했기에 바이켈드 공작가는 다시 행복해졌다. 그건 아이의 희생을 전제로 한 행복이었다.

아이는 그 후로도 간혹, 숨이 가빠지거나 눈앞이 팽팽 돌았다. 심장이 쿵쾅쿵쾅 뛰며 아팠다. 하지만 팔다리가 배배 꼬이고 피를 토하는 정도는 아니기 때문에 아이는 홀로 참았다. 자신이 아팠을 때 부모님이 얼마나 힘들어했는지 기억하고 있었기 때문이었다.

"괜찮아. 이 정도는. 나만 참으면 돼."

아이는 아플 때마다 아무도 자신을 찾지 못할 곳으로 숨어들었다. 벽난로 뒤에 난 작은 구멍, 다락방의 구석 등등에 숨어 몸을 동그랗게 말고 견뎠다. 공작저의 고용인들은 장난꾸러기 도련님이 어딘가에 숨었다고 생각해 숨바꼭질하듯 그를 찾았다.

못 찾겠으니 그만 나오시라며 제 이름을 크게 부르는 하녀장의 목소리를 들으며, 아이는 고통에 찬 숨을 내뱉었다.

대개 한두 시간이 지나면 괜찮아졌다. 하녀장이 목이 다 쉴 때 즈음 밖으로 나가면, 하녀장이 세상이 무너진 것 같은 표정으로 아이를 끌어안았다. 아이는 아무렇지 않은 척 하녀장에게 미안하다 말하고 부모님을 찾아가 안기곤 하였다.

그렇게 버티면 언젠가는 괜찮을 줄 알았다.

그건 어린아이의 순진한 착각이었다.

일곱 살 때, 다시 큰 발작이 찾아왔다. 아이의 작고 아름다운 세상이 무너졌다.

아이에게 이 세상은 아름답고 좋기만 한 곳이었다. 어머니는 제국의 유일한 공작이자 제일 강한 기사였다. 아버지는 그런 어머니를 사랑하여 자신의 모든 걸 버리고 온 남자였다.

아버지와 어머니는 서로 사랑하여 주변의 반대를 무릅쓰고 결혼했고 아이를 낳았다. 아이는 부모님의 사랑을 듬뿍 받으며 자랐다. 행복한 가족이었고, 앞으로도 행복할 가족이었다.

아이가 발작을 일으키기 전까지는.

일곱 살 이후엔 발작이 심심하면 찾아왔다. 한번 발작이 일어나면 사흘에서 열흘까지 계속되었다. 아이는 피를 쏟으며 괴로워했다. 왜 아파야 하는지, 언제까지 아픈 건지. 아이도 몰랐고 부모님도 몰랐다.

그렇게 아프고 나면 다시 언제 아팠냐는 듯 멀쩡해졌다. 하지만 그게 끝이 아니었기에 아이와 부모님은 다음번 발작을 두려워해야 했다. 인간의 의사들은 아무런 답을 내놓지 못했다. 부모님은 숲의 일족인 의사들에게 도움을 청했다. 그러나 그들은 자신들도 처음 보는 병이라고 고개를 설레설레 저었다.

보다 못한 아버지는 피를 토하며 아프다고 울부짖는 아이를 껴안고 숲으로 달려갔다. 그리고 장로에게 아이를 보였다. 장로는 나이가 지긋한 숲의 일족들에게 숲의 오랜 기록들을 뒤지도록 했다.

그들은 옛 기록을 하나 찾아냈다. 옛날, 네 명의 시조가 눈의 땅과 맞서 싸우며 대륙을 지켰던 시절, 전투 중에 반려를 잃은 숲의 일족들이 피를 토하며 괴로워하다 발작을 일으켰다는 기록이 남아 있었다. 아이의 상태가 그 기록에 적힌 반려를 잃은 숲의 일족들의 모습과 비슷했다.

이에 장로는 어떤 가설을 만들어 냈다. 숲의 일족은 평범하게 살다가 반려를 만나 행복과 기쁨을 맛보는 게 일반적인데, 아이는 애초부터 반려를 잃은 상태로 태어나 괴로워하는 게 아닐까.

그렇다면 발작은 반려를 찾으면 해결될 것이다. 다만 반려를 찾기 전까지는 계속 이렇듯 발작에 시달릴 것이다. 그 가설은 아이의 부모님에겐 희망이 되었다. 이유도 모른 채 발작을 겪는 것보다는 어떤 이유를 붙잡고 그걸 해결하려고 노력하는 게 마음이 편했다.

부모님은 제국을 뒤져, 아니 온 대륙을 뒤져서라도 아들의 반려를 찾아주려 했다. 나을 수 있는 병이라 믿어 의심치 않았다. 절망은 그 희망이 자란 틈을 비집고 아이의 삶에 기어이 슬픔의 씨를 뿌렸다.

어머니는 아이의 반려를 찾겠다며 제국 변방의 순찰을 자처해서 떠났다가 전염병에 걸려 죽었다. 아버지는 그런 어머니의 죽음 이후 시름시름 앓으며 어머니를 그리워하다가 죽었다.

아이는 혼자 남겨졌다. 숲의 일족은 아버지의 부탁대로 그 아이를 거두었다. 하지만 툭하면 발작이 일어나는 아이를 숲에 데려가지 않았다.

숲의 일족은 감당해야 하는 일이 있었다. 그 일만으로도 벅찬데, 발작을 일으키면 웬만한 숲의 일족보다 강하고 거칠어지는 혼혈 아이를 감당하기 어려웠다. 숲의 일족은 아이의 반려를 찾아야 한다는 이유를 들어 아이를 제국 변방으로 보냈다. 아이를 돌보기 위해 일족 몇 명을 딸려 보낸 것은 장로의 마지막 배려였다.

아이는 부모님의 죽음을 받아들일 새도 없이 제국 수도를 떠나 변방으로 갔다. 제정신일 때는 반려를 찾아다녔고, 제정신이 아닐 때는 전쟁터를 뛰어다니며 피를 뒤집어썼다.

열 살에 첫 살인을 했다. 고작 한 명을 죽이는 게 아니었다. 발작이 끝나 눈을 뜨니 수십 명 적군들의 시체가 주위에 쌓여 있었다.

아이가 죽인 사람들이었다. 아이는 무서워서 울었다. 하지만 누구도 아이를 끌어안아 주지도, 위로해 주지도 않았다. 아이의 세상은 더 이상 아름답고 예쁜 곳이 아니었다. 고통, 피, 전쟁, 비명, 두려움, 공포, 원망, 증오. 그 모든 것으로 얼룩진 세상일 뿐이었다.

열 살이 넘어서부터는 발작이 일어나면, 늑대가 되었다. 인간의 몸으로 감당하기 힘든 발작을 늑대의 몸으로 견디려 하는 생존 본능이었다. 발작이 일어나 늑대가 되면 이성이 사라졌다. 무차별로 주변을 공격하고 물어뜯고 피의 강을 만들었다. 더더욱 전쟁터를 떠돌 수밖에 없었다.

변경에는 바이켈드 공작의 후계자가 사나운 늑대를 길러 전쟁터에 풀어

놓는다는 소문이 자자했다. 발작이 일어나 늑대가 되었다 돌아오면, 아이는 말을 잃었다. 더 이상 울지 않았다. 그저 담담히, 칼을 주워 들고 주변의 시체에서 옷을 벗겨 입고는 성으로 돌아왔다.

"발작이 일어나 늑대로 변하면 아무것도 기억을 못 하게 되는군. 차라리 다행이야. 자신이 얼마나 끔찍하게 사람들을 죽이는지 알지 못할 테니 말이야."

태연한 아이의 모습을 본 숲의 일족들은 이렇게 생각했다. 그건 안일한 착각이었다. 숲의 일족의 생각대로 차라리 발작이 일어났을 때를 기억하지 못하면 좋으련만. 끔찍하게도, 아이는 발작이 일어났을 때의 일을 모두 기억했다. 차마 입에 담을 수 없기에 말을 안 할 뿐이었다.

아이는 홀로 밤새 울고 또 울었다. 하지만 다음 날이면 여지없이 또 사람을 죽여야 했다. 시간이 지나면 무뎌진다고들 하지만, 하나도 무뎌지지 않았다. 사람을 죽이는 건 너무도 끔찍했다. 발작이 일어나는 건 너무도 무서웠다. 모든 게 두렵고 무서운 겁투성이였다.

살려 달라고 아무리 외쳐도, 하기 싫다고 울부짖어도 소용없었다. 발작을 잠재우기 위해. 바이켈드 가문의 명예를 드높이기 위해. 다음 날이면 어김없이 전장에 서야 했다.

'이런 삶을 원하지 않았어. 절대 이런 삶을 원하지 않았어…….'

검으로 적군을 죽이고, 늑대의 발톱으로 사람을 찢어 죽이며, 아이는 항상 그렇게 되뇌었다.

어머니는 제국 최고의 검이었다. 하지만 아들에게는 검을 가르치지 않았다. 하나뿐인 아들은 아버지의 성품을 닮아서 정원사를 쫓아다니며 흙을 파헤치고 꽃을 여기에서 저기로 옮겨 심는 걸 좋아했다.

"차기 바이켈드 공작 각하는 흙투성이 공작 각하가 되겠구나."

어머니는 흙투성이가 된 아들을 높이 들어 올리며 즐거이 웃곤 했다.

"좋았어. 너는 제국 변경을 전부 아름다운 꽃밭으로 만들려무나. 내가 하지 못할 평화로운 일을 네가 하겠구나."

어머니는 그리 말하면서 웃었다. 그러고는 아들을 위해 유리 온실을 크게 짓고 온갖 꽃과 나무를 심어 주었다. 어머니는 죽는 그 순간까지 자신의 아들이 대를 이어 제국 변방을 지키는 검이요, 피의 기사라고 불리게 될 줄은 생각도 못 했으리라.

어머니의 검을 이어받은 아이는 제국 변경 그 어떤 붉은 꽃보다 더 붉은 피를 뿌리고, 피의 강을 만들었다.

발작이 일어나면 아이는 단 한 가지 감정에 사로잡혔다.

외롭다.

외로워.

이 세상은 텅 비고 서늘하고 차갑고 까만 곳이었다. 늑대가 된 아이는 그 세상에서 날뛰며 피를 토하듯 비명을 지르듯 울부짖었다. 심장이 뻥 뚫린 것처럼 추웠다. 뼈에 사무치도록 외로웠다.

외로움은 금방 절망과 증오를 만들어 냈다. 지독히도 혼자인 이 세상을 부숴 버려야 한다는 욕구가 치솟았다. 그리고 그런 욕구에 시달리는 게 무서웠다.

'제발, 누가 날 좀…… 제발 날…… 도와줘.'

발작에 시달리며.

'아파. 너무 아파. 온몸이 아파, 심장이 아파. 아파서 견딜 수가 없어.'

사람을 죽이며.

'왜 아무도 내 곁에 있어 주지 않는 거야? 왜 내 곁에 없어?'

피를 흘리며.

'내가 이렇게 아픈데. 나 이렇게 힘든데. 제발, 제발. 누구라도 좋아. 날 도와줘. 내 곁에 있어 줘.'

아이는 내내 울었다. 그 울음이 날카로운 발톱이 되어 피를 흘렸다. 그 울음이 짐승의 울음이 되어 사람들을 더욱 멀리 떨어트려 놓았다.

대개 노을이 지면 정신이 돌아왔다. 정신이 돌아오면 늑대가 됐던 몸도 원래대로 돌아왔다. 아이는 맨몸으로 전쟁터에 무릎을 꿇고 자신이 벌인 살육전을 돌아보았다.

맨몸으로.

피의 강이 흐르고 시체의 산이 쌓인 전쟁터 한복판에서.

아이는 제 얼굴을 움켜쥐고 짐승의 울음을 닮은 사람의 울음을 토해내며 울었다. 그리고 간절히 바랐다.

'누구든 좋아. 나타나 줘. 날 구해 줘. 내 반려. 내 인생에 단 한 명뿐이라는 사람. 어떤 모습이든 좋아. 제발 날 사랑해 줘. 제발, 내가 당신을 사랑할 수 있게 해 줘. 날 구해 줘. 제발 내 옆에 있어 줘.'

분명 어머니는 이렇게 말씀하셨다.

"너도 언젠가 네 반려를 만나게 될 거란다. 네 아버지가 나를 알아봤듯이 한눈에 알아볼 수 있을 거야. 다른 사람은 아무도 안 보이고, 오직 그 사람만 보이게 될 테니까."

그 말이 무슨 뜻인지도 모르면서, 그저 그 같은 만남을 바라며 버텼다.

아이는 청년이 되었고, 여전히 반려를 찾지 못한 채 제국 변경을 떠돌았다. 그런 그에게 황제의 명이 내려왔다. 그의 명성이 제국의 하늘을 찌를 듯 거대해진 어느 때였다.

황명을 받들어 수도로 올라오면서도 그는 발작이 일어날 것을 걱정하였다. 그런데 이상하게도 발작이 잠잠해졌다. 그건 그 앞에 기적처럼 나타난 한 여인 때문이었다.

반짝이는 녹색 눈.

그는 그게 기적이라는 걸 몰랐다. 그저 바이켈드 공작으로서 황제와 황태자에게 충성하고 기꺼이 복종했다. 황제파의 수장으로서 적당히 활동했다. 황제파의 수장이니 귀족파니 하는 것들에 관심이 없었다. 사람들이 제 목에 사슬을 두르도록 놔두었다.

충성심, 귀족의 의무와 서약, 우정과 의리, 예의, 그딴 것들.

다들 자신들이 그런 걸로 그를 제어하고 다스릴 수 있다고 믿었다. 그는 그들의 착각을 굳이 깨트리지 않았다.

"어려서 그런지 고분고분하고, 제 어미보다 다루기 편하군. 정치에 대해 잘 몰라. 잘만 대해 주면 지크에게 큰 힘이 되겠어."

"라안이 내 자리에 위협이 된나니? 그럴 리가. 정치에 전혀 욕심이 없는 녀석인걸."

"좀 더 적극적으로 나서서 귀족파를 압박해 주셨으면 좋겠는데, 그것까지 바라는 건 너무 큰 욕심인 건가? 하긴 나이가 아직 어리시니……. 보쉬엔 자작님께서 좀 더 힘을 써 주셔야겠어."

황제와 황태자들이 그러했고, 황제파 귀족들이 그러했고, 하다못해 숲의 일족마저도 그러했다. 그가 보기에 자신의 목에 둘러진 사슬은 너무도 허술했다. 한 번 힘만 주어도 부서질 것 같았다. 그런데 그렇게 하지 않은 건 굳이 그 사슬을 벗어야 할 의욕도, 뭣도 없었기 때문이었다.

사슬을 두르고 있으면 사람들이 안심한다. 저 늑대는 저리도 크고 강하고 사나워 보이는데 그래도 사슬을 하고 있으니 위험하진 않겠구나, 하고. 굳이 늑대를 귀찮게 하려고 하지도 않는다. 그래서 그는 차라리 사슬을 두르고 있는 게 덜 귀찮다고 생각했다.

주변에 몰려든 사람들에게 발톱을 드러내 겁을 줄 생각도 없었다. 굳이 사슬을 끊고 어디론가 달아날 마음도 없었다. 어차피 이곳에 있어야 한다면 사슬을 쓰고 있는 게 낫다고 생각할 뿐이었다. 반려를 찾지 못한 그의 삶은 그러했다.

"인덕, 재능은 중요하지 않아요. 무능하든 유능하든 상관없어요. 공작 각하 밑에 있다면 무조건 공작 각하에게 충성을 해야 하죠. 그러지 않는다면 죽음뿐이어야 해요."

언젠가 카루나는 그런 허술한 사슬을 뒤집어쓰고 무기력하게 있는 라크안에게 화를 냈다. 왜 그러고 있냐고. 어서 황후를 자기편으로 만들고 귀족파 귀족들을 짓누르고 큰 권력을 가지라고 닦달했다.

카루나는 그가 스스로 맨 무기력의 사슬을 벗기고자 했다. 힘을 가지고 있으면 써야 한다고 생각했다. 위로 올라설 힘이 있다면 아랫사람들을 짓밟아서라도 딛고 올라가라고. 쥘 수 있는 모든 권력과 힘을 손에 넣으라고 말했다.

그는 그런 모든 게 귀찮았다. 발작으로 얼룩진 삶에서 의미를 가지는 건 단 하나, 언젠가 만날지 모를 반려뿐이었다. 그는 자신이 원하는 단 하나를 가지지 못했으나, 원한 적 없는 것들을 너무도 많이 가지고 있었다.

세상은 그것들을 가진 라크안을 멋대로 경계하고 의심하고, 귀찮게 했다. 어릴 때부터 변방에서 쌓아 온 공적. 군대와 기사, 병사들로부터의 절대적인 신망. 백성들로부터의 종교와도 같은 지지. 황족의 피가 흐르는 혈통, 제국 유일의 고귀한 공작 작위.

무엇보다 젊은 나이.

조금만 덜 충성스러워도, 조금만 더 성실해도, 황좌를 노린다는 의심과 견제를 받을 수밖에 없는 자리였다. 라크안을 총애하는 척하는 황제도, 대놓고 견제하는 황후도 결국엔 그를 의심하고 감시하고 있었다. 그걸 알기에 라크안은 적당히 게을러져서는 그들의 장단에 맞춰 주었다.

조국인 제국을 사랑하긴 했다. 귀족으로서의 의무에 책임감도 느꼈다. 제국을 지키고 백성들을 돌봐야 한다는 사명감도 들긴 했다. 하지만 뼈 빠지게 뛰어다닐 의욕은 없었다. 바이켈드 공작이란 허울을 뒤집어쓴, 젊은 청년의 모습은 그러했다.

유일하게 의욕이 생기는 건 마카레나 백작 영애, 클레이엔과 마주할 때였다.

첫 만남 때부터 그랬다. 유독 돋보이는 붉은 머리카락과 살랑이며 흔드는 부채에 가려져 보일 듯 말 듯 하는 녹색 눈. 손에 꽉 움켜쥐고 싶었다. 헛구역질이 날 것같이 목이 말랐다.

그때는 그게 무슨 감정인지 정확히 몰랐다. 그저 누군가가 옆에서 속삭이는 소리를 듣고는, 마카레나 백작가에 대한 본능적인 적개심이라고만 생각했다. 그래서 그는 녹색 눈이 빤히 자신을 바라보는 걸 느꼈을 때, 자신도 모르게 말했다.

"보는 것만으로도 기분이 안 좋군. 그나마 부채로 얼굴을 가려서 다행이야. 붉은 머리, 그대가 마카레나 백작 영애인가?"

말하고 나서야 아차 싶었다. 이렇게까지 말할 생각은 없었건만. 라크안은 굳은 얼굴로 그녀를 바라보았다. 그녀가 부채를 탁, 접었다. 자신의 얼굴을 고스란히 라크안에게 보여 주었다. 하얀 얼굴엔 눈물 대신 활활한 분노가 가득했다.

"온통 까맣게 입고 오셔서 다행이네요. 안 그랬다면 아직 변두리의 때를 못 벗고 오신 게 티가 났을 텐데. 제 눈이 무슨 죄가 있다고 그걸 봐야 하겠어요? 안 보고 말지."

그녀는 라크안의 무례한 말을 딱 그만큼의 무례함으로 받아쳤다. 그러고는 생긋, 웃어 보였다.

이후로 그녀는 이상하게도 그의 지치고 늘어진 마음을 콕콕 건드렸다. 그녀는 그와 달리 매사에 적극적이었다. 어떻게 그렇게 의욕적일 수 있는지. 불에 뛰어드는 나방처럼 저돌적일 수 있는 건지, 궁금할 지경이었다. 그래서 자꾸 지켜보다 보니, 건드려 보고 싶었다.

그녀를 보면 식욕과 비슷한 감정이 생겼다. 저 하얗고 긴 목을 깨물어 보면 어떨까. 그래도 겁먹지 않고 저렇게 당당하게 나설 수 있을까? 얌전히 목을 내어놓고 두려움에 떨까. 자신을 노려보는 저 눈에도 눈물이 고일까.

두려움 때문에? 아니면 다른 무엇 때문에?

자꾸 눈이 가고, 자꾸 건드려 보고 싶었다. 이 감정을 무어라 표현해야 할지 알 수 없었다. 그저 텅 빈 자신의 몸에 그녀에 대한 욕구가 차오르는 걸 느낄 뿐이었다.

비로소 제대로 된 적수를 만났다고 생각했다. 그녀가 보낸 독을 먹고 피를 토하며 쓰러질 때, 살아 있다는 걸 느꼈다. 잠 못 드는 밤, 그녀가 보낸 암살자를 처리할 때면 그녀가 생각났다.

'나한테 이런 잔챙이를 보내고 잠은 오는 걸까.'

자신이 이 밤에 그녀를 생각하듯이 그녀도 자신을 생각하도록 만들고 싶었다. 그래서 똑같이 밤 선물을 보냈다. 혹시나 그녀가 암살자의 손에 죽을까, 적당하게 고른 독약을 먹고 죽을까.

조금도 걱정이 되지 않았다. 분명히 살아남을 테니까, 내일 또 그 표독스러운 녹색 눈을 뜨고 자신에게 다가와 소리칠 테니까. 그 생각만 하면 온몸에 짜릿한 전기가 흘렀다.

그녀와 그렇게 지낼 동안 그는 수도에서 단 한 번도 발작하지 않았다. 그런데도 그게 그녀 때문이라고 생각하지 않았다. 멍청한 짓이었다. 그녀가 눈앞에서 사라지자마자 발작이 일어났건만, 그럼에도 그는 그녀가 자신의 반려라고 알아채지 못했다.

발작을 견디는 것만으로도 벅찼다. 바이켈드 공작저는 폐쇄되었다. 그는 매일매일, 이전보다 더 격한 발작에 시달렸다. 제 곁에 없는 반려의 빈자리에 몸서리쳤다.

누구도 자신을 죽이지 못하고, 자신 또한 자살할 의욕조차 생기지 않아 하루하루 발작을 견디며 살아갈 때.

그의 앞에 한 소녀가 나타났다.

분명 발작을 일으켜 날뛰는 라크안을 봤을 텐데도, 라크안을 조금도 두려워하지 않았다. 큰 눈을 데굴데굴 굴리며 라크안을 위아래로 살펴보고는 활짝 웃었다. 매우 반갑다는 듯이 손을 흔들기까지 했다.

"이번엔 옷을 입고 있으시네요."

밝은 갈색 머리카락과 반짝이는 녹색 눈을 가진 소녀. 또 멍청하게도 한눈에 그녀를 알아보지 못했다. 그녀는 그가 발작을 일으킨 것을 보고도 두려워하지 않았다.

"내가 왜 공작 각하를 무서워해야 하는데요? 어떤 모습이든, 다 당신의 모습인데."

녹색 눈을 빛내며 그렇게 말해 주었다. 그녀가, 그 소녀가 모두 다 그의 반려였다.

그는 어느 날, 달밤 아래에서 한 여인을 만났다. 긴 갈색 생머리에 녹색 눈. 까만 밤, 호수에 비친 달빛을 마시고 있던 그녀. 그는 한순간에 그녀에게 홀렸다. 넋을 잃고 그녀를 바라봤다. 심장이 터질 듯 뛰었다. 반려의 진짜 모습을 보고 심장이 반응한 게 분명했다. 그녀는 그런 그에게 짱돌을 날리고 사라졌다.

과연 클레이엔다웠고, 과연 카루나다웠다. 클레이엔일 때도, 카루나일 때도, 달빛 아래 만난 여인일 때도. 모두가 다 카루나였건만. 그걸 알아보지 못했다. 사사건건 치고 박고 싸웠던 정적이었을 때도, 어린아이의 모습이 되어 제 곁에서 후춧가루를 뿌려 댈 때도. 멍청하게도 알아보지 못했다.

이제야 겨우 알게 됐는데.

알아보았는데.

……자신의 발톱에, 그녀가 찢겼다.

피를 흘리며 쓰러졌다.

"……내가, 이렇게 만들었어."

눈앞에 쓰러진 카루나를 보며, 비로소 어릴 때 뿌려졌던 절망이 자라나 꽃을 피운 것을 맛보았다. 겨우 찾은 반려를 자신의 손으로 죽였다. 고작 발작을 참지 못하고서.

조금 전까지만 해도 오색으로 빛나던 세상이 단번에 어둠으로 물들었다. 라크안의 눈에 세상은 온통 회색빛이 되었다. 오직 카루나의 몸에서 흘러나오는 피만이 선명한 붉은색이었다. 그녀를 잃었다는 걸 실감하는 것만으로도 세상이 절망으로 물들었다.

어쩌면 피의 대가를 받는 것일지도 몰랐다. 발작이 나서, 제국이 변방을 지킨다는 이유로 수많은 사람을 죽인 벌일지도 몰랐다.

'하지만 그렇다면 그 대가를 내가 받아야지. 왜 그녀가 받아야 한단 말인가.'

그렇다면 쓰러져 피를 흘리고 있어야 하는 건 자신이어야 하는 건데, 왜 아무 죄도 없는 반려가 쓰러져 피를 흘리고 있는 걸까. 어째서 자신이 저지르고 싶지 않았던 죄 때문에 그녀가 이렇게 죽어야 한단 말인가.

'사람을 죽이고 싶지 않았어. 아무도 죽이고 싶지 않았어. 그런데 왜…… 왜 내가 너를 잃어야 하는 거지?'

라크안은 제 앞에 쓰러진 여인을 보았다.

"……카, 루나."

긴 갈색 머리카락이 라크안의 발치에 닿았다. 여인의 몸은 줄이 끊어진 인형처럼 널브러져 있었다. 그녀의 몸에 가득 차 있어야 하는 생기가 조금도 느껴지지 않았다.

자신이 그녀를 이렇게 만들었다. 라크안은 자신의 두 손을 내려다보았다. 피가 함빡 묻어 있었다. 손이 덜덜 떨렸다. 카루나의 몸을 할퀴었던 그 순간이 생생했다.

여린 살갗이 날카로운 발톱에 쓸리던 그 감촉. 고통에 잠겼던 녹색 눈. 차마 비명조차 내뱉지 못하던 하얗게 질린 얼굴과 파르라니 떨리던 입술.

모든 것이 지독한 저주였다. 머리를 뽑아 버리고 싶은 심정이었다.

"아아, 아……."

손의 떨림은 단번에 온몸으로 번졌다. 라크안은 온몸을 덜덜 떨며 머리를 움켜쥐었다. 자신의 반려를 자신의 손으로 죽이고 제정신일 수 있는 숲의 일족 따위는 세상에 없었다.

차라리 다시 발작이 일어나길 바랐다. 이성을 잃고 날뛰어서, 카루나가 없는 이 세상을 짓밟고 싶었다. 자신이 카루나를 죽게 만든 이 세상을 없애 비리고 싶었다. 그래서 누군가 자신을 죽여 주길 바랐다.

자신을 죽이고 카루나를 살려 주길.

하지만 발작은 일어나지 않았다. 카루나 때문이었다. 발작마저도 카루나의 말을 따라 잠잠해진 것 같았다 카루나의 말이 족쇄처럼 그를 얽어맸다. 세나와 철십자 기사들이 경험한 상태와 같았다.

"우…… 으……. 아아……."

감당할 수 없는 두려움과 울음이 그의 몸을 채우고, 철철 넘쳤다. 라크안은 그 자리에 무릎을 꿇고 주저앉았다. 카루나에게 손을 뻗었다. 하지만 감히 닿을 수 없어 멈칫거리다가 겨우, 손끝이 그녀의 팔에 닿았다. 그녀의 몸은 아직 따듯했다.

"카, 루나."

라크안은 그녀의 몸을 끌어안았다. 그녀의 목이 그의 품 안에서 힘없이 꺾였다. 라크안은 덜덜 떨리는 손으로 카루나의 뺨을 잡았다. 라크안의 눈에서 눈물이 뚝뚝 떨어져 카루나의 얼굴을 적셨다.

"맙소사…… 네가……, 내가……, 왜…… 왜, 내가……."

온기가 식어 가는 그 몸을 품에 안고 오열하던 그때였다. 푹. 검이 라크안의 왼쪽 가슴에서 튀어나왔다.

"……어?"

라크안은 제 왼쪽 가슴을 바라보았다.

"커흑……."

입에서 피가 역류했다. 그 피가 카루나를 적셨다.

"이, 게……."

라크안은 한 손으로 검을 움켜잡았다. 날카로운 검신이 손바닥에 파고 들었지만 아픈 줄 몰랐다. 그저 그 검 끝이 카루나를 상처 입히지 않도록 손으로 막을 뿐이었다. 라크안은 등 뒤에 선, 기척을 눈치챘다. 어찌 못 알아챌 수 있을까.

"리……센?"

목에서 피가 끓었다.

"이 몸의 진명을 부르는 것이라면 아마도 그 이름이 맞을 것이다."

등 뒤에서 그의 목소리가 들렸다.

"불쌍한 늑대. 네게 반려를 빼앗긴 불쌍한 늑대를 부르는 것이라면 말이다."

그 목소리는 리센의 것이되 리센의 것이 아니었다. 라크안은 단번에 그에게서 이질적인 느낌을 눈치챘다.

리센을 조종하는 '그것'은 더는 자신을 숨기지 않았다. 노을빛처럼 아름다운 눈 위로 까만 그림자가 스쳤다. 리센은 검을 쥔 손에 힘을 주었다. 검이 더 깊이 라크안에게 박혔다.

"윽!"

라크안은 이를 악물고 신음을 참았다. 검은 라크안의 손까지 꿰뚫었다. 투둑, 툭. 라크안에게서 흐른 피가 계속 카루나에게로 쏟아졌다. 그 피가 잠시나마 카루나의 몸을 뜨겁게 덥혔다. 라크안은 뒤를 돌아보았다.

바람에 연두색 머리가 흩날렸다. 항상 하나로 단정하게 땋아 내렸던 머리가 다 풀어져 있었다. 늘 웃고 있던 노을빛 눈은 서늘했다. 입가의 미소는 안 웃느니만 못했다.

리센의 모습, 리센의 얼굴을 하고 있으나 리센이 아니었다. 라크안이 아는 리센은 라크안의 심장에 검을 박고는 저렇게 웃을 수 있는 사람이 아니었다. 결코.

“넌, 누구냐.”

“난 눈의 아들이다.”

“눈의 아들? ……아, 윽!”

라크안이 놀라는 순간, 리센이 비죽 웃으며 검을 비틀었다. 라크안은 몸을 찢는 고통에 몸부림쳤다.

“크흑…….”

라크안은 몸이 찢기는 고통에 괴로워했다. 악다문 잇새로 시뻘건 피가 흘렀다. 붉은 눈은 실핏줄이 터져 말 그대로 핏빛이 되었다. 그 상황에서도 라크안은 용케 리센의 말을 알아들었다.

“……눈의…… 땅?”

믿을 수 없다는 듯 눈을 크게 떴다.

“어, 떻게…….”

“나의 누이, 사랑하는 내 반쪽을 되찾으러 왔지.”

리센이 달콤하게 웃었다. 그건 사람을 잡아먹는다는 괴물 꽃의 화려함과 같았다.

“감히 내 반쪽의 주변에 꼬이는 날파리도 해치울 겸.”

리센이 그리 말하며 검을 뽑았다. 라크안의 몸에서 피가 분수처럼 솟았다.

“……!”

라크안은 신음조차 내지 못한 채 쓰러졌다. 리센은 더러운 것을 버리듯 검을 집어 던지고는 라크안을 발로 찼다. 라크안의 품에서 카루나를 빼내려는 것이었다. 라크안은 그의 발에 짓밟히면서도 카루나를 품에 안고 놓지 않았다.

‘눈의 땅…… 왜, 카루나를 노리는 거지?’

붉은 눈은 고통에 절어 시시각각으로 흐려졌으나 마지막 순간까지 카루나를 생각했다.

'……지켜야 해, 카루나를.'

가물가물한 정신을 다잡았다. 차라리 정신을 잃고 싶을 만큼 아팠다. 고통스러웠다. 눈을 감으라는 달콤한 유혹이 라크안을 간지럽혔다.

"안, 돼."

라크안은 혀를 깨물며 그 유혹을 물리쳤다. 혀에 이가 박히며 시린 고통이 몰려왔다. 라크안은 그 고통을 붙잡고 정신을 유지했다.

리센의 모습을 한, 눈의 땅에서 왔다고 주장하는 미지의 존재에게 카루나를 빼앗길 위험에 처해 있었다. 태평하게 눈을 감고 기절이나 하고 있을 순 없었다.

카루나의 몸은 라크안의 팔 안에서 힘없이 흔들리고 있었다. 리센의 눈이 번들거리며 그런 카루나를 바라보았다. 라크안은 그의 눈으로부터 카루나를 숨기려는 듯 몸을 돌렸다. 카루나를 껴안은 팔에 힘줄이 솟았다. 두 사람은 누구의 것인지 모를 피로 범벅되어 한 몸처럼 달라붙어 있었다.

"감히!"

리센이 이를 갈며 라크안의 등을 밟았다. 굳이 검이 관통했던 그 상처를 짓눌렀다.

"아악!"

고통에 찬 비명이 사방에 울렸다. 라크안은 비명을 지르면서도 완전히 쓰러지지 않았다. 엎드린 채로, 카루나가 짓눌리지 않게 한 팔로 버텼다. 몸이 반 이상 무너져 내렸지만 카루나는 그의 품 안에서 무사했다.

"라안 님!"

"뭐 하는 짓이냐!"

그 비명을 들은 세나와 철십자 기사들은 잠에서 깬 듯 정신을 차렸다. 땅에 몸이 묶인 것처럼 옴짝달싹할 수 없었던 현상이 사라졌다. 팔다리가 의지대로 움직이자 그들은 바로 리센에게 달려들었다.

리센을 공격하는 데 조금의 주저도 없었다. 그들의 검이 막 리센에게 닿으려 할 때였다. 리센의 몸에서 까만 기운이 뿜어져 나왔다. 휘리릭 소리를 내며 채찍같이 움직였다. 그것이 철십자 기사들을 후려쳤다.

"으악!"

"억!"

철십자 기사들은 후려 맞아 사방으로 날아갔다. 검은 기운에 닿은 갑옷이 깨지고, 몸에 길게 자상을 남겼다. 정통으로 맞으면 몸이 두 쪽으로 갈라질 정도의 위력이었다.

단숨에 철십자 기사 절반 이상이 전투 불능의 상태가 되었다. 기절하거나 손가락 하나 까딱하지 못했다. 세나만이 그 검은 기운을 피했다. 잽싸게 틈을 파고들어 검을 휘둘렀다.

챙강! 검은 리센의 어깨에 닿자마자 두 동강이 났다. 리센은 세나를 돌아보지도 않고 흥, 코웃음을 쳤다.

"잔챙이가 날뛰는군."

"잔챙이 좋아하시네!"

세나는 당황하지 않고 바로 주먹을 날렸다. 리센의 얼굴을 후려갈길 셈이었다. 그때 검은 채찍이 세나를 후려갈겼다.

"커흑!"

세나는 피를 한 움큼 토하며 저 멀리로 날아갔다. 그대로 땅바닥에 처박혔다. 그사이 라크안은 카루나를 안은 채 바닥을 기어 도망가려 했다.

어떤 화려한 수식어도 지금의 라크안을 꾸미진 못했다. 누군가 본다면 비참하고 비굴해 보인다 욕할지 모르나 라크안은 상관없었다. 카루나를 지켜야 했다. 눈의 땅에서 온 존재에게 빼앗겨서는 안 된다. 오직 그 생각뿐이었다.

하지만 피투성이 몸이 얼마 가지도 못했을 때, 휘릭. 리센의 몸에서 튀어나온 검은 채찍이 라크안의 등을 갈겼다. 어깨부터 허벅지에 이르기까지 기다란 상처가 났다. 살이 찢기고 뼈가 드러났다.

그게 끝이 아니었다. 검은 기운은 라크안의 두 손과 발을 꿰뚫었다. 그리고 그대로 들어 올렸다. 라크안은 카루나를 놓쳤다.

"아악!"

그 상태에서도 라크안은 카루나를 바라보았다. 리센은 라크안의 턱을 움켜잡고 자신을 보도록 만들었다. 라크안은 허공에 박제되어 리센을 내려다보았다.

"생명력이 질기군, 늑대."

"너야말로…… 눈의 땅, 의 존재가 감히, 이곳까, 지 내려오다니."

라크안이 퉷- 침을 뱉었다. 침이 리센의 뺨에 묻었다. 리센은 눈썹 하나 찡그리지 않았다. 굳이 손을 들어 뺨을 닦아 내지도 않았다. 라크안은 리센의 몸을 조종하는 것이 채찍 같은 검은 기운임을 알아차렸다.

리센의 몸은 실에 묶인 인형이었다. 검은 기운이 시키는 대로 움직일 뿐이었다. 검은 기운이 스멀스멀 라크안의 뺨에 닿았다. 침을 뱉는 대신이라는 듯, 뺨을 징그럽게 훑었다. 라크안은 고개를 옆으로 돌렸으나 다시금 턱이 잡혀 돌려졌다.

"마지막으로 보는 얼굴일지 모르는데, 잘 봐 둬야지 않겠나."

리센이 화사하게 웃으며 말했다.

"정 보여 주고 싶으면 네 면상을 보이든지. 마지막으로."

라크안이 이죽댔다.

"감히, 이 제국까지 내려와서는 살기, 를 바라지는 않는구나. 마지, 막이라는 걸 아는 걸 보니. 숲의 일, 족이 너를…… 가만, 두지 않을 거다. 아니, 그 전에 내가 널…… 커흑!"

검은 기운이 라크안의 목을 졸랐다.

"내가 말한 마지막이란, 너와 이 늑대를 말한 것이다."

"커, 흑!"
"말 한 번 잘하는구나. 심장이 뚫리고도 이렇게 입을 나불대다니. 과연 돌연변이다워. 반려가 없는 늑대여."
"……뭐, 어?"
"이런, 이런. 네 절친한 친구가 말해 주지 않던가?"
"무, 무슨……."
"늑대여, 넌 반려가 없는 돌연변이다. 본래대로라면 미쳐서 발광하다 동족의 손에 죽임을 당했겠지."
리센이 라크안에게 얼굴을 들이밀었다.
"그럼 이것도 말해 주지 않았겠군. 네가 반려라고 감히 생각하는 저 아이가 사실은 이 늑대의 반려라는 것을."
"……우윽."
라크안이 견디지 못하고 토악질했다. 배 속의 내장이 상한 건지, 검붉은 피를 덩이째 토했다. 후드득, 떨어지는 핏물에 입과 온몸이 피 칠갑이 됐다. 당장 죽어도 이상하지 않을 상태였다. 그 상태에서도 라크안은 정신을 놓지 못했다.
온몸이 사시나무 떨리듯 덜덜 떨렸다. 리센이 한 말에 충격을 받아서인지, 아니면 너무 많은 피를 쏟은 몸이 더는 견디지 못하고 쇼크 상태에 이른 건지. 알 길이 없었다.
"사, 특한 말로…… 나를 속이……."
"이상하지 않은가? 남들은 반려를 잃었을 때나 겪는다는 발작을 너는 고작 다섯 살, 반려를 만나지도 않았을 때부터 겪는다는 것이?"
"아, 아냐……."
라크안이 고개를 저었다.
'눈의 땅, 존재는 사악하다. 믿으면 안, 돼. 들, 리는 걸 들으……면 안 돼.'

점점 리센의 얼굴이 흐릿해졌다. 리센의 목소리도 아주 멀리서 누군가 소리치듯 웅웅 울렸다. 라크안은 단지 정신력만으로 감당할 수 없는 수준에 이른 상태였다.

그럼에도 혀를 깨물며 버텼다. 혀는 반절 이상 잘려 피를 쏟아 냈다. 라크안의 입 안에 핏물이 고였다. 그 피가 끊임없이 밖으로 흘러내렸다.

"나는 눈의 아들. 눈의 땅을 지배하는 자다. 내가 모르는 건 단 하나뿐이었지. 하지만 네 덕분에 그 제약마저 풀렸으니. 그건 고맙군."

"카, 루나…… 안, 돼……."

라크안이 몸을 움직여 그의 시선으로부터 카루나를 가리려 했다. 팔다리가 잡혀 있는 상태에서 그건 아무런 의미 없는 몸짓이었다. 오히려 고통만 더하는 격이었다. 그래도 라크안은 멈추지 않았다. 리센은 가소롭다는 듯 라크안을 비웃었다.

"이제 잡담은 끝이다. 돌연변이 늑대여. 잠깐이지만 즐거웠다."

리센이 작별 인사를 건넸다. 다음 순간, 검은 기운이 라크안의 배를 꿰뚫었다.

"커-흑!"

이내 허공에 매달린 몸이 축- 늘어졌다.

"시시하군."

리센은 검은 기운을 거뒀다. 털썩, 라크안의 몸이 바닥에 버려졌다. 리센은 그 몸을 밟고 넘어가 카루나의 앞에 섰다.

"이런…… 얼마나 아팠을까."

리센의 얼굴이 일그러졌다. 조금 전 라크안을 대할 때의 냉랭한 모습과는 전혀 딴판이었다. 그는 그야말로 괴로워 보였다.

리센은 카루나의 앞에 무릎을 꿇고 앉았다. 그리고 피 한 방울 묻지 않은 깨끗한 손으로 카루나를 안아 들려고 했다. 그의 손이 막 카루나에게 닿았을 때였다.

치이이이익- 카루나에게 닿은 손끝에서 연기가 피어올랐다. 연기에선 지독한 악취가 났다.

"윽!"

리센은 괴로워하며 손을 물렸다. 리센의 몸에 깃든 존재마저도 고통을 느끼는 듯했다. 아니, 리센이 아니라 그가 고통을 느꼈다.

"빌어먹을."

리센이 이를 갈며 주먹으로 땅을 내리쳤다. 퍽, 퍽. 땅이 푹푹 패였다. 카루나에게 닿았던 손끝은 불에 탄 듯 새까맸다.

"녹주석을 가지고 있으면 내가 널 만질 수 있지만, 나는 네 기척을 느낄 수 없지. 녹주석이 깨지면 난 너의 존재를 알아챌 수 있지만 널 만질 수는 없구나."

리센이 비통해하며 카루나에게 속삭였다. 투둑, 툭. 검은 기운이 씐 노을빛 눈에서 굵은 눈물이 떨어졌다.

"이제야 겨우, 널 되찾았는데. 드디어 이 품에 안을 수 있게 되었는데."

그의 눈물은 카루나에게 닿는 순간 증발해 사라져 버렸다. 그는 눈물 한 방울조차 카루나에게 닿을 수 없었다.

리센은 고개를 돌려 조금 떨어진 곳의 바닥을 보았다. 늑대 발자국이 선명히 남아 있는 그 자리에는 완전히 부서진 카루나의 브로치가 떨어져 있었다. 브로치는 완전히 부서진 채였다. 중앙에 박혀 있던 녹색 돌은 흔적도 없이 사라져 있었다.

그 녹색 돌이야말로 그가 말한 녹주석이었다.

저것 때문에 그는 20년 동안 카루나가 어디 있는지 알지 못했다. 브로치가 암살자의 칼에 맞아 부서지고야 카루나의 기척을 알아채고 찾아올 수 있었건만.

녹주석이 완전히 부서져 카루나를 만질 수조차 없었다. 저것은 그에게서 카루나를 숨기는 동시에, 그가 고통 없이 카루나를 만질 수 있게 해 주는 방어막이었다.

유일하게 카루나에게 닿았던 손은 녹주석의 방어막 없이 카루나를 만진 대가를 치르고 있었다. 불에 탄 듯 까맣게 변한 손끝을 타고 그을음이 번졌다. 마치 리센의 몸을 차지한 검은 기운을 태워 흔적을 남기는 것 같았다. 그을음은 단번에 손목을 뒤덮고 팔목까지 타고 올라왔다. 그에 따라 리센을 지배하던 검은 기운의 힘이 약해졌다.

"카, 루나…… 아가씨……."

노을빛 눈동자가 정처 없이 흔들렸다. 내내 억눌려 있던 리센의 정신이 깨어나기 시작했다.

"어쩔 수 없군."

이어지는 목소리는 다시금 검은 기운의 것이었다. 리센의 몸에서 검은 기운이 뿜어져 나왔다. 검은 기운은 연기처럼 리센의 몸 주변을 감싸 돌았다.

"숲으로, 너의 반려를 숲으로 데리고 와라. 너희가 최초의 숲이라 부르는 그곳으로."

리센의 입에서 흘러나온 목소리가 리센의 정신을 파고들었다.

"……숲, 으로 데리고 가야 해. 나의 반려를……."

리센은 같은 말을 몇 번이고 반복해서 중얼거렸다. 간혹 리센의 정신이 세뇌에 적응하는 듯했다. 리센의 몸이 파르르, 떨리며 검은 연기에서 벗어나려 했다. 하지만 그건 잠깐이었다.

이내 노을빛 눈동자는 빛을 잃었다. 노을빛 두 눈은 오직 바닥에 쓰러진 카루나만을 향했다. 그것이 검은 기운의 시선인지, 리센의 시선인지는 모를 일이었다.

문득, 리센의 몸을 차지한 검은 기운은 무언가 제 발을 붙잡는 감각을 느꼈다. 아래를 보니 라크안이 그의 발목을 움켜잡고 있었다. 겨우 실낱같이 가느다랗게 눈을 뜨고 그를 올려다보고 있었다.

"안, 돼……."

"정말 끈질기군."

그는 발을 들어 라크안의 손을 떼어 버리고는 그 손을 발로 밟았다. 발아래에서 뼈가 부러지는 소리가 났다. 그는 그 소리를 들으며 만족스럽게 웃었다. 리센의 얼굴이로되 리센의 웃음은 아니었다.

"……."

그렇게 마지막까지 라안을 짓밟은 후에야 검은 기운은 리센의 몸에서 떠났다. 애초부터 존재하지도 않았다는 듯 사라졌다. 리센은 몸을 가누지 못하고 쓰러지듯 무릎을 꿇었다. 그래도 고장 난 인형처럼 가만히 있었다.

잠시 후.

리센이 고개를 들었다. 우수수 쏟아진 연두색 머리카락 사이로 선명한 노을빛 눈동자가 드러났다.

"……어?"

리센은 눈을 깜빡이며 사방을 둘러보았다. 정원은 커다란 늑대가 휩쓸고 지나간 양 엉망이 되어 있었다. 사방에 철십자 기사들이 고꾸라져 신음하고 있었다. 그리고 눈앞에 라크안과 카루나가 쓰러져 있었다. 그들에게서 흘러나오는 피가 리센의 발과 무릎을 적셨다.

"이, 이게 무슨! 왜 갑자기? 무슨 일이 일어난 거야. 왜 난 여기에 있는…… 맙소사, 라안!"

리센은 펄쩍 뛰며 뒤로 물러섰다.

"도대체 어떻게 된 거야!"

라크안을 살피려 몸을 숙이려던 리센은 멈칫, 하며 고개를 들어 앞을 바라봤다. 조금 전 자신이 봤던 걸 떠올렸다. 라크안. 그리고 그 옆에 쓰러져 있던 카루나. 분명 카루나였다. 리센은 고개를 들어 앞을 보았다.

"카, 루나…… 아가씨?"

리센은 라크안을 잊고 카루나에게로 달려갔다. 리센은 무슨 일이 일어난 건지 알지 못했다. 그로서는 그저 눈을 감았다 떴을 뿐인데, 바이켈드 공작저에 있다가 난데없이 이곳으로 오게 된 격이었다.

어찌 된 일인지 궁금했지만, 쓰러진 카루나를 인식한 순간 머릿속이 새하얗게 변했다. 더는 아무것도 궁금하지 않았다. 리센은 두 손으로 카루나를 안아 들려다가 제 한 손이 까맣게 그을린 것을 보았다.

그 손은 잘 움직여지지 않았다. 리센은 어쩔 수 없이 한 손으로 카루나를 끌어안았다.

카루나는 스무 살의 여인이 되어 있었다. 소녀가 아니라 여인이었다. 짧은 머리카락은 길어졌고, 팔다리는 길어져 있었다. 그런데도 리센은 그런 카루나를 낯설어하지 않았다. 너무나 당연하게, 그녀를 카루나로 인식했다.

그의 눈에 이질적인 것은 오직 하나, 카루나의 몸에 난 상처뿐이었다. 리센은 손으로 카루나의 배에 난 상처를 눌러 지혈했다. 손이 덜덜 떨렸다. 축 늘어진 카루나의 모습을 보는 것만으로도 심장이 마구 뛰었다.

목에서 울음이 끓었다. 당장이라도 늑대로 변해 카루나를 이렇게 만든 누군가를 난도질하고 싶은 욕구가 밀려들었다. 그 유혹에 말려들면, 라크안처럼 발작을 일으키게 되는 것이었다. 리센은 이를 악물고 참았다.

"흐윽……."

순하게 처진 눈꼬리에 눈물이 맺혔다. 눈물은 뺨을 타고 흘러내릴 새도 없이 카루나에게로 떨어졌다. 카루나의 뺨에 얼룩진 피가 그 뜨거운 눈물에 조금이나마 씻겨 나갔다.

"이게, 어떻게 된 거예요. 왜, 왜 이런 모습으로 있는 거예요……. 카루나 아가씨. 내 반려…… 내가 지켜 줘야 하는데……."

리센은 한 손으로 눈을 문지르며 흐느꼈다.

"흐윽, 흑……."

눈물에 젖은 손을 카루나의 코 아래에 대고는 숨을 확인했다. 숨이 느껴졌다. 너무 미약했다. 꺼질락 말락 했다. 어떻게든 하지 않는다면 카루나는 이대로 죽을 터였다. 아니, 인간의 시점에서 카루나는 이미 죽은 것이나 마찬가지였다.

"어, 어떻게 해야 하지?"

리센은 패닉에 빠졌다. 눈을 뜨니 갑자기 자신의 반려가 피를 흘리며 죽어 가고 있다. 패닉에 빠질 수밖에 없는 상황이었다.

"나, 나는 치유 마법을 쓸 수 없는데……."

평소, 라크안이 크게 다치거나 아플 때마다 치유 마법을 쓸 수 없는 게 안타까웠다. 하지만 오늘만큼, 자신의 무능력함이 끔찍하게 느껴진 적은 없었다.

"어떻게 해야 되냐고!"

리센은 카루나를 끌어안고 애달프게 외쳤다. 하지만 누구도 그의 질문에 답해 줄 수 없었다.

티 파티장에 남아 있는 사람들 중 성한 사람은 아무도 없었다. 모두 처참한 상태로 죽어 가고 있었다. 멀쩡한 사람은 오직 리센뿐이었다. 리센의 부름에 답하듯 라크안의 손가락이 꿈틀, 움직였다. 저 멀리 나무둥치에 처박힌 세나 또한 정신이 드는지 신음을 흘렸다.

"아……."

리센은 문득 어떤 생각에 사로잡혔다. 누군가 그의 귓가에 속삭여 주었다. 카루나를 구할 수 있는 유일한 방법을.

"숲."

리센은 자신의 왼팔을 보았다. 팔을 옥죄고 있어야 하는 숲의 기운이 느껴지지 않았다. 리센은 그걸 이상하게 생각할 새도 없이 스스로에게 말했다.

"숲, 숲으로 가야 해. 숲으로."

혼잣말이었으나 누군가의 말을 따라 하는 말이기도 했다.

—숲으로, 너의 반려를 숲으로 데리고 와라. 너희가 최초의 숲이라 부르는 그곳으로.

귓가에 어른거리는 그 목소리가 리센을 사로잡았다. 리센은 안고 있던 카루나를 어깨에 기대게 하고는 한 손으로 어설프게 망토를 풀었다. 망토로 카루나를 칭칭 감싸고는 그 위에 마법진을 그렸다.

손가락을 따라 희미한 빛이 흘러나와 카루나를 감쌌다. 보존 마법이었다. 숲에서 과일을 겨우내 신선하게 보존하기 위해 쓰는 기본적인 마법이기도 했다. 이 마법이 걸려 있는 한, 카루나는 지금의 상태를 유지할 터였다.

어쩌면 카루나의 입장에선 죽는 게 나을 수도 있다. 죽어 가는 고통과 무서움을 계속 감당해야 하는 건 쉬운 일이 아니니까. 그걸 알면서도 리센은 주저하지 않고 카루나에게 마법을 걸었다.

그는 숲에 도착할 때까지 이 마법을 풀지 않겠다고 다짐했다. 아무리 간단한 마법이라 할지라도, 그 마법을 계속 유지하면서 이동하는 건 쉬운 일이 아니었다. 몸과 정신이 상할 게 분명했으나 리센은 조금도 걱정하지 않았다. 그의 유일한 걱정은 카루나를 숲까지 데리고 갈 수 없을지 모른다는 것이었다.

"조금만, 조금만 기다려 줘요. 내가 구해 줄게요. 절대 당신을 잃지 않을 거예요. 애타게 찾았던 나의 반려. 당신을 이대로 떠나보내지 않겠어요."

리센은 카루나의 이마에 자신의 이마를 맞대며 눈을 내리깔았다. 또르륵, 흘러내린 눈물이 카루나의 눈가에 떨어졌다.

"당신을 살릴 거예요. 무슨 수를 써서라도 반드시."

리센은 그 눈물에 맹세했다. 그때.

"아…… 돼……."

발치에서 희미한 신음이 들렸다. 라크안이었다. 눈도 뜨지 못한 채 성한 손을 내밀며 리센을 막으려 했다. 그의 상태는 카루나 못지않게 처참했다. 하지만 리센은 그에게 관심을 주지 않았다. 온 마음은 오직 카루나를 향해 있었다.

"내 반려를 죽게 할 수 없어. 상관 마. ……네 상처나 돌봐. 위험한 수준인 것 같은데."

매몰차게 말하려고 했으나 끝내 매몰찰 수는 없었다. 리센의 성격이 본래 그러했다.

리센은 허공에 마법진을 그리고 길게 휘파람을 불었다. 그 휘파람을 따라 허공에 조그만 바람새가 만들어졌다. 새는 리센의 손짓을 따라 하늘을 날았다. 라크안을 돌봐 줄 수 있을 만한 사람에게 연락을 넣은 것이었다.

"리, 세…… 제, 바……."

라크안이 리센의 발목을 잡으려 했다. 리센은 뒤로 물러나며 라크안의 손을 피했다. 라크안의 상태가 더 눈에 들어왔다.

"넌……."

리센은 무언가 말을 하려다 말고 뒤로 물러섰다. 그러고는 조금 전 카루나에게 했던 것처럼 보존 마법을 걸어 주었다.

"그대로 가만있어. 다른 사람들의 도움을 기다려."

리센은 그리 말하며 등을 돌렸다.

"내 반려는, 내가 구하겠어."

노을빛 눈동자가 먼 하늘 저편 어딘가에 있을 숲을 그렸다. 거기로 가면 카루나를 구할 수 있다는 확신이 있었다. 어째서 카루나가 이렇게 다친 건지, 라크안이 저리 된 건지는 더 이상 중요하지 않았다. 오직,

카루나를 살려야 한다는 생각뿐이었다.
리센은 라크안을 놔둔 채 카루나를 안고 떠났다.
"안, 돼……."
라크안이 마지막 힘을 다해 소리쳤으나 이미 리센은 돌아보지 않았다.

* * *

리센이 보낸 바람새는 백합궁에 있는 바이켈드 공작저의 하녀장에게 갔다. 하녀장이 하인들을 이끌고 티 파티장으로 달려갔을 때는 이미 모든 게 끝난 뒤였다.
리센과 카루나는 사라졌고, 라크안은 쓰러져 있었다. 세나와 기사들은 여기저기 처박힌 채로 신음하고 있었다. 하녀장은 급히 라크안과 세나, 기사들을 바이켈드 공작저로 옮겼다. 그리고 고용인들을 부려 티 파티장을 정리하게 했다.
이미 황후와 황태자, 그리고 많은 귀족들이 늑대로 변한 라크안을 보았다. 라크안이 그 늑대라는 것까지는 알 길은 없을 터이나 바이켈드 공작가와 연관된 일이라는 건 알 터였다.
그런 걸 생각해 보면 이제 와 티 파티장을 치운들 무슨 의미가 있겠느냐마는, 그럼에도 하녀장은 티 파티장을 정돈했다. 아무 일도 일어나지 않았다는 듯 깨끗하게 만들었다.
하녀장의 생각처럼, 소동은 깨끗해진 티 파티장처럼 아무 일도 없었다는 듯 잊히지 않았다. 당장 황제가 바이켈드 공작, 라크안에게 소환 명령을 내렸다. 황후는 충격에 쓰러져 일어나지 못했다. 황태자는 황후의 곁을 지키는 와중에 어떻게든 황제의 분노를 가라앉히고, 라크안에게 이로운 쪽으로 상황을 풀려고 애썼다.
하지만 황제의 분노는 황태자가 감당할 수 있는 수준이 아니었다.

황후와 황태자가 죽을 뻔했다. 또한 백합궁에서 피를 보았다. 이것은 분명 보통 일이 아니었다.

이번 일에 바이켈드 공작가가 연관되어 있는 것 같다고 증언하는 사람만 수백 명이었다. 목격자가 너무도 많았다. 황제파든 귀족파든, 수많은 귀족들이 그날의 광경을 두 눈으로 보고 두 귀로 들었다.

황제는 자신의 위엄을 지키기 위해서라도 라크안을 불러들여 소환해야 했다. 라크안이 당당히 나서서 자신의 입장을 밝힐 수 있다면 좋으련만. 라크안은 황제의 명령에 따라 황궁에 입궁할 수 있는 상황이 아니었다.

바이켈드 공작가는 침묵과 변명, 둘 중 하나를 선택해야 했다. 그 선택권은 하녀장의 손에 쥐어졌다. 하녀장은 침묵을 선택했다.

"어떤 변명도, 사과도 도련님이 선택하실 겁니다. 우리가 해야 할 일은 그때까지 도련님과 공작가를 지키는 것입니다."

하녀장은 그리 말하며 바이켈드 공작저를 폐쇄했다. 바이켈드 공작가의 사람들은 기꺼이 하녀장의 선택을 따랐다. 그리고 어떻게 해서든 시간을 끌고자 애썼다.

수면 위로 나설 수 있는 모든 사람들이 라크안을 위해 변호하고, 공작가를 보호했다. 공작저 사람들은 라크안을 회복시키기 위해 최선을 다했다. 공작저 안은 피로 얼룩졌던 티 파티장의 연장선상이었다.

라크안과 기사들은 피를 흘리며 괴로워했다. 고용인들은 오직 그들을 돌보느라 분주하였다.

하지만 보통의 상처가 아니라 '눈의 땅'의 존재가 낸 상처였다. 숲의 일족과 눈의 땅은 상극이었다. 숲의 일족에게 눈의 땅의 존재는 독을 바른 단검과 같았다. 작은 상처도 심하게 썩어 들어가며 몇 배의 고통을 주었다.

상처는 약을 발라도 쉬이 아물지 않았다. 그러니 평범한 의사가 그들을 치료하는 데에는 한계가 있었다. 그렇다고 황궁의 보호를 받는 마탑의 마법사들을 감히 불러들일 수도 없는 노릇이었다. 다친 사람들은 스스로 상처를 이겨 내야 했다.

보다 못한 세나는 바이켈드 공작저 깊숙한 곳에 숨겨 두었던 마탑의 마법사를 끄집어냈다. 우리겐 길튼이었다. 없는 것보다는 나을 거라고 생각해 끌고 나왔건만.

"제, 제가…… 치, 치유 마법의 대가이기는 하죠."

그는 치유 마법을 전공한 마법사였다. 시간을 되돌리는 마법의 물약 또한 치유 마법을 극한으로 익히다 생각해 낸 아이디어였다. '상처를 치료하는 수준을 넘어서 사람의 몸을 아예 상처 입지 않았던 시기로 되돌려 보내면 어떨까.'라는 생각에서 시작한 거였으니 말이다.

처음 공작저에 옮겨 왔을 때만 해도 라크안은 시체 같았다. 숨이 붙어 있는 게 신기할 정도의 수준이었다. 하지만 라크안은 죽지 않았다. 하루 만에 눈을 뜨고, 이틀 만에 몸을 일으켰다. 사흘이 지나자 벌써 배에 뚫린 상처 위엔 새살이 돋기 시작했다. 그야말로 괴물 같은 회복력이었다.

그동안 라크안은 눈을 떴으나 아무 말도 하지 않았다. 그저 멍하니 허공을 바라볼 뿐이었다.

하녀장이 떠먹여 주는 수프를 곧잘 받아먹었다. 카루나의 '카' 자도 입에 담지 않았다. 하루의 대부분을 잠자는 것으로 흘려보냈다.

모두들 그런 라크안을 이상하게 생각했다. 눈을 뜨자마자 카루나를 찾고, 리센을 뒤쫓겠다고 날뛸 줄 알았건만. 그러지 않았으니 이상할 만도 했다.

하나 모두들 그런 라크안의 모습을 제각각으로 해석하며 납득했다. 아직 정신이 완전히 돌아오지 않아서, 리센에게 당한 충격이 너무 커서, 등등.

'무슨 꿍꿍이가 있으신 거야.'

오직 세나만이 라크안을 의심했다. 세나는 그날 티 파티장에 있었던 철십자 기사들 중 그나마 덜 다친 편이었다. 바이켈드 공작저로 올 때 제 발로 걸어오기도 했다.

어깨에 부목을 대고 있어 한 팔을 못 쓰게 되었으나 본래 검을 잡던 손이 아니어서 큰 불편은 없었다. 그렇기에 라크안의 침실 호위를 설 수 있었다. 세나는 하녀장에게 충성스러운 기사라는 칭찬을 들으며 라크안의 침실을 감시했다.

사흘째 되는 날, 바이켈드 공작저를 밝히던 불이 모두 꺼진 깊은 밤. 역시나 라크안이 움직였다. 몸을 움직일 수 있을 때까지 기다린 것뿐이었다. 그는 모두의 예상대로, 눈을 뜨자마자 카루나를 찾았다. 그저 그 비명을 소리 내지 않았던 것뿐이었다. 그 몸부림을 표현하지 않았을 뿐.

라크안은 카루나를 안고 떠나던 리센의 모습을 똑똑히 기억하고 있었다.

'카루나를 되찾아야 해.'

오직 그 생각으로 사흘간 버틴 것뿐이었다. 카루나를 잃고 가만히 누워 있어야 하는 현실에 미치기 직전에 이르러서야, 눈앞에서 반려를 잃은 몸은 기꺼이 일어서는 것을 허락해 주었다.

더는 버틸 수 없었다. 이 이상 누워 있는 건 약이 아니라 독이었다. 라크안은 침대 밑에 숨겨 둔 검을 허리춤에 찼다. 그러고는 아직 회복되지 않은 몸을 끌고 저택을 나서려 했다.

"라안 님."

세나가 라크안을 막아섰다.

"비켜."

어둠 속에서 붉은 눈이 빛났다.

"따르겠습니다. 데려가 주십시오."

"내가 어딜 가려는 줄 알고?"

"카루나 아가씨를 찾으러 가시는 거잖습니까."

"……."

"그 몸으로 혼자 부단장을 쫓는 건 무리입니다. 부단장을 상대하는 것도 힘드실 거고요. 제가 함께하겠습니다."

"……왜?"

라크안이 나직한 목소리로 물었다. 쉰 목소리였다.

"저는 아가씨의 호위니까요."

세나가 당연하다는 듯 대답했다. 라크안은 살짝 인상을 찌푸리며 세나를 바라봤다. 딱히 거절도, 승낙도 하지 않았다. 대신 돌아서 자신의 등을 보였다. 세나는 그걸 승낙의 의미로 받아들였다.

두 사람은 마구간으로 가서 말을 끌고 저택의 뒷문으로 나섰다. 막 문을 열 때였다.

"뭐하는 짓이지?"

밖으로 나가려던 라크안이 걸음을 멈추고 앞을 보았다. 그러자 어둠 속에 숨어 있던 한 무리의 사람들이 모습을 드러냈다. 철십자 기사들이었다. 저마다 말을 한 마리씩 데리고 서 있었다. 그날 티 파티장에 없어서 몸이 성한 기사도 있었고, 세나처럼 머리와 팔다리에 붕대를 덕지덕지 감은 기사들도 있었다.

"여정을 못 버틸 녀석들은 알아서 걸렀습니다. 그건 걱정하지 마십시오."

"기다리고 있었습니다."

"어서 가시죠."

"역시나 빈손으로 나오시는군요. 물과 식량은 저희가 챙겼습니다."

기사들이 저마다 한 마디씩 하며 라크안과 세나를 맞이했다. 라크안이 얼굴을 구기며 세나를 돌아보았다.

"우와, 깜짝이야. 다들 언제부터 여기서 기다리고 있었던 거야? 정말 하나도 몰랐네."

세나는 어색하게 연기하며 고개를 돌렸다. 기척에 예민한 세나가 그들을 눈치 못 챘을 리 없었다. 애초에 오늘쯤 라크안이 움직일 거 같다고 말을 흘린 사람 역시 세나였다.

"세나 경."

라크안이 푹 가라앉은 목소리로 세나를 불렀다. 세나는 성한 팔로 목덜미를 주무르며 뒤늦게 변명을 늘어놓았다.

"다들 라안 님을 따르고 싶어 합니다. 어차피 그렇게 미쳐 날뛰는 리센 님을 상대하려면 지금의 라안 님으로는 턱도 없지 않습니까. 저희를 데리고 가 주십시오."

"왜 이렇게까지 하는 거지? 카루나가 너희에게 뭐라고?"

라크안이 물었다.

"어, 음……."

세나는 머뭇거렸다. 무턱대고 안 된다고 할 줄 알았건만, 라크안은 의외의 질문을 던졌다. 그건 세나와 철십자 기사들이 단 한 번도 생각해 보지 않은 것이었다.

'왜냐니? 당연히 카루나 아가씨를 찾으러 가야 하는 거 아닌가?'

세나는 오히려 이런 표정으로 라크안을 바라보았다. 라크안이 몸을 추스르는 대로 떠날 거라는 건 모두가 알았다. 세나와 철십자 기사들은 당연히 그 뒤를 따라야 한다고 생각했다. 너무 심하게 다쳐서 도무지 함께할 수 없는 기사들은 분해서 눈물을 흘릴 정도였다.

라크안은 그런 세나와 기사들의 모습에서 이질감을 느꼈다.

그들이 카루나를 아끼고 좋아했다는 건 잘 알고 있다. 라안 슬레이어라는 말도 안 되는 별명을 지어 주질 않나, 카루나가 아파 침대에 누워 있으면 온갖 선물을 들고 카루나에게 가질 않나.

하지만 그렇게 좋아하는 것과 목숨을 바치는 건 엄연히 다른 일이다. 그들은 티 파티장에서 리센을 사로잡았던 눈의 땅의 검은 기운에 공격당하며 죽음의 고비를 넘겼다. 그런데 그 고통을 이겨 내고 다시금 그 존재와 싸우겠다고 나선 것이다. 보통의 각오로는 될 일이 아니었다.

"눈의 땅에서 왔다는 그 존재를 걱정하는 거라면, 내가 숲의 장로에게 말해 잘 처리할 테니. 걱정하지 마."

"아니요. 라안 님. 그게 아닙니다."

리센이 고개를 저었다.

"뭐라 설명하기는 어려운데…… 단지, 숲의 일족으로서의 의무 때문에 따라가겠다는 건 아닙니다. 이렇게 말하면 너무 불량스럽게 들리실 수도 있겠지만. 지금 저희에게 중요한 건 그게 아니라……."

세나가 진지한 목소리로 말했다. 뒤에 서 있던 철십자 기사들이 맞다고 맞장구를 치며 고개를 끄덕였다.

"그게 아니라면?"

'정말로 카루나 때문이라고 말하고 싶은 건가.'

라크안은 어쩐지 입 안이 바싹 마르는 것 같은 느낌을 받았다.

"전적으로 카루나 아가씨 때문입니다. 저희 모두, 똑같이 생각하고 있습니다. 카루나 아가씨를 어서 구해야 한다고. 그러기 위해서는 라안 님과 힘을 합쳐야 한다고요."

세나가 고개를 들고 라크안을 바라보았다. 라크안은 그녀의 눈동자에서 어떤 거짓된 감정도 찾을 수 없었다. 세나의 뒤에 죽 늘어선 다른 철십자 기사들 또한 마찬가지였다. 다들 그저 카루나를 구해야 한다는 생각뿐이었다. 라크안은 그들의 눈에서 진심을 읽었다.

"좋아. 처지는 자는 알아서 하차한다. 무리하지는 마라."

라크안은 그들을 모두 받아들였다. 그리고 말에 올랐다. 평소 라크안은 말을 잘 타지 않았다. 늑대가 말을 탄다니, 웃긴 소리라 생각했다. 게다가 몸이 건강할 때는 말보다 빠르게 뛸 수 있기에 불편함을 느끼지 못했다.

가장 최근에 말을 탄 건, 카루나와 함께 여관을 찾아갔을 때였다. 그리고 지금, 카루나를 찾기 위해 다시 말에 올랐다. 아무튼 카루나는 라크안에게 전혀 예상치 못한 것들을 경험하게 만들어 주었다.

라크안은 텅 빈 도로를 달리기 시작했다. 세나와 기사들이 그 뒤를 따랐다. 라크안은 밤거리를 달리며 한 가지 생각에 시달렸다.

'카루나는 누구지?'

가장 근본적인 질문이었다. 지금까지는 굳이 생각할 필요를 못 느꼈다. 하지만 이제는 고민해야 했다.

리센은 카루나를 자신의 반려라고 말했다.

눈의 땅에서 온 존재는 자신을 반려가 없는 돌연변이 늑대라고 말했다. 카루나는 리센의 반려이며, 자신의 누이라고 말했다.

세나와 철십자 기사들은 카루나를 구해야 한다는 맹목적인 신념에 사로잡혀 자신을 뒤따르고 있었다.

평범하지 않은 상황 속에서, 모두가 카루나를 바라보고 있었다. 자신 또한. 라크안은 붕대 감은 손을 자신의 왼쪽 가슴 위에 올렸다. 카루나를 생각하는 것만으로 심장이 두근두근, 뛰었다.

카루나가 걱정되었다. 살아는 있는지, 얼마나 아플지 생각하는 것만으로 가슴이 미어질 것 같았다. 리센과 그 검은 기운에게 붙잡혀 고통스럽지는 않을까. 혹시 자신을 기다리며 울고 있는 건 아닐까. 온갖 생각들은 결국 카루나를 향했다.

카루나가 보고 싶고, 카루나가 걱정되고, 카루나가 좋았다. 그렇기에 리센에게 씌었던 존재가 했던 말이 이해되지 않았다.

'이 감정이…… 반려를 향한 감정이 아니라면, 뭐라는 거지?'

문득, 뒤따르는 세나와 철십자 기사들의 눈빛이 생각났다. 조금 전 그들은 진실된 눈으로 라크안을 바라보며 카루나를 구하러 가겠다고 말했다.

한 치의 두려움도, 걱정도 없었다. 팔다리가 부러지고, 머리에 붕대를 감고 있는데도 아파하지 않았다. 그들의 존재 이유는 그저 카루나를 구하는 데 있는 것 같았다.

'……어쩌면 저들과 나는, 같은 모습인 게 아닐까.'

그렇게 생각하는 순간. 등줄기를 타고 소름이 쫙- 올랐다.

'아냐, 아냐. 그렇지 않아.'

라크안은 고개를 내저었다. 필사적으로 그 생각을 부정하고자 애썼다. 저들과 자신이 다르다는 이유를 백 가지든 천 가지든, 단 한 가지든 말할 수 있었다.

'나와 카루나는 서로의 반려야. 내가 그녀를 알아봤어. 내가 일찍 알아채지는 못했지만 언제나 카루나가 내 곁에 있었고, 나는 그녀에게서 기쁨과 행복을 느꼈어.'

라크안은 확신했다. 그런데 불안했다. 스멀스멀, 어두운 생각이 마음 저편에서 기어 나와 라크안을 자극했다. 만에 하나라도 눈의 땅에서 온 존재의 말처럼, 자신은 반려가 없는 돌연변이 늑대이고 카루나는 온전히 리센의 반려라면. 그런 거라면.

'그럴 리 없어!'

생각만으로도 토악질이 몰려왔다. 온몸이 비명을 지르며 그 생각을 거부했다. 고삐를 쥔 손에 힘이 들어갔다. 아직 완전히 낫지 않은 상처가 터져, 손바닥에서 피가 흘렀다. 피가 고삐를 타고 내려 말의 갈기를 적셨다. 라크안은 아픈 줄도 모르고, 그저 자기 자신을 다그치기 바빴다.

'눈의 존재는 이간질로 사람들의 사이를 갈라놓는다. 수없이 들었지 않은가. 정신 차리자. 마음이 흔들려서는 안 돼. 카루나는 내 반려다. 분명해. 내 심장이 그렇게 말하고 있어.'

라크안은 이를 악물고 앞을 노려보았다.

한 치 앞도 보이지 않는 어둑한 길이었다. 꼭 눈의 땅에서 온 존재의 배 속에 갇힌 듯했다. 이 길 너머에 무엇이 있을지는 모를 일이었다. 리센과 카루나가 있을 수도 있고, 사특한 말을 늘어놓던 눈의 땅에서 온 존재가 있을지도 몰랐다.

그래도 괜찮았다. 기꺼이 이 어둠을 헤치고 카루나라는 빛을 되찾을 자신이 있었다. 하나만 확실하다면, 무엇도 두렵지 않았다.

'내가 카루나의 반려야. 카루나가 나의 반려다.'

어둠 속에서 붉은 눈이 빛났다.

chapter 8
내가 알지 못하는 약속

최초의 숲.

대륙의 중앙을 가로지르는 광대하고도 광대한 숲. 숲이라기보다는 차라리 산맥이라 불러야 할 것도 같지만. 그럼에도 사람들은 대륙의 중간을 가로지르는 그 광활한 곳을 최초의 숲이라 불렀다.

최초의 숲은 '숲의 일족'이라 불리는 존재가 아니면 들어갈 수 없었다. 숲의 나무들은 숲의 피를 가지지 않은 보통의 인간들을 숲 밖으로 밀어냈다. 보통의 인간이 숲으로 걸어 들어가면 끝없이 길을 걷게 되었다. 지쳐서 네 발로 길 때가 되면 어느새 들어갔던 입구로 돌아 나왔다.

그렇게 최초의 숲은 숲의 일족이 아닌 존재가 자신의 안에서 헤매다 죽는 것조차 허락하지 않았다. 철저히 인간들을 밀어냈다. 그게 숲의 사명인 것처럼. 그리하여 대륙의 사람들은 오직 대륙의 남쪽에만 머물며 살게 되었다. 숲을 거쳐 북쪽의 땅으로 가지 못했다.

사람들은 숲 안에 무엇이 있는지, 숲 너머에 무엇이 있는지도 몰랐다.

다만 최초의 숲과 사람들이 사는 남쪽의 땅 사이에는 조그만 중간지대가 있었다. 인간과 숲의 일족이 어울려 사는, 일종의 무역 도시였다.

숲의 일족들과 인간들이 서로 원하는 것을 사고파는 도시. 그 도시는 제국의 최북단에 위치해 있었다. 오래전, 숲의 일족과 파라 제국의 황제는 협약을 맺어 이 주변 도시를 자치령으로 분리했다.

이아크 자치령, 라이칸 도시.

명목상으로는 제국의 황제가 될 황태자가 자치령의 영주이자 도시의 시장이었다. 황태자가 임명될 때 받는 수많은 작위 중 하나가 '이아크 자치령의 영주이자 라이칸 도시의 시장'직이었다.

하지만 실상 이곳은 숲의 일족에게 감시받고 보호받았다. 어떤 황제와 황태자도 죽을 때까지 제국의 최북단에 오지 않았다. 그렇기에 이곳은 제국이나 제국이 아닌 곳이었다.

그곳으로 리센이 돌아왔다. 낡은 로브 아래로 긴 연두색 머리카락이 삐져나왔다. 하지만 누구도 그의 머리카락 색을 신기하게 여기지 않았다. 다들 숲의 일족을 상징하는 그 색에 익숙했다.

리센은 눈에 익숙한 광경을 바라보았다. 라크안과 제국 변방을 떠돌며 늘 그리워했던 모습이었다. 자치령으로 들어가고자 길게 늘어선 줄, 줄 선 사람들에게 호객하는 여관과 술집의 점원들.

최초의 숲을 나고 들 때면 리센도 이 가운데 섞여들었다. 성벽으로 빙 둘러진 도시에 성문은 단 하나였다.

성벽은 낮았다. 리센의 키만 했다. 몸이 날랜 사람이라면 누구든 훌쩍 뛰어넘어 들어갈 수 있을 정도였다. 하지만 이곳을 오가는 제국민과 숲의 일족 중 누구도 감히 성벽을 타넘을 시도를 하지 않았다. 그저 얌전히 긴 줄을 서서 자신이 성문을 지날 순서를 기다렸다.

눈에 보이는 건 야트막한 성벽뿐이지만, 그 위에 보이지 않는 성벽이 존재했다. 눈에 보이는 성벽을 얕보고 달려든 사람들은 모두 죽음을 면치 못했다. 이곳을 여러 번 드나든 리센은 누구보다 그걸 잘 알았다. 그렇기에 리센은 줄을 서지 않았다.

줄은 언제나 길었다. 그 줄을 기다리면 짧게는 하루, 길게는 사나흘을 기다려야 했다. 그리하여 성벽 주변에는 허름한 여관과 술집이 얼기설기 늘어져 있었다. 통행 줄을 기다리는 사람들을 대상으로 먹고사는 자치령의 사람들이었다.

리센은 품에 안고 있는 카루나의 상태를 살폈다. 며칠간의 기다림을 견딜 수 있는 상태가 아니었다.

'나도 더 이상은 버티지 못해.'

리센은 자신이 앞으로 몇 번이나 카루나에게 보존 마법을 걸 수 있을지 가늠해 보았다. 아무리 길게 잡아도 사흘은 무리였다.

장장 열흘간의 이동이었다. 리센은 카루나를 안고 열흘을 달려 도착했다. 늑대의 몸으로 변해 달리는 게 편하고 빠르다는 걸 알지만 이번에는 늑대가 되어 달리지 못했다. 늑대의 몸이 되면 마법을 쓸 수 없기 때문이었다.

오는 동안 리센은 끊임없이 카루나에게 보존 마법을 걸었다. 또한 자신의 두 다리에는 속도를 올리는 마법을 걸었다. 열흘 내내 두 가지 마법을 유지하는 건 쉬운 일이 아니었다.

몸은 계속 지치고, 마법에 매인 정신은 혼미해졌다. 그래도 리센은 버티고 버텨, 겨우 도시의 성문 앞에 도착했다. 로브 속에 가린 얼굴은 반쪽이 되어 있었다. 몸 또한 오랜 여정에 지친 지 오래였다. 그럼에도 두 눈의 안광만은 형형하였다. 카루나를 안고 있는 팔은 여전히 힘이 잔뜩 들어가 있었다.

리센은 성문 앞에 도착해서는 거친 숨을 돌릴 새도 없이 품 안의 카루나에게 다시 보존 마법을 걸었다. 순간, 눈앞이 핑 돌았다. 두 다리에 힘이 빠져 주저앉을 뻔했다.

'버텨야 돼. 조금만 더. 조금만, 조금만 더.'

리센은 이를 악물고 가까스로 버텼다. 카루나를 더욱 꽉 껴안았다. 품속에서 가느다란 숨소리가 들리는 듯 마는 듯 했다. 아예 끊겨 들리지 않는 건지, 아니면 자신의 숨소리에 묻혀 가느다랗게라도 들리는 건지, 분간이 안 됐다.

그는 뛰어난 의사이기도 했다. 환자의 숨과 맥을 느끼는 건 의사로서 갖춰야 할 가장 기본적인 소양이었다. 리센은 지금 그런 걸 할 수 없을 만큼 지쳐 있었다.

아직 정신이 멀쩡할 때 숲으로 가야 했다. 조금이라도 더 빨리.

"숲, 숲으로 가야 해……. 카루나를, 카루나 아가씨를 살려야 해."

리센의 머리는 오직 저 성벽 너머의 숲으로 가야 된다는 생각으로 가득 차 있었다. 지난 열흘간 리센은 두 가지 마법을 감당하며 버티는 것보다 카루나를 잃을지도 모른다는 두려움을 견디는 게 더 힘겨웠다.

분명 카루나를 품에 안고 있는데, 카루나의 숨도, 웃음소리도 들리지 않았다. 온기도, 무엇도 느껴지지 않았다. 그건 엄청난 공포였다. 이 세상의 모든 소리가 사라지는 듯한 기분이었다.

처음 만났을 때 카루나의 살짝 그을린 얼굴에서는 빛이 났다. 살짝 치켜 올라간 녹색 눈은 그 어떤 보석보다 반짝였는데. 지금은 그 모습이 사라지고 없었다.

그런 카루나를 끌어안고 이틀씩이나 기다릴 여유 따위는 리센에게 없었다. 리센은 성문으로 들어가는 긴 줄 뒤에 서지 않았다. 성벽을 향해 뚜벅뚜벅 걸어갔다. 카루나를 고쳐 안아 품에 가두고는 로브를 단단히 여몄다.

처음엔 아무도 리센에게 관심을 가지지 않았다. 하지만 리센이 점점, 성문이 아니라 성벽에 가까이 다가갈수록 주변 사람들의 시선이 달라졌다.

"저, 저거 미친 거 아냐?"
"뭐 하는 거야! 이봐! 멈춰!"
"처음 오는 건가? 아니, 머리색을 보아하니 숲의 일족인 거 같은데."
"설마…… 미친 건가? 가끔 죽고 싶어 미친 숲의 일족이 성벽에 달려들곤 하잖아."
"그래도 이런 한낮에 그러는 건 아니지. 이보시오, 그곳으로는 갈 수 없어. 위험하다고!"
줄을 선 사람들이 숲의 일족이든 제국의 인간이든 가리지 않고 아우성쳤다. 보다 못해 리센에게 뛰어오는 사람도 있었다. 그들이 리센에게 다가가 리센의 팔이나 어깨를 붙잡으려 하자. 파지지직! 시퍼런 스파크가 그들의 손을 타고 올랐다.
"으아아악!"
"끄아악!"
선의로 리센을 말리려 했던 사람들은 전기에 감전된 듯 몸을 부르르 떨며 바닥에 고꾸라졌다. 눈을 뒤집어 까고 입으로는 게거품을 흘렸다.
"에구머니, 저게 뭐야."
"정말 단단히 미쳤나 보군."
주변 사람들이 얼른 바닥에 쓰러진 사람들을 살폈다. 다행히 생명에 지장은 없었으나 하루 정도는 정신을 차리지 못할 듯싶었다. 리센은 한 번 뒤돌아 그들을 살펴보지도 않았다. 그저 성벽으로 다가갈 뿐이었다.
리센이 성벽 앞에 섰을 때, 성문을 지키고 있던 자경단이 리센을 발견했다. 도시의 자경단은 대개 숲의 일족 혼혈로 이루어져 있었다. 그들은 철십자 기사들과 비슷한 실력과 능력을 가지고 있는 자들이었다.
"이봐, 아까부터 무슨 소란인가 했더니. 설마 이 성벽을 넘으려는 건 아니겠지?"

“보이는 게 다가 아니라…… 어? 잠깐만. 당신, 누구야. 설마 숲의…….”

자경단이 허리에 찬 검을 덜그럭거리며 다가왔다. 그중 한 명이 리센을 알아본 듯했다. 리센은 그들이 자신을 말릴 틈을 주지 않았다. 한 손을 높이 들어 올렸다. 손에 하얀 스파크가 맺혔다.

“피, 피해!”

리센을 알아봤던 자경단 중 한 명이 동료들을 잡아끌며 뒷걸음질 쳤다. 리센은 들릴 듯 말 듯 조그맣게 주문을 외우며 땅을 박찼다. 몸이 날개라도 달린 듯 높이 날아오르며 야트막한 성벽 너머로 날아올랐다.

“안 돼!”

“죽는다고!”

자경단원들이 기겁하며 리센을 말리려고 했다.

“우리가 다쳐, 너희야말로 얼른 피하라고!”

리센을 알아본 자경단원 한 명만이 기겁하며 동료들을 잡아채 뒤로 물러섰다. 리센의 손이 성벽 위 허공을 긁었다. 리센의 손을 감싸고 돌던 하얀 스파크가 허공으로 퍼졌다. 보이는 성벽 위에 숨어 있던, 보이지 않는 성벽이 모습을 드러낸 것이다.

돌로 만들어져 눈에 보이는 낮은 성벽은 자치령에 사는 인간들이 쌓아 올린 것이었다. 그 위에는 숲의 일족들이 마법으로 쌓아 올린 성벽이 있었다.

일명 ‘눈에 보이지 않는 성벽.’

단지 돌로 된 성벽만 보고는 그 성벽을 타넘으려 하다가는 보이지 않는 성벽에 부딪쳐 온몸이 천 개의 번개에 꿰뚫려 죽게 된다. 인간과 숲의 일족 사이 정해진 규칙을 지키지 않는 자는 숲은커녕, 숲과 맞닿아 있는 도시에조차 발을 디딜 수 없다는 의미였다.

멋모르고 그 장벽에 부딪쳐 죽은 인간만 수백, 수천이었다. 그렇기에 자치령을 오가는 인간들 중 누구도 낮은 성벽을 뛰어 넘으려 하지 않았다.

보이지 않는 성벽에 대해 잘 알고 있는 숲의 일족은 두말할 나위도 없었다.

리센은 그 보이지 않는 성벽을 제 손에 마법을 걸어 후려갈겼다. 리센의 마법이 성벽을 휘감았다. 동시에 보이지 않는 성벽에 잠들어 있던 천 개의 번개가 리센에게로 내리꽂혔다.

리센은 빠르게 주문을 외며, 발로 보이지 않는 성벽을 밟고 다시 한번 높이 뛰어올랐다. 파지직- 하얀 스파크가 발을 감싸며 리센을 보호했다. 리센은 나비처럼 훌쩍 날아올라 끝없이 높은 보이지 않는 성벽 위로 올라섰다.

리센을 놓친 번개는 그대로, 리센이 사라진 자리에 내리꽂혔다. 그 주변까지 태워버릴 정도로 엄청난 공격이었다. 리센 가까이로 다가갔던 자경단원들은 하마터면 리센 대신에 번개에 당할 뻔했다.

자경단원들은 엉덩방아를 찧은 채 주저앉았다. 그들의 바로 앞까지 번개가 꽂혀 땅바닥이 새까매졌다. 자경단원들은 겁에 질린 얼굴로 저 높은 곳에 떠 있는 리센을 보았다.

리센은 자경단원 중 누구도 다치지 않은 걸 확인하고는 훌쩍, 성벽 안으로 뛰어내려 사라졌다. 자경단원들은 생전 처음 보는 광경에 넋을 잃고 말았다. 성벽을 뛰어넘어 간 리센을 뒤쫓는다거나 붙잡아야겠다는 생각조차 하지 못했다.

"리센 님이 어째서……."

리센을 알아봤던 자경단원이 입을 쩍 벌리고 중얼거렸다. 그의 말에 주변의 다른 자경단원이 화들짝 놀랐다.

"리센 님이었다고? 저놈이? 아니, 저분이?"

"이, 이게 뭐야. 자, 장로님께 알려야 하는 거 아냐?"

자경단원들은 경악을 금치 못했다. 그들이 아는 리센은 착하고 상냥한 청년이었다. 세상 물정 모를 적엔 도시에 나와서 인간들에게 수없이 사기를 당했다. 그래도 화 한 번 내지 않고, 붙잡힌 사기범을 용서해 주기 일쑤였건만. 그런 리센이 금기를 어기고 성벽을 뛰어넘다니.

“아무리 리센 님이어도 그렇지, 성벽을 뛰어넘는 게 가능하다니……. 처음 있는 일이잖아.”

자경단원 중 한 명이 멍하니 중얼였다. 자경단원들과 줄을 선 사람들은 무심코 동의하며 고개를 끄덕였다.

그때, 저 멀리서 먼지구름이 일었다. 말을 탄 한 무리의 사람들이 달려오고 있었다. 말은 당장이라도 고꾸라질 만큼 지쳐 보였다. 말에 탄 사람들도 멀쩡한 상태는 아니었다. 흙먼지를 뒤집어쓰고, 다쳐서 붕대를 감고 피를 흘리는 사람들도 있었다.

그들 중 제일 앞에 선 사내는 흙먼지 얹은 까만 머리카락 사이로 붉은 눈을 번뜩이고 있었다. 그 붉은 눈으로 길게 늘어선 줄과 자경단원들 몇 명이 앞에 서 있을 뿐인 성벽을 바라보았다. 그는 주저 없이 말고삐를 잡아당기며 성벽을 향해 달렸다.

다음 순간. 자치령의 자경단원들은 그날 두 번째로, 보이지 않는 성벽을 뛰어넘는 모습을 구경하게 되었다.

* * *

도시의 끝은 숲이었다. 보이는 성벽도 보이지 않는 성벽도 없었다. 그저 거대한 나무가 우거진 숲이 바로 드러났다. 리센은 바로 그 숲으로 뛰어들었다. 숲은 오랜만에 돌아온 숲의 일족을 두 팔 벌려 환영했다.

밖에서 보기에 숲 안쪽은 그저 새까맣게만 보였다. 사람 열 명이 둘러서도 모자랄 듯 굵직한 나무들이 뻗어 있으니, 태양빛을 다 가릴 게 분명했다. 게다가 간혹 호기롭게 숲에 뛰어들었던 사람들은 숲이 그를 뱉어내기 전까지 숲의 초입을 끝없이 헤매며, 그 어두침침한 곳을 경험하기도 했다.

그들이 모험담처럼 늘어놓는 말 때문에 사람들은 숲을 어둡고 무서운 곳이라 생각했다. 그리고 그곳에 사는 숲의 일족을 기이하게 여겼다. 하지만 숲의 품에 안긴 숲의 일족에게 숲은 그리 어둡고 음습한 곳이 아니었다.

초입의 울창하게 우거진 숲을 지나면, 환한 숲의 풍경이 드러난다. 키다리 나무의 잎사귀에 비친 햇살은 숲을 포근히 감쌌다. 들풀이 안내하는 길마다 졸졸 냇물이 흘렀다. 사락사락, 바람에 풀잎이 흔들리면 새들이 나뭇가지에 걸터앉아 노래했다.

간혹 유명 화가들이 세상에 다시없을 낙원이랍시고 그리는 목가적인 풍경도 이곳에 비할 바가 아니었다.

이곳이 최초의 숲이었고, 숲의 일족이 사는 곳이었다.

리센은 드디어 최초의 숲에 도착하여, 그 포근한 햇볕을 쬐고 신선한 공기를 가득 들이쉬었다. 그것만으로도 피곤과 절망에 젖어든 몸과 마음이 조금이나 회복되는 것 같았다. 리센은 품에 꼭 안고 있는 망토 꾸러미 안에 고개를 숙이고 속삭였다.

"여기예요, 여기가 내가 말한 우리들의 숲이랍니다. 꼭 보여 주고 싶었어요. 함께 오고 싶었는데……."

리센이 서글피 웃으며 고개를 들었다. 높은 키다리 나무 곳곳에 조금 전, 보이지 않던 그림자들이 비쳤다. 숲의 일족들이었다.

"……이렇게 함께 오게 될 줄은 몰랐네요."

말을 채 끝마치기도 전에, 쉬익! 화살이 허공을 가르며 날아들었다. 한두 대가 아니었다. 족히 수십 대는 될 듯했다. 리센은 한 걸음 뒤로 물러섰다. 동시에 바로 리센이 서 있던 자리에 화살이 파바박 박혔다.

화살은 나무로 깎아 만든 것이었다. 깃대는 잎사귀로 대신했다. 하지만 위력은 제국에서 쓰는 철궁보다 강했다. 화살은 반절 이상 땅에 박혀 있었다. 만일 맞았다면 심장이 꿰뚫렸을 것이었다.

"환영 인사치고는 과하시군요."

리센은 차분히 말하며 앞을 바라보았다. 맑은 물이 노래를 부르듯 흘러내리는 냇가에 커다란 바위가 있었다. 그 바위 위에는 비단처럼 보드라운 푸른 이끼가 깔려 있었다.

한 사내가 그 이끼를 밟고 서 있었다. 리센의 아버지, 숲의 일족의 장로였다.

"이걸 환영 인사로 받아들이면 곤란한데. 숲 밖에 오래 있더니 유머 감각이 많이 늘었구나. 리센."

그는 오래된 나무 둥치의 고동색을 닮은 목소리로 답했다. 그는 겉보기로는 리센과 나이 차가 크게 나지 않았다. 많이 잡아 봐야 삼십 대 중반 정도로 보일 뿐이었다.

회색 로브를 입고 선 키는 리센과 비슷했고, 청록색 머리칼은 짧았다. 옅은 색의 눈은 언뜻 보기엔 하얀색으로 보여 눈동자가 없는 것처럼도 보였다.

하지만 자세히 들여다보면 분명, 색이 있었다. 구름이 낀 하늘의 색이었다. 누군가 그에게 그의 눈 색을 그리 일러주었다. 그 뒤로 그의 눈 색은 구름이 낀 하늘색이 되었다.

그는 수년 만에 아들을 만나고도 반가워하지 않았다. 두 팔 벌려 리센을 끌어안는 대신 두 손을 로브 자락에 가렸다. 색이 옅은 눈동자는 아들의 몸이 성한가를 살피는 대신 콕 집어, 리센의 가슴팍을 향했다. 로브 밖으로까지 느껴지는 불룩 튀어나온 모양새를 집요하게 바라보았다. 리센은 그의 시선으로부터 카루나를 숨기려는 듯 몸을 웅크렸다.

그걸 본 장로가 손을 들어 올렸다. 그러자 키다리 나무에 올라서 있던 숲의 일족들이 다시 활시위를 잡아당겼다. 손짓 한 번이면 다시금 수십 대의 화살이 리센에게 달려들 터였다. 이번엔 정확히 리센을 노릴 것이다. 리센이 물러서는 거리까지 정확히 계산해서.

리센은 자신을 향하는 수십 명의 살기를 느꼈다. 그들은 숲을 지키는 정예병들이었다. 보통이면 도시와 맞닿아 있는 곳의 정반대, 숲의 북쪽 끝을 지키고 있어야 하는 존재들이었다.

그런데 장로는 그들 중 일부를 끌고 남쪽으로 내려와 리센을 맞이했다. 그 의미가 무엇인지 리센은 굳이 묻지 않았다.

"어찌 저를 증명하면 될까요?"

"왼팔을 내밀어 보려무나."

장로가 답했다. 리센은 자신의 왼팔을 내려다보았다. 그는 이곳까지 오는 내내 왼팔을 전혀 쓰지 못했다. 처음엔 주먹이 쥐어지지 않는 수준이었는데 이제는 팔을 들어 올릴 수도 없었다.

"보여 드리고 싶은데 힘이 안 들어가네요. 다쳤거든요."

"단지 다치기만 한 건 아닌 것 같구나."

장로가 리센에게로 손을 내밀었다. 그리고 손가락을 까딱였다.

"……."

"……."

그러나 놀랍게도 아무 일도 일어나지 않았다. 리센은 아랫입술을 깨물었다.

원래대로라면 리센의 왼팔을 얽어매고 있던 속박의 마법이 흰 뱀처럼 흘러내려 장로에게로 돌아가야 했다. 하지만 리센의 왼손에는 장로의 마법이 남아 있지 않았다. 사악한 기운이 그 마법을 집어삼키고, 또 어떤 알 수 없는 힘에 의해 새까맣게 타 버린 흔적만 남아 있을 뿐이었다.

사악한 기운은 분명 '눈의 땅'의 힘이었다. 열흘 동안 카루나를 안고 달리는 와중 리센은 기억을 되짚어 보았다. 어째서 카루나는 이렇게 되었으며, 자신은 왼팔이 이렇게 된 채 그 참혹한 현장 한가운데 서 있었을까.

기억은 까맣게 그을린 것처럼 전혀 보이지 않았다. 그래서 리센은 왜 자신의 왼팔에 눈의 땅의 기운이 남아 있는지 알 수 없었다. 그저 추측할 뿐이었다.

자신이 정신을 잃은 동안 눈의 땅의 힘이 자신의 몸에 침입해 자신의 몸을 멋대로 휘두르고, 어떤 미지의 힘에 의해 퇴치당한 거라고. 왼팔은 그 흔적일 거라고.

리센은 자신이 생각한 것을 장로에게 말했다. 장로는 리센의 설명을 듣기만 했다. 굳게 닫힌 입술은 리센이 모든 변명을 끝낸 뒤에야 열렸다.

"그래서 이제 네 안에는 눈의 땅의 기운이 남아 있지 않다고 말하는 게냐."

"그렇습니다. 제 어디가 눈의 땅에서 온 존재같이 보이시나요. 아버지. 저는 당신의 아들, 리센이 맞습니다."

리센은 조금의 망설임 없이 답했다. 노을빛 눈동자가 집착으로 번들거렸다. 장로는 그런 리센의 눈을 유심히 들여다보았다.

"제발 경계를 풀고 저를 들여보내 주세요. 그리고 이 사람을 구해 주세요. 아버지의 도움이 필요합니다. 치유 마법으로 상처를 낫게 해 주세요."

리센의 절절한 목소리가 곳곳으로 울려 퍼졌다. 어느새 새는 울음을 멈췄고, 나뭇가지를 흔들던 바람은 잔잔해졌다. 들리는 것이라고는 졸졸 흐르는 시냇물 소리와 리센의 목소리뿐이었다.

리센은 그 고요함을 눈치채지 못했다. 그저 지금 눈앞에 닥친 슬픔과 절망을 견디기 위해 애쓸 뿐이었다.

'괜찮아, 숲에 도착했잖아. 아버지는 치유 마법에 정통하시니, 분명 카루나 아가씨를 구할 수 있을 거야. 내 반려를 살릴 수 있어. 잃지 않아도 돼.'

그렇게 스스로에게 끊임없이 되뇌었다. 리센은 한 가닥 희망을 부여잡은 채 장로를 바라보았다.

"그렇다면 품에 안고 있는 그것을 내려놓거라."

장로가 말을 하기 전까진.

'아버지가 자신과 카루나를 떼어 놓으려고 한다.'라고 생각하자마자, 크르르. 리센의 입에서 짐승의 울음소리가 흘러나왔다. 얼굴은 거칠게 일그러졌다. 흥분한 늑대의 성난 표정이 그대로 드러났다.

"역시."

장로가 쯧, 혀를 차며 손을 까딱였다. 하늘에서 화살비가 쏟아졌다. 리센이 도망칠 수 있을 인근 범위까지 모두 사정권 안이었다. 리센은 도망치는 대신 몸을 웅크려 카루나를 보호하듯 안고 주문을 외웠다.

화살비가 리센에게 닿기 직전, 리센의 머리 위로 반원형의 방패막이 생겼다. 투둑, 툭- 화살은 그 방패막에 닿자마자 허무하게 꺾였다. 화살비가 끝나는 순간, 사람의 팔 하나가 쑥 다가와 리센의 목을 움켜잡았다.

"큭!"

리센은 차마 피하지도 못한 채 붙잡혔다. 손의 주인은 장로였다. 저 멀리 떨어져 있던 장로가 단번에 달려와 리센을 공격한 것이다. 화살비는 리센의 신경을 분산시키기 위한 용도였다.

장로는 리센을 들어 올렸다. 리센의 발이 허공에 붕 떴다. 그 와중에도 리센은 품 안의 카루나를 놓치지 않았다. 리센은 두 눈을 똑바로 뜨고 입술을 달싹였다. 숨을 못 쉬는 와중에도 남은 숨을 다해 주문을 외웠다. 동시에 장로도 그 주문을 무력화시키기 위한 주문을 마쳤다.

두 사람은 서로의 눈을 노려보았다. 주변에 시퍼런 스파크가 일었다 가라앉았다. 돌풍이 일려는 듯 바람이 불다가 다시 잠잠해졌다. 저 멀리 시냇물이 수십 개의 칼과 창이 되어 일어섰다가 촤아악- 쏟아져 내려 주변의 풀과 흙바닥을 적셨다.

끝이 없을 것 같던 대결은 오래지 않아 끝이 났다. 리센은 숨을 쉴 수 없었다. 당연히 주문을 더 외울 수도 없었다.

"크흑!"

이내 리센은 장로의 손아귀 속에서 고통스러워하며 발버둥 쳤다. 얼굴이 새빨개졌다. 당장이라도 숨이 막혀 죽을 것 같았다. 그럼에도 여전히, 품에 안은 카루나를 놓치지 않았다.

"아직도 벗어나지를 못하는구나."

장로가 혀를 차며 다시금 주문을 외웠다. 이번엔 리센의 주문을 막기 위한 주문이 아니었다. 리센을 공격하기 위한 주문이었다. 리센이 일으키려다 놓친 시냇물이 우쭐대며 다시 몸을 일으켰다. 시냇물은 커다란 물방울이 되어 리센에게로 날아들었다. 리센의 얼굴은 그 물방울에 갇혔다.

뽀글뽀글. 리센은 물속에서 그나마 남아 있던 숨까지 다 토해 내며 버둥거렸다. 연두색 머리카락이 물속에서 사정없이 흔들렸다.

잠시 뒤. 리센의 코와 입에서 새까만 연기가 새어 나왔다. 잉크가 퍼지듯, 물은 금세 그 까만 기운에 물들었다. 투명했던 물이 탁해지고 리센의 얼굴이 보이지 않게 되어서야 장로가 다시 주문을 외웠다.

물방울이 두둥실 떠오르며 리센의 얼굴에서 벗어났다. 때맞추어 목을 움켜쥔 손도 풀어주었다.

"커헉, 쿨럭, 쿨럭."

리센은 그대로 바닥에 쓰러져 헐떡였다. 푹 젖은 얼굴과 머리카락에서 물이 뚝뚝 떨어졌다. 장로는 손가락을 튕겨 물방울을 어딘가로 날려 버렸다.

"이제야 정신이 드느냐."

장로가 리센에게 물었다.

"아, 아버지. 허억, 허억. 제가, 제가……."

리센은 고개를 내저었다. 물이 뚝뚝, 떨어졌다.

"이제야 완전히 떨어져 나갔군."

장로는 끌끌, 혀를 차며 리센을 내려다보았다. 리센은 젖은 머리카락을 쓸어 넘기고 맑아진 노을빛 눈을 들어 장로를 올려다보았다. 눈가에 맺힌 물인지 눈물인지 모를 것이 또르륵, 흘러내렸다.

"아버지. 제 반려를, 구해 주세요. 제발요."

리센은 품에 소중히 안고 있었던 카루나를 보였다. 망토에 싸여 있어 그 얼굴이 잘 보이지는 않았다. 얼굴도 리센의 어깨에 묻은 채였고, 긴 갈색 머리가 그녀의 얼굴을 다 가리고 있었다.

장로는 그저 카루나의 존재만 확인할 수 있었다. 그녀는 리센의 팔에 잡혀, 리센의 어깨와 가슴에 몸을 기댄 채 눈을 감고 있었다. 잠이 든 것처럼 보였으나 잠이 든 건 아니었다.

"흐으…… 으……."

아주 희미하게 신음 소리가 들렸다. 장로는 카루나의 몸에서 묻어나는 숱한 마법의 힘을 느꼈다. 마법의 종류는 단 한 가지였다. 보존 마법.

"너……."

장로는 눈살을 찌푸리며 리센을 보았다. 장장 열흘. 리센은 죽은 듯 보이나 사실은 이토록 고통스러워하고 있는 카루나를 끌어안고, 그녀가 흘리는 가느다란 신음을 심장으로 받아 내며 여기까지 온 것이다.

장로는 그걸 알아차리고는 리센에게 무어라 말을 하려다가 다시 입을 닫아걸었다. 일단 리센이 그토록 살리고자 하는 여인의 상태를 확인하는 것이 우선이었다.

장로는 카루나에게 손을 뻗었다. 조금 전과 달리 리센은 잠잠했다. 카루나에게 손을 대는 장로를 공격하려 하지 않았다. 장로는 카루나의 이마에 검지와 중지, 두 손가락을 댔다. 그리고 눈을 감고 주문을 외웠다.

나지막한 주문 외는 목소리를 따라 흰 아지랑이가 손끝에서 피어올라 카루나의 몸속으로 스며들었다. 빛이 카루나의 몸에 전체적으로 퍼졌다가 금세 사그라졌다.

"이런."

장로의 얼굴에 낭패 어린 기색이 어렸다.

"아버지?"

리센이 다급히 장로를 불렀다. 장로는 잠시 망설이다 질문했다.

"이 여인이 정말로 네 반려가 맞느냐?"

"네. 맞습니다. 제 심장이 그렇게 말하고 있어요. 저는 그녀 때문에 기쁨과 행복을 맛봤어요. 제 반려가 맞아요."

"……그렇다면, 미안하구나."

"미, 안하다니요?"

"이 여인은 벌써 생의 경계를 넘어섰단다. 숲의 마법으로 살릴 수 있는 상태가 아니구나."

장로가 침중한 목소리로 선고하며 손을 거두었다.

"그럴 리가 없어요!"

리센의 비명이 숲에 울려 퍼졌다.

"다시 한번 봐 주세요. 이렇게 살아 있잖아요. 숨을 쉬고 있어요, 아파하고 있잖아요. 죽은 게 아니에요. 그런데 어째서 못 고치신단 말인가요. 그렇게 쉽게 포기하지 마세요. 내 반려란 말입니다. 내 반려라고요!"

"몇 번을 보든 마찬가지다. 의미 없는 일을 반복하는 것보다는 차라리 네 팔을 살피는 게 나을 듯하구나."

장로는 리센의 왼팔을 만지려 했다. 리센은 뒤로 물러서며 그 손길을 피했다. 대신 카루나를 안은 손을 내밀었다. 하나 장로는 다시 카루나에게 손을 내밀지 않았다. 그저 난색을 표할 뿐이었다.

반려의 죽음을 받아들이는 건 숲의 일족에게는 죽기보다 끔찍한 일이었다. 장로는 애초부터 리센이 자신의 말을 순순히 받아들일 거라고 생각하지 않았다.

오랫동안 설득하고 다독여야 하리라. 물론 그사이에 리센의 반려는 순리대로 죽게 될 것이다. 장로는 리센의 품 안에 안긴 카루나를 보았다.

'차라리 죽은 상태였다면 좋았을 것을.'

차게 식은 시체를 안고 와서 살려 달라고 했다면 더 나았을지도 모른다. 그편이 희망을 포기하기 더 쉬웠으련만. 리센의 품에 안긴 여인은 아주 가느다랗게 숨을 내쉬고 있었다.

숲의 마법이 통하려면 적어도 한 움큼의 숨은 남아 있어야 했다. 그러나 지금 그녀에게 남아 있는 숨은 고작해야 모래알 하나 정도였다. 살짝만 건드려도 단번에 사그라져 버릴, 아주 작은 것이었다.

리센이 한계에 이를 때까지 마법을 걸어 그 얕은 숨이 완전히 꺼지는 것을 가까스로 막고 있었다. 하지만 그것이 전부였다. 그녀는 이미 죽었어야 하는 상태였다. 살아 있으나 살아 있는 게 아니었다. 리센의 보존 마법이 풀어지면 곧바로 마지막 숨을 내쉬고 영영 안식의 잠에 빠지리라.

"그대로 보내 주는 게 정말 네 반려를 위한 길일지도 모른다."

"아니요. 아니요, 그렇지 않아요."

리센은 그 말을 부정했다. 그의 심장은 이미 카루나가 힘겹게 뱉어 낸 신음으로 흠뻑 젖어 있었다. 카루나의 죽음을 받아들일 자리는 남아 있지 않았다.

카루나와 함께 살든가, 아니면 카루나를 살리고 자신이 죽든가.

둘 중 하나였다. 여기에 카루나가 죽는다는 선택지는 없었다. 어떻게 해서든 카루나는 살아야 했다. 설령 자신의 목숨을 바쳐서라도.

'그래 내 목숨을 바쳐서라도.'

그렇게 생각했을 때 어떤 생각이 섬광처럼 머리를 스치고 지나갔다.

'아!'

카루나를 살릴 수 있는 방법이 있었다. 그건 숲의 마법 같은 나약한 방법이 아니었다. 절대적이고도 완벽한 방법이었다. 왜 여태 그 생각을 못 했을까, 스스로의 어리석음을 원망하고 싶을 정도였다.

"내 목숨을…… 바쳐서라도."

리센이 중얼거렸다. 주문을 외우듯 아주 자그만 목소리였건만. 장로는 용케 알아듣고는 눈을 부릅떴다.

"무슨 소리를 하는 게냐!"

"숲의 마법으로는 살릴 수 없다고 하셨지요? 그러면 남은 방법은 하나뿐이지 않겠어요?"

"아니, 방법은 없다."

"아니요, 아버지. 방법이 있어요."

절망에 물들었던 노을빛 눈동자에 다시 빛이 들었다. 그 빛은 차라리 눈의 땅의 기운에 붙잡혀 그림자 장막이 드리웠던 때가 나았다 생각하게 만들었다.

"최초의 샘으로 가겠습니다."

"리센!"

장로는 진심으로 경악하며 소리쳤다. 그 목소리가 숲에 쩌렁쩌렁하게 울려 퍼졌다. 리센은 아랑곳하지 않고 한 발, 앞으로 나아갔다. 장로를 향하는 게 아니었다. 그의 뒤로 이어지는 '외로운 오솔길'을 걸으려는 것이었다.

이 길의 끝, 숲의 심장 부근에 아름드리나무가 서 있었다.

'첫 번째 나무'.

그 나무의 뿌리 아래에 조그만 샘이 있는데 숲의 일족은 그 샘을 '최초의 샘'이라고 불렀다.

눈의 땅과 맞서 싸운 네 명의 시조 중 한 명이 자신의 지팡이를 최초의 샘 옆에 박았다. 지팡이는 커다란 나무가 되었고, 그 나무의 열매가 땅에 떨어져 싹을 틔우고 숲을 만들었다.

한 그루의 나무가 광활한 숲이 될 수 있었던 건 그 작은 샘 덕분이었다.

생명으로 가득 차 있는 샘.

그 샘이 숲의 심장이었다. 숲의 시작이고 숲의 전부였다.

첫 번째 나무와 최초의 샘은 숲의 일족에게 있어 신성지였다. 장로 외에는 아무도 감히 접근할 수 없는 곳이었다. 리센은 감히 그곳에 가겠다고 말한 것이다. 장로의 후계자로서도 가지 못하는 그곳을 다 죽어 가는 자신의 반려와 함께 가겠노라고.

"비켜 주세요, 아버지. 저는 그곳으로 가야 합니다."

리센은 다시 한번 말했다. 최초의 샘, 그곳에 가면 카루나를 살릴 수 있다. 오직 장로에게서 장로에게로 전해져 내려오는 금단의 방법이었다.

"샘의 힘으로 제 반려를 살도록 할 겁니다."

"안 된다. 너의 아버지로서, 그리고 숲의 장로로서 절대로 용납할 수 없다."

장로는 단호했다. 숲에서 장로의 명령은 절대적이었다. 리센은 언제나 장로인 아버지의 명령을 충실하게 수행하는 숲의 일족이었다. 라크안을 돌보라는 명령을 받고는 두말하지 않고 자신의 반려 찾기를 미루고 라크안을 찾아갈 정도였다.

"싫습니다."

그랬던 리센이 장로의 명령을 거부했다.

"왜죠? 왜 안 된다는 건가요? 그곳에 가면 제 반려를 살릴 수 있는데."

장로의 명령보다 더 긴급하고 절대적인 본능이 리센을 움켜잡았다. 반려를 향한 절대적인 사랑과 복종. 리센은 기꺼이 그 감정에 굴복해 자신의 모든 것을 내던졌다. 아버지이자 장로인 그도 더는 리센을 말릴 수 없었다.

“이 이상 저를 방해하신다면 저는 당신을 거역할 수밖에 없습니다, 아버지.”

리센은 말을 끝맺음과 동시에 주문을 외며 손을 휘둘렀다. 새하얀 빛이 날카로운 칼날이 되어 장로에게 쏟아졌다. 장로는 급히 주문을 외며 팔을 휘둘러 로브 자락으로 그것들을 막았다. 로브 자락은 뚫리고 찢겨 금세 넝마가 되었다.

“리센!”

장로가 그의 이름을 부를 때 리센은 다시금 주문을 외웠다. 땅속에서 여러 가닥의 넝쿨이 튀어나와 장로의 몸을 휘감았다. 장로가 주문을 외워 그것을 끊어 내려 했으나 주문이 완성되기 직전, 넝쿨이 장로의 입을 막았다.

“읍!”

장로는 입이 막히고 양팔과 양다리가 붙들려 무력화됐다. 그러자 사방에서 화살비가 날아들었다. 리센은 제 몸에 방어막을 씌워 그 화살비를 막았다.

화살은 대부분 방어막에 맞고 튕겼다. 리센은 무의미한 공격이라 생각했으나, 화살비의 목적은 공격하는 데 있지 않았다. 날카로운 화살이 장로의 입을 막고 있던 넝쿨을 긁었다. 넝쿨이 끊어지며 장로는 주문을 욀 수 있는 자유를 얻었다.

“……네게 그 샘에 대해 이야기를 해선 안 됐어.”

장로는 제 몸을 결박한 넝쿨을 끊어 내며 뒤늦게 후회했다.

“제게 장로직을 물려주려 하셨지요. 숲의 장로라면 당연히 알아야 하는 비밀이니, 제게 말해 주시는 게 당연한 일이었어요. 아버지가 후회하실 일이 아니에요.”

리센이 서글피 웃으며 제 품 안의 카루나를 내려다보았다.

“설마 제가 이렇게 사용하고자 하리라 예상하지 못하셨잖아요. 예지력은 아버지, 당신의 능력이 아니니까 말입니다."

리센은 짧게 주문을 외며 카루나에게 다시 한번 보존 마법을 걸었다. 끊어질락 말락 미약하던 카루나의 숨이 다시 한번 그 마지막 숨 내쉬는 시간을 연장했다.

"흐으…… 으……."

죽어 가는 고통 또한 다시 한번 연장됐다. 그런 카루나를 바라보는 리센의 심장은 이미 뭉개질 대로 뭉개져 있었다. 고통을 느낄 힘조차 남아 있지 않았다.

"미안해요. 조금만 더 버텨 줘요."

리센은 카루나의 머리카락에 입을 맞췄다. 소중하고 너무도 소중해서, 감히 이마나 뺨에 입술을 댈 수조차 없었다. 그런 그녀를 죽음의 품으로 떠나보내야 한다니. 그건 불가능했다. 그럴 수 없었다.

카루나를 바라보는 리센의 표정은 더없이 애틋했다. 세상에 다시없을 사랑스러운 것을 바라보듯 한없이 따뜻하고 절절했다.

"……그리도 애틋하면 그렇게 되지 않도록 지켰어야지. 정말로 네 반려였다면, 있는 힘을 다해서 지켰어야지."

장로는 그 모습을 보고 한탄했다. 리센에게 하는 말이었으나 더불어 자기 자신에게 하는 말이기도 했다.

"그 방법을 써서 네 반려가 눈을 다시 뜨게 된다면, 네가 없는 세상을 다시 살려고 할 것 같으냐. 너라면 행복할 수 있을 것 같더냐."

장로는 리센을 막기 위해 그렇게 말했다.

만약 리센이 다른 숲의 일족처럼 평범하게 반려와의 감정을 쌓았다면, 그래서 반려와 서로 마음이 통하고 서로를 유일한 존재로 받아들이고 사랑을 나눴더라면.

리센은 장로의 말에 흔들렸을 수도 있다. 거꾸로 생각해 자신이 죽을 위기에 처했을 때 자신의 반려가 지금 자신과 같은 행동을 하려고 한다면 어떨까. 분명 심장이 천 갈래 만 갈래로 찢길 것이다. 말할 수만 있다면 제발 그러지 말아 달라고 애원할 것이다. 보통의 숲의 일족, 보통의 반려였다면 분명 그리했을 것이다.

하지만 장로의 만류는 리센에게 통하지 않았다. 리센의 반려는 보통의 반려가 아니었다.

"당연한 말씀을 하시네요. 저라면 견디지 못할 겁니다. 나를 살린 반려를 원망하고 또 원망하면서, 홀로 남은 세상을 살아갈 수 없어 반려를 따라 죽겠지요. 하지만 제 반려는 다를 겁니다. 아버지."

리센의 눈가에 눈물이 고였다.

'당신은 내가 없어도 살겠지요. 많이 고통스럽지도 많이 슬프지도 않을 거예요. 당신 곁에는 라안이 있으니까.'

그동안 그렇게 부정하고 또 부정했던 현실을 이제는 인정해야 했다.

마녀 루치아네의 가게에서 마주친 눈의 땅에서 온 존재는 카루나가 리센의 반려이며, 라크안은 반려가 없는 늑대라고 말했다. 리센은 카루나가 자신의 반려라는 걸 깨달은 순간부터 눈의 땅에서 온 존재의 말을 믿고 싶었다.

언제나 입술이 근질근질하였다. 라크안에게 너는 반려가 없는 존재라고, 그러니까 내 반려를 탐하지 말라고 말하고 싶었다. 하지만 그럴 수 없었다.

라크안이 소중했기 때문에. 그리고 무엇보다, 라크안을 바라보는 카루나의 눈빛이 너무나 따뜻하고 사랑스러웠기 때문에.

시간을 들여 오래도록 카루나의 곁에 머물면 라크안을 향했던 그 온기를 자신에게 돌릴 수 있을 거라고 믿었다. 그 희망을 놓지 않고 카루나의 곁을 맴돌았다.

하지만 카루나는 리센을 돌아봐 주지 않았다. 그녀의 시선은 언제나 라크안을 향했다. 그게 못내 슬프고 슬펐건만, 이제는 아니었다. 다른 늑대를 바라보는 반려의 마음이 리센에게 기쁨과 행복이 되었다.

리센은 눈을 깜박이며 눈물을 털어 냈다. 긴 속눈썹에 맺혀 있던 눈물이 투둑, 투둑, 카루나의 차갑게 식은 뺨으로 떨어져 내렸다.

이 자그마한 온기라도 그녀의 삶에 보탬이 될 수만 있다면. 리센은 기꺼이 백 년이고 천 년이고, 카루나의 곁에서 끊임없이 울고 또 울 것이다. 너무 울어 눈이 녹아내려 앞이 안 보이게 된다면, 카루나의 모습을 볼 수 없다는 슬픔에 더 많은 눈물을 흘릴 것이다.

모든 걸 다 바쳐 사랑한다.

비록 되돌려 받을 수 없다고 해도, 한번 깨달은 마음을 돌이킬 수는 없다. 그게 리센의 사랑이었다. 숲의 일족이 반려에게 가지는 마음이었다. 리센은 제 품에서 절대 눈을 뜨지 않는 카루나를 보며 미소 지었다.

'다행이에요. 당신에게 나 말고 또 다른 이가 있어서. 내가 없다 해도 당신의 세상에는 여전히 기쁨과 행복이 있을 테니까.'

카루나는 리센이 없다고 반려를 잃는 고통을 느끼고 괴로워하지 않을 것이다. 설사 슬퍼한다 해도 그 슬픔이 오래가지는 않을 것이다. 카루나의 곁에는 라크안이 있을 테니까.

눈의 땅에서 온 존재의 말을 믿는다. 하지만 믿지 않는다.

카루나는 분명 리센의 반려였다. 그리고 라크안의 반려이기도 할 거다. 반려가 없는 숲의 일족이라니, 그건 있을 수 없는 일이었다. 차라리 두 늑대에게 한 명의 반려만이 존재한다는 게 좀 더 가능성 있는 이야기였다.

리센은 그리 생각하며 마지막 눈물을 떨구었다. 이제 그가 가고자 하는 길에 더 이상의 눈물은 필요 없었다.

"저는 가야 합니다."

리센이 고개를 들고 담담히 말했다. 각오를 굳힌 얼굴이었다. 장로는 더 이상 말로 리센을 말리는 걸 포기했다.

"아니, 가서는 안 된다."

장로가 한 손을 들어 올렸다. 키다리 나무에 몸을 숨기고 있던 숲의 일족 정예병들이 일제히 모습을 드러냈다. 모두 활시위를 팽팽하게 당기고 있는 상태였다. 예리한 화살촉은 리센을 향했다.

그뿐만이 아니었다. 키다리 나무 아래에서 몸을 웅크려 기척을 숨기고 있었던 검사들이 일어서 존재를 드러냈다. 그들이 쥔 장검의 날카로운 끝이 역시나 리센을 향했다. 족히 오십 명은 넘을 듯했다.

그들은 장로의 명을 거역하고 감히 숲의 신성지로 쳐들어가려는 리센을 가만 보고만 있지 않았다. 사방에서 리센을 죽일 듯 살기가 쏟아졌다. 리센은 숨 막히는 살기를 받아 내면서도 덤덤했다.

이 정도는 그에게 아무것도 아니었다. 이보다 더한 살기를 받아 냈던 적도 여러 번이었다. 숲의 일족 정예병들에게 미안하게도, 그들의 살기는 라크안만 못했다. 광기에 휩싸인 늑대가 내뿜는 살기에 비하면 이건 아무것도 아니었다.

“눈의 땅과 맞닿아 있는 숲의 경계를 지키는 정예병들을 다 데리고 오시면 어쩌십니까.”

리센이 담담한 목소리로 물었다.

“어째서인지 최근 들어 잠잠하더구나. 지금은 눈의 땅보다 감히 최초의 샘을 더럽히려는 내부의 적을 처리하는 게 먼저이고.”

장로가 서늘한 눈으로 리센을 바라보았다.

“그런가요? 그거 참 다행이네요. 숲 안에서 우리들끼리 한바탕 싸워도 괜찮겠군요.”

“넌 혼자란다. 우릴 당해 낼 수 없어.”

“아니요, 제 지원군이 방금 도착했는걸요.”

리센이 빙긋, 미소 지으며 답했다. 숲에 들어서기 전부터, 아니 도시에 들어서기 전부터, 리센은 줄곧 자신을 뒤따라오는 거친 기척을 느꼈다. 아니, 기척을 느꼈다는 말은 거짓이다. 설령 세나라 하더라도 그렇게 멀리 떨어져 있는 사람의 기척은 느끼지 못하리라.

그건 차라리 믿음이었다. 반드시 라크안이 자신을 뒤쫓을 거라는 믿음. 그 믿음은 지금, 그의 눈앞에 현실로 나타났다. 우거져 있던 수풀이 반으로 갈라지며, 피투성이가 된 숲의 일족 두엇이 날아들었다.

그들은 모난 데 없는 나무토막처럼 바닥을 데굴데굴 굴러 리센과 장로의 근처에 쓰러졌다. 숲의 입구를 지키고 있던 정예병들이었다. 그들이 날아온 그 수풀에서 검은 머리카락을 가진 남자가 불쑥 나타났다. 그의 뒤에는 숲 밖의 방식으로 무장을 한 자들이 뒤따르고 있었다.

머리에 붕대를 매고, 팔을 부목으로 고정하는 등 엉망인 모습이었지만 두 눈만은 어둠 속의 야광주처럼 형형하게 빛났다. 가장 눈에 띄는 건 검은 머리카락을 가진 남자의 붉은 눈이었다.

그 눈은 정확히 리센을, 그리고 리센이 안고 있는 카루나를 찍었다. 그의 목표는 오직 그 둘뿐인 듯했다. 창백한 얼굴에 살기 어린 웃음이 어렸다.

"리, 센."

잔뜩 쉰 목소리로 그가 리센을 불렀다.

"라안. 어서 와. 네가 살아서 날 뒤쫓아 올 거라고 믿었어."

리센은 기꺼이 제 반려의 또 다른 늑대를 웃음으로 맞이했다. 여태 버티고 있던 새들이 라크안의 거친 살기를 견디지 못하고 푸드득, 날아올랐다.

"카루나를 돌려줘!"

동시에 라크안이 리센에게 달려들었다. 리센은 라크안을 막지 못했다. 라크안은 단번에 그를 밀어 넘어뜨리고 위로 올라탔다. 목표는 오직 리센의 품 안에 있는 카루나였다. 한 손으로 리센의 목을 움켜쥐었다.

"커흑!"

괴로워하는 리센을 싸늘한 눈으로 바라보며, 카루나를 안은 팔을 붙잡았다. 그때 리센의 다급한 목소리가 라크안을 붙잡았다.
"카루나 아가씨를 살릴 방법이 있어."
"……뭐?"
리센의 목을 움켜쥔 손이 느슨해졌다.
"내가 할 수 있어. 나만이."
리센은 켁켁거리며 숨을 들이쉬고는 라크안에게 말했다. 그러고는 제 목을 움켜쥔 라크안의 팔을 떼어 내 카루나를 감싼 망토 위에 올렸다. 내내 홀로 감당했던 카루나를 기꺼이 라크안에게 보이고자 한 것이다.
리센은 카루나를 자신의 품속으로 숨기는 대신 라크안에게 보이는 걸 선택했다. 라크안은 그렇게 행동하는 리센을 믿을 수 없다는 듯 바라보았다. 리센은 희미하게 웃으며 라크안의 손을 더 강하게 잡아당겼다.
라크안의 손이 카루나에게 닿았다. 손바닥을 타고 미약한 숨소리가 전달됐다. 그 숨소리의 끝은 신음이었다.
"……!"
라크안은 순간, 얼어붙어 버렸다. 가느다랗고 아주 가느다란 숨소리가 천둥이 내리치는 것처럼 라크안에게 꽂혔다.
"흐으……."
카루나가 작게 신음했다. 라크안은 경기를 일으키듯 손을 뒤로 물렸다. 아니, 물리려고 했으나 그럴 수 없었다. 리센은 라크안의 손을 꽉 움켜잡고 놓아주지 않았다. 도망은 용서하지 않겠다는 태도였다.
"젠장."
라크안은 이를 악물었다. 속이 부글부글 끓었다. 그것이 누구를 향한 분노인지, 증오인지 알 수 없었기에 모든 원망은 리센에게 쏟아졌다.
"왜 이렇게 될 때까지 놔둔 거야. 멋대로 데려갔으면 구했어야지. 살려냈어야지."
나직한 목소리에 짐승의 울음이 섞였다. 하나 그 원망은 곧 자기 자신에게 되돌아왔다. 라크안은 망토에 밴 핏자국을 보았다. 카루나의 어깨에 난 상처에서 흘러나온 피였다.

'내가 리센에게 그런 말을 할 자격이나 있는 건가?'

카루나를 되찾아야 한다는 생각에 억눌려 있던 죄책감이 삐죽, 머리를 들었다. 카루나의 어깨를 발톱으로 할퀴던 그 순간. 발톱에 와 닿았던 살이 찢기고 핏물이 감기던 그 감촉이 아직도 생생했다. 카루나를 이렇게 만든 사람은 다른 누구도 아닌 자기 자신이었다.

이 두 손으로.

때문에 카루나는 이렇게 죽어 가고 있었다.

'나 때문이야.'

손이 덜덜 떨렸다. 라크안은 애써 손에 힘을 주고 그 떨림을 몰아냈다. 지금 상황에서 죄책감은 사치였다. 모든 건 카루나를 되살린 후에, 카루나의 원망을 받든 미움을 받든 하면 될 일이었다. 지금은 오직 카루나를 살리는 데에만 집중해야 했다. 라크안은 가까스로 마음을 다잡았다.

"말해."

원하는 것은 단 하나였다.

"뭘 어떻게 하면 되는 거지?"

우수수 쏟아진 까만 머리카락 사이로 붉은 눈이 번뜩였다. 리센은 분명 카루나를 살릴 방법이 있다고 말했다. 라크안은 그 말을 잊지 않았다. 필요하다면 지금 당장 자신의 왼쪽 심장을 찔러 심장이라도 끄집어내 제물로 바치리라. 그 마음이 라크안을 지탱했다.

"최초의 샘으로 갈 거야. 거기로 가면 내가 살릴 수 있어. 내가."

리센이 라크안을 똑바로 바라보며 인을 박듯 말했다.

"나만이 할 수 있어."

"……."

라크안은 침묵했다. 그는 비록 숲에 대해 잘 알지 못했으나 숲의 심장부에 신비로운 샘이 있다는 것 정도는 알았다. 하나 그 샘이 다 죽어 가는 사람을 살릴 수 있다는 말은 들어 본 적이 없었다.

그건 다른 사람들도 마찬가지인 듯했다. 세나와 철십자 기사들이 그 샘의 효능에 대해 알았다면 분명 라크안에게 말해 주었을 것이다. 리센이 그 샘에 가서 카루나를 치료할지도 모른다 귀띔이라도 해 주었을 것이다.

그런데 그러지 않고 자신을 따라 이 먼 길을 쉼 없이 달려왔다. 그렇다면 리센이 자신에게 헛말을 하고 있다고 생각해야 하지만, 라크안은 그렇게 생각하지 않았다.

리센이 카루나가 죽어 가는 상황에서조차 자신을 따돌리고자 거짓말을 할 사람은 아니라고 믿었다.

'장로들 사이에서만 전해져 오는 비밀이 있는 건가.'

라크안은 리센을 막아선 장로를 힐끔 보았다. 그는 당장이라도 리센과 라크안을 땅 밑으로 파묻을 듯 굳은 얼굴로 노려보고 있었다.

인자하지는 않지만 쉽게 화를 내지도 않는 장로와 언제나 아버지에게 순종하던 착한 리센. 그 둘이 대치하고 있었다. 이 광경 또한 리센이 말한 그 '방법' 때문에 일어난 일이리라. 라크안은 그리 생각했다.

"라안, 내가 할 수 있어."

리센이 몸을 일으키며 라크안의 팔을 붙잡았다.

"날 도와줘. 내가 그녀를 살릴 수 있어."

라크안을 올려다보는 노을빛 눈동자는 그 어느 때보다 진지했다. 항상 웃음이 가득했던 얼굴에서 더는 웃음을 찾아볼 수 없었다. 라크안은 뭔가 이상한 느낌을 받았다.

"리센, 너 설마……."

"안 된다. 내가 허락하지 않겠다. 너희 중 누구도 최초의 샘으로 가지 못한다."

장로가 그들의 대화를 끊어 냈다.

“그 정도면 친구들 사이의 인사는 됐겠지. 라안, 물러서거라. 네가 끼어들 일이 아니란다.”

장로의 말을 따라 리센을 향했던 화살의 절반이 라크안을 향했다. 라크안이 고개를 들어 장로를 바라보았다. 붉은 눈은 뜨겁기보다는 차가웠다.

“아니요, 장로님. 제가 반드시 끼어들어야 하는 일입니다.”

라크안은 천천히 몸을 일으켰다. 그리고 자신을 따라 일어서려 하는 리센에게 손을 내밀었다. 리센은 라크안의 손을 잡지 못했다. 한 손은 움직일 수 없었고 다른 한 손은 카루나를 안고 있었다. 라크안은 움직임이 없는 리센의 왼쪽 팔을 보고는 리센의 멱살을 쥐어 그를 들어 올렸다.

“친구를 돕겠다는 거냐.”

“아니요, 제 반려를 구하겠다는 겁니다.”

라크안의 말에 장로가 눈살을 찌푸렸다. 두 늑대와 한 명의 죽어 가는 여인. 짝이 맞지 않건만 두 늑대는 자신의 반려를 구하겠다고 숲의 장로의 말을 거역하려 하고 있었다.

“자초지종은 후에 듣도록 하자꾸나.”

장로는 굳이 지금 복잡한 사연을 궁금해하지 않았다. 감히 숲의 장로를 거역하려는 젊은 늑대 둘을 제압하는 게 먼저였다. 장로가 손을 들었다. 무기가 부딪치는 소리가 사방에서 들렸다. 숲의 일족 정예병들이 대놓고 살기를 흘리며 라크안과 리센에게 무기를 겨눴다.

라크안은 일단 리센을 제 등 뒤에 세웠다. 리센이 안고 있는 카루나를 지키려는 것이었다. 그러고는 가소롭다는 듯 주위를 둘러보았다.

“고작 이 정도로 절 상대하고자 하시는 겁니까.”

한쪽 입꼬리가 비죽 올라갔다. 명백한 비웃음이었다. 순간, 라크안의 몸에서 서슬 퍼런 살기가 뿜어져 나왔다. 라크안이 가까운 키다리 나무 위를 노려보았다. 그곳에 몸을 숨기고 활을 겨누고 있던 숲의 일족 정예병 중 하나와 눈이 마주쳤다. 그는 놀라 헛손짓을 했다.

쉬익! 아무런 예고 없이 활시위를 떠난 화살이 바람을 가르며 라크안에게 달려들었다. 라크안은 피하지 않았다. 그저 제 눈을 노리고 날아오는 화살을 바라보았다. 눈 하나 깜빡하지 않았다.

날카로운 화살촉이 막 라크안의 눈에 닿으려 할 때였다. 휙! 라크안의 등 뒤에서 단검이 날아와 화살을 반으로 동강 냈다. 그러고도 단검은 힘을 주체하지 못하고 앞의 키다리 나무줄기에 박혔다. 퍽 소리가 나며 검신의 반 이상이 나무에 박혔다. 방금 라크안을 향해 화살을 쏘았던 정예병이 밟고 서 있는 그 나무였다.

"갑자기 그러면 무섭잖아. 다음부터는 말하고 던져라, 응?"

세나가 단검 하나를 손으로 던졌다 받으며 이죽댔다. 어느새 도착한 세나와 철십자 기사들은 라크안의 뒤에 반원을 그리고 서서는 숲의 일족 정예병들에게 무기를 겨누고 있었다. 라크안과 리센이 이야기를 나눌 동안 그들이 허튼수작을 부리지 못하게 감시하고 있었던 것이다.

"숲의 질서를 어지럽힐 셈이냐. 멈춰라. 리센은 지금 해서는 안 될 일을 저지르려 하고 있다. 지금 너희가 그러는 건 리센을 돕는 게 아냐!"

장로가 엄중한 목소리로 경고했다.

"아, 뭐라시나. 숲 밖에 오래 있어서 귀에 때가 꼈나. 소리가 잘 안 들리네."

세나가 귀를 후비며 중얼댔다. 그건 동료들이 보기에도 꽤 유치하고 어이없는 행동인지라, 철십자 기사들은 상황에 맞지 않는 걸 알면서도 피식피식 웃었다.

숲의 장로에게 무기를 겨누는 건 쉬운 일이 아니었다.

숲의 일족은 숲의 장로를 따른다. 그것은 혈연으로 이루어진, 제국민이 황제에게 충성하는 것보다 강력한 종속 관계였다. 철십자 기사들은 라크안에 대한 믿음과 카루나를 구하는 데 보탬이 되어야 한다는 간절한 마음으로 그 금기를 어기고 있었다. 거기에 세나의 농담이 곁들여지니 숨 막힐 듯한 긴장이 조금은 가라앉는 듯했다.

“내 명령을 따르지 않겠다는 건 너희 몸속에 흐르는 숲의 피를 거부하겠다는 의지. 누가 너희에게 그런 삿된 길을 걸으라 하였단 말이냐.”

“고리타분한 말은 거기까지만. 이쪽은 용건이 급해서 말입니다.”

라크안이 허리에 찬 검을 뽑아 들며 말했다. 검 끝은 정확히 장로를 향했다.

“길을 뚫는다.”

라크안이 나지막한 목소리로 말했다.

“세나, 지휘를 부탁한다. 리센, 너는 무조건 내 뒤를 따라와.”

“네.”

세나의 대답이 신호였다. 라크안은 장로를 향해 달려 나갔다. 세나와 철십자 기사들이 리센을 엄호하며 그 뒤를 따랐다. 하늘에서 주저 없이 화살이 쏟아졌다.

리센은 카루나를 꽉 끌어안은 채 주문을 외웠다. 라크안과 철십자 기사들의 몸 위로 반투명한 방어막이 생겼다. 화살이 그들의 몸에 닿지도 못하고 부서져 내렸다. 철십자 기사들은 제각각 자신을 보호하는 주문을 외우려다가 말고 리센을 힐끔 보았다. 그리 고마워하는 기색은 아니었다.

평소라면 왁자지껄하게 ‘부단장, 제법이네.’라는 고맙다는 말을 빙- 돌려 말했을 테지만. 그건 황궁에서 일이 일어나기 전이었다. 철십자 기사들은 이전처럼 친근하게 리센을 대하지 못했다. 리센은 그들의 차가운 시선을 받아 내며, 카루나를 안은 손에 힘을 주었다.

“우리 나중에 길게 이야기 좀 합시다, 부단장?”

그나마 리센에게 말을 거는 건 세나뿐이었다. 그마저도 어깃장을 놓는 말투였지만. 세나는 얼굴이 반쪽이 된 리센을 보고 칫, 혀를 차고는.

“아씨, 모르겠다!”

검을 붕붕 휘두르며 라크안에게 달려들었다.

"라안 님!"

"다 떨어트려 버려."

"당연하지요!"

라크안이 왼팔을 내밀었다. 세나는 기꺼이 라크안의 발을 밟고 뛰어올랐다. 라크안은 왼팔을 한껏 휘둘러 세나가 더 높이 날 수 있도록 도왔다. 뒤에서 리센이 그녀에게 마법을 걸어 주었다.

세나는 두 발에 날개가 달린 것 같은 가뿐함을 느끼며 키다리 나무를 타고 올랐다. 라크안과 리센을 노리며 활을 당기던 숲의 일족 정예병들이 급히 그녀를 향해 화살을 날렸다. 그래도 세나를 따라잡지는 못했다. 세나는 키다리 나무 사이사이를 날아다니듯 뛰며 활을 쏘는 숲의 일족 정예병들을 나무 아래로 밀었다.

추락한 정예병들은 철십자 기사들의 차지였다. 철십자 기사들은 하늘에서 떨어지는 정예병들과 장로 뒤에서 달려오는 검사들을 상대했다. 숲의 아늑한 공터는 금세 치열한 전쟁터가 되었다.

장로의 명령을 따라 숲을 지켜야 한다는 사명감과 자신들에게 기쁨과 행복을 주던, 한때는 소녀였던 여인을 구해야 한다는 절박함이 맞부딪쳤다. 검과 활은 눈의 땅에서 기어 나오는 사악한 존재들을 상대할 때만큼 날카로웠다.

라크안은 제게 달려드는 검사들을 가볍게 붙잡아 날려 버렸다. 리센은 라크안의 뒤를 바짝 따르며 주문을 외워 계속 라크안을 보조했다. 두 사람은 한 몸인 것처럼 호흡이 맞았다.

라크안이 옆구리를 파고드는 검사를 검등으로 후려갈겨 저 멀리로 던져 버리면, 뒤에 선 리센이 마법 주문을 외워 장로의 마법을 무력화시켰다. 라크안은 장로를 지키고 있던 검사들을 밀어냈다.

리센은 카루나에게 다시 한번 보존 마법을 걸고는 바로 라크안의 검에 마법을 씌워 주었다. 라크안은 희게 빛나는 자신의 검을 휘둘렀다.

검 끝은 정확히 장로의 심장을 노렸다. 숲의 장로를 죽일지 모른다는 망설임 따위는 조금도 없었다. 친구의 부탁과 반려의 생명이 걸려 있는 일이었다.

검은 장로에게 닿기 전에 어디선가 불어온 돌풍에 막혔다. 라크안은 그 돌풍에 맞서 계속 검을 밀어붙였다. 검이 조금씩, 조금씩 장로에게 가까워졌다. 장로와 라크안이 서로를 똑바로 바라보았다.

"젊은이 둘을 당해 내기 버겁지 않으십니까? 슬슬 비켜 주시지요. 이 정도 하셨으면 체면치레는 하신 거 같은데."

"어리석구나."

"이제 아셨습니까?"

라크안이 검을 높이 들었다 내리쳤다. 와지끈, 소리가 나며 장로의 마법이 깨졌다. 돌풍이 사방으로 흩어졌다. 라크안의 검이 장로에게 닿으려는 순간, 장로가 사라졌다.

라크안의 검이 빈 땅에 푹- 박혔다. 급히 검을 뽑아 돌아서는 찰나, 장로가 라크안의 뒤에 나타나 그의 머리를 움켜잡았다. 마법을 걸려는 태세였다.

"라안, 안 돼!"

리센이 급히 보호의 주문을 외며 장로를 막으려 할 때였다. 어디선가 검은 기운이 채찍처럼 날아들어 리센의 목을 휘어 감았다.

"커흑!"

리센이 주문을 외우지 못하고 뒤로 넘어갔다. 장로가 무사히 주문을 마칠 때쯤 라크안은 칼을 뒤로 찔러 그를 공격했다. 장로의 마법은 완성되었으나 검을 피하느라 손이 비껴나 라크안을 잠재우지 못했다. 라크안은 뒤로 물러서는 장로를 베지 못하고, 앞으로 몸을 굴려 장로의 손길에서 벗어났다.

갑자기 나타난 검은 기운은 라크안과 장로를 동시에 공격했다. 눈의 땅에서 스며든 어둠이었다. 라크안은 제게 달려드는 검은 기운을 막고 바로 리센에게 달려갔다. 검에 아직 리센의 마법이 남아 있어 검은 기운을 상대할 수 있었다. 리센의 목을 조르던 검은 기운을 잘라내자 리센이 급히 숨을 몰아쉬었다.

"허읍! 허억, 허억."

"괜찮아?"

"……."

리센은 말없이 고개를 끄덕였다. 그 대답이 마음에 안 드는지 검은 기운이 마구잡이로 리센에게 몰려들었다. 라크안은 리센이 숨을 가다듬을 동안 방패가 되었다.

힘겹게 숨을 쉬면서도 리센은 계속 카루나와 라크안에게 마법을 걸었다. 라크안은 빛나는 검으로 검은 기운을 쳐내며 주변을 둘러보았다. 아수라장이었다. 검은 기운은 한도 끝도 없이 쏟아졌다. 숲 전체가, 아니, 적어도 이 공터의 근처는 전부 이 검은 기운에 먹힌 듯했다.

검은 기운은 물 먹인 가죽 채찍 같기도 하고 피 맛을 본 촉수 괴물의 촉수 같기도 했다. 그것은 라크안의 일행이든, 장로를 따르는 숲의 일족이든 가리지 않고 마구잡이로 공격했다.

"다들 피해!"

위에서 상황을 살피던 세나가 소리쳐 경고했다. 검은 기운은 세나의 목소리를 알아듣는 듯 나무 위까지 공격했다. 서로 싸우느라 바빴던 숲의 일족 정예병과 철십자 기사들이 검은 기운의 공격에 속수무책으로 당하고 있을 무렵.

검은 기운이 닿은 자리마다 새까맣게 썩어 들어갔다. 풀과 나무가 시들고, 땅이 썩어 들어갔다. 마법이 걸리지 않은 검과 갑옷은 금방 부패되었다. 팔은 잉크를 쏟은 듯 까맣게 변했다가 마른 장작처럼 말라 비틀어졌다.

"끄아아악!"

"아아악!"

눈의 땅의 기운에 먹히는 건 끔찍한 고통을 가져왔다. 숲의 일족 정예병들도, 철십자 기사들도 그 고통을 참지 못하고 쓰러졌다.

"눈의 힘이 어떻게 여기까지 온 겁니까!"

라크안이 검은 기운을 칼로 썰어 내며 장로에게 소리쳤다. 라크안의 검에 잘린 검은 기운은 바닥에 떨어져 연기처럼 사라졌다. 그 자리는 까맣게 썩어 들어갔다.

"으아악!"

"피해, 닿으면 안 돼!"

사방에서 비명이 들렸다.

"한동안 조용하다 싶었더니. 감히 이곳까지 침범하려 하다니."

장로는 라크안을 공격하기 위한 마법으로 검은 기운을 상대하고 있었다. 라크안의 질문에 대답을 해 줄 수 있는 상태가 아니었다.

욱신. 같은 힘에 반응하는 것일까. 황궁에서 리센에게 씌었던 검은 기운에게 당했던 상처가 쓰라렸다. 라크안은 제 가슴과 배를 한 손으로 꾹 눌렀다. 손바닥에서 피가 배어 나왔다. 겨우 아물었던 상처가 다시 터져 피가 나오고 있었다. 목에서 핏물이 올라왔다.

"젠장."

라크안은 자신을 노리고 달려드는 검은 기운을 칼로 콱 찍었다. 파스슷- 라크안의 발치의 풀이 시들었다. 까맣게 말라붙어 버렸다.

"나와라, 언제까지 이런 잔챙이들을 상대하게 할 테냐!"

라크안이 버럭 소리를 질렀다. 그의 목소리가 공터에 쩌렁쩌렁 울려 퍼졌다. 그에 답하듯 사방에서 까맣게 죽은 덤불이 파사삭, 흔들렸다. 비쩍 마른 잎사귀들이 떨어져 내렸다.

앙상하게 죽은 가지를 부수며 눈의 땅의 존재들이 모습을 드러냈다.

한둘이 아니었다. 공터를 빙 두를 만큼 많았다. 공터를 공격한 검은 기운은 그들의 몸에서 뿜어져 나오고 있는 것이었다.

그들은 사람도 아니면서 짐승도 아니었다. 사람이 되다 만 짐승 같았고 짐승이길 포기한 사람 같았다. 인간과 짐승을 합성한 키메라 같기도 했다. 형태는 제각각이었지만 단 하나, 똑같은 것이 있었다.

숨이 탁해질 만큼 검은 기운에 뒤덮여 있다는 것.

그것이 그들이 눈에 땅에서 온 존재라는 것을 알려 주었다.

우어어어어-.

워워어어어-.

얼굴로 보이는 곳에서 눈인지 코인지 입인지 알 수 없는 구멍이 열리고, 기괴한 소리가 새어 나왔다. 울음인지 비명인지 알 수 없는 괴기스러운 소리에 속에서 사람이 알아들을 수 있는 말이 흘러나왔다.

그 존재들은 사납게 공터 안으로 달려들었다. 검은 기운을 상대하는 것만으로도 벅찼던 숲의 일족과 철십자 기사들은 본체의 등장에 오래 버티지 못했다.

라크안은 주변에서 픽픽 쓰러지는 철십자 기사들을 보면서도 아무것도 할 수 없었다. 카루나를 안고 있는 리센을 지키는 것만도 버거웠다. 라크안은 점점 빛이 사라져 가는 검을 휘둘렀다. 사방에서 달려드는 눈의 땅에서 온 존재들을 베고 또 베어 냈다.

얼마 안 가 공터에 두 발로 땅을 밟고 선 사람은 장로와 리센, 라크안뿐이었다. 다들 죽거나 죽어 가며 까맣게 변한 바닥을 뒹굴었다.

"피, 하십…… 라안 님, 카, 루나…… 어, 서……."

세나가 한쪽 눈에서 피를 철철 흘리며 라크안을 향해 손을 뻗었다. 곧 검은 기운이 그녀를 후려 갈겨 멀리 날려 버렸다. 그렇게 라크안 쪽의 잔챙이들을 모두 처리한 눈의 땅에서 온 존재들은 할 일을 마쳤다는 듯 움직임을 멈췄다.

—넘겨라, 그녀를.

그들 중 한 존재가 라크안에게 손같이 생긴 몸의 일부를 뻗으며 말했다. 눈의 땅에서 온 존재들이 일제히 라크안을 돌아보았다. 아니, 돌아보았다는 말은 바람직하지 않았다. 그들에게 눈이 있는지는 아무도 몰랐으니까. 다만 그렇게 느낄 뿐이었다.

사방에 넘실거리는 검은 기운을 보며 라크안은 인정할 수밖에 없었다. 그들이 카루나를 노리고 있다는 것을.

'어쩐지 아까부터 내 쪽을 집중적으로 노리는 거 같다고 생각했는데, 정말이었군.'

라크안은 주변을 둘러보았다. 온통 새까맣게 죽어 있는 가운데 둘이 밟고 있는 땅만 푸릇한 잔디가 남아 있었다.

"왜 카루나를 노리는 거지?"

라크안이 아직 빛이 남아 있는 검으로 눈의 땅에서 온 존재 중 하나를 겨누었다. 그 몸통에서 사람의 목소리를 흉내 낸 목소리가 흘러나온 걸 알아챘기 때문이었다.

—대단하구나. 반려가 없는 삶을 버텨야 하는 몸은 그리도 강인한가. 그렇게 짓밟았는데도 멀쩡히 서 있다니.

눈의 땅에서 온 존재는 라크안의 질문에 대답하는 대신 감탄했다. 속이 시꺼먼 구멍을 쩍 벌려 라크안을 집어삼킬 듯 굴었다. 라크안은 검을 휘둘러 그 목을 뎅강 베었다.

"네 말은 믿지 않는다. 눈의 땅에서 온 존재여."

—내 말을 믿지 않는다? 무엇을 믿고 싶지 않다는 거지? 네게 반려가 없다는 것? 아니면…….

그 존재가 덧없이 죽자 바로 옆에 서 있던 다른 존재에게서 이어 목소리가 들렸다.

—카루나가 네 뒤에 선 늑대의 반려라는 것?

"네가 말하는 모든 걸 다!"

라크안은 이를 악물고 그 존재에게 달려가려고 했다. 그때 리센이 라크안의 옷자락을 붙잡아 그를 말렸다.

"라크안, 어서 카루나를…… 나를…… 샘으로 가야 해."

리센이 라크안의 등에 바짝 붙어 서서 말했다. 리센의 숨은 여전히 거칠었다. 라크안은 눈의 땅에서 온 존재에게 달려드는 대신, 앞의 존재에게 검을 겨누고 뒤를 돌아보았다.

"리센?"

"……라안, 내가…… 오래 버티기 힘들 거 같아."

리센은 고통스러워 보였다. 풀어헤친 셔츠 사이로 까맣게 변한 목이 드러났다.

"젠장."

라크안은 이를 악물고 다시 앞을 보았다. 문득, 장로가 보였다. 그는 흙의 방패를 몸에 두르고 검은 기운의 공격을 막고 있었다. 그 안에서 눈을 감고 진땀을 흘리며 끊임없이 주문을 외우고 있었다. 큰 마법을 준비하고 있는 듯했다.

"다시 묻는다. 왜 카루나를 노리는 거지? 눈의 땅에서 온 존재여."

라크안은 눈의 땅에서 온 존재에게 물었다. 그의 시선을 장로에게서 떨어뜨리기 위해서였고, 또한 그가 카루나를 노리는 이유를 알고 싶어서였다.

—나에게 속한 내 것이니 되찾을 뿐이다. 비켜라, 돌연변이 늑대여.

"네 것이라고? 카루나가?"

—이제 더욱 완벽히 내게 속할 수 있게 되었다. 지금의 그녀라면 내 기운을 받아들일 수 있을 테니까.

눈의 땅에서 온 존재들이 일제히 라크안의 어깨 너머를 바라보았다. 그 이자 그들은 겨우 실낱같은 목숨을 붙들고 있는 카루나를 탐욕하고 있었다.

생기로 가득한 몸이 텅 비었다. 숲의 젊은 늑대는 그 몸에 끊임없이 보존 마법을 걸고 또 걸었다. 그리하여 그 몸은 그저 텅 빈 채로 너무도 오랫동안 이 세상에 존재했다.

죽었으나 죽지 않은 몸. 그건 카루나가 눈의 기운을 받아들이기 적합한 유일한 기회였다. 그는 내내 지금 이 순간을 노리고 있었다.

—녹주석 없이도 널 만질 수 있어…… 널 내 곁에 머물게 할 수 있어. 우리는 영원히 함께할 수 있어. 카루나.

눈의 땅에서 온 존재의 흉측한 몸뚱이에서 얇은 미성이 흘러나왔다. 그건 진창 속에서 피어난 세레나데요, 달도 별도 숨은 어둔 밤에서 두 눈을 잃은 죄인의 노래처럼 아련했다. 만약 카루나가 들었다면 그 목소리의 마력에 마음을 빼앗겼을지도 모른다.

하지만 안타깝게도, 그의 고백을 들은 건 카루나가 아니었다. 카루나를 심장에 새긴 두 늑대였다. 늑대는 자신의 반려를 탐하는 자를 용서하지 않는다. 그가 얼마나 흉측하건, 애절하고 아름다운 목소리를 가졌건, 그딴 건 중요하지 않았다.

라크안이 이를 악물고 눈을 번뜩였다. 사나운 살기가 그의 몸에서 뿜어져 나왔다. 라크안은 자신의 몸으로 그 시선을 막아섰다. 그러면서 여전히 흙으로 된 방패 속에 숨어 있는 숲의 장로를 보았다. 비로소 장로가 그 흰 눈을 번쩍 뜨며 두 손을 들어 올렸다.

"네 말 따위는 믿지 않는다."

동시에 라크안이 한쪽 입꼬리를 비틀어 웃으며 검을 휘둘렀다. 라크안은 제 귀를 더럽히며 인내한 보람을 얻었다.

"여기가 어디라고 넘어왔단 말이냐, 눈의 땅에서 온 사특한 존재여. 네가 원래 있던 곳으로 되돌아 가거라!"

장로가 우레와 같이 외치며 마법을 날렸다. 그의 몸에서 번개처럼 강대한 스파크가 일었다. 그 힘은 단번에 공터를 뒤덮고 눈의 땅에서 온 존재들을 집어삼켰다.

구어어어어-

크어어어-

그들은 괴성을 지르며 재조차 남지 않고 타 버렸다. 숲의 공터를 가득 채웠던, 눈의 땅에서 온 존재들이 단번에 사라졌다. 장로는 쓰러졌다. 누구 하나 부축해 줄 사람이 없었기에 맨바닥에 머리를 박았다. 그럼에도 숲에서 눈의 땅에서 온 존재들을 몰아냈다는 안도감에 마음을 놓았건만.

땅에서 검은 아지랑이가 솟았다. 그 아지랑이는 장로와 라크안의 눈앞에서 다시 눈의 땅에서 온 존재들의 형상이 되었다. 까맣게 죽어 버린 땅이 그들이 자라날 수 있는 토양이 되어 버린 것이다.

—고작 이 정도로 날 상대하려고 하다니. 재미있구나.

다시금 쇳소리 섞인 쉰 목소리와 아직 변성기가 오지 않은 소년의 맑은 미성을 오가는 그 목소리가 들렸다.

"힘이 땅에 스며들었단 말인가."

장로는 탄식했다. 까맣게 썩어 들어간 땅에 이미 눈의 기운이 스며들어 그들의 형체가 재생한 것이었다. 그들을 몰아내려면 눈에 보이는 그들의 형체가 아니라 까맣게 죽은 땅을 정화해야 했다. 그러기 위해서는 조금 전에 썼던 것만큼의 마법을 일으켜야 했으나 장로에게는 더 이상 그런 힘이 없었다.

눈의 땅에서 온 존재들이 일제히 장로에게 달려들었다. 라크안과 농담 따먹기를 하듯 대화를 나누기 전, 장로를 먼저 처리해야 되겠다고 생각한 듯했다. 라크안은 장로를 도우러 가려는 듯 검을 꽉 쥐었다가 생각을 바꿨다.

"리센, 저 길로 널 보내고 그 길을 막으면 그 안은 괜찮은 거겠지?"

장로에게는 미안하지만, 장로를 포기해서라도 이뤄야 하는 일이 있었다.

"……최초의 샘이, 흐르는 곳이니까…… 그곳까지는 들어오지, 못할, 거야. 아직은……."

숲의 오염이 심해지면 샘으로 향하는 오솔길까지도 영향을 받을지 모른다. 하지만 아직은 아니었다. 리센은 가물가물한 눈으로 라크안의 어깨 너머를 내다보았다.

장로가 버티고 서 있던 오솔길 입구의 안쪽은 고요하고 평화로워 보였다. 도망친 새들이 전부 저 안에 모여들어 지저귀고 있는 것도 같았다.

"됐어. 그러면 돼."

라크안은 한 손으로 리센의 허리를 휘감았다.

"뭐…… 하는 짓, 이야."

리센은 목이 말라비틀어지며 숨 쉬는 게 고통스러우면서도 라크안의 포옹에 기겁했다.

"가만히 있어. 널 안고 싶은 게 아니니까."

라크안은 이를 악문 채로 으르렁거리듯 말했다. 라크안이 품에 안고 싶은 사람은 오직 단 한 명, 카루나뿐이었다. 제 반려를 훌쩍 안고 납치해 간 친구 따위를 안고 싶은 마음은 눈곱만큼도 없었다.

제국의 절반을 내준다고 해도 기꺼이 거절하리라. 제국과는 비교도 안 될 정도로 귀한 반려를 위해 참고 있는 것뿐이었다.

'이 자식이 카루나를 안고 있어. 그러니까 나는 이 자식을 안고 있는 게 아니라 카루나를 안고 있는 거야. 카루나를. 카루나를.'

라크안은 그렇게 속으로 중얼거리며 리센을 안은 팔에 힘을 주었다. 그러고는 번쩍 들어 올렸다. 손에 닿는 리센의 딱딱하고 단단한 몸의 감촉이 참 별로였다. 라크안은 오직 카루나를 향한 마음으로 버텼다.

"너를 저 안쪽에 들여보내 줄 거다. 그리고 입구는 내가 어떻게든 막을 테니까, 반드시 카루나를 살려. 너는 할 수 있다고 했잖아. 그렇지?"

라크안은 그렇게 말한 뒤 바로 달리기 시작했다. 리센의 대답 따위는 듣지 않았다. 그럴 틈이 없었다.

"큭!"

리센은 라크안의 가슴팍에 얼굴을 박았다. 코가 얼얼하게 아팠다. 안 그래도 모자란 숨이 턱턱 막혔지만 힘겹게 입을 열어 대답했다.

"할, 수 있어. ……내가."

라크안은 듣지 못하겠지만 리센은 말해야 했다. 라크안은 눈의 땅에서 온 존재들이 장로에게 신경 쓰는 동안 그 틈을 파고들어 달렸다. 눈의 땅에서 온 존재들은 금방 라크안의 움직임을 눈치챘다.

검은 기운이 사방에서 쏟아졌다. 라크안은 그것들을 쳐낼 생각 따위는 하지 않았다. 그저 안고 있는 리센, 그리고 카루나에게 닿지 않게 둘을 제 몸으로 덮고는 달릴 뿐이었다.

라크안의 온몸은 금세 만신창이가 되었다. 머리, 팔, 등, 어깨, 다리. 어디 하나 멀쩡한 곳이 없었다. 새까맣게 물들어 썩어 들어갔다. 그럼에도 라크안은 그 몸으로 땅을 박차고 뛰어올랐다. 눈의 땅에서 온 존재들을 밟으며 앞으로 나아갔다.

신발이 순식간에 삭아 없어지고 발바닥이 새까맣게 썩어 갔다. 라크안은 신음 한 가닥 흘리지 않았다. 그저 이를 악물고 버텼다. 그렇게 장로가 막고 서 있던 샘으로 향하는 입구, 외로운 오솔길로 향했다.

막 오솔길 입구에 닿으려는 순간.

―너를 보낼 것 같으냐. 카루나를 내놔!

장로를 집어삼킬 듯 입을 크게 벌렸던 눈의 땅에서 온 존재가 몸을 회까닥 뒤집었다. 라크안에게 그 큰 입을 벌렸다. 라크안은 그 입으로 뛰어드는 격이었다.

"내가 줄 것 같으냐!"

라크안은 비죽 웃으며 손을 뻗어 그의 목을 맨손으로 움켜잡았다.

단번에 라크안의 손이 시꺼멓게 썩어 들어갔다. 검은 기운이 어깨까지 침범해 생기를 빼앗았다. 라크안은 그 손으로 눈의 땅에서 온 존재를 집어 들어 옆으로 던졌다.

"으아아아악!"

라크안이 참았던 소리를 터뜨렸다. 온몸이 검은 기운에 덮여 썩어 가는 고통 때문인지, 리센을 통해서라도 품에 안고 있던 카루나를 다시 떼어 놓아야 한다는 슬픔 때문인지는 스스로도 알지 못했다. 그는 마지막 힘을 다해 리센을 오솔길 안쪽으로 집어 던졌다.

리센의 몸은 짚으로 만든 인형처럼 볼품없이 데굴데굴 바닥을 굴렀다. 어쨌든 리센은 오솔길 안쪽으로 접어들었다. 난장판이 된 숲의 공터와는 비교도 안 될 만큼 고요하고 평화로운 곳이었다.

라크안은 리센을 던지기 위해 그 안쪽을 잠시 들여다본 것만으로도 향수를 느꼈다. 라크안의 고향은 제국이고, 또 바이켈드 공작저이건만. 어째서인지 오솔길 안쪽에서 깊은 그리움을 느꼈다. 기억으로만 남아 있는 포근한 아버지의 품을 떠올리게 했다. 그래서 저도 모르게 리센을 따라 오솔길 안쪽으로 걸어 들어갈 뻔했다.

—카루나를 내놔! 안 돼! 어떻게 해서 찾아냈는데. 이렇게 다시 잃을 순 없어!

등 뒤에서 들리는 소리만 아니었다면.

"……!"

라크안은 검은 기운에게 뒷덜미와 머리 전체를 두드려 맞은 듯한 기분이 들었다.

'카루나를 돌려줘. 어떻게 해서 찾아낸 내 반려인데, 이렇게 잃을 순 없어. 안 돼. 카루나, 카루나!'

언젠가 자신이 토해 냈던 울음과 꼭 닮아 있는 누군가의 목소리가 그의 뒤에서 들리고 있었다. 메아리처럼 꼭 닮아 있는 그 목소리가 라크안의 심장을 쥐고 흔들었다.

'설마.'

끔찍한 생각이 그의 머리를, 심장을 스치고 지나갔다. 눈의 땅에서 온 존재가 그토록 떠들어 대도 애써 외면하고, 삿된 거짓말이라 생각하고 넘겼건만.

"아……."

깨달음은 순식간이었다. 끝내는 이렇게 실감할 수밖에 없었다.

'싫어.'

당연히 부정하고 싶었다. 차라리 이 자리에서 죽는 게 낫겠다 싶을 만큼. 뇌가 시꺼멓게 변해 썩어 없어져 버리면 얼마나 좋을까.

라크안은 간절히 바라며 손을 들어 자신의 뒷머리를 만져 보았다. 안타깝게도 검은 기운은 아직 거기까지 닿지 않았다. 그의 머리는 멀쩡했다.

라크안은 손을 들어 자신의 왼쪽 가슴을 더듬어 보았다. 다시 한번 검은 기운에 꿰뚫려 있기를 바랐다. 그래야만 이런 끔찍한 생각에서 벗어날 수 있으니까. 하지만 심장 또한 멀쩡했다.

—카루나, 카루나!

등 뒤에서 애절한 부름이 이어졌다.

'카루나, 카루나!'

그 목소리 또한 카루나를 애타게 부르던 라크안, 자신의 목소리를 꼭 닮아 있었다. 반려를 찾는 목소리가 아니었다. 마음으로 이어진 반려라면 굳이 저렇게까지 애절히 부르지 않아도 되었으리라.

……반려가 아니기 때문에. 그녀의 반려가 될 수 없기에. 그럼에도 그녀를 가지고 싶어서, 그래서 저토록 안달할 수밖에 없었으리라. 마치 자신처럼.

'역시 아니었던 거야.'

보기만 해도 좋았는데. 웃는 얼굴을 보면 세상 모든 걸 다 가진 것처럼 행복과 기쁨을 느낄 수 있었는데. 그건 단지 굶주림에 지쳐 텅 빈 제 속을 채우려 세상에서 가장 빛나는 것을 욕심낸 탐욕이었던 걸까.

'……카루나가 내 반려가 아니었어.'

아니라고, 부인할 생각이 들지 않았다. 라크안은 카루나를 잃자마자 텅 비어 버린 제 심장을 들여다보았다. 그 텅 빈 자리에서 들리는 소리는 등 뒤에서 들리는 소리와 똑같았다. 그저 자신의 텅 빈 마음을 할 수 있는 한 가장 좋은 것으로 채우려는 탐욕이었다.

하필이면 이 아귀 같은 탐욕에 카루나가 눈에 띈 것이다. 세상에서 가장 좋은 것. 아름답고 고운 것. 소중하고 어여쁜 것. 절대 이런 탐욕에 잡혀서는 안 되는 사람이.

'내 반려가…… 아니야.'

라크안은 눈을 들어 리센을 바라보았다. 리센은 바닥을 뒹구는 와중에도 카루나를 품속에 꼭 안고 놓치지 않고 있었다. 기어코 비틀거리며 일어서서는 라크안을 바라보았다.

"라안."

리센이 손을 내밀었다. 함께 가자는 걸까. 한 사람의 반려를 두고 싸우고 있는 입장인데, 자신만이 카루나를 살릴 수 있다고 그리 자신했으면서. 리센은 끝까지 잔인해지지 못했다.

자신과 카루나가 가 버리면 홀로 남게 될 라크안을 걱정하였다. 반려를 가진 사람의 여유인 걸까. 라크안은 생전 처음 보는 사람을 바라보듯 리센을 바라보았다.

"가, 어서 가. 뒤돌아보지 말고."

떼어지지 않는 입술을 억지로 열어 지금 이 순간, 가장 하고 싶지 않은 말을 했다.

"늑대여, 넌 반려가 없는 돌연변이다. 네가 반려라고 감히 생각하는 저 아이가 사실은 저 늑대의 반려인 것을."

열흘 전 그의 영혼을 산산조각 냈던 그 검은 목소리가 귓가에 다시 울렸다. 라크안은 그 목소리를 애써 외면하는 대신, 카루나를 안고 있는 리센을 외면하며 돌아섰다.

리센과 카루나의 위로 라크안의 긴 그림자가 졌다. 외면하였으되 지킬 수밖에 없었다. 라크안은 아버지의 품같이 포근한 그곳에 몸을 숨기는 대신, 그 길의 입구에 버티고 섰다. 조금 전 장로가 섰던 자리였다.

장로는 저만치로 쓸려 나가 검은 기운에 파묻혀 있었다. 이제 그 자리에 라크안이 두 발을 디디고 섰다. 라크안은 제 앞에 선 거대한 검은 기운을 보았다.

—안 돼. 어떻게 얻은 기회인데 카루나를 다시 잃을 수 없어!

그는 괴로워하며 울부짖었다. 거울을 보는 것 같았다. 알 수 없는 형체에 숨어 카루나를 원하는 그의 모습이 친숙했다. 라크안은 그를 통해서 자기 자신을 봤다.

어떤 이유에서인지 카루나를 원하지만 카루나의 반려는 아닌 존재.

카루나를 지키기 위해서는 자신을 닮은 그와 맞서야 했다.

—돌연변이 늑대여, 비켜라. 내 누이, 내 카루나를 내 손에 되찾고야 말겠어.

구어어어-!

워어어어-!

눈의 땅에서 온 존재들이 괴성을 지르며 라크안에게로 달려들었다. 시시각각 가까워 오는 그들을 라크안은 차분히 바라보았다. 조금도 무섭지 않았다. 두렵지도 않았다.

"반려란 말이야, 영혼의 반쪽 같은 거란다. 그러니 반려를 만나기 전까진 반쪽인 채로 살아야 하는 거야. 행복하고 기쁠 수가 없지. 마찬가지로 반려를 잃고 나서 반쪽인 채로 살며 행복하고 기쁠 수가 없지 않겠니."

어머니가 돌아가시고 나서 아버지는 어린 라크안을 껴안고 그렇게 말씀하셨다. '미안하다, 라안. 널 혼자 둬서. 하지만 어쩔 수 없구나.' 이어서 이렇게도 속삭였다.

어린 시절, 홀로 발작에 시달려 괴로워하며 라크안은 내내 그 말을 유언으로 남겼던 아버지를 원망했다. 좀 더 내 곁에 남아 줄 수는 없었냐고. 그렇게 빨리, 사랑하는 어머니 곁으로 떠나가야 했냐고. 카루나를 만나기 전 라크안은 그렇게 아버지를 원망했다.

하지만 이제는 아니었다. 이제야 아버지를 이해할 수 있을 것 같았다. 라크안은 카루나를 잃은 자신을 생각했다. 이대로 카루나가 죽고, 리센이 그녀를 되살려 내지 못하고, 홀로 이 세상에 남겨진 자신을.

크르르르- 목울대에서 짐승의 울음이 울렸다.

'내가 네 반려가 아니어도 좋아.'

다만 카루나의 삶에서 쓸모 있는 것이라도 되고 싶었다. 눈앞의 그와 똑같으나 그럼에도 다르다는 것을 증명하기 위해서, 카루나를 살리기 위해서. 라크안은 기꺼이 발작을 몸에 입었다.

평생토록 발작으로부터 도망 다녀도 벗어날 수 없었건만. 두 손으로 발작을 움켜쥐는 것은 너무도 쉬웠다. 그저 단 하나만 생각하면 됐다.

카루나가 없는 세상.

그것만으로도 세상은 핏빛으로 물들었다.

"그만해요……. 나중에 또, 잠 못 자지 말고……."

어디선가 그런 그를 말리는 소리가 들렸다. 카루나가 주었던 제약이었다. 그 제약 때문에 이곳에 오기까지 라크안은 발작을 일으키지 않았다. 라크안은 그 제약 안에서 발작을 피했다. 하지만 이제는 그래선 안 됐다.

'죽여, 다 죽여 버려. 네 존재는 그러기 위해서 존재하는 거야. 물어뜯어, 갈가리 찢어, 피를 흘리고 모조리 다 죽여 버려.'

라크안은 카루나의 온기에서 벗어났다. 대신 항상 귓가에서 속살거리던 그 파괴 본능을 그대로 받아들였다.

'그래서 끝내는 너마저 죽어 버려. 다, 모두 다 죽여 버리는 거야!'

차라리 마음이 편안해졌다.

'그래, 이게 내 세상이야.'

라크안은 피냄새 나는 세상에 갇혀, 피로 물든 두 손에 얼굴을 묻었다.

'나는 정말 싫어. 끔찍하게 싫어. 늑대로 변하는 것도, 발작하는 것도. 피도 싫어. 검을 휘두르고 싸우는 것도 싫어. 나는 정말로 이런 게 싫어. 사실은 무서워. 하지만 널 지키기 위해서라면…….'

붉은 눈을 내리감았다. 미처 흐르지 못한 눈물이 뚝, 떨어져 내렸다. 그리하여 눈물이 사라진 눈을 다시 떴을 때.

붉은 눈은 반으로 갈라진 짐승의 눈이 되어 있었다. 그 눈은 핏빛으로 빛났다. 크르르. 찢어진 입에서 날카로운 이빨이 솟아나고 흉포한 울음이 터져 나왔다. 너덜너덜해진 갑옷과 옷이 찢기고, 검은 기운에 오염되어 썩어 비틀어져 있던 꺼먼 살갗 위로 시꺼먼 털이 솟았다. 두 발은 금세 네 발이 되었다.

크아악!

새까만 늑대가 오솔길을 제 몸으로 가리고 울부짖었다.

* * *

리센은 비틀거리며 길을 걸었다. 사나운 늑대의 울음이 그의 목덜미를 잡아챘다. 하지만 리센은 뒤돌아보지 않았다. 그를 위해, 또한 자신을 위해 앞으로, 앞으로 나아갔다.

점점 길 밖의 소리가 옅어졌다. 더 이상 늑대의 울음소리가 들리지 않을 때 즈음, 리센은 길의 끝에 섰다.

눈앞에 거대한 나무가 나타났다. 아무리 고개를 치켜들어도 그 끝에 눈에 닿지 않을 만큼 큰 나무였다. 흙 밖으로 드러난 뿌리 하나만 해도 한 사람이 끌어안기에 벅찰 만큼 굵었다. 뿌리는 궁전의 아치처럼 굽어 있었는데, 그 아래에는 은빛 잔디가 깔려 있었다.

잔디를 밟으면 포근한 봄의 향기가 퍼졌다. 그 은빛 잔디를 밟고 지나 비로소 최초의 샘에 도착했다.

샘은 거대한 나무에 비하면 한없이 작았다. 그리고 맑았다. 세상 어떤 투명한 수정도 이보다 더 투명하지는 않을 것 같았다. 나뭇잎에서 떨어지는 이슬이 수면 위로 떨어졌다. 퐁- 잔잔하던 수면이 흔들렸다. 나뭇잎 사이로 새어 나오는 햇살이 샘에 부딪쳐 흩어졌다. 그것이 유일한 움직임이었다.

샘의 주변은 고요했다. 더없이 평화로웠다. 숲의 공터에서 벌어지고 있는 피비린내 나는 상황과는 너무도 대조적이었다. 이곳에서 가장 이질적인 것은 리센과 카루나뿐이었다.

피투성이에 눈의 기운에 먹혀 시꺼멓게 살이 썩어 들어가는 리센.

죽음으로까지 마지막 한 번의 숨을 남겨 둔 채 버티고 있는 카루나.

샘 주변에서 바람이 불었다. 그 바람이 카루나를 안은 리센을 휘감고 밀어냈다. 그들을 거부하는 듯 혹은 말리는 듯. 리센은 평화로운 성지를 더럽히는 것을 거리끼지 않고, 샘 앞에 쓰러지듯 주저앉았다.

우수수 쏟아진 연두색 머리카락 끝이 샘에 풍덩, 닿았다. 잔잔하던 샘의 표면에 크고 작은 파문이 일었다. 그 일그러진 수면 위로 리센의 얼굴이 비쳤다. 샘에 비친 얼굴은 미소 짓고 있었다.

리센은 품속의 카루나를 바라보았다.

"……."

그녀는 눈을 감은 채 아무 말이 없었다. 그저 천천히 죽어 가고 있었다. 리센이 마지막으로 건 보존 마법이 사라지고 있었다. 카루나는 이제 신음조차 내뱉지 못했다. 하얗게 질린 얼굴은 핏기 한 점 없었다. 이대로라면 카루나는 곧바로 그토록 기다렸던 마지막 숨을 내쉬리라.

"그렇게 두지 않을 거예요."

리센이 카루나를 움켜쥔 죽음에 저항하듯 속삭였다. 그는 카루나에게 영영 그 마지막 숨이 다가오지 않도록 만들 생각이었다. 리센은 있는 힘을 다해 카루나를 두 손으로 들었다. 그러고는 허리를 숙여, 샘 위로 카루나를 내려놓았다.

퐁당. 카루나의 몸이 샘에 잠겼다. 천천히 샘 아래로 가라앉았다. 샘은 햇빛에 부서지고 바람에 흔들려 반짝반짝 빛났다. 천 개의 다이아몬드를 뿌린 것 같았다.

그 눈부신 빛이 카루나를 감싸 안았다. 카루나는 물속에서 숨을 쉴 수 없어 고통스러워하거나 버거워하지 않았다. 오히려 리센의 품속에 있었을 때보다 더 편안해 보였다.

리센은 품속에서 단도를 꺼내 망설임 없이 움켜잡았다. 날카로운 칼날이 손바닥을 사정없이 파고들었다. 살이 찢기고 피가 흘렀다.

"크흑……."

리센은 칼날이 살을 파고드는 감각에 몸서리쳤다. 하지만 단도를 놓지 않았다. 단도는 뼈에 닿을 만큼 깊이 그의 손을 파고들었다. 리센은 왼손이 너덜너덜해져서야 단도를 놓았다.

피 묻은 단도가 바닥을 뒹굴었다. 투둑, 툭. 은빛 잔디 위에 시뻘건 핏방울이 떨어졌다. 리센은 피가 철철 흐르는 왼손을 샘에 집어넣었다.

"아, 읏……."

샘의 물은 차가웠다. 상처에 닿으니 시린 고통이 몰려왔다. 리센은 이를 악물며 버텼다. 허리가 절로 꺾여 샘 앞에 쓰러지듯 엎드렸다. 그 상태로 리센은 샘 아래로 더 깊이 손을 뻗었다.

잠시간 놓쳤던 카루나가 손끝에 닿았다. 리센은 겨우 닿은 카루나의 손을 잡았다. 혹시라도 또 놓칠까 봐 걱정이 되어 손깍지를 꼈다. 서로의 손바닥이 닿았다. 그러자 상처 난 리센의 손에서 더 많은 피가 흘러나왔다. 마치 샘이 그의 피를 빨아들이는 것 같았다.

하나 샘은 리센의 피로 탁해지지 않았다. 피는 샘물에게 붙잡혀 방울방울 피어올랐다. 피로 만든 진주 같았다. 피의 진주는 샘에 깃든 빛만큼 빛났다. 그 안에 담긴 리센의 생기 때문이었다.

작은 핏방울이 뭉쳐 더 큰 핏방울이 되고, 더 큰 핏방울이 모여 긴 사슬이 되었다. 그러면서 물결을 타고 카루나를 감싸 돌았다. 샘에 팔을 담근 리센의 얼굴은 점점 창백해졌다. 그 창백한 얼굴 위로 검은 기운이 번졌다.

"크흑……. 아, 읏……."

리센은 홀로 고통에 몸부림쳤다. 본능적으로 알았다. 이대로 샘에 팔을 담그고 있으면 죽게 된다는 것을. 생기를 모두 빨려 미라처럼 변해 죽어버릴지도 모른다.

이성이 불쑥 고개를 쳐들었다. 샘에서 손을 빼내야 한다고, 누군가가 자꾸 귓가에 속삭였다. 살고자 하는 본능이 외치는 소리였다. 리센은 그

소리를 무시하고 더 깊이 팔을 밀어 넣었다.

샘은 리센의 생기를 모조리 빨아들일 듯 탐욕스럽게 굴었다. 최초의 샘은 숲을 만들고 숲을 유지하는 생명의 근원이었다. 생명은 상냥하거나 자애롭지 않았다. 그저 탐욕스러웠다. 피는 매개였다. 피를 통해 리센의 생기가 카루나에게 흘러들었다. 생기는 리센의 머리에서 어깨로, 어깨에서 팔로, 팔에서 손의 상처를 통해 흘러나갔다.

리센의 몸에서 생기가 빠져나가니, 그의 목을 움켜잡았던 검은 기운이 활개를 치며 날뛰었다.

목에서 시작된 검은 얼룩은 텅 빈 몸을 파고들었다. 몸이 빠르게 썩어 들어갔다. 생기를 빨리는 한편, 눈의 기운에 먹혀 들어가고 있는 것이었다.

산 채로 살을 뜯어내고 뼈를 짓이기는 것처럼 아팠다. 시시각각 죽음의 공포가 가까워졌다. 당장이라도 손을 빼내야 한다는 생각이 머릿속에 앵앵 울렸다. 몸이 썩어 들어가는 아픔, 그리고 절망. 차라리 기절해 잠들 듯 죽을 수 있으면 좋으련만. 리센은 정신을 잃지도 못했다. 차가운 샘물이 손바닥의 상처를 파고들어 리센의 정신을 붙잡았다.

"아흑…… 윽, 흐윽……."

울음이 터져 나왔다. 혹여나 카루나가 들을 수 있으니 참아야 한다고 생각했다. 하지만 생각대로 되지 않았다. 눈에서 실핏줄이 터지고 피눈물이 흘렀다.

리센은 고통에 허덕이며 샘을 들여다보았다. 샘에 리센의 얼굴이 비쳤다. 이전의 잘생긴 외모는 찾아볼 수 없었다. 고통에 절고, 생기가 빨린 채 시커멓게 썩어 가는 흉측한 얼굴이 드러났다.

그 물그림자 아래에 카루나의 얼굴이 보였다. 창백했던 얼굴에 온기가 돌았다. 바짝 말라 새파랗게 시들어 있던 입술이 붉게 변했다. 포로록, 입과 코에서 숨 방울이 새어 나왔다.

그녀는 자신의 힘으로 숨을 쉬고 있었다. 까딱, 카루나의 손가락이 움직였다. 그 기척이 맞잡은 손을 타고 리센에게 전해졌다.

물결 따라 흔들리는 망토 자락 사이로 어깨가 드러났다. 그저 눈처럼 하얗기만 했다. 늑대의 거친 발톱이 박혔던 상처가 보이지 않았다. 아마도 그녀의 배에 난 상처 또한 아물고 있으리라. 애초부터 상처 따위가 난 적 없다는 듯.

이게 숲의 장로에게서 장로의 후계자에게로만 전해지는 최초의 샘의 비밀이었다. 하나의 생명을 바치면 하나의 생명을 살릴 수 있다. 어째서 최초의 샘이 이런 비밀을 가지고 있는지는 누구도 몰랐다. 어떤 오래된 기록에도 남아 있지 않았다.

역대 숲의 장로들은 그저 선대의 가르침에 따라 이 비밀을 지켜 왔다. 샘의 비밀을 다른 숲의 일족들이 알지 못하도록 주의했다. 숲의 일족은 반려를 위해서라면 언제든 제 목숨을 내던질 수 있는 사람들이었다.

샘의 비밀을 알게 된다면 너 나 할 것 없이 크게 다쳤거나 죽어 가는 반려를 안고 샘으로 달려왔을 것이다. 기꺼이 자신의 목숨을 바쳐 반려를 구하려 했을 것이다. 지금의 리센처럼.

살아 있는 채로 생기를 빨리고, 눈의 기운에 잡아먹히고 있기에, 손에 뻗으면 닿을 거리에 있는 단도로 눈이 갔다. 차라리 저걸로 심장을 찌르고 죽으면 편하겠다는 생각이 들 만큼 고통스럽건만.

리센은 웃었다. 조금이라도 더 카루나에게 도움이 되기 위해서. 한 톨 남은 생기마저도 모두 다 카루나에게 넘겨주기 위해서. 끝까지 그 고통을 버텼다. 조금이라도 더 오래 버티고자 애썼다.

그렇게 안간힘을 쓰는 와중 팔과 다리가 힘을 잃었다. 몸은 검은 얼룩에 뒤덮여 까맣게 썩고, 한겨울의 나뭇가지처럼 바싹 말랐다. 눈앞이 가물가물해졌다. 지독한 통증이 아득하게 멀어졌다. 끝이 가까워졌다.

이제는 이 고통에서 벗어날 수 있다는 안도감.

카루나가 더는 아프지 않을 거라는 안도감.

그리고 다시는 카루나를 보지 못하게 된다는 슬픔.

리센은 그러한 감정에 잠겨 느리게 눈을 깜박였다. 눈가에 고인 피 섞인 눈물이 주르륵 흘러내렸다.

퐁.

그 눈물이 샘으로 떨어졌다. 샘에 떨어진 눈물은 도로록, 동그랗게 말려 노을빛의 진주가 되었다.

마침내 리센은 카루나를 대신하여 마지막 숨을 내쉬었다.

고개가 푹 꺼지고 눈이 감겼다. 감긴 눈꺼풀 위에까지 까만 얼룩이 스몄다. 절대 놓지 않으리라 꽉 쥐었던 손에서 힘이 풀렸다. 깍지 낀 두 손이 느슨하게 풀어졌다.

리센의 손이 카루나를 놓치자 카루나의 몸은 한없이 샘 아래로 가라앉았다. 카루나의 주변을 맴돌던 붉은 진주 같은 핏방울들이 힘을 잃고 샘물에 스며 사라졌다. 그래도 샘물은 투명했다.

오직 노을빛 진주.

단 한 방울의 눈물만이 흩어지지 않고 카루나의 발그레한 뺨에 닿았다. 톡 닿은 진주는 이윽고 물거품이 되어 사라졌다.

그 감각이 카루나를 깨웠다. 내내 감겨 있던 눈꺼풀이 열렸다. 선명한 녹색 눈동자가 반짝 빛났다. 물결을 따라 흔들리던 팔과 다리에 힘이 들어갔다. 포르릊, 입에서 공기 방울이 한 움큼 새어 나왔다. 카루나는 본능적으로 두 다리를 버둥댔다. 살기 위해 손을 뻗었다. 리센의 팔을 잡고 물 위로 떠올랐다.

"푸핫!"

수면 위로 카루나의 얼굴이 나타났다. 카루나는 단단한 바닥으로 몸을 끌어 올리고는 콜록, 콜록, 기침하며 거친 숨을 몰아쉬었다.

"뭐, 뭐야……. 내가 왜, 물속에…… 콜록, 콜록."

샘 속에 있을 때는 숨이 막히지 않았다. 그런데 막상 밖으로 나오니, 죽다 살아난 사람처럼 숨이 턱턱 막혔다. 카루나는 격하게 숨을 몰아쉬며, 계속 물을 토해 냈다.

막 눈을 뜬 카루나의 머릿속은 엉망진창이었다.

'여긴 어디지? 뭐야, 나 왜 여기에 있는 거야. 어떻게 된 거야, 왜 살아 있는 거지?'

자신에게 달려들던, 늑대로 변한 라크안의 모습이 떠올랐다. 부르르, 어깨가 떨렸다.

'나는 분명, 분명…….'

물을 토하고 숨을 쉬느라 바쁜 와중에도 손을 뻗어 자신의 배를 더듬었다. 그런데 배에 있어야 할 상처가 만져지질 않았다.

'어떻게 된 거지?'

카루나는 고개를 들어 주변을 둘러보았다. 옆에 누군가 쓰러져 있는 게 보였다. 자신이 물속에서 붙잡았던 팔의 주인이었다. 카루나는 눈을 찌르는 젖은 머리카락을 쓸어 넘기며 그의 모습을 보았다.

"……."

겨우 되찾은 숨이 다시 멎었다. 샘가에 한 사내가 쓰러져 있었다. 한 팔을 샘에 담근 채로 옆으로 누워 있는 모양새였는데 고개를 바닥에 처박고 있었다. 샘에 잠긴 팔은 보통 사람의 팔과 다르지 않은데, 그 외의 모든 곳은 미라처럼 말라비틀어져 새까맣게 변해 있었다. 누군지 알아볼 수 없을 만큼 끔찍한 모습이었다.

하지만 카루나는 그가 누군지 알 수 있었다. 어떻게 모를 수 있을까. 내내 자신을 안아 주고 귓가에 따뜻한 말을 속삭여 준 사람인데.

'죽지 않아요, 당신은 절대 죽지 않아요. 내가 반드시 당신을 살릴 거예요. 그러니까 조금만 더 힘을 내 줘요. 죽으면 안 돼요. 내가 당신을 살릴 때까지 절대로 죽으면 안 돼요.'

아직 귓가에 그의 목소리가 남아 있었다.

"……리, 센?"

카루나는 더듬더듬 손을 뻗어 그의 어깨를 움켜쥐었다. 파삭. 그의 몸은 타 버린 재처럼 부서졌다.

"……!"

카루나는 깜짝 놀라 손을 뗐다. 그녀의 손이 닿은 어깨는 부서져 재도 남지 않은 채 사라졌다. 그의 몸이 기우뚱 기울어 뒤로 넘어갔다. 그 바람에 수그렸던 얼굴이 드러나고 샘에 잠겨 있던 팔이 수면 밖으로 나왔다.

그 팔은 곧바로 몸의 다른 부분처럼 말라 비틀어져 까맣게 변했다. 카루나는 겨우 드러난 그의 얼굴을 보았다. 눈을 감은 얼굴은 미소 짓고 있었다. 마지막까지 행복했다는 듯이.

"아……."

흠뻑 젖은 뺨 위로 뜨거운 눈물이 흘러내렸다. 누가 말해 주지 않아도 알 수 있었다. 자신이 어떻게 해서 살아났는지. 눈앞의 이 남자가 자신을 위해 무엇을 희생했는지.

카루나는 리센을 바라보았다. 차라리 겁에 질려 있거나, 고통스러워하는 얼굴이라면 좋았을 것을. 그러면 더욱 자책감에 몸부림칠 수 있었을 텐데. 리센이 웃고 있어서, 카루나는 감히 죄책감을 가질 수도 없었다.

"왜, 나를? 왜…… 이렇게까지……."

답을 줘야 하는 사람은 영원히 말을 할 수 없는 상태가 되어 버렸으니, 울음 섞인 질문은 허공에 흩어졌다.

리센과 함께 했던 지난날이 머릿속에 스쳤다.

바이켈드 공작저에 머물기로 결정한 이후로 리센은 카루나를 자주 찾아왔다. 오랫동안 알고 지냈던 사람처럼 친근하게 대하고 상냥하게 챙겨 주었다. 그런 리센 덕분에 카루나는 바이켈드 공작저에 금방 적응할 수 있었다.

'어쩜 사람이 이렇게 순하고 착할까.'

언제나 신기했다.

'저 성격으로 이 험한 세상을 어떻게 살아왔던 걸까.'

궁금했다.

'나 같은 사람이 옆에 있어주지 않으면 크게 사기당하고 인생 망칠 사람인 거 같은데.'

가끔은 그런 생각도 했다. 그러면서 리센의 호의를 당연하게 누렸다. 고마워할 생각은 눈곱만큼도 하지 않았다.

세나나 다른 숲의 일족들 역시 카루나에게 친절했고 상냥했다. 하지만 리센은 그 이상이었다. 그는 카루나가 원한다면 간도 쓸개도 다 빼내 줄 사람처럼 굴었다.

카루나는 그가 자신을 좋아하고 있다는 걸 알아차렸다. 모를래야 모를 수 없었다. 하지만 그의 마음을 진지하게 받아들이지 않았다. 그저 이용할 생각만 했다. 모르는 척하면서 아무렇지 않게 그의 친절과 호의를 마음껏 누렸다. 살아남기 위해서는 어쩔 수 없다고 스스로에게 변명을 해 가면서, 그렇게 살았다.

그렇다고 해서 그의 생명까지 빼앗을 생각은 없었건만.

"왜 당신은…… 내가 뭐라고, 이렇게까지……."

리센은 자신의 생명마저 카루나에게 내주었다. 아낌없이 자신의 모든 것을 내어주고 떠나갔다. 카루나는 이제는 감히, 그의 마음을 모르는 척할 수 없었다. 눈물은 닦으면 닦을수록 더 많이 흘러나왔다.

"미안, 미안해요…… 정말 미안해요……."

할 수 있는 말은 이것뿐이었다. 절대 잃어버려서는 안 될 사람을 잃어버린 기분이었다. 숨을 쉬기 힘들 만큼 벅찬 감정이 밀려왔다. 진작 이런 감정을 알았으면 좋았을 것을.

왜 잃어버린 뒤에야 그 사람이 소중했다는 걸 깨닫게 되는 걸까.

그동안 리센의 감정을 가볍게 여기고 멋대로 이용했던 대가를 치르는 걸까.

뚝, 뚝.

눈물이 은빛 잔디에 떨어졌다. 눈물이 떨어진 자리에서 푸릇한 새싹이 돋았다. 그 싹은 들불처럼 번졌다. 금세 리센의 주변은 푸른 새싹으로 가득 찼다.

새싹은 자라나 푸른 잎사귀가 되고 꽃을 틔우고 넝쿨이 되었다. 그리고 포근히 리센을 감쌌다. 그의 머리카락 색을 닮은 여린 덩굴이 그의 몸을 감쌌다. 자잘한 들풀이 푹신하게 그의 등을 덮었다. 들풀은 그의 뺨과 손등을 간지럽혔다. 녹음에 닿은 자리마다 검은 얼룩이 걷혔다. 새까맣게 변했던 리센의 모습이 점점, 원래의 모습을 되찾기 시작했다.

"아……."

카루나는 멍하니 그 모습을 바라보았다. 후드득. 눈물이 떨어졌다. 카루나는 두 손을 들어 자신의 눈물을 받았다. 손가락을 스친 눈물이 바닥에 떨어지자, 그 자리에서 돋아난 새싹이 순식간에 자라나 옅은 색의 꽃을 피웠다. 그 작은 꽃망울이 카루나의 숨에 닿아 살랑, 흔들렸다.

그러는 사이에도 리센의 몸에선 얼룩이 걷혔다. 검은 얼룩은 도망치지도 못한 채 카루나가 만들어 낸 녹음에 밀려 소멸되었다. 가장 심하게 썩어 있던 목 부근도 말끔해졌다. 무언가에 조였던 상처만 남아 있을 뿐이었다.

그래 봤자 비쩍 마른 모습이었으나 검은 얼룩에 뒤덮여 있을 때보다는 훨씬 나았다. 카루나는 원래의 모습으로 돌아온 리센에게 손을 뻗었다. 하지만 리센에게 닿기 전, 다시 손을 거뒀다. 또 자신과 닿으면 리센의 몸이 부서질까 봐, 무서웠다.

카루나의 눈물에서 자란 잎과 넝쿨은 카루나의 마음을 알겠다는 듯, 리센을 대신 품어 안았다. 리센은 녹색 풀과 덩굴, 들꽃으로 만들어진 포근한 둥치에 누워 잠든 모습이 되었다. 한결 편안해 보였다.

이미 죽은 그가 그렇게 느낄 리 없으니, 그건 단지 카루나의 생각일 뿐이겠지만.

그렇게 얼마나 시간이 지났을까.

크아아아! 저편에서 늑대의 울음소리가 울렸다. 언젠가 들어 본 적 있는 울음이었다.

'라안?'

카루나는 뒤를 돌아보았다. 다시, 늑대의 울음이 숲을 뒤흔들었다. 분명 라안이 발작을 일으켜 늑대로 변했을 때 느꼈던 소리였다.

"아……."

카루나는 몸을 웅크리며 자신의 왼쪽 어깨와 가슴을 움켜쥐었다. 늑대의 발톱에 할퀴어졌던 부분이 시려 왔다. 상처는 사라졌지만, 상처 입었을 때의 기억이 남아 있었다. 그 기억이 저 멀리서 울리는 늑대의 울음을 듣고 반응했다.

분명 라크안이 이곳에 있었다. 왜 그가 이곳에 있는 건지는 알 수 없지만. 여전히 발작 상태로 날뛰고 있는 게 분명했다.

'가야 돼.'

카루나는 몸을 일으켰다. 물론 몸은 그 정도의 움직임도 감당해 내지 못하고 휘청였다. 카루나는 나무뿌리에 몸을 기대고, 자신을 내려다보았다. 그제야 카루나는 자신이 원래의 모습으로 돌아온 것을 깨달았다.

입고 있는 드레스는 백합궁의 티 파티에서 입고 있던 것이었다. 열두 살 어린 카루나였을 때는 드레스 자락이 바닥에 끌렸건만. 이제는 드레스 자락이 무릎 위까지 올라와 있었다. 늑대의 발톱이 할퀸 어깨와 가슴 부분은 넝마가 된 상태였다. 그나마 리센이 둘러 준 망토 덕분에 속살을 가릴 수 있었다.

짧아도 물에 젖은 드레스는 무거웠다. 망토 또한 물에 젖어 몸에 달라붙고 축축 늘어졌다. 젖은 옷을 걸친 몸은 추위에 으슬으슬 떨렸다. 따스한 햇살이 아니었다면 카루나는 몸이 굳어 걷지도 못했을 것이다.

'정말 마법이 풀렸구나.'

카루나는 허탈하게 웃었다. 이런 모습으로 라크안 앞에 서도 되는지 두려웠다. 여러 생각이 걷잡을 수 없이 섞여 머릿속이 복잡해졌다. 카루나는 애써 그런 자잘한 생각들을 머리에서 몰아냈다. 지금은 그런 생각에 시달릴 때가 아니었다.

'가야 돼, 라안에게.'

카루나는 나무뿌리를 잡고, 리센이 자신을 안고 걸어왔던 길을 되돌아가기 시작했다.

걷는 발자국마다 새싹이 돋았다. 손이 닿는 곳마다 푸른 이끼가 돋아나고 풀잎이 자랐다. 길을 걸을수록 늑대의 울음소리는 더 자주, 더 크게 들렸다. 그러면서 주변의 풍경이 바뀌었다.

고요하고 평화롭기만 하던 숲의 길이 어그러졌다. 하늘 높은 줄 모르고 자란 키다리 나무에도 검은 얼룩이 묻어났다. 땅이 시꺼멓게 썩어 있었다. 풀과 꽃들이 말라 비틀어져 새까맣게 썩어 들어가고 있었다.

어느새 검은 얼룩이 그녀의 발치까지 닿았다. 카루나가 밟고 있는 푸른 땅과 검게 썩어 들어가는 땅이 경계선을 그린 듯 맞섰다. 검은 얼룩은 감히 카루나가 밟고 선 땅까지는 침범하지 못했다.

카루나는 살아 있는 생물처럼 일렁이는 검은 얼룩을 바라보았다. 본능적인 혐오감이 들었다. 하지만 뒤로 물러설 수는 없었다.

'라안에게 가야 해.'

라크안에게 가기 위해서는 이 검은 땅을 밟고 지나야 했다. 카루나는 한 발, 앞으로 내딛었다. 그렇게 카루나의 하얀 발이 검은 땅에 닿는 순간.
화아악— 검은 얼룩이 밀려났다.

카루나는 다시 한 발을 내디뎠다. 또 그만큼, 검은 땅이 녹음을 되찾았다.

이제 카루나는 거리낌 없이 검은 땅을 밟고 앞으로 나아갔다. 그녀가 걷는 걸음만큼 숲이 되살아났다.

왜 이런 일이 일어나는지는 카루나도 알 수 없었다. 그저 숨 쉬는 것처럼 당연하고 자연스러운 일이었다. 카루나는 그렇게 걸어 길의 끝에 다다랐다.

공터는 눈의 땅에서 온 존재들로 가득했다. 숲의 일족과 철십자 기사들은 그들에게 짓밟혀 까맣게 죽어 가고 있었다. 유일하게 살아 날뛰는 존재는 단 하나, 붉은 눈을 가진 검은 늑대뿐이었다.

크아아악! 검은 늑대가 울부짖으며 날뛰었다. 날카로운 발톱과 이빨로 그들을 공격했다. 그 흉포한 위력 앞에서 검은 기운은 산산조각 나고 흩어졌다.

하지만 그게 끝이 아니었다. 검은 얼룩은 기어이 다시 뭉쳐져 늑대에게 덤벼들었다. 늑대가 열 개체를 죽이면 스무 개체가 다시 생겨 늑대에게 덤벼들었다.

늑대의 몸은 까만 털보다 더 검은 얼룩으로 뒤덮여 있었다. 몸 여기저기가 시꺼멓게 썩어 들어가고 있건만, 늑대는 쓰러지지 않았다. 카루나가 걸어 온 오솔길 앞에 버티고 서서 그 길을 지켰다.

눈의 땅에서 온 존재들 중 단 하나도 늑대를 넘어 길을 밟지 못했다. 카루나는 자신을 지키고 선 늑대를 보며 눈을 깜박였다. 이제야 그치나 싶었던 눈물이 다시 흐르기 시작했다. 이미 마음은 리센에 대한 슬픔으로 가득 찼는데, 그 위로 또 다른 슬픔이 밀려들었다.

카루나는 오솔길의 끝에서 무릎을 꿇었다. 공터는 길 안쪽에서 봤던 것과는 비교할 수 없을 만큼 강한 기운으로 잠겨 있었다. 카루나가 품고 있는 기운과 너무도 이질적인 것이었다.

뚝, 뚝.

검게 썩어 들어가는 땅 위로 카루나의 눈물이 떨어졌다. 카루나는 손을 뻗어 그 검은 땅을 덮었다. 눈물이 닿은 곳에선 새싹이 피지 않았다. 카루나의 손에 닿아도 쉽사리 원래의 녹음을 되찾지 못했다.

하지만 카루나는 포기하지 않았다. 진정 마음에서 우러나는 슬픔을 담아 땅을 어루만졌다. 그래야만 했다. 누가 가르쳐 준 것이 아니었다. 그저, 본능이 시키는 대로 할 뿐이었다.

"괜찮아. 괜찮아……. 아직 죽지 않았어."

카루나가 죽은 땅에게 속삭였다. 그러자 손이 닿은 곳에서 검은 얼룩이 옅어졌다. 이내 메마른 흙바닥이 드러났다. 그 흙이 촉촉해지고 여린 새싹을 틔워 냈다.

하나의 새싹. 그것이 시작이었다.

〈다음 권에서 계속〉